国家社会科学基金项目

诺曼·梅勒
小说对美国形象的解构与建构研究

任虎军◎著

The Deconstruction and Construction of America's Image in Norman Mailer's Novels

中国社会科学出版社

图书在版编目(CIP)数据

诺曼·梅勒小说对美国形象的解构与建构研究 / 任虎军著 .—北京：中国社会科学出版社，2021.1

ISBN 978-7-5203-7840-6

Ⅰ.①诺… Ⅱ.①任… Ⅲ.①诺曼·梅勒—小说研究 Ⅳ.①I712.074

中国版本图书馆 CIP 数据核字(2021)第 022086 号

出 版 人　赵剑英
责任编辑　慈明亮
责任校对　杨　林
责任印制　戴　宽

出　　版　中国社会科学出版社
社　　址　北京鼓楼西大街甲 158 号
邮　　编　100720
网　　址　http：//www.csspw.cn
发 行 部　010-84083685
门 市 部　010-84029450
经　　销　新华书店及其他书店

印　　刷　北京明恒达印务有限公司
装　　订　廊坊市广阳区广增装订厂
版　　次　2021 年 1 月第 1 版
印　　次　2021 年 1 月第 1 次印刷

开　　本　710×1000　1/16
印　　张　33.5
插　　页　2
字　　数　602 千字
定　　价　188.00 元

凡购买中国社会科学出版社图书，如有质量问题请与本社营销中心联系调换
电话：010-84083683

目　录

绪　论

梅勒小说与20世纪美国

第一节　诺曼·梅勒：成就与声誉

诺曼·梅勒（1923—2007）是当代美国重要作家。他7岁开始文学创作[①]，16岁立志"成为一个重要作家"[②]，18岁发表第一篇作品并获奖[③]，25岁发表第一部长篇小说并成名，由此顺利"跻身于美国重要小说家之列"[④]，实现了他"成为一个重要作家"的梦想。此后直到去世，怀着"成为美国一号作家"[⑤]"成为一个伟大作家"[⑥]的理想与抱负，在长达60年（1948—2007）的创作生涯中，梅勒笔耕不辍，共创作了48部作品：《裸者与死者》（*The Naked and the Dead*，1948）、《巴巴里海滨》（*Barbary Shore*，1951）、《鹿苑》（*The Deer Park*，1955）、《白黑人》（*The White Negro*，1957）、《为我自己做广告》（*Advertisements for Myself*，1959）、《〈女士之死〉和其他灾难》

---

① See J. Michael Lennon, *Norman Mailer: A Double Life*, New York, London, Toronto, Sydney, and New Delhi: Simon & Schuster, 2013, p. 15; see also Mary V. Dearborn, *Mailer: A Biography*, Boston and New York: Houghton Mifflin Company, 1999, p. 18.

② See J. Michael Lennon, *Norman Mailer: A Double Life*, New York, London, Toronto, Sydney, and New Delhi: Simon & Schuster, 2013, p. 27.

③ 1941年4月，梅勒的短篇小说《世界上最伟大的事情》在《哈佛倡导者》发表并获《故事》杂志"第八届年度大学生竞赛一等奖"。对于获奖的具体时间，不同的梅勒传记有不同的说法。See Peter Manso, *Mailer: His Life and Times*, New York: Simon and Schuster, 1985, p. 63; J. Michael Lennon and Donna Pedro Lennon, *Norman Mailer: Works and Days*, Shavertown, Pennsylvania: Sligo Press, 2000, p. 210; and Carl Rollyson, *The Lives of Norman Mailer: A Biography*, New York: Paragon House, 1991, p. 20.

④ Mary V. Dearborn, *Mailer: A Biography*, Boston and New York: Houghton Mifflin Company, 1999, p. 63.

⑤ J. Michael Lennon, *Norman Mailer: A Double Life*, New York, London, Toronto, Sydney, and New Delhi: Simon & Schuster, 2013, p. 165.

⑥ Ibid., p. 246.

(*Deaths for the Ladies and Other Disasters*, 1962)、《总统案卷》(*The Presidential Papers*, 1963)、《一场美国梦》(*An American Dream*, 1965)、《食人者与基督徒》(*Cannibals and Christians*, 1966)、《诺曼·梅勒短篇小说》(*The Short Fiction of Norman Mailer*, 1967)、《鹿苑:一部戏剧》(*The Deer Park: A Play*, 1967)、《我们为什么在越南?》(*Why Are We in Vietnam ?*, 1967)、《斗牛:诺曼·梅勒带有文本的逼真叙述》(*The Bullfight: A Photographic Narrative with Text by Norman Mailer*, 1967)、《夜晚的大军》(*The Armies of the Night*, 1968)、《偶像与章鱼:诺曼·梅勒关于肯尼迪与约翰逊政府的政治书写》(*The Idol and the Octopus: Political Writings by Norman Mailer on the Kennedy and Johnson Administration*, 1968)、《迈阿密与芝加哥包围》(*Miami and the Siege of Chicago*, 1968)、《与机器赛跑:一次纽约市长的草根竞选》(*Running Against the Machine: A Grass Roots Race for the New York Mayoralty*, 1969)、《月球上的火焰》(*Of a Fire on the Moon*, 1971)、《山巅之王》(*King of the Hill*, 1971)、《性的囚徒》(*The Prisoner of Sex*, 1971)、《麦德斯通:一个谜》(*Maidstone: A Mystery*, 1971)、《漫长的巡逻:诺曼·梅勒写作25年》(*The Long Patrol: 25 Years of Writing from the Work of Norman Mailer*, 1971)、《存在主义差事》(*Existential Errands*, 1972)、《圣乔治与教父》(*St. George and the Godfather*, 1972)、《玛丽莲传》(*Marilyn: A Biography*, 1973)、《乱涂乱画的信仰》(*The Faith of Graffiti*, 1974)、《决斗》(*The Fight*, 1975)、《一些尊贵的人:1960—1972年的政治会议》(*Some Honorable Men: Political Conventions, 1960—1972*, 1975)、《天才与欲望:亨利·米勒重要作品研究》(*Genius and Lust: A Journey Through the Major Writings of Henry Miller*, 1976)、《转向那喀索斯》(*A Transit to Narcissus*, 1978)、《刽子手之歌》(*The Executioner's Song*, 1979)、《女性及其优雅》(*Of Women and Their Elegance*, 1980)、《碎片与武断意见》(*Pieces and Pontifications*, 1982)、《古代的夜晚》(*Ancient Evenings*, 1983)、《硬汉子不跳舞》(*Tough Guys Don't Dance*, 1984)、《诺曼·梅勒谈话录》(*Conversations with Norman Mailer*, 1988)、《哈洛特的幽魂》(*Harlot's Ghost*, 1991)、《奥斯瓦尔德的故事:一个美国的谜》(*Oswald's Tale: An American Mystery*, 1995)、《青年毕加索画像:一部阐释性传记》(*Portrait of Picasso as a Young Man: An Interpretive Biography*, 1995)、《儿子的福音》(*The Gospel According to the Son*, 1997)、《我们时代的时代》(*The Time of Our Time*, 1998)、《诡秘的艺术:写作漫谈》(*The Spooky Art: Some Thoughts on Writing*, 2003)、《我们为什么进行战争?》

（*Why Are We at War?*，2003）、《谦逊的礼物：诗歌与画作》（*Modest Gifts: Poems and Drawings*，2003）、《大空虚：关于美国的政治、性、上帝、拳击、道德、神话、扑克和糟糕良知的对话》（*The Big Empty: Dialogues on Politics, Sex, God, Boxing, Morality, Myth, Poker and Bad Conscience in America*, Co-authored by John Buffalo Mailer，2006）、《林中城堡》（*The Castle in the Forest*，2007）、《论上帝：一次不寻常的谈话》（*On God: An Uncommon Conversation*，2007）和《背叛者的思想：论文选集》（*Mind of an Outlaw: Selected Essays*，2013）。在这些作品中，大多数在美国文学批评界只是昙花一现：发表后短期内受到批评界关注，但随后不久便淡出批评界。因此，在批评界出现较为频繁的梅勒作品仅有10多部，包括《裸者与死者》《鹿苑》《为我自己做广告》《一场美国梦》《我们为什么在越南?》《夜晚的大军》《月球上的火焰》《硬汉子不跳舞》《刽子手之歌》《哈洛特的幽魂》《儿子的福音》《诡秘的艺术：写作漫谈》和《林中城堡》；在这些作品中，批评界关注最多的是《裸者与死者》《为我自己做广告》《一场美国梦》《夜晚的大军》《刽子手之歌》和《哈洛特的幽魂》，它们也是梅勒自认为最好的作品①。美国文学批评家哈罗德·布鲁姆（Harold Bloom）曾在20世纪80年代说："梅勒一直是《为我自己做广告》《夜晚的大军》和《刽子手之歌》的作者。"②布鲁姆的观点虽然有点言过其实，但也反映了一些批评家对梅勒的一些认识与看法。

然而，批评界对梅勒的认识和看法绝非布鲁姆所说的那么简单。梅勒著述甚丰，获奖颇多。除了诺贝尔文学奖，他获得了"大多数的重要文学奖"③。他于1969年和1980年先后两次获得普利策文学奖，并于2005年获得美国国家图书基金会颁发的美国文学杰出贡献奖章。除此，他还多次获得美国国家图书奖和图书奖提名，并获得美国文学艺术院颁发的爱默生—梭罗奖章。梅勒的辉煌成就让他成为美国文学批评界的一棵常青树。从发表第一部作品起，梅勒就成为批评界关注的焦点人物，得到很多好评，享有很高声誉。"诺曼·梅勒研究会"（The Norman Mailer Society）网站首页的梅勒介绍

---

① See J. Michael Lennon, *Norman Mailer: A Double Life*, New York, London, Toronto, Sydney, and New Delhi: Simon & Schuster, 2013, p. 584.

② Harold Bloom, ed., *Norman Mailer*, New York and Philadelphia: Chelsea House Publishers, 1986, p. 5; see also Harold Bloom, ed., *Norman Mailer*, Philadelphia: Chelsea House Publishers, 2003, p. 5.

③ J. Michael Lennon and Donna Pedro Lennon, *Norman Mailer: Works and Days*, Shavertown, Pennsylvania: Sligo Press, 2000, p. xi.

称他为"美国时代的记录者"[①]。梅勒的传记作者希拉里·米尔斯（Hilary Mills）指出，20 世纪 80 年代初，梅勒已经是"第四位'最有名的名人'，仅次于罗纳德·里根（Ronald Reagan）、弗兰克·辛纳屈（Frank Sinatra）和鲁契亚诺·帕瓦罗蒂（Luciano Pavarotti）"[②]。莱昂·布劳迪（Leo Braudy）认为，梅勒是"美国作家中最多变、最原型性的作家"[③]。阿尔弗雷德·卡津（Alfred Kazin）认为，梅勒是"一位具有代表性的美国小说家"[④]。罗伯特·所罗塔洛夫（Robert Solotaroff）认为："尽管他有过很多古怪行为，引起过很多争议，但梅勒占据了爱默生、梭罗和惠特曼曾经占据的那种道德家—先知的角色。"[⑤] 唐纳德·考夫曼（Donald Kaufmann）认为，梅勒是"重量级的思想家"[⑥]。罗伯特·J. 毕基斌（Robert J. Begiebing）认为，梅勒是"现代世界的精神传道士或备战的驱魔师"[⑦]。小纳森·A. 司各特（Nathan A. Scott, Jr.）认为，梅勒是 20 世纪的"奇迹之一"，是美国的"惠特曼"[⑧]，是"美国良知的代言人"[⑨]。山姆·B. 吉格斯（Sam B. Girgus）认为，梅勒是"他的文化的道德意识"[⑩]。马尔科姆·考利（Malcolm Cowley）认为，梅勒是"他那一代作家中两三个最有天赋的作家之一"[⑪]。迈克尔·K. 格兰迪（Michael K. Glenday）认为，梅勒 20 世纪 60 年代的创作让他成为"美国最重要的作

---

① See The Norman Mailer Soceity, https: //normanmailersociety. org/about.

② Hilary Mills, *Mailer: A Biography*, New York, et al.: McGraw - Hill Book Company, 1982, p. 27.

③ Leo Braudy, ed., *Norman Mailer: A Collection of Critical Essays*, Englewood Cliffs, N. J.: Prentice-Hall, Inc., 1972, p. 2.

④ Qtd. in J. Michael Lennon, *Norman Mailer: A Double Life*, New York, London, Toronto, Sydney, and New Delhi: Simon & Schuster, 2013, p. 260.

⑤ Robert Solotaroff, *Down Mailer's Way*, Urbana, Chicago and London: University of Illinois Press, 1974, p. viii.

⑥ Donald L. Kaufmann, "The Long Happy Life of Norman Mailer", *Modern Fiction Studies*, Vol. 17, No. 3, Autumn 1971, p. 351; see also Laura Adams, *Existential Battles: The Growth of Norman Mailer*, Athens, Ohio: Ohio University Press, 1976, p. 18.

⑦ Robert J. Begiebing, *Acts of Regeneration: Allegory and Archetype in the Works of Norman Mailer*, Columbia & London: University of Missouri Press, 1980, p. 5.

⑧ Nathan A. Scott, Jr., *Three American Moralists: Mailer, Bellow, Trilling*, Notre Dame & London: University of Notre Dame Press, 1973, p. 23.

⑨ Qtd. in J. Michael Lennon, *Critical Essays on Norman Mailer*, Boston, Massachusetts: G. K. Hall & Co., 1986, p. 26.

⑩ Sam B. Girgus, *The New Covenant: Jewish Writers and the American Idea*, Chapel Hill: University of North Carolina Press, 1984, p. 13.

⑪ Qtd. in Michael K. Glenday, *Norman Mailer*, New York: St. Martin's Press, 1995, p. 13.

家"[①]。吉米·布里斯林（Jimmy Breslin）认为，梅勒是20世纪的"半打具有原创性的思想家之一"[②]。皮特·哈米尔（Pete Hamill）认为，梅勒是"我们最好的作家"，是"这个国家没有归类的最好的作家"[③]。玛丽·V. 迪尔鲍恩（Mary V. Dearborn）认为，梅勒是"一位创新性思想家、一位当代生活的密切观察者"[④]。库尔特·冯尼格特（Kurt Vonnegut）认为，梅勒是"一位本真的、值得敬仰的文学人物"[⑤]。E. L. 多克托罗（E. L. Doctorow）认为，梅勒是"'二战'以来重要作家中最多产的作家之一"[⑥]。约翰·莱昂纳尔德（John Leonard）认为，梅勒是"最伟大的我们时代的批评家"[⑦]。乔治·斯塔德（George Stade）认为，梅勒是"一位艺术家，也是一种思想，他成功地解决了他为自己提出的最难问题"[⑧]。让·马拉奎赛（Jean Malaquais）认为，梅勒是"他这一代人中最有天赋、也最多才多艺的作家"[⑨]。戴安娜·特里林（Diana Trilling）认为，梅勒是"我们时代最好的文学艺术家"："最具文学天赋"[⑩]。厄内斯特·海明威（Ernest Hemingway）曾经预言，梅勒"有可能是战后最好的作家"[⑪]。J. 迈克尔·莱农（J. Michael Lennon）坚信，梅勒是"战后美国最好的作家"[⑫]。莱农也认为，梅勒是"美国疾病的诊断者"[⑬]，是美国的"主要记录者与阐释者"[⑭]。菲利普·希皮尔纳（Phillip Sipiora）认为，梅勒是"20世纪后半期最重要的公共知识分子""美国最重要的创新性

① Michael K. Glenday, *Norman Mailer*, New York: St. Martin's Press, 1995, p. 35.

② Qtd. in J. Michael Lennon, *Norman Mailer: A Double Life*, New York, London, Toronto, Sydney, and New Delhi: Simon & Schuster, 2013, p. 460.

③ Qtd. in Mary V. Dearborn, *Mailer: A Biography*, Boston and New York: Houghton Mifflin Company, 1999, p. 8.

④ Mary V. Dearborn, *Mailer: A Biography*, Boston and New York: Houghton Mifflin Company, 1999, p. 148.

⑤ Qtd. in Peter Manso, *Mailer: His Life and Times*, New York: Simon and Schuster, 1985, p. 178.

⑥ Ibid., p. 420.

⑦ Ibid., p. 558.

⑧ Ibid., p. 656.

⑨ Ibid., p. 667.

⑩ Ibid., p. 673.

⑪ Ibid., p. 2.

⑫ J. Michael Lennon, *Critical Essays on Norman Mailer*, Boston, Massachusetts: G. K. Hall & Co., 1986, p. 2.

⑬ J. Michael Lennon, *Norman Mailer: A Double Life*, New York, London, Toronto, Sydney, and New Delhi: Simon & Schuster, 2013, p. 344.

⑭ Ibid., p. 351.

作家之一”[①]。哈罗德·布鲁姆认为：“梅勒是当代小说家中最可见的［小说家］”[②]，但却是“一位问题作家”，因为“他没有写过一部不可争议的作品”[③]。布鲁姆还认为，梅勒是“一位富有激情的异端的道德家”：“但缺乏反讽给他带来很大困难，他关于时间、性、死亡、癌症、消化、勇气和上帝所做的各种推测性探究都极为臭名昭著”[④]。布鲁姆认为：“梅勒可能会被人们记住，不是因为他是小说家，更多是因为他是散文先知……但作为他那个时代道德意识的史学家和他那一代的代表性作家，梅勒将会被人们记住。”[⑤] 劳拉·亚当斯（Laura Adams）也注意到了梅勒与美国文学大家之间的关系：“梅勒认为他能够通过自己的写作影响他那一代人，因为他自己深受前辈作家的影响：菲茨杰拉德、沃尔夫、斯坦贝克、多斯·帕索斯、法莱尔、福克纳，尤其是海明威。”[⑥] 正因为如此，梅勒将自己比作治病救人的医生[⑦]，而将他生活其中的世界（社会）比作重症患者。他立志成为“治病救人的医生”，对“重症患者”进行把脉问诊，并努力开出能够根治其病的有效药方，从而让世界从病态走向健康。因此，梅勒认为，小说家是世界的创造者。[⑧]

梅勒成就斐然，影响深远，但他兴趣广泛，思想多变复杂，难以用界定其他作家和伟大人物的传统方法界定他的身份与头衔。所以，凡是介绍梅勒，都倾向于凸显他的多重身份和多种头衔。例如，20世纪80年代初，梅勒的传记作者希拉里·米尔斯在《梅勒传》（*Mailer：A Biography*，1982）中这样

---

① Phillip Sipiora, *Mind of an Outlaw*, New York: Random House Trade Paperbacks, 2013, p. xvii.

② Harold Bloom, ed., *Norman Mailer*, New York and Philadelphia: Chelsea House Publishers, 1986, p. 1. See also Harold Bloom, ed., *Norman Mailer*, Philadelphia: Chelsea House Publishers, 2003, p 1. 本书在译文中补充的必要信息，都用中括号表示。

③ Harold Bloom, ed., *Norman Mailer*, New York and Philadelphia: Chelsea House Publishers, 1986, p. 2. See also Harold Bloom, ed., *Norman Mailer*, Philadelphia: Chelsea House Publishers, 2003, p. 2.

④ Harold Bloom, ed., *Norman Mailer*, New York and Philadelphia: Chelsea House Publishers, 1986, pp. 3 - 4. See also Harold Bloom, ed., *Norman Mailer*, Philadelphia: Chelsea House Publishers, 2003, p. 4.

⑤ Harold Bloom, ed., *Norman Mailer*, New York and Philadelphia: Chelsea House Publishers, 1986, pp. 5 - 6. See also Harold Bloom: "Introduction", in Harold Bloom, ed., *Norman Mailer*, Philadelphia: Chelsea House Publishers, 2003, p. 6.

⑥ Laura Adams, *Existential Battles: The Growth of Norman Mailer*, Athens, Ohio: Ohio University Press, 1976, p. 11.

⑦ See Norman Mailer, *Cannibals and Christians*, New York: The Dial Press, 1966, p. 5.

⑧ See Norman Mailer, *The Spooky Art: Some Thoughts on Writing*, New York: Random House Inc., 2003, pp. 161-162.

介绍梅勒："梅勒——小说家、《村声》的合作创办人、普利策文学奖两度获得者、美国科学院与文学艺术院院士、国家图书奖获得者、捅伤妻子之人、六人之夫、八人之父、嬉皮士界定者、反越战活动家、纽约市长竞选者、女性解放之对手、影片制作人、拳击手、好莱坞电影演员、玛丽莲·梦露的梦中情人。"① 20世纪90年代中期，梅勒在威尔金斯大学第48届毕业生春季学位授予仪式上被授予"人文学科荣誉博士学位"，校方对他的介绍这样写道：

> 小说家、传记家、文化批评家、电影拍摄者、1943年哈佛大学工程专业毕业生、太平洋112骑兵连战士、《村声》合作创办人、《异见者》编委、众多期刊撰稿人、40多部作品［包括《裸者与死者》(1948)、《为我自己做广告》(1959)、《夜晚的大军》(1968)、《刽子手之歌》(1979)、《哈洛特的幽魂》(1991)以及今年春天出版的《奥斯瓦尔德的故事：一个美国的谜》］的作者、两次普利策奖获得者、一次国家图书奖获得者、美国文学艺术院爱默生—梭罗奖章获得者、史无前例和不可替代的探索者和美国身份与文化的批评家。②

这两个典型例子足以表明，梅勒的确是美国"没有归类的最好的作家"③，也是"最多才多艺的作家"④。因此，批评界对梅勒的关注也是多角度、多方位的，这可以从国内外梅勒研究中看出。

第二节　国内外梅勒研究：成就与问题

一　国外梅勒研究

1948年5月6日，梅勒发表第一部长篇小说《裸者与死者》，受到批评

① Hilary Mills, *Mailer: A Biography*, New York, et al.: McGraw - Hill Book Company, 1982, p. 24.

② J. Michael Lennon and Donna Pedro Lennon, *Norman Mailer: Works and Days*, Shavertown, Pennsylvania: Sligo Press, 2000, p. 183.

③ Qtd. in Mary V. Dearborn, *Mailer: A Biography*, Boston and New York: Houghton Mifflin Company, 1999, p. 8.

④ Qtd. in Peter Manso, *Mailer: His Life and Times*, New York: Simon and Schuster, 1985, p. 667.

界的普遍好评，很多评论家认为，梅勒将会成为一个伟大的作家。然而，随后的20年里，虽然梅勒不同类型的作品不断问世，但批评界对于他的负面评价超过了正面评价。1968年前，很少有人对梅勒及其作品进行深入广泛的研究，书评和传记性研究较多，没有人出版过梅勒研究专著。第一篇涉及梅勒研究的博士学位论文出现于1964年①，第一篇专门研究梅勒的博士学位论文出现于1966年②，第一篇专门研究梅勒小说的博士学位论文出现于1967年③，第一部梅勒研究专著出现于1968年④。但是，梅勒的非虚构小说《夜晚的大军》于1969年获得美国国家图书奖和普利策文学奖之后，20世纪70年代伊始，梅勒研究逐渐成为一种"产业"⑤，学术论文和研究专著以及博士和硕士学位论文屡见不鲜。从1948年5月到2019年5月，国外出版有梅勒研究专著58部、梅勒研究论文集14部、《梅勒评论》12辑、梅勒传记10部、梅勒相关研究专著23部、梅勒研究文献汇编4部、梅勒访谈录1部、梅勒书信集3部、梅勒论文集1部、《现代小说研究·梅勒专辑》1期、《哈泼斯杂志·梅勒专辑》1期，撰写梅勒（或相关）研究博士学位论文有160多篇、硕士学位论文有150多篇，发表梅勒研究学术论文有1000多篇（公开发表的学术论文无法准确统计）。整体上看，自1948年以来，梅勒研究先后出现两次热潮：第一次出现于20世纪70年代初，即梅勒首次获得普利策文学奖和美国国家图书奖之后；第二次出现于20世纪80年代初，即梅勒再次获得普利策文学奖之后。从时间上看，20世纪80年代前的梅勒研究具有明显的争议性，评论家争议的焦点是梅勒关于性、暴力和权力的看法以及梅勒作品的审美价值；从20世纪80年代初开始，梅勒研究呈现出明显的梅勒重读走势，评论家开始重新看待梅勒作品的思想性与审美价值。历时地看，从梅勒发表第一部作品开始至今，国外梅勒研究大体经历了以下几个阶段。

1. 20世纪40—50年代：梅勒研究的兴起

国外梅勒研究始于20世纪40年代初。1941年4月，梅勒的短篇小说

---

① Howard M. Harper, Concepts of Human Destiny in Five American Novelists: Bellow, Salinger, Mailer, Baldwin, Updike (Ph. D. dissertation, Pennsylvania State University, 1964).

② Donald L. Kaufmann, Norman Mailer from 1948 - 1963: The Sixth Mission (Ph. D. dissertation, University of Iowa, 1966).

③ Barry H. Leeds, An Architecture to Eternity: The Structured Vision of Norman Mailer's Fiction (Ph. D. dissertation, Ohio University, 1967).

④ Richard Jackson Foster, *Norman Mailer*, Minneapolis: University of Minnesota Press, 1968.

⑤ Laura Adams, *Norman Mailer: A Comprehensive Bibliography*, Metuchen, N. J.: The Scarecrow Press, Inc., 1974, p. vii.

《世界上最伟大的事情》（“The Greatest Thing in the World”）在《哈佛倡导者》（*Harvard Advocate*）上发表并获《故事》（*Story*）杂志“第八届年度大学生竞赛一等奖”。同年4月21日，《哈佛深红》（*Harvard Crimson*）发表“编者按语”评价了梅勒的这篇作品，这是“公开出版的对梅勒作品的首次评价”①。此后直到1948年梅勒发表首部长篇小说《裸者与死者》，没有出现任何评价梅勒作品的文字。1948年5月6日，梅勒发表《裸者与死者》，立即引起批评界关注。5—12月，《纽约时报》（*New York Times*）、《芝加哥太阳报》（*Chicago Sun*）、《纽约先驱论坛书评》（*New York Herald Tribune Book Review*）、《新闻周刊》（*Newsweek*）、《时报》（*Time*）、《纽约人》（*New Yorker*）、《新共和国》（*New Republic*）、《旧金山纪事》（*San Francisco Chronicle*）、《大西洋》（*Atlantic*）、《国家》（*Nation*）、《评论》（*Commentary*）、《加拿大论坛》（*Canadian Forum*）和《耶鲁评论》（*Yale Review*）等期刊发表了20余篇评介性文章，简短评介了梅勒及《裸者与死者》。② 1949年，评介梅勒及《裸者与死者》的文章也不断出现在《星期六评论》（*Saturday Review*）和《出版周刊》（*Publishers' Weekly*）等期刊，但与1948年相比，批评界对梅勒的反应似乎有所降温，这一年评介性文章的数量还不到1948年的一半。③ 总体上看，1948年5月到1949年12月，批评界对梅勒及其《裸者与死者》给予了充分关注，评介性文章不少，但都比较短小，除了理查德·玛奇（Richard Match）的《被战争和无聊剥夺了的人的灵魂》④、约翰·拉尔德纳（John Lardner）的《太平洋战争：好的与大的》⑤、伊拉·沃尔夫尔特（Ira Wolfert）的《战争小说家》⑥、马克斯韦尔·吉斯马尔（Maxwell Geismar）的《安诺波佩岛上的噩梦》⑦、查尔斯·B. 麦克唐纳德（Charles B. Macdonald）

---

① J. Michael Lennon and Donna Pedro Lennon, *Norman Mailer: Works and Days*, Shavertown, Pennsylvania: Sligo Press, 2000, p. 1.

② See Laura Adams, *Norman Mailer: A Comprehensive Bibliography*, Metuchen, N. J.: The Scarecrow Press, Inc., 1974, pp. 34-36.

③ Ibid., pp. 34-35.

④ Richard Match, "Souls of Men Stripped by Battle and Boredom", *New York Herald Tribune Book Review*, May 9, 1948, p. 3.

⑤ John Lardner, "Pacific Battle, Good and Big", *New Yorker*, May 15, 1948, pp. 115-117.

⑥ Ira Wolfert, "War Novelist", *Nation*, June 26, 1948, p. 722.

⑦ Maxwell Geismar, "Nightmare on Anopopei", *Saturday Review*, January 8, 1949, pp. 10-11.

的《"二战"小说：第一轮》① 和巴顿·莫尔（Burton Moore）的《三部战争小说》②，其他文章都是非常概括的评介，鲜有比较详细的分析和评论。

20世纪50年代伊始，真正意义上的梅勒研究开始出现。1951年，梅勒发表第二部长篇小说《巴巴里海滨》，但没有带给他《裸者与死者》带给他的那种成功与声誉。当年3—12月，《华盛顿州立大学研究报》（*Research Studies of Washington State University*）、《芝加哥星期日论坛》（*Chicago Sunday Tribune*）、《星期六评论》《纽约先驱论坛书评》《纽约时报》《新闻周刊》《时报》《旧金山纪事》《纽约人》《大西洋》和《加拿大小说》（*Canadian Fiction*）等期刊发表了10多篇评介梅勒及其《巴巴里海滨》的文章，③ 但批评界对该小说的批评多于褒扬。除了这10多篇评介性文章，整个50—60年代，批评界很少关注《巴巴里海滨》。

1955年，梅勒发表第三部长篇小说《鹿苑》，但没有把他从《巴巴里海滨》的失败中拉出来，反而使他陷入更多争论。小说发表后，短短3个月（9—12月）之内，《旧金山纪事》《纽约时报》《星期六评论》《时报》《纽约先驱论坛书评》《纽约人》《新共和国》《大西洋》《国家》《评论》和《安蒂昂奇评论》（*The Antioch Review*）等期刊发表了10多篇评介性文章，④ 对梅勒及其《鹿苑》做了评介，有褒亦有贬，但后者居多，代表性评介有锡德尼·亚历山大（Sidney Alexander）的《甚至不是好的色情文学》⑤、马尔科姆·考利（Malcolm Cowley）的《梅勒先生讲述了一个爱、艺术和腐化的故事》⑥、布莱丹·吉尔（Brendan Gill）的《小喇叭》⑦、查尔斯·J. 罗洛（Charles J. Rolo）的《性缠扰的荒原》⑧ 和威廉·普法夫（William Pfaff）的《作为复仇道德家的作家》。⑨ 此后几年里，评介梅勒及其《鹿苑》的文章也

---

① Charles B. Macdonald, "Novels of World War Ⅱ: The First Round", *Military Affairs*, Vol. 13, No. 1, Spring 1949, pp. 42-46.

② Burton Moore, "Three War Novels", *Chicago Review*, Vol. 3, No. 1, March 1949, p. 3.

③ See Laura Adams, *Norman Mailer: A Comprehensive Bibliography*, Metuchen, N. J.: The Scarecrow Press, Inc., 1974, pp. 36-37.

④ Ibid., pp. 38-39.

⑤ Sidney Alexander, "Not Even Good Pornography", *Reporter*, October 20, 1955, pp. 46-48.

⑥ Malcolm Cowley, "Mr. Mailer Tells a Tale of Love, Art, Corruption", *New York Herald Tribune Book Review*, October 23, 1955, p. 5.

⑦ Brendan Gill, "Small Trumpet", *New Yorker*, October 25, 1955, pp. 161-162, 165.

⑧ Charles J. Rolo, "The Sex Haunted Wasteland", *Atlantic*, November 1955, pp. 97-98.

⑨ William Pfaff, "The Writer as Vengeful Moralist", *Commonweal*, December 2, 1955, p. 230.

散见于《亚利桑那季刊》(*Arizona Quarterly*)等期刊和《美国现代人：从背叛到屈从》(*American Moderns: From Rebellion to Conformity*, 1958)等著作[①]，但数量不多。20世纪50年代，除了《巴巴里海滨》和《鹿苑》，批评界也对《裸者与死者》给予了一定关注，切斯特·E. 爱辛格(Chester E. Eisinger)的《美国战争小说：一团证实的火焰》[②]、约翰·T. 弗雷德里克(John T. Frederick)的《"二战"小说》[③]和瓦尔特·B. 里德奥特(Walter B. Rideout)的《美国激进小说：1900—1954》[④]都对这部小说做了比较详细的评介。与1948年的评介相比，这些评介的研究性明显增强，评论也比较深入。

1959年，梅勒发表第一部非虚构作品《为我自己做广告》，引起批评界广泛关注，半年之内，《党派评论》(*Partisan Review*)、《芝加哥犹太论坛》(*Chicago Jewish Forum*)、《纽约时报书评》(*New York Times Book Review*)、《时报》《旧金山纪事》《纽约时报》《星期六评论》《新闻周刊》《纽约人》《纽约先驱论坛书评》和《大西洋》等期刊发表了10多篇评介文章[⑤]，对梅勒及其《为我自己做广告》做了简短评介，代表性文章有欧文·豪(Irving Howe)的《大众社会与后现代小说》[⑥]、格兰维尔·希克斯(Granville Hicks)的《人生观是他自己的》[⑦]和阿尔弗雷德·卡津的《诺曼·梅勒有多好?》[⑧]。

除了针对具体作品的评介，10多篇总论性评介文章也出现在《大学英语》(*College English*)、《英语杂志》(*English Journal*)、《新共和国》《邦尼斯文学学刊》(*Bonniers Litterara Magasin*)、《星期六评论》《绅士》(*Esquire*)、《国家》《党派评论》《哈泼斯》(*Harper's*)和《文学护照》(*Litterair Paspoort*)等期刊以及《美国小说五十年》(*Fifty Years of the American No-*

---

① See Laura Adams, *Norman Mailer: A Comprehensive Bibliography*, Metuchen, N. J.: The Scarecrow Press, Inc., 1974, p. 38.

② Chester E. Eisinger, "The American War Novel: An Affirming Flame", *Pacific Spectator*, No. 9, Summer 1955, pp. 272-287.

③ John T. Frederick, "Fiction of the Second World War", *The English Journal*, Vol. 44, No. 8, November 1955, pp. 451-458.

④ Walter B. Rideout, *The Radical Novel in the United States: 1900-1954*, Cambridge, Mass.: Harvard University Press, 1956, pp. 270-273.

⑤ See Laura Adams, *Norman Mailer: A Comprehensive Bibliography*, Metuchen, N. J.: The Scarecrow Press, Inc., 1974, pp. 41-42.

⑥ Irving Howe, "Mass Society and Post-modern Fiction", *Partisan Review*, Vol. 26, No. 3, Summer 1959, pp. 420-436.

⑦ Granville Hicks, "The Vision of Life Is His Own", *Saturday Review*, November 7, 1959, p. 18.

⑧ Alfred Kazin, "How Good Is Norman Mailer?", *Reporter*, November 26, 1959, pp. 40-41.

vel, 1951)、《以我的意见：当代小说研究》(*In My Opinion*: *An Inquiry into the Contemporary Novel*, 1952)、《20 世纪的作者：第一次补充》(*Twentieth Century Authors*, *First Supplement*, 1955)、《寻找异端：屈从时代的美国文学》(*In Search of Heresy*: *American Literature in an Age of Conformity*, 1956) 和《"迷惘的一代"之后》(*After the Lost Generation*, 1958) 等著作①，这些文章对梅勒及其文学创作做了概括评介，代表性文章有赫伯特·戈尔德斯通 (Herbert Goldstone) 的《诺曼·梅勒的小说》②、诺曼·波德霍瑞茨 (Norman Podhoretz) 的《诺曼·梅勒：备战的想象》③、阿尔弗雷德·卡津的《孤独的一代：五十年代小说评论》④ 和 H. L. 莱弗拉尔 (H. L. Leffelaar) 的《诺曼·梅勒在芝加哥》⑤。此外，1957—1959 年，3 篇硕士学位论文研究了梅勒，主要涉及《裸者与死者》中的战争和梅勒在 1948—1955 年发表的小说中的现代绝望主题。但是，20 世纪 50 年代没有出现任何梅勒研究专著。

2. 20 世纪 60—80 年代：梅勒研究的繁荣

20 世纪 60 年代，批评界对 40—50 年代的梅勒小说关注较少。1960—1969 年，出现于《美国犹太教》(*American Judaism*)、《现代斯普拉克》(*Modern Sprak*) 和《文学与心理学》(*Literature and Psychology*) 等期刊和《四十年代的小说》(*Fiction of the Forties*, 1963)、《小说中的美国》(*America in Fiction*, 5th ed., 1967) 和《美国"二战"小说》(*American Novels of the Second World War*, 1969) 等著作中的《裸者与死者》评论文章不到 10 篇⑥，出现于《清空屋》(*Clearing House*) 和《西南评论》(*Southwest Review*) 等期刊和《小说中的好莱坞：美国神话的一些版本》(*Hollywood in Fiction*: *Some Versions of the American Myth*, 1969) 等著作中的《鹿苑》评介文章不到 5

① See Laura Adams, *Norman Mailer*: *A Comprehensive Bibliography*, Metuchen, N. J.: The Scarecrow Press, Inc., 1974, pp. 79-104.

② Herbert Goldstone, "The Novels of Norman Mailer", *The English Journal*, Vol. 45, No. 3, March 1956, pp. 113-121.

③ Norman Podhoretz, "Norman Mailer: The Embattled Vision", *Partisan Review*, Vol. 26, No. 3, Summer 1959, pp. 371-391.

④ Alfred Kazin, "The Alone Generation: A Comment on the Fiction of the Fifties", *Harper's*, October 1959, pp. 127-131.

⑤ H. L. Leffelaar, "Norman Mailer in Chicago", *Litterair Paspoort*, November 1959, pp. 79-81.

⑥ See Laura Adams, *Norman Mailer*: *A Comprehensive Bibliography*, Metuchen, N. J.: The Scarecrow Press, Inc., 1974, pp. 33-35.

篇[①]，但没有任何期刊或著作中出现评论或介绍《巴巴里海滨》的文章。但是，50年代的梅勒非虚构作品《为我自己做广告》却受到批评界极大关注。1960—1969年，《左派研究》（*Studies on the Left*）、《哈德森评论》（*Hudson Review*）、《卡尔莱顿随笔》（*The Carleton Miscellany*）、《评论》《常青评论》（*Evergreen Review*）、《新领导》（*New Leader*）、《异见者》（*Dissent*）、《美国学者》（*American Scholar*）、《文艺复兴》（*Renaissance*）、《威斯康星当代文学研究》（*Wisconsin Studies in Contemporary Literature*）、《党派评论》《星期六评论》《时间与潮流》（*Time and Tide*）、《观众》（*Spectator*）、《新政客》（*New Statesman*）和《时报文学补遗》（*Times Literary Supplement*）等20多种期刊发表了20多篇评论或评介《为我自己做广告》的文章[②]，代表性文章有戈尔·维达尔（Gore Vidal）的《诺曼·梅勒综合征》[③]、保罗·布莱斯罗（Paul Breslow）的《嬉皮士与激进者》[④]、F. W. 杜佩（F. W. Dupée）的《美国人诺曼·梅勒》[⑤]、詹姆斯·费恩（James Finn）的《一位美国作家的美德、失败与胜利》[⑥]、莱斯利·A. 费德勒（Leslie A. Fiedler）的《古怪的梅勒——中年艺术家画像》[⑦]、罗伯特·A. 伯恩（Robert A. Bone）的《士兵梅勒重新入伍》[⑧]、查尔斯·I. 格里克斯伯格（Charles I. Glicksberg）的《诺曼·梅勒：美国的愤怒年轻小说家》[⑨]、欧文·豪的《危险追求》[⑩]、詹姆斯·鲍德温的《黑孩子看着白孩子》[⑪] 和斯图尔特·汉姆普舍尔（Stuart Hampshire）的《联

① See Laura Adams, *Norman Mailer: A Comprehensive Bibliography*, Metuchen, N. J.: The Scarecrow Press, Inc., 1974, pp. 37-39.

② Ibid., pp. 39-43.

③ Gore Vidal, "The Norman Mailer Syndrome", *Nation*, January 2, 1960, pp. 13-16.

④ Paul Breslow, "The Hipster and the Radical", *Studies on the Left*, Vol. 1, Spring 1960, pp. 102-105.

⑤ F. W. Dupée, "The American Norman Mailer", *Commentary*, February 1960, pp. 128-132.

⑥ James Finn, "The Virtues, Failures and Triumphs of an American Writer", *Commonweal*, February 12, 1960, pp. 551-552.

⑦ Leslie A. Fiedler, "Antic Mailer—Portrait of a Middle-aged Artist", *New Leader*, June 25, 1960, pp. 23-24.

⑧ Robert A. Bone, "Private Mailer RE-enlists", *Dissent*, Autumn 1960, pp. 389-394.

⑨ Charles I. Glicksberg, "Norman Mailer: The Angry Young Novelist in America", *Wisconsin Studies in Contemporary Literature*, Vol. 1, No. 1, Winter 1960, pp. 25-34.

⑩ Irving Howe, "A Quest for Peril", *Partisan Review*, Vol. 27, No. 1, Winter 1960, pp. 143-148.

⑪ James Baldwin, "The Black Boy Looks at the White Boy", *Esquire*, May 1961, pp. 102-106.

合的梅勒》①，这些文章介绍或评论了梅勒激进的政治和道德思想以及他的成功与失败。

20世纪60年代，批评界主要关注的是这一时期梅勒的非虚构作品。1962年，梅勒发表《〈女士之死〉和其他灾难》。当年，《旧金山纪事》《时代》《诗刊》（*Poetry*）、《纽约时报书评》《星期六评论》《评论》《国家评论》（*National Review*）、《卫报》（*Guardian*）、《观众》《新政客》和《伦敦杂志》（*London Magazine*）等10多种期刊发表了10多篇评介该书的文章，但都比较简短。但是，1963—1969年，没有出现任何评介该书的文章。1963年，梅勒发表非虚构作品《总统案卷》，该书再现了梅勒的一些重要思想，受到批评界很多关注。1963—1966年，《新闻周刊》《星期六评论》《纽约时报书评》《时代》《大西洋》《哈泼斯》《国家评论》《国家》《新政客》《观众》《党派评论》《评论》《新共和国》和《西部政治季刊》（*The Western Political Quarterly*）等近20种期刊发表了近20篇评介或评论《总统案卷》的文章②，代表性文章有加里·威尔斯（Garry Wills）的《不写小说的艺术》③、乔纳森·米勒（Jonathan Miller）的《黑人—梅勒》④、米奇·德克特尔（Midge Decter）的《梅勒的竞选》⑤和理查德·吉尔曼（Richard Gilman）的《梅勒为何想当总统》⑥。1966年，梅勒发表非虚构作品《食人者与基督徒》，该书展现了梅勒对自己时代美国社会现象的解读和自己的社会政治观点，受到批评界极大关注。1966年7月到1968年3月，《出版周刊》《纽约时报书评》《纽约时报》《新闻周刊》《华尔街学刊》（*Wall Street Journal*）、《星期六评论》《时代》《时代文学补遗》《国家观察者》（*National Observer*）、《新共和国》《大西洋》《评论》《国家评论》《北美评论》（*North American Review*）、《批评家》（*Critic*）、《常青评论》《弗吉尼亚季刊评论》（*Virginia Quarterly Review*）、《纽约书评》（*New York Review of Books*）、《马萨诸塞评论》（*Massa-*

① Stuart Hampshire, "Mailer United", *New Statesman*, October 13, 1961, pp. 515-516.

② See Laura Adams, *Norman Mailer: A Comprehensive Bibliography*, Metuchen, N. J.: The Scarecrow Press, Inc., 1974, pp. 44-45.

③ Garry Wills, "The Art of Not Writing Novels", *National Review*, January 14, 1964, pp. 31-33.

④ Jonathan Miller, "Black - Mailer", *Partisan Review*, Vol. 31, No. 1, Winter 1964, pp. 103-107.

⑤ Midge Decter, "Mailer's Campaign", *Commentary*, February 1964, pp. 83-85.

⑥ Richard Gilman, "Why Mailer Wants to Be President", *New Republic*, February 8, 1964, pp. 17-20, 24.

chusetts Review)、《党派评论》《观察者》(*Observer*)、《曼彻斯特卫报》(*Manchester Guardian*)、《观众》和《伦敦杂志》等30多种期刊发表了近40篇评介或评论《食人者与基督徒》的文章,[①] 但大多数文章都比较简短,代表性文章有雷蒙德·卢森泰尔(Raymond Rosenthal)的《梅勒的梅勒帮:一个有成为自己听众危险的作家的新闻写作》[②]、威廉·E. 吉尔斯(William E. Giles)的《梅勒的方式:一种令人恼怒的风格中的魅力》[③]、约翰·韦恩(John Wain)的《梅勒笔下的美国》[④]、约翰·W. 阿尔德里奇(John W. Aldridge)的《受害者与分析师》[⑤]、T. B. 吉尔莫(T. B. Gilmore)的《希伯来先知的怒火:诺曼·梅勒的〈食人者与基督徒〉》[⑥]、西莫尔·克里姆(Seymour Krim)的《致诺曼·梅勒的一封公开信》[⑦]、约翰·汤姆普森(John Thompson)的《跟上梅勒》[⑧]、威廉·H. 普利特查尔德(William H. Pritchard)的《诺曼·梅勒的放肆:诺曼·梅勒的〈食人者与基督徒〉》[⑨]、托尼·泰纳(Tony Tanner)的《在狮笼里》[⑩]、丹尼斯·唐纳格(Denise Donoghue)的《啊,梅勒;啊,美国》[⑪] 和 A. 阿尔瓦利兹(A. Alvarez)的《梅勒博士,我假设》[⑫]。1967年,梅勒发表三部作品:《斗牛:诺曼·梅勒带有文本的逼真叙述》《鹿苑:一部戏剧》和《诺曼·梅勒短篇小说》,但都没有受到批评界很多关注。作品发表当年,只有《纽约书

---

① See Laura Adams, *Norman Mailer: A Comprehensive Bibliography*, Metuchen, N. J.: The Scarecrow Press, Inc., 1974, pp. 51-53.

② Raymond Rosenthal, "Mailer's Mafia: The Journalism of a Writer Who Is in Danger of Becoming His Audience", *Book Week*, September 4, 1966, pp. 1, 14.

③ William E. Giles, "Mailer's Manner: Charm in a Raging Style", *National Observer*, September 19, 1966, p. 25.

④ John Wain, "Mailer's America", *New Republic*, October 1, 1966, pp. 19-20.

⑤ John W. Aldridge, "Victim and Analyst", *Commentary*, October 1966, pp. 131-133.

⑥ T. B. Gilmore, "Fury of a Hebrew Prophet: *Cannibals and Christians* by Norman Mailer", *North American Review*, No. 251, No. 6, November 1966, pp. 43-44.

⑦ Seymour Krim, "An Open Letter to Norman Mailer", *Evergreen Review*, February 1967, pp. 89-96.

⑧ John Thompson, "Catching Up on Mailer", *New York Review of Books*, April 20, 1967, pp. 14-16.

⑨ William H. Pritchard, "Norman Mailer's Extravagances: *Cannibals and Christians* by Norman Mailer", *Massachusetts Review*, Vol. 8, Summer 1967, pp. 562-568.

⑩ Tony Tanner, "In the Lion's Den", *Partisan Review*, No. 34, Summer 1967, pp. 465-471.

⑪ Denise Donoghue, "O Mailer, O America", *The Listener*, October 1, 1967, pp. 505-506.

⑫ A. Alvarez, "Dr. Mailer, I Presume", *Observer*, October 15, 1967, p. 27.

评》《曼彻斯特卫报》《图书馆学刊》《星期六评论》《出版周刊》和《今日之书》等为数不多的几种期刊发表了不到10篇简短的评介文章。① 1968年，梅勒发表两部非虚构作品《偶像与章鱼》和《迈阿密与芝加哥包围》，前者没有受到批评界很多关注，除了《出版周刊》和《书之世界》(*Book World*)分别发表了1篇简短的评介文章，没有任何期刊发表任何评介或评论文章；后者却吸引了批评界的一些注意力。1968年10月到1969年10月，《时代》《出版周刊》《纽约时报》《书之世界》《新政客》《时代文学补遗》《纽约时报书评》《国家》《华尔街学刊》《评论》《国家评论》《纽约书评》和《加州法律评论》(*California Law Review*)等10多种期刊发表了10多篇评介或评论《迈阿密与芝加哥包围》的文章。②

20世纪60年代，尽管梅勒非虚构作品受到批评界极大关注，但批评界关注的核心是梅勒1965年发表的《一场美国梦》与1967年发表的《我们为什么在越南?》这两部小说和1968年发表的非虚构小说《夜晚的大军》。1965—1968年，《国家观察者》《美国犹太教》《纽约时报书评》《畅销书》(*Best Sellers*)、《纽约先驱论坛》《新闻周刊》《纽约时报》《时代》《星期六评论》《纽约书评》《党派评论》《观察者》《哈泼斯》《新共和国》《华尔街学刊》《时代文学补遗》《芝加哥评论》《国家评论》《卫报》《大西洋》《新政客》《观众》《基督教世纪》(*Christian Century*)、《书与读书人》(*Books and Bookmen*)、《西北评论》(*Northwest Review*)、《哈德森评论》《弗吉尼亚季刊评论》《评论》《北美评论》《明尼苏达评论》(*Minnesota Review*)、《加拿大论坛》《美国学者》与《霍林斯批评家》(*Hollins Critic*)等近50种期刊发表了近70篇评介或评论《一场美国梦》的文章③，代表性文章有约翰·M. 缪斯特(John M. Muste)的《梦魇般的梅勒》④、大卫·波洛夫(David Boroff)的《"美国梦"，一个魔鬼般的幻想，表明梅勒的最差状态》⑤、斯坦利·埃德加·希曼(Stanley Edgar Hyman)的《诺曼·梅勒的味美臀部》⑥、

---

① See Laura Adams, *Norman Mailer: A Comprehensive Bibliography*, Metuchen, N.J.: The Scarecrow Press, Inc., 1974, pp. 53-54.

② Ibid., pp. 62-63.

③ Ibid., pp. 46-50.

④ John M. Muste, "Nightmarish Mailer", *Progressive*, February 1965, pp. 49-51.

⑤ David Boroff, "'American Dream', A Demonic Fantasy, Shows Norman Mailer at His Worst", *National Observer*, March 15, 1965, p. 20.

⑥ Stanley Edgar Hyman, "Norman Mailer's Yummy Rump", *New Leader*, March 15, 1965, pp. 16-17.

约翰·A. 阿尔德里奇的《诺曼·梅勒的大回归》①、约瑟夫·厄普斯坦因（Joseph Epstein）的《诺曼·X：文学人的卡修斯·克莱》②、约翰·威廉·科灵顿（John William Corrington）的《一位美国梦想者》③、理查德·柏瑞尔（Richard Poirier）的《病态心理》④、罗伯特·达纳（Robert Dana）的《月亮港湾：诺曼·梅勒的〈一场美国梦〉》⑤、莫德凯·李奇勒（Mordecai Richler）的《诺曼·梅勒》⑥、阿兰·科林（Alan Coren）的《一位青年高管艺术家的画像》⑦、斯蒂芬·斯宾德尔（Stephen Spender）的《梅勒的美国情节剧》⑧、托尼·泰纳的《伟大的美国噩梦》⑨ 和塞缪尔·哈克斯（Samuel Hux）的《梅勒的暴力梦》⑩。1967年7月到1969年4月，《纽约时报》《时代》《星期六评论》《新共和国》《纽约时报书评》《国家观察者》《新闻周刊》《华尔街学刊》《新领导》《大西洋》《国家评论》《哈德森评论》《天主教世界》（*Catholic World*）、《哈泼斯》《加拿大论坛》《当代文学》（*Contemporary Literature*）、《时代文学补遗》《新政客》和《观众》等近30种期刊发表了30多篇评介或评论梅勒及其《我们为什么在越南?》的文章⑪，代表性文章有雷蒙德·卢森泰尔的《美国头号D. J.》⑫、萨丽尔·爱莫尔（Sarel Eimerl）的《为熊装载》⑬、查尔斯·T. 塞缪尔斯（Charles T. Samuels）的《小

---

① John W. Aldridge, "The Big Comeback of Norman Mailer", *Life*, March 19, 1965, p. 12.

② Joseph Epstein, "Norman X: The Literary Man's Cassius Clay", *New Republic*, April 17, 1965, pp. 22–25.

③ John William Corrington, "An American Dreamer", *Chicago Review*, Vol. 18, No. 1, Summer 1965, pp. 58–66.

④ Richard Poirier, "Morbid-mindedness", *Commentary*, June 1965, pp. 91–94.

⑤ Robert Dana, "The Harbors of the Moon: *An American Dream* by Norman Mailer", *North American Review*, Vol. 250, No. 3, Fall 1965, pp. 56–57.

⑥ Mordecai Richler, "Norman Mailer", *Encounter*, July 1965, pp. 61–64.

⑦ Alan Coren, "Portrait of the Artist as a Young Executive", *Atlas*, August 1965, pp. 110–112.

⑧ Stephen Spender, "Mailer's American Melodrama", in Robert M. Hutchins and Mortimer J. Adler, eds., *The Great Ideas Today*, Chicago: Encyclopedia Brittanica, 1965, pp. 166–177.

⑨ Tony Tanner, "The Great American Nightmare", *Spectator*, April 29, 1966, pp. 530–531.

⑩ Samuel Hux, "Mailer's Dream of Violence", *Minnesota Review*, Vol. 8, No. 2, 1968, pp. 152–157.

⑪ See Laura Adams, *Norman Mailer: A Comprehensive Bibliography*, Metuchen, N. J.: The Scarecrow Press, Inc., 1974, pp. 55–58.

⑫ Raymond Rosenthal, "America's No. 1 Disc Jockey", *New Leader*, September 25, 1967, pp. 16–17.

⑬ Sarel Eimerl, "Loaded for Bear", *Reporter*, October 19, 1967, pp. 42–44.

说，美国：梅勒哈》①、克里斯蒂弗·雷曼-豪普特（Christopher Lehmann-Haupt）的《作为乔伊斯式双关语使用者和语言掌控者的诺曼·梅勒》②、约翰·W. 阿尔德里奇的《从越南到肮脏》③和理查德·莱恩（Richard Lehan）的《1967年的小说》④。1968年，梅勒发表《夜晚的大军》，这部非虚构小说让他首次获得美国国家图书奖和普利策文学奖。作品发表后，立即受到批评界极大关注，《新闻周刊》《时代》《纽约时报》《星期六评论》《国家观察者》《纽约时报书评》《新学刊》（*New Journal*）、《新共和国》《纽约书评》《美国学者》《加拿大论坛》《国家评论》《基督教世纪》《新社会》（*New Society*）、《时代文学补遗》《新政客》《观察者》《卫报》《批评家》《哈德森评论》和《剑桥评论》（*Cambridge Review*）等30多种期刊发表了40余篇评介或评论梅勒及其《夜晚的大军》的文章⑤，代表性文章有艾略特·弗雷蒙特-史密斯（Eliot Fremont-Smith）的《梅勒论游行》⑥、哈利·S. 雷斯尼克（Harry S. Resnik）的《为美国号脉的手》⑦、道格拉斯·M. 戴维斯（Douglas M. Davis）的《作为在五角大楼示威游行的喜剧英雄梅勒先生》⑧、阿尔弗雷德·卡津的《他见过的麻烦》⑨、莱昂·布劳迪的《为一位矮子的另一个自我做广告》⑩、劳伦斯·李普顿（Lawrence Lipton）的《诺曼·梅勒：天才、小说家、批评家、剧作家、政客、新闻记者和一无是处的将军》⑪、约什·格林

① Charles T. Samuels, "The Novel, U. S. A.: Mailerrhea", *Nation*, October 23, 1967, pp. 405-406.

② Christopher Lehmann-Haupt, "Norman Mailer as Joycean Punster and Manipulator of Language", *Commonweal*, December 8, 1967, pp. 338-339.

③ John W. Aldridge, "From Vietnam to Obscenity", *Harper's*, February 1968, pp. 91-97.

④ Richard Lehan, "Fiction 1967", *Contemporary Literature*, Vol. 9, No. 4, Autumn 1968, pp. 538-553.

⑤ See Laura Adams, *Norman Mailer: A Comprehensive Bibliography*, Metuchen, N. J.: The Scarecrow Press, Inc., 1974, pp. 58-62.

⑥ Eliot Fremont-Smith, "Mailer on the March", *New York Times*, April 26, 1968, p. 41.

⑦ Harry S. Resnik, "Hand on the Pulse of America", *Saturday Review*, May 4, 1968, pp. 25-26.

⑧ Douglas M. Davis, "Mr. Mailer as a Comic Hero of Pentagon March", *National Observer*, May 6, 1968, p. 21.

⑨ Alfred Kazin, "The Trouble He's Seen", *New York Times Book Review*, May 9, 1968, pp. 1-2, 26.

⑩ Leo Braudy, "Advertisements for a Dwarf Alter-ego", *New Journal*, Vol. 1, No. 13, May 12, 1968, pp. 7-9.

⑪ Lawrence Lipton, "Norman Mailer: Genius, Novelist, Critic, Playwright, Politico, Journalist, and General all-round shit", *Los Angeles Free Press*, May 31, 1968, pp. 27-28.

菲尔德（Josh Greenfield）的《新闻写作与文学之间的界线很细，也许，但很清晰》①、理查德·吉尔曼（Richard Gilman）的《梅勒所经历过的》②、理查德·波士顿（Richard Boston）的《英雄与恶棍》③、D. A. N. 琼斯（D. A. N. Jones）的《备战的形象》④、约翰·西蒙（John Simon）的《梅勒论示威游行：诺曼·梅勒的〈夜晚的大军〉》⑤和威廉·简威（William Janeway）的《梅勒笔下的美国》⑥。

20世纪60年代，除了针对具体作品的评介和评论，批评界还从整体角度对梅勒进行评介或评论，140多篇此类文章出现在《批判》（*Critique*）、《时代》《星期六评论》《威斯康星当代文学研究》《纽约人》《中西部季刊》（*Midwest Quarterly*）、《现实主义者》（*Realist*）、《美国学者》《科罗拉多季刊》（*Colorado Quarterly*）、《政治季刊》（*Political Quarterly*）、《耶鲁评论》《美国文学评论》（*American Literature Review*）、《纽约时报书评》《文艺复兴》《亚利桑那季刊》《弗吉尼亚季刊评论》《南方评论》（*Southern Review*）、《霍林斯批评家》《左派研究》《哈德森评论》《新共和国》《美国研究》（*Studi Americani*）、《密西西比大学季刊》（*University of Mississippi Quarterly*）、《北美评论》《大学学院季刊》（*University College Quarterly*）、《纽约书评》《批评季刊》（*Critical Quarterly*）、《大学英语协会会刊》（*College Language Association Journal*）、《评论》《凯尼恩评论》（*Kenyon Review*）、《明尼苏达评论》《马萨诸塞评论》《星期日时报杂志》（*Sunday Times Magazine*）、《马拉哈特评论》（*Malahat Review*）、《芝加哥评论》《党派评论》《常青评论》《时代文学补遗》《大西洋》《纽约时报》《美国西部文学》（*Western American Literature*）、《丹佛季刊》（*Denver Quarterly*）和《现代小说研究》（*Modern Fiction Studies*）等近80种期刊以及《20世纪美国文学》（*American Writing in the Twentieth Century*, 1960）、《激进的天真：当代美国小说研究》（*Radical Innocence*:

① Josh Greenfield, "Lines Between Journalism and Literature Thin, Perhaps, But Distinct", *Commonweal*, June 7, 1968, pp. 754-755.

② Richard Gilman, "What Mailer Has Gone", *New Republic*, June 8, 1968, pp. 27-31.

③ Richard Boston, "Heroes and Villains", *New Society*, September 19, 1968, pp. 419-420.

④ D. A. N. Jones, "Embattled Image", *The Listener*, September 26, 1968, pp. 405-406.

⑤ John Simon, "Mailer on the March: *The Armies of the Night* by Norman Mailer", *Hudson Review*, Vol. 21, Autumn 1968, pp. 541-545.

⑥ William Janeway, "Mailer's America", *Cambridge Review*, November 26, 1968, pp. 183-185.

Studies in the Contemporary American Novel, 1961）、《收获时代：1910—1960年的美国文学》（*A Time of Harvest*: *American Literature 1910-1960*, 1962）、《近期美国小说家：明尼苏达大学美国作家小册子》（*Recent American Novelists*: *University of Minnesota Pamphlets on American Writers*, 1962）、《近期美国小说》（*Recent American Fiction*, 1963）、《美国现代小说》（*The Modern Novel in America*, 1963）、《美国小说中的爱情与死亡》（*Love and Death in the American Novel*, 1968）、《论当代文学》（*On Contemporary Literature*, 1964）、《美国社会小说：从詹姆斯到科曾斯》（*American Social Fiction*: *James to Cozzens*, 1964）、《当代美国小说家》（*Contemporary American Novelists*, 1964）、《犹太人与美国人》（*Jews and Americans*, 1965）、《梦魇的语言：当代美国小说研究》（*The Language of Nightmare*: *Studies in the Contemporary American Novel*, 1965）、《美国现代政治小说：1900—1960》（*The Modern American Political Novel*, *1900-1960*, 1966）、《美国新激进主义（1889—1963）：作为一种社会类型的知识分子》[*The New Radicalism in America* (*1889-1963*): *The Intellectual as a Social Type*, 1966]、《当今小说：当代小说学生指南》（*The Novel Now*: *A Student's Guide to Contemporary Fiction*, 1967）、《绝望的信仰：贝娄、塞林格、梅勒、鲍德温和厄普代克研究》（*Desperate Faith*: *A Study of Bellow*, *Salinger*, *Mailer*, *Baldwin and Updike*, 1967）、《六十年代的美国：一部思想史》（*America in the Sixties*: *An Intellectual History*, 1968）、《思考女性》（*Thinking About Women*, 1968）、《小说展望》（*Perspectives on Fiction*, 1968）、《永恒的亚当与新世界花园：1830年以来美国小说中的中心神话》（*The Eternal Adam and the New World Garden*: *The Central Myth in the American Novel since 1830*, 1968）和《领域混淆》（*The Confusion of Realms*, 1969）等30多部著作，①代表性文章有罗伯特·高尔汉姆·戴维斯（Robert Gorham Davis）的《诺曼·梅勒与自我主义的陷阱》②、弗雷德里克·J. 霍夫曼（Frederick J. Hoffman）的《诺曼·梅勒与自我的反抗：关于近期美国文学的一些探讨》③、德威特·

① See Laura Adams, *Norman Mailer*: *A Comprehensive Bibliography*, Metuchen, N. J.: The Scarecrow Press, Inc., 1974, pp. 80-104.

② Robert Gorham Davis, "Norman Mailer and the Trap of Egoism", *Story*, Vol. 33, Spring 1960, pp. 117-119.

③ Frederick J. Hoffman, "Norman Mailer and the Revolt of the Ego: Some Observations in Recent American Literature", *Wisconsin Studies in Contemporary Literature*, Vol. 1, No. 3, Autumn 1960, pp. 5-12.

麦克唐纳德（Dwight Macdonald）的《我们的长久通讯员：马萨诸塞与梅勒》①、查尔斯·I. 格里克斯伯格的《诺曼·梅勒：美国的愤怒年轻小说家》②、乔治·A. 施拉德尔（George A. Schrader）的《诺曼·梅勒与反抗的绝望》③、H. 山本（H. Yamamoto）的《诺曼·梅勒的现实主义意识》④、布鲁斯·库克（Bruce Cook）的《诺曼·梅勒：权力的诱惑》⑤、戴安娜·特里林的《诺曼·梅勒》⑥、罗伯特·安顿·威尔森（Robert Anton Wilson）的《致诺曼·梅勒的一封公开信》⑦、米利克·兰德（Myrick Land）的《诺曼·梅勒先生挑战屋里的所有天才》⑧、莱斯利·A. 费德勒的《作为神话美国人的犹太人》⑨、佐渡谷重信（Shigenobu Sadoya）的《诺曼·梅勒的存在主义》⑩、考德尔·威林厄姆（Calder Willingham）的《不是这样做的：论诺曼·梅勒的消沉》⑪、哈里斯·迪恩斯特弗莱（Harris Dienstfrey）的《诺曼·梅勒的小说》⑫、锡德尼·芬克莱斯坦因（Sidney Finklestein）的《诺曼·梅勒与爱德华·阿尔比》⑬、劳伦斯·戈尔德曼（Lawrence Goldman）的《诺曼·梅勒的

① Dwight Macdonald, "Our Far-flung Correspondents: Massachusetts vs. Mailer", *New Yorker*, October 1960, pp. 154-156, 158, 160-166.

② Charles I. Glicksberg, "Norman Mailer: The Angry Young Novelist in America", *Wisconsin Studies in Contemporary Literature*, Vol. 1, No. 1, Winter 1960, pp. 25-34.

③ George A. Schrader, "Norman Mailer and the Despair of Defiance", *Yale Review*, No. 51, December 1961, pp. 267-280.

④ H. Yamamoto, "The Realistic Consciousness of Norman Mailer", *American Literature Review* (Tokyo), April 1961, pp. 10-11.

⑤ Bruce Cook, "Norman Mailer: The Temptation to Power", *Renaissance*, No. 14, Summer 1962, pp. 206-215, 222.

⑥ Diana Trilling, "Norman Mailer", *Encounter*, November 1962, pp. 45-56; rpt. as "The Moral Radicalism of Norman Mailer", in Diana Trilling, *Claremont Essays*, New York: Jarcourt Brace & World, 1964, pp. 175-202.

⑦ Robert Anton Wilson, "An Open Letter to Norman Mailer", *Way Out*, February 1963, pp. 50-57.

⑧ Myrick Land, "Mr. Norman Mailer Challenges All the Talent in the Room", in Myrick Land, *The Fine Art of Literary Mayhem*, New York: Holt, Rinehart & Winston, 1963, pp. 216-238.

⑨ Leslie A. Fiedler, "The Jew as Mythic American", *Ramparts*, Fall 1963, pp. 32-48.

⑩ Shigenobu Sadoya, "Norman Mailer's Existentialism", *Studies in English Language and Literature* (Seinan Gakuin University, Japan), July 1963, pp. 39-58.

⑪ Calder Willingham, "The Way It Isn't Done: Notes on the Distress of Norman Mailer", *Esquire*, December 1963, pp. 306-308.

⑫ Harris Dienstfrey, "The Fiction of Norman Mailer", in Richard Kostelanetz, ed., *On Contemporary Literature*, New York: Hearst, 1964, pp. 422-436.

⑬ Sidney Finklestein, "Norman Mailer and Edward Albee", *American Dialog*, Vol. 1, October-November 1964, pp. 23-28.

政治想象》①、埃德蒙·L. 沃尔普（Edmund L. Volpe）的《詹姆斯·琼斯—诺曼·梅勒》②、马尔文·穆德里克（Marvin Mudrick）的《梅勒与斯泰伦：权势客人》③、艾伦·古特曼（Allen Guttmann）的《犹太人的皈依》④、马里奥·科罗纳（Mario Corona）的《诺曼·梅勒》⑤、伊哈布·哈桑（Ihab Hassan）的《愤怒的小说：战后美国小说中的少数派声音》⑥、保罗·B. 纽曼（Paul B. Newman）的《梅勒：作为存在主义者的犹太人》⑦、雷尼·维尼加尔顿（Renee Winegarten）的《诺曼·梅勒——真的还是假的?》⑧、约翰·W. 阿尔德里奇的《诺曼·梅勒：新成功的能量》⑨、阿尔弗雷德·卡津的《作为现代作家的犹太人》⑩、玛格丽·伍德（Margery Wood）的《诺曼·梅勒与纳撒利·萨拉特：存在主义小说之比较》⑪、罗伯特·所罗塔洛夫的《沿着梅勒的路走下去》⑫、詹姆斯·托贝克（James Toback）的《今日之诺曼·梅勒》⑬、理查德·福斯特（Richard Foster）的《梅勒与菲茨杰拉德传统》⑭、约翰·彼特（John

① Lawrence Goldman, "The Political Vision of Norman Mailer", *Studies on the Left*, Vol. 4, Summer 1964, pp. 129-141.

② Edmund L. Volpe, "James Jones-Norman Mailer", in Harry T. Moore, ed., *Contemporary American Novelists*, Carbondale: Southern Illinois University Press, 1964, pp. 106-119.

③ Marvin Mudrick, "Mailer and Styron: Guests of the Establishment", *The Hudson Review*, Vol. 17, No. 3, Autumn 1964, pp. 346-366.

④ Allen Guttmann, "The Conversion of the Jew", *Wisconsin Studies in Contemporary Literature*, Vol. 6, No. 2, Summer 1965, pp. 161-176.

⑤ Mario Corona, "Norman Mailer", *Studi Americani*, No. 11, 1965, pp. 359-407.

⑥ Ihab Hassan, "The Novel of Outrage: A Minority Voice in Postwar American Fiction", *American Scholar*, Vol. 34, Spring 1965, pp. 239-253.

⑦ Paul B. Newman, "Mailer: The Jew as Existentialist", *North American Review*, Vol. 250, No. 3, Fall 1965, pp. 48-55.

⑧ Renee Winegarten, "Norman Mailer—Genuine or Counterfeit?", *Midstream*, September 1965, pp. 91-95.

⑨ John W. Aldridge, "Norman Mailer: The Energy of New Success", in his *Time to Murder and Create: The Contemporary Novel in Crisis*, New York: David McKay Company, 1966, pp. 149-163.

⑩ Alfred Kazin, "The Jew as Modern Writer", *Commentary*, April 1966, pp. 37-41.

⑪ Margery Wood, "Norman Mailer and Nathalie Sarraute: A Comparison of Existential Novels", *Minnesota Review*, Vol. 6, 1966, pp. 67-72.

⑫ Robert Solotaroff, "Down Mailer's Way", *Chicago Review*, Vol. 19, June 1967, pp. 11-25.

⑬ James Toback, "Norman Mailer Today", *Commentary*, October 1967, pp. 68-76.

⑭ Richard Foster, "Mailer and the Fitzgerald Tradition", *NOVEL: A Forum on Fiction*, Vol. 1, No. 3, Spring 1968, pp. 219-230.

Peter）的《小说家的自我消除》①、罗伯特·兰鲍姆（Robert Langbaum）的《梅勒的新风格》②、戴维斯·希尔萨（David Helsa）的《诺曼·梅勒的两个角色》③、马克思·F. 舒尔茨（Max F. Schulz）的《梅勒的神曲》④、罗伯特·阿尔特尔（Robert Alter）的《诺曼·梅勒笔下的真实与想象世界》⑤、西莫尔·克里姆（Seymour Krim）的《诺曼·梅勒：滚出我的脑海！》⑥、马丁·格林（Martin Green）的《梅勒与艾米斯：新保守主义》⑦、雷蒙·A. 施罗斯（Raymond A. Schroth）的《梅勒及其众神》⑧、大卫·洛奇（David Lodge）的《十字路口的小说家》⑨、理查德·吉尔曼的《诺曼·梅勒：艺术作为生活，生活作为艺术》⑩ 和格莱斯·维特（Grace Witt）的《作为嬉皮士的坏人：诺曼·梅勒对边疆隐喻的运用》⑪。

20世纪60年代，除了评论和评介文章，还出现了4部梅勒研究专著：理查德·福斯特的《诺曼·梅勒》（*Norman Mailer*，1968）、贝利·H. 利兹（Barry H. Leeds）的《诺曼·梅勒的结构化想象》（*The Structured Vision of Norman Mailer*，1969）、唐纳德·L. 考夫曼（Donald L. Kaufmann）的《诺曼·梅勒：倒数：第一个20年》（*Norman Mailer*：*the Countdown*：*the First Twenty Years*，1969）和彼特·曼索（Peter Manso）的《与机器赛跑：梅勒—布里斯

① John Peter，"The Self-effacement of the Novelist"，*Malahat Review*，Vol. 8，October 1968，pp. 119-128.

② Robert Langbaum，"Mailer's New Style"，*NOVEL*：*A Forum on Fiction*，Vol. 2，No. 1，Fall 1968，pp. 69-78.

③ David Helsa，"The Two Roles of Norman Mailer"，in Nathan A. Scott，ed.，*Adversity and Grace*，Chicago：University of Chicago Press，1968，pp. 211-238.

④ Max F. Schulz，"Mailer's Divine Comedy"，*Contemporary Literature*，Vol. 9，No. 1，Winter，1968. pp. 36-57.

⑤ Robert Alter，"The Real and Imaginary Worlds of Norman Mailer"，*Midstream*，January 1969，pp. 24-35.

⑥ Seymour Krim，"Norman Mailer，Get Out of My Head!"，*New York*，April 21，1969，pp. 35-42.

⑦ Martin Green，"Mailer and Amis：The New Conservatism"，*Nation*，May 5，1969，pp. 573-575.

⑧ Raymond A. Schroth，"Mailer and His Gods"，*Commonweal*，May 9，1969，pp. 226-229.

⑨ David Lodge，"The Novelist at the Crossroads"，*Critical Quarterly*，No. 11，Summer 1969，pp. 105-132.

⑩ Richard Gilman，"Norman Mailer：Art as Life，Life as Art"，in his *The Confusion of Realms*，New York：Random House，1969，pp. 81-153.

⑪ Grace Witt，"The Bad Man as Hipster：Norman Mailer's Use of the Frontier Metaphor"，*Western American Literature*，No. 4，Fall 1969，pp. 203-217.

林竞选》（*Running against the Machine*：*The Mailer-Breslin Campaign*，1969）；另外，理查德·科斯特拉尼兹（Richard Kostelanetz）主编的《论当代文学：当代文学主要运动与作家论文集》（*On contemporary Literature*：*An Anthology of Critical Essays on the Major Movements and Writers of Contemporary Literature*，1964）和阿尔弗雷德·卡津的专著《正在创作的作家：第三辑》（*Writers at Work*：*Third Series*，1967）也分别专章论述了梅勒。此外，B. A. 所科罗夫（B. A. Sokoloff）出版了梅勒研究文献汇编：《诺曼·梅勒研究文献》（*A Bibliography of Norman Mailer*，1969）。在这些研究专著、编著和文献汇编中，3部涉及梅勒小说：《诺曼·梅勒》《诺曼·梅勒的结构化想象》和《诺曼·梅勒：倒数：第一个20年》。

20世纪60年代，除了研究论文、专著、编著和文献汇编，还出现了30余篇梅勒专题研究或涉及梅勒研究的博士和硕士学位论文。纵观这一时期的研究情况，可以发现，批评界关注的主要话题是：梅勒小说中的诚实主题、战争观、人的命运观、人物形象、个人/自我与社会、美国神话与存在主义想象、存在主义及其对美国文学的影响、存在主义英雄的命运、嬉皮主义与嬉皮士、成长与开放未来、自然主义、虚无的极权主义、社会政治思想演化、孤立反应、冲突模式、都市价值、意义寻找、政治小说中的含混与冲突，等等。

1969年，梅勒因《夜晚的大军》首次获得普利策文学奖和美国国家图书奖。受此次获奖影响，20世纪70年代伊始，梅勒研究开始蓬勃发展，出现了一次研究热潮。这一时期，40—60年代的梅勒小说和非虚构作品继续受到批评界关注。《现代小说研究》、*PMLA*、《美国小说研究：诺曼·梅勒专辑》（*Studies of American Novels*：*Norman Mailer Number*）、《哈德森评论》和《20世纪文学》等期刊以及《英雄小说：史诗传统与20世纪美国小说》（*Heroic Fiction*：*The Epic Tradition and the American Novels of the Twentieth Century*，1971）等著作发表或收录了《裸者与死者》研究论文①，虽然数量不多，但都是比较有深度的细读性专题研究，代表性文章有大卫·F. 伯格（David F. Burg）的《〈裸者与死者〉的主人公》②、兰德尔·H. 沃尔德伦（Randall

① See Laura Adams, *Norman Mailer*: *A Comprehensive Bibliography*, Metuchen, N. J.: The Scarecrow Press, Inc., 1974, pp. 33, 34, 36.

② David F. Burg, "The Hero of *The Naked and the Dead*", *Modern Fiction Studies*, Vol. 17, No. 3, Autumn 1971, pp. 387-401.

H. Waldron）的《裸者、死者与机器：新观诺曼·梅勒首部长篇小说》[①] 和保罗·N. 西格尔（Paul N. Siegel）的《〈裸者与死者〉中的邪恶上帝》[②]。《现代小说研究》和《20世纪文学》发表了评论《巴巴里海滨》的文章，前者发表了约翰·斯塔克（John Stark）的《〈巴巴里海滨〉：梅勒最佳作品的基础》[③]，该文专门评论了《巴巴里海滨》，后者发表了露丝·普利格兹（Ruth Prigozy）的《麦卡锡时代的自由主义小说家》[④]，该文中也有对《巴巴里海滨》的集中论述。《美国小说研究：诺曼·梅勒专辑》《前沿：女性研究》（*Frontiers*：*A Journal of Women Studies*）和《批判》等期刊发表了评论《鹿苑》的文章[⑤]，小说主人公塞尔杰斯·奥肖内西（Sergius O'Shaugnessy）成为很多评论的重要关注，如詹姆斯·罗瑟尔（James Rother）的《梅勒的"奥肖内西纪事"：想象的尸检》[⑥] 和海伦·豪威尔·瑞尼斯（Helon Howell Raines）的《诺曼·梅勒的塞尔杰斯·奥肖内西：恶棍与受害者》[⑦]。《歌剧新闻》（*Opera News*）、《过渡》（*Transition*）和《美国小说研究：诺曼·梅勒专辑》发表了评论《一场美国梦》的文章。[⑧]《20世纪文学》《加拿大美国研究评论》（*Canadian Review of American Studies*）、《现代小说研究》和《大学英语》等期刊以及《美国梦，美国梦魇》（*American Dreams*，*American Nightmares*，1970）等著作发表或收录了评论或涉及《我们为什么在越南？》的文章[⑨]，代

① Randall H. Waldron, "The Naked, the Dead, and the Machine: A New Look at Norman Mailer's First Novel", *PMLA*, Vol. 87, No. 2, March 1972, pp. 271-277.

② Paul N. Siegel, "The Malign Deity of *The Naked and the Dead*", *Twentieth Century Literature*, Vol. 20, No. 4, October 1974, pp. 291-297.

③ John Stark, "*Barbary Shore*: The Basis of Mailer's Best Work", *Modern Fiction Studies*, Vol. 17, No. 3, Autumn 1971, pp. 403-408.

④ Ruth Prigozy, "The Liberal Novelist in the McCarthy Era", *Twentieth Century Literature*, Vol. 21, No. 3, October 1975, pp. 253-264.

⑤ See Laura Adams, *Norman Mailer*: *A Comprehensive Bibliography*, Metuchen, N. J.: The Scarecrow Press, Inc., 1974, p. 38.

⑥ James Rother, "Mailer's 'O' Shaugnessy Chronicle: A Speculative Autopsy", *Critique*, Vol. 19, No. 3, 1978, pp. 21-39.

⑦ Helon Howell Raines, "Norman Mailer's Sergius O'Shaugnessy: Villain and Victim", *Frontiers*: *A Journal of Women Studies*, Vol. 2, No. 1, Spring 1977, pp. 71-75.

⑧ See Laura Adams, *Norman Mailer*: *A Comprehensive Bibliography*, Metuchen, N. J.: The Scarecrow Press, Inc., 1974, pp. 46, 49, 50.

⑨ Ibid., pp. 55-57.

表性文章有伊哈布·哈桑的《聚焦诺曼·梅勒的〈我们为什么在越南?〉》[①]、拉尔夫·毛德（Ralph Maud）的《福克纳、梅勒与熊瑜伽》[②]、理查德·皮尔斯（Richard Pearce）的《诺曼·梅勒的〈我们为什么在越南?〉：对边疆价值的激进批判》[③]、鲁宾·拉比诺威兹（Rubin Rabinovitz）的《〈我们为什么在越南?〉中的神话与泛灵论》[④]和弗雷德里克·詹姆逊（Fredric Jameson）的《伟大的美国猎人，或者，小说中的意识形态内容》[⑤]；《大众文化》（*Journal of Popular Culture*）、《马萨诸塞英语研究》（*Massachusetts Studies in English*）、《现代小说研究》《小说：小说论坛》（*NOVEL: A Forum on Fiction*）、《〈英语研究年鉴〉第 8 辑：美国文学专辑》（*The Yearbook of English Studies 8*, *American Literature Special Number*）和《美国小说研究：诺曼·梅勒专辑》等期刊以及《小说与事件》（*Fictions and Events*, 1971）等著作发表或收录了评论或涉及《夜晚的大军》的文章[⑥]，代表性文章有约翰·D. 查姆鲍尔（John D. Champoll）的《诺曼·梅勒与〈夜晚的大军〉》[⑦]、罗伯特·梅瑞迪斯（Robert Merideth）的《45 秒钟的尿：关于诺曼·梅勒与〈夜晚的大军〉的左派批判》[⑧]、查尔斯·H. 布朗（Charles H. Brown）的《新闻写作与艺术》[⑨]、杰克·贝哈尔（Jack Behar）的《历史与虚构：诺曼·梅勒的〈夜

① Ihab Hassan, "Focus on Norman Mailer's *Why Are We in Vietnam?*", in David Madden, ed., *American Dreams, American Nightmares*, Carbondale: Southern Illinois University Press, 1970, pp. 197-203.

② Ralph Maud, "Faulkner, Mailer, and Yogi Bear", *Canadian Review of American Studies*, Vol. 2, No. 2, Fall 1971, pp. 69-75.

③ Richard Pearce, "Norman Mailer's *Why Are We in Vietnam?*: A Radical Critique of Frontier Values", *Modern Fiction Studies*, Vol. 17, No. 3, Autumn 1971, pp. 409-414.

④ Rubin Rabinovitz, "Myth and Animalism in *Why Are We in Vietnam?*", *Twentieth Century Literature*, Vol. 20, No. 4, October 1974, pp. 298-305.

⑤ Fredric Jameson, "The Great American Hunter, or, Ideological Content in the Novel", *College English*, Vol. 34, No. 2 (*Marxist Interpretations of Mailer, Woolf, Wright and Others*), November 1972, pp. 180-197.

⑥ See Laura Adams, *Norman Mailer: A Comprehensive Bibliography*, Metuchen, N. J.: The Scarecrow Press, Inc., 1974, pp. 58-60.

⑦ John D. Champoll, "Norman Mailer and *The Armies of the Night*", *Massachusetts Studies in English*, Vol. 3, 1971, pp. 17-21.

⑧ Robert Merideth, "The 45-second Piss: A Left Critique of Norman Mailer and *The Armies of the Night*", *Modern Fiction Studies*, Vol. 17, No. 3, Autumn 1971, pp. 433-449.

⑨ Charles H. Brown, "Journalism versus Art", *Current*, June 1972, pp. 31-38.

晚的大军〉；威廉·斯泰伦的〈纳特·特勒的忏悔〉》[①]、詹姆斯·E. 布里斯林（James E. Breslin）的《诺曼·梅勒〈夜晚的大军〉中的风格》[②] 和肯尼斯·A. 塞布（Kenneth A. Seib）的《梅勒笔下的游行：〈夜晚的大军〉的史诗结构》[③]。此外，《为我自己做广告》和《食人者与基督徒》也受到一定关注，《现代小说研究》《南方评论》和《五十年代：小说、诗歌、戏剧》（*The Fifties*：*Fiction*，*Poetry*，*Drama*，1971）发表或收录了评介这两部作品的文章。[④] 总体来说，20 世纪 70 年代，批评界对梅勒 40—60 年代发表的作品的关注程度有所下降，评论主要出现在 70 年代上半期，但研究成分增多，重读倾向增强，评论话题更为集中。就作品而言，70 年代批评界比较关注梅勒的成名作《裸者与死者》和 60 年代后期作品《我们为什么在越南?》与《夜晚的大军》。

但是，20 世纪 70 年代，批评界关注的主要是这一时期梅勒的非虚构作品。1970 年，梅勒发表《月球上的火焰》，引起批评界极大关注。随后两年内，《图书馆学刊》《新政客》《时代》《时代文学补遗》《新闻周刊》《纽约时报》《纽约时报书评》《纽约书评》《纽约人》《国家评论》《畅销书》《星期六评论》《新共和国》《出版周刊》《大西洋》《星期日时报》《国家》《评论》《批评家》《现代小说研究》《河滨季刊》（*Riverside Quarterly*）和《政治评论》（*Review of Politics*）等 30 余种期刊发表了 30 余篇评介该作品的文章[⑤]，代表性文章有本杰明·德·莫特（Benjamin De Mott）的《在载有宝瓶座梅勒的阿波罗Ⅱ号里面》[⑥]、理查德·柏瑞尔的《梅勒的起伏》[⑦]、阿尔弗雷德·卡津的《卡波特笔下的堪萨斯与梅勒笔下的月球》[⑧]、雷蒙·A. 施罗斯

---

① Jack Behar, "History and Fiction: *The Armies of the Night* by Norman Mailer; *The Confessions of Nat Turner* by William Styron", *NOVEL*: *A Forum on Fiction*, Vol. 3, No. 3, Spring 1970, pp. 260–265.

② James E. Breslin, "Style in Norman Mailer's *The Armies of the Night*", *The Yearbook of English Studies*, Vol. 8 (*American Literature Special Number*), 1978, pp. 157–170.

③ Kenneth A. Seib, "Mailer's March: The Epic Structure of *The Armies of the Night*", *Essays in Literature*, Vol. 1, No. 1, Spring 1974, pp. 89–95.

④ See Laura Adams, *Norman Mailer*: *A Comprehensive Bibliography*, Metuchen, N. J.: The Scarecrow Press, Inc., 1974, pp. 40–41.

⑤ Ibid., pp. 63–65.

⑥ Benjamin De Mott, "Inside Apollo II with Aquarius Mailer", *Saturday Review*, January 16, 1971, pp. 25–27, 57–58.

⑦ Richard Poirier, "Ups and Downs of Mailer", *New Republic*, January 23, 1971, pp. 23–26.

⑧ Alfred Kazin, "Capote's Kansas and Mailer's Moon", *New York Review of Books*, April 8, 1971, pp. 26–30.

（Raymond A. Schroth）的《梅勒论登月》[①]、唐纳德·L. 考夫曼的《梅勒的月球小碎片》[②]和托马斯·沃尔吉（Thomas Werge）的《像世界末日的航行：上帝、撒旦与诺曼·梅勒〈月球上的火焰〉中的美国传统》[③]。1972 年，梅勒发表《性的囚徒》，也受到批评界关注，《时代》《时代文学补遗》《纽约时报》《纽约时报书评》《星期日时报杂志》《图书馆学刊》《畅销书》《星期六评论》《国家评论》《大西洋》《新政客》《批评家》和《马萨诸塞评论》等 20 余种期刊发表了 20 余篇评介该作品的文章[④]，代表性文章有《女性解放：梅勒对米莉特》[⑤]、西斯特·楠（Sister Nan）的《诺曼：性的囚徒》[⑥]、布利基德·布罗菲（Brigid Brophy）的《性的囚徒》[⑦]和《凯蒂对梅勒所做的》[⑧]、乔伊斯·卡罗尔·欧茨（Joyce Carol Oates）的《走出机器》[⑨]、V. S. 普利特奇特（V. S. Pritchett）的《与梅勒在性马戏团：进入笼子》[⑩]、乔纳森·拉邦（Jonathan Raban）的《哈克·梅勒与寡妇米莉特》[⑪]、朱丽叶·米切尔（Juliet Mitchell）的《梅勒："所以又呼吁革命了"》[⑫]、大卫·洛奇的《男性、梅勒、女性》[⑬]和安妮特·巴恩斯（Annette Barnes）的《诺曼·梅

① Raymond A. Schroth, "Mailer on the Moon", *Commonweal*, May 7, 1971, pp. 216–218.

② Donald L. Kaufmann, "Mailer's Lunar Bits and Pieces", *Modern Fiction Studies*, Vol. 17, Autumn 1971, pp. 451–454.

③ Thomas Werge, "An Apocalyptic Voyage: God, Satan, and the American Tradition in Norman Mailer's *Of a Fire on the Moon*", *The Review of Politics*, Vol. 34, No. 4, October 1972, pp. 108–128.

④ See Laura Adams, *Norman Mailer: A Comprehensive Bibliography*, Metuchen, N. J.: The Scarecrow Press, Inc., 1974, pp. 66–67.

⑤ "Women's Lib: Mailer vs. Millet", *Time*, February 22, 1971, p. 71.

⑥ Sister Nan, "Norman, prisoner of sex", *Off Our Backs*, Vol. 1, No. 20, April 15, 1971, p. 14.

⑦ Brigid Brophy, "The Prisoner of Sex", *New York Times Book Review*, May 23, 1971, pp. 1, 14, 16.

⑧ Brigid Brophy, "What Katy Did to Norman", *Sunday Times Magazine* (London), September 12, 1971, p. 53.

⑨ Joyce Carol Oates, "Out of the Machine", *Atlantic*, July 1971, pp. 42–45.

⑩ V. S. Pritchett, "With Norman Mailer at the Sex Circus: Into the Cage", *Atlantic*, July 1971, pp. 40–42.

⑪ Jonathan Raban, "Huck Mailer and the Widow Millet", *New Statesman*, September 3, 1971, pp. 303–304.

⑫ Juliet Mitchell, "Mailer: 'So the revolution called again'", *Modern Occasions*, Vol. 1, Fall 1971, pp. 611–618.

⑬ David Lodge, "Male, Mailer, Female", *New Black Friars*, Vol. 52, December 1971, pp. 558–561.

勒：性的囚徒》[1]。同年，梅勒还发表《麦德斯通：一个谜》，但没有引起批评界太多关注，除了《纽约时报书评》和《北美评论》各发表1篇评介文章，没有任何期刊发表任何评介或评论文章。1972年，梅勒发表《存在主义差事》和《圣乔治与教父》两部非虚构作品，再次受到批评界极大关注。《图书馆学刊》《纽约时报》《纽约时报书评》《纽约书评》《纽约人》和《星期六评论》等10余种期刊发表了10余篇评介《存在主义差事》的文章。[2]《纽约时报》《纽约时报书评》《纽约人》《星期六评论》《时代》《国家观察者》和《评论》等10余种期刊发表了10余篇评介《圣乔治与教父》的文章。[3] 1973年，梅勒发表《玛丽莲传》，再次受到批评界关注。《时代》《纽约时报》《纽约时报书评》《纽约书评》《纽约人》《新闻周刊》《畅销书》《图书馆学刊》《新共和国》《华尔街学刊》《星期六评论》《绅士》《评论》《新政客》和《哈德森评论》等20多种期刊发表了近30篇评介或评论该作品的文章，[4] 代表性文章有马尔什·克拉克和斯蒂夫·坎弗（Marsh Clark and Stefan Kanfer）合著的《两种神话重合：NM发现了MM》[5]、埃德蒙·福勒（Edmund Fuller）的《梅勒对玛丽莲的性剥削》[6]、路易斯·伯格（Louis Berg）的《当她善良时……》[7]、约翰·斯塔福特（John Stafford）的《梅勒笔下的玛丽莲·梦露》[8]、索尔·马洛夫（Saul Maloff）的《梅勒笔下的玛丽莲》[9]、里拉·弗雷利彻尔（Lila Frelicher）的《梅勒为格罗塞特和邓拉普庆贺梦露》[10]、菲利普·福瑞琪（Philip French）的《诺曼与诺玛·基恩》[11] 和

---

① Annette Barnes, "Norman Mailer: A Prisoner of Sex", *Massachusetts Review*, Vol. 13, No. 1/2, Winter 1972, pp. 269-274.

② See Laura Adams, *Norman Mailer: A Comprehensive Bibliography*, Metuchen, N. J.: The Scarecrow Press, Inc., 1974, p. 68.

③ Ibid., p. 69.

④ Ibid., pp. 69-71.

⑤ Marsh Clark and Stefan Kanfer, "Two Myths Converge: NM Discovers MM", *Time*, July 16, 1973, pp. 60-64, 69-70.

⑥ Edmund Fuller, "Mailer's Sexploitation of Marilyn", *Wall Street Journal*, September 24, 1973, p. 14.

⑦ Louis Berg, "When She Was Good...", *Saturday Review / World*, September 25, 1973, pp. 32-34.

⑧ John Stafford, "Mailer's Marilyn Monroe", *Vogue*, September 1973, pp. 288-289.

⑨ Saul Maloff, "Mailer's Marilyn", *Commonweal*, September 21, 1973, pp. 503-505.

⑩ Lila Frelicher, "Mailer Celebrates Monroe for Grosset and Dunlap", *Publishers' Weekly*, November 13, 1972, p. 36.

⑪ Philip French, "Norman and Norma Jean", *New Statesman*, November 9, 1973, pp. 688-689.

杰拉尔德·威尔斯（Gerald Weales）的《裸的与假的：诺曼·梅勒的〈玛丽莲传〉》①。1974年，梅勒发表《乱涂乱画的信仰》，也受到批评界关注，《出版周刊》《纽约时报》《纽约时报书评》和《纽约》等期刊发表了评介性文章。② 同年，梅勒还发表《决斗》，但未受到批评界很多关注，除了《图书馆学刊》发表1篇简短评介文章，没有任何期刊发表任何评介或评论文章。1976年，梅勒发表非虚构作品《一些尊贵的人：1960—1972年的政治会议》，同样没有受到批评界很多关注，除了《图书馆学刊》发表1篇简短评介文章，没有任何期刊发表任何评介或评论文章。1979年，梅勒发表《刽子手之歌》，这是他继《夜晚的大军》之后的又一力作，让他第二次荣获普利策文学奖，但小说发表后并没有立即受到批评界关注，除了《图书馆学刊》发表1篇简短评介文章，当年没有任何期刊发表任何评介或评论文章。

除了针对具体作品的评介和评论，20世纪70年代，从整体角度评介或评论梅勒的文章也非常多。这一时期，《作家文摘》（*Writer's Digest*）、《党派评论》《德语英美文学评论季刊》（*Dutch Quarterly Review of Anglo-American Letters*）、《星期六评论》《星期六艺术评论》（*Saturday Review of the Arts*）、《纽约时报》《纽约时报书评》《绅士》《现代小说研究》《批评评论》《西部人文评论》（*Western Humanities Review*）、《新美国评论》（*New American Review*）、《当代文学》《知识分子文摘》（*Intellectual Digest*）、《国家》《大西洋》《哥伦比亚新闻主义评论》（*Columbia Journalism Review*）、《国家观察者》《马克·吐温学刊》（*Mark Twain Journal*）、《大学英语》《华盛顿邮报》（*Washington Post*）、《新闻周刊》《美国小说研究：诺曼·梅勒专辑》《异见者》《美国文学》《新评论》（*The New Review*）、《美国学者》和《马萨诸塞评论》等近40种期刊以及《公开的决定：当代美国小说及其思想背景》（*The Open Decision: The Contemporary American Novel and Its Intellectual Background*, 1970）、《文学视野：四分之一个世纪的美国文学》（*Literary Horizons: A Quarter Century of American Fiction*, 1970）、《美国梦，美国梦魇》（*American Dreams, American Nightmares*, 1970）、《武装的美国：小说中的美国面目》（*An Armed America: Its Face in Fiction*, 1970）、《性政治》（*Sexual Politics*, 1970）、《美国的新小说：当代小说中的卡夫卡模式》（*The New Novel in Ameri-*

① Gerald Weales, "*The Naked and the Dead: Marilyn: A Biography* by Norman Mailer", *The Hudson Review*, Vol. 26, No. 4, Winter 1973-1974, pp. 769-772.

② See Laura Adams, *Norman Mailer: A Comprehensive Bibliography*, Metuchen, N. J.: The Scarecrow Press, Inc., 1974, p. 71.

ca: *The Kafkan Mode in Contemporary Fiction*, 1970)、《〈红热真空〉及其他六十年代的作品》(*The Red Hot Vacuum and Other Pieces of Writing of the Sixties*, 1970)、《美国文学中的英雄理想》(*The Heroic Ideal in American Literature*, 1971)、《美国的犹太作家:同化与身份危机》(*The Jewish Writer in America*: *Assimilation and the Crisis of Identity*, 1971)、《新新闻主义:地下出版社、非虚构艺术家和资深媒体的变革》(*The New Journalism*: *The Underground Press*, *The Artists of Nonfiction*, *and Changes in the Established Media*, 1971)、《词城:1950—1970年的美国小说》(*City of Words*: *American Fiction 1950-1970*, 1971)、《美国现代文学中的性革命》(*The Sexual Revolutions in Modern American Literature*, 1971)、《20世纪文学回眸》(第2卷)(*Twentieth Century Literature in Retrospect*, Vol. Ⅱ, 1973)、《从坡到梅勒的七位美国文学文体家简论》(*Seven American Literary Stylists from Poe to Mailer*: *An Introduction*, 1973)、《美国犹太人的文学》(*The Literature of American Jews*, 1973)、《当代美国文学(1945—1972)导论》(*Contemporary American Literature*, *1945-1972*: *An Introduction*, 1973)、《危险的跨越:法国文学存在主义与美国现代小说》(*A Dangerous Crossing*: *French Literary Existentialism and the Modern American Novel*, 1973)、《新新闻主义》(*The New Journalism*, 1973)和《堕落天使们的语言》(*Tongues of Fallen Angels*, 1974)等20多部著作发表或收录了90余篇梅勒研究或评论文章,① 代表性文章有格兰维尔·希克斯的《诺曼·梅勒:前言》②、海伦·韦伯格(Helen Weinberg)的《诺曼·梅勒小说中的主人公》③、J. 巴克(J. Bakker)的《文学、政治和诺曼·梅勒》④、马修·格莱斯(Matthew Grace)的《十年之末的诺曼·梅勒》⑤、威尔弗雷德·希德(Wilfred Sheed)的《诺曼·梅勒:天才抑或什么都不是》⑥、约翰·M. 缪斯

① See Laura Adams, *Norman Mailer*: *A Comprehensive Bibliography*, Metuchen, N. J.: The Scarecrow Press, Inc., 1974, pp. 79-102.

② Granville Hicks, "Norman Mailer: Foreword", in his *Literary Horizons*: *A Quarter Century of American Fiction*, New York: New York University Press, 1970, pp. 273-274.

③ Helen Weinberg, "The Heroes of Norman Mailer's Novels", in his *The New Novel in America*: *The Kafkan Mode in Contemporary Fiction*, Ithaca: Cornell University Press, 1970, pp. 108-140.

④ J. Bakker, "Literature, Politics, and Norman Mailer", *Dutch Quarterly Review of Anglo-AmericanLetters*, Vol. 1, No. 3-4, 1971, pp. 129-145.

⑤ Matthew Grace, "Norman Mailer at the End of the Decade", *Étudea Anglaises*, No. 24, January-March 1971, pp. 50-58.

⑥ Wilfred Sheed, "Norman Mailer: Genius or Nothing", *Encounter*, June 1971, pp. 66-71.

特的《诺曼·梅勒与约翰·多斯·帕索斯：影响问题》①、理查德·D. 芬霍尔特（Richard D. Finholt）的《“否则怎么解释?”：诺曼·梅勒的新宇宙观》②、唐纳德·L. 考夫曼的《诺曼·梅勒的长久而幸福的生活》③、詹姆斯·吉丁（James Gindin）的《特大修建与WASP的反应：梅勒与厄普代克的小说》④、莫顿·L. 罗斯（Morton L. Ross）的《梭罗与梅勒：狂妄自负之人的使命》⑤、西奥多·L. 格罗斯（Theodore L. Gross）的《诺曼·梅勒：英雄主义追寻》⑥、查尔斯·I. 格里克斯伯格的《诺曼·梅勒：拯救与像世界末日的极度兴奋》⑦、理查德·柏瑞尔的《梅勒：好的形式与差的》⑧ 和《诺曼·梅勒笔下的必要混乱》⑨、莱昂·布劳迪的《诺曼·梅勒：易受害性的自豪》⑩、迈克尔·科瓦（Michael Cowan）的《诺曼·梅勒的美国性》⑪、戴恩·普罗克斯皮尔·奥斯特立克（Dane Proxpeale Ostriker）的《诺曼·梅勒

① John M. Muste, “Norman Mailer and John Dos Passos: The Question of Influence”, *Modern Fiction Studies*, Vol. 17, No. 3, Autumn 1971, pp. 361-374.

② Richard D. Finholt, “ ‘Otherwise How Explain?’ Norman Mailer's New Cosmology”, *Modern Fiction Studies*, Vol. 17, No. 3, Autumn 1971, pp. 375-386.

③ Donald L. Kaufmann, “The Long Happy Life of Norman Mailer”, *Modern Fiction Studies*, Vol. 17, No. 3, Autumn 1971, pp. 347-359.

④ James Gindin, “Megalotopia and the WASP Backlash: The Fiction of Mailer and Updike”, *Critical Review*, Vol. 15, Winter 1971, pp. 38-52.

⑤ Morton L. Ross, “Thoreau and Mailer: The Mission of the Rooster”, *Western Humanities Review*, Vol. 25, Winter 1971, pp. 47-56.

⑥ Theodore L. Gross, “Norman Mailer: The Quest for Heroism”, in his *The Heroic Ideal in American Literature*, New York: Free Press, 1971, pp. 272-295.

⑦ Charles I. Glicksberg, “Norman Mailer: Salvation and the Apocalyptic Orgasm”, in his *The Sexual Revolutions in Modern American Literature*, The Hague: Martinus Nijhoff, 1971, pp. 171-181.

⑧ Richard Poirier, “Mailer: Good Form and Bad”, *Saturday Review*, April 22, 1972, pp. 42-46.

⑨ Richard Poirier, “Norman Mailer's Necessary Mess”, *Listener*, November 8, 1973, pp. 626-627.

⑩ Leo Braudy, “Norman Mailer: The Pride of Vulnerability”, in Leo Braudy, ed., *Norman Mailer: A Collection of Critical Essays*, Englewood Cliffs, N. J.: Prentice-Hall, Inc., 1972, pp. 1-20.

⑪ Michael Cowan, “The Americanness of Norman Mailer”, in Leo Braudy, ed., *Norman Mailer: A Collection of Critical Essays*, Englewood Cliffs, N. J.: Prentice-Hall, Inc., 1972, pp. 143-151.

与秘密女性或者，强奸C-K》①、理查德·福斯特的《诺曼·梅勒》②、理查德·莱恩的《其他限制：诺曼·梅勒与理查德·赖特》③、J. H. 罗利（J. H. Raleigh）的《历史及其重负：以诺曼·梅勒为例》④、罗伯特·F. 露西德（Robert F. Lucid）的《诺曼·梅勒：作为幻想人物的艺术家》⑤、赛尔顿·罗德曼（Seldon Rodman）的《诺曼·梅勒》⑥ 和J. 迈克尔·莱农的《梅勒的石棺：艺术家、媒体与“金钱”》⑦。

除了评介和评论文章，20世纪70年代还出版了不少梅勒研究专著、编著和文献汇编以及涉及梅勒研究的著作。1970—1979年，14部梅勒研究专著先后面世，它们是：乔·弗拉赫尔蒂（Joe Flaherty）的《管理梅勒》（*Managing Mailer*，1970）、卡洛琳·劳拉·泰特（Carolyn Laura Tate）的《诺曼·梅勒：存在主义英雄在美国的命运》（*Norman Mailer: The Fortunes of the Existentialist Hero in America*，1970）、罗伯特·赖特·梅里尔（Robert Wright Merrill）的《秩序爱好：诺曼·梅勒的成就》（*A Fondness for Order: The Achievement of Norman Mailer*，1971）和《诺曼·梅勒》（*Norman Mailer*，1978）、理查德·柏瑞尔的《诺曼·梅勒》（*Norman Mailer*，1972）、罗伯特·所罗塔洛夫的《沿着梅勒的路往下走》（*Down Mailer's Way*，1974）、菲利普·H. 布菲西斯（Philip H. Bufithis）的《诺曼·梅勒》（*Norman Mailer*，1974/1978）、斯坦利·T. 古特曼（Stanley T. Gutman）的《巴巴里的人类：诺曼·梅勒小说中的个人与社会》（*Mankind in Barbary: The Individual and Society in the Novels of Norman Mailer*，1975）、简·拉德福特（Jean Radford）的

---

① Dane Proxpeale Ostriker, "Norman Mailer and the Mystery Women or, The Rape of the C-K", *Esquire*, November 1972, pp. 122-125.

② Richard Foster, "Norman Mailer", in George T. Wright, ed., *Seven American Literary Stylists from Poe to Mailer: An Introduction*, Minneapolis: University of Minnesota Press, 1973, pp. 238-273.

③ Richard Daniel Lehan, "The Other Limits: Norman Mailer and Richard Wright", in his *A Dangerous Crossing: French Literary Existentialism and the Modern American Novel*, Carbondale and Edwardsville: Southern Illinois University Press, 1973, pp. 80-95.

④ J. H. Raleigh, "History and Its Burdens: The Example of Norman Mailer", in Monroe Engel, ed., *Uses of Literature*, Cambridge: Harvard University Press, 1973, pp. 163-186.

⑤ Robert F. Lucid, "Norman Mailer: The Artist as Fantasy Figure", *The Massachusetts Review*, Vol. 15, No. 4, Autumn 1974, pp. 581-595.

⑥ Seldon Rodman, "Norman Mailer", in his *Tongues of Fallen Angels*, New York: New Directions, 1974, pp. 163-181.

⑦ J. Michael Lennon, "Mailer's Sarcophagus: The Artist, The Media, and The 'Wad'", *Modern Fiction Studies*, Vol. 23, No. 2, Summer 1977, pp. 179-187.

《诺曼·梅勒批评研究》(*Norman Mailer: A Critical Study*, 1975)、迈克尔·克鲁亚克(Michael Kerouac)的《马克·吐温与诺曼·梅勒》(*Mark Twain and Norman Mailer*, 1975)、劳拉·亚当斯的《存在主义战斗:诺曼·梅勒的成长》(*Existential Battles: The Growth of Norman Mailer*, 1976)、威廉·J. 韦瑟比(William J. Weatherby)的《拉平比分:梅勒对鲍德温》(*Squaring off: Mailer versus Baldwin*, 1977)、罗伯特·厄尔里奇(Robert Ehrlich)的《诺曼·梅勒:作为嬉皮士的激进者》(*Norman Mailer: The Radical as Hipster*, 1978)、詹妮弗·贝利(Jennifer Bailey)的《诺曼·梅勒:快变的艺术家》(*Norman Mailer, Quick-change Artist*, 1979)和桑迪·科恩(Sandy Cohen)的《诺曼·梅勒的小说》(*Norman Mailer's Novels*, 1979)。这些研究专著覆盖了梅勒的主要作品,有的主要研究梅勒的思想,有的主要研究梅勒的艺术,有的主要研究梅勒的个性,分析都很有深度。

20世纪70年代还出版了2部梅勒研究专辑(号)和3部梅勒研究论文集。1971年,《现代小说研究》出版梅勒研究专辑《现代小说研究:诺曼·梅勒》(*Modern Fiction Studies: Norman Mailer*),收入唐纳德·L. 考夫曼、大卫·F. 伯格、罗伯特·梅瑞迪斯、理查德·D. 芬霍尔特、理查德·皮尔斯、约翰·M. 缪斯特、罗杰·拉姆塞(Roger Ramsey)和约翰·斯塔克等评论家的梅勒研究论文和劳拉·亚当斯的梅勒研究文献汇总;同年,《哈泼斯》出版《〈哈泼斯〉:诺曼·梅勒研究专号》(*Harper's: Norman Mailer Issue*),罗伯特·F. 露西德编辑出版梅勒研究论文集《诺曼·梅勒其人其作》(*Norman Mailer: The Man and His Work*, 1971),这是继《现代小说研究》和《哈泼斯》出版梅勒研究专辑(号)以来的第一部梅勒研究论文集,收入露西德、理查德·福斯特、诺曼·波德霍瑞茨、阿尔弗雷德·卡津、戈尔·威德尔、戴安娜·特里林、米奇·德克特尔、伊丽莎白·哈德威克(Elizabeth Hardwick)、汤姆·沃尔夫(Tom Wolfe)、理查德·柏瑞尔、莱昂·伯萨尼(Leo Bersani)、约翰·W. 阿尔德里奇、杰克·理查森(Jack Richardson)、德维特·麦克唐纳德、詹姆斯·鲍德温、考尔德·威林厄姆(Calder Willingham)、诺曼·马蒂恩(Norman Martien)和保罗·卡罗尔(Paul Carroll)等评论家的18篇梅勒研究论文,第一次集中全面地展现了梅勒研究成果。1972年,莱昂·布劳迪编辑出版《诺曼·梅勒批评论文集》(*Norman Mailer: A Collection of Critical Essays*, 1972),收入布劳迪、斯蒂芬·马尔库塞(Steven Marcus)、戴安娜·特里林、詹姆斯·鲍德温、乔治·阿尔弗雷德·施拉德(George Alfred Schrader)、F. W. 杜佩(F. W. Dupée)、斯坦利·埃德加·希曼、约翰·W. 阿尔德里奇、莱昂·伯萨尼、理查德·福斯特、迈克尔·科瓦、理查德·吉尔曼和理查德·柏瑞尔等评论家的13篇梅勒研究论文，其中3篇在罗伯特·F. 露西德编辑出版的《诺曼·梅勒其人其作》中已经出现。1974年，劳拉·亚当斯编辑出版《请真正的诺曼·梅勒站出来好吗》(*Will the Real Norman Mailer Please Stand Up*, 1974)，收入亚当斯、马修·格莱斯(Matthew Grace)、理查德·A. 施罗斯(Richard A. Schroth)、马克思·F. 舒尔茨、理查德·D. 芬霍尔特、迈克尔·科瓦、托尼·泰纳、巴里·H. 利兹、杰拉尔德·威尔斯、莱昂·布劳迪、迈克尔·L. 约翰逊(Michael L. Johnson)、简·奥雷利(Jane O'Reilly)、乔伊斯·卡罗尔·欧茨、布鲁斯·库克和理查德·柏瑞尔等评论家的15篇梅勒研究论文，再次比较全面集中地展现了梅勒研究的新成就。

除了研究专著、专辑(号)和论文集，20世纪70年代还有4部学术著作也专章论述或涉及梅勒及其作品，它们是：小纳森·A. 司各特的《三位美国道德家：梅勒、贝娄、特里林》(*Three American Moralists: Mailer, Bellow, Trilling*, 1973)、大卫·杰弗里·希史密斯(David Jeffrey Highsmith)的《海明威、米勒和梅勒作品中的人物：过去五十年中关于"我"的修辞》(*The Persona in Hemingway, Miller and Mailer: The Rhetoric of the "I" in the Last Fifty Years*, 1973)、欧文·玛琳(Irving Malin)主编的《当代美国犹太文学批评论文集》(*Contemporary American-Jewish Literature: Critical Essays*, 1973)和乔治·安德鲁·帕尼克斯(George Andrew Panichas)的《20世纪小说家的政治》(*The Politics of Twentieth-century Novelists*, 1974)。

除此，20世纪70年代还出版了1部梅勒传记和2部梅勒研究文献汇编。1976年，乔纳森·米德尔布鲁克(Jonathan Middlebrook)出版梅勒传记《梅勒与他时代的时代》(*Mailer and the Times of His Time*, 1976)，这是第一部梅勒传记，第一次全面集中地展现了梅勒的生活和创作经历。1974年，劳拉·亚当斯出版梅勒研究文献汇编《诺曼·梅勒研究文献全集》(*Norman Mailer: A Comprehensive Bibliography*, 1974)。1977年，第二部梅勒研究文献汇编《诺曼·梅勒研究文献》(*Norman Mailer: Bibliographie*, 1977)也正式面世，这两部文献汇编为后来的梅勒研究提供了极为有用的参考。

除了正式发表的梅勒研究论文和正式出版的梅勒研究专著、编著、专辑和文献汇编以及梅勒传记，20世纪70年代还有100余篇博士和硕士学位论文专题研究或涉及梅勒研究，研究话题主要涉及：梅勒小说中"两男一女"之间的三角关系，梅勒小说中的权力与自主，梅勒对待统治、权力和性的态度，梅勒的秩序愿望，梅勒的历史观，梅勒小说中的女性和女性塑造，梅勒作品中人物塑造的发展，梅勒小说中的个人与社会，梅勒小说中的不同自我和自我意识的形式，梅勒的激进个人主义，梅勒的激进英雄主义神学，梅勒小说中英雄与风格的关系，梅勒作品中的再生与英雄意识（寓言与原型），梅勒小说中英雄人物的演化，梅勒小说中对男性气质的追求，梅勒小说中的反叛及反叛者与嬉皮士，梅勒嬉皮士观中的审美和政治维度，梅勒小说中的美国存在主义者及其诞生，梅勒清教主义—存在主义想象的演化，梅勒的政治与政治思想，1948—1968 年梅勒政治主题的发展，梅勒作品中的政治和社会氛围，梅勒小说中的战争，梅勒 20 世纪 60 年代小说中的大学形象，梅勒小说中的美国梦，梅勒小说中技术时代的人性抗争，梅勒作品中的愤怒与复活，梅勒的末日天启论想象（梦与灾难），梅勒的拯救追求，梅勒的摩西式思想，梅勒小说中的犹太与清教价值，梅勒的神秘想象，梅勒作品中的虚构与现实、梅勒对美国现实的感知和梅勒的当代美国想象、梅勒的叙事艺术、梅勒的成长美学，梅勒作品的形式与内容，梅勒小说发展中的传奇与自然主义以及梅勒与美国文学自然主义的关系，等等。

1980 年，梅勒因《刽子手之歌》再次获得普利策文学奖，这让他再次成为批评界的关注热点。20 世纪 80 年代伊始，梅勒研究再次出现热潮，但与 70 年代相比，80 年代梅勒的创作力明显下降，除了 1982 年发表的非虚构作品《碎片与武断意见》、1983 年发表的小说《古代的夜晚》和 1984 年发表的小说《硬汉子不跳舞》，他没有发表其他作品。与此相应，批评界对梅勒的关注也没有 70 年代那么多。70 年代，梅勒已发表作品都受到批评界不同程度的关注；但 80 年代，仅有《裸者与死者》《月球上的火焰》《玛丽莲传》和《刽子手之歌》等为数不多的几部作品受到批评界不同程度的关注，其他作品均未受到关注。整个 80 年代，仅有 2 篇评论《裸者与死者》的文章：一篇是伯纳德·霍恩（Bernard Horn）的《战争中的艾哈布与伊什梅尔：〈裸者与死者〉中的〈白鲸〉在场》①，另一篇是尼格尔·雷（Nigel Leigh）的《梅勒〈裸者与死者〉中的地方精神》②；80 年代末，有 1 篇文章评介了《月球上的火焰》，即卡尔·罗利森（Carl Rollyson）的《〈月球上的火焰〉》③，有

① Bernard Horn, "Ahab and Ishmael at War: The Presence of *Moby-Dick* in *The Naked and the Dead*", *American Quarterly*, Vol. 34, No. 4, Autumn 1982, pp. 379-395.

② Nigel Leigh, "Spirit of Place in Mailer's 'The Naked and the Dead' ", *Journal of American Studies*, Vol. 21, No. 3, December 1987, pp. 426-429.

③ Carl Rollyson, "*Of a Fire on the Moon*", *Masterlpots II: Nonfiction Series*, 1989, pp. 1-4.

1篇文章评论了《玛丽莲传》，即迪恩·麦克卡耐尔（Dean MacCannell）的《玛丽莲·梦露不是男人：诺曼·梅勒的〈玛丽莲传〉》①。相对而言，《刽子手之歌》受到批评界关注较多。1980年，有5篇文章评论或评介了这部作品，即卡尔·罗利森的《全新的传记：诺曼·梅勒的〈刽子手之歌〉》②、芭芭拉·艾伦·巴布科克（Barbara Allen Babcock）的《加里·吉尔莫的律师：诺曼·梅勒的〈刽子手之歌〉》③、罗纳德·韦伯（Ronald Weber）的《作为主体的谋杀：诺曼·梅勒的〈刽子手之歌〉；托马斯·汤姆普森的〈蛇〉》④、弗雷德里克·E. 霍克希（Frederick E. Hoxie）的《诺曼·梅勒的〈刽子手之歌〉》⑤ 和L. W. 佩恩（L. W. Payne）的《〈刽子手之歌〉》⑥，但1981—1989年，很少有期刊发表评介或评论《刽子手之歌》的文章。与70年代及之前的评论相比，80年代的梅勒研究更有深度。1982年，梅勒发表非虚构作品《碎片与武断意见》。当年和次年，《图书馆学刊》和《马基尔文学年鉴1983》分别发表1篇评介文章，但都只是简短介绍，算不上真正的评论。1983年，梅勒发表耗时10年才完成的小说《古代的夜晚》，受到批评界关注。当年和次年，《三便士评论》（*The Threepenny Review*）、*ELH*、《图书馆学刊》《纽约书评》《马基尔文学年鉴1984》和《今日世界文学》（*World Literature Today*）分别发表了评介性文章，但这些文章都比较简短，只是简单评介，深入研究不多。1984年，梅勒发表小说《硬汉子不跳舞》，受到批评界关注，《图书馆学刊》《国家》《马基尔文学年鉴1985》和《普罗温斯顿艺术》（*Provincetown Arts*）分别发表了评介性文章，但这些文章都只是简单评介，没有对小说进行深入研究。

除了针对具体作品的评介和评论，20世纪80年代，《星期六评论》《现代语言研究》（*Modern Language Studies*）、《马基尔文学年鉴1983》和《现代小说研究》分别发表了整体性评论梅勒的文章，代表性文章有希拉里·米尔

① Dean MacCannell, "Marilyn Monroe Was Not a Man: *Marilyn: A Biography* by Norman Mailer...", *Diacritics*, Vol. 17, No. 2, Summer 1987, pp. 114-127.

② Carl E. Rollyson, Jr., "Biography in a New Key: *The Executioner's Song* by Norman Mailer", *Chicago Review*, Vol. 31, No. 4, Spring 1980, pp. 31-38.

③ Barbara Allen Babcock, "Gary Gilmore's Lawyers: *The Executioner's Song* by Norman Mailer", *Stanford Law Review*, Vol. 32, No. 4, April 1980, pp. 865-878.

④ Ronald Weber, "Murder as Subject: *The Executioner's Song* by Norman Mailer; *Serpentine* by Thomas Thompson", *The Sewanee Review*, Vol. 88, No. 4, Fall 1980, pp. 659-664.

⑤ Frederick E. Hoxie, "*The Executioner's Song* by Norman Mailer", *The Antioch Review*, Vol. 38, No. 3, Summer 1980, pp. 383-384.

⑥ L. W. Payne, "*The Executioner's Song*", *Magill's Literary Annual 1980*, 1980, pp. 1-3.

斯的《创作者论创作：诺曼·梅勒》①、J. 迈克尔·莱农的《梅勒的宇宙观》②、杰西卡·杰尔森（Jessica Gerson）的《诺曼·梅勒：性、创造性与上帝》③ 和克里斯蒂安·K. 梅辛格（Christian K. Messenger）的《诺曼·梅勒的拳击与其叙事艺术》④。

20世纪80年代，虽然梅勒研究论文不多，但梅勒研究专著或涉及梅勒研究的著作却不少，共有7部梅勒研究专著、2部梅勒研究论文集、2部梅勒传记、1部梅勒谈话录和4部涉及梅勒的研究专著面世。7部梅勒研究专著是：安德鲁·戈尔登（Andrew Gordon）的《美国梦想者：诺曼·梅勒小说的心理分析研究》（*American Dreamer*：*A Psychoanalytic Study of the Fiction of Norman Mailer*，1980）、罗伯特·J. 毕基斌的《再生行为：诺曼·梅勒作品中的寓言和原型》（*Acts of Regeneration*：*Allegory and Archetype in the Works of Norman Mailer*，1980）、爱德华·J. 王尔斯（Edward J. Walsh）的《诺曼·梅勒，或者，偏激变得简单》（*Norman Mailer*，*or*，*Rabidity Made Simple*，1983）、宾夕法尼亚大学帕帕斯研究会（University of Pennsylvania Pappas Fellowship）的《诺曼·梅勒：帕帕斯研究员》（*Norman Mailer*：*Pappas Fellows*，1983）、约瑟夫·温克（Joseph Wenke）的《诺曼·梅勒：神话美国与历史限制》（*Norman Mailer*：*Mythic America and the Limits of History*，1984）与《梅勒笔下的美国》（*Mailer's America*，1987）和詹妮弗·贝利的《诺曼·梅勒：快变的艺术家》（*Norman Mailer*：*Quick-Change Artist*，1989）。2部梅勒研究论文集是哈罗德·布鲁姆主编的《诺曼·梅勒》（*Norman Mailer*，1986）和J. 迈克尔·莱农主编的《诺曼·梅勒批评论文集》（*Critical Essays on Norman Mailer*，1986）。布鲁姆主编的《诺曼·梅勒》收入布鲁姆、戈尔·威德尔、理查德·福斯特、杰克·理查森、托尼·泰纳、罗伯特·兰鲍姆、杰尔曼·格利尔（Germaine Greer）、乔伊斯·卡罗尔·欧茨、理查德·柏瑞尔、兰德尔·H. 沃尔德伦（Randall H. Waldron）、罗伯特·梅里尔、约翰·加尔韦（John Garvey）、埃尔文·B. 柯尔南（Alvin B. Kernan）、杰西卡·杰尔森和朱迪

---

① Hilary Mills, "Creators on Creating: Norman Mailer", *Saturday Review*, Vol. 8, No. 1, January 1981, pp. 46-53.

② J. Michael Lennon, "Mailer's Cosmology", *Modern Language Studies*, Vol. 12, No. 3, Summer 1982, pp. 18-29.

③ Jessica Gerson, "Norman Mailer: Sex, Creativity and God", *Mosaic*, Vol. 15, No. 2, June 1982, pp. 1-16.

④ Christian K. Messenger, "Norman Mailer: Boxing and the Art of His Narrative", *Modern Fiction Studies*, Vol. 33, No. 1, Spring 1987, pp. 85-104.

斯·A. 施福勒（Judith A. Scheffler）等评论家的16篇梅勒研究论文。莱农主编的《诺曼·梅勒批评论文集》收入了莱农、伊哈布·哈桑、杰克·纽菲尔德（Jack Newfield）、戴安娜·特里林、马丁·格林、罗伯特·所罗塔洛夫、菲利普·H. 布菲西斯、朱迪斯·费特利（Judith Fetterley）、迈克尔·科瓦和罗伯特·F. 露西德等评论家的11篇梅勒研究论文和奥威尔·普利司各特（Orville Prescott）、欧文·豪、布莱丹·吉尔（Brendan Gill）、乔治·斯泰纳（George Steiner）、托尼·泰纳、阿尔弗雷德·卡津、约翰·W. 阿尔德里奇、英格里德·本吉斯（Ingrid Bengis）、琼·迪迪恩（Joan Didion）和理查德·柏瑞尔等评论家的10篇梅勒书评文章。2部梅勒传记是：希拉里·米尔斯的《梅勒传》（*Mailer: A Biography*, 1982），这是第二部梅勒传记；彼特·曼索（Peter Manso）的《梅勒：他的人生与时代》（*Mailer: His Life and Times*, 1985），这是第三部梅勒传记，该书于2008年再版。1部梅勒谈话录是J. 迈克尔·莱农的《梅勒谈话录》（*Conversations With Norman Mailer*, 1988），该书于2008年再版。4部涉及梅勒的研究专著是：乔治·P. 兰多（George P. Landow）的《一流的杞人忧天的悲观主义者：从卡莱尔到梅勒的圣人》（*Elegant Jeremiahs: The Sage from Carlyle to Mailer*, 1986）、彼特·O. 惠特莫尔和布鲁斯·凡·韦加登（Peter O. Whitmer and Bruce Van Wyngarden）的《重访宝瓶座：七个创造了使美国发生变化的60年代反文化的人》［*Aquarius Revisited: Seven Who Created the Sixties Counterculture That Changed America*, 1987，其中涉及威廉·巴罗斯、艾伦·金斯堡、肯·凯西、提摩西·李莉（Timothy Leary）、诺曼·梅勒、汤姆·罗宾斯（Tom Robbins）和哈特·S. 汤姆普森（Hunter S. Thompson）］、罗伯特·J. 毕基斌的《走向新综合：约翰·福尔斯、约翰·加德纳、诺曼·梅勒》（*Toward a New Synthesis: John Fowles, John Gardner, Norman Mailer*, 1989）和萨拉·加贾南·帕尔卡尔（Sarla Gajanan Palkar）的《爱的另一国度：罗斯、梅勒和马拉默德小说中的男—女关系》（*The Other Country of Love: Man-woman Relationship in the Fiction of Roth, Mailer, and Malamud*, 1989）。

除了正式发表的梅勒研究论文和正式出版的梅勒研究专著、编著和梅勒传记，20世纪80年代还有近50篇博士和硕士学位论文专题研究或涉及梅勒研究，研究话题主要涉及：梅勒小说中的性，梅勒作品中的性、暴力和死亡，1948—1969年梅勒小说对真实反叛者的追寻，梅勒小说中的“主观英雄主义”，梅勒作品中的女性与美国梦，梅勒作品中的神秘美国与历史限制，梅勒小说中的叙事声音，梅勒作品中的辩证结构，早期梅勒与梅勒早期作品

（1923—1959）以及梅勒作品中的技术与个人身份，等等。

3. 20 世纪 90 年代：梅勒研究的回落

20 世纪 90 年代，梅勒研究论文、专著和学位论文仍然屡见不鲜，但与前期相比，批评界对梅勒的关注程度明显减少。除了《裸者与死者》《一场美国梦》《夜晚的大军》《刽子手之歌》和《硬汉子不跳舞》，梅勒 90 年代以前发表的其他作品没有受到批评界很多关注。整个 90 年代，有 4 篇文章评介或涉及《裸者与死者》：凯瑟琳·萨维奇·布罗斯曼（Catharine Savage Brosman）的《战争文学的功能》① 零星地评论了《裸者与死者》，但卡尔·罗利森的《〈裸者与死者〉》②、约翰·M. 缪斯特的《〈裸者与死者〉》③ 和另一篇作者信息不详的文章《〈裸者与死者〉》④ 都简短地评介了《裸者与死者》；有 2 篇文章简短评介了《一场美国梦》：一篇是卡尔·罗利森的《〈一场美国梦〉》⑤，另一篇是作者信息不详的《〈一场美国梦〉》⑥；有 3 篇文章评论或评介了《夜晚的大军》：一篇是约书亚·米勒（Joshua Miller）的《没有像失败一样的成功：诺曼·梅勒〈夜晚的大军〉中的存在主义政治》⑦，一篇是迈克尔·赛特林（Michael Zeitlin）的《〈夜晚的大军〉》⑧，还有一篇是作者信息不详的《夜晚的大军》⑨；有 1 篇文章评论了《刽子手之歌》，即马克·埃德蒙森（Mark Edmundson）的《浪漫的自我创造：梅勒与〈刽子手之歌〉中的吉尔莫》⑩；有 1 篇文章评论了《硬汉子不跳舞》，即罗伯特·梅里尔的《梅勒的〈硬汉子不跳舞〉与侦探传统》⑪。

---

① Catharine Savage Brosman, "The Functions of War Literature", *South Central Review*, Vol. 9, No. 1 (*Historicizing Literary Contexts*), Spring 1992, pp. 85–98.

② Carl Rollyson, "*The Naked and the Dead*", in David R. Peck and Eric Howard, eds., *Identities & Issues in Literature*, New York: Salem Press Inc., 1997, p. 1.

③ John M. Muste, "*The Naked and the Dead*", *Cyclopedia of Literary Places*, 1998, pp. 1–2.

④ "*The Naked and the Dead*", *Merriam-Webster's Encyclopedia of Literature*, 1995, N. PAG.

⑤ Carl Rollyson, "*An American Dream*", in David R. Peck and Eric Howard, eds., *Identities & Issues in Literature*, New York: Salem Press Inc., 1997, p. 1.

⑥ "*An American Dream*", *Cyclopedia of Literary Characters*, rev. 3rd ed., 1998, p. 1.

⑦ Joshua Miller, "No Success like Failure: Existential Politics in Norman Mailer's *The Armies of the Night*", *Polity*, Vol. 22, No. 3, Spring 1990, pp. 379–396.

⑧ Michael Zeitlin, "*The Armies of the Night*", *Cyclopedia of Literary Characters*, rev. 3rd ed., 1998, p. 1.

⑨ "Armies of the Night", *Benet's Reader's Encyclopedia*, 1996, p. 51.

⑩ Mark Edmundson, "Romantic Self-Creations: Mailer and Gilmore in *The Executioner's Song*", *Contemporary Literature*, Vol. 31, No. 4, Winter 1990, pp. 434–447.

⑪ Robert Merrill, "Mailer's *Tough Guys Don't Dance* and the Detective Traditions", *Critique*, Vol. 34, No. 4, Summer 1993, pp. 232–246.

20世纪90年代，梅勒发表了4部作品：《哈洛特的幽魂》（1991）、《奥斯瓦尔德的故事：一个美国的谜》（1995）、《儿子的福音》（1997）和《我们时代的时代》（1998），这4部作品都不同程度地受到了批评界的关注。1991—1992年，《图书馆学刊》《马基尔书评》《马基尔文学年鉴1992》和《哈德森评论》等期刊发表了评介或评论《哈洛特的幽魂》的文章，但评介多于评论，代表性文章是威廉·H. 普利特查尔德的《梅勒的主要事件》①。1995—1996年，《大西洋月刊》（*The Atlantic Monthly*）和《马基尔文学年鉴1996》发表了评介或评论《奥斯瓦尔德的故事：一个美国的谜》的文章，比较重要的文章是约翰·W. 阿尔德里奇的《作为叙事的纪实》②，该文参照梅勒前期非虚构作品评论了《奥斯瓦尔德的故事：一个美国的谜》。1997—1998年，《图书馆学刊》《新标准》（*New Criterion*）和《马基尔年鉴1998》发表了评介《儿子的福音》的短文章。1999年，《当代评论》（*Contemporary Review*）和《马基尔年鉴1999》发表了评介《我们时代的时代》的文章。总的来看，梅勒90年代发表的4部作品虽然受到批评界不同程度的关注，但批评家很少对这些作品做过深入研究。

除了针对梅勒具体作品的评介和评论，20世纪90年代，《美国艺术与科学院公报》（*Bulletin of the American Academy of Arts and Science*）、《美国研究学刊》（*Journal of American Studies*）、《20世纪文学》《梅里亚姆—韦伯斯特文学百科全书》（*Merriam-Webster's Encyclopedia of Literature*）、《贝内特读者百科全书》（*Benet's Reader's Encyclopedia*）、《新标准》《话语》（*Discourse*）、《巴黎评论》（*The Paris Review*）和《新政客》等期刊发表了10余篇从整体角度评论或评介梅勒的文章，有些文章只是简短评介，但有些文章是很有深度的评论，如约瑟夫·塔比（Joseph Tabbi）的《梅勒的机器心理学》③和斯蒂夫·肖迈克（Steve Shoemaker）的《诺曼·梅勒的“白黑人”：历史神话抑或神话历史？》④与《诺曼·梅勒与理查德·威尔伯》⑤。

---

① William H. Pritchard, "Mailer's Main Events", *The Hudson Review*, Vol. 45, No. 1, Spring 1992, pp. 149-157.

② John W. Aldridge, "Documents as Narrative", *The Atlantic Monthly*, May 1995, pp. 120-125.

③ Joseph Tabbi, "Mailer's Psychology of Machines", *PMLA*, Vol. 106, No. 2, March 1991, pp. 238-250.

④ Steve Shoemaker, "Norman Mailer's 'White Negro': Historical Myth or Mythical History?", *Twentieth Century Literature*, Vol. 37, No. 3, Autumn 1991, pp. 343-360.

⑤ Steve Shoemaker, "Norman Mailer and Richard Wilbur", *The Paris Review*, Spring 1999, pp. 270-284.

除了具体作品评论或评介文章和整体性评论或评介文章，20世纪90年代还出版了几部梅勒研究专著和梅勒传记。1990年，尼格尔·雷出版了《激进小说与诺曼·梅勒的小说》（*Radical Fictions and the Novels of Norman Mailer*, 1990）。1992年，罗伯特·梅里尔出版了《重访诺曼·梅勒》（*Norman Mailer Revisited*, 1992）。1995年，奇特拉·萨尔玛（Chitra Sharma）出版了《美国小说中的新闻写作技巧：诺曼·梅勒》（*Journalistic Technique in American Fiction: Norman Mailer*, 1995），迈克尔·K. 格兰迪出版了《诺曼·梅勒》（*Norman Mailer*, 1995）。1997年，大卫·盖斯特（David Guest）出版了《判处死刑：美国小说与死刑》（*Sentenced to Death: The American Novel and Capital Punishment*, 1997）。1999年，布莱恩·莫顿（Brian Morton）出版了《诺曼·梅勒》（现代小说丛书）［*Norman Mailer*（Modern Fiction Series），1999］。这6部研究专著对梅勒作品的主题思想和艺术审美进行了深入研究。90年代还出版了3部梅勒传记：卡尔·罗利森的《诺曼·梅勒的生活：一部传记》（*The Lives of Norman Mailer: A Biography*, 1991）、安蒂尔·梅勒（Adele Mailer）的《最后的聚会：我与诺曼·梅勒的生活剪辑》（*Last Party: Scenes from My Life with Norman Mailer*, 1997）和玛丽·V. 迪尔鲍恩的《梅勒传》（*Mailer: A Biography*, 1999，该书于2001年再版）。另外，90年代还有5部专著也涉及梅勒：托马斯·G. 埃文斯（Thomas G. Evans）的《想象坚守：接受与多斯·帕索斯、多克托罗和梅勒小说的电影审美》（*Persistence of Vision: Reception and the Cinema Aesthetics of Novels by Dos Passos, Doctorow, and Mailer*, 1991）、赫伯特·米特冈（Herbert Mitgang）的《词语对我仍然很重要：文学对话纪事》（*Words Still Count with Me: A Chronicle of Literary Conversations*, 1995）、安·M. 艾尔杰（Ann M. Algeo）的《作为论坛的法庭：德莱塞、赖特、卡波特和梅勒笔下的杀人审判》（*The Courtroom as Forum: Homicide Trials by Dreiser, Wright, Capote, and Mailer*, 1996）、罗伯特·阿尔利特（Robert Arlett）的《史诗般的声音：当代英美小说中的内心和全球冲动》（*Epic Voices: Inner and Global Impulse in the Contemporary American and British Novel*, 1996）和诺曼·波德霍瑞茨的《前朋友：与艾伦·金斯堡、里昂莱尔·特里林、戴安娜·特里林、莉莉安·希尔曼、汉娜·艾瑞特和诺曼·梅勒的争吵》（*Ex-Friends: Falling Out with Allen Ginsberg, Lionel & Diana Trilling, Lillian Hellman, Hannah Arendt, and Norman Mailer*, 1999）。与70、80年代不同，90年代没有出现梅勒研究论文集。

除了梅勒研究论文与专著、梅勒传记和涉及梅勒研究的著作，20世纪90

年代，有近30篇博士和硕士学位论文专题研究或涉及梅勒研究，研究话题主要涉及：梅勒作品中的激进个人主义与极权社会，梅勒作品中的杀人审判，梅勒作品中的英雄形象，梅勒小说与“二战”以来美国男子气概的演化，梅勒作品中的认识论模式，梅勒小说中的等级结构与男性经验表达，梅勒的存在主义演化以及梅勒小说中的权威、身份和语言，等等。

总体上看，无论从研究论文的数量还是研究专著和相关研究硕博士学位论文的数量来说，20世纪90年代，批评界对梅勒的关注没有以前那么多，梅勒研究出现了降温与回落。

4. 21世纪：梅勒研究的复兴

21世纪伊始，梅勒研究又开始升温，出现了一次复兴。梅勒20世纪发表的重要作品如《裸者与死者》《一场美国梦》《夜晚的大军》《月球上的火焰》《白黑人》《决斗》《刽子手之歌》《硬汉子不跳舞》《哈洛特的幽魂》和《儿子的福音》成为批评界的关注热点，不少期刊发表了评论或评介这些作品的文章。2000—2019年，《文学地域百科全书》（*Cyclopedia of Literary Places*）、《中西部季刊》（*The Midwest Quarterly*）、《马基尔美国文学简史》（修订本）（*Magill's Survey of American Literature*, Revised Edition）、《名著概要大全》（第四版）（*Masterplots*, Fourth Edition）和《犹太社会研究》（*Jewish Social Studies*）等著作和期刊发表了评论或评介《裸者与死者》的文章，代表性文章有约翰·M. 金德尔（John M. Kinder）的《好战争的“原始部分”：诺曼·梅勒的〈裸者与死者〉与詹姆斯·古尔德·科曾斯的〈仪仗队〉》①和李·加里特（Leah Garrett）的《幼狮：1948年的美国犹太小说》②；《名著概要大全（二）：美国小说系列》（修订本）和《马基尔美国文学简史》（修订本）分别发表了1篇评介《一场美国梦》的短文章；《文学地域百科全书》《马基尔美国文学简史》（修订本）和《名著概要大全》（第四版）分别发表了评介《夜晚的大军》的文章；《美国研究学刊》发表了安德鲁·威尔逊（Andrew Wilson）评论《夜晚的大军》的文章《五角大楼的照片：诺曼·梅勒〈夜晚的大军〉中的国内分裂》③；哈罗德·布鲁姆主编的《诺曼·梅勒》（*Norman Mailer*，2003）收入埃尔文·B. 柯尔南评论《月球上的火焰》的文

① John M. Kinder, "The Good War's 'Raw Chunks': Norman Mailer's *The Naked and the Dead* and James Gould Cozzens's *Guard of Honor*", *The Midwest Quarterly*, 2005, pp. 187-202.

② Leah Garrett, "Young Lions: Jewish American War Fiction of 1948", *Jewish Social Studies*, Vol. 18, No. 2, Winter 2012, pp. 70-99.

③ Andrew Wilson, "Pentagon Pictures: The Civil Divide in Norman Mailer's *The Armies of the Night*", *Journal of American Studies*, Vol. 44, No. 4, 2010, pp. 725-740.

章《占领月球：诺曼·梅勒〈月球上的火焰〉中诗歌神话与科学神话之争》①,《三便士评论》也发表了评论《月球上的火焰》的文章②;《名著概要大全（二）：美国小说系列》（修订本）、《马基尔美国文学简史》（修订本）和《名著概要大全》（第四版）分别发表了评介《刽子手之歌》的短文章；《现代文学杂志》（*Journal of Modern Literature*）发表了3篇评论《硬汉子不跳舞》的文章：阿什顿·豪利（Ashton Howley）的《再谈梅勒：〈硬汉子不跳舞〉中的异质恐惧》③、詹姆斯·埃米特·瑞恩（James Emmett Ryan）的《“跟美丽旧美国一样难以满足”：〈硬汉子不跳舞〉与大众犯罪》④ 和司各特·杜古德（Scott Duguid）的《男性成瘾：诺曼·梅勒的〈硬汉子不跳舞〉与里根主义的文化政治》⑤；《现代文学杂志》发表了大卫·兰普顿（David Rampton）评论《哈洛特的幽魂》的文章《重叠式技法：梅勒〈哈洛特的幽魂〉的形式》⑥；《出版周刊》《现代文学杂志》和《中西部季刊》等期刊发表了评介或评论《儿子的福音》的文章，代表性文章有布莱恩·麦克唐纳德（Brian McDonald）的《后大屠杀神义论、美国帝国主义与诺曼·梅勒〈儿子的福音〉中的那个“真正的犹太耶稣”》⑦、杰弗里·F. L. 帕特里奇（Jeffrey F. L. Partridge）的《〈儿子的福音〉与基督教信仰》⑧ 和布朗·柯文（Brown Kevin）的《陪衬与先驱：当代小说对施洗约翰的刻画》⑨。

---

① Alvin B. Kernan, “The Taking of the Moon: The Struggle of the Poetic and Scientific Myths in Norman Mailer’s *Of a Fire on the Moon*”, in Harold Bloom, ed., *Norman Mailer*, Philadelphia: Chelsea House Publishers, 2003, pp. 7-31.

② Geoff Dyer, “Mailer’s Moon Shot”, *The Threepenny Review*, No. 139, Fall 2014, pp. 8-9.

③ Ashton Howley, “Mailer Again: Heterophobia in *Tough Guys Don’t Dance*”, *Journal of Modern Literature*, Vol. 30, No. 1, Autumn 2006, pp. 31-46.

④ James Emmett Ryan, “ ‘Insatiable as Good Old America’: *Tough Guys Don’t Dance* and Popular Criminality”, *Journal of Modern Literature*, Vol. 30, No. 1, Autumn 2006, pp. 17-22.

⑤ Scott Duguid, “The Addiction of Masculinity: Norman Mailer’s *Tough Guys Don’t Dance* and the Cultural Politics of Reaganism”, *Journal of Modern Literature*, Vol. 30, No. 1, Autumn 2006, pp. 23-30.

⑥ David Rampton, “Plexed Artistry: The Formal Case for Mailer’s *Harlot’s Ghost*”, *Journal of Modern Literature*, Vol. 30, No. 1, Autumn 2006, pp. 47-63.

⑦ Brian McDonald, “Post-Holocaust Theodicy, American Imperialism, and the ‘Very Jewish Jesus’ of Norman Mailer’s *The Gospel According to the Son*”, *Journal of Modern Literature*, Vol. 30, No. 1, Autumn 2006, pp. 78-90.

⑧ Jeffrey F. L. Partridge, “*The Gospel According to the Son* and Christian Belief”, *Journal of Modern Literature*, Vol. 30, No. 1, Autumn 2006, pp. 64-77.

⑨ Brown Kevin, “A Foil and a Forerunner: The Portrayal of John the Baptist in Contemporary Fiction”, *The Midwest Quarterly*, Vol. 50, No. 2, 2009, pp. 149-160.

21世纪，梅勒发表了6部作品：《诡秘的艺术：写作漫谈》《我们为什么进行战争?》《谦逊的礼物：诗歌与画作》《大空虚：关于美国的政治、性、上帝、拳击、道德、神话、扑克和糟糕良知的对话》［与儿子约翰·布法罗·梅勒（John Buffalo Mailer）合著］、《林中城堡》和《论上帝：一次不寻常的谈话》，这些作品都受到批评界不同程度的关注。2003年，梅勒发表非虚构作品《诡秘的艺术：写作漫谈》，《科克斯评论》（*Kirkus Review*）、《出版周刊》《普罗温斯顿艺术》《图书馆学刊》和《文学评论》等期刊分别发表了预告或评介文章，代表性文章有弗里德·李布朗（Fred Leebron）的《诺曼·梅勒的〈诡秘的艺术：写作漫谈〉》①和托马斯·E. 肯尼迪（Thomas E. Kennedy）的《诺曼·梅勒：〈诡秘的艺术：写作漫谈〉》②。2007年，梅勒发表生前最后1部小说《林中城堡》，受到批评界极大关注，《科克斯评论》《图书馆学刊》《出版周刊》《美国书评》（*American Book Review*）、《西沃恩评论》（*Sewanee Review*）、《新政客》《评论》《纽约人》《科里亚特》（*Kliatt*）和《马基尔文学年鉴2008》等期刊分别发表了预告或评介文章，代表性文章有莱昂纳德·克里格尔（Leonard Kriegel）的《梅勒笔下的希特勒：第一回合》③、斯蒂芬·普尔（Steven Poole）的《对魔鬼的同情》④、约翰·格罗斯（John Gross）的《青年希特勒：诺曼·梅勒的〈林中城堡〉》⑤和克里夫·普利温基（Cliff Prewencki）的《〈林中城堡〉》⑥。同年，梅勒还发表了非虚构作品《论上帝：一次不寻常的谈话》，也受到批评界的一定关注，《图书馆学刊》等期刊发表了评介文章。

除了针对具体作品的评介和评论，21世纪以来，*ELH*、《现代语文学》（*Modern Philology*）、《威尔逊季刊》（*Wilson Quarterly*）、《贝克与泰勒作者传记》（*Baker & Taylor Author Biographies*）、《剑桥美国传记词典》（*Cambridge Dictionary of American Biography*）、《普罗温斯顿艺术》《南方中心评论》

---

① Fred Leebron, "*The Spooky Art*: *Some Thoughts on Writing*, by Norman Mailer", *Provincetown Arts*, 2003, pp. 118–119.

② Thomas E. Kennedy, "Norman Mailer, *The Spooky Art*: *Some Thoughts on Writing*", *Literary Review*, Vol. 46, No. 4, Summer 2003, pp. 759–761.

③ Leonard Kriegel, "Mailer's Hitler: Round One", *Sewanee Review*, Vol. 115, No. 4, Fall 2007, pp. 615–620.

④ Steven Poole, "Sympathy for the Devil", *New Statesman*, February 19, 2007, pp. 54–55.

⑤ John Gross, "Young Adolf: *The Castle in the Forest* by Norman Mailer", *Commentary*, March 2007, pp. 59–63.

⑥ Cliff Prewencki, "*The Castle in the Forest*", *Magill's Literary Annual 2008*, 2008, pp. 1–3.

(*South Central Review*)、《劳伦斯/梅勒》(*Lawrence/Mailer*)、*MELUS*、《美国文学连续百科全书》(*Continuum Encyclopedia of American Literature*)、《新英格兰评论》(*New England Review*)、《女性研究季刊》(*Women's Studies Quarterly*)、《多伦多大学季刊》(*University of Toronto Quarterly*)、《现代文学杂志》《批判》《出版周刊》《新标准》《政治评论》《托马斯·沃尔夫评论》(*The Thomas Wolfe Review*)、《文化与文明》(*Culture & Civilization*)、《诗人与作家》(*Poets & Writers*)、《新文学史》(*New Literary History*)、《得克萨斯文学与语言研究》(*Texas Studies in Literature and Language*)、《菲利普·罗斯研究》(*Philip Roth Studies*)、《遗产传记》(*Heritage Biography*) 和《小说》等期刊以及《道德使者：20 世纪的 8 位作家》(*Moral Agents: Eight Twentieth-Century American Writers*, 2015)、《偏离书本：论文学与文化》(*Off the Books: On Literature and Culture*, 2015)、《美国文学研究资料》(*Resources for American Literary Study*, 2015)、《幼狮：美国犹太作家如何重塑美国战争小说》(*Young Lions: How Jewish Authors Reinvented the American War Novel*, 2015)、《双重角色：那些在新千年塑造了我们当代身份认知和意识感的有影响力的作家》(*The Doubling: Those Influential Writers That Shape Our Contemporary Perceptions of Identity and Consciousness in the New Millennium*, 2016)、《起初的想法：与艾伦金斯堡的谈话》(*First Thought: Conversations with Allen Ginsberg*, 2017)、《关于"我"的故事：当代美国自动小说》(*The Story of "Me": Contemporary American Autofiction*, 2018) 和《重写在独立经营的电影院上演的电影：即兴创作、心理剧和电影剧本》(*Rewriting Indie Cinema: Improvisation, Psychodrama, and the Screenplay*, 2019) 等著作发表或收录了 40 余篇整体性评介或评论梅勒的文章，代表性文章有西恩·麦克凯恩 (Sean McCann) 的《濒临危险的共和国：诺曼·梅勒与反自由主义政治》①、凯斯琳·休姆 (Kathryn Hume) 的《死者之书：梅勒、巴罗斯、艾克和品钦小说中的后现代政治》②、J. 迈克尔·莱农的《诺曼·梅勒：小说家抑或非虚构作家》③《诺曼·

① Sean McCann, "The Imperiled Republic: Norman Mailer and the Poetics of Anti-Liberalism", *ELH*, Vol. 67, No. 1, Spring 2000, pp. 293-336.

② Kathryn Hume, "Books of the Dead: Postmodern Politics in Novels by Mailer, Burroughs, Acker, and Pynchon", *Modern Philology*, Vol. 97, No. 3, February 2000, pp. 417-444.

③ J. Michael Lennon, "Norman Mailer: Novelist or Nonfiction Writer", *Provincetown Arts*, No. 17, 2002-2003, pp. 42-45.

梅勒与普罗温斯顿：东部的野蛮西部》①《诺曼·梅勒：小说家、记者抑或历史学家?》②《梅勒为何重要：三个原因》③、迈克尔·梅肖（Michael Mewshaw）的《威德尔与梅勒》④、彼特·鲍尔波特（Peter Balbert）的《〈从查泰莱夫人的情人〉到〈鹿苑〉：劳伦斯、梅勒与性冒险辩证法》⑤、安德里亚·莱文（Andrea Levine）的《（犹太）白黑人：诺曼·梅勒的种族身体》⑥、乔纳森·W. 格雷（Jonathan W. Gray）的《末日天启论的嬉皮士："白黑人"与诺曼·梅勒的风格成就》⑦、大卫·卡斯特罗诺沃（David Castronovo）的《作为世纪中叶广告的诺曼·梅勒》⑧、弗雷德里克·惠廷（Frederick Whiting）的《更强壮、更聪明、少怪异："白黑人"与梅勒的第三种人》⑨、安德鲁·霍伯里克（Andrew Hoberek）的《自由主义者的反自由主义：梅勒、奥康纳与中产阶级的愤怒性别政治》⑩、T. H. 阿达莫夫斯基（T. H. Adamowski）的《去道德化的自由主义：里昂莱尔·特里林、莱斯利·费德勒与诺曼·梅勒》⑪、约翰·惠伦-布里奇（John Whalen-Bridge）的《词

① J. Michael Lennon, "Norman Mailer and Provincetown: The Wild West of the East", *Provincetown Arts*, No. 19, 2005, pp. 97-101.

② J. Michael Lennon, "Norman Mailer: Novelist, Journalist, or Historian?", *Journal of Modern Literature*, Vol. 30, No. 1, Autumn 2006, pp. 91-103.

③ J. Michael Lennon, "Why Mailer Matters: Three Reasons", *Heritage Biography*, November 16, 2011; presented at the Mailer-Jones Conference, Harry Ransom Center, University of Texas-Austin, November 10, 2011.

④ Michael Mewshaw, "Vidal and Mailer", *South Central Review*, Vol. 19, No. 1, Spring 2002, pp. 4-14.

⑤ Peter Balbert, "From *Lady Chatterley's Lover* to *The Deer Park*: Lawrence, Mailer and the Dialectic of Erotic Risk", *Studies in the Novel*, Vol. 22, No. 1, Spring 1990, pp. 67-81.

⑥ Andrea Levine, "The (Jewish) White Negro: Norman Mailer's Racial Bodies", *MELUS*, Vol. 28, No. 2, Summer 2003, pp. 59-81.

⑦ Jonathan W. Gray, "The Apocalyptic Hipster: 'The White Negro' and Norman Mailer's Achievement of Style", in his *Civil Rights in the White Literary Imagination: Innocence by Association*, Jackson: University Press of Mississippi, 2013, pp. 44-71.

⑧ David Castronovo, "Norman Mailer as Midcentury Advertisement", *New England Review*, Vol. 24, No. 4, 2004, pp. 179-186.

⑨ Frederick Whiting, "Stronger, Smarter, and Less Queer: 'The White Negro' and Mailer's Third Man", *Women's Studies Quarterly*, Vol. 33, No. 3/4, Fall/Winter 2005, pp. 189-214.

⑩ Andrew Hoberek, "Liberal Antiliberalism: Mailer, O'Connor, and the Gender Politics of Middle-class Resentiment", *Women's Studies Quarterly*, Vol. 33, No. 3/4, Fall 2005, pp. 24-47.

⑪ T. H. Adamowski, "Demoralizing Liberalism: Lionel Trilling, Leslie Fiedler, and Norman Mailer", *University of Toronto Quarterly*, Vol. 75, No. 3, 2006, pp. 883-904.

语的因果报应：〈刽子手之歌〉以来的梅勒》①、迈克尔·斯奈德（Michael Snyder）的《男性气质危机：梅勒与库弗冷战批评叙事中的同性社交欲望与同性恐慌》②、赛勒斯·埃内斯托·齐拉克扎德（Cyrus Ernesto Zirakzadeh）的《当代美国文学中的政治预言：诺曼·梅勒的左派—保守主义幻想》③、乔·司格奇（Joe Scotchie）的《托马斯·沃尔夫与诺曼·梅勒：土地的同胞》④、阿尔吉斯·瓦里纳斯（Algis Valiunas）的《裸的小说家与死的名声：重估诺曼·梅勒的小说经历》⑤、本杰明·李（Benjamin Lee）的《作为亚文化实践的先锋派诗歌：梅勒与迪·普力马的嬉皮士》⑥、道格拉斯·泰勒（Douglas Taylor）的《镜厅里的三只瘦猫：詹姆斯·鲍德温、诺曼·梅勒与阿尔德里奇·克里弗论种族与男性气质》⑦、埃里克·纳克亚瓦尼（Erik Nakjavani）的《想象性的阐释学挪用：关于海明威对梅勒影响的思考》⑧、大卫·科瓦尔特（David Cowart）的《诺曼·梅勒：像一个来自外星的破球》⑨、爱德华·门德尔逊（Edward Mendelson）的《神话制造者：诺曼·梅勒》⑩、劳伦斯·R. 布罗尔（Lawrence R. Broer）的《解放了的梅勒》⑪、小约翰·G. 罗德旺（John

① John Whalen-Bridge, "The Karma of Words: Mailer since *The Executioner's Song*", *Journal of Modern Literature*, Vol. 30, No. 1, Autumn 2006, pp. 1-16.

② Michael Snyder, "Crisis of Masculinity: Homosocial Desire and Homosexual Panic in the Critical Cold War Narratives of Mailer and Coover", *Critique*, Vol. 48, No. 3, Spring 2007, pp. 250-277.

③ Cyrus Ernesto Zirakzadeh, "Political Prophecy in Contemporary American Literature: The Left-Conservative Vision of Norman Mailer", *The Review of Politics*, Vol. 69, No. 4, Fall 2007, pp. 625-649.

④ Joe Scotchie, "Thomas Wolfe and Norman Mailer: Kinsmen of the Land", *The Thomas Wolfe Review*, 2009, pp. 114-116.

⑤ Algis Valiunas, "The Naked Novelist and the Dead Reputation: Re-evaluating the stories career of Norman Mailer", *Culture & Civilization*, September 2009, pp. 69-75.

⑥ Benjamin Lee, "Avant-Garde Poetry as Subcultural Practice: Mailer and Di Prima's Hipsters", *New Literary History*, Vol. 41, No. 4, Autumn 2010, pp. 775-794.

⑦ Douglas Taylor, "Three Lean Cats in a Hall of Mirrors: James Baldwin, Norman Mailer, and Eldridge Cleaver on Race and Masculinity", *Texas Studies in Literature and Language*, Vol. 52, No. 1, Spring 2010, pp. 70-101.

⑧ Erik Nakjavani, "A Visionary Hermeneutic Appropriation: Meditations on Hemingway's Influence on Mailer", *The Mailer Review*, Vol. 4, No. 1, Fall 2010, pp. 1-42.

⑨ David Cowart, "Norman Mailer: Like a Wrecking Ball from Outer Space", *Critique*, Vol. 51, No. 2, 2010, pp. 159-167.

⑩ Edward Mendelson, "Mythmaker: Norman Mailer", in his *Moral Agents: Eight Twentieth-Century American Writers*, New York: New York Review of Books, 2015, pp. 124-144.

⑪ Lawrence R. Broer, "Mailer Unbound", *Resources for American Literary Study*, Vol. 38, 2015, pp. 293-302.

G. Rodwan, Jr.）的《战斗生活：菲利普·罗斯与诺曼·梅勒小说中的拳击与身份》①、戴安娜·希茨（Diana Sheets）和迈克尔·F. 肖内西（Michael F. Shaughnessy）的《与戴安娜·希茨的一次访谈：诺曼·梅勒与汤姆·沃尔夫，两位“新新闻主义”的领袖抑或努力创作“伟大美国小说”的作家?》②、马乔里·沃辛顿（Marjorie Worthington）的《作为新小说的新新闻主义：汤姆·沃尔夫、诺曼·梅勒、哈特·S. 汤普森、琼·狄迪恩、马克·莱纳和布莱特·伊斯顿·艾丽斯》③ 和 J. J. 墨菲（J. J. Murphy）的《心理剧实验：麦克斯、华霍尔、克拉克、梅勒》④。

除了评介和评论文章，21 世纪以来还出版了不少梅勒研究专著或涉及梅勒研究的著作。2000—2019 年，有 16 部梅勒研究专著先后面世。2002 年，巴里·H. 利兹出版了《诺曼·梅勒的持久幻想》（*The Enduring Vision of Norman Mailer*，2002），该书分 10 章评论了梅勒的创作与思想。2003 年，阿伦·索尔（Arun Soule）出版了《诺曼·梅勒作品中的暴力维度》（*Dimensions of Violence in the Works of Norman Mailer*，2003）。2005 年，马尔库·莱蒂马基（Markku Lehtimäki）出版了《诺曼·梅勒的非虚构诗学：自省性、文学形式与叙事修辞》（*The Poetics of Norman Mailer's Nonfiction*：*Self-Reflexivity*，*Literary Form*，*and the Rhetoric of Narrative*，2005）。2008 年，卡尔·罗利森出版了《诺曼·梅勒：最后的浪漫主义者》（*Norman Mailer*：*The Last Romantic*，2008），安德鲁·威尔逊出版了《诺曼·梅勒：一种美国审美观》（*Norman Mailer*：*An American Aesthetic*，2008），格温德林·夏布里尔（Gwendolyn Chabrier）出版了《诺曼·梅勒：自封的救世主》（*Norman Mailer*：*The Self-Appointed Messiah*，2008，该书于 2011 年 5 月再版）。2009 年，罗素·J. 福斯特（Russell J. Foster）出版了《诺曼·梅勒：明尼苏达大学美国作家小

① John G. Rodwan, Jr.，“The Fighting Life：Boxing and Identity in Novels by Philip Roth and Norman Mailer”，*Philip Roth Studies*，Vol. 7，No. 1，Spring 2011，pp. 83-96.

② Diana Sheets and Michael F. Shaughnessy，“An Interview with Diana Sheets：Norman Mailer and Tom Wolfe，Two Leaders of ‘New Journalism’ or Writers Striving to Create the ‘Great American Novel’?”，in their *The Doubling*：*Those Influential Writers That Shape Our Contemporary Perceptions of Identity and Consciousness in the New Millennium*，Nova Science Publishers，Inc.，2016，pp. 109-124.

③ Marjorie Worthington，“The New Journalism as the New Fiction：Tom Wolfe，Norman Mailer，Hunter S. Thompson，Joan Didion，Mark Leyner，and Bret Easton Ellis”，in his *The Story of “Me”*：*Contemporary American Autofiction*，Lincoln & London：University of Nebraska Press，2018，pp. 92-124.

④ J. J. Murphy，“Experiments in Psychodrama：Mekas，Warhol，Clarke，and Mailer”，in his *Rewriting Indie Cinema*：*Improvisation*，*Psychodrama*，*and the Screenplay*，New York：Columbia University Press，2019，pp. 95-118.

册子第37卷》（*Norman Mailer*: *University of Minnesota Pamphlets on American Writers*, *Vol. 73*, 2009）。2010年，卡罗尔·马洛里（Carole Mallory）出版了《爱梅勒》（*Loving Mailer*, 2010）。2013年，托比·汤姆普森（Toby Thompson）出版了《大城市人：梅勒与格林厄姆》（*Metropolitans*: *Mailer and Graham*, 2013）。2014年，唐纳德·考夫曼出版了《诺曼·梅勒：遗产与文学美国》（*Norman Mailer*: *Legacy and Literary Americana*, 2014），约瑟夫·温克出版了《梅勒笔下的美国》（*Mailer's America*, 2014），詹妮弗·贝利出版了《诺曼·梅勒：快变的艺术家》（*Norman Mailer*: *Quick-Change Artist*, 2014）。2016年，凯文·舒尔茨（Kevin Schultz）出版了《巴克利与梅勒：塑造了六十年代的艰难友谊》（*Buckley and Mailer*: *The Difficult Friendship that Shaped the Sixties*, 2016）。2017年，玛吉·麦克金利（Maggie McKinley）出版了《理解诺曼·梅勒》（*Understanding Norman Mailer*, 2017），杰罗姆·洛维（Jerome Loving）出版了《杰克与梅勒：一个国家养活的罪犯与诺曼·梅勒〈刽子手之歌〉的遗产》（*Jack and Norman*: *A State-Raised Convict and the Legacy of Norman Mailer's The Executioner's Song*, 2017）。

2000—2019年，有3部梅勒研究论文集先后面世。2003年，哈罗德·布鲁姆主编出版了《诺曼·梅勒》（*Norman Mailer*, 2003），该书于2008年再版，收入布鲁姆、埃尔文·B. 柯尔南、理查德·柏瑞尔、斯塔塞·奥尔斯特（Stacey Olster）、加布里尔·米勒（Gabriel Miller）、尼格尔·雷、彼特·鲍尔波特、马克·埃德蒙森、约瑟夫·塔比、罗伯特·梅里尔、凯西·史密斯（Kathy Smith）、迈克尔·K. 格兰迪和约翰·惠伦-布里奇等评论家的13篇梅勒及其作品研究的论文。2010年，约翰·惠伦-布里奇主编出版了《诺曼·梅勒的后期小说：〈古代的夜晚〉到〈林中城堡〉》（*Norman Mailer's Later Fictions*: *Ancient Evenings through Castle in the Forest*, 2010），收入研究《古代的夜晚》《硬汉子不跳舞》《儿子的福音》《哈洛特的幽魂》和《林中城堡》等梅勒后期小说中的“性”“上帝”“政治”和“声誉”等主题的11篇论文。2017年，杰思丁·博尊（Justin Bozung）主编出版了《诺曼·梅勒的电影：影片犹如死亡》（*The Cinema of Norman Mailer*: *Film is Like Death*, 2017），这是第一部专门谈论梅勒电影的研究论文集。梅勒本人也演电影，但不成功。此外，2007—2019年：“诺曼·梅勒研究会”出版了13辑《梅勒评论》（*The Mailer Review*），收入梅勒研究最新成果。

除了梅勒研究专著和论文集，2000—2019年，有4部梅勒传记先后面世。2000年，J. 迈克尔·莱农和多娜·佩德罗·莱农（Donna Pedro Lennon）

出版了《诺曼·梅勒：作品与日子》（*Norman Mailer*：*Works and Days*，2000）。2013年，J. 迈克尔·莱农出版了《诺曼·梅勒：双重人生》（*Norman Mailer*：*A Double Life*，2013），这是最新的梅勒传记，详细再现了梅勒的一生，凸显了共存于他一生中的双重身份：新闻写作者与活动家、奉献型家庭男人与臭名昭著的女性爱好者、知识分子与斗士、作家与公众人物、犹太人与无神论者。2018年，"诺曼·梅勒研究会"推出了迈克尔·莱农和多娜·佩德罗·莱农的《诺曼·梅勒：作品与日子》修订与扩展版（*Norman Mailer*：*Works and Days*，rev. & exp. ed.，2018），该版本由杰拉尔·R. 卢卡斯（Gerald R. Lucas）任主编。除此，2000—2019年，有2部梅勒书信集、1部梅勒论文集和1部梅勒研究文献汇编也面世。2004年，J. 迈克尔·莱农编辑出版了《1963—1969年诺曼·梅勒关于〈一场美国梦〉的信件》（第1版）（*Norman Mailer's Letters on An American Dream 1963 - 1969*，1st ed.，2004）。2014年，莱农又主编出版了《诺曼·梅勒书信选集》（*The Selected Letters of Norman Mailer*，2014），收入1941—2017年梅勒的714封信件。2013年，菲利普·希皮尔纳编辑出版了《背叛者的思想：论文选集》（*Mind of an Outlaw*：*Selected Essays*，2013），收入梅勒自20世纪40年代以来发表的50篇论文，全面展现了梅勒的思想。此外，2003年，Gale出版公司出版了《诺曼·梅勒（1923— ）：传记、批评、日记文章、作品评论》[*Norman Mailer*（*1923—* ）：*Biographies*，*Criticism*，*Journal articles*，*Work Overviews*，2003]。

另外，2000—2019年，有9部美国文学研究著作也涉及梅勒及其作品，它们是：罗杰·金博尔（Roger Kimball）的《长征：20世纪60年代的文化革命如何改变了美国》（*The Long March*：*How the Cultural Revolution of the 1960s Changed America*，2000）、詹森·摩西尔（Jason Mosser）的《迈克尔·赫尔、诺曼·梅勒、哈恩特·S. 汤姆普森与琼·迪迪恩的参与性新闻写作：创造新的报道风格》（*The Participatory Journalism of Michael Herr*，*Norman Mailer*，*Hunter S. Thompson*，*and Joan Didion*：*Creating New Reporting Styles*，2012）、乔纳森·德阿莫尔（Jonathan D'Amore）的《美国作者与自传叙事：梅勒、怀德曼、艾格思》（21世纪美国文学选读丛书）[*American Authorship and Autobiographical Narrative*：*Mailer*，*Wideman*，*Eggers*（American Literature Readings in the Twenty-First Century），2012]、罗伯特·J. 毕基斌的《我们周围的领域：文学与政治新闻写作集，1982—2015》（*The Territory Around Us*：*Collected Literary and Political Journalism*，*1982-2015*，2015）、玛吉·麦克金利（Maggie McKinley）的《美国小说中的男性气质与暴力矛盾，1950—1975》（*Masculinity and the Paradox of Violence in American Fiction, 1950-1975*, 2015)、杰伊·帕里尼(Jay Parini)主编的《美国作家回眸补遗之二：文学传记选集：詹姆斯·鲍德温到纳撒尼尔·韦斯特》(*American Writers Retrospective Supplement II: A Collection of Literary Biographies: James Baldwin to Nathanael West*, 2003)和《牛津美国文学百科全书》(*The Oxford Encyclopedia of American Literature*, 2010)、保罗·C. 彭斯(Paul C. Burns)主编的《20世纪文学、艺术与电影中的耶稣》(*Jesus in Twentieth-century Literature, Art, and Movies*, 2007)和《人民杂志》主编的《纪念伟人：被美国所爱的55位明星、英雄和偶像》(*Great Lives Remembered: 55 Stars, Heroes and Icons America Loved*, 2010)。

除此，2010年出版的德韦恩·雷蒙德(Dwayne Raymond)的《与梅勒在一起的那些早晨：友谊回忆》(*Mornings with Mailer: A Recollection of Friendship*, 2010)与诺里斯·车奇·梅勒(Norris Church Mailer)的《一张马戏团的票：回忆录》(*A Ticket to the Circus: A Memoir*, 2010)和2011年出版的唐·斯威姆(Don Swaim)的《明亮的太阳熄灭了：诺曼·梅勒颂，一部中篇小说》(*Bright Sun Extinguished: Ode to Norman Mailer, A Novella*, 2011)以回忆录或诗化小说的方式评论了梅勒。

除了梅勒评介和评论文章以及梅勒研究专著和编著、梅勒传记、梅勒论文集和梅勒相关研究著作，2000—2019年，有100余篇博士和硕士学位论文也专题研究或涉及梅勒研究，研究话题主要涉及：梅勒作品中女性人物的角色演化，梅勒作品中的反社会个人主义，梅勒与美国存在主义传统，梅勒的美学，梅勒作品中暴力、性和男子气概的交叉，梅勒作品中极权主义的重新虚构，梅勒作品中的个人与政治关注，梅勒作品中的身份与存在主义，梅勒作品中的军人形象，梅勒作品中的美国右派想象，梅勒作品中的战后文化产业，梅勒作品中的消费主义以及梅勒与新新闻主义的关系，等等。

二 国内梅勒研究

国内梅勒研究始于20世纪70年代末。1979年，陆凡在《文史哲》(1979年第2期)发表论文《评诺曼·梅勒的〈白色黑人〉》，拉开了国内梅勒研究的序幕。1979—2019年，国内出版梅勒研究专著4部：《诺曼·梅勒研究》(张涛著，中国农业出版社2013年版)、《理解诺曼·梅勒》(谷红丽著，西北大学出版社2009年版)、《个人主义还是平等主义？——诺曼·梅勒小说中权力与道德的文化批评》(任虎军著，兰州大学出版社2007年版)和《新历史主义和文化唯物主义批评视角下诺曼·梅勒的作品研究》

（谷红丽著，厦门大学出版社2004年版），梅勒作品译著13部[①]：《圣子福音》（*The Gospel According to the Son*）（段淳淳、李新杰译，江苏凤凰文艺出版社2015年版）、《我们为什么在越南?》（*Why Are We in Vietnam*?）（王含冰、刘积源译，江苏凤凰文艺出版社2015年版）、《夏洛特的亡灵》（*Harlot's Ghost*）（马飞剑、段淳淳译，江苏凤凰文艺出版社2015年版）、《巴巴里海岸》（*Barbary Shore*）（段淳淳、杨婕译，江苏凤凰文艺出版社2015年版）、《古代的夜晚》（*Ancient Evenings*）（段淳淳、马飞剑、朱琼莉译，江苏凤凰文艺出版社2015年版）、《林中城堡》（*The Castle in the Forest*）（金绍禹译，上海译文出版社2009年版；江苏凤凰文艺出版社2015年版）、《刽子手之歌》（*The Executioner's Song*）（邹惠玲、司辉、杨华译，春风文艺出版社1988年版；译林出版社2000年版/2008年版）、《鹿苑》（*The Deer Park*）（刘新民译，译林出版社2002年版；江苏凤凰文艺出版社2015年版）、《一场美国梦》（*An American Dream*）（雨鸣译，春风文艺出版社1989年版；石雅芳译，译林出版社2001年版）、《裸者与死者》（*The Naked and the Dead*）（蔡慧译，上海译文出版社1988年版/1997年版；江苏凤凰文艺出版社2015年版；林德遥译，远方出版社2001年版）、《夜幕下的大军》（*The Armies of the Night*）（任绍曾译，湖南文艺出版社1990年版；译林出版社1998年版）、《硬汉不跳舞》（*Tough Guys Don't Dance*）（范革新、臧永清译，春风文艺出版社1988年版；江苏凤凰文艺出版社2015年版）和《艳星梦露》（*Marilyn*：*A Biography*）（刘军译，长江文艺出版社1988年版）；发表梅勒研究论文100余篇，撰写梅勒研究博士学位论文8篇、硕士学位论文20余篇。就关注梅勒作品而言，研究主要关注《裸者与死者》《刽子手之歌》《我们为什么在越南?》《一场美国梦》和《夜幕下的大军》等小说和非虚构小说以及其他一些比较重要的小说（如《巴巴里海滨》《鹿苑》《古代的夜晚》《儿子的福音》和《林中城堡》）和非虚构作品（如《白黑人》《为我自己做广告》和《奥斯瓦尔德的故事：一个美国的谜》）；就关注点而言，研究主要关注梅勒单部或多部作品中的存在主义、历史/事实与虚构、权力与人性、梅勒与美国文学传统的关系以及梅勒的犹太意识、女性观与性别观、“嬉皮哲学”、“嬉皮士”形象、激进与保守、英雄观和艺术手法，等等。

三　梅勒研究的核心关注

回顾20世纪40年代以来国内外梅勒研究历史，我们可以发现，不同历史阶段，梅勒研究关注的核心不同；总体上讲，20世纪40—50年代，梅勒

① 本书中梅勒作品的译名与以下译著不完全相同。

研究主要关注《裸者与死者》等小说中的权力、战争和梅勒的“存在主义哲学”；20世纪60—70年代，梅勒研究主要关注梅勒单部或多部小说中激进的性、权力、政治和个性主义；20世纪80—90年代，梅勒研究不仅关注梅勒的激进思想和个性发展，而且关注梅勒小说的艺术审美；自21世纪以来，除了关注梅勒的性、权力、政治和个性主义，梅勒研究还比较注重反思和重读梅勒及其思想。

总体上来看，梅勒研究核心关注有三：梅勒及其作品思想、梅勒的个性和梅勒的艺术审美，围绕这三个方面，批评界有三种主要观点：一种观点认为，梅勒的思想比他的艺术有趣；另一种观点认为，梅勒的个性比他的作品有趣；还有一种观点认为，梅勒作品的部分比它的整体给人的印象更为深刻。① 因此，梅勒研究主要有三种模式：一是主题研究，主要聚焦梅勒的思想；二是传记研究，主要聚焦梅勒的个性或革命性人物角色；三是审美研究，主要聚焦梅勒的艺术审美。②

1. 梅勒思想研究

梅勒及其作品思想研究是梅勒研究的主流，主要关注梅勒的“美国存在主义”、革命意识、激进政治、个性主义和美国性。

1978年之前（罗伯特·梅里尔出版《诺曼·梅勒》之前），批评界对梅勒思想的关注多于对其个性特征与作品审美形式的关注；因此，长期以来，“梅勒的名气与评论界对其文学成就缺乏共识之间形成巨大反差”③。尽管不少评论家研究过梅勒的艺术发展、主要思想及其在美国文学史上的地位，研究成果也颇有见地，但1986年之前，没有评论家出版过涉及梅勒全部作品的研究专著，批评界也没有出现过关于梅勒的共识性见解。1986年之前出版的比较权威的梅勒研究专著——理查德·柏瑞尔的《诺曼·梅勒》（1972）——只涵盖了梅勒1972年前出版的12部作品④。因此，哈罗德·布

---

① See Robert Merrill, *Norman Mailer*, Boston: Twayne Publishers, 1978, p. 10.

② Ibid., p. 12.

③ Robert Merrill, *Norman Mailer*, Boston: Twayne Publishers, 1992, p. ix.

④ 这12部作品是：*The Naked and the Dead* (New York: Rinehart, 1948), *Barbary Shore* (New York: Rinehart, 1951), *The Deer Park* (New York: G. P. Putnam's Sons, 1955), *Advertisements for Myself* (New York: G. P. Putnam's Sons, 1959), *The Presidential Papers* (New York: G. P. Putnam's Sons, 1963), *An American Dream* (New York: The Dial Press, 1965), *Cannibals and Christians* (New York: The Dial Press, 1966), *Why Are We in Vietnam?* (New York: G. P. Putnam's Sons, 1967), *The Armies of the Night* (New York: New American Library, 1968), *Miami and the Siege of Chicago* (New York: New American Library, 1968), *Of a Fire on the Moon* (Boston: Little, Brown, 1970), and *The Prisoner of Sex* (Boston: Little, Brown, 1971).

鲁姆在1986年出版的《诺曼·梅勒》之“编者的话”中说：“对梅勒的作品做出经典性判断是一项不可能的任务。”① J. 迈克尔·莱农认为，批评界对梅勒没有达成共识性见解的原因主要有二：其一在于他作品的多变性。1958年6月，梅勒接受好友理查德·G. 斯特恩（Richard G. Stern）采访时说：“我认为，对于大多数对我的作品感兴趣的人来说，困难在于，我开始是一种作家，慢慢地演化成了另一种作家。”② 布鲁姆认为：“梅勒没有写过一本不引发争议的作品。”③ 莱农指出，梅勒1985年前写的35部作品中“只有8部可以说是长篇小说，虽然他自己争辩说还有三四部也是长篇小说。他除了写长篇小说，还写过自传、传记、中篇小说、短篇小说、科幻小说、体育和政治报道、访谈（超过100次）、各种形式的杂文、报纸和杂志专栏文章、信件、文学评论、辩论、序言、引论、回忆录、书评和哲理性对话。除此，他还写过诗歌、戏剧和电影脚本”④。其二在于批评界对于他在性、暴力和政治方面的观点看法不一⑤。关于暴力，梅勒在《总统案卷》（1963）中说：“这几年来，我对暴力的看法发生了180度的大转弯……从意识形态和思想方面讲，我是不赞成暴力的，虽然我在《白黑人》中赞成过暴力，但我不赞成非人性的暴力，也就是大规模的抽象暴力，我不赞成轰炸一个城市，不赞成那些从城市轰炸中得到审美满足的人，不赞成那种感觉。”⑥ 对于《白黑人》中的暴力观，小纳森·A. 司各特在《三位美国道德家：梅勒、贝娄与特里林》中说：

> 我们现在回看这个激进的宣言［《白黑人》］，从这个宣言之后梅勒经历的角度来看，应该很清楚地看到，虚无的冲动不是它的根本动机，本质上讲，它充满梅勒对世纪中叶美国社会人的平庸性的愤怒，充满梅勒拯救变得不令人喜欢的世界的愿望，它唤起的世界完全是一个善与恶的世界。的确，现在看来，他在1957年这篇论说文中完全没有被扼杀的

---

① Harold Bloom, ed., *Norman Mailer*, New York and Philadelphia: Chelsea House Publishers, 1986, p. ix.

② Norman Mailer, *Advertisements for Myself*, New York: G. P. Putnam's Sons, 1959, p. 379.

③ Harold Bloom, ed., *Norman Mailer*, New York and Philadelphia: Chelsea House Publishers, 1986, p. 2. See also Harold Bloom, ed., *Norman Mailer*, Philadelphia: Chelsea House Publishers, 2003, p. 2.

④ J. Michael Lennon, *Critical Essays on Norman Mailer*, Boston, Massachusetts: G. K. Hall & Co., 1986, p. 3.

⑤ Ibid., p. 1.

⑥ Norman Mailer, *The Presidential Papers*, New York: G. P. Putnam's Sons, 1963, pp. 136-137.

> 论道德问题的激情成了他随后一系列论说文集［1959年的《为我自己做广告》、1963年的《总统案卷》和1966年的《食人者与基督徒》］的重要塑造力量。①

关于政治，梅勒在《总统案卷》中提出了他的存在主义政治观："如果美国政治家的思想不转向存在主义政治思维，任何总统都无法将美国从陷入极权主义的状态中解救出来。"② 但是，梅勒对美国政治的批评具有道德意义。他说："政治是关于可能的艺术，但可能的总是减少逆境中的真实痛苦，丰富顺境中的生活质量，这正好是美国现在不再做的事……美国生活经济上越来越繁荣，但心理上越来越贫困，这是问题的中心，我们对此没有做过任何事情，美国的真实生活没有丰富起来。"③ 他还说："如今，成功的政治家不是玩可能的艺术，以便丰富生活，减少困难，纠正不公，而是根据那些让我们暂时从惧怕、焦虑和梦境中走出来的政治仪式和词汇来判断自己的成功。"④ 梅勒对性、暴力和政治的观念是批评界关注的焦点，许多评论家都对此做过深入的分析，如长期研究梅勒的评论家理查德·柏瑞尔、罗伯特·F. 露西德、阿尔弗雷德·卡津、戴安娜·特里林、托尼·泰纳、约翰·W. 阿尔德里奇、迈克尔·科瓦、罗伯特·毕基斌与约瑟夫·温克和其他比较重要的梅勒评论家如詹姆斯·鲍德温、德威特·麦克唐纳德、诺曼·波德霍瑞茨和理查德·福斯特⑤。他们要么撰写论文探讨梅勒的思想，要么著书研究梅勒的思想，他们的研究论文经常出现于梅勒研究论文集。20世纪70年代初以来，10部梅勒研究论文集先后面世：《现代小说研究之诺曼·梅勒专辑》（*Modern Fiction Studies*, *Norman Mailer Special Issue*, 1971）、罗伯特·F. 露西德主编的《诺曼·梅勒其人其作》（*Norman Mailer: The Man and His Work*, 1971）、莱昂·布劳迪主编的《诺曼·梅勒批评论文集》（*Norman Mailer: A Collection of Critical Essays*, 1972）、劳拉·亚当斯主编的《请真正的诺曼·梅勒站起来好吗》（*Will the Real Norman Mailer Please Stand Up*, 1974）、哈罗

---

① Nathan A. Scott, Jr., *Three American Moralists: Mailer, Bellow, Trilling*, Notre Dame & London: University of Notre Dame Press, 1973, pp. 50-51.

② Norman Mailer, *The Presidential Papers*, New York: G. P. Putnam's Sons, 1963, p. 5.

③ Ibid., p. 4.

④ Ibid., p. 152.

⑤ See J. Michael Lennon, *Critical Essays on Norman Mailer*, Boston, Massachusetts: G. K. Hall & Co., 1986, p. 1. See also Robert Merrill, *Norman Mailer*, Boston: Twayne Publishers, 1992, p. xii.

德·布鲁姆主编的《诺曼·梅勒》(*Norman Mailer*, 1986) 和《诺曼·梅勒》(*Norman Mailer*, 2003；该书于2008年再版)、J. 迈克尔·莱农主编的《诺曼·梅勒批评论文集》(*Critical Essays on Norman Mailer*, 1986)、约翰·惠伦-布里奇主编的《诺曼·梅勒的后期小说：〈古代的夜晚〉到〈林中城堡〉》(*Norman Mailer's Later Fictions*: *Ancient Evenings through Castle in the Forest*, 2010) 以及杰思丁·博尊 (Justin Bozung) 主编的《诺曼·梅勒的电影：影片犹如死亡》(*The Cinema of Norman Mailer*: *Film is Like Death*, 2017)。就梅勒思想研究而言，批评界主要关注以下几点。

◆梅勒对个人与自我问题的关注

梅勒对个人与自我问题的关注是梅勒思想研究关注的一个热点。20世纪60年代，针对批评界对梅勒的批评多于褒扬这一情况，理查德·福斯特指出："不同于他那一代小说家中的大多数"，梅勒追求的是"个性主义的发展与变化"①。罗伯特·厄尔里奇也认为，梅勒关注自我发展，关注自由与责任问题，关注在日益异化的世界里死亡逼近的问题。② 桑迪·科恩以梅勒的第一部小说《裸者与死者》为例，详细分析探讨了梅勒对个人与自我问题的关注，他认为：

> 在《裸者与死者》中，梅勒分析了自己周围各种复杂的、相互交织的、相互转化的经济、社会和政治力量，这些力量预示着个人自主与人类同情的结束……在《裸者与死者》之后的岁月里，梅勒一直是坚定的政治观察家，他特别关注的是政治和社会对个人的影响。他的许多小说和非小说处理的都是以不同形式出现的政治和社会力量对个人命运和民族习惯的直接和持续不断的影响。③

在科恩看来："梅勒最成功的是，他记录并探究了战后岁月中那些帮助塑造了美国政策和生活风格的事件和压力。梅勒帮助我们理解了战争和革命对社会和个人的影响，理解了现实与想象之间的关系，他关于这些事件和压力的概念也反过来塑造了他的创作。"④

---

① Richard Foster, "Early Novels", in Harold Bloom, ed. , *Norman Mailer*, New York and Philadelphia: Chelsea House Publishers, 1986, p. 17.

② See Robert Ehrlich, *Norman Mailer*: *The Radical as Hipster*, Metuchen, N. J. & London: The Scarecrow Press, Inc. , 1978, p. 1.

③ Sandy Cohen, *Norman Mailer's Novels*, Amsterdam: Editions Rodopi, 1979, p. 10.

④ Ibid. , p. 14.

批评界认为，梅勒对个人与自我问题的关注在他的“存在主义”中得以充分体现。梅勒的“存在主义”就是他的“嬉皮哲学”，他给“嬉皮哲学”另取名为“美国存在主义”。在《为我自己做广告》（1959）中，梅勒这样说：

> 嬉皮是一种对人性的探讨，它强调的是自我而非社会。作为20世纪痛苦所产生的新中世纪哲学之一，嬉皮倾向于让人最终回归宇宙中心而不是让人日益变成我们从19世纪继承下来的理性的、物质的宇宙中处于某个微不足道的角落中的生物化学结构。再说，嬉皮是一种美国存在主义，完全不同于法国存在主义，因为它基于一种肉体的神秘主义，可以溯源到黑人和士兵、犯罪变态者、毒瘾子和爵士乐家、妓女和演员身上，还有——如果可以想象这种可能的话——那种存在于电话约会女郎和心理分析师之联姻中对于存在的本能理解与欣赏。没有始于萨特作品中的法国存在主义的那种理性，嬉皮是一种美国现象，它的形成没有思想先导，它是一种用以描述目前还没有其哲学词汇的存在状态的语言。①

在《食人者与基督徒》中，梅勒还强调了“美国存在主义”的另一个重要特征——“现在感”。他认为：“现在感”是“关于存在主义哲学需要首先掌握的概念”，因为“在一个人的玄学计划中，没有东西比他的现在感更为重要”②，因为“存在先于本质，情感决定因果关系”③。梅勒的“美国存在主义”不是他阅读萨特或海德格尔的结果，而是自己的经验和玄想所得。在《碎片与武断意见》中，梅勒说他自己“几乎没有读过萨特的任何东西，根本没有读过海德格尔”，他的“存在主义”：“首先源于经验”，因为他觉得：“一个人可以感觉到每个时刻的重要性及其变化，感觉到自己的存在，意识到虚无的巨大机构……意识到我们每个人身上的战争，我们每个人身上的虚无如何努力攻击别人的存在，我们的存在又如何反过来被他人身上的虚无所攻击……存在与虚无之间的战争是20世纪的潜在疾病。无聊对存在的扼杀比战争更为可怕。”④

---

① Norman Mailer, *Advertisements for Myself*, New York: G. P. Putnam's Sons, 1959, p. 314.

② Norman Mailer, *Cannibals and Christians*, New York: The Dial Press, 1966, p. 252.

③ Ibid., p. 253.

④ Norman Mailer, "Pontifications", in *Pieces and Pontifications*, Kent: New English Library, 1982, p. 21.

罗伯特·厄尔里奇指出:“梅勒的‘嬉皮哲学’强调的是个人而非社会”①,“强调自我的成长与存活”②。因此,“梅勒作为小说家、新闻写作者和杂文家的发展,都源于他的‘嬉皮哲学’”③。厄尔里奇还认为:“梅勒的美学实验、主题关注和公众风格大都可以从他的存在主义角度加以解释……在他一生的不同阶段,他的存在主义包含着心理的、政治的、经济的、社会的、审美的、神学的、神秘的和宇宙学的关注。”④ 因此,梅勒作品中的存在主义主题是梅勒思想研究关注的核心。劳拉·亚当斯认为:“一定意义上讲,梅勒的艺术就是自我创造,因为写作或表演就是一种存在主义行为,就是进入一种包含着已知冒险和位置结果因而必须依靠自己才智的情境。”⑤ 亚当斯还指出,存在主义批评“旨在评价而非阐释梅勒的作品”,它视梅勒作品为“旨在探究人的潜意识并拓展人的意识的一种过程,其成功与否要根据行为的程度和形式与风格的效果来决定”⑥。她认为:“梅勒试图通过创作从连接本能生活和理性生活的角度为美国人复活那种认为个人具有无限可能性的神话。”⑦ 因此,“位于美国人想象中心的那种善与恶、天真与经验、梦想与现实、个人与社会之间的分离也处于梅勒的想象中”⑧。像亚当斯一样,许多评论家视梅勒的存在主义为“自在自有的话题”(a subject in and of itself),但约瑟夫·温克认为这是一种误读,他指出:“梅勒对冒险的重要性的坚持、对通过冲突而成长的思想的关注,使得很多评论家把他的存在主义看作一个自在自有的话题进行讨论……这种认识是不正确的。”⑨ 温克认为:“应该将梅勒的存在主义作为一种概念关注来对待,应该将它看作一种行动模式,而不是为了自在目的。”⑩ 温克指出:“梅勒的存在主义源于他对美国神话的吸收”,因此,“要在梅勒的存在主义与其坚持不懈地对美国意义进行界定的尝

① Robert Ehrlich, *Norman Mailer: The Radical as Hipster*, Metuchen, N. J. & London: The Scarecrow Press, Inc., 1978, p. 2.

② Ibid., p. 8.

③ Ibid., p. 14.

④ Ibid., p. vii.

⑤ Laura Adams, *Existential Battles: The Growth of Norman Mailer*, Athens, Ohio: Ohio University Press, 1976, p. 8.

⑥ Ibid., p. 9.

⑦ Ibid., pp. 21-22.

⑧ Ibid., p. 24.

⑨ Joseph Wenke, *Mailer's America*, Hanover and London: Unversity Press of New England, 1987, p. 4.

⑩ Ibid, p. 5.

试之间建立必要联系”，因为“他作为作家的最高目的就是对美国的意义做出界定”①。

◆梅勒对人的本能和无意识以及生与死问题的关注

梅勒对人的本能和无意识以及生与死问题的关注也是梅勒思想研究关注的一个热点。梅勒在《为我自己做广告》中说，他写作的目的是，“在我们时代的意识中发起一场革命”②。因此，梅勒的“革命意识”也成为梅勒思想研究的一个核心关注。罗伯特·J. 毕基斌在其梅勒研究专著《再生行为：诺曼·梅勒作品中的寓言与原型》的“序言”中说，他的首要目的是研究梅勒的“革命意识”如何在其作品中运行，由此对它进行界定。毕基斌认为，梅勒及其人物所追求的意识是一种“英雄意识”，这种意识“能将意识生活和无意识生活结合起来，能唤醒人们的隐喻性想象，能让神圣能量资源在人类中得以再生。所以，梅勒的主要主题是当代世界中生命反对死亡的斗争。他深信，人性的存活和成长以及生命的胜利取决于我们保持这种英雄意识的能力”③。毕基斌认为，梅勒作品中，死亡（或魔鬼）与极权、生命（或上帝）与直觉（或本能）生活之间存在隐喻关系，因此，“梅勒根据意图、功能和效果，常常将极权与各种机构、个人和力量结合起来。梅勒笔下的英雄人物都参与生与死的斗争”④；也就是说，“极权主义”是梅勒作品的重要关注。在《总统案卷》中，梅勒这样界定“极权主义”：

> 如果把极权主义看作一种灾难而不是一种意识形态风格，极权主义就好理解了。有一段时间，[我们] 可以发现，简单的极权主义与法西斯主义相联系……似乎是独裁的同义词，其综合症状比较明显：通过领导对国家实施压迫，强迫人民遵守一种不仅没人性而且总是跟国家的最近的不可告人的经历相对抗的政府权威。作为压迫者的政府与作为被压迫者的人民之间的张力仍然可见。但是，我们在美国发现的这种现代极权主义不同于经典极权主义，就像塑料炸弹不同于手榴弹一样……现代极权主义的主要特征是，它是一种让我们跟内疚分手道别的道德疾病。它

① Joseph Wenke, *Mailer's America*, Hanover and London: Unversity Press of New England, 1987, p. 5.

② Norman Mailer, *Advertisements for Myself*, New York: G. P. Putnam's Sons, 1959, p. 17.

③ Robert J. Begiebing, *Acts of Regeneration: Allegory and Archetype in the Works of Norman Mailer*, Columbia & London: University of Missouri Press, 1980, p. 1.

④ Ibid., p. 3.

是作为一种逃避对过去做出判断和对过去的不公承担责任的欲望而产生的。①

梅勒还指出："极权主义的本质在于，它是杀头的。它杀了个性、多样性、不同政见、极端可能性和浪漫信仰的头，它蒙住了想象的眼睛，麻木了本能，抹掉了过去的痕迹。它也是非理性的……极权主义是历史之躯的一种癌症，它消除了差异。"② 毕基斌认为："梅勒对人类生存的关注促使他写出了旨在产生行动的作品"③；换言之，梅勒以寓言和原型的方式进行创作。在毕基斌看来，梅勒对现代人意识危机的看法接近荣格对现代人精神危机的看法；因此，《裸者与死者》之后，梅勒开始强调其作品中的无意识成分，但他作品中的原型模式和意象并非一下子出现，而是逐渐出现的。④ 毕基斌认为，梅勒笔下的英雄是寓言式英雄，是新意识的携带者，其追求是对更大生命、能量、运动和自我实现的原型追求。⑤ 从这个意义上讲，梅勒笔下的英雄所追求的是再生生命。毕基斌对梅勒的"革命意识"的解读，可以从梅勒作品中得以佐证。在《总统案卷》中，梅勒说：

那种神话，即我们每个人天生是为了自由，为了漫游，为了冒险，为了在暴力、芳香的东西和意想不到的东西的波浪上成长，有一种不可驯服的力量，不论国家的规定者——政治家、医生、教授、牧师、拉比、神职人员、理论家、心理分析师、建筑者、行政长官和无穷无尽的交流者——如何用清醒之上的卫生和陈词滥调之上的中产阶级口味的布道来填补现代生活的漏洞，那种神话不会死亡。的确，这个国家四分之一的业务都依赖于它的存在。⑥

---

① Norman Mailer, *The Presidential Papers*, New York: G. P. Putnam's Sons, 1963, pp. 175-176.

② Ibid., p. 184.

③ Robert J. Begiebing, *Acts of Regeneration: Allegory and Archetype in the Works of Norman Mailer*, Columbia & London: University of Missouri Press, 1980, p. 5.

④ See Robert J. Begiebing, *Acts of Regeneration: Allegory and Archetype in the Works of Norman Mailer*, Columbia & London: University of Missouri Press, 1980, pp. 8-9.

⑤ Ibid., pp. 10-11.

⑥ Norman Mailer, *The Presidential Papers*, New York: G. P. Putnam's Sons, 1963, pp. 39-40.

梅勒还指出：

> 政治的生活与神话的生活分道扬镳了，没有什么东西可以让它们回归彼此，没有共同的危险，没有事业，没有欲望，更为本质的是，没有英雄。美国需要一位英雄，一位对他的时代来说非常重要的英雄，一个具有那种可以表明能够通达地下世界的异化线路的矛盾和神秘个性的人，因为只有英雄才可以捕捉人们的神秘想象，因此对其国家的活力具有好处。英雄体现了幻想，因此给予每个人的私人思想以考虑其幻想并找到成长之路的自由。每个人能够更加意识到自己的欲望，从而不将精力浪费于隐藏自己……英雄体现了他的时代，不会比他的时代更好，但他大于生活，因此能给时代指明方向，能鼓励一个国家去发现它性格的最深色彩。实际上，英雄的概念与非个人的社会的进步相对立，与那种相信社会的弊病可以通过立法解决的信仰相对立，因为它认为，在拥有一位可以揭示它的性格的英雄之前，一个国家几乎被它的性格所限制。①

随着时光的流逝和时代的变迁，梅勒不知不觉地从激进走向了保守。40多年后，梅勒在2003年发表的《诡秘的艺术：写作漫谈》中说："如果要我告诫年轻作家的话，我要说，跟你的懦弱一起生活吧，每天跟它一起生活吧，不管你恨它还是保护它，别试图消除它。"② 这跟他1957年在《白黑人》中对"勇敢"的特别强调形成了鲜明对比。因此，迈克尔·K. 格兰迪说："梅勒的真正天赋不在于他能改变世界，而在于他能认识周围的世界。他不会也不可能带来他在1959年所承诺的那种感觉革命。"③

◆梅勒对美国神话与美国历史的关注

梅勒对美国神话与美国历史的关注也是梅勒思想研究的关注热点。约瑟夫·温克指出，美国神话与美国历史的关系是解读梅勒作品的正确语境，因为梅勒的话题"主要是美国"④。批评界注意到，梅勒的美国关注涉及美国政治、美国历史、美国文化、美国社会、美国人的性格、美国现实、美国经历、

① Norman Mailer, *The Presidential Papers*, New York: G. P. Putnam's Sons, 1963, pp. 41–42.

② Norman Mailer, *The Spooky Art*: *Some Thoughts on Writing*, London: Little, Brown, 2003, p. 163.

③ Michael K. Glenday, *Norman Mailer*, New York: St. Martin's Press, 1995, p. 44.

④ Joseph Wenke, *Mailer's America*, Hanover and London: University Press of New England, 1987, p. 3.

美国神话与美国想象的关系、美国思想与美国现实的关系以及美国生活的质量等方方面面；事实上，梅勒写作涉及美国的很多方面，包括美国的政治、美国的体育、美国的建筑、美国的文学、美国的大众艺术、美国的种族冲突、美国的性，等等。温克指出："梅勒将他笔下人物的生活与美国国家的生活联系起来，从而戏剧化地再现了美国生活中最精华和最糟粕的东西。"① 温克认为，在这种再现中，梅勒"追求着他认为是文学的最高目标，那就是'让一个国家看清自己'"②。温克指出："位于这种戏剧化再现中心的，是冒险的重要性，梅勒在讲述作为神话的美国拓荒者、背叛者、发明家、早期工业家、拳击手、电影明星以及超验主义追求者爱默生、梭罗和惠特曼等人物的历史中为冒险找到了一种范式。"③ 之所以强调冒险，是因为"冒险是获取心理、社会和政治力量的手段"④。温克认为："梅勒作品力图通过戏剧化再现美国神话与美国历史的关系来再现美国的过去、现在和未来"；换言之，梅勒作品力图将"美国形象与美国经历"联系起来⑤，因为"他作为作家的中心目的"就是"努力对美国的意义做出界定"⑥。温克还认为："把美国作为梅勒的创作话题来讨论，我们就能直接进入他作品的中心"，因为"梅勒的思想与自我创造最终源于他的美国性，这种美国性最重要的体现是，他自始至终关注美国思想与美国现实的关系，正是这种关注，确定了他的存在主义的方向，赋予其能量，让他觉得自己的写作是一种公众行为，让他相信自己的作品具有革命力量"⑦。显然，在温克看来，梅勒的美国性很好地解释了他的"美国存在主义"思想与个性展现。温克指出："将美国作为自己的创作话题，梅勒遵循了美国文学中的最好传统。"⑧ 这就是说，梅勒对美国神话与美国历史的关注，体现了他与美国文学传统之间的承继关系。

迈克尔·K. 格兰迪认为："［我们］可以把梅勒自己作为作家的经历看成'二战以来美国历史的个人索引'，他的经历具有多变性和不可预测性特征，毫不失败地大胆地接近了他的伟大的史诗般的话题：关注个性主义与权

---

① Joseph Wenke, *Mailer's America*, Hanover and London: University Press of New England, 1987, p. 3.

② Ibid.

③ Ibid.

④ Ibid.

⑤ Ibid., p. 5.

⑥ Ibid.

⑦ Ibid., p. 6.

⑧ Ibid., p. 7.

力之间处于战争关系的美国现实。”① 格兰迪指出：“在《月球上的火焰》中，梅勒试图将个人历史与国家历史联系起来。”② 格兰迪认为：“梅勒的最好小说中，我们发现我们自己也卷入对悲剧的、残酷的、崇高的美国的想象之中，这种想象相当于对 1945 年以来美国意义做出阐释的那种想象。”③

◆梅勒对权力问题的关注

梅勒对权力问题的关注也是梅勒思想研究关注的一个热点。迈克尔·K. 格兰迪认为，权力与身份之间的关系一直吸引着梅勒④。梅勒自己曾经说：“有两个话题一直深深地吸引着我：一是权力集团，二是身份。”⑤ 在关注梅勒的权力关注方面，尼格尔·雷的研究最具代表性，他的梅勒研究专著《激进小说与诺曼·梅勒的小说》（1990）详细探讨了梅勒的权力关注问题。雷指出：“没有任何评论家对梅勒的激进政治与其小说发展之间的关系做过系统研究。”⑥ 他认为：“虽然从 1948 年到 1983 年，梅勒的感觉从意识形态激进主义转向了神话激进主义，但这种转向所围绕的问题却没有变，这个问题就是权力的运作问题，正如梅勒自己所说，他‘写的所有东西都是关乎权力的——关系中的权力，世界上的权力’。”⑦

2. 梅勒个性研究

梅勒的个性与其创作之间的关系也是梅勒研究关注的热点。从传记角度研究梅勒个性与其创作之间的关系成为梅勒研究的主要范式之一。J. 迈克尔·莱农认为：“不跨越传记领域，就无法接近梅勒作品”，因为“梅勒的每次文学变形，都跟他个人生活中的事件和情境紧密相关——六次婚变、法律和金钱问题、政治活动、文学与个人以及朋友和敌人，等等”⑧。莱农指出：“从开始创作起，梅勒关注的是展现自我的需要和机会，这很大程度上解释了他作品形式的多变性。”⑨ 迈克尔·K. 格兰迪认为：“梅勒的话题在前三部

---

① Michael K. Glenday, *Norman Mailer*, New York: St. Martin's Press, 1995, p. 2.

② Ibid., p. 38.

③ Ibid., p. 45.

④ Ibid., p. 2.

⑤ Robert Begiebing, "Twelfth Round: An Interview with Norman Mailer", in J. Michael Lennon, ed., *Conversations with Norman Mailer*, Jackson, Miss., 1988, p. 317.

⑥ Nigel Leigh, *Radical Fictions and the Novels of Norman Mailer*, Basingstoke, Hampshire and London: Macmillan, 1990, p. viii.

⑦ Ibid., p. ix.

⑧ J. Michael Lennon, *Critical Essays on Norman Mailer*, Boston, Massachusetts: G. K. Hall & Co., 1986, p. 2.

⑨ Ibid., p. 3.

小说之后就变成了梅勒自己。”①

3. 梅勒艺术研究

梅勒的艺术也是梅勒研究的核心关注，从审美角度研究梅勒及其作品的重要性成为梅勒研究的主要范式之一。罗伯特·梅里尔指出：“梅勒的名声与批评界缺乏对他的成就达成共识之间形成了巨大反差。”② 因此，他不像其他评论家那样专注于梅勒思想及其作品主题研究或对梅勒进行传记探讨，而是聚焦于梅勒作品的“文学结构”和“审美结构”问题③。梅里尔认为：“梅勒作品可以从其审美形式来判断其成功与否。”④ 詹妮弗·贝利认为：“整个创作生涯中，梅勒试图超越并转化文学类型之间的界限，以便让人们试图以‘虚构为指导’对现实进行重塑。”⑤ J. 迈克尔·莱农指出：“梅勒作为一位叙事形式、风格与角度的鉴赏家没有受到［人们］足够重视。”⑥ 约瑟夫·温克认为：“人们对梅勒的个性谈论得太多太多了，当然，梅勒的重要性最终在于他的艺术而非个性力量。”⑦

四　梅勒研究亟待关注的问题

纵观梅勒研究的核心关注，我们可以发现，不少评论家对梅勒的“嬉皮哲学”与其小说发展之间的关系、梅勒的革命意识与其小说发展之间的关系、梅勒的个性塑造与其小说发展之间的关系、梅勒的激进政治与其小说发展之间的关系、梅勒与美国文学传统之间的关系以及梅勒的艺术发展做过系统研究，但没有评论家对梅勒的道德意识与其小说发展之间的关系做过系统研究。事实上，梅勒的道德意识与其小说创作之间存在着不可分割的密切关系，决定着梅勒文学创作的初衷与归旨。因此，如果无视梅勒的道德意识，我们就不能真正理解他的文学创作，特别是他的小说创作。

国内外学界对梅勒的“嬉皮哲学”、革命意识、个性塑造和激进政治与其

---

① Michael K. Glenday, *Norman Mailer*, New York: St. Martin's Press, 1995, p. 26.

② Robert Merrill, *Norman Mailer*, Boston: Twayne Publishers, 1992, p. ix.

③ See Robert Merrill, *Norman Mailer*, Boston: Twayne Publishers, 1992, p. xii.

④ Robert Merrill, *Norman Mailer*, Boston: Twayne Publishers, 1978, p. 13.

⑤ Jennifer Bailey, *Norman Mailer*: *Quick-Change Artist*, London and Basingstoke: The Macmillan Press Ltd., 1979, p. 1.

⑥ J. Michael Lennon, *Critical Essays on Norman Mailer*, Boston, Massachusetts: G. K. Hall & Co., 1986, p. 2.

⑦ Joseph Wenke, *Mailer's America*, Hanover and London: University Press of New England, 1987, p. 4.

小说发展之间的关系、梅勒与美国文学传统的关系以及梅勒的艺术发展做过系统研究，不少评论家（如哈罗德·布鲁姆、小纳森·A. 司各特、桑迪·科瓦、迈克尔·K. 格兰迪和J. 迈克尔·莱农等）注意到梅勒的道德意识，但很少关注它与梅勒小说发展之间的关系。国内外学界比较重视梅勒《为我自己做广告》（1959）中提出的“在我们时代的意识中发起一场革命”的写作目的①，注重探讨梅勒小说中各种权力及其形式与个性/自我自由和发展之间的冲突以及梅勒小说与其“嬉皮哲学”（或“美国存在主义”）之间的关系，但很少重视：梅勒在《为我自己做广告》和《诡秘的艺术：写作漫谈》（2003）中提出：“艺术的最终目的是强化人们的道德意识”②，他写小说的目的是告诫人们：“生活的核心不能欺骗”③；为此，他要努力写“一部像托尔斯泰的《战争与和平》或《安娜·卡列尼娜》和司汤达的《红与黑》那样的能让一个国家看清自己的伟大作品”④。在《为我自己做广告》《总统案卷》（1963）、《食人者与基督徒》（1966）、《存在主义差事》（1972）、《诡秘的艺术：写作漫谈》《我们为什么进行战争？》（2003）和《论上帝：一次不寻常的谈话》（2007）等重要非虚构作品中，梅勒反复强调人的自由、人的行为和“生”与“死”的道德意义，强调种族平等、自我与他人的平等以及穷人与富人的平等，强调爱、仁慈、同情、信任、诚实、真实和正义的价值与重要性，强调小说的道德任务、文学人物的道德变化和作家的人生观与叙事视角之间的关系，这些强调确定了其小说创作的道德价值取向。为了“强化人们的道德意识”，为了让美国看清自己，从《裸者与死者》（1948）到《林中城堡》（2007），梅勒小说不断地对美国形象进行解构与建构。然而，迄今为止，这一现象尚未受到学界重视，亟待研究。解构并建构美国形象是梅勒小说创作和发展的原动力，研究梅勒对美国形象的解构和建构与其小说发展之间的关系以及梅勒小说解构并建构美国形象的道德价值取向，可以揭示梅勒小说创作的真正目的和永恒主题，有助于我们深刻认识梅勒及其小说的价值，因此具有重要的学术价值和意义。

---

① Norman Mailer, *Advertisements for Myself*, New York: G. P. Putnam's Sons, 1959, p. 17.

② Ibid., p. 384; Norman Mailer, *The Spooky Art: Some Thoughts on Writing*, London: Little, Brown, p. 161.

③ Norman Mailer, *Advertisements for Myself*, New York: G. P. Putnam's Sons, 1959, p. 385.

④ Norman Mailer, *Cannibals and Christians*, New York: The Dial Press, 1966, pp. 98-99; Norman Mailer, *The Spooky Art: Some Thoughts on Writing*, London: Little, Brown, p. 300.

第三节　梅勒小说与20世纪美国

一　梅勒的道德意识与其小说创作

梅勒的道德意识与其小说创作之间的关系非常密切。莱昂·布劳迪认为："梅勒小说［创作］的主要任务是探讨人的性格的缺陷与美。在梅勒眼中，个人性格所受的公众的和私人的压力同时存在。"① 布劳迪指出，梅勒认为"小说应该具有改变读者生活的潜力"，而"这种对艺术力量的信仰一直是梅勒从事创作的推动力"②。劳拉·亚当斯认为，梅勒在《为我自己做广告》中表明的写作目的——"在我们时代的意识中发起一场革命"——"表明了他的信仰，即作家特别是小说家拥有足够的迫使他所处社会改变方向的力量"③。罗伯特·所罗塔洛夫认为："梅勒［创作］的根本目的，是探究美国人的心理中心，并报道他的发现。"④ 戴安娜·特里林在其论文《诺曼·梅勒的激进道德主义》中说过这样一段话：

> 那么多道德肯定伴随着那么多道德无政府主义；那么多天真，却又那么多狡诈；那么多防御性的小心谨慎，却又那么多轻率的粗心大意；那么多绝望跟随着那么迫切的拯救要求；不仅有那么强烈的领袖人物感人的超凡魅力的刺激，也有那么多引起愤怒甚至让人反感的东西；那么多智力活动，但不健全思维却又那么频繁；有如此伟大的男子汉的英雄主义冲动，但自我约束力却又如此不足；如此敏感，但情感却又如此之少；想象如此丰富，但艺术却又如此不足。这样的矛盾无疑增加了梅勒的吸引力，但也导致了他的局限性……在他的矛盾总和中，他与当今美

---

① Leo Braudy, ed., *Norman Mailer: A Collection of Critical Essays*, Englewood Cliffs, N. J.: Prentice-Hall, Inc., 1972, p. 14.

② Ibid., p. 18.

③ Laura Adams, *Existential Battles: The Growth of Norman Mailer*, Athens, Ohio: Ohio University Press, 1976, p. 3.

④ Robert Solotaroff, *Down Mailer's Way*, Urbana, Chicago and London: University of Illinois Press, 1974, p. viii.

国有着惊人的相似。①

戴安娜·特里林指出："梅勒深切关注这样一种思想：在杀戮政治反动之前，现代平民有可能被迫放弃他的尊严、自由与人性，如果脱离这一点，就不能准确理解梅勒的作品。"② 她还指出："梅勒把自己看作一个对抗恶意的反动权威的英雄，这种自我观赋予他虚构想象的力量。"③ 她探讨了梅勒小说中的道德主题嬗变，认为《裸者与死者》结尾处，小说的道德中心发生了转移，如她所说："小说接近尾声时，克罗夫特（Croft）不再是一个恶棍，他在作者的同情中占据了我们认为霍恩（Hearn）应该占据的位置。这种道德中心的有趣转移增加了小说的虚构兴趣。"④ 她指出，从第二部作品开始，梅勒的道德关注发生了变化。她认为："第二部作品的出版标志着梅勒创作生涯的一个转折点"，因为"从此开始，梅勒不再从政治中寻求拯救，而是转向了别处——嬉皮主义……嬉皮主义是一种美国式的存在主义，旨在回归人的宇宙中心地位，使个人与自我及其需要进行直接交流。这种信仰能让梅勒超越政治经济决定论而在更深层次上探讨现代社会"⑤。她也探讨了《鹿苑》中梅勒的性书写与其道德意识之间的关系，指出"梅勒区分了影视明星团的性与嬉皮主义的性之间的不同：前者看似自由实则是一种奴役，后者则表达了一种新的激进的自我原则，二者的区别不在行为，而在意识"⑥。劳拉·亚当斯也注意到梅勒第四部长篇小说《一场美国梦》中的道德关注，认为"梅勒把《一场美国梦》看成是一本'让一个国家看清自己'的书"⑦。

事实上，梅勒的道德意识不仅仅体现在特里林和亚当斯所提及的这几部小说中，他的道德意识贯穿于他小说创作的始末，使得他的小说创作从未放过美国社会、政治和文化生活中与人类道德紧密相关的任何现象和事件，因为他要努力让他的所有小说都成为让美国"看清自己"的书。

---

① Diana Trilling, "The Radical Moralism of Norman Mailer", in Leo Braudy, ed., *Norman Mailer: A Collection of Critical Essays*, Englewood Cliffs, N. J.: Prentice - Hall, Inc., 1972, pp. 43-44.

② Ibid., p. 47.

③ Ibid.

④ Ibid., p. 50.

⑤ Ibid., p. 53.

⑥ Ibid., p. 56.

⑦ Laura Adams, *Existential Battles: The Growth of Norman Mailer*, Athens, Ohio: Ohio University Press, 1976, p. 20.

二　梅勒小说与20世纪美国

梅勒的道德意识使其小说创作紧跟美国的社会、政治、历史和文化变迁。历时地看，梅勒小说与20世纪美国紧密相关：《裸者与死者》与“二战”美国相关；《巴巴里海滨》和《鹿苑》与20世纪50年代的美国相关；《一场美国梦》和《我们为什么在越南？》与20世纪60年代的美国相关；《刽子手之歌》与20世纪70年代的美国相关；《硬汉子不跳舞》与20世纪80年代的美国相关；《哈洛特的幽魂》与“冷战”美国相关；《儿子的福音》与基督教美国相关；《林中城堡》以隐喻方式再现了20世纪的美国。事实上，通过在《裸者与死者》《巴巴里海滨》《鹿苑》《一场美国梦》《我们为什么在越南？》《刽子手之歌》《硬汉子不跳舞》《哈洛特的幽魂》《儿子的福音》和《林中城堡》等小说中再现（或隐喻性再现）20世纪美国的社会、政治、历史和文化现象和重大事件，梅勒小说对美国形象进行了解构与建构；通过解构并建构美国形象，梅勒表明了他小说创作的道德价值取向。

梅勒小说创作以“强化人们的道德意识”为目的，从《裸者与死者》到《林中城堡》，每部小说都从不同角度对美国形象进行了解构与建构，解构并建构美国形象是梅勒小说创作和发展的原动力。梅勒小说关注当代美国重大社会、政治和文化现象与事件，每部小说通过再现自己时代美国社会、政治和文化生活中言与行之间的矛盾，解构了假面美国形象（宣称“自由、平等、博爱”），建构了真面美国形象（奉行“霸权、歧视、不平等”）。梅勒小说对美国形象的解构与建构体现了梅勒的道德意识和政治意识，体现了他对美国社会、政治和文化的深刻反思、对美国本质的清晰认识、对当代美国的批判和一定程度的不认同，体现了他扬善避恶、追求自由与平等、反对霸权和歧视的道德价值取向。梅勒小说对美国形象的解构与建构体现了梅勒小说创作的政治性和世界性：梅勒不仅关注美国社会问题，而且关注世界和平与人类自由；他通过小说创作不断对美国形象进行解构与建构，旨在让美国乃至世界看清美国的帝国主义和种族主义本质，从而批判并反抗美国破坏人类自由、平等与和平的各种霸权思想和歧视行为。

三　本书研究的目的、对象与方法

本书研究拟结合梅勒小说创作的历史语境，以梅勒《为我自己做广告》《总统案卷》《食人者与基督徒》《存在主义差事》《诡秘的艺术：写作漫谈》《我们为什么进行战争？》和《论上帝：一次不寻常的谈话》等非虚构作品中有关人性、道德和当代美国社会、文化与政治的论述为依据，运用新历史主义、后殖民主义、女性主义和解构主义等文学批评方法以及文本细读法，从辩证唯物主义与历史唯物主义角度全面深入地分析研究梅勒《裸者与死者》《巴巴里海滨》《鹿苑》《一场美国梦》《我们为什么在越南?》《刽子手之歌》《硬汉子不跳舞》《哈洛特的幽魂》《儿子的福音》和《林中城堡》等小说对美国形象的解构与建构及其道德价值取向。

第一章

《裸者与死者》与“二战”时期的美国

《裸者与死者》是梅勒的成名作，也是梅勒公开发表的第一部长篇小说。这部小说基于梅勒自己“二战”期间海外服役的经历写成，讲述了这样一个虚构的故事：美军进攻被日军占领的南太平洋安诺波佩岛（Anopopei），美军统帅卡明斯将军派遣一个情报侦察连深入日军防线后方进行巡逻侦察，以防日军从后面进攻美军。一路上，侦察连忍受酷暑，流尽汗水，经历了日军的埋伏和连长霍恩中尉的死亡。侦察连返回之前，日军全线崩溃，美军在一位平庸军官领导下取得战役胜利。虽然梅勒在海外服役期满回国后才开始写作《裸者与死者》，但他参军前就已经有了写一部战争小说的想法。1963 年，梅勒接受《巴黎评论》采访时说：

> 我原想写一部漫长巡逻的短小说，整个战争期间，我一直都在想这种巡逻，这个想法在我参军到海外之前就已经有了，可能受到我阅读过的几部战争小说影响：约翰·赫尔赛的《进入山谷》、哈利·布朗的《太阳下的行军》以及其他一两部我现在想不起来的小说。读了这些小说，我有了写一部漫长巡逻小说的想法。然后，我就开始创造我的人物了。整个海外期间，我的一部分精力就花在了这种漫长巡逻上。①

1946 年夏天，梅勒开始写这部“漫长巡逻小说”，仅仅用了 15 个月就完成了写作。小说取名《裸者与死者》，这原本是梅勒在哈佛大学上四年级前的那年夏天写的一部三幕剧的名字，戏剧没有成功，但同名小说却非常成功。②

《裸者与死者》于 1948 年发表后，立即受到批评界的好评，《时代杂志》

---

① Norman Mailer, *The Spooky Art*: *Some Thoughts on Writing*, New York: Random House Inc., 2003, p. 20.

② Ibid., p. 14.

称它是“关于第二次世界大战的最好小说”①，这一好评完全出乎梅勒意料。在《诡秘的艺术：写作漫谈》中，梅勒回忆说：“在《裸者与死者》出版前，我根本不知道我能否通过写作获得成功，也许我不可能成功，只有时间才能证明。结果，我成功了，这真是太让人喜出望外了。连续几个月，《裸者与死者》都高居畅销书榜首，我对此完全没有任何准备，感觉我似乎就是某个名叫诺曼·梅勒的人的秘书，人们要见他，必须首先向我打招呼。”② 梅勒说，《裸者与死者》是“他唯一的畅销巨著”③。小说之所以畅销，在梅勒看来，是因为“它有一个变得越来越好的好故事，直接性很强，发表时间也很好，正好在第二次世界大战结束将近三年之际出版，那时人们盼望一本战争巨著能够告诉他们第二次世界大战的情况，它描写战争的场面让它具有旺盛的生命力，它具有畅销书的风格”④；小说之所以得到好评，在评论家看来，是因为它真实地再现了“战争的残酷性和普通士兵在整个战争中所受的身心伤害”⑤。因此，很多评论家认为，《裸者与死者》是一部反战小说，梅勒也认同这种看法。1948 年，《裸者与死者》发表后不久，梅勒接受《纽约星报》采访时说：

> 刚开始，我一点都没有想到它是一部反战作品；但是，每当我打开收音机和读报纸的时候，总有这种日益高涨的歇斯底里、这种再去参战的议论，让我开始寻找正在发生的潮流……似乎在我看来，你又叫人去打仗了。他们从战争中走出来，颇感受挫，心中充满苦涩与愤怒，但没地方聚焦愤怒。他们可能会想：“我不认输，我要去打仗，那至少是一种变化吧！”他们会想到当士兵时的光彩，想到衣兜里揣着钱去度假的时光，想到穿着军装在陌生城市闲逛而被视为最重要的人时的自豪……这

① Qtd. in John M. Kinder, “The Good War's ‘Raw Chunks’: Norman Mailer's *The Naked and the Dead* and James Gould Cozzens's *Guard of Honor*”, *The Midwest Quarterly*, Vol. 46, No. 2, Winter 2005, p. 191.

② Norman Mailer, *The Spooky Art*: *Some Thoughts on Writing*, New York: Random House Inc., 2003, p. 115.

③ Ibid., p. 22.

④ Ibid.

⑤ John M. Kinder, “The Good War's ‘Raw Chunks’: Norman Mailer's *The Naked and the Dead* and James Gould Cozzens's *Guard of Honor*”, *The Midwest Quarterly*, Vol. 46, No. 2, Winter 2005, p. 191.

部书真正成形于这种感觉——我们的政府人员又在将我们引向战争。①

正是因为这种反战思想，《裸者与死者》被认为与其之前的许多战争小说完全不同，因为它“没有试图赋予战争和那些参战的人任何浪漫色彩”②；相反，它比较真实地再现了部队内部的种族冲突、猖獗的反犹主义以及军官与士兵之间的阶级对立等美国社会现实的黑暗面。有评论家认为：“梅勒写《裸者与死者》的部分目的是提醒第二次世界大战后的读者：什么东西正在从美国人对第二次世界大战的记忆中被删除。”③ 梅勒于1946年夏天开始创作《裸者与死者》，当时他刚从海外服役期满回国，如果说他当时发现有什么东西正在从美国人对第二次世界大战的记忆中被删除的话，那么，他要通过《裸者与死者》恢复正在从美国人对第二次世界大战的记忆中被删除的东西：第二次世界大战并不是正义对邪恶的战争，参与战争的美国并不是民主与自由的乐园，而是各种权力意识与反权力意识之间进行激烈争斗的竞技场。因此，《裸者与死者》在努力恢复第二次世界大战的残酷性的同时也“没有试图将制度种族主义从第二次世界大战的记忆中消除”④。不仅如此，《裸者与死者》也没有试图将当时比较猖獗的性别歧视意识、帝国主义意识以及美国社会和政治生活中的极权主义意识从美国人对第二次世界大战的记忆中消除。事实上，《裸者与死者》的成功不仅在于它比较真实地再现了第二次世界大战的残酷性及其对参战士兵的身心伤害，而且在于它比较真实地再现了第二次世界大战期间美国社会的各种权力意识与反权力意识之间的战争，比较真实地再现了战争期间美国的国内外法西斯主义思想与行为，从而让美国人看清了战争内外美国的真实面目，应该说这是这部“战争”小说书写“战争”的真正目的。为了深入理解《裸者与死者》所再现的“二战”期间美国的国内外法西斯主义思想与行为，我们有必要先看看美国官方话语经常强调的美国身份。

---

① Qtd. in John M. Kinder, “The Good War's ‘Raw Chunks’: Norman Mailer's *The Naked and the Dead* and James Gould Cozzens's *Guard of Honor*”, *The Midwest Quarterly*, Vol. 46, No. 2, Winter 2005, pp. 190-191.

② John M. Kinder, “The Good War's ‘Raw Chunks’: Norman Mailer's *The Naked and the Dead* and James Gould Cozzens's *Guard of Honor*”, *The Midwest Quarterly*, Vol. 46, No. 2, Winter 2005, p. 193.

③ Ibid., p. 191.

④ Ibid., p. 194.

第一节　美国身份：世界反法西斯主义者

在人类历史上，美国可以说是一个非常独特的国家。说它独特，是因为它的历史是从反对欧洲大陆（特别是英国）的各种奴役、迫害和压迫开始的。17世纪初，当首批英国人离开母国漂洋过海来到北美大陆的时候，他们觉得自己来到了一个全新的世界，一个上帝派他们来到的地方。兴奋不已之余，感谢上帝的同时，他们也痛恨英国政府对他们的统治与束缚。这种痛恨与日俱增，最终促使他们向世界发表了著名的《独立宣言》，其中写道：

> 我们认为这些是不言而喻的真理：人人生来平等；造物主赋予他们一些不可剥夺的权利；这些权利中包括生命权、自由权和追求幸福的权利；为了保护这些权利，人民建立政府，政府依照被统治者的同意公正地实施权力；无论任何时候，任何形式的政府破坏了人民的这些权利，人民有权改变或者废除它，建立新的政府，基于这样的原则，以这样的形式组织其权力，以便最有效地确保人民的安全与幸福……在邪恶可以忍受的情况下，人类宁可忍受这些邪恶而不愿通过废除他们已经习惯了的形式而校正它们。但是，当一系列虐待和侵占总是为了同一个目的而将人民置于绝对暴政的阴谋之下时，推翻这样的政府、为他们未来的安全提供保护便是人民的职责……①

基于这些“不言而喻的真理”，《独立宣言》说：

> 当前英国政府的历史是一部反复伤害和侵占的历史，其直接目标就是建立对这些州的绝对暴政……因此，我们参加大会的美利坚的代表们聚在一起，以这些殖民地人民利益的名义及权威庄严公布并宣布：这些联合起来的殖民地是而且有权成为自由而独立的州，它们解除了对英王室的效忠，大不列颠国家与这些殖民地之间的联系是而且应该是完全解除了的。作为自由和独立的州，它们有充分的权力发动战争，宣布和平，

① Thomas Jefferson, “The Declaration of Independence” (1776), in Nina Baym, et al., eds., *The Norton Anthology of American Literature*, 3rd ed., Vol. 1, Part 1, New York & London: W. W. Norton & Company, 1989, p. 640.

缔结联盟，发展商业，以及其他独立州有权做的事情。[1]

《独立宣言》是美国历史上第一份极其重要的政治文件，其反复强调的“独立”与“自由”之主张，是美利坚合众国摆脱英国统治、成为独立国家的重要理论依据，也是美国人的建国理想与生活目标。在美国人看来：“自由”是上帝“赋予他们”的“不可剥夺的权利”，而这种“不可剥夺的权利”不仅属于美国人，而且属于世界上所有人。因此，在美国人看来，摆脱英国统治，追求自由，不仅是为了自己的利益，而且也是为了全人类的利益。所以，托马斯·潘恩在《常识》中说：“美国的事业在很大程度上是全人类的事业”[2]，因为“这不是一个城市、一个县、一个省、一个王国的事情，而是一个大陆的事情——至少是这个可居住的地球的八分之一的事情。这不是一天、一年或一个时代的关注；后代们几乎都会参与这样的角逐，或多或少会受到现在进程的影响，这种影响甚至会与时间同在”[3]。潘恩之所以这样认为，是因为“一个对另一个的权威不是上帝的旨意”[4]。

如果说《独立宣言》为美国追求平等与自由提供了充分的理论依据，圣约翰·德·克利夫科尔的《美国农夫的来信》则从现实角度为美国自由与平等做了很好的脚注。在《美国农夫的来信》之“第三封来信”中，克利夫科尔这样描述美国的自由与平等：

> 这儿［北美大陆］，他［欧洲移民］看到的是美丽的城市、富裕的村庄、广阔的田地以及到处是体面的房子、良好的道路、果园、草坪和桥梁的乡村，这儿在几百年前完全是荒野，是森林遍布、没有进行任何开发的地方……不像欧洲，这儿没有占有一切的大地主，也没有一无所有的平民。这儿没有贵族家庭，没有宫廷，没有国王，没有主教，没有宗教统治，没有可见的赋予极少数人的权力，没有雇佣数千人的大雇主，没有极其奢侈的享受。富人和穷人之间的差距不像欧洲那么大……我们

---

① Thomas Jefferson, "The Declaration of Independence" (1776), in Nina Baym, et al., eds., *The Norton Anthology of American Literature*, 3rd ed., Vol. 1, Part 1, New York & London: W. W. Norton & Company, 1989, pp. 643-644.

② Thomas Paine, "Common Sense" (1776), in Nina Baym, et al., eds., *The Norton Anthology of American Literature*, 3rd ed., Vol. 1, Part 1, New York & London: W. W. Norton & Company, 1989, p. 618.

③ Ibid., pp. 618-619.

④ Ibid., p. 621.

是一个开发者组成的民族，散居于一片广阔的领土，通过良好的道路和可航行的河流彼此来往，通过和蔼可亲的政府的丝绸般纽带联合起来，人人尊重法律，不惧怕其权力，因为他们是平等的。我们被赋予一种备受约束和限制的勤奋精神，因为每个人都为自己工作。如果他走过我们的乡村地区，他看到的不是充满敌意的城堡和闹鬼的别墅，而是泥土建成的茅屋和简陋的小屋，在那些茅屋和小屋里，牛群与人们相互取暖，生活在简陋、浓烟和贫困之中……除了没有文化的长官，人们中间没有绅士……我们没有为其流血流汗、为其而死的王公贵族。我们是世界上存在的最完美的社会，这儿，人是自由的，就像他应该自由一样，这种让人欢喜的平等也不像许多其他的平等那样转瞬即逝。①

克利夫科尔认为，欧洲人来到北美大陆后，会发生脱胎换骨般的巨变。他说："他们来到这儿。一切都让他们再生。新的法律，新的生活方式，新的社会制度。这儿，他们是变了样的人……以前，他们是穷人，从未进入他们国家公民的行列。在这里，他们跻身于公民的行列……他的国家现在是给他土地、面包、保护和重要性的国家。"② 所以，欧洲人不再是欧洲人了，而成了真正的美国人。在克利夫科尔看来，美国人是"一种新人"，他对"这个新人"做了这样的界定：

美国人是什么？这个新人是什么？他要么是欧洲人，要么是欧洲人的后代；因此，那种奇怪的血统混合物，你不会在任何其他国家找到。我可以给你说这样一个家庭，祖父是英国人，祖母是德国人，父亲娶了一个法国人，他们现在的四个儿子又娶了四个不同民族的妻子。他就是美国人，他将所有古老偏见与风俗丢在身后，从接受新的生活方式、服从新的政府以及占有新的地位中接受了新风俗，被接纳到我们伟大上帝的怀抱中而成为美国人。这儿，不同民族的个体融合成一个新民族，其劳动与后代将使世界发生巨大变化……美国人曾经遍布欧洲各地，在这儿，他们合并成为有史以来最好的人类体制之一……因此，美国人应该爱这个国家胜过他或他的祖先的母国。这儿，他的勤劳回报与他的付出

---

① St. Jean de Crevecoeur, "Letter Ⅲ. What Is an American" from his *Letters from an American Farmer* (1769-1780), in Nina Baym, et al., eds., *The Norton Anthology of American Literature*, 3rd ed., Vol. 1, Part 1, New York & London: W. W. Norton & Company, 1989, p. 559.

② Ibid., pp. 560-561.

保持同步……这儿，宗教对他要求很少，只需他志愿为牧师给一点点薪水，给上帝感激，他能拒绝这些吗？美国人是一种新人，他基于新原则而行动，因此，他必须接受新思想，形成新见解。他从非主动的无所事事、奴性依赖、极端穷困与无用劳动走向了另一种不同性质的勤奋工作，得以丰裕回报——这就是美国人。①

克利夫科尔还说，这个由“新人”组成的“新国家”，是一个太平世界，因为“这儿，你会发现很少有人犯罪，因为它们还没有在我们中间生根发芽”②；之所以“很少有人犯罪”，是因为“他［美国人］不迫害任何人，任何人也不迫害他；他走访邻居，邻居也走访他”③。因此，北美大陆有诸多欧洲无法相比的诱人之处。克利夫科尔说：

除了地主与佃农，欧洲几乎没有什么特别的地方；这个美丽国家是自由拥有者居住的，他们是他们自己开发的土地的拥有者，是他们服从的政府的成员，通过代表成为他们自己法律的缔造者……就是这儿，无所事事的人有了事干，无用之人成为有用之才，穷人变成了富人。而我所说的富，并不是指金银，那些金属我们很少拥有；我是指一种更好的财富，包括已经开垦出来的土地、牛群、好房子、好衣服以及不断增多的能够享受这些东西的人们……怪不得这个国家有那么多诱人之处，吸引欧洲人到此定居。一个欧洲的旅行者，一旦离开他的国家，就成了一个陌生人；这儿却不一样。准确地说，我们不知道陌生人。这是每个人的国家。我们的土壤、环境、气候、政府和产品的多样性产生了能够让每个人都十分高兴的东西。欧洲人只要来到这儿，不管什么情况，眼前便充满美好希望……他看到，到处都是幸福与繁荣，他到处都会遇到好客、热心和富裕，他几乎看不到穷人，很少听说惩罚或行刑，他会对我们城镇的优雅感到惊讶，这些是我们勤劳与自由所创造的奇迹。他对我们的农村分区、便利道路、良好的汽车旅馆和充足的住宿设施羡慕不已。他会不由自主爱上这个一切都那么美好的国家……来自欧洲任何地方的

---

① St. Jean de Crevecoeur, “Letter Ⅲ. What Is an American” from his *Letters from an American Farmer* (1769-1780), in Nina Baym, et al., eds., *The Norton Anthology of American Literature*, 3rd ed., Vol. 1, Part 1, New York & London: W. W. Norton & Company, 1989, p. 561.

② Ibid., p. 562.

③ Ibid., p. 564.

> 外国人，来到这儿成为公民之后，让他虔诚地听听我们伟大祖辈的声音："欢迎来到我的海岸，压抑的欧洲人。祝愿你度过美好的时光，在此期间，你会看到我的青翠田野，我美丽的通航河流，我的绿山！——如果你愿意工作，我给你面包吃；如果你诚实、节俭、勤奋，我给你更大回报——自由与独立。我给你土地，让你有足够饭吃，足够衣穿，一个舒适壁炉可以让你孩子围坐着听你讲述如果发达起来的［故事］，一张你可以放松休息的美好的床。此外，我还会给你一个自由人所拥有的不受他人影响与限制的许多东西。如果你愿意细心地教育你的孩子，教会他们感激上帝，尊重政府，尊重那个把那么多人集合在这儿并给他们幸福的慈善政府，我也会让你儿孙满堂，对一个善良人来说，这应该是最神圣、最强大、最急切的欲望，也是他临终时最让人宽慰的希冀。做工作吧，直到你发达：只要你做到公正，懂得感激，并且勤奋，你定能发达。"①

无论是《独立宣言》的理论辩解，还是《美国农夫的来信》的现实宣讲，都凸显了这样一个人人都非常关注的问题：美国是什么？显而易见，在美国缔造者们看来，美国是一个与众不同的国家，因为它是"上帝选出来的国家"，是一个倡导自由与平等，反对奴役、暴政、侵略与扩张的国家；换言之，就身份而言，美国应该是反法西斯主义者。除了《独立宣言》的理论辩解和《美国农夫的来信》的现实宣讲，"二战"期间，美国也努力在世界舞台上扮演反法西斯主义者的角色。"珍珠港事件"之后，美国与英国、苏联和中国等26个反法西斯国家签署了《联合国家宣言》②，与苏联签订了关于在进行反法西斯侵略战争中相互援助所适用原则的协定③，与苏联和英国举行了著名的德黑兰会议④和雅尔塔会议⑤，参与了不少反法西斯宣言与协定的签署，为阻止日本法西斯主义的猖狂侵略与扩张、迫使日本最终宣布无条件投降、从而加速世界反法西斯主义战争胜利的进程做出了巨大贡献。"二

① St. Jean de Crevecoeur, "Letter Ⅲ. What Is an American", in his *Letters from an American Farmer* (1769-1780), in Nina Baym, et al., eds., *The Norton Anthology of American Literature*, 3rd ed., Vol. 1, Part 1, New York & London: W. W. Norton & Company, 1989, pp. 567-568.

② 参见刘绪贻、李存训《美国通史》第5卷，人民出版社2002年版，第390—391页。

③ 同上书，第391页。

④ 同上书，第404—405页。

⑤ 同上书，第420—425页。

战”结束后，美国跟苏联、英国和法国一道审判了很多重要纳粹战犯①。这足以表明，美国的确是一个反法西斯主义者。

然而，美国缔造者的伟大理想与美国社会现实之间存在很大差距，美国的“公众”形象与美国的真实面目完全两样。写进《独立宣言》的“人人生来平等”这个“不言而喻的真理”，到了美国社会现实生活却成了令人费解的谬误，因为美国社会从未实现“人人生来平等”的理想。美国虽然在世界舞台上努力扮演反法西斯主义者的角色，但“卸妆”之后却露出了法西斯主义者的真实面目。正因为如此，凡有道德意识与社会责任感的美国文人，都不失时机地将目光投向美国，通过书写再现美国的各种言与行之间的矛盾与张力，竭力让美国看清自己。诺曼·梅勒便是这样一位文人，他的成名作《裸者与死者》通过再现美国国内的法西斯主义思想与行为，向我们展现了“二战”时期美国的种族、性别和阶级问题。

第二节 《裸者与死者》与美国国内法西斯主义：“二战”时期美国的种族、性别与阶级

1959年，梅勒发表了非虚构作品《为我自己做广告》。这部作品中，梅勒公开声明，他写作的目的是“在我们时代的意识中发起一场革命”②。这一目的包含两层含义：第一，梅勒要革新“我们时代的意识”；第二，梅勒要带给“我们时代”一种新意识。那么，梅勒要革新的“我们时代的意识”是什么？他要带给“我们时代”的新意识又是什么？劳拉·亚当斯认为，梅勒要革新的“我们时代的意识”是“导致我们的社会朝着死亡方向前进的那种行为背后的各种态度所构成的复杂网络”，他要带给“我们时代”的新意识是“生”的意识，即“生总比死好”。③ 罗伯特·毕基斌认为，梅勒要革新的“我们时代的意识”是懦夫意识，他要带给“我们时代”的新意识是“能将有意识生活与无意识生活结合起来、能唤醒隐喻性想象、能再生人类的神圣

① 参见［美］威廉·J. 本内特《美国通史》（下），刘军等译，江西人民出版社2011年版，第245页。

② Norman Mailer, *Advertisements for Myself*, New York: G. P. Putnam's Sons, 1959, p. 17.

③ Laura Adams, *Existential Battles: The Growth of Norman Mailer*, Athens, Ohio: Ohio Unversity Press, 1976, p. 4.

能量资源”的那种“英雄意识”。[①] 梅勒自己并没有明确说明他要革新的“我们时代的意识”是什么，但他告诉我们，他要革新“我们时代的意识”的目的是“改变社会”。他在《诡秘的艺术：写作漫谈》中说：“我记得在1958年说过：‘我要在我们时代的意识中发起一场革命’。当然我没有成功，我成功了吗？那时候，我想我脑子里有几部别人没有［写出来］的书，一旦把它们写出来，社会就会发生变化。”[②] 罗伯特·兰鲍姆指出：“梅勒的小说都与时代的一个重要事件相联系——第二次世界大战、朝鲜战争、麦卡锡调查、越战。”[③] 如果从梅勒进行文学创作的历史语境来看，我们不难发现，梅勒所说的“我们的时代”正是第二次世界大战结束后美国与苏联进入“冷战”的时代，这个时代美国社会的意识除了帝国主义意识，还有性别歧视意识、种族主义意识和极权主义意识。梅勒在《存在主义差事》中说，美国“处于十分可怕的时代，患有十分严重的疾病”[④]。他认为：“美国依靠生产破坏性资料获得繁荣”，因此，“重要的事情就是要找出美国人生活中健康的方面”[⑤]。梅勒在《诡秘的艺术：写作漫谈》中说，美国作家的失败在于没有写出一部像托尔斯泰的《战争与和平》或《安娜·卡列尼娜》和司汤达的《红与黑》那样的“能使一个国家看清自己的伟大作品”[⑥]。梅勒回忆说，每当失望之时，他都会读一读陀思妥耶夫斯基的作品，因为陀思妥耶夫斯基总是力图通过自己的写作挽救当时的俄国。[⑦] 由此可见，像陀思妥耶夫斯基一样，梅勒力图通过自己的写作挽救“患有十分严重的疾病”的美国。梅勒在《为我自己做广告》中说，如果美国社会再次出现危机，那就不是“来自经济中心，而是来自上层建筑”[⑧]，因为美国社会的帝国主义意识、性别歧视意识、种族主义意识和极权主义意识的存在已经让美国社会“处于十分可怕的时代”，

① Robert Begiebing, *Acts of Regeneration*: *Allegory and Archetype in the Works of Norman Mailer*, Columbia and London: University of Missouri Press, 1980, p. 1.

② Norman Mailer, *The Spooky Art*: *Some Thoughts on Writing*, New York: Random House Inc., 2003, p. 62.

③ See Harold Bloom, ed., *Norman Mailer*, New York and Philadelphia: Chelsea House Publishers, 1986, p. 63.

④ Norman Mailer, *Existential Errands*, Boston and Toronto: Little, Brown and Company, 1972, p. 341.

⑤ Norman Mailer, *Advertisements for Myself*, New York: G. P. Putnam's Sons, 1959, p. 189.

⑥ Norman Mailer, *The Spooky Art*: *Some Thoughts on Writing*, New York: Random House Inc., 2003, p. 300.

⑦ Ibid., pp. 162-163.

⑧ Norman Mailer, *Advertisements for Myself*, New York: G. P. Putnam's Sons, 1959, p. 215.

让美国人“生活在灭绝的威胁之下”①。梅勒认为：“伟大的艺术家——当然是现代人——总是跟他们的社会相对立的”②，因此，他要以与美国社会相对立的姿态，通过自己的写作，革新美国社会的这些意识，以阻止美国社会朝着死亡的方向前进。虽然梅勒革新时代意识的写作动机直到1959年才公布于众，但他革新时代意识的想法早在10年前发表的第一部长篇小说《裸者与死者》中已经存在，这可以在小说对美国社会中性别歧视与反性别歧视、种族主义与反种族主义以及极权主义与反极权主义之间各种战争的再现中看出。

一 性别歧视与反性别歧视

《裸者与死者》是一部战争小说，也是一部再现第二次世界大战期间美国国内性别问题的小说。小说再现第二次世界大战的同时，也再现了战争期间美国社会的性别战争，这主要通过男性人物谈论女性的话语、男性人物谈论自己妻子的话语以及男性人物与妻子的对话体现出来。小说开始不久，布朗（Brown）和斯坦利（Stanley）就女人问题展开激烈的口舌之战。布朗对斯坦利说：“你不能相信他们任何人，没有女人你能够相信。”斯坦利回应说：“我不知道，情况不完全这样，我知道我信任我妻子。”布朗反驳说：“信任女人是不值得的。你占有我妻子吧，她很漂亮。”斯坦利回应说：“她的确是个美人。”布朗又说：“当然啦，她是美人。你以为她会坐着等我吗？不，不会的。她正在外面鬼混潇洒啦。”斯坦利则说：“噢，我不会那样说。”③布朗与斯坦利谈论女性的话语和口气表明，他们对女性的看法完全不同，他们之间的对话是性别歧视者与反性别歧视者之间的对话，他们的话语分别体现了美国社会存在的性别歧视意识与反性别歧视意识。布朗的话语表明，他不仅是性别歧视者，而且是性别歧视意识的传播者与推广者；他不仅自己对女性抱有极大偏见，而且竭力让自己周围的人也对女性产生偏见。在他看来：“不再有干净像样的女人”“没有一个男人一看就可以信任的女人”（120）。然而，不论他怎样竭尽所能去说服斯坦利，斯坦利都没有跟他站在一起。斯坦利对布朗的反抗是反性别歧视者对性别歧视者的反抗。布朗与斯坦利对话中体现出来的性别歧视与反性别歧视也体现在布朗与斯坦利、普拉克（Polack）和明尼塔（Minetta）之间关于“女人”的对话中。布朗认为：“没

---

① Norman Mailer, *Advertisements for Myself*, New York: G. P. Putnam's Sons, 1959, p. 382.

② Ibid., p. 190.

③ See Norman Mailer, *The Naked and the Dead*, New York: Henry Holt and Company, 1948, p. 15. 本章中以下凡出自该版本的引文，均在引文后的括号里注明页码。

有女人你能够信任。”斯坦利回击说：“哦，我不知道，我信任我妻子，有各种各样的女人。”布朗不认输，仍然坚持说：“她们都一个样。”明尼塔反驳说：“是的，嗯，我信任我女朋友。”但普拉克却站在布朗一边说：“我一点都不信任那些臭娘们（bitches）。”布朗觉得自己有了支持者，于是说：“我就是这样认为的。”他很不服气地问明尼塔：“你信任你女朋友，哼?”明尼塔回答说：“那还用问，我当然信任她。她知道什么时候开心。”但他的回答让普拉克再次站到布朗一边说：“他就是信任那些臭娘们。”布朗再次很得意地说：“我告诉你，明尼塔，她们没有一个你可以信任的，她们都会欺骗你。”他再次得到普拉克支持：“那些讨厌的女人没有一个好的。”但他们还是没有折服明尼塔，明尼塔明确告诉他们：“我不会担心。”斯坦利从另一个角度反驳布朗说：“我可不一样，我有孩子。”但布朗认为：“有孩子的女人最糟糕，她们最不容易满足现状，最需要寻欢作乐。”普拉克再次支持布朗说：“我很高兴，不用担心那些臭娘们中有人会欺骗我。”但是，明尼塔还是没有被他们折服，他回击说：“唉，滚你的，你们以为你们好得不得了。”（184—186）显而易见，这个众声喧哗的对话中有两种声音：一种是性别歧视的声音，另一种是反性别歧视的声音。布朗与普拉克的声音显然是性别歧视的声音，他们的话语体现了他们的性别歧视意识。斯坦利与明尼塔的声音明显是反性别歧视的声音，他们的话语体现了他们的反性别歧视意识。斯坦利和明尼塔与布朗和普拉克之间的对抗是反性别歧视者与性别歧视者之间的对抗，体现了反性别歧视意识与性别歧视意识之间的对抗。布朗与普拉克的话语中体现出来的性别歧视意识也在卡明斯（Cummings）与罗斯（Roth）等其他人物谈论女性的话语中体现出来。卡明斯认为：“一般男人总是在与他人的关系中看自己的高低，其中没有女人的角色，她们只是一个索引，一个[男人]用以衡量优越性的尺码。”（322—323）罗斯认为：“女人应该关心自己的孩子，以及所有更为琐细的东西”，因此“有很多事情是不能告诉女人的”（56）。

布朗、普拉克、卡明斯、罗斯以及斯坦利和明尼塔等男性人物谈论女性的话语中体现出来的性别歧视与反性别歧视之间的冲突与斗争也体现在卡明斯、布朗、罗斯和戈尔德斯坦因（Goldstein）等男性人物谈论自己妻子的话语中。对卡明斯来说，妻子玛格丽特（Margaret）不是他的情感和精神伴侣，而是他的生活助手与家庭保姆，因为每天“她忙于料理家务、处理享乐和游玩的账单”（416）。不管玛格丽特为家付出多少，在卡明斯眼中，她都不是贤妻。他毫无顾忌地对霍恩（Hearn）说，“我妻子就是一个臭女人”，因为

“她想尽一切办法来羞辱我”（182）。与卡明斯不同，罗斯虽然认为“有很多事情你不能告诉女人”（56），但身在海外：“罗斯努力想起他的妻儿，似乎在他看来，没有比回到妻儿身边更为美好的生活。”（119）跟罗斯一样：“晚上，在帐篷里，戈尔德斯坦因总会躺着睡不着……想自己儿子，或者努力想象他妻子此刻会在什么地方。有时候，如果他认为她可能走亲访友，他会试图想出他们在说什么，想起家人的玩笑，他会带着应有的高兴摇摇头。”（205）卡明斯、罗斯和戈尔德斯坦因对待妻子的不同态度体现了第二次世界大战期间美国社会对待女性的两种不同态度和两种不同性别意识，这两种不同态度和性别意识再次通过布朗与戈尔德斯坦因设想战争结束后回到家时对待妻子的态度体现出来。小说末尾，布朗与战友想象着战争结束后回家跟妻子见面的情景，他说：

> 我们到了弗里斯克（Frisco），我就去领薪水，甩掉那个全城皆知的最大的老酒鬼，然后跟某个娘儿们同居。我会什么都不干，只玩女人，只喝酒，整整玩两周。然后，我轻轻松松地回到堪萨斯的家中，什么时候想停下来就什么时候停下来，举行一场享乐狂欢。然后，我回家找妻子，我会让她知道我回来了，我会让她感到惊讶，我会让上帝见证。我会把她踢出家门，让人们知道你怎样对待一个臭娘们。（710）

布朗始终是一个性别歧视者，他对待妻子跟其他女人一样，因为在他眼中，她们都只是性的玩物，都只是男人满足性欲的对象。但是，梅勒告诉我们，第二次世界大战期间，美国社会还是有不同于布朗的男性，他们对女性比较友好，具有明显的反性别歧视意识，戈尔德斯坦因就是他们的代表。与布朗不同，戈尔德斯坦因这样想象战争结束后回家与妻子见面的情景：“我会清早回家，从大中心站搭乘出租车，一路直奔弗拉特布什（Flatbush）公寓里我们的家，然后上楼，按门铃，娜塔莉（Natalie）会猜是谁，然后她会前来开门……”（710）戈尔德斯坦因与布朗迥然不同的想象，体现了他们迥然不同的性别意识与相应行为。梅勒将戈尔德斯坦因的想象置于布朗的想象之后，目的是告诉读者，尽管性别歧视意识想独揽天下，但总是受到反性别歧视意识的对抗。梅勒在小说末尾处再现士兵想象回家的情形，旨在告诉读者，美国即使结束了海外的军事战争，也无法结束国内的性别歧视与反性别歧视之间的战争。

小说还通过威尔逊（Wilson）与妻子艾丽斯（Alice）的对话再现了第二

次世界大战期间美国社会的性别歧视与反性别歧视之间的冲突与对抗。小说中出现过两次威尔逊与艾丽斯的对话交流，一次是面对面的直接交流，另一次是书信交流。面对面的直接交流发生在艾丽斯在医院生产后不久。一天，艾丽斯发现威尔逊在自己住院期间外出找了女人，而且花掉了她辛苦积攒下来的钱，她非常生气地跟他吵了起来：

> "伍德罗，我觉得你实在太卑鄙了，没有比一个男人对妻子撒谎、在她和他的宝宝住院期间花掉他们的所有积蓄更为低劣的事。"
>
> "我没有什么可说的，艾丽斯，我们不说这个好吧，我多数时候都是你的好丈夫，你没有必要那样对我说话。我只是想开心一下，我现在开心了，你最好不要搞糟我的心情。"
>
> "伍德罗，我是你的好妻子，自结婚以来都以一个女人应该的那样忠于你。你现在有了孩子，也稳定下来了，你觉得我发现你以我的名义写了一张支票取走我们所有的钱时是什么感受吗？"
>
> "我原想你看到我很开心一定会很高兴，但女人想要的就是让你死死地守在她身边。"
>
> "那个一无是处的坏女人（no-good bitch），会让你得病。"
>
> "现在，你还是别搅乱我的心情。我吃了一点吡啶，或类似的啥东西，我的精神振作起来了，我很多次都用它振作精神。"
>
> "那样，人会死掉的。"
>
> "你就胡说吧。只有那种经常生病的人才会陷入困境。你开心了，让你一直有好心情。好了，亲爱的，别再大惊小怪了，你知道我爱你，我对你一直很好。"（378）

艾丽斯与威尔逊的争吵是两种性别意识之间的争吵。威尔逊是性别歧视者，是男性至上主义者，他只知道自己享乐，却不知道为妻儿承担义务与责任。在他看来，男人不可以向女人（特别是妻子）袒露心声，因为"你告诉女人的越少，你就越幸福"（259）。他很像卡明斯，却没有遇到像玛格丽特那样百依百顺的妻子。他妻子艾丽斯具有强烈的反性别歧视意识。但遗憾的是，艾丽斯被威尔逊的糖衣炮弹所蒙骗，她的反性别歧视意识暂时被淡化，失去了它最初的那种强度。威尔逊虽然暂时平息了艾丽斯的反抗，但他的性别歧视意识让他始终未改过去的做法，他仍然一如既往地欺骗妻子，因而引起了艾丽斯的再次反抗。海外参战期间，一天晚上，威尔逊收到妻子艾丽斯的来信，信中艾丽斯说：“我不会再忍受了，我一直是你的好妻子，而你不是我的好丈夫。你要钱，我总是给你。我现在每月有120美元，我已经给县办公室的威斯·霍普金斯说了，他说你必须把部队给你的钱给我，你没有选择，否则，伍德罗，我会给部队写信，我知道地址，因为威斯告诉我怎么去做。我已经不想做你妻子了，因为你不理解……”（258）面对妻子的抱怨，威尔逊毫无内疚，反而恼羞成怒，他毫不客气地回应道：“我要告诉你，你最好有个像样妻子的样子，不要再唠唠叨叨；否则，我肯定不会回到你身边……有很多女人愿意跟我一起过，你是知道的。我忍受不了那种把男人身上每一分钱都拿走的女人。如果我在部队需要钱，我就得有钱。我不想再说这个了。”（258）艾丽斯对威尔逊的愤怒是反性别歧视意识对性别歧视意识的直接宣战，但威尔逊对艾丽斯的强硬回应表明，第二次世界大战期间，美国社会的性别歧视意识十分猖獗。通过再现威尔逊与艾丽斯之间的剧烈冲突，梅勒再次表明，第二次世界大战期间，美国国内的性别歧视与反性别歧视之间的战争，就其剧烈程度而言，毫不亚于国外的军事战争。

二 种族主义与反种族主义

除了再现第二次世界大战期间美国社会性别歧视与反性别歧视之间的战争，《裸者与死者》也再现了第二次世界大战期间美国国内种族主义与反种族主义之间的战争，从另一个方面再次证明，《独立宣言》所宣称的“人人生来平等”这个“不言而喻的真理”，到了第二次世界大战之时，已经完全成了令人费解的谬误。小说中，除了男性人物谈论女性的话语、男性人物谈论自己妻子的话语以及男性人物与妻子的对话中体现出来的性别歧视意识与反性别歧视意识之间的冲突与对抗，种族主义意识与反种族主义意识之间的冲突与对抗也比较明显，这可以在少数族裔人的生活经历和感受以及白人谈论少数族裔人的话语中看出。

首先，小说通过明尼塔的生活经历，再现了第二次世界大战前美国社会种族主义意识与反种族主义意识之间的冲突与对抗。明尼塔是墨西哥美国人，他生在美国，长在美国，小时候就开始做欧裔白人的美国梦，但自始至终过着少数族裔人的生活。小说这样叙述他的经历：“墨西哥小男孩们也相信了美国的寓言，也想成为英雄、飞行员、情人、金融家。”（63）“在圣安东（San Antone），一个墨西哥男孩能干什么？他能干廉价餐馆收银员；他能做敲钟人；他能在合适季节采摘棉花；他能开杂货店；但他做不了医生、律师、大商人、领袖。”（65）“墨西哥小男孩们也相信了美国的寓言，如果他们做不了飞行员，成不了金融家或军官，他们仍然能成为英雄……只是这不能让你成为坚定而冷漠的白人新教徒。”（67）在讲述明尼塔的生活经历时，梅勒使用了“也”“但是”和“只是”等加强表达语气和表达效果的词语，旨在表明，像欧裔白人一样，明尼塔也可以做自己的美国梦，但他不可能像欧裔白人那样实现自己的美国梦。小说从第三人称视角揭示了阻止明尼塔美国梦得以实现的种族主义意识，同时也通过温和的“抱怨”揭示了明尼塔内心深处的反种族主义意识。

其次，小说还通过犹太人罗斯与戈尔德斯坦因的生活感受，再现了第二次世界大战期间美国社会种族主义与反种族主义之间的冲突与对抗。罗斯是犹太人，大学毕业，受过良好教育，有丰富的人生经验，但“他觉得凡事都格格不入（out of things）”（51）。他虽然“觉得有种熟悉的想找个人好好说说话的渴望冲动”，但“他又意识到补充兵中没有一个他非常熟悉的人——所有跟他一起来到海外的人在最后一个补充兵站都跟他分开了。即使那时，似乎他们也没有什么特别的”（51），因为“他们都很愚蠢，他们只想着玩女人”（51）。罗斯与周围的人“格格不入”，不是因为他与周围的人有年龄差距，而是因为他是犹太人，是非犯太人歧视与排挤的对象。戈尔德斯坦因也是犹太人，他比罗斯年轻，但对非犹太人被歧视的感受却比罗斯更为深刻。小说讲述了他在海外服役期间亲历过的一件事：

> 几个士兵跟一个卡车司机说着话，他听到了他们说话的内容。卡车司机是一个大个子，红圆脸，他给补充兵说哪个连好哪个连不好。他换挡准备离开时回头喊了一句：“只是希望你们不要到F连，那是安置犹太崽子的地方。”［他的话］引起一阵哈哈大笑，有人甚至在他身后喊道：“如果他们把我安置在那儿，我就从部队退出。”随后又是一阵哈哈大笑。（53）

这件事让戈尔德斯坦因颇受伤害，他“一想起来就气得脸红”：“他甚至在愤怒中感到一阵无望”，因为“他知道这与他无益”。他虽然“想对那个回应卡车司机的男孩说点什么”，但“问题不在那男孩”，因为“他只是想要点小聪明而已，问题在于那个卡车司机”（53）。戈尔德斯坦因知道，那个卡车司机之所以口出此言，并且能得到他人认可，是因为在他们身后：“所有一切都是反犹太人的。”（53）戈尔德斯坦因不明白为什么那些人歧视犹太人，不明白为什么上帝允许反犹主义存在；所以，他反复责问上帝：“他们为什么这样?”(53)“上帝为什么允许他们这样?”(54)他对同胞罗斯说:“我就是不明白,上帝怎么能视而不见任由他们这样?我们应该是[上帝的]选民。选民啊!选出来受苦!”(54)他觉得自己有责任有义务维护自己民族的尊严;因此,当罗斯说:“我觉得你对这些事忧虑过多,犹太人对自己忧虑太多”,他的回答是:“如果我们不忧虑,没有别人会忧虑。”(54)戈尔德斯坦因的话语表明,他不但具有强烈的反种族主义意识,而且具有很强的民族忧患意识;然而,他对这种猖獗的种族主义束手无策,不得不接受它的“合法”存在。因此,当罗斯抱怨自己受过高等教育却找不到好工作时,戈尔德斯坦因说:“我的朋友啊,你就别跟我说[这个]了,我总是有工作,但有些工作不可一提啊,抱怨有何用?总体上看,我们还是相当不错的,我们有老婆有孩子。”(55)

再次,小说通过白人谈论少数民族的话语,再现了第二次世界大战期间美国社会种族主义意识与反种族主义意识之间的冲突与对抗。白人克利夫特(Croft)认为:“有好的墨西哥人与不好的墨西哥人,但你不能打击好的墨西哥人。”(62)布朗总觉得,自己比罗斯好,因为“至少我的行为像个士兵,我尽职尽责……我从一开始就盯着罗斯,他有什么好,懒惰,无精打采,凡事都无兴趣。我憎恨那些讨厌的父亲们,因为他们最后都陷入困境。见鬼去吧,我们在这儿流汗一两年,情况又会怎样,天知道还要流汗多久!我们在这儿流汗,他们却在家奸污他们的妻子,也许还奸污我们的妻子”(119—120)。在有些白人眼里,黑人甚至连大象都不如,因为“你可以像杀死一头大象那样迅速地从头部杀死一个黑鬼”(159)。显而易见,小说中克拉夫特与布朗以及他们的白人至上同胞都是种族歧视者,他们谈论墨西哥人、犹太人和黑人的话语体现了他们的种族主义意识,这种种族主义意识在威尔逊等人伤害戈尔德斯坦因的话语中体现得更为明显。一天,威尔逊和战友聚集喝酒,戈尔德斯坦因在旁边给妻子写信。威尔逊邀他一起喝酒,戈尔德斯坦因谢绝加入时:“他们都表示蔑视”,尤其是克拉夫特,他“吐了一口痰,不再看他”。加纳格(Gallagher)毫不掩饰地说:“他们没人喝酒。”威尔逊甚至骂道:“戈尔德斯坦因,你是个小屁孩,这就是你。”里德(Red)指责说:“人如果不能照顾自己,就一文不值。”(203—204)威尔逊等人有意伤害戈尔德斯坦因的话语是其种族主义意识的体现,他们对待戈尔德斯坦因的态度很不友好,加纳格的话——“他们没人喝酒”——清楚地表明,这些人对犹太人的成见由来已久。面对威尔逊等人的侮辱,“戈尔德斯坦因突然转身走开”,但他的行为并没有对威尔逊等人造成任何影响,因为“喝酒的那一帮人凑得更近，他们之间现在有一种几乎可以摸得着的纽带”（204）。威尔逊甚至认为：“试图对他好真是一种错误。”（204）看到他们的行为，听到他们的话，戈尔德斯坦因不明白“他们为什么对我大发怒火?”不明白“他们为什么如此恨我?”（204）因为“他努力成为好士兵，从未溜走搭乘便车，跟他们任何人一样强壮，比他们大多数人工作更加卖力，站岗放哨时从未擦枪走火，不论这些多么诱惑他，但从未有人注意到这些，克拉夫特从未认识到他的价值”（204）。他思来想去，最后才明白：“他们是一群反犹主义者，到处跟女人鬼混，醉得像猪似的。”（206）他因此“讨厌跟他们做朋友”，因为“他们不想跟他相处，他们恨他”（206）。尽管他知道他们为什么不喜欢他，为什么恨他，但他还是很生气为什么上帝允许他们这样：“上帝啊，你为什么就允许那些反犹主义者存在?你为什么就不干涉一下这样的事情?”（206）遭受威尔逊等人侮辱后，戈尔德斯坦因突然意识到：“他的信心没了，他不确信自己了。”（206）“他恨所有跟他一起生活和工作过的人，他记得，过去不论什么时候，几乎每个他认识的人，他都喜欢。”（206）戈尔德斯坦因的生气、他对上帝的责问以及他的心理变化体现了他的反种族主义意识，表明了他与种族主义意识之间的冲突与对抗。这种冲突与对抗也在白人伤害罗斯的话语中得以体现。克拉夫特率领的侦察连准备攀登阿纳卡山（Mount Anaka），罗斯体力不支，数次跌倒被战友扶起来，但最后实在无力坚持，跌倒后任凭战友怎样催促，他都坐地不起，气急之下，加纳格对他说了一句：“起来吧，你这个犹太讨厌鬼（Jew bastard）。”对罗斯来说，没有什么比“你这个犹太讨厌鬼”更能伤害他，也没有什么比“你这个犹太讨厌鬼”更能表达反犹太主义者对犹太人的憎恨。因此，一听到加纳格说他是个“犹太讨厌鬼”，罗斯顿时有一种触电般的感觉，一时间似乎所有疲劳都消失殆尽：“那种打击、那句话本身，就像一股电流一样激起了他，罗斯感觉自己站了起来，跌跌撞撞地向前走了”，因为“这是第一次有人这样骂他，打开了疲劳和失败的新景象”。因此“他不吭不声跌跌撞撞地往前走，努力接受这种震惊”，因为“有生以来他第一次真正很愤怒，愤怒刺激着他身体，推动他走了几百码，又一个几百码，再一个几百码”（658—662）。加纳格的话体现了他的种族主义意识，罗斯在加纳格种族主义话语刺激下做出的非常态反应体现了他的反种族主义意识，也表明了他与种族主义之间的冲突与对抗。

最后，小说还通过戈尔德斯坦因的童年经历和他对犹太人本质的理解，再现了第二次世界大战前美国社会种族主义意识与反种族主义意识之间的冲突与对抗。戈尔德斯坦因七岁那年，放学回家的路上，一群意大利小孩打了他，叫他“犹太人”（sheenie）。他哭着回家，向妈妈讲述了自己被打的经历，从爷爷那儿得知他被打的原因：“他们打你，因为你是犹太人。”他也从爷爷那儿知道了犹太人是什么：“犹太人的意思，这是一个很难回答的问题。它不是一个种族，甚至不再是一种宗教，也许永远不会是一个国家。那么，它是什么？耶胡达·哈勒维（Yehudah Halevy）说，以色列是所有国家的中心。吸引身体的东西吸引着心脏。心也是良知，良知为了所有国家的罪而受苦……但我个人认为，犹太人之所以是犹太人，是因为他是受苦的。”（482—483）他还从爷爷那儿知道犹太人为什么受苦：“我们是一个被折磨的民族，被压迫者所困扰。我们必须从灾难走向灾难，这使得我们比其他人更强壮，也更弱小，使我们比其他人更爱也更恨另一个犹大。我们受的苦是那么多，我们知道了任何忍耐，我们总会忍耐。”（483）年幼的戈尔德斯坦因虽然不太理解爷爷的高谈阔论，但他从此知道了“受苦”这个词，懂得了它的含义。爷爷将犹太人与“受苦”和“忍耐”紧密联系，不是为了叫戈尔德斯坦因向种族主义低头，而是叫他通过坚守自己民族的传统对抗种族主义，与种族主义进行斗争。从这个意义上讲，爷爷的话语体现了他的反种族主义意识。像明尼塔一样，年幼的戈尔德斯坦因“有抱负，他在中学时就有诸多关于上大学、成为工程师或科学家的不可能梦想，在仅有的闲暇时间，他阅读技术书，梦想着离开糖果店，但当然了，他离开糖果店，便进入仓库干起了装船工的活，而他母亲又雇了一个小孩做起了他以前做的事”（484）。此处的“但当然了”不仅表明，戈尔德斯坦因的梦想与现实之间存在巨大差距，而且表明，戈尔德斯坦因难以实现自己的梦想是理所当然的，因为他没有生活在种族主义的掌控之外。“但当然了”也表明了戈尔德斯坦因的反种族主义意识。

三 极权主义与反极权主义

除了再现第二次世界大战期间美国社会性别歧视与反性别歧视、种族主义与反种族主义之间的冲突与对抗，《裸者与死者》还再现了第二次世界大战期间美国社会极权主义意识与反极权主义意识之间的冲突与对抗，这种冲突与对抗体现了第二次世界大战期间美国社会阶级之间的冲突与对抗，这可以在卡明斯将军与其副手霍恩之间、美军士兵与军官之间以及克拉夫特军士与其领导下的侦察兵之间的冲突与对抗中看出。

卡明斯与霍恩是上下级关系，但不是一般意义上的上下级关系，因为霍恩是卡明斯精心挑选出来的副手；然而，卡明斯从来没有把霍恩看作一个应该具有完整个性的人，因此，他们之间矛盾冲突不断。在霍恩眼中："将军身上有很多矛盾，他本质上对自身舒服有一种完全冷漠，但生活中却具有一个将军至少需要的奢侈。"（77）虽然"他事先被广告为军营里最具同情心、最和蔼的军官，他的魅力众所周知"，但霍恩却发现："他是一个暴君，一个带着鹅绒般柔软声音的暴君，的确如此，但不可否认，却是一个暴君"（78）。卡明斯认为，霍恩的一切权利都是他给予的，正如他所说："你作为一个人的所有权利都完全取决于我一时的性情……没有我，你只不过是一个二等军士。"（82）因此，跟卡明斯说话时："霍恩一直处于防守状态，掂量着他的话语，说话时毫无自由可言。"（84）虽然"他害怕过的人不多"，但"他害怕将军"（170），因为他必须接受卡明斯的权力理论，必须成为其权力得以实施的对象，然而他的本性却让他不时地对抗他。卡明斯告诉霍恩："作为美国人，他们大多数人都具有我们民主的特殊体现，他们脑子里不断放大他们自己作为个人应该具有的权利，而对他人作为个人应该具有的权利毫无概念。农民正好倒过来，我现在就告诉你，是农民造就了士兵。"（175）因此，他要"镇压他们"，因为"每次士兵看到军官得到一点特权，他都会受到一次打击"（175）。霍恩不同意卡明斯的看法，他毫不避讳地告诉卡明斯："我不明白这个，在我看来，他们会更加恨你。"（175）对此，卡明斯回答道：

> 他们会恨我，但他们也会更怕我。我不管你给我什么人，只要他在我手下时间足够长，我会让他怕我。每次都有你所说的军队的不公，涉及士兵都会更加确信自己的劣势……我碰巧知道一点设在英国的美国的一个罪犯集中营的情况，一旦我们攻入欧洲，这个罪犯集中营就会成为一种恐怖，它所使用的方法将会非常野蛮，最终会引出极其腥臭的东西，但却是必要的……要使部队运转工作，你不得不让每个人都在惧怕的梯子上找到［自己的］合适位置。罪犯集中营中的人、被遗弃的人，或者说，补充兵营中的人，都是部队的死水，因此，不得不相应地加大规训。当你惧怕上司而轻视下属的时候，部队的作用就会发挥得最好。（175—176）

卡明斯认为，第二次世界大战就是一个"权力集中营"，他觉得："政治跟历史无关，就像道德规范跟具体某个人的需要无关一样。"（177）因此，在他看来："在部队，张扬个人个性的思想是一种障碍。"（181）所以，当霍恩问他：“你觉得哪个更好：那么多人失去生命而剩下的人赶快回家，或者他们待在这儿吸食大麻而让他们妻子欺骗他们，你怎么考虑这样的问题?”（181）他的回答是：“我不关心这个问题。”（181）他甚至对霍恩说：“如果有上帝，罗伯特，他就像我一样。”（182）卡明斯关心的显然不是善与恶的问题，也不是爱与恨的问题，而是上级与下级、有权与无权的问题。他关心的是权力的集中，而不是权力的分享。他是追求权力的偏执狂，甚至连众人眼中至高无上的上帝也低他一等，他不认为他像上帝，而认为上帝像他。如果说没人敢挑战上帝权威的话，显而易见，卡明斯的比喻旨在表明，他绝不容许任何人挑战他的权威。因此，当副手霍恩试图挑战他的权威时，他就毫不犹豫地进行了惩罚：“扔烟头”事件就是明证。霍恩本能地知道：“不能把火柴梗扔在将军的地板上”（314），但卡明斯对他的压制让他做出了违背自己本能的事情。“他把火柴梗扔在靠近将军床脚柜的地方，然后，随着心脏的快速跳动，他小心翼翼地将烟头扔到将军干净地板的中间，狠狠地踩了几下，带着惊讶而受困的自豪，站着看着那个烟头。”（314）他这样做，目的是“让卡明斯看见，让他看见”（314）。看到原本干干净净的地板上霍恩扔下的火柴梗和烟头，卡明斯的第一反应是：“要是此刻他手中攥着一只动物，他会把它捏碎”（318），因为“霍恩的所作所为等同于士兵的手伸到了他本人身上。对卡明斯来说，这是他部队独立的一个象征，是对他的反抗”（318）。在卡明斯看来：“他的士兵对他的惧怕和尊敬，现在是理性的，是对他惩罚他们的权力的承认，这还不够，还少了另一种惧怕，这种惧怕是不可推理的，它包含了他的极大权力，从效果来说，是挫败他的种种渎神的东西。地板上的烟头是一种威胁，是对他的否认。”因此“他不得不直接而无情地应对”，因为“你越推迟反抗，反抗就越会厉害，不得不毁了它”（318）。卡明斯对霍恩进行了严厉惩罚，但也受到霍恩强烈反抗，这可以在他们的对话中看出：

“你今天将烟头扔到了我的地板上，是吗?”

霍恩微笑着说：“我想你这次谈话全是为了这个。”

“对你来说这很简单，不是吗?你对我的一些行为不满，你发了一阵小孩子脾气，但这是我不允许的事。要是我把它扔在地上，你会捡起来吗?”

“我想说你去见鬼吧。”

“我真是奇了怪了，我对你迁就太久了，你可能真的不相信我说的是真的，是不是？假设你明白，要是你不捡起来，我会把你送上军事法庭，你可能会在监狱度过五年时间。”

“我怀疑你有没有那个本事？”

“肯定有，它会给我带来不少麻烦，你的军事法庭审判会得到复审，战后可能会有一点不愉快，可能会伤害我个人，但我会得到支持，我必须得到支持。即使你最终赢了，在判决前，你至少会在监狱待一两年时间。”

“你不觉得那样有点曲折吗？”

“相当曲折，但不得不这样。过去有种神圣介入的神话，如果你渎神的话，你会被雷电劈头，那也有点曲折。如果罚与罪成正比的话，权力就渗水了。产生敬畏和服从的正确方法，就是使用强大而比例失调的权力。记住这一点，你觉得你会如何反应？”

“我对此感到愤慨。这是一个不公正的建议，你界定我们之间的差别通过……”

“我有这个权力不是偶然的，你处于这种状况也不是偶然的。如果你更好地认识到这一点，你就不会扔那个烟头了。的确，如果我是那种传统的、渎神的、狂暴的将军，你可能就不会往我的地板上扔烟头了。你肯定不明白我说的是真的。我说完了。”

“也许吧。”

卡明斯将烟头扔到霍恩脚下。“好吧，罗伯特，假设你把它捡起来，我希望你把它捡起来，罗伯特，把它捡起来，为了你。”

过了片刻，霍恩弯下腰，捡起烟头，丢进垃圾桶。卡明斯强迫自己直面霍恩眼中的恨意，他顿时觉得大大地松了一口气。

“将军，我想调到其他部门。”

“假设我不调你呢？坦诚地讲，我不特别在意你还做不做我的副手，可你不乐意接受这次教训。我想我可以发派你去盐矿。假设午饭后，你去达勒森（Dalleson）分队报到，在他领导下干一段时间吧。”

“遵命，长官……可是将军？”

“怎么了？”

“如果不叫每个穿制服的人，他们总共六千人，进来捡起你的烟头，你何以给他们深刻印象？”（这是玷污他快乐的东西，卡明斯现在认识到了，仍然有其他问题，更大的问题。）

“我会处理好的，中校，我觉得你最好还是想想自己的事吧。”（324—326）

卡明斯与霍恩之间的唇枪舌剑，体现了极权主义者与反极权主义者之间的冲突与对抗。卡明斯对霍恩阴险毒辣的惩罚以及霍恩的“软弱”败退表明，第二次世界大战期间美国社会的极权主义意识极为猖獗盛行。但是，霍恩的败退并不意味着卡明斯完全可以高枕无忧，因为他知道：“仅有一点点反抗的骚动时，稍加力量就可以将其镇压”，但是“这对于前线部队就不奏效了，他能够击退霍恩，任何单个的人他都可以对付，他们整体就完全是两码事，他们仍然在反抗他”（326）。因此，“他吸了一口气，感到一阵疲倦。总得有个办法，他得找到这个办法”（326）。卡明斯是一个极权主义者，在他意识中，权力就是一切，权力就是他终生奋斗的目标。他认为：“人不得不毁掉上帝以便获得他，与他平起平坐。”（329）他为自己设计的人生轨迹和奋斗目标是：“中校……上校……旅长……少将……中将……将军？”而能帮他实现这一轨迹和目标的最佳途径是战争：“如果有战争就好了。”（426）然而，他并非先知，无法预测未来，因为“总有很多变数”，因此“他必须睁大眼睛看着”（426）。卡明斯希望通过战争实现自己的“将军”梦，然而战争胜利的功劳似乎与他无关，因此，他“从未完全摆脱达勒森上校的胜利对他的冲击……他私下里为达勒森通过直接攻击打胜仗而生气”，因为“日军的崩溃应该是他的功劳，他应该拥有点燃导火索的高兴”（716），但他不得不承认：“他跟这次胜利关系不大，或者说根本没有关系，或者准确地说，跟任何胜利都没有关系。”（716）尽管如此，他还是寄希望于未来，希望他未来在菲律宾能有更为出色的表现，以便实现他的人生梦想，但他又觉得这种希望可能最终还是会变成失望，小说这样写道：

> 总的来说，安诺波佩岛战役既没有让他根本上受伤，也没有让他根本上受益。当菲律宾战役出现时，他会有整个部队去支配，会有取得更加瞩目成就的机会。在此之前，需要让部队振作起来。如果有严格训练，就得改变他们的纪律。上个月安诺波佩岛战役带给他的愤怒再次涌上心头。带着令人发疯的惰性，部队反抗他，抵制改变。不管你怎么推他们，他们都是缓慢行进，一旦压力退去，他们又重新聚到一起。你可以对他们施加压力，你可以欺骗他们，但是现在，他从根本上怀疑他能否改变他们，能否真正铸造他们。菲律宾战役的情况可能也会如此。部队里有了他的敌人，他在菲律宾战役前再增加一颗星的机会不大，这样一来，战争结束前晋升为部队统帅的可能性也随之消失殆尽。（717—718）

从卡明斯与霍恩之间的冲突与对抗中体现出来的极权主义意识与反极权主义意识之间的冲突与对抗，也体现在美国士兵与军官之间，这可以从比纳上校（Major Binner）和卡明斯将军对兰宁军士（Sergeant Lanning）的恐吓中看出。兰宁军士巡逻作假被发现后，比纳上校问他："你巡逻期间有多少次这样不负责任？"他回答道："这是第一次，长官。"比纳上校问他："你们连或营还有其他军士也一直做虚假和错误巡逻汇报吗？"他回答道："没有，长官，从未听说。"面对这样的回答，卡明斯将军威胁他说："兰宁，你想回到美国还是想烂在这儿的罪犯集中营？"他回答道："长官，我这身制服穿了三年，而且……"卡明斯将军进而威胁说："就是你跟我们一起二十年，我也不在意。还有其他军士也一直做虚假巡逻汇报吗？"他回答道："我不知道，长官。"于是，卡明斯将军换用另一种方式威胁他说："你有甜心［情人］吗？"他回答道："我结婚了，长官。"卡明斯将军继续威胁他说："你还想看到你妻子吗？"他回答道："她一个月前就离开了我，长官，我收到了绝交信。"（315）从这样的对话中可以看到，尽管比纳上校和卡明斯将军竭尽全力对兰宁军士施压，但兰宁军士始终没有就范。兰宁军士的行为体现了他对压抑性权力的反抗，也体现了他的反权力意识。兰宁军士行为中体现出来的反权力意识也体现在明尼塔的话语中。在明尼塔眼中，所有军官都是"令人讨厌的军官"，因为"他们都一个样……是一帮狗娘养的"（367）。从司令部调出后，霍恩接替克拉夫特成为侦察连连长，因此成了克拉夫特的"对手"；然而，霍恩跟卡明斯和克拉夫特完全不同。到了侦察连后，霍恩告诫自己："应该很快形成这样的思想：他们［侦察连士兵］每个人都是不同的人。"（434）他将手下士兵看成"不同个人"的思想彰显了他的反权力意识，让他成为读者心目中卡明斯和克拉夫特的对立者。但是，当他强迫克拉夫特为杀死一只小鸟而向罗斯道歉时，他却发现自己也成了卡明斯，因为"他服从命令捡起地上的烟头时卡明斯可能也是这样的感觉"，因此，他突然"很反感自己"（532）。霍恩的自我反感体现了他的反权力意识。

小说中极权主义意识与反极权主义意识之间的冲突与对抗还体现在克拉夫特与加纳格这两个士兵之间。加纳格与克拉夫特同在一个侦察小分队，长时间的侦察跋涉让他们身心非常疲惫。加纳格希望克拉夫特放弃登山计划，带领小分队踏上归途。然而，克拉夫特却没有丝毫踏上归途的念头，他满脑子想的都是如何登上阿纳卡山（Mount Anaka），如何将阿纳卡山踩在脚下，从而征服它。但在加纳格和明尼塔看来，登上阿纳卡山几乎是不可能的事，如果强行去登它，就是去白白送死。于是，加纳格和克拉夫特发生了激烈的争吵。加纳格质问克拉夫特：“你究竟为什么不返回？难道你还没有拿够奖章吗？”克拉夫特以命令的口气说：“加纳格，闭上你的臭嘴。”但加纳格毫不惧怕地说：“啊哈，听着，我不怕你，你知道你在我心目中是什么形象。”克拉夫特再次命令加纳格：“闭上你的嘴巴，加纳格。”但加纳格告诉他：“你最好别跟我们作对。”（691—692）加纳格对克拉夫特的抗拒是他对权力的抗拒，他们之间的冲突是权力意识与反权力意识之间的冲突，这种冲突表明：“哪里有权力，哪里就有反抗。”① 然而，加纳格还是没能战胜克拉夫特，权力意识最终还是压倒了反权力意识。克拉夫特最后感到：“每件事、每个人都在努力阻止他”，所以，他决定：“现在什么都不能留下，什么障碍都不能有。”（696）

综上可见，通过再现第二次世界大战期间美国社会性别歧视与反性别歧视、种族主义与反种族主义以及极权主义意识与反极权主义意识之间的战争，《裸者与死者》再现了第二次世界大战期间美国国内在种族、性别及阶级等方面的各种法西斯主义思想与行为，借此表明，虽然美国打着反法西斯主义的旗号参与海外战事，却无法遏制并消除国内十分猖獗的各种法西斯主义思想意识与行为。

第三节 《裸者与死者》与美国国外法西斯主义：“二战”时期美国的帝国梦

《裸者与死者》不仅再现了第二次世界大战期间美国国内在性别、种族和阶级等方面的各种法西斯主义思想与行为，而且再现了战争期间美国的海外法西斯主义行为以及美国帝国主义意识与反帝国主义意识之间的冲突与对抗，这可以从卡明斯将军对战争、部队和美国外交政策的解读、美军搜抢阵亡日军士兵随身财物的行为以及美军攻占安诺波佩岛屿后向菲律宾进军的作战计划中看出。

卡明斯是美军在太平洋安诺波佩岛战役中的最高长官，是六千人部队的将领。身为将军，他对美军在太平洋地区攻打日军的战争本质与目的和美国外交政策的帝国主义本质比任何人都更为清楚。卡明斯告诉副手霍恩：“我

① Michel Foucault, *The History of Sexuality Volume I*: *An Introduction*, trans. Robert Hurley, New York: Pantheon Books Ltd., 1978, p. 95.

在你这个年龄，比你稍微大点的时候，我关注的是什么能让一个国家战无不胜。”对此，霍恩说：“不论理由好坏，它是一个民族与其国家之间的认同。”但卡明斯认为，能让一个国家战无不胜的“仅有两个因素：[一个因素是]一个国家的战斗力跟它拥有的人力和物力成正比；另一个因素是，一个部队士兵过去的生活水平越低，他作为士兵就越能发挥战斗作用”（174）。他还对霍恩说：“如果你为保护自己的土地而战，也许你的战斗会更有效果”；但是，“如果一个人在自己的土地上战斗，他也更容易离开战场。这是我在安诺波佩岛从不考虑的事”（175）。卡明斯认为：“热爱国家是非常好的事情，甚至成为战争刚开始时的一个道德因素，但战争情感是相当不可靠的东西，战争拉得越长，这种情感就越没价值。战争进行一两年后，只有两个因素可造就一个好部队：优越的物力和贫穷的生活水平。”（175）对此，霍恩并不赞成：“我可不这样认为。”（175）他对卡明斯说：“如果我们的战争失败，你已经打下一场革命。在我看来，从你的利益角度来说，对你的士兵好点，避免以后的革命，输了战争，却是更好的事。”（176）但卡明斯否认说：“我们不会打败仗的，即使失败了，你也不会认为希特勒会认可一场革命，你会这样认为吗?”（176）他还告诉霍恩：“如果你把这场战争看成一场革命，你就误读了历史。它是权力集中。”（177）对此，霍恩反驳说：“叫人憎恨你总不是好事。”但卡明斯告诉霍恩：“他们是否害怕并不重要……这个世纪的机器技术需要加强，由此你会害怕，因为大多数人都必须屈从于机器，这不是他们本能喜欢的事。”（177）霍恩告诉卡明斯：“我不知道你哪儿可以打消一些伟大的伦理思想并重新形成一些伟大的伦理思想。”（177）卡明斯回应说：“政治跟历史无关，就像道德规范跟具体人的需求无关一样。”（177）他问霍恩：“你认为战争的本质是什么?”（180）霍恩回答他说：“战争当然不是下棋……战争像一场血腥的足球比赛，你开始玩，但从不会像你所想的那样结束。”（180）但卡明斯告诉霍恩：“战争更复杂，但结果是一样的”（180），因为“在部队，张扬个性的思想就是一种障碍。当然，在部队的具体单位，人与人之间是有差别的，但他们的个性常常会彼此磨平，留给你的只是一个价值量表，这个或那个连队是否有实力，是否会有效地完成这样或那样的任务。我用更加粗野的技巧工作，那些普遍公用的技巧”（181）。霍恩问卡明斯：“你怎么弄出这样的东西？你的人离开美国，在这儿待了一年半，你觉得哪个更好：那么多人丧失了性命，让其余的人赶快回家，还是让他们继续待在这儿，去抽大麻，让他们的妻子欺骗他们？你怎么考虑这样的问题?”（181）卡明斯的回答是：“我不关心这些。”（181）卡明斯问霍恩：“你是否想过，罗伯特，我们为什么打这场战争？”（319）霍恩回答他说：“我不知道，我不确定。有了所有的集中，我想我们这边有个目标，那就是在欧洲。过了这儿，就我而言，它是帝国主义的输赢打赌。要么我们对亚洲开火，要么日本。我想我们的方法不会那么猛烈。”（319—320）霍恩还告诉卡明斯：“战争中有一种渗透，不论你叫它什么，但胜利者总倾向于认为……哦，失败者的陷阱。我们获胜后很可能走向法西斯主义，那样的话，答案就真正有问题了。我不想长篇大论，由于没有更好的想法，我只是认为，一个家伙从他的制度中获利而导致数以百万计的人们丧失性命，这不是一件好事。”（320）但是，卡明斯却有不同的看法，他告诉霍恩：

我喜欢把它［战争］看作一个历史能量变化的过程。一些国家有潜力，有资源，可以说，它们充满潜能。作为一种动能，国家就是组织，就是协作努力，用你的词形容的话，就是法西斯主义。历史地看，这场战争的目的就是将美国的潜力转化为动能。法西斯主义的概念，如果你思考一下的话，是一个比共产主义更牢固的概念，因为坚实地基于实际人性，只是发轫于错误国家，一个没有足够内在潜力可让其完全发展的国家。在德国，由于物质材料所造成的根本挫折，肯定就有了过分之举。但是，梦想、概念却是相当牢固的。正如你所说，罗伯特，不那么特别糟糕的是，有一种渗透过程。美国就是要吸收那个梦想，它正在做着实现这个梦想的事情。你一旦创造了力量、物力和军队，它们不会自行萎缩消亡。我们作为一个国家的真空充满释放出来的力量，我可以告诉你，我们现在走出了历史的死水区。（321）

卡明斯还告诉霍恩：

过去一个世纪，整个历史过程走向更大的权力集中。这个世纪的物质力量，是我们宇宙的一种延伸，还有一种政治力量，就是使之成为可能的政治组织。在美国，你们这些有权人，我告诉你，在我们历史上第一次意识到他们的真正目的。等着瞧吧！战后我们的外交政策会更加赤裸，不会像以前那样虚伪。我们不再会左手捂住眼睛而右手伸出帝国主义的爪牙。（321—322）

对于卡明斯的看法，霍恩并不赞成，他反问道：“你觉得会那么容易吗？

没有反抗?”（322）但卡明斯非常坚定地告诉霍恩：“反抗没有你想象的那么多。你在大学似乎学过这样一个原理，那就是，人人都是病态的，人人都是腐化的，其实有道理。只有无辜的人才是健康的，但无辜的人是正在消失的品种。我告诉你，几乎所有人性都死了，只是等着从坟墓中挖出来。”（322）

从卡明斯与霍恩的对话中可以看出，美国出兵攻打安诺波佩岛，并不是出于正义，为了世界和平，而是为了扩展自己的帝国版图；卡明斯率军攻打安诺波佩岛，不是为了捍卫正义，而是为了自己的加官晋爵。霍恩对卡明斯的质疑，是反帝国主义意识对帝国主义意识的质疑。卡明斯是美国帝国主义意识的阐释者，也是美国帝国主义意识的传播者；霍恩对卡明斯的抗拒，是反帝国主义意识对帝国主义意识的抗拒。

如果卡明斯对美军攻打太平洋安诺波佩岛上日军的战争本质与目的以及对战后美国外交政策的解读揭示了美国海外军事行动背后的帝国主义意识，美军士兵在战争中搜抢阵亡日军士兵随身财物的行为则为这种意识做了很好的脚注。一天，巡逻返途中，一群美军士兵聚在一起喝酒，喝得酩酊大醉，突然有人提议去搜寻阵亡日军士兵身上的财物，在场所有人异口同声表示赞成，他们于是放下酒杯，前往阵亡日军所在地，他们在那儿看到：“树上的叶子被打落，树干黑一块棕黄一块，似乎因旱灾而凋谢”；“满地都是被烧坦克的褐色遗骸”；“地面上撒满残骸碎片”；“遍地都是日军士兵的尸体”（210）。但是，尸体遍地的场景并没有让他们感到震惊，反而激发了他们抢占财物的欲望。他们急切地搜寻着，不停地谩骂着。威尔逊拨开残骸，叹息道：“他们拿走了所有纪念品。”加纳格醉醺醺地左右摇晃着说：“谁拿走了？哪个讨厌的拿走了？威尔逊，你这个讨厌的骗子，你偷走了所有纪念品。”威尔逊没理他，却自言自语地说：“我说，我们这一帮人冒着生命危险在这儿整整一周，竟然连个纪念品都没有发现，真是奇耻大辱啊!”他不断自言自语地念叨着：“奇耻大辱啊!”（211）小说还以“特写”手法聚焦了马提尼斯（Martinez）搜抢一名阵亡日军士兵口中金牙的情景：

> 他注意到一具尸体，嘴里镶着一口金牙，这强烈吸引着他，他不断地转身看着。他站在尸体上方，俯身看着那些金牙，至少有六七颗，看起来是非常硬实的金子做的。马提尼斯转身快速看了一下其他人，他们都朝着［有阵亡日军士兵尸体的］地洞走去。
>
> 他突然有了占有金牙的欲望。他能听到地洞里人们猛烈打击的声音，彼此快速地喊叫着什么，他不由自主地回头看着那具尸体张开着的嘴巴。

> 对他没用，他告诉自己。他非常紧张地估算着这些金牙值多少钱。三十美元，也许，他自言自语地说。
>
> 他转身走开，然后又走回来。战场非常安静……一杆被人丢弃的步枪在他脚下，他想都没想就拿了起来，用枪托砸那具尸体的嘴巴，发出像一把斧子砍到一片朽木时的声音。他拿起步枪，再次砸了下去。牙齿松松地溅了出来，一些掉在地上，有几颗散落在尸体打碎的下巴上。马提尼斯疯狂地抓起四五颗装进自己的衣袋。他大汗淋漓，心跳加快，不安穿透全身。他深深地吸了几口气，慢慢地平静下来。他心情复杂，既内疚又高兴，他想起小时候有一次从母亲钱包偷了几便士钱。“讨厌!”他说。他悠闲地揣摩着什么时候把这些金牙卖掉。被撬开的那具尸体的破碎嘴巴让他有所不安，他用脚把尸体翻转过来，露出一群蛆，他不寒而栗。某种原因吧，他有点害怕，于是转身走向了地洞里的人群。(214—215)

马提尼斯是墨西哥人，身为少数民族，他在美国是种族歧视的受害者；但身为美国士兵，他却忘记了自己身为少数民族的痛苦经历。他对阵亡日军士兵尸体的虐待和对其口中金牙的抢占，是他作为美军士兵所具有的帝国主义意识支配的结果。正是在这种帝国主义意识的支配下，他完全丧失了基本人性，对毫无生命的尸体实施了毫无尊重的虐待。马提尼斯毫无人性的虐待行为，无疑能激发读者对帝国主义意识的抗拒。一定程度上讲，马提尼斯抢占阵亡日军士兵口中金牙的行为是美国帝国主义掠夺海外财富的象征与缩影。从这个意义上讲，梅勒对马提尼斯虐待阵亡日军士兵尸体并抢占其口中金牙的无人性行为的再现实际上体现了他对美国帝国主义的批判，体现了他的反帝国主义意识。

如果说帝国主义在海外军事行动的目的是扩展领土范围和增加财富储存，那么，卡明斯对美军在太平洋地区战争的本质与目的和战后美国外交政策的深刻解读，以及美军士兵搜抢阵亡日军士兵随身财物的行为，揭示了美国的帝国主义真面目，美军攻打安诺波佩岛后继续进军菲律宾的作战计划让这一面目更是暴露无遗。小说结尾处，我们看到，攻占安诺波佩岛后，美军并没有收兵回营，而是迅速投入到攻打菲律宾的作战训练中。

从以上分析可以看出，《裸者与死者》虽然是一部“二战”小说，但它的主要关注不是第二次世界大战本身，而是第二次世界大战期间美国社会的性别歧视与反性别歧视、种族主义与反种族主义、帝国主义与反帝国主义以及极权主义与反极权主义之间的各种战争。小说为什么要关注第二次世界大战期间美国社会的各种战争？这与梅勒的道德意识有关。梅勒在《为我自己做广告》中说：

> 我觉得，艺术的最终目的就是强化，甚至，如果必要，恶化人们的道德意识。具体而言，我想，小说是最具道德性的艺术形式，因为它是最直接、最有支配性的，如果你愿意，它是最不可逃避的。人可以非常轻松地谈论一幅非客观画或一种非客观音乐或其他什么东西的意义，但是，小说中，意义就在那儿，它更近；人可以争论其含混，但是，因为人使用了词语，意义就更加接近道德要求和道德束缚。①

梅勒还说：

> 在理想的情况下，我的作品所要的是一种道德意识，那就是，生活的核心不可欺骗。在存在的每一刻，人都会成长到更多或者退缩到更少，人总是多活一点或多死一点。人的选择不是多活一点或不多活一点的问题，而是多活一点还是多死一点的问题。人多死一点的时候，便进入一种对他而言非常危险的道德状态，因为人开始通过让他人多死一点而让自己活着。②

梅勒的艺术目的论、小说观及其文学创作意图表明，他不是生活在真空中进行纯艺术创作的唯美主义作家，而是具有强烈道德意识与社会责任感的公共知识分子作家，在这一点上，詹姆斯·鲍德温可谓一语中的，他这样说：

> 我们的确有一种责任，不仅是对我们自己和我们时代的责任，而且是对我们后代（those who are coming after us）的责任。（我不认为我们不会有后代。）我认为，只有按照我们知道的方式，忠实地处理我们现在的命运和日子，才能履行这种责任。所以，我对梅勒的关注，说到底，就是关注他对过去那些让人伤心的风暴般事件的理解程度。如果他理解了这些事件，则他更富有，我们也更富有；如果他没有理解这些事件，我

① Norman Mailer, *Advertisements for Myself*, New York: G. P. Putnam's Sons, 1959, p. 384.

② Ibid., p. 385.

们都很贫穷。因为，没有想象，人们就会消亡，虽然这一点显然需要进入［我们关注的］中心，但他对我们的真实状况能进行真实的想象，目前在这个国家，这种想象还不可能极为频繁地重现。①

梅勒认为，艺术家（作家）的社会责任在于，他必须要有一种不安意识、一种冒险意识、一种善于洞察的意识。② 1955年，梅勒接受《独立报》（*Independent*, then called *Exposé*）编辑利勒·斯图尔特（Lyle Stuart）采访时说："我写作是因为我想影响人们，通过影响人们，对我这个时代的历史产生一点影响。"③ 1963年，他接受斯蒂芬·马尔库斯（Steven Marcus）采访时也表达了类似的思想：作家如果做得很好的话，就能影响自己时代的意识，从而间接地影响后来时代的历史。④ 梅勒甚至认为，小说家可以通过小说创作重塑现实："如果没有一种'虚构'，人最终无法理解复杂现实，但人可以选择那种最能满足他知识、阅历、偏见、需要、欲望、价值以及他的道德必然性等东西的特定'虚构'，甚至可以'虚构'为指南，尝试着对现实进行一些小规模的重塑。人总能做的就是对这些'虚构'进行比较，并努力看到它们可能导向何方。"⑤ 梅勒之所以有这样的思想，在梅勒传记作者希拉里·米尔斯（Hillary Mills）看来，是因为"梅勒接受了欧洲人的思想：作家不可能生活在真空中，他必须参与政治"⑥。美国文学评论家迈克尔·K. 格兰迪认为："米尔斯说得没错，但梅勒［在接受欧洲人的思想之前］已经接受了更早的影响，即认为艺术根植于政治。"⑦ 尼格尔·雷认为："1948年选举前至少两年的时候，梅勒慎重地接受了华莱士的预言：美国已处于成为法西斯主义者的危险之中。"⑧ 在格兰迪看来："《裸者与死者》的政治语境中充满的正是

---

① Robert F. Lucid, *Norman Mailer: The Man and His Work*, Boston and Toronto: Little, Brown and Company, 1971, pp. 236-237.

② See Norman Mailer, *Advertisements for Myself*, New York: G. P. Putnam's Sons, 1959, p. 276.

③ Norman Mailer, *Advertisements for Myself*, New York: G. P. Putnam's Sons, 1959, p. 269.

④ See Norman Mailer, "Pontifications", in *Pieces and Pontifications*, Boston and Toronto: Little, Brown and Company, 1978, p. 26.

⑤ Norman Mailer, *Advertisements for Myself*, New York: G. P. Putnam's Sons, 1959, p. 199.

⑥ Hillary Mills, *Mailer: A Biography*, New York, et al.: McGraw-Hill Book Company, 1982, p. 99.

⑦ Michael K. Glenday, *Norman Mailer*, New York: St. Martin's Press, 1995, p. 7.

⑧ Nigel Leigh, *Radical Fictions and the Novels of Norman Mailer*, London: Macmillan, 1990, pp. 6-7.

这种确信。”①

因此，梅勒再现第二次世界大战期间美国社会的性别歧视与反性别歧视、种族主义与反种族主义、极权主义与反极权主义以及帝国主义与反帝国主义之间的各种冲突与对抗，不是为了纯艺术目的，而是带有一定的政治目的。梅勒于20世纪20年代初出生在美国纽约市一个犹太人聚居的小镇，孩童时期就目睹了美国社会的种族歧视，海外服役期间也受到反犹主义者歧视。②他熟知美国社会的各种权力意识对人性的压制与束缚，他倡导自我与他人自由，倡导人人平等、社会和谐、世界和平，倡导通过理解、宽恕、忏悔与同情等人类美德消除人与人、民族与民族之间的隔阂与冲突，从而达到和平共处、自由平等的理想状态。他在《为我自己做广告》中说，他憎恨“拥有权力而无同情心的人，即那种连简单人类理解都没有的人”③；他还说：“我认为黑人和白人成为配偶是黑人的绝对人权，这样的配偶毫无疑问会有，因为会有黑人学校的男孩们非常勇敢地去为他们的生活冒险。”④ 他在《总统案卷》中指出：

> 民主的问题不是同化少数民族，而是避免他们获得平等时压制他们。如果犹太人和黑人能获得与盎格鲁—撒克逊白人新教徒和爱尔兰天主教徒一样的平等，美国则会完全不一样。不管它会成为什么，它肯定跟我们能够想象的任何情况完全不同。相反，如果黑人和犹太人被同化到现在美国人生活的那种毫无声息、毫无想象力的水平，美国则会跟现在完全一个样，甚至更糟。⑤

梅勒重视同情的力量与作用，他在《诡秘的艺术：写作漫谈》中回忆说：

> 1946—1947年，在写作那部作品的15个月里，他有幸深受托尔斯泰影响——大多数早晨，开始写自己的书之前，他都要读一读《安娜·卡列尼娜》，一个24岁的人由此通过他的作品反映了他从托尔斯泰那儿学

① Michael K. Glenday, *Norman Mailer*, New York: St. Martin's Press, 1995, p. 8.

② See John M. Kinder, "The Good War's 'Raw Chunks': Norman Mailer's *The Naked and the Dead* and James Gould Cozzens's *Guard of Honor*", *The Midwest Quarterly*, Vol. 46, No. 2, Winter 2005, p. 194.

③ Norman Mailer, *Advertisements for Myself*, New York: G. P. Putnam's Sons, 1959, p. 271.

④ Ibid., p. 356.

⑤ Norman Mailer, *The Presidential Papers*, New York: G. P. Putnam's Sons, 1963, p. 188.

> 到的关于同情的东西，因为那是这位老人的天赋所在——托尔斯泰教导我们，仅当同情是朴素的时候，同情才会有价值，才会丰富我们的生活；也就是说，我们能够感觉到一个人身上好与不好的方方面面，但我们还是能够觉得，作为人，我们整体上还是好的而不是极坏的。不论好与不好，它提醒我们，生活就像灵魂的古罗马斗士竞技场，那些能坚持下来的人让我们觉得强大，那些不能坚持下来的人让我们感到恐惧，但也让我们同情。①

梅勒在《六十九个问题与答案》这篇访谈中指出，社会需要解决的最重要问题是：“让更多的人做更多他们内心梦想的事情；换言之，世界上的痛苦更少，压抑更少。”② 因此，《裸者与死者》中，尽管人物之间存在各种意识与反意识的冲突与对抗，但同情、怜悯和理解让他们从冲突走向和解，这可以在戈尔德斯坦因与威尔逊、布朗、斯坦利和里奇斯（Ridges）的关系以及加纳格与罗斯的关系发展中看出。

作为少数民族，戈尔德斯坦因曾经受到威尔逊伤害，他因此没有想过与威尔逊成为好友，或与他友好相处，但威尔逊被日军枪伤后，戈尔德斯坦因对他的态度逐渐发生了变化，他逐渐忘记威尔逊对他的伤害，他对威尔逊的恨逐渐被他的同情与怜悯所取代，小说这样写道：

> 很奇怪，威尔逊的痛苦影响了戈尔德斯坦因；慢慢地，［它］与他的疲劳同步而行，这种影响进入他自己的身体。威尔逊喊叫时，戈尔德斯坦因感到一阵剧痛；如果担架突然倾斜，戈尔德斯坦因感到胃一下子沉了下去，就像电梯下沉似的。每次威尔逊要水喝，戈尔德斯坦因就又一次感到口渴；每次打开水壶，他就感到一阵内疚。因此，他宁可一连几小时都不喝水，也不愿惹威尔逊生气……威尔逊是他们不能丢下的包袱，戈尔德斯坦因觉得自己会永远带着他，其他的什么也没有想……偶尔，戈尔德斯坦因会想到自己的妻儿，有一种不相信自己的感觉，他们离得太远了，要是此刻有人告诉他，他们死了，他会耸耸肩而已。威尔逊更为真实，威尔逊是唯一的现实。（668）

① Norman Mailer, *The Spooky Art: Some Thoughts on Writing*, New York: Random House Inc., 2003, pp. 22-23.

② Norman Mailer, *Advertisements for Myself*, New York: G. P. Putnam's Sons, 1959, p. 272.

小时候听爷爷说“以色列是所有国家的中心”（672），戈尔德斯坦因现在觉得“现在威尔逊是中心”（672）。虽然他“没有对自己这样说，甚至没有这样想”，但“这种想法透过话语层面穿透他的全身”，因为“他放不下的就是威尔逊”（672）。小说写道：“戈尔德斯坦因被一种他不理解的惧怕与威尔逊捆绑在一起。如果他丢下他，如果他不把他带回去，则是不对的，他明白什么是很害怕的东西，心啊，如果心死了……”（673）

同样，戈尔德斯坦因对布朗和斯坦利的态度也由反感转向好感。威尔逊的尸体被河水冲走后，戈尔德斯坦因归途中发现：“他甚至喜欢上了布朗和斯坦利，因为他们因他而有所不安，看起来不敢找他麻烦了。”（704）斯坦利没有像威尔逊那样伤害过戈尔德斯坦因，但在戈尔德斯坦因受到伤害时也没有挺身而出保护过他。戈尔德斯坦因对斯坦利似乎也没有产生过什么好感。然而，护送受伤的威尔逊返回营地途中，戈尔德斯坦因与斯坦利有机会开怀畅谈，谈话交流让他们消除了彼此之间的隔阂，让他们理解并接受了对方。戈尔德斯坦因开始喜欢斯坦利（541），斯坦利也觉得戈尔德斯坦因是“一个好人”（542）。

加纳格曾经深深地伤害过罗斯，他对罗斯所说的那句“你这个犹太讨厌鬼”导致罗斯走向死亡。然而，罗斯死后，加纳格深感内疚：“我让罗斯送了命。”（687）罗斯的死亡让加纳格觉得自己犯了不可饶恕的罪，觉得自己必受惩罚：“他知道他有罪，他记得他喊叫着让罗斯跳时他有那种片刻的权力感与蔑视感以及那种从中得到的转瞬即逝的快乐。他很不舒服地扭曲着身子坐在地上，回想着罗斯脚踩空时脸上露出痛苦的样子。加纳格能够看到他一直往下掉，那个形象就像黑板上滑过的粉笔一样穿过他的脊背。他犯了罪啊，他要受到惩罚。玛丽就是对他的第一个警告，但他没有考虑过这个。”（687）

梅勒认为：“一部伟大的小说具有一种意识，它对我们来说是新意识”，但是，“我们欣赏这部作品之前，必须被这种新意识所鼓舞。”① 《裸者与死者》无疑是一部伟大的小说，它能够带给第二次世界大战后读者一种新意识；然而，只有受到这种新意识感染后，读者才能真正欣赏它的伟大之处。梅勒认为：“战争不仅是一系列军事事件，而且是一种思想状态。”② 作为一部“战争”小说，《裸者与死者》力图再现的不是第二次世界大战，因为它

① Norman Mailer, *The Spooky Art: Some Thoughts on Writing*, New York: Random House Inc., 2003, p. 287.

② Norman Mailer, *Why Are at War?*, New York: Random House, 2003, p. 100.

只再现了战争的一个切面；它真正力图再现的是第二次世界大战期间美国社会的各种权力意识与反权力意识之间的战争。只有理解了这一点，我们才有可能真正理解这部作品及其作者的伟大之处。通过再现20世纪40年代美国社会这些权力意识与反权力意识之间的战争，梅勒让读者看到，美国常常打着反法西斯主义的旗号在国内和国外做着各种法西斯主义的事情，正如《巴巴里海滨》中丁斯莫尔（Dinsmore）对罗维特（Lowett）所说："我们打了一场反法西斯主义的战争，却不清理我们自己家的法西斯主义者。"① 因此，通过《裸者与死者》对20世纪40年代美国社会各种权力意识与反权力意识之间战争的再现，梅勒解构了一个“言为反法西斯主义者”的假面美国形象，同时建构了一个“行为法西斯主义者”的真面美国形象。通过解构假面美国形象并建构真面美国形象，梅勒不仅表达了他对人类平等、自由与和平的倡导，而且表明，真正威胁人类自由、平等与和平的不是军事战争，而是各种法西斯主义的权力意识。

① Norman Mailer, *Barbary Shore*, New York: Dell Publishing, 1951, p. 18.

第二章

《巴巴里海滨》和《鹿苑》与 20世纪50年代的美国

美国常常声称自己是“反极权主义者”，但美国的实际行为表明，它刚好相反。这一矛盾为具有强烈道德意识和社会责任感的美国文人志士留下很大的反思美国形象的空间。他们通过再现美国社会和政治生活中的各种极权主义行为与表现，对美国自我宣称的“反极权主义者”身份提出严肃挑战，对美国对外宣称的自我形象进行无情解构，让读者透过美国的假面形象看到美国的真实面目。这就是梅勒在20世纪50年代创作《巴巴里海滨》与《鹿苑》这两部小说的主要意图。如果说《裸者与死者》让读者看到了20世纪40年代美国的法西斯主义真面形象，《巴巴里海滨》与《鹿苑》显然要让读者看到20世纪50年代美国的真实形象。在聚焦这两部小说中的美国形象之前，我们有必要先看看美国官方话语经常宣称并特别强调的美国身份。

第一节　美国身份：反极权主义者

作为一个国家，美国脱胎于对极权的反对。《五月花公约》（1620）中写道：“为维持秩序，谋求生存，以及促进上述目标之实现，吾等面对上帝及众人庄严立约，结为民众自治政体；据此随时制定并颁布最适宜殖民地公益之公正平等的法律、法规、法令、宪章及权职；吾等保证遵守服从之。”① “公正平等”是《五月花公约》的立约原则，它明确表明，极权是北美殖民地的大敌，是殖民地人民极力反对的东西。1776年，北美殖民地宣布从英国独立之前，托马斯·潘恩通过他的《常识》向北美殖民地人民发出呼吁：

---

① 钱满素主编：《自由的刻度：缔造美国文明的40篇经典文献》，东方出版社2016年版，第16页。

"热爱人类的你们，既敢于反抗暴君又敢于反抗暴政的你们，请站出来吧！"① 潘恩所说的"暴君"与"暴政"就是当时统治北美殖民地的英国国王及其统治。在潘恩看来，当时的英王就是一个暴君，其统治就是极权统治。因此，他大胆呼吁受其统治的北美殖民地人民奋起反抗。潘恩的声音显然是反极权主义的声音，是对极权主义的英国王权的直接挑战。潘恩还在《常识》中说："上帝在英国与美国之间设置的距离就是一种强烈而自然的证据：一个对另一个的权威［极权］从来都不是上苍的意图。"② 托马斯·杰斐逊在《独立宣言》中说"All men are created equal"③ 的时候，他大胆而明确地对英国王权说了一声"不"。因此，他的《独立宣言》不仅用简短的文字向世界宣布了北美殖民地人民应该从英国统治下独立出来的理论根据，更是大篇幅地向世界展现了英国对殖民地人民的极权统治，详细列举了英国王权对殖民地人民实施极权主义"压迫"的20个"事实"④。显然，杰斐逊通过《独立宣言》呼吁北美殖民地人民反对"封建等级观念"和"君主绝对权力"⑤。

《独立宣言》不仅向世界宣布了北美殖民地人民必须独立的充分理由，也为独立后的美国发展定下了基调，成为日后美国努力实现的奋斗目标。因此，《独立宣言》的思想便在美国独立后以法律的形式固定下来并代代相传。1786年，弗吉尼亚州议会通过的《弗吉尼亚宗教自由法令》秉承了《独立宣言》反对极权主义的思想，强调："任何人都不得被迫参加或支持任何宗教礼拜、宗教场所或传道职位，任何人，不得由于其宗教见解或信仰，在肉体上或财产上受到强制、拘束、干扰、负担或其他损害；任何人都应该有自由去宣讲并进行辩论以维护他在宗教问题上的见解，而这种行为，在任何情况下，均不得削弱、扩大或影响其他公民权力［利］。"⑥ 该法令还强调："我们在这里所主张的权利，都是人类的天赋权利，如若以后通过任何法令，要把我们现在这个法令取消，或者把它的实施范围缩小，这样的法令，将是对

① Nina Baym, et al., eds., *The Norton Anthology of American Literature*, 3rd ed., Vol. 1, Part 1, New York & London: W. W. Norton & Company, 1989, p. 624.

② Ibid., p. 621.

③ Ibid., p. 640.

④ Ibid., pp. 640-642.

⑤ 钱满素：《自由的基因：美国自由主义的历史变迁》，东方出版社2016年版，第50页。

⑥ 钱满素主编：《自由的刻度：缔造美国文明的40篇经典文献》，东方出版社2016年版，第100页。

天赋权利的侵犯。"[①]《邦联条例》也明确规定，任何极权主义的行为都是违法行为。《邦联条例》第二条规定："各州均保留其主权、自由与独立，每一种权力、司法权及权利，除非已由邦联会议通过的本条例明确授予合众国，否则也由各州保留。"[②] 赋予各州以"主权、自由与独立"，就是给予它们免受极权影响的法律权利。1787 年，合众国制宪会议通过《合众国宪法》，其"序言"说："我们，合众国的人民，为了组织一个更完善的联邦，树立正义，保障国内的安宁，建立共同的国防，增进全民福利和确保我们自己及我们后代能安享自由带来的幸福，乃为美利坚合众国制定和确立这一部宪法。"[③] 这就是说，美国的建国目的和发展目标是一个能让子孙后代"安享自由"的"更完善的联邦"，而不是一个权力更集中的专制国家。本质上讲，《合众国宪法》秉承了《独立宣言》反对极权的宗旨，以"根本大法的形式"将"《独立宣言》的共识和原则"固定下来，跟《独立宣言》一道成为"美国立国的根本"[④]。美国内战期间，亚伯拉罕·林肯在《葛底斯堡演说》中说，美国人要努力建设一个"民有、民治、民享之政府"[⑤]。林肯的《葛底斯堡演说》虽然非常简短，仅有 272 个单词，但其核心主题非常明确：美国政府不应该是一个凌驾于人民之上的极权主义政府，而应该是一个基于人民授权之上的民主政府。宪法的每次修正，也明确反对极权主义在美国的存在。《第一条宪法修正案》写道："国会不得制定有关下列事项的法律：确立一种宗教或禁止信仰自由；剥夺言论自由或出版自由；或剥夺人民和平集会及向政府要求申冤的权利。"[⑥]《第十三条宪法修正案》写道："苦役或强迫苦役，除用于惩罚依法判刑的罪犯之外，不得在合众国境内或受合众国管辖之任何地方存在。"[⑦]《第十四条宪法修正案》第一款写道："任何州不得制定或执

① 钱满素主编：《自由的刻度：缔造美国文明的 40 篇经典文献》，东方出版社 2016 年版，第 101 页。

② ［美］马克·C. 卡恩斯、约翰·A. 加勒迪：《美国通史》（第 12 版），吴金平等译，山东画报出版社 2008 年版，第 757 页。

③ 钱满素主编：《自由的刻度：缔造美国文明的 40 篇经典文献》，东方出版社 2016 年版，第 112 页。

④ 钱满素：《自由的基因：美国自由主义的历史变迁》，东方出版社 2016 年版，第 51 页。

⑤ Nina Baym, et al., eds., *The Norton Anthology of American Literature*, 3rd ed., Vol. 1, Part 2, New York & London: W. W. Norton & Company, 1989, p. 1505.

⑥ 钱满素主编：《自由的刻度：缔造美国文明的 40 篇经典文献》，东方出版社 2016 年版，第 122—123 页。

⑦ 同上书，第 125—126 页。

行任何剥夺合众国公民特权或豁免权的法律。任何州，如未经适当法律程序，均不得剥夺任何人的生命、自由或财产；亦不得对任何在其管辖下的人，拒绝给予平等的法律保护。”①《第十五条宪法修正案》写道：“合众国政府或任何州政府，不得因种族、肤色或以前曾服劳役而拒绝给予或剥夺合众国公民的选举权。”②《第十九条宪法修正案》写道：“合众国公民的选举，不得因性别缘故而被合众国或任何一州加以否定或剥夺。”③《第二十六条宪法修正案》写道：“已满十八岁以上的合众国公民的选举权，不得因为年龄关系而被合众国或任何一州加以否定或剥夺。”④ 历次宪法修正之所以规定合众国政府及各州政府不得以宗教、信仰、公民身份、种族、肤色、性别和年龄等理由剥夺合众国公民的各种权利，就是为了反对极权主义，防止并阻止政府对人民实施极权统治。

反对极权统治促使美国从英国的专制统治下独立出来；同样，出于对极权主义的反对，出于“对欧洲所谓独裁和落后的怀疑”⑤，美国独立后长期保持中立的态度和姿态，拒绝介入国外一切事务，奉行自己的孤立主义政策，直到19世纪末“美西战争”爆发。众所周知：“美西战争”源于美国人对古巴人反抗西班牙殖民统治的支持。1898年2月，美国海军“缅因”号巡洋舰在古巴哈瓦那港口爆炸沉没，导致260位船员丧生。在全国“大声疾呼对西宣战”的压力之下，次年4月，美国放弃长期以来保持的孤立主义政策，决定介入古巴对西班牙的反抗，通过武力帮助古巴人摆脱西班牙的殖民统治，导致西班牙向美国宣战，但由于“西班牙军队的衰落”，美国很快取得了战争的胜利。⑥ 美国人之所以放弃长期以来坚持的孤立主义政策而介入古巴人反抗西班牙的战争，除了本国利益的考虑，他们自认为“在为自由和民主而战，反抗一个独裁的旧世界大国”⑦。

如果说美国认为“美西战争”体现了它对“一个独裁的旧世界大国”的反抗，那么，“反抗独裁”也成为它介入第一次世界大战的理由。“一战”期

---

① 钱满素主编：《自由的刻度：缔造美国文明的40篇经典文献》，东方出版社2016年版，第126页。

② 同上书，第127页。

③ 同上书，第128页。

④ 同上书，第131页。

⑤ ［美］马克·C. 卡恩斯、约翰·A. 加勒迪：《美国通史》（第12版），吴金平等译，山东画报出版社2008年版，第511页。

⑥ 同上书，第516—519页。

⑦ 同上书，第517页。

间，美国总统威尔逊“动员民意，鼓舞美国人为他所希望的将会脱胎于战争的更好世界而奋斗”，他甚至通过他设置的“公众情报委员会”向全国宣传：美国进行的战争是“争取自由和民主的圣战”，德国人是“图谋控制世界的野蛮人”①。这样做的目的是让全美国人相信，美国进行的战争是文明对野蛮的战争，是自由和民主对极权和专制的战争。

如果说美国以“反对独裁”为由介入第一次世界大战，它也以同样理由介入第二次世界大战。从历史角度来看，美国参与“二战”是不得已而为之，因为促使美国在“二战”开始很久之后才介入战争的直接原因是“珍珠港事件”。1941年12月7日早晨，日本偷袭珍珠港，造成美国太平洋舰队的重大损失，使得美国武装部队遭受了前所未有的失败。次日，美国国会向日本宣战，美国正式进入第二次世界大战。② 但从现在角度来看，美国对“珍珠港事件”做出迅速反应不仅仅是一种为了自身利益而进行的“报复”行为，不论其主观意图如何，客观上是一种不可否认的“反对独裁”的行为，因为它介入了世界人民反对德、意、日法西斯主义者力图对世界实行独裁与专制统治的斗争。美国参与“二战”，与世界人民一道成功摧毁了德、意、日法西斯主义者独裁统治世界的企图，体现了它对极权主义的反对。

“二战”结束后，美国继续以“反极权主义者”的身份亮相于世界舞台，并以此身份进入与苏联长达数十年的“冷战”。在美国看来，“二战”结束后，虽然德、意、日法西斯主义者独裁统治世界的企图完全被摧毁，但苏联却成了“二战”后世界的准“独裁者”。③ 因此，为了反对这个准“独裁者”，美国采取了一系列应对措施。首先是杜鲁门总统的“遏制”政策。1947年7月，一位在莫斯科任职的名叫乔治·凯南的美国外交官撰文说，苏联具有“不断向外扩张”的态势，美国应对这种态势的“最好方法”就是制定“长期的、有耐心的、但坚定而警觉的遏制”政策。④ 凯南的“遏制”意见得到杜鲁门总统认可，并在杜鲁门请求下得到国会批准，成为“二战”后美国应对苏联及其他异己国家的主打外交政策。按照杜鲁门的说法，美国“必须要支持自由人民，抗击由武装起来的少数力量或外来压迫势力发起的

① 参见［美］马克·C. 卡恩斯、约翰·A. 加勒迪《美国通史》（第12版），吴金平等译，山东画报出版社2008年版，第541页。

② 同上书，第622—623页。

③ 同上书，第644页。

④ 同上。

征服图谋"①。这就是说，在杜鲁门看来，美国的“遏制”政策是反抗世界独裁者的行为。为了增强自己反抗“世界独裁者”的力量，1949年4月，美国联合英国、法国、意大利、比利时、荷兰、卢森堡、丹麦、挪威、葡萄牙、冰岛和加拿大等欧洲和北美国家成立了“北大西洋公约组织”，并通过决议向世界表明：“对欧洲和北美某一国或几国的攻击，将视为对所有国家的攻击。”② 美国的“遏制”政策还让杜鲁门政府在“冷战”期间发动了第一次“热战”——“朝鲜战争”。在美国政府看来，美国介入朝鲜战事是它必须采取的“警察行动”，目的是“遏制”共产主义势力在朝鲜的发展，但“朝鲜战争”的结果表明，美国的“遏制”并不是正义行为，美国在朝鲜的战争是在“错误的时间”和“错误的地点”发动的“一场错误的战争”。③ 除了直接参与海外战事，杜鲁门政府还在国内成立了“忠诚调查委员会”，一旦发现“对界定模糊的‘极权主义者’和‘颠覆性组织’持同情态度”的政府公务员，都会毫不留情地解雇；结果，20世纪40—50年代，数千名美国政府雇员被解雇或逼迫辞职。④ 一定程度上讲，杜鲁门政府的“忠诚调查委员会”为“麦卡锡主义”的发展铺平了道路。1950年2月，威斯康星州参议员约瑟夫·R. 麦卡锡在西弗吉尼亚惠灵顿市俄亥俄县共和党妇女俱乐部的一次演讲中声称，美国国务院内部隐藏着共产主义分子，并且说自己“手上就掌握着一份250人的名单，这份国务卿也知道的名单中的人全是共产主义分子，然而他们至今依然在工作，毫发无损……”⑤ 虽然“麦卡锡从未拿出任何证据，来支持他的声明”，也“没有揭露出一位间谍或秘密的美国共产党员”，但由于他与杜鲁门政府的“忠诚调查委员会”的“反共”精神相吻合，致使当时美国国内“成千上万的人过于狂热地相信了”他而成为“麦卡锡主义”的受害者和牺牲品。⑥ 1954年，在艾森豪威尔总统幕后施压下，美国参议院最终在12月对麦卡锡进行公开谴责，使得长达4年之久、对美国人造成极大伤害的“麦卡锡主义”终于画上了一个句号。⑦ 回看历史，我们可以说：“麦卡锡主义”之所以能在当时如此猖狂，跟美国力图在世界舞台上以“反极权主义

---

① ［美］马克·C. 卡恩斯、约翰·A. 加勒迪：《美国通史》（第12版），吴金平等译，山东画报出版社2008年版，第645页。

② 同上书，第649页。

③ 同上书，第654页。

④ 同上书，第655页。

⑤ 同上。

⑥ 同上书，第655—656页。

⑦ 同上书，第658页。

者”的身份对抗异己国家无不关系。

继“朝鲜战争”和“麦卡锡主义”之后，20世纪六七十年代，美国又一次以“反极权主义者”的身份介入海外战事，这就是臭名昭著、旷日持久的“越南战争”。跟“朝鲜战争”的情况一样，美国自认为介入“越南战争”是一种帮助越南人民摆脱“极权统治”的“警察行动”。从艾森豪威尔政府到肯尼迪政府，美国都竭尽全力以“反极权主义者”的身份帮助南越建立一个非共产主义政权，以便“遏制”越南的共产党政权。① 艾森豪威尔从“多米诺效应”的角度为美国介入越南战事寻找根据和理由，认为：“如果越南落入共产党手中，老挝、柬埔寨也会如此，泰国、马来西亚、新加坡及所有的东南亚国家都非常可能如此。”② 显而易见：“共产党”是美国的眼中沙，打败越南的共产党政权，对美国来说，就意味着少了一粒眼中沙。所以，肯尼迪任总统后，美国政府继续支持“越南战争”。肯尼迪政府期间，美国派遣到越南的军队人数激增了数倍。③ 约翰逊继任总统后，尽管美国国内反对“越战”的声音越来越高，反对“越战”运动的规模越来越大，美国仍然以“反极权主义者”的身份派军队留驻越南境内，被征入伍而派遣到越南参战的美国士兵人数超过历史纪录，达到了50万人：“尽管约翰逊能够正确指出并不是他发动了这场战争，但他无疑是使美国介入战争升级的人。”④ 尼克松就任总统后，虽然他努力使美国军队撤出越南，但他明确告诉美国人：

> 美国军队从越南贸然撤退将会是一场灾难，不仅仅对越南如此，对美国、对和平事业也是如此。
>
> 对越南而言，我们的贸然撤退将不可避免地听任共产主义者再次进行大屠杀，15年前他们接管越南时就是如此……
>
> 我们把共产主义者去年进入顺化看作是南越即将发生的一切行为的序幕。他们在短暂的管理期间，实施血腥的恐怖统治，3000人遭到棍打，被枪击致死，后被集体掩埋。
>
> 如果我们的支持突然终结，顺化城的暴行将变成整个国家的噩梦——对于共产主义者接管越南时，逃到南越的150万天主教难民而言，

---

① 参见［美］马克·C. 卡恩斯、约翰·A. 加勒迪《美国通史》（第12版），吴金平等译，山东画报出版社2008年版，第670页。

② 参见［美］威廉·J. 本内特《美国通史》（下），刘军等译，江西人民出版社2011年版，第345页。

③ 同上。

④ 同上书，第349页。

尤其如此。

对于美国来说，这是我国历史上的第一次失败，将导致对美国领导力信心的崩溃，不仅仅在亚洲，而且在全世界。

三位美国总统已经认识到卷入越南的巨大危险，认识到我们必须要做什么。①

尼克松所言表明，美国介入“越南战争”，不是为了让越南人民获得自由，而是为了“不让这个国家落入共产主义之手”②；换言之，美国之所以介入“越南战争”并长期留置越南境内，是因为它视共产主义为世界的准“独裁者”，它要以“反极权主义者”的身份反对并“遏制”共产主义在世界范围内的一切行动，并且总要以“领导者”的角色来展示这种身份，正如福特总统1976年7月4日在美国独立两百周年纪念典礼上所说：“无论世界是否跟随我们，但我们的全部历史说明，我们必须领导。”③ 卡特总统似乎对美国的“领导”角色更有深刻理解，他在总统就职宣誓仪式上说：“因为我们是自由的，我们永远就不能对其他地方的自由命运无动于衷，我们的道德感指令我们明确偏向那些和我们一样持久地尊重个人权利的社会。”④ 他在1977年巴黎圣母院大学生毕业典礼上进行演讲时特别强调了美国的“反极权主义者”身份，他说：“我们现已远离对共产主义的过度恐惧，这种恐惧曾一度让我们抓住我们身边的任何一个独裁者。”⑤

如果说美国在20世纪50—70年代都以“反极权主义者”的身份亮相于世界舞台并以此身份反对并“遏制”它所谓的“身边的任何一个独裁者”，20世纪80年代，美国在里根政府期间仍然以“反极权主义者”的身份努力指挥世界。1984年6月4日，里根总统在纪念“诺曼底战役”胜利40周年纪念典礼上发表演说时强调：“为解放而使用武力与为征服而使用武力有着深刻的道德差别”，40年前参加“诺曼底战役”的美国士兵离开家园到海外参战“是为了解放，而不是为了征服”；因此，他们“为人类而战”，为“自

① ［美］威廉·J. 本内特：《美国通史》（下），刘军等译，江西人民出版社2011年版，第373页。

② 同上书，第370页。

③ 同上书，第406页。

④ 同上书，第410页。

⑤ 同上书，第412页。

由”而战，为“反对专制”而战。[①] 里根致力于“恢复美国在世界上合适的领导地位”[②]，在继承前任总统们的思想与传统的基础上，竭尽全力抓住一切机会向美国的异己表明：美国是世界“极权主义”的反对者。1988 年 5 月下旬，里根在莫斯科大学发表演讲时说：“进步不是预先注定的。关键是自由——思想的自由、信息的自由、交流的自由。”在演讲结束时，他向聆听他演讲的莫斯科大学的学生们呼吁：“我们或许能指望——自由，如托尔斯泰坟墓上鲜绿的小树，起码会在你们人民和文化的沃土中开花。我们或许能指望一种新的开放的非凡的声音会不断出现，会不断响起，会导向一个和谐、友谊与和平的新世界。”[③] 里根之所以如此说，是因为他跟所有他的前任们一样，认为苏联是世界生命与自由的威胁者，美国则是人类“渴望呼吸自由”并且能够“呼吸自由”的地方，是人类在“地球上最后最美好的希望”。[④]

除了政治纲领和法律文件以及政府行为努力凸显美国的“反极权主义者”身份，美国的政治家们也不忘强调美国的这一身份。安德鲁·汉密尔顿极力反对极权主义，他在《曾格诽谤案辩护词》中说：“权力可以恰当地比作一条河，当它保持在河道里时，是既美好又有用；但当它溢到岸上，便迅猛不可挡。它冲走前方的一切，所到之处带来毁灭与荒芜。如果这就是权力的本性，我们至少要尽自己的责任，像智者（他们珍惜自由）那样尽我们所能维护自由，自由是对付无法无天的权力的唯一堤防，这种权力历来以世上最优秀者的鲜血来作为其疯狂贪欲和无限野心的牺牲。”[⑤] 约翰·亚当斯也明确表示美国是“反极权主义者”，他在《论教会法规与封建法规》中说：

> 世界之初，君主制似乎就已经是种普遍的政府形式。国王及其一些重要的王室顾问与将领对人民实施残酷暴政，那时，人们在智力上所享有的地位，与将人与武器运往战场的骆驼与大象相比，高不了多少……人类本性中那种同样的天性……一直是自由的导因，无论自由何时存在。如果是这种天性一直在驱使着世上的君主与贵族利用各种欺骗与暴力手段摆脱对其权力的限制的话，那么也同样是这种天性一直在激励着普通

---

① 参见［美］威廉·J. 本内特《美国通史》（下），刘军等译，江西人民出版社 2011 年版，第 445 页。

② 同上书，第 456 页。

③ 同上书，第 466 页。

④ 同上书，第 468 页。

⑤ 同上书，第 40 页。

百姓追寻独立，并努力将当权者的权力限制在公平与理想的范围内。①

乔治·华盛顿更是强调美国的“反极权主义者”身份，他在总统任期届满卸任之时的《告别辞》中说：“这个政府是我们自己选择的，不曾受人影响，不曾受人威胁，是经过全盘研究和缜密考虑而建立的，它的原则和它的权力分配，是完全自由的。”② 托马斯·杰斐逊也强调美国的“反极权主义者”身份，他在总统就职演说中说：“虽然大多数人的意志在一切情况下都应占主导地位，但这种意志既要正当就必须首先合理；少数派也应拥有平等的权利，公平的法律必须对此加以保护，如若侵犯即是压迫。那么，同胞们，就让我们同心同德地团结起来吧！让我们在社会交往中恢复和睦和友情，如没有和睦和友情，自由乃至生活本身就都成了毫无意趣的东西。”③ 亚伯拉罕·林肯努力让美国成为彻彻底底的“反极权主义者”，他在《葛底斯堡演说》中强调，美国要努力成为一个“民有、民治、民享之政府”④。赫伯特·胡佛同样强调美国的“反极权主义者”身份，他在《美国个人主义》中指出：“在这个共和国中没有任何群体或组合占统治地位，无论是经济的还是政治的。”⑤ 富兰克林·罗斯福把反对极权主义作为自己担任总统期间美国的一项重要任务，他在《四大自由》的演讲中强调，美国要“终止少数人享有的特权”⑥。哈里·杜鲁门也不忘反复强调美国的“反极权主义者”身份，他说：“除非我们愿意帮助各自由民族维护他们的自由制度和国家完整，对抗想把集权政制强加于他们的那些侵略行为，否则我们将无从实现我们的各项目标。通过直接或间接的侵略强加在自由民族头上的极权政制，破坏了国际和平的基础，因而也破坏了美国的安全，这是显而易见的。”因此，“美国的政策必须是支持各自由民族，他们抵抗着企图征服他们的掌握武器的少数人或外来的压力……必须帮助自由民族通过他们自己的方式来安排自己的命

① 钱满素主编：《自由的刻度：缔造美国文明的40篇经典文献》，东方出版社2016年版，第59页。

② 同上书，第158页。

③ 同上书，第170页。

④ Nina Baym, et al., eds., *The Norton Anthology of American Literature*, 3rd ed., Vol. 1, Part 2, New York & London: W. W. Norton & Company, 1989, p. 1505.

⑤ 钱满素主编：《自由的刻度：缔造美国文明的40篇经典文献》，东方出版社2016年版，第349页。

⑥ 同上书，第373页。

运”[①]。约翰·肯尼迪似乎比任何人更清楚美国的“反极权主义者”身份，他在总统就职演说中明确表态，他将带领美国致力于“创造一个有法可依的新世界。在这个世界，强国公正待人，弱国安全无忧，和平得以长存”[②]。罗纳德·里根也特别强调美国的“反极权主义者”身份，他在总统就职演讲中对美国人说：

> 我们是一个拥有政府的国家——而不是一个拥有国家的政府。这一点使我们在世界各国中独树一帜。我们的政府除了人民授予的权力，没有任何别的权力……我们所有人都不应忘记：不是联邦政府创建了各州，而是各州创建了联邦政府……如果我们要探究这么多年来为什么我们能取得这么大成就，并获得了世界上任何一个民族未曾获得的繁荣昌盛，其原因是在这片土地上，我们使人类的能力和个人的才智得到了前所未有的发挥。在这里，个人所享有并得以确保的自由和尊严超过了世界上的任何其他地方。[③]

巴拉克·奥巴马认为，美国应该成为“反极权主义者”，他在总统就职演说中强调：“宪法以法律面前人人平等的理想为核心；宪法要求保障人民的自由、正义，以及一个可以而且应该随时间的推移不断完善的联邦国家”，然而：“纸上的文字不足以打碎奴隶的枷锁，也不足以使各种肤色和信仰的美国男女公民充分享有权利和履行义务”。因此，他强烈呼吁美国人民“继续我们先辈走过的漫漫征途，走向更公正、更平等、更自由、更有关爱之心和更繁荣的美国”[④]。奥巴马之所以这样说，是因为“种族问题是这个国家当前绝不可忽视的一个问题”，但“我们从来没有为彻底解决这个问题真正尽己所能——这是我们联邦国家尚待完善的一个方面”[⑤]。他希望美国人民能够跟他一道努力解决“种族问题”，以便“每一种肤色和信仰的男女军人在同一面令人引以为豪的旗子下共同效力、共同奋战、共同流血”[⑥]。尽管奥巴马只字未提“极权”或“极权主义”，他的就职演说字里行间透露出来的是他

---

① 钱满素主编：《自由的刻度：缔造美国文明的40篇经典文献》，东方出版社2016年版，第380页。

② 同上书，第395页。

③ 同上书，第420页。

④ 同上书，第429页。

⑤ 同上书，第434页。

⑥ 同上书，第440页。

对美国社会极权的强烈反对，并强烈呼吁美国人民反对极权主义，以便不论种族和肤色如何，美国人民都能“在同一面令人引以为豪的旗子下共同效力、共同奋战、共同流血”，让美国真正成为“一个更完善的联邦”。

纵观美国宪法和法律规定、政府行为和领导人的治国理政思想，我们可以发现，美国有史以来总是以“反极权主义者”的身份亮相于世界舞台，并且以此身份努力成为世界的领导者。然而，不论以宪法或法律形式做出的规定，抑或以政府行为或个人演说形式表达出来的思想，都像巴拉克·奥巴马2008年在其总统就职演说中所说的那样：“不足以使各种肤色和信仰的美国男女公民充分享有权利和履行义务。”因此，虽然美国声称自己是“反极权主义者”，并且努力在世界舞台上扮演“反极权主义者”的角色，但实际上，无论国内还是国外，它常常是一个地地道道的“极权主义者”，这可以在梅勒《巴巴里海滨》与《鹿苑》中再现的美国形象中看出。

第二节 《巴巴里海滨》与美国的极权主义暴行：麦卡锡主义及其荒诞性

《巴巴里海滨》是梅勒的第二部长篇小说。小说于1951年发表后不久，美国文学批评家欧文·豪随即发表评论，认为它是一个“政治寓言”①。豪的评论似乎奠定了后来许多评论和解读的基调，使得不少评论家总是在“政治寓言”的框架下解读《巴巴里海滨》的主题与人物的思想和行为。

20世纪50年代末，诺曼·波德霍瑞茨在“政治寓言”的框架下解读《巴巴里海滨》，认为小说是一个关于俄国革命和政治意识失败所导致的疾病的寓言。他说：“《巴巴里海滨》显然是一个寓言，但［它］是关于什么的寓言？1951年的大多数评论家视其为对麦卡锡主义的过度解读，但麦卡锡主义本身是书中一个可以忽略的成分。梅勒的真正主题是俄国革命的失败对现代生活的影响，如果说《巴巴里海滨》中有什么过度假定的话，那就是我们所有的困难（政治的、精神的、心理的和性的）都可以直接归结于这个失败。”② 波德霍瑞茨认为，小说中两个主要人物霍林斯沃斯（Hollingsworth）

① J. Michael Lennon, ed., *Critical Essays on Norman Mailer*, Boston, Massachusetts: G. K. Hall & Co., 1986, p. 45.

② Robert F. Lucid, ed., *Norman Mailer: The Man and His Work*, Boston and Toronto: Little, Brown and Company, 1971, p. 71.

和麦克里昂德（McLeod）体现了“俄国革命失败所导致的疾病的不同方面……霍林斯沃斯是他既无法控制又无法理解的状况的创造者，是他既不尊重又认识不到的内心驱动的受害者……处于《巴巴里海滨》中心的是麦克里昂德，他体现了俄国革命的精神……想象、希望和奉献是麦克里昂德有别于其他人物的特征所在，这些特征让他最终把罗维特（Lowett）从执迷不悟中解救出来，让他最终赢得兰尼（Lannie）的支持”①。

20世纪60年代初，戴安娜·特里林也在“政治寓言”的框架下解读《巴巴里海滨》，认为小说体现了梅勒对共产主义幻想的破灭。她说：“梅勒对共产主义的失望在《裸者与死者》出版后迅速出现，但那只是跟斯大林主义的决裂，他从斯大林主义走向了这部小说中的托洛茨基马克思主义……他的第二部长篇小说捡起了他在前一部长篇小说中丢弃的东西。”② 因此，她认为：“梅勒的第二部长篇小说中，法西斯主义再次吹响了前进的喇叭，但现在却个人化为一个名叫霍林斯沃斯的FBI特工……如果霍林斯沃斯盗取的不是麦克里昂德拯救人类的钥匙，至少是他当时的妻子。在《巴巴里海滨》中，她代表着人类极为普通的生活，但随着年月流逝，却变得明显缺乏人性，变得更加恐怖。”③

20世纪60年代中期，霍华德·M. 哈珀（Howard M. Harper）、理查德·福斯特和阿尔弗雷德·卡津等评论家同样在“政治寓言”的框架下解读《巴巴里海滨》。哈珀指出，《巴巴里海滨》中的主要人物罗维特、麦克里昂德、兰尼和瑰丽维尔代表了“二战”后社会中不同身份的人：“罗维特是敏感的知识分子……麦克里昂德是前共产主义者……兰尼是遥远的理想主义者……瑰丽维尔是个人化了的20世纪的暴民……霍林斯沃斯是政府代表。”④ 从这些人物来看，《巴巴里海滨》仍然关注极权主义与自由主义的冲突与对抗。哈珀说：

> 虽然《巴巴里海滨》不是一个系统的寓言，但其含义却非常明显：民众被极权主义所诱惑，自由主义的事业变得支离破碎，被赶到了地下。回想起来，小说似乎非常明显地预言了麦卡锡主义时代以及那种不断加

---

① Robert F. Lucid, ed., *Norman Mailer: The Man and His Work*, Boston and Toronto: Little, Brown and Company, 1971, pp. 73-75.

② Ibid., p. 118.

③ Ibid., p. 119.

④ Howard M. Harper, *Desperate Faith: A Study of Salinger, Mailer, Baldwin and Updike*, Chapel Hill: The University of North Carolina Press, 1967, pp. 104-105.

深的“冷战”所体现的精神分裂症。霍林斯沃斯是现代美国的艾希曼……整个小说中，麦克里昂德、罗维特和兰尼都未能有效地对付他，因为他们生活在不同的道德维度中……瑰丽维尔，像霍林斯沃斯一样，没有被道德所感化……代表着美国大众。①

福斯特认为，《巴巴里海滨》关注的是人的自由与完整，它通过霍林斯沃斯认为麦克里昂德拥有因而奋力追查的那个“小东西”体现出来。福斯特说：“那个东西的性质……从未清楚表明。但是，它的含义相当清楚：它是自由完整的人神圣思想的象征或护符。”② 卡津认为，梅勒写作《巴巴里海滨》的目的是表达他的“政治痛苦”：“在对苏联斯大林主义的道德失败和美国独裁主义国家权力成长的情绪化愤怒中，他［梅勒］愿意抛弃一部小说以表达政治痛苦。作者是听起来令人刺耳的一个道德主义者，没得到期待结果让他深感不安。”③

20世纪60年代末，巴利·H. 利兹在“政治寓言”的框架下深入解读《巴巴里海滨》的主题和人物的思想与行为，认为小说体现了梅勒的两个重要关注：“美国社会的状态和美国社会中个人的问题。”④ 因此，在他看来，梅勒特别关注美国国内的法西斯主义问题。利兹说：

梅勒似乎在说，就像他在后来的书中反复说和在《裸者与死者》中所说的那样，这个世纪极权主义的主要接替者是国内法西斯主义。他选择霍林斯沃斯这个以“没有特征”为其特征的金发绿眼的男童/男人，表明秘密警察不是从地上成长起来的，长着尖牙，拿着警棍，而是从那些政府政策要求他们出现时出现的人中自然出现的。霍林斯沃斯的外貌本身有点令人毛骨悚然，因为它们不仅跟美国的程式化人物相吻合，而且跟纳粹所谓的“优秀人种”相吻合。⑤

---

① Howard M. Harper, *Desperate Faith: A Study of Salinger, Mailer, Baldwin and Updike*, Chapel Hill: The University of North Carolina Press, 1967, pp. 105-106.

② Richard Foster, *Norman Mailer*, Minneapolis: University of Minnesota Press, 1968, p. 13.

③ J. Michael Lennon, ed., *Critical Essays on Norman Mailer*, Boston, Massachusetts: G. K. Hall & Co., 1986, p. 60.

④ Barry H. Leeds, *The Structured Vision of Norman Mailer*, New York: New York University Press / London: University of London Press Limited, 1969, p. 53.

⑤ Ibid., pp. 62-63.

利兹认为,《巴巴里海滨》中的“每个人物都可以看作代表了一种特定的意识形态”[①],从“政治寓言”的角度来看:“霍林斯沃斯代表着战后时代那种不问青红皂白、思想狭隘的法西斯主义,罗维特是战后思想混乱而幼稚的自由主义的代言人……政治上世故但已疲倦的麦克里昂德是战前出于私利的共产主义运动的代表,被其粗俗的、商业化的性所界定,瑰丽维尔一心一意要抓住那个以好莱坞为其资本的社会中的物质化价值,她代表着这个社会的大众。”[②] 另外,利兹认为,小说中的另一个女性人物兰尼也代表着一种意识,这种意识让她最后放弃罗维特,憎恨麦克里昂德,拥抱霍林斯沃斯和瑰丽维尔,而她之所以接受一种反动意识及其代表,是因为“她的幻想破灭了,她对世界毫无希望,放弃了个人能够改变世界的任何可能性……在好战的无望中,兰尼觉得仅仅宣布与共产主义决裂还不够”,所以“她还接纳了(象征性地)一种反动意识形态及其代表瑰丽维尔和霍林斯沃斯”[③]。利兹认为,小说人物的结局和最后选择,预示着美国的未来比较暗淡。他说:

> 如果霍林斯沃斯和罗维特是战后新美国人的两个可能版本,美国人面对的选择是可怕的,因为霍林斯沃斯被瑰丽维尔和兰尼同时选择,他引导她们所走的路是一条死胡同,是一条非道德的、破坏性的、对任何善良的东西都关闭的路;麦克里昂德最后放弃霍林斯沃斯而选择罗维特以及罗维特觉得跟随麦克里昂德的指导就能获得一种希望,这种希望却微小得让人惊讶,因为显而易见,权力在霍林斯沃斯手中。[④]

除了人物的象征意义,利兹还认为,麦克里昂德与罗维特住宿的旅馆也具有象征意义。他说:“这家旅馆里的行动、恐惧及其房客的命运都是战后这个世界人类行动、恐惧和命运的征兆。”[⑤] 利兹认为,小说对战后世界状况的寓言,展示了战后美国景象。他说:

> 看作战后世界局势的一个寓言,小说的曲折情节和象征意义就更清晰了。罗维特无能回到过去,或无法对现在感到满意,无能与人类隔离,

① Barry H. Leeds, *The Structured Vision of Norman Mailer*, New York: New York University Press / London: University of London Press Limited, 1969, p. 82.

② Ibid.

③ Ibid., p. 84.

④ Ibid., p. 82.

⑤ Ibid., pp. 88-89.

但不愿接受瑰丽维尔、兰尼或霍林斯沃斯的价值观，放弃了这些人物所代表的美国大众文化的庸俗物质主义、老左派的静态理想主义以及强硬右派的方法和价值，罗维特转向了麦克里昂德，希望通过对过去错误和历史性质的理解，对未来产生影响。从完全专注于自我到关注那种通过无爱的性而达到肤浅的人类接触，他走向了对人类的深切关注。小说将《裸者与死者》对战后美国法西斯主义的寓言向前推进了一步，展示了一幅甚至更黑暗的美国景象。①

20世纪70年代中期，简·拉德福特也在“政治寓言”的框架之下解读《巴巴里海滨》的主题和人物的思想与行为。拉德福特认为，小说中旅馆房客的活动表明了战后世界的恐怖。她说：“《巴巴里海滨》中……伴随着从战时现实主义到和平期寓言的转移，强调重点也从人物刻画转向了意识形态，战后世界的‘更大恐怖’在布鲁克林旅馆的六位房客的互动中展现出来。”②拉德福特将布鲁克林旅馆的“六位房客”分为两类：一类是男性，另一类是女性，他从“寓言”角度解读这两类人物，认为：

三男三女组成的六人团作为一种个人化思想而存在：兰尼·麦迪森（Lannie Madison）、瑰丽维尔和莫妮娜（Monina）代表了美国文明的变态、低劣、“一元化”性质，与她们对应的男性罗维特、霍林斯沃斯和麦克里昂德体现了这种性质的原因，就像她们代表了其结果一样。小说结尾处，瑰丽维尔和霍林斯沃斯联合起来，逃向“地球的末端即巴巴里”代表了梅勒对现时世界的末日天启论看法。③

基于这样的看法，拉德福特认为：“极权主义的危险”是《巴巴里海滨》的“主要关注，这提供了一种寓言框架，在这种框架之下，展开了一场关于革命社会主义（托洛茨基主义）和斯大林主义的政治辩论；争论的问题是用激进的政治方法解决美国问题的可能性”④。拉德福特把小说中的人物看作“政治象征”：罗维特和兰尼“展现了现代政治意识分裂的两半，他们毫无结

① Barry H. Leeds, *The Structured Vision of Norman Mailer*, New York: New York University Press / London: University of London Press Limited, 1969, pp. 89-90.

② Jean Radford, *Norman Mailer: A Critical Study*, London and Basingstoke: The Macmillan Press Ltd., 1975, p. 16.

③ Ibid., p. 17.

④ Ibid., p. 50.

果的做爱强调了这种分裂”①；瑰丽维尔“代表着美国无产阶级，被物质欲望和大众娱乐意识所诱惑，对政治思想一无所知……她体现了大众的能量和惰性，每个房客都为了各自的目的需要她，没有她，任何制度都无法成功。她与麦克里昂德的失败婚姻表明，无法使马克思主义与美国工人阶级之间产生有意义的联系……她与霍林斯沃斯的联合以及他们逃向巴巴里是梅勒对美国未来转向集权专制的一个隐喻”②；兰尼的疯狂“象征着苏联革命被背叛之后现代政治意识的异化与疯狂”③。拉德福特因此认为，《巴巴里海滨》中的男女关系具有政治表征作用，在她看来：“男女关系几乎不是《巴巴里海滨》中那么中心的主题……六个人物之间的性关系主要用以表征处于危险之中的政治问题……在一个层面上讲，瑰丽维尔象征着理论家为了他们的制度成功而需要的对政治不感兴趣的大众，但是对罗维特、麦克里昂德、霍林斯沃斯和兰尼·麦迪森来说，她也体现了一种似是而非的性希望。”④ 基于这样的解读，拉德福特认为，梅勒在《巴巴里海滨》中对“冷战”可能给美国和苏联造成的危险提出了警告。她说：“小说第二十九章中，麦克里昂德在其演讲中说，战争以及备战正在将美国和苏联变成非自由社会，战争经济动力学必然导致毁灭，它们越来越没有理性，越来越像彼此。这就是梅勒所警告的‘转向野蛮主义’。”⑤

20 世纪 70 年代后期，弗兰克·D. 麦克康奈尔（Frank D. McConnell）、罗伯特·厄尔里奇、菲利普·H. 布菲西斯、桑迪·科恩和詹妮弗·贝利等评论家同样在“政治寓言”的框架下解读《巴巴里海滨》的主题与人物的思想和行为。麦克康奈尔认为，《巴巴里海滨》展现了一种“新战争”的幻象。他说：“《巴巴里海滨》所想象的‘新战争’不是国与国之间的战争，也不是大洲与大洲之间的战争，而是，也许最后一次，精神的裸者与死者之间的战争，是那些为了建设一个新的有人性的社会而愿意牺牲一切——甚至他们的才能——的人与那些人——对他们来说，生活在一种枯竭的政治的和想象的常规的无能之中，是令人舒服而称心合意的——之间的战争。”⑥ 厄尔里奇认

① Jean Radford, *Norman Mailer: A Critical Study*, London and Basingstoke: The Macmillan Press Ltd., 1975, p. 51.

② Ibid., p. 52.

③ Ibid., p. 83.

④ Ibid., pp. 130-131.

⑤ Ibid., p. 53.

⑥ Frank D. McConnell, *Four Postwar American Novelists: Bellow, Mailer, Barth and Pynchon*, Chicago and London: The University of Chicago Press, 1977, pp. 86-87.

为，《巴巴里海滨》中，梅勒关注的是人内心经历的复杂性与社会经济状况的复杂性。他说："不像在《裸者与死者》中，梅勒［在《巴巴里海滨》中］关注的是内心经历的复杂性。"但是，"尽管他日益强调内心经历的性质，梅勒仍然非常关心社会经济状况"①。厄尔里奇认为："作为华尔街大经纪公司的职员和政府特工，霍林斯沃斯表明了美国经济和政治层面的相互渗透性。他企图得到那个'小东西'是他追寻权力的第一步。"② 因此，厄尔里奇认为："《巴巴里海滨》中，梅勒关注的是个人的转化而非社会的转化。"③布菲西斯从"政治寓言"的角度解读《巴巴里海滨》中霍林斯沃斯奋力追查的那个"小东西"的意义以及罗维特努力实现麦克里昂德的意志的过程中的两难境地，他说：

> 在象征层面，它［那个"小东西"］代表着——对麦克里昂德来说，最终对罗维特来说——社会事业的平等原则；不论谁拥有它，都要负责对即将来临的社会主义革命举起火把。最终，联邦警察闯入旅馆，我们最后看到罗维特沿着一条黑暗胡同跑了下去。这就是麦克里昂德所希望的，他希望罗维特最终将社会主义思想带向整个世界，但是罗维特似乎跟我们大多数人一样，不知道该怎么去做。④

布菲西斯还认为，麦克里昂德"对当代世界——其政治、经济、社会结构——富有激情的独白，构成了梅勒对世纪中叶现实的想象"⑤。布菲西斯从"政治寓言"的角度对麦克里昂德的"独白"做了这样的解读：

> 麦克里昂德的中心观点是，美国和苏联都是剥削性的寡头独裁国家……不论美国还是苏联，扩大生产推动国家资本主义去控制国外市场。考虑到国家资本主义的经济要求，战争就是必然的。战争的后果之一是，一个国家消灭另一个国家。但是，战胜国和战败国都会发现，它们因为战备生产的增加和回国军队导致的失业增加而变得穷困。为了生存，它

① Robert Ehrlich, *Norman Mailer: The Radical as Hipster*, Metuchen, N. J. & London: The Scarecrow Press, Inc., 1978, pp. 32-33.

② Ibid., pp. 36-37.

③ Ibid., p. 41.

④ Philip H. Bufithis, *Norman Mailer*, New York: Frederick Ungar Publishing Co., 1978, p. 32.

⑤ Ibid., p. 33.

们走向帝国主义，剥削新的国家，剥夺它们的财富。①

科恩认为，《巴巴里海滨》表明，梅勒对推翻垄断资本主义失去信心，他的关注转向了个人自由。科恩说：“得出这样的结论——苏联马克思主义革命的失败也意味着推翻正在出现的美国垄断资本主义的官僚政治的所有希望泡汤了——之后，梅勒将注意力转向寻找一个主人公，这个主人公能够不顾新近出现的只不过是一种超现实主义存在的社会体制而获得个人自由。”② 科恩认为，小说中的“旅馆为梅勒刻画他称之为‘我们时代的气氛，即这个世纪的狂欢空虚中彼此潜随跟踪的权威和虚无主义’提供了完美背景。梅勒将《巴巴里海滨》中的权威和虚无主义与国家资本主义和垄断资本主义，以及它们各自如何通过由日益极权主义的官僚们组成的可比较的团体保持运转秩序等同起来。”③ 但科恩指出，小说中的“世界是一个表象与现实相混淆的世界”，体现了梅勒“从野蛮的无政府状态建构出一个有序世界”的意图④。科恩还从“象征”角度解读小说人物，认为“瑰丽维尔象征着‘二战’后的享乐主义和自恋主义……麦克里昂德是马克思主义运动在美国的一种个人化……霍林斯沃斯是无面美国官僚的一种个人化……是一种食人者”⑤。科恩认为，虽然麦克里昂德看到了国家资本主义和垄断资本主义的去人性化特征，但他只看到了问题所在，却不知道如何解决。科恩说：“悲剧在于，跟《裸者与死者》中的里德·瓦尔森一样，麦克里昂德知道体制如何运转，但对它却无能为力。”⑥ 贝利从“政治寓言”的角度解读《巴巴里海滨》中霍林斯沃斯奋力追查的那个他坚信麦克里昂德拥有的“小东西”，认为“那个东西的意义在于它界定了人们的力量，在于追查它的力量……借助于它，人们可以将情感转化成行动，以便发现自己的困境，并展现社会困境”⑦。

20 世纪 80 年代初，罗伯特·J. 毕基斌和希拉里·米尔斯等评论家也在“政治寓言”的框架下解读《巴巴里海滨》的主题和人物的思想与行为。毕

① Philip H. Bufithis, *Norman Mailer*, New York: Frederick Ungar Publishing Co., 1978, pp. 34-35.

② Sandy Cohen, *Norman Mailer's Novels*, Amsterdam: Editions Rodopi, 1979, p. 46.

③ Ibid., pp. 48-49.

④ Ibid., p. 49.

⑤ Ibid., pp. 51-52.

⑥ Ibid., p. 58.

⑦ Jennifer Bailey, *Norman Mailer: Quick-Change Artist*, New York: Barnes & Noble, 1979, p. 19.

基斌说："从诺曼·波德霍瑞茨开始，评论家倾向不超越小说的政治寓言这个人为性的视角……但小说不仅仅是一个政治寓言。1947—1955年间，梅勒慢慢地明白：'政治作为政治对我的吸引力要比政治作为生活中其他东西的一部分的吸引力小得多。'因此，他虽然发现了寓言模式，梅勒也从对政治机器和意识形态感兴趣走向了对最终价值、上帝和邪恶的探索。"① 基于这样的认识，毕基斌认为："《巴巴里海滨》中的政治寓言隐喻了某种更大的东西……当然，《巴巴里海滨》也表明了作者的一种意识，即政治是隐喻而非纯粹的政治。"② 米尔斯从"政治"角度解读《巴巴里海滨》发表后不受读者欢迎的原因，认为："《巴巴里海滨》于1951年春天发表之时，中国刚刚参加抗美援朝战争，谁也不想听说社会主义的美德。小说结束时跌入单调而教条的政治檄文也无助读者对它的接受。"③

20世纪80年代中期，J. 迈克尔·莱农和约瑟夫·温克等评论家也在"政治寓言"的框架下解读《巴巴里海滨》的主题和人物的思想与行为。莱农认为，《巴巴里海滨》是对"冷战"美国政治的探讨，它对社会主义的拥护导致了批评家对它的批评。他说："尽管它试图大胆地探讨'冷战'时期美国的政治，对批评家和普通读者而言，《巴巴里海滨》是失败的。虽然几乎所有的评论家都拿它与弗兰兹·卡夫卡（Franz Kafka）、乔治·奥威尔（George Orwell）或阿瑟·科斯特勒（Arthur Koestler）的小说进行比较，但几乎所有的比较都对它不利。在'冷战'高潮期出版，小说对社会主义的袒护让它受到严厉批评。"④ 温克认为，《巴巴里海滨》关注的主题是官僚极权主义的那种像世界末日的危险，它表明"冷战"时期美国是一个奉行帝国主义和扩张主义的国家。他说："官僚极权主义的那种像世界末日的危险充当了《巴巴里海滨》让人不安的主题，梅勒的第二部长篇小说中心关注的是一个不断进行军事力量建设、扩大其影响、同时在经济上日益需要利用其破坏性力量对抗跟它一样官僚且具掠夺性的苏联的美国。"⑤ 温克还认为，《巴巴里

① Robert Begiebing, *Acts of Regeneration*: *Allegory and Archetype in the Works of Norman Mailer*, Columbia and London: University of Missouri Press, 1980, p. 14.

② Ibid., pp. 14-15.

③ Hilary Mills, *Mailer*: *A Biography*, New York, et al.: McGraw Hill Company, 1982, p. 125.

④ J. Michael Lennon, ed., *Critical Essays on Norman Mailer*, Boston, Massachusetts: G. K. Hall & Co., 1986, p. 5.

⑤ Joseph Wenke, *Mailer's America*, Hanover and London: University Press of New England, 1987, p. 42.

海滨》预示了麦卡锡主义以及20世纪五六十年代美国联邦调查局（FBI）和美国中央情报局（CIA）指挥下政治监视的发展变化和“冷战”时期美国和苏联的发展方向。[①] 温克从“政治”角度看待小说中霍林斯沃斯这个人物，认为“书中所有人物中，李洛伊·霍林斯沃斯的确给人的印象最深刻，因为他接近梅勒的主题体现，即美国是一个精神分裂的国家，被反动政治强烈吸引着，对理性和文化有着根深蒂固的蔑视”[②]。

20世纪80年代末，加布里尔·米勒也在“政治寓言”的框架下解读《巴巴里海滨》的主题和主要人物的思想与行为。米勒认为，《巴巴里海滨》体现了梅勒的政治取向。他说：

> 梅勒的政治取向在其第二部长篇小说《巴巴里海滨》中直接体现出来，明确无误地表明他对斯大林主义失去了兴趣，也再次表明他的观点，即自由主义死了，无产阶级处于绝望，右派处于控制地位。不仅自由主义梦想不复存在，而且小说认为是人类最后希望——马克思主义想象也被斯大林主义者对社会主义理想的颠覆所破坏。苏联斯大林主义和美国资本主义都可以看作是反动而压抑性的；特权和压迫正在抬头。[③]

因此，米勒认为，小说主要人物的经历及行动都具有象征意义：麦克里昂德的“职业微观性地再现了苏联社会主义的最近历史”[④]，瑰丽维尔与麦克里昂德的相聚“强调了知性马克思主义理想的堕落，因为它要么与物质主义融合，要么，更广泛地说，跟她所代表的社会参与匮乏相融合”[⑤]，而霍林斯沃斯与瑰丽维尔的私奔则体现了法西斯主义与物质主义的联姻[⑥]。米勒还从“政治寓言”的角度解读兰尼眼中的战后世界，认为它是一个醉心于毁灭个性主义的集中营。他说：“现在，痛苦地指责自己愚蠢得连对更美好世界的希望都没有，兰尼把战后世界看作集中营的一个更大版本，同样致力于对个

① See Joseph Wenke, *Mailer's America*, Hanover and London: University Press of New England, 1987, p. 44.

② Ibid., p. 46.

③ Harold Bloom, ed., *Norman Mailer*, Philadelphia: Chelsea House Publishers, 2003, p. 71.

④ Ibid., p. 72.

⑤ Ibid.

⑥ Ibid., p. 73.

性主义和情感的根除之中。她指责麦克里昂德背叛了革命理想。”① 因此，在米勒看来，《巴巴里海滨》的结尾带有悲观色彩，因为麦克里昂德自杀了，瑰丽维尔跟着霍林斯沃斯私奔了，兰尼被联邦调查局特工逮捕了。米勒说：“《巴巴里海滨》以麦克里昂德的自杀、霍林斯沃斯和瑰丽维尔一起逃跑和兰尼被警察逮捕收场。然而，麦克里昂德愿意将那个‘小东西’传给罗维特，它是霍林斯沃斯追寻的对象，是让麦克里昂德处于危险之中的马克思主义理想的体现。这样，让社会主义梦想继续活着同时等待像世界末日的战争到来的任务就落到了罗维特身上。小说结尾落到一种悲观的调子上。”② 因此，米勒认为，《巴巴里海滨》体现了梅勒对人类前景的担忧：

> 梅勒勾画了人类的肖像：精神破产，无能成长或超越巴巴里状态而发展。小说的大部分地方带有现代世界精神疟疾的色彩，最终描绘出一幅梦想不可能生根发芽的黑暗的不毛之地的图景。面对这样的包围性忧郁，麦克里昂德留给罗维特的遗产似乎很微小，最终，因为梅勒从未具体界定，只是象征性的。梅勒对政治的信仰可能也是象征性的：在他职业生涯的这个点上，他似乎要说的是，政治解决问题的办法无实际价值。如果说麦克里昂德给罗维特留下了什么的话，他留下的是一种情感的重新开始和一种心理的复原。③

20世纪90年代初，卡尔·罗里森和尼格尔·雷也在“政治寓言”的框架下解读《巴巴里海滨》的主题与人物的思想和行为。罗里森认为，《巴巴里海滨》中的人物都有象征意义：瑰丽维尔折射了人性的压抑，霍林斯沃斯体现了人性的违反，罗维特体现了梅勒的攻击性问题，这些在罗里森看来都体现了梅勒的意识形态混乱。他说：

> 从来没有将自己的人性屈从于一种意识形态，瑰丽维尔是小说中最不压抑的人物。她不仅直率，她对自己感到舒服，其方式让其他人羡慕……霍林斯沃斯的任务是设陷阱套住麦克里昂德，让他坦白交代他过去的颠覆性活动……兰尼对麦克里昂德的看法是分裂的……在严格的政

① Harold Bloom, ed., *Norman Mailer*, Philadelphia: Chelsea House Publishers, 2003, p. 73.

② Ibid., p. 74.

③ Ibid.

> 治层面上讲，小说一片混乱，反映了作者的意识形态混乱；在情感层面上讲，瑰丽维尔是一块磁铁，把具有不同个性的人吸引在一起，是一位统领一个分裂家庭的母亲……霍林斯沃斯再现了梅勒无能对抗的那种对个性的威胁性违背……罗维特折射出了梅勒的攻击性问题。[①]

罗里森还认为："《巴巴里海滨》中，作为无政府主义者和反军国主义者的梅勒与作为理性主义者和革命社会主义者的梅勒处于战争之中。"[②] 在罗里森看来，《巴巴里海滨》之所以不受批评界好评，是因为它正好出现在中国抗美援朝之时："使得国家再次进入对共产主义危险的歇斯底里中，这是很不利的。"[③] 雷认为，《巴巴里海滨》体现了梅勒不稳定的意识形态立场。[④] 他指出，小说中存在两种形式的官僚权力：一种是通过霍林斯沃斯体现出来的美国的官僚主义权力，另一种是通过麦克里昂德体现出来的欧洲的官僚主义权力。[⑤] 雷还认为，小说中的霍林斯沃斯体现了梅勒对美国中央情报局活动及其权力的关注，他认为梅勒首次试图通过霍林斯沃斯这个人物来洞察美国中央情报局的认识论。[⑥]

20 世纪 90 年代中期，迈克尔·K. 格兰迪也在"政治寓言"的框架下解读《巴巴里海滨》的主题与人物的思想和行为。格兰迪认为，《巴巴里海滨》是"一部糟糕的小说"，但"可以把它看作解读梅勒在努力寻找风格和他自己的政治思想的过程中走向发展的一把钥匙"[⑦]。格兰迪认为，霍林斯沃斯的堕落体现了处于巴巴里的美国的道德与政治。他说："小说的想象对象是处于巴巴里的美国的景象，霍林斯沃斯这样一个有着'像垃圾桶一样思想'的秘密警察的堕落集中体现了这样一个美国的道德与政治。"[⑧] 格兰迪还认为，霍林斯沃斯为梅勒的后期作品《哈洛特的幽魂》埋下了种子：

> ［1959 年］在《第二次为我自己做广告》这篇文章中，梅勒说："喜

---

① Carl Rollyson, *The Lives of Norman Mailer: A Biography*, New York: Paragon House, 1991, pp. 68-69.

② Ibid., p. 70.

③ Ibid., p. 71.

④ See Nigel Leigh, *Radical Fictions and the Novels of Norman Mailer*, Basingstoke and London: The Macmillan Press Ltd., 1990, pp. 30-31.

⑤ Ibid., p. 34.

⑥ Ibid., p. 36.

⑦ Michael K. Glenday, *Norman Mailer*, New York: St. Martin's Press, 1995, p. 63.

⑧ Ibid.

> 欢我的人没有几个读过它，但是，如果不瞧瞧《巴巴里海滨》在它们之前投下的古怪影子和主题疯狂的光线，就不能很好地理解我后来的大部分作品。"1959年的情况跟现在一样，跟随他的最新长篇小说《哈洛特的幽魂》，我们可以看到，这部关于中央情报局的小说的第一颗种子埋在了霍林斯沃斯这个人物身上以及那种让布鲁克林旅馆中所有房客都受苦的充满间谍、化妆面具和背叛的气氛中。①

格兰迪认为，梅勒以布鲁克林的一个旅馆为小说故事的背景，体现了他视美国为旅馆的看法，这样能让他更多地谈论战后美国社会中个人之间以及个人与国家之间的关系。② 但他认为，小说作为一个寓言所体现的"模糊不清"的特点是它失败的"主要原因之一"，体现了梅勒在方向上的含混性，因为就意识形态而言，麦克里昂德很不稳定，而霍林斯沃斯却处于上升状态。③ 因此，作为"一部政治小说"，《巴巴里海滨》存在明显缺陷：

> 《巴巴里海滨》是一部只有部分内容能让人记忆犹新的小说，而不是一部保持着持续性的艺术实体……他［梅勒］在小说中整体上尝试的是一部明显的政治小说，一种在美国文学传统中不怎么普遍的东西，一般来说在英国文学传统中也不普遍的东西。没有先例可供借鉴，处于一个生活和意识形态发生激烈变化的时期，梅勒后来意识到，他一直在尝试"某种处于我的能力所及的边缘、随后就超越我的能力所及的东西"。④

综上可见，半个多世纪以来，不论怎样解读《巴巴里海滨》，评论家似乎都没有跳出"政治寓言"这一框架，政治解读成了评论和解读《巴巴里海滨》的主调。因此，评论家不遗余力地挖掘了小说中的政治关注，如"法西斯主义""共产主义""资本主义""极权主义""自由主义""集权专制""个人主义""官僚权力"和"马克思主义"等，这些关注使得《巴巴里海滨》成为一部名副其实的"政治小说"。然而，细读小说，我们可以发现，梅勒在这部小说中关注的不是普遍意义上的政治问题，而是跟美国社会和美国人生活紧密相关的政治问题，正如他所说："政治作为政治对我的吸引力

① Michael K. Glenday, *Norman Mailer*, New York: St. Martin's Press, 1995, pp. 63-64.
② Ibid., pp. 65-66.
③ Ibid., pp. 67-68.
④ Ibid., p. 71.

要比政治作为生活中其他东西的一部分的吸引力小得多。”① 事实上，作为一部“政治小说”，或者，准确地讲，作为一部关注“二战”后美国政治的小说，《巴巴里海滨》继承了《裸者与死者》的主要关注，但关注的核心发生了转移。《裸者与死者》中，梅勒关注的是20世纪40年代美国的国内外法西斯主义思想与行为，关注的是法西斯主义意识形态统治下20世纪40年代的美国形象；《巴巴里海滨》中，梅勒关注的是20世纪50年代初横行于美国政治和社会生活中的麦卡锡主义及其与极权主义的关系，关注的是麦卡锡主义的荒诞性及其对美国政治和社会生活的重大影响。

麦卡锡主义是20世纪美国历史上出现的一种最为疯狂的反共产主义意识。1950年2月，来自威斯康星州的参议员约瑟夫·麦卡锡在西弗吉尼亚惠灵顿市俄亥俄县共和党妇女俱乐部的一次演讲中声称，“我们发现置身于无能处境的原因，不是因为我们唯一的强大潜在敌人派人来侵略我们的口岸，而是由于那些在美国受到好待遇者的颠覆活动”，而且煽动性地说，美国国务院“充斥”着共产主义者，说自己“手上掌握着一份250人的名单，这份国务卿也知道的名单中的人全是共产主义分子，然而他们至今依然在工作，毫发无损”②。麦卡锡的演讲产生了地震性影响，致使麦卡锡主义从此开始弥漫于整个美国社会，充斥于美国社会和政治生活的各个角落和领域。虽然“麦卡锡从未拿出任何证据，来支持他的声明”，也“没有揭露出一位间谍或秘密的美国共产党员”，但是“由于政府的忠诚调查、希斯事件及其他相关事件，成千上万的人过于狂热地相信了麦卡锡”。虽然麦卡锡的声明没有根据，但“他指控对象数量的庞大和他所攻击对象的地位令人相信，在他所说的东西里有一些是真的”，因为“如果公众不再恐惧共产主义，他拙劣的阴谋怎会得逞？这种恐惧是由苏联的军事实力、朝韩冲突、美国核垄断的丧失，以及关于间谍的故事引发的”③。1953年，麦卡锡将枪口对准美国国务院的海外情报计划。④ 1954年年初，他将枪口对准美国军队，谴责五角大楼官员试图敲诈他的委员会，但在向全国直播的军队与麦卡锡的听证会使得麦卡锡的真容呈现于美国公众，听证会上数百万字的陈述让他的形象一落千丈。⑤

① Norman Mailer, *Advertisements for Myself*, New York: G. P. Putnam's Sons, 1959, p. 271.

② 转引自［美］马克·C. 卡恩斯、约翰·A. 加勒迪《美国通史》（第12版），吴金平等译，山东画报出版社2008年版，第655页。

③ 同上书，第655—656页。

④ 同上书，第657页。

⑤ 同上书，第658页。

1954年年底，在艾森豪威尔总统幕后施压下，美国参议院最终对麦卡锡进行公开谴责，使得麦卡锡顿时失去影响力，他的发言和狂热指控不再奏效，麦卡锡主义最终退出了美国的政治意识形态舞台。①

《巴巴里海滨》发表于1951年，其面世前，麦卡锡主义已经蔓延于美国社会的各个领域。虽然小说没有大篇幅书写麦卡锡主义，虽然有评论家认为"麦卡锡主义本身是书中一个可以忽略的成分"②，但麦卡锡主义的荒诞性及其对美国政治和社会生活的重大影响无疑是小说的一个重要关注点。小说讲述了发生在纽约市布鲁克林一家旅馆中几个房客的故事，故事情节主要围绕着两条主线展开：一条主线是政府特工霍林斯沃斯对前共产党员麦克里昂德的追查及其影响，另一条主线是叙述者罗维特与旅馆中两男两女之间的关系及其变化。显而易见，霍林斯沃斯是一个麦卡锡主义者；可以说，他的思想和行为为读者阐释了20世纪50年代初弥漫于美国社会和政治生活中的麦卡锡主义，他在布鲁克林旅馆的活动是麦卡锡主义在美国的一个缩影。

小说以叙述者米凯·罗维特（Mikey Lowett）的"失忆"开始。罗维特是一名退伍军人，但他不能确信自己是否真的参加过战争。因此，他说："也许我参加过战争。"③ 他不仅记不起自己是否参加过战争，而且不认识自己身上的任何东西，甚至连自己的年龄都不记得。他努力回想自己的过去，却发现"我没有过去，因而也没有将来"（11）。他甚至没有名字："像沙漠中的隐士那样生活着。"（12）他确信自己的父母已经去世，自己在孤儿院长大，而且很穷，但他又说："有时候，我想我记得妈妈，我想我接受过教育。"（10）他把自己想象成一个"旅游者"：他想回家，却不知道家在何方。他"生活在这个城市，却从来没有见过这些街道。建筑是陌生的，人们穿着不熟悉的衣服。他看着一个标记，但上面却印着一个他读不懂的字母"（13）。他从想象中出来，发现眼前却是具体现实。他成了战争孤儿，无家可归，只能租房居住。"虽然我在其中写作的房子有电路，但不能用。时间流逝，我站在门边，听着房友们晚上外出工作时发出的脚步声。"（13）在寻找"一个便宜的属于我自己的地方"的过程中，他偶然遇到米利·丁斯莫尔（Millie Dinsmore）。丁斯莫尔是一个剧作家，因为有妻子有孩子，他在家无法进行创

① 参见［美］马克·C. 卡恩斯、约翰·A. 加勒迪《美国通史》（第12版），吴金平等译，山东画报出版社2008年版，第658页。

② Robert F. Lucid, ed., *Norman Mailer: The Man and His Work*, Boston and Toronto: Little, Brown and Company, 1971, p. 71.

③ Norman Mailer, *Barbary Shore*, New York: Dell Publishing, 1951, p. 9. 本节出自该版本的引文，均在引文后的括号里注明页码。

作，于是在布鲁克林高地（Brooklyn Heights）的一个棕色住宅里找到一个带家具的小卧室。有一次路上碰到罗维特，他说他在夏天不住时会把他的小卧室租出去。就这样，罗维特认识了丁斯莫尔。虽然罗维特并没有将自己的过去告诉丁斯莫尔，但丁斯莫尔假定他是“一名战争老兵”（18），因而将他归于那些有“战后问题”的人（18）。对丁斯莫尔来说，罗维特像个小孩。因此，他对罗维特说：“我告诉你，孩子……我们打一场反法西斯主义的战争，却不清理我们自己家的法西斯主义者，这是罪过啊，但我要告诉你，米凯，他们在犯错误，他们在割自己的喉，因为这些老兵们不会忍受。”（18）丁斯莫尔还对罗维特说：“有富人，也有穷人；有进步国家，也有反动国家；在地球的一半，人民占有生产资料；在地球的另一半，法西斯主义者控制着生产资料。”（19）对此，罗维特反驳说：“在每个国家，大多数人都是穷人，这样的划分可能就是社会的基础。”（19）但丁斯莫尔告诉罗维特：“在这个国家［美国］，情况非常残酷——贫民窟、青少年犯罪……”（21）他还告诉罗维特：“社会的结构现在腐烂了。”（27）对此，罗维特并无异议。丁斯莫尔视罗维特为小孩，他对罗维特说：“有件事我要告诉你，因为像其他任何人一样，你现在处于十字路口，我要问你的一件事是，罗维特，你准备走哪条路？你是反对人民还是支持人民？”（27）丁斯莫尔之所以问罗维特这样一个问题，是因为“华尔街不会给你选择，只有一件事你不得不记住，米凯，这是基础问题，是困扰着这个国家的基础问题”（27）。而这个问题，在丁斯莫尔看来，就是“空着肚子……空着肚子，这就是问题啊，孩子”（27）。丁斯莫尔把罗维特看作一个涉世不深的孩子，他事实上也充当了罗维特的精神父亲。他对罗维特的说教，实际上是梅勒为读者提供的一个看待美国社会的视角。

从丁斯莫尔那儿，罗维特知道，丁斯莫尔租住的那间小卧室的房东是一个名叫瑰丽维尔的女人。在丁斯莫尔眼中，瑰丽维尔是“一个慕男狂”（21），虽然“有点性魅力，却是一个懒惰的女人”（22）；但另一方面，瑰丽维尔又是“一个复杂的人；基本上来说，她是好人”（27）。在丁斯莫尔的引荐之下，罗维特见到了房东瑰丽维尔。瑰丽维尔是一个不足40岁的女人。初次见到瑰丽维尔，罗维特感觉她像“一尊雕像”刚被揭开面纱展现在自己面前，因而颇感“惊讶”（22），因为她跟丁斯莫尔所说的情况完全不同。在罗维特看来：“她相当漂亮。”（23）她给罗维特的深刻印象是：“她以电话接线员般的声音开始第一句话，却以家庭主妇般的声音结束第二句话。”（24）在丁斯莫尔努力争取下，瑰丽维尔同意丁斯莫尔将自己租住的小卧室转租给罗维特。就这样，罗维特成为瑰丽维尔房子的新成员。瑰丽维尔的房子是“一座大房子”（29），但给人的印象是“一座空荡荡的房子”（30）。房子里住着10个人，但罗维特说：“可能一周时间过去了，我在楼梯口没碰到过一个人。”（30）所以，罗维特虽然觉得自己已经习惯于“孤独”，但还是觉得自己“完全与外界隔离”（30）。时间一天天地过去，房东很少清扫房间，所以“整个房子都是脏的”（30）。虽然“整个房子都是脏的”，但罗维特注意到，公用卫生间却有人经常打扫的痕迹。就在这个脏房子里较为干净的地方，罗维特碰到了男房东麦克里昂德。从麦克里昂德的自我介绍中，罗维特知道了一个名叫霍林斯沃斯的房客。麦克里昂德之所以提及霍林斯沃斯，是因为房子如此之脏跟他不无关系。麦克里昂德对罗维特说：“我要告诉你，这个地方总是很乱。瑰丽维尔洗个手绢的时间都没有，所以我接替她清洗卫生间，每周两次，现在我看还是有点效果。我偶尔叫霍林斯沃斯——那个住在楼上的男士——来帮一下忙，但他由于以前养成的习惯，要不就是扭伤手腕，或肚子上留个疤痕。如果你愿意，罗维特，你可以帮我清扫这个房子，但我一开始就得给你讲清楚，如果你不想合作，我会继续自己干，因为很不幸，我有洁癖。”（31）麦克里昂德给罗维特的印象是：“他跟一个巫师有着十分惊人的相似。”（31）从他的言谈中，罗维特得知麦克里昂德的身世：“他44岁，在一家百货商店做橱窗布置整理员。他在布鲁克林长大，一直是个孤独的人。他有个生活在养老院的父亲，但很少见他。他在布鲁克林接受过中学教育。”（32）麦克里昂德告诉罗维特：“我一直住在这儿［布鲁克林］，除了一次到新泽西的短途旅行，从未离开过纽约。这就是我的一生。”（33）罗维特对麦克里昂德的印象以及麦克里昂德对自己生活经历的直言介绍，为霍林斯沃斯追查麦克里昂德埋下了伏笔。麦克里昂德告诉罗维特：“你不得已的时候，把自己看作一片浮木是非常方便的。”（34）他对罗维特说：“我检查自己的动机时，我发现了极为丑陋的成分。我是我时光中一件不好的作品。”（34）他还对罗维特说：“你我之间有差别，你诚实，我从不诚实。”（35）麦克里昂德还告诉罗维特：“知道自己总是一个不错的主意。”（36）麦克里昂德之所以告诉罗维特这么多大道理，是因为他想知道罗维特住进瑰丽维尔房子的原因。他说：“也许有一天，你会告诉我你住进这个旅馆的原因……有可能是，某个像你一样的人住在这儿，跟你说话，因为这是你的工作，有人花钱雇你来做这件事。”（37）麦克里昂德所说的“某个像你一样的人”就是他向罗维特提到的那个住在楼上的名叫霍林斯沃斯的房客，但他没有直接告诉罗维特，因此让罗维特丈二和尚摸不着头脑。所以，尽管他“第一次去麦克里昂德那儿串门是为了随便打听一点她［瑰丽维尔］的信息”，但现在他觉得：“不管我多么直截了当地打问她的情况，麦克里昂德肯定会细究我好奇的原因。”（38）但罗维特没有意识到的是，麦克里昂德“肯定会细究”的不是他对瑰丽维尔的好奇，而是他与霍林斯沃斯之间是否存在一定联系。

正当罗维特为探听不到瑰丽维尔的信息而犯愁时，瑰丽维尔出现在他面前。利用进房间换床单的机会，瑰丽维尔给罗维特讲了一个“黑猫”的故事。她说：“你知道，我住在楼下的房子里，这个时候的天气，我们开着窗户，你猜发生了什么事？大约凌晨四点左右，一只猫跳了进来，趴在床边，我醒来看见它眼睛直直地盯着我。真是怪了，我尖叫一声，居然没有惊醒整个房子里的人。我丈夫安慰了我一个小时。今天早晨，我打开橱柜，那只猫，那个黑色的大东西，跳出来扑到我身上，抓了我的脸，你看吧！”（42）在瑰丽维尔看来，这只抓了她脸的猫绝非普通的猫，而是魔鬼，如她对罗维特所说：“你知道那只猫是什么？是魔鬼啊。”（42）瑰丽维尔之所以这样说，是因为“那是魔鬼精神的表现之一，一只黑猫。《圣书》（*Good Book*）中说，魔鬼，主的被剥夺了继承权的兄弟，表现为一只猫，一只黑猫，这就是为什么黑猫是不吉利的。”（42）瑰丽维尔告诉罗维特，她对黑猫有如此看法，源于她的宗教。她对罗维特说：“我是见证者，你知道，我丈夫和我，我们是见证者。魔鬼之所以来，是因为他试图最后抓住我。你知道，我现在知道很多。你知道的越多，他抓住你的可能性就越小。所以，他在我的路上设陷诱惑我。”（43）瑰丽维尔关于“黑猫”的解读，预言了她与丈夫麦克里昂德在麦卡锡主义者霍林斯沃斯秘密搜查行动之下的生活处境。随着故事情节的发展，我们可以看到，霍林斯沃斯的的确确是瑰丽维尔所说的“黑猫”，是“魔鬼精神的表现”。为了实现自己的目的，他不断诱惑瑰丽维尔背叛丈夫，最终与他为伍。在瑰丽维尔看来：“世界完全充满了罪，没有人再爱邻居。”（43）她对罗维特说：“我不懂政治，但似乎在我看来，现在一切都在出错。人人都背对着主啊，我们正在走向客西马尼［基督被犹大出卖被捕之地］，这是真的，我们要被毁掉的。”（44）她甚至预言：“将会出现一场世界灾难。”（44）如果说基督告诉人们要“爱邻如己”，瑰丽维尔显然认为，这个世界的人们已经不再是基督希望的那样了，因为他们不再有爱心，他们有的是欺骗和背叛，就像犹大背叛耶稣一样，所以，他们最终面临的只能是一场大灾难。但是，不是所有人都能像她那样清楚地认识到这一点，她觉得唯一跟她似乎有共同语言的人是罗维特，如她对罗维特所说：“你知道，你不是

一个笨人。见到你的第一时刻，我就知道，你是有头脑的人。”（43）

在罗维特看来，麦克里昂德是一个神秘人物。他“相对而言没有受过很好的教育，但他才思敏捷”，因为他“阅读过数量惊人的书并从中吸收了很多东西”（48）。他在百货商店工作，薪水微薄，但颇感满足。他的房间、衣服和买书的方式表明，他对一切缺乏自信。在多次交谈中，罗维特注意到，麦克里昂德一直“在撕咬一根政治骨头”（50）。他向罗维特表明，他是“为自由而奋斗的马克思主义者（Marxist-at-liberty）”（50）。麦克里昂德对“政治骨头”的不停撕咬以及他对自己政治倾向的声明，旨在暗示罗维特，他正在受到霍林斯沃斯的迫害，但这并没有引起罗维特的任何警觉。然而，罗维特则认为，麦克里昂德似乎有意引导他误解霍林斯沃斯，如他所说：“就像丁斯莫尔要搅乱瑰丽维尔给我的印象一样，麦克里昂德要引导我去误解霍林斯沃斯，住在顶楼的我们的邻居。”（50）正如瑰丽维尔想知道罗维特为什么要租住丁斯莫尔的房间一样，麦克里昂德想知道罗维特与霍林斯沃斯之间存在什么关系，如他所说：“我对你见到他时的反应很感兴趣。”（51）这种兴趣表明，麦克里昂德怀疑罗维特是霍林斯沃斯的帮手，或者，用他先前的话说，他怀疑有人花钱雇罗维特来监视他。他之所以对罗维特对霍林斯沃斯的反应感兴趣，是因为霍林斯沃斯是“一个很有意思的人”“一个相对病态的人”，因为他长着“一个垃圾桶般的脑子”，是“一个疯子”（51）。

罗维特说他与霍林斯沃斯的相遇“纯属偶然”（51）。初次见到罗维特：“霍林斯沃斯似乎觉得［他们之间的］必要联系已经建立起来。”（52）霍林斯沃斯邀请罗维特到他房间喝酒，罗维特踏进他房门后的感觉是“他的房间乱得让人难以相信”（52），但是“地板上没有尘土，木头家具是擦洗过的，窗户最近几天也擦洗过。霍林斯沃斯自我照顾得很好。他夏天穿的裤子干干净净，开口衬衣很新，头发梳得整整齐齐，胡子刮得干干净净，指甲修剪得很好很好”，这让罗维特觉得：“他似乎与这个房子没有关系”（53）。在罗维特看来，霍林斯沃斯与他的房间形成“鲜明对比”，因为他觉得：“每天早上他打扫了这个房间，清除了木头家具上的灰尘，清扫了地毯上的尘土，出门之后，某个陌生人就会进入他的房间，疯狂寻找霍林斯沃斯可能没有的某个东西，或者……霍林斯沃斯自己在寻找，翻箱倒柜，将衣服乱糟糟地丢在地上。这只不过是想象而已，但房间如此之乱显然是暴力所为而非懒惰所致。”（54）罗维特将霍林斯沃斯与暴力联系起来，无疑为后来霍林斯沃斯对瑰丽维尔施暴并暴力对待麦克里昂德埋下伏笔。罗维特问霍林斯沃斯在哪儿工作，霍林斯沃斯只是说自己“是华尔街一家大经纪公司的职员”（54）。霍林斯沃斯对罗维特隐瞒他的职业，表明他是一个戴着面具的阴险人物。他告诉罗维特，他不喜欢室内工作，但比较喜欢室外工作。他对罗维特说："我训练自己以便能够观察人。"（56）因此，他没有放过对罗维特的观察。他对罗维特说："如果我问你是干什么的，你会介意吗？"（57）罗维特说自己是作家。他随即又问了一个"更加试探性的"问题："你知道我可以读哪些书？"（57）罗维特告诉他可以读哪些书时，霍林斯沃斯说他不喜欢读那些流行杂志、业余爱好者手册和西部文学，他喜欢读那些包含"生活事实"的书，喜欢读那些讲述美国男男女女故事的书，因为那是"实实在在的真东西"（58）；他不喜欢读包含无神论和布尔什维克主义思想的书，他对出版社出版此类书感到惊讶，他不理解出版社竟然会出版这样的书。罗维特起身离开他房间之际，霍林斯沃斯突然说："我在纽约已经两个月了，你知道，我没有发现任何邪恶的地方。我知道，哈莱姆是一个完全不同的地方，尽管他们说游人毁了它，是真的吗？"（59）然后，他的话题转向瑰丽维尔。他对罗维特说："我跟楼下的瑰丽维尔女士有很多有趣经历。她是一个好女人。"（60）在他看来，瑰丽维尔是"一种体验""一个相当丰富多彩的人"（60）。霍林斯沃斯从一个话题迅速转向另一个话题，让罗维特"根本不知道如何看待霍林斯沃斯"（60）。

跟霍林斯沃斯见面数日后，罗维特特意拜访了瑰丽维尔。瑰丽维尔有个女儿，在罗维特看来："她是来到人间的天使，却是闷闷不乐的天使，被生活技巧困惑着的天使。"（65）瑰丽维尔告诉罗维特，她女儿快四岁了，但她不想让她长大，因为她想把她送到好莱坞去，但超过五岁的孩子在好莱坞没有什么好角色可演。因此，她不想让别人知道她女儿现在已经三岁半了，所以她告诉罗维特："莫妮娜三岁半，那是个秘密，你答应我你不会告诉他人。"（66）瑰丽维尔之所以这样要求罗维特，是因为在她看来，人不可信，如她对罗维特所说："你不能信任任何人。"（67）但在瑰丽维尔眼中，罗维特是可以信任的人，所以，她毫不掩饰地对罗维特说："你觉得跟一个一无是处的丈夫一起照顾一个家庭很有趣吗？我身后有一个接一个的人追［我］，情人啦，夜总会啦，欢乐的时光啦。我不可能嫁给一个印度土邦主，你知道吗？他是多么好的情人啊。"（67）她告诉罗维特："他求我嫁给他，我拒绝了他，你知道为什么？他的皮肤很黑，我本来可以成为土邦主夫人，但是，他很古怪，所以我就错过了这条船。我告诉你，要是我再次遇到像他这样有钱的黑人，我不会犯同样的错误。我还是一个少妇，罗维特，我在浪费生命。小伙子，有段时间，我可在你们这样的人中挑来挑去。"（68）至此，我们可以看到，瑰丽维尔之所以要送女儿去好莱坞，是完全冲着钱的。她还告诉罗维特，她出于“怜悯”嫁给了麦克里昂德。她说：“我的心太好了，这是我唯一的麻烦。”（68）她在罗维特面前诉苦说，她努力料理家务，却没有得到丈夫的欣赏，这似乎与罗维特初次在卫生间见到麦克里昂德时麦克里昂德对瑰丽维尔的评价完全不同。瑰丽维尔对丈夫麦克里昂德的抱怨似乎为她后来背叛麦克里昂德找到了托词。她很自信地告诉罗维特：“我有过各种各样的男人，没有一个不爱上我。”（74）她甚至炫耀说：“有个62岁的老头，愿意花1000美元跟我上一次床。”（82）但是，面对罗维特，她却说：“我们可以在一起，但是，对我来说，这又有什么好处？”（75）尽管她如此说，她还是忘我地接受了罗维特的亲热动作。不论出于她所说的“心软”还是出于对丈夫的报复，瑰丽维尔与罗维特的亲热显然表明，她已经背叛了丈夫麦克里昂德，这似乎成为她后来公开背叛麦克里昂德的前奏。瑰丽维尔告诉罗维特：“我是你要的那种女人，罗维特，我告诉你啊，一两年前你没有认识我真是倒霉啊，我们何必在两小时或两分钟后才到一起，但现在你知道，我的情况不同了，有孩子需要考虑。”（91）谈到自己丈夫麦克里昂德，瑰丽维尔对罗维特这样说：“如果你见过他的话，你可能会惊讶我为什么嫁了他那样的人。”（92）她解释说，她嫁给麦克里昂德，仅仅是因为“异性相吸”（92）。

瑰丽维尔告诉罗维特，她女儿莫妮娜看起来不像其父却极像她自己，她认为这很奇怪，但罗维特认为：“很多奇怪的事情经常发生。”（92）接着罗维特的话茬，瑰丽维尔说出了她想说的话：“我就是这样认为的。总有可疑的事情发生。如果我告诉你这个房子里发生的一些事情，你知道，我根本赶不上趟儿，我应该保持警惕。”（92）罗维特问她在意什么，她说：“我这儿有很多账单需要清算。我们白白地把房子租出去，我不想失去它。唉，我不知道楼上在干什么，但是楼上你们三个单身汉，谁知道你们这些家伙把什么女人带进了这个房子。”（93）但她又话锋一转说：“你没问题，罗维特，我说的不是你。看得出来，你是一个要脸面的人……是另外那两个家伙。麦克里昂德是一条古怪的鱼，霍林斯沃斯尽管看起来没问题，却有应急妙计，他仍然是水。我现在想的是，也许你可以留意他们，让我知道他们的动静。”（93）罗维特对瑰丽维尔要他“监视他们”（93）表示不解时，瑰丽维尔反驳说：“这有什么错？不管怎样，每个人都做着这样的事。”（93）可以说，瑰丽维尔的话道出了霍林斯沃斯与麦克里昂德之间的关系：霍林斯沃斯是水，麦克里昂德是鱼；正如鱼的性命取决于水一样，麦克里昂德的命运掌握在霍林斯沃斯的手中。正如瑰丽维尔监视他们一样，霍林斯沃斯监视着麦克里昂德的一举一动。

瑰丽维尔要罗维特监视麦克里昂德的行动，但罗维特却不知道麦克里昂德是瑰丽维尔的丈夫。他把自己与瑰丽维尔之间的故事告诉麦克里昂德并问他是否知晓瑰丽维尔丈夫的情况时，麦克里昂德说："我想我不曾见过那个男人。"（100）正如瑰丽维尔要罗维特监视麦克里昂德一样，麦克里昂德问罗维特："你会把我们的谈话内容汇报给她吗？那会让整个情况变样的。"（101）罗维特想知道麦克里昂德"在说什么"，但麦克里昂德没有明确告诉他，只是反复说"可以想象，可以想象"（101）。罗维特问麦克里昂德如何看待瑰丽维尔，麦克里昂德说，"如果你想知道她的情况，你就得想象她丈夫的情况"（101），因为"这样的话，你就能更好地了解她"（102）。罗维特说出自己的想象结果后，麦克里昂德说："我也勾勒了相似的画像，把它们拼到一起就是这样一个人：一个关心自己事情的人，一个温和的人，你从来不注意他，但他跟她单独在一起时，她害怕他"，因为"他们单独在一起时，他有可能杀了她。唉，那只不过是我一时的想象而已，但我对这种想象并不满意。为什么那个男人要娶她呢？为什么？"（102）对于麦克里昂德的问题，罗维特的回答是，"他觉得瑰丽维尔很有吸引力"（102）。对于罗维特的回答，麦克里昂德做了这样的回应：

> 为什么人们彼此吸引？因为他们相互完成一些事情，不论好事还是有时候经不起检验的事。唉，我现在没有太多的事要做，我有我的工作。回到家，我读点书，或者坐在这里思考。我常常关注的问题之一是，某个谁也不知道他姓什么的瑰丽维尔先生怎么就决意娶了她，并且一直忍受着这种关系，这种他从来不在场而她却是蜂王的关系。你觉得他是一个什么样的人？（102）

对于麦克里昂德的问题，罗维特没有给出答案。因此，麦克里昂德做了自我回答。他告诉罗维特："他几乎死了，这就是他的情况。他为什么娶她？她散发出一种东西，你愿意叫它什么就叫它什么吧，这种东西让他觉得他接近了某种活的东西。他知道他冻僵了，他想靠着一个美丽而温暖的身体。他把它看作在自己身体上进行的试验。他就是这种人，我确信。只是他不知道的是，她也冻僵了。"（103）那么："她为什么嫁给他？"（103）麦克里昂德告诉罗维特：

> 也许，她需要安全。经济的东西不得不考虑……但这不能说明问题的全部。思想的东西跟经济的东西相伴而行。我再回到瑰丽维尔的先生吧。一个讲道德的人，我确信。他想惩罚自己，所以，他娶了她。因此，她反过来，我们可以假设，想处于惩罚某人的位置。这只是一半，我告诉你。我把他勾勒成一个能看穿她的男人。他看穿了她，但又没有看穿她。我想你可能不明白这对我们所谈论的女人来说意味着什么。他把她放在了适当的位置，但她仍然不时地愚弄他。(103—104)

为了掩饰自己作为瑰丽维尔丈夫的身份，麦克里昂德故意强调："这些假设留给你，罗维特，利用这些假设，你想干什么就可以干什么。"(104)

麦克里昂德显然为罗维特与瑰丽维尔之间的故事生发醋意，他编造自己的故事并诱使罗维特讲出他想知道的故事。他讲得兴致正浓之时，霍林斯沃斯出现在他和罗维特面前。罗维特感到，霍林斯沃斯的出现使得眼前的气氛顿时僵硬起来："麦克里昂德坐在椅子上旋转了一下，他的身子直了起来，脸上显得十分紧张。"(104) 就是在这次相遇中，罗维特见证了霍林斯沃斯对麦克里昂德的非正式"审判"。霍林斯沃斯开门见山，话题直指政治。他说："如果你们不介意的话，我想我们就谈谈政治吧。"(105) 他甚至更为直接地说："我想说的主要是布尔什维克主义者。几天前，我听到威尔逊先生和考尔特先生在谈论他们，我意识到，关于这个话题的很多东西我需要学习。"(105—106) 对于霍林斯沃斯的这个话题，麦克里昂德显然早有预料。他说："什么让你觉得我知道些什么?"(106) 麦克里昂德的发问让霍林斯沃斯毫不掩饰地直接道出了他的核心关注："你是布尔什维克主义者，不是吗，麦克里昂德先生?"(106) 霍林斯沃斯所谓的"布尔什维克主义者"就是"共产主义者"，因为在他看来："它们是一回事。"(106) 麦克里昂德对霍林斯沃斯的发问不予置否，但他想知道霍林斯沃斯为什么要追究他的身份问题。他问霍林斯沃斯："什么让你决定这样做?"(106) 麦克里昂德的发问似乎出乎霍林斯沃斯的意料，因为他"看起来很困惑"(107)。他没有直接回答麦克里昂德的问题，而是话题转向与之相关的另一个问题："你是说你是无神论者?"(107) 对此，麦克里昂德并不否认。他说："事实上，不仅如此，我一直是教堂破坏者的头头，我们过去推翻了好几个。"(107) 麦克里昂德的"供认"让霍林斯沃斯进一步追问："你反对自由企业?"(107) 麦克里昂德脱口而出："完全反对。"(107) 他似乎不再被动等待霍林斯沃斯的"审判"，而是主动表达自己的思想。他对霍林斯沃斯说："你可以说，我反对自由企业，因为它吸干了工人，让人背叛自己的兄弟，保持了阶级社会的不平等。这种情况只能以毒攻毒，以暴力应对暴力。必须发动一场强有力的恐怖主义运动夺取资产阶级的权力宝座。必须刺杀总统，囚禁国会议员，取消国务院和华尔街，烧掉图书馆，除了黑人，把肮脏的被污染的南方彻底毁掉。”（107—108）麦克里昂德振振有词，似乎“反动”至极，但他显然愤怒至极，因而出言过激，并非真心表露。他之所以这样做，一定程度上是为了堵住霍林斯沃斯的口，所以他说完后问霍林斯沃斯：“你还有要问的吗?”（108）这一问让霍林斯沃斯颇为尴尬。他说：“好吧，应该说这是极端有趣的。”（108）但是，他自然不会就此罢休，似乎想出了非常致命的一招：“你觉得你首先忠诚的不是星条旗而是国外势力?”（108）然而，霍林斯沃斯又一次失败了。麦克里昂德没有跟他争辩，而是非常坦诚地说：“我愿意承认，总的来说，这是正确的。”（108）霍林斯沃斯对麦克里昂德的“合作”似乎很满意，如他所说：“我欣赏你的合作性。”（108）为了防止空口无凭，他在一张纸上毫无遗漏地详细记录了麦克里昂德亲口“供认”的各种“罪状”：

> 承认是布尔什维克主义者；
> 承认是共产主义者；
> 承认是无神论者；
> 承认焚烧过教堂；
> 承认反对自由企业；
> 承认鼓励暴力；
> 倡导谋杀总统和国会；
> 倡导破坏南方；
> 倡导毒害；
> 倡导有色人的崛起；
> 承认忠诚于国外势力；
> 反对华尔街。（109）

霍林斯沃斯对麦克里昂德的“罪状”列举可谓细之又细，他不是合并麦克里昂德的“罪状”，而是有意拆分他的“罪状”，目的是让其“罪”上加“罪”。对于霍林斯沃斯列出的“罪状”清单，麦克里昂德并不完全认可，但霍林斯沃斯却摆出铁证如山的姿态说：“对不起，我不喜欢跟人争辩，但你的确说过，我听到你说过的。”（110）霍林斯沃斯不仅让麦克里昂德亲口说出了他自己的“罪状”，而且将其写在纸上，免得空口无凭，并且为了防止麦克里昂德反悔，还让他签字画押，真正可谓做到天衣无缝，无懈可击。可是，让人不解的是，他最后却将这个对他来说具有重要价值的“罪状”清单“撕成碎片扔到地上，随后扬长而去”（111）。霍林斯沃斯的反常行为，并没有让麦克里昂德感到丝毫惊讶或意外，因为它完全在麦克里昂德意料之中。可以说，自始至终，麦克里昂德跟霍林斯沃斯做着游戏，霍林斯沃斯似乎更加清楚这一点。他不断地逼问麦克里昂德，迫使他承认了他所要的各种“罪状”，但这些口供的“罪状”却不足以让麦克里昂德过上牢狱生活。他需要更加令人信服的证据证实麦克里昂德的确如他自己所说的那样“反动”。但是，这些令人信服的证据，却是霍林斯沃斯无法通过逼问手段获得的。可以说，霍林斯沃斯对麦克里昂德的“审判”是失败的；一定程度上讲，麦克里昂德击败了霍林斯沃斯。麦克里昂德的举动让罗维特颇感意外，但让他同样意外的是，霍林斯沃斯离开之后，麦克里昂德问了他这样一个问题：“有件事我想弄清楚：你是哪个队伍的人？”（112）对于麦克里昂德的问题，罗维特这样回答：“我不明白你在说什么。”（112）麦克里昂德告诉罗维特，他之所以这样问，是因为他不想冤枉无辜之人，如他所说：“不连累无辜是技巧之一，他是带走有价值的东西的人。不，你不在其中，我确信这个，我应该确信。”（112）

霍林斯沃斯对麦克里昂德的非正式“审判”深深地影响了罗维特，如他自己所说：“那天晚上，我躺着，长时间睡不着。”（113）霍林斯沃斯还没有完全走出罗维特的脑海，瑰丽维尔却让霍林斯沃斯的形象再次出现在他面前。瑰丽维尔利用进房间更换床单之便告诉罗维特，她不仅要他监视霍林斯沃斯的行动，而且她自己也在监视他。她告诉罗维特，霍林斯沃斯是个“鬼鬼祟祟的家伙”（121）。在瑰丽维尔看来，霍林斯沃斯总是“戴着面具”，因为“他一直伪装起来住在这儿”（121）。罗维特问瑰丽维尔为何如此看待霍林斯沃斯，瑰丽维尔说：“凭直觉，我感到那个人很可疑”，因为她发现“有个家伙总是来见他”（121）。她甚至告诉罗维特，她问霍林斯沃斯经常前来见他的那个人是谁，霍林斯沃斯竟然矢口否认有人前来见过他。瑰丽维尔认为，霍林斯沃斯显然在说谎，因为那个人第一次来见霍林斯沃斯时，她跟踪了他。跟上次一样，瑰丽维尔离开罗维特房间时留下一句话：“你留神点，好吗？”（123）跟上次一样，罗维特同样回答道：“不。”（123）瑰丽维尔之所以要罗维特“留神点”，是因为她想知道她房子里到底“发生着什么”（120）。她实际上已经知道了发生在她房子里的故事，但她没有告诉罗维特她已经知道的事情。同样，在瑰丽维尔面前，罗维特故意装作什么也不知道。就这样，当事人装扮成局外人的样子，彼此装傻，看似糊涂，实则清醒，戴着面具，言此意彼，以纱遮面，难以知心。瑰丽维尔虽然不是特工，却一定程度上充当了特工的角色。准确地说，瑰丽维尔是霍林斯沃斯的眼睛，是他的密探，随时向他汇报她所观察到的一切和发生在她身上的一切，包括她与罗维特之间的故事，但这一切却是罗维特从不知晓的。通过瑰丽维尔，霍林斯沃斯完全掌握了罗维特的行动。然而，霍林斯沃斯并不感激瑰丽维尔；相反，他想怎样对待她就怎样对待她，包括施暴在内。但是，不管霍林斯沃斯如何对待她，瑰丽维尔都逆来顺受，心甘情愿。霍林斯沃斯酒后当着罗维特的面暴力对待瑰丽维尔，瑰丽维尔却无任何反抗之意，如罗维特所说："她本可以咒骂，本可以哭泣，本可以朝他撞过去，但她一动不动，面无表情。"（156）瑰丽维尔完全是霍林斯沃斯的一只哈巴狗，对着主人不停地摇尾巴，却得不到主人的恩宠。霍林斯沃斯对瑰丽维尔的暴力行为，完全出乎罗维特意料，但让他更加意外的是，前天跟他神秘谈论瑰丽维尔丈夫身份的麦克里昂德竟然是瑰丽维尔的丈夫。面对霍林斯沃斯的暴力行为，麦克里昂德却没有以丈夫的身份大胆现身为妻子伸张正义，而是躲在房子角落，满头大汗，特别胆小，十分尴尬。对于自己的行为表现，麦克里昂德向罗维特解释说："你看，昨晚你肯定想到这样一个问题：我为什么不把霍林斯沃斯踢出房门？我要告诉你为什么。某个地方出了问题后，由于这样或那样的原因，某些党肯定认为我知道或拥有某些东西。如果问题不弄清楚，我是不得安宁的。我要是一时冲动痛打了 H 先生，就会付出巨大代价。我会得到偿还的，你明白吗？我把这样的小问题放在实际的最低层次考虑。"（163）这就是说，面对霍林斯沃斯对瑰丽维尔的施暴行为，麦克里昂德不是冷漠无情，而是不得不暂时忍让克制，如他对罗维特所说："我害怕，你不知道我多么害怕。"（163）麦克里昂德的话表明，霍林斯沃斯施暴瑰丽维尔，跟他不无关系，但罗维特问他到底是什么关系，他却没有正面回答，只是说："我可能需要的跟那个无关。"（163）随后，麦克里昂德向罗维特吐露了自己的过去经历。他说他 21 岁加入共产党，40 岁离开共产党，他把自己的这段经历比作"与一个错误女人的 19 年"（164），并且用"模模糊糊的同情"来形容他对共产党的态度。罗维特问他："霍林斯沃斯为什么纠缠你？"麦克里昂德说："谁知道呢？谁知道呢？你看，有段时间，我在组织里非常重要。因此，也许这就是他们对比尔·麦克里昂德的思想和肉体感兴趣的原因。"（164—165）罗维特不理解麦克里昂德对共产党的态度，但麦克里昂德觉得罗维特缺乏政治经验，因为他对政治的看法完全来自书本。他认为罗维特“政治上不积极”（167），他不同意罗维特认为革命属于过去的说法。他明确告诉罗维特：“你有著书立说的条件，是因为世界上四分之三的人继续受到剥削；这儿工人的生活水平决定了东亚人和黑人无饭可吃。”（168）他甚至警告罗维特说：“你的问题不是世界的问题，人的思想状态也许决定了他的政治态度。”（169）尽管罗维特始终没有接受麦克里昂德的观点，他们之间的争论看起来充满浓厚的火药味，但麦克里昂德没有强迫罗维特接受他的思想。

如果说瑰丽维尔是霍林斯沃斯的密探，小说中另一个女性人物兰尼则更是如此。经罗维特引荐并帮忙，兰尼设法住进了瑰丽维尔的房子。兰尼的出现，让瑰丽维尔的房子里又多了一个密探。兰尼告诉罗维特：“我是一只猫，我不想让绳子绊住我的脚。”（137）她还告诉罗维特：“我割掉了自己的耳朵，把它给了我亲爱的。现在，我听到了我以前从未听到过的声音。”（137）兰尼似乎故意向罗维特透露她的身份，但罗维特似乎压根儿没有怀疑过她的身份。她似乎暗示罗维特，既然她已经住进瑰丽维尔的房子，她就能完全知道霍林斯沃斯和麦克里昂德之间的故事，但罗维特似乎并不明白兰尼的言外之意，因为他只停留在她话语的表层，因此他跟她的谈话始终不离“吃什么”“穿什么”“钱从何来”等普通人之间的寒暄话题。在随后的见面相处中，兰尼没有留下让罗维特产生怀疑的任何言辞和行为，罗维特只是把她看作一个失去工作、身无分文、陷入生活困境的女孩。在与霍林斯沃斯的偶遇中，罗维特也没有发现兰尼跟霍林斯沃斯有任何联系；因此，他也没有怀疑过他们之间的任何联系。然而，让他没有想到的是，兰尼跟霍林斯沃斯之间确实存在着他从不知晓的关系。因此，当他第二次踏进兰尼房门的时候，出乎他意料，霍林斯沃斯竟然坐在兰尼的房间里。见到罗维特的瞬间，霍林斯沃斯和兰尼都显得非常镇定自然。对于霍林斯沃斯的在场，兰尼向罗维特解释说：

> 哦，米凯，我今天有那么多客人。早上我醒来，有只老鼠爬到我床上，我们说了一会儿话，他给我讲了很多事情，尽管最后我觉得他很自负很烦人。虽然他没有承认，但我知道他是基督。我为他哭泣，因为他没有死，他回来了，他活得太久了。我告诉他，他应该回到十字架上去，他一言不发，拿起帽子，跳下床，从墙上的洞里出去了。接着来了第二位客人。他拿来了毛巾，也像那只老鼠，只是我不喜欢他。他说他名叫麦克里昂德，是你的朋友。（191）

兰尼视为“基督”的“很自负很烦人”的“老鼠”，实际上就是霍林斯沃斯，她幼稚地视他为拯救人类的“基督”，表明她还没有看清霍林斯沃斯的真实面目。兰尼虽然说她不喜欢麦克里昂德，但她告诉罗维特：“没有他，我不知道我会做什么。你的朋友走后，我走来走去，我知道，如果不喝点什么，我会心情不好，因为没有蜜汁的话，蜜蜂还能活多久？”（192）兰尼的话表明，她的工作跟麦克里昂德不无关系。她虽然没有当着霍林斯沃斯和罗维特的面明确说出她的工作是什么，但言外之意显而易见：她跟霍林斯沃斯是一伙的，她为他干事。因此，跟瑰丽维尔一样，在霍林斯沃斯面前，兰尼不敢有任何任性之举。正如霍林斯沃斯对瑰丽维尔的施暴让瑰丽维尔颇为害怕一样，霍林斯沃斯在兰尼面前的表现，也让兰尼深感他的可怕。罗维特说，霍林斯沃斯离开兰尼的房间后，兰尼以一种单调的声音不停地说：“可怕啊，真是可怕、可怕、可怕。”（201）在罗维特追问之下，兰尼解释了她反复说“可怕”的原因：“我们从来都不应该那样对待他。唉，米凯，你从来都不可能理解他，因为他与别人不一样，你知道那有多么罕见吗？你知道，他是有献身准备的，我们只不过是流浪者，对我们来说，每一天都是新的，每一天都以糊涂结束，但他有目标，所以他很幸运。他不知道他有什么，我可以指给他看。”（202）在罗维特看来，兰尼的解释完全没有把问题解释清楚，但兰尼就此结束了她的解释，转向对过去的追忆：“你看，米凯，他们总是把我按在床上，随后用手按住我，这让我感到震惊。我知道他们在做什么，因为每次他们让我感到震惊的时候，总会让我有一点点意识。他们想把我变愚蠢，就像让别人变胖一样。他们憎恨我，记录了他们从我脑子里得到的一切，角落里有个戴眼镜的女孩，在小本子上不停地记录着一切，这些现在在绿色案卷柜里。他们憎恨我，我为他们的罪而爱他们。”（203）兰尼的话显然是矛盾的、不合常理的，她似乎在痴人说梦，但清晰地再现了她过去所受的深深创伤。她之所以不停地对罗维特说“可怕”，是因为她一直生活在可怕的环境之中，从来没有感到过安全。所以，他跟罗维特说：“我需要你，米凯，我需要某个人……我需要保护。”（208）兰尼的祈求让罗维特感到，他们之间的关系“不是情人，而是父亲与孩子”（208）。但是，罗维特发现，他与兰尼之间的这种“父亲与孩子”般的关系转瞬即逝，因为兰尼转而告诉他：“这个房子跟我上次住过的房子一样，他一直跟我在一起……哦，也许两天了，也许整个夏天。他告诉我该做什么，然后我就照办，所以，现在一切都很简单。”（210）她还告诉罗维特：“有一个极为堕落的人，我们在这儿要为他的罪惩罚他。我打开了门，现在我必须关上门，他会付出代价的。你不要介入，因为你不知道情况。你不会成功，因为我们都是正直人。”（210—211）兰尼虽然没有点名道姓，但她已经明确说出了她与霍林斯沃斯和麦克里昂德之间的关系，明确表明了她住进瑰丽维尔房子的目的所在。兰尼的言辞表明，她是一个半清醒半糊涂的人，她似乎明白事理，实际上却是非不明，黑白不分。罗维特本以为她跟瑰丽维尔不同，结果发现她似乎跟瑰丽维尔毫无二致。所以，听到兰尼决意惩罚那个“极为堕落的人”，罗维特觉得“获得的一切又重新失去了”（211）。

见证了霍林斯沃斯对麦克里昂德的非正式“审判”、对瑰丽维尔的暴力行为和对兰尼的威慑态度之后，罗维特说：“当今世界是什么情况？如果我知道一点其他的话，我知道答案是——战争以及为新战争的准备。”（217）他觉得：“要做的事就是更自私或者更不自私；更自由，或者更不自由。我们需要庞大的军队和很低的税收；外交家必须见面，我们必须打破外交接触；这是我们的责任，也是我们的危险；我们的思想是优越的，我们需要思想……”（218）他还说：“我想起一个士兵，他并不是过度喜欢杀人，他憎恨他的军官，对身处其中的战争烦得要死。然而，一有机会，他就杀人，他服从他的军官，从不退场。他的思想走向一个方向，属于社会的他的悲伤的脚却迈向了另一个方向。所以，是人的行动而非情感创造了历史。”（218）很多评论家认为，罗维特的这一声明表明了梅勒的存在主义思想；但是，从另一方面讲，通过罗维特的这一声明，梅勒旨在让读者看到美国的两面性，旨在揭示美国言与行之间的巨大差异，正如罗维特记忆中的士兵一样，美国所言是一回事，美国所为却是另一回事。

霍林斯沃斯对瑰丽维尔施暴之后，罗维特发现“麦克里昂德清空了他的房间。小床上的床单拿走了，书架空空如也，他为数不多的几样东西也不见了，他离开前打扫了房间”（219）。这一变化让罗维特本能地假设：“他逃走了或者受到了伤害。”（219）为了弄清麦克里昂德的去向，罗维特敲开了瑰丽维尔的门。让他同样意外的是，瑰丽维尔房间的“那种通常情况下都具有的秩序不见了”（220）。罗维特想知道麦克里昂德到底去了哪里，但瑰丽维尔冷冷地说：“哦，他，他怎么了？”（223）随后，她对罗维特说：“他让我发疯啦。他现在变成了一颗流血的心。你应该听他讲一讲。你知道他一直给我讲什么吗？”（224）她还告诉罗维特：“他给我留下了深刻印象，就像你现在给我留下深刻印象一样。我原来觉得他是一个有教养的人，你知道，他很有想法……你知道他做了什么——他偷走了我的青春，就是这样；现在，我得当心‘第一’。我不想牺牲自己了。”（224）罗维特问她对丈夫有何不满，瑰丽维尔说："我不能一一列举细节，因此你要相信我。但是，坦诚地讲，我想的是莫妮娜，她在好莱坞有前途，很有前途，我得为她考虑这个前途。我知道你喜欢这孩子，你喜欢我，所以，也许你可以帮我们。"（224）罗维特问她如何帮助，她说："这样吧，你是他的朋友，你可以给他建议。"（224）罗维特问她建议什么，她说："罗维特，你不知道呀，但他有个东西不愿交出来。"（225）罗维特问她麦克里昂德不愿交出来的那个"东西"是什么，瑰丽维尔说："即使我知道，我也不能告诉你。可是我不知道。真的。我跟那个家伙一起生活了这么多年，我从来都不知道。但他肯定有某个东西，这个东西对他一点好处都没有，如果他把它交给对它感兴趣的那个党，它就真正帮了大忙，一切都会皆大欢喜，我们就可以安安稳稳地坐着。就这么容易。难道你会说他不理智？"（225）在罗维特看来，瑰丽维尔此举是对丈夫的极大背叛，因此，他反问瑰丽维尔："你不觉得你对他一点忠诚都没有吗？"（225）瑰丽维尔没有回应罗维特的质问，而是转向她关心的话题。她告诉罗维特："我们这样说吧，我不叫你做事，对那个东西感兴趣的那个党自有办法，他们之间可能会出现一些情况，比如商讨，谁知道是什么。"（225）不论她怎么说，罗维特明确告诉她："恐怕我不会对你有所帮助。"（226）罗维特没有想到，他说此话时，霍林斯沃斯正在跟麦克里昂德就那个他"不愿交出的东西"进行单独交涉。担心麦克里昂德会交出那个他"不愿交出的东西"，罗维特立刻起身前去麦克里昂德的房间。他离开之际，瑰丽维尔仍然不忘叮嘱他："好伙计，记住我是告诉你这件事的人，你知道，我给你做事，你给我做事……记住我刚才说的话。"（227）如果说罗维特关心的是麦克里昂德的安全问题，瑰丽维尔关心的则是她丈夫能否跟霍林斯沃斯合作以便交出那个他"不愿交出的东西"。作为夫妻，瑰丽维尔跟麦克里昂德一起生活多年，却不知道丈夫是否真的拥有霍林斯沃斯认为他"不愿交出的东西"，但她盲信并且盲从霍林斯沃斯，深信麦克里昂德拥有霍林斯沃斯要他交出来的"那个东西"，并且鼓动罗维特去说服麦克里昂德，其思想与行为可谓荒诞至极。一定程度上讲，瑰丽维尔思想与行为的荒诞性折射了麦卡锡主义的荒诞性。

这种荒诞性在霍林斯沃斯对麦克里昂德的第一次正式"审判"中表现得更为明显。小说的第 20 章和第 21 章详细再现了霍林斯沃斯对麦克里昂德的"审判"过程；可以说，这一审判是法庭审判的复制。霍林斯沃斯拿出事先草拟好的控诉书，对麦克里昂德的"罪状"逐一进行指控，并让兰尼做好笔录。就像法庭上法官审判犯人一样，霍林斯沃斯开门见山、直截了当地对麦克里昂德说："你看，我们对某个党了解很多，他不可能为了自己的私利保存任何重要的东西。"（240）他希望麦克里昂德能够按照他的旨意诚实地回答他的所有问题。在麦克里昂德详细交代自己的经历之后，霍林斯沃斯还列出了一些麦克里昂德自己都不知道的经历，但他没有记录他跟麦克里昂德的谈话内容，这激起了麦克里昂德的反抗。他对霍林斯沃斯说："我认为你自己都不知道你头脑里到底有什么。要是我是你的上司，知道了你没有任何记录，我会派人来监视你，也会派人来监视他。"（246）但麦克里昂德的反抗并没有产生任何效果，霍林斯沃斯的工作并未因此中断，他对麦克里昂德说："我认为最好的事情就是继续往下讲。"（246）尽管他竭力反对霍林斯沃斯不做记录的审判方式，麦克里昂德不得不按照霍林斯沃斯的旨意继续交代自己的过去。他告诉霍林斯沃斯，他在某个政府机构工作，一切行为都遵守规则，很有秩序，几年之后，突然出事了。他说："我不知道，我没法告诉你它是什么，某种东西，我想不是太大，却不见了，谁也不知道怎么丢失的。"（247—248）麦克里昂德说："那个小东西的移动，让很多很多的东西发生了移位。"（248）尽管麦克里昂德坦诚交代，但霍林斯沃斯认定盗走"那个小东西"的人就是麦克里昂德，所以他一遍又一遍地追问麦克里昂德："你为什么拿走那个小东西？"（250）对于霍林斯沃斯的确认性审问，麦克里昂德给予否定回答："我没有拿，我甚至不知道它是什么，你知道它是什么吗？"（250）不得已，霍林斯沃斯只得宣布暂时"休会"。"休会"期间，霍林斯沃斯退场之后，兰尼对麦克里昂德进行了严厉批评，说他"完全不可救药"（254）。"休会"结束后，霍林斯沃斯继续开始"审判"麦克里昂德，他不厌其烦地追问麦克里昂德："你把它放在哪儿了？""你知道它在哪儿？"（255）"它是什么？那个小东西是什么？"（256）"那个小东西是什么？在哪儿放着？"（258）对于霍林斯沃斯的反复追问，麦克里昂德的回答是："我没有那个东西"（255）；"不，我不知道"；"我不会知道"（256）。对于麦克里昂德的回答，霍林斯沃斯自然很不满意。他追问不止，迫使麦克里昂德最后说：

> 那我就回答你吧，但我喜欢以我的方式回答你。首先，那个所谓的小东西完全是一个具体语境中的问题。它是什么？它何以出现？哦，我会回答你的问题，李洛伊，但你先要等一等。我要你考虑一下产生这个东西的巨大结构……假设我有那个东西，它会在哪儿？你愚蠢地认为，我把它包在牛皮纸里放进我的裤兜里；或者，也许，把它埋在土里。但

你没有必要这样认为。也可能我把它保存在这儿［头脑］；或者，也许，谁也不知道它是什么，那有可能。你没有必要为了欣赏某个东西的价值才去知道它。你仍然可以找找它与其他东西的关系。（259）

麦克里昂德这样回答，是为了让霍林斯沃斯明白："谁也不知道它是什么。"（259）然而，霍林斯沃斯认为麦克里昂德的回答很"可笑"（259）。因此，麦克里昂德反问他：

你知道它是什么吗？不，你肯定不知道。你被派出来要带回去你甚至都不可能知道的东西，真是太合适了。所有过程都会产生大象，只允许我们触碰到藏起来的那部分的一丁点儿。你看，你处于一个你不可能被信任的位置，所以，你得到的只是尾巴上的一根毛。你的领导知道得更多吗？估计不会，因为他跟你一样不可能被信任。跟其他东西一样，那个小东西为很多人所熟悉，因而只能被集体理解，因为这就是当今知识的特点。（259—260）

麦克里昂德的解释没有让霍林斯沃斯得到他想得到的答案，因此，他进一步追问麦克里昂德："你怎么知道它是什么？"麦克里昂德再次肯定地说："我不知道，你是唯一一个声称我有那个小东西的人。"（260）尽管这样，霍林斯沃斯还是认为麦克里昂德说了谎话。他对麦克里昂德说："有理由认为你没有说实话。"（260）尽管霍林斯沃斯说他"有理由认为"麦克里昂德"没有说实话"，但他未能给出充分理由。纵观他对麦克里昂德的"审判"，我们可以看到，霍林斯沃斯并没有充分理由确定麦克里昂德的确是拥有对"某个党"来说很重要的"那个小东西"的人。他所谓的"理由"，完全是假设的，是捕风捉影的理由，而不是实际存在的理由。他对麦克里昂德的"审判"体现了他的荒诞思想与荒诞行为，折射了弥漫于美国社会和政治生活中的麦卡锡主义的荒诞性。尽管荒诞，霍林斯沃斯及其随从兰尼仍然甚嚣尘上，如兰尼离开麦克里昂德的房间时对罗维特所说："跟我们一起吧，没有别的地方可去了。"（261）她甚至当众批评麦克里昂德说："他堕落了，他败坏了一切。"（261）

如果说霍林斯沃斯对麦克里昂德的"审判"没有让麦克里昂德背叛自己的话，那么，霍林斯沃斯对瑰丽维尔的施暴让她毫无怨言，心甘情愿地成为他的工具和玩弄对象。"审判"事件之后，瑰丽维尔邀请罗维特到她房间谈事。到瑰丽维尔房间后不久，罗维特听见有人敲门，他发现瑰丽维尔顿时显得很不自然，因为她知道敲门者是霍林斯沃斯。她“疯狂地看了看周围”，并且对罗维特说：“哎呀，现在开始，这可怎么办呢？你得躲起来，你得躲起来啊。”（271）罗维特按照瑰丽维尔的安排躲起来之后，瑰丽维尔开门让霍林斯沃斯进了自己的房间。一见到霍林斯沃斯，瑰丽维尔脱口说道：“哦，亲爱的宝宝（lover-boy），你让我等你多久了！”（272）她甚至“演戏般地”问霍林斯沃斯：“你还爱我吗？”（272）霍林斯沃斯说“是的，我爱你”之后，瑰丽维尔继续演戏说：“哦，兄弟；哦，亲爱的，我愿意为你做任何事。”（273）她甚至对霍林斯沃斯说：“我愿意为你效劳，愿意为你当牛做马，愿意为你跪地擦洗。”（273）瑰丽维尔的献媚讨好，激发了霍林斯沃斯侮辱麦克里昂德的欲望，他对瑰丽维尔说：“我想知道你丈夫如果听到我们说的这些话后会说什么。”（273）瑰丽维尔不但没有觉得霍林斯沃斯侮辱了自己的丈夫，而且没有觉得自己也参与了对他的侮辱。她对霍林斯沃斯说：“别认为那家伙就是我丈夫。”（273）瑰丽维尔这样说，一方面是为了讨好霍林斯沃斯，另一方面也是为自己着想。她希望通过献殷勤讨好霍林斯沃斯让他不要把她自己与麦克里昂德联系起来，但霍林斯沃斯显然不会听从她的意志，他反而警告她：“他是你丈夫。”（273）“你是他妻子。”（274）霍林斯沃斯不想把瑰丽维尔与麦克里昂德分开，同时决不会让他们过上正常幸福的家庭生活，这可以从瑰丽维尔与他的对话中看出：

> [瑰丽维尔问霍林斯沃斯]“假设我现在叫你带我走，你会吗？”
>
> “去哪儿？”
>
> “任何地方都可以，去天边，去巴巴里——我喜欢那儿的声音。”
>
> “我会带上你，”他安静地说：“是的，我会。”
>
> “为什么我们现在不走？”瑰丽维尔非常渴望地说。
>
> 霍林斯沃斯清了清嗓子说：“你知道，我们不能。我的意思是，一个人得履行完一定义务。”
>
> “你不会带我走，”瑰丽维尔伤心地说：“我了解你，你让我心中充满海妖的歌声。”
>
> “哦，不，我会带上你，”他突然用力说：“相信我吧，吉米女士，你看，这个任务之后，下一个就是欧洲，非常重要的任务。”
>
> “他们不会派你去。”
>
> “哦，他们很欣赏我，”他温和地说：“我工作出色，今天，我完成

了第一份报告。”

“但你不会送出去给他们?”她带着错误的信心说。

“我不知道,”他以一种受困的声音低声说:“你知道,这样做是正确的;你知道,不这样做会有什么后果。”(274—275)

从这个对话中可以看出,不论霍林斯沃斯如何欺骗她,瑰丽维尔都不怀疑他。因此,尽管霍林斯沃斯没有从他对麦克里昂德的“审判”中得到任何有利于他的东西,但瑰丽维尔仍然坚信麦克里昂德拥有霍林斯沃斯想得到的“那个小东西”。为了得到霍林斯沃斯的欢心,为了确保霍林斯沃斯能够带她远走高飞,瑰丽维尔仍然痴人说梦般地说麦克里昂德手中有霍林斯沃斯想要的“那个小东西”:“我知道,我告诉你,我知道,这些年我跟他隔壁,他一直拿着那个东西。这是能够呛死百万富翁的一笔财富,他们会让我们成为皇室啊。”(275)然而,霍林斯沃斯并没有为此而兴奋,他说:“我不知道情况会怎样,这个我知道,可你不知道。”(275)的确,霍林斯沃斯一直很清醒,但瑰丽维尔一直很糊涂,如她自己所说:“唉,甜心,我心里乱极了,你会告诉我怎么办吗?你会一直告诉我怎么办吗?”(275—276)瑰丽维尔的祈求正是霍林斯沃斯的期望,所以他肯定地回答她:“我会告诉你做什么,一遍又一遍地告诉你做什么。”(276)瑰丽维尔没有己见,更无主见,如罗维特对她所说:“你从来没有自己做过决定,你要别人为你做决定。”(271)瑰丽维尔愿意为霍林斯沃斯付出一切;但是,跟霍林斯沃斯在一起,瑰丽维尔只会生活在恐怖之中,如麦克里昂德对她所说:“我非常了解你,我可以说你很痛苦,你被你的两个伙伴[罗维特和霍林斯沃斯]折磨着,他们每个代表了一种存在,一种[罗维特所代表的存在]充满不确定性,另一种[霍林斯沃斯所代表的存在]充满恐怖,谁也不会给你提供什么。”(340)如果瑰丽维尔觉得麦克里昂德不关心她,如她对罗维特所说:“他不关心我。他说他爱我,他的行为像个爱人的男人吗?他说过他喜欢我吗?你刚才在这儿,他说过一句讨好我的话吗?这就是他爱我的方式,他以批判我的错误来爱我,我曾经以为他很不错”(341—342),霍林斯沃斯则根本谈不上关心她,更谈不上爱她;可以说,除了折磨她,霍林斯沃斯没有为瑰丽维尔做过什么。

目睹了瑰丽维尔与霍林斯沃斯的共谋串通之后,罗维特发现自己一直被兰尼监视着。刚刚离开瑰丽维尔的房间,罗维特就被兰尼以“我要跟你谈谈”为由拉进了她的房间。通过兰尼亲口讲述,罗维特得知她为什么成为霍林斯沃斯的随从和帮手:

"你想知道，"她努力克制自己说："我为什么从他那儿拿钱？"

"是，为什么从他那儿？"

"因为他跟他们是一伙的，他们允许你在出租房里占有一块地方，在那儿我可以唱我的小调，这就是我确信我将是丑陋时对自己说的话。"

"'他们'是谁？"

"当然是那些监视者。"她僵直地坐在椅子上，似乎要长时间地稳住这个观点的结构是一种不可忍受的痛苦。"他们是我们生活于其中的国家的监视者，就像你的朋友是来自另一个国家的监视者一样。他们迟早会交锋，一方或另一方会取胜。这样的话，他们会多么恐怖啊，因为，你看，他们一心一意想取胜，但他们没有胜利的条件。因此，我是将会小心操纵他们的恐怖（will nurse their ferror）的那个人，他们会转向我。哦，如果不是我，那就是另一个人。但必须有人给他们包扎伤口，必须有人告诉他们不需要白兰地酒。我真正是唯一想让人们继续活着的人，我是唯一明白的人。"（287—288）

在兰尼看来，霍林斯沃斯与麦克里昂德代表了两个不同的国家，因此他们不是朋友而是敌人。她甚至认为，如果霍林斯沃斯所代表的国家跟麦克里昂德所代表的国家交锋，胜利将属于前者，如她所说："如果有前途，那将会跟他［霍林斯沃斯］在一起。"（288）兰尼的断言让罗维特想起瑰丽维尔为什么要他监视霍林斯沃斯和麦克里昂德的行动，他甚至认为兰尼被瑰丽维尔收买来监视他，如他对兰尼所说："请告诉我，你跟随瑰丽维尔监视我并阅读她写给我的便条内容是不是你责任的一部分？是不是你获取薪水［必须完成］的一部分任务？"（288）兰尼是霍林斯沃斯的帮手和随从，她时时处处为他所左右，但得知瑰丽维尔跟着霍林斯沃斯外出之后，她非常生气地骂道："哦，她是贱货，她是贱货，她就是这种贱货。贱货，我对此毫无准备。"（288—289）

霍林斯沃斯对麦克里昂德的第一次"审判"无果而终，因此导致了他的第二次"审判"。这次"审判"仍然跟"那个小东西"有关。跟第一次"审判"一样，罗维特作为旁观者见证了"审判"的整个过程。跟第一次"审判"一样，霍林斯沃斯一开始就拿出事先打印好的"控诉书"，照着"控诉书"上的内容对麦克里昂德进行"指控"，询问他怎么加入他们的组织，又为何离开他们的组织，询问他是否写过这样或那样的宣传性文章，询问他是否掩盖了与某个组织的联系。麦克里昂德回答"是"或者"不是"之后，霍林斯沃斯做出这样的推论："你要么拥有我们正在寻找的那个东西因而不属于任何组织，要么没有我们正在寻找的那个东西因而仍然保持着对敌人旗帜的忠诚。你仅仅假装是个好人并为自己的过去道歉。这就是一个人能够接受的两种可能性。"（303）基于这种推论，霍林斯沃斯追问麦克里昂德："你有那个小东西吗？"（304）麦克里昂德回答"没有"之后，霍林斯沃斯说："我不可能相信你。"（305）随后，他从公文箱里拿出一份又一份文件，认为这些文件记录了麦克里昂德从事海外活动的"事实"，因此不厌其烦地当着罗维特和兰尼的面读给麦克里昂德听，因为他觉得在这些"事实"面前，麦克里昂德肯定会低头认罪，如他所说："像我这样的人必须接受的是事实而不是空话。"（314）然而，在这些"事实"面前，麦克里昂德并没有低头认罪，他说："我没有为任何势力服务。"（314）这让霍林斯沃斯又回到他刚才的推论："那么，你有我们正在寻找的那个东西。"（314）麦克里昂德再次矢口否认。霍林斯沃斯感到百般无奈，因此对麦克里昂德发出最后警告："你看，我给了你最大的尊重，这让人觉得给你讲这些很不好。你没有必要再重复这一切。一切会很简单：如果你接受我的条件，你就可以走了。"（315）霍林斯沃斯的威逼利诱，迫使麦克里昂德最后按照他的旨意回答了他的问题：

"你的确离开了那个组织？"

麦克里昂德点了点头。

"这样说，你仍然有那个小东西？"

"是的，"麦克里昂德说。

"在哪儿？"

"不，够了，够了，"麦克里昂德喊着说："今天不能给你，给我点时间吧。"……

"好吧，这就够了，"霍林斯沃斯说："好说，好说，"……"是的，好说，振作起来吧。"（316）

麦克里昂德的回答让霍林斯沃斯十分满意，他宣布休会，告诉麦克里昂德等待通知，择日再会。临走之际，他对麦克里昂德说："感谢你的合作，先生。"（317）可以说，霍林斯沃斯对麦克里昂德进行了心理逼供，致使麦克里昂德招架不住，不得不接受霍林斯沃斯对他的指控，如他随后私下对罗维特所说："我可以给你一些日期和事实以证明我不是李洛伊［霍林斯沃斯］所说的那个巴尔干人，但那又有什么用呢……所有那些我被指控做过的事情，都是虚构和想象的，没有一句具有法律真实性的话。”（321）在麦克里昂眼中，霍林斯沃斯“具有警察的头脑，只有谋杀他能懂”（326）；“他具有激活我们每个人身上肿瘤的诀窍，直到它让我们不再安宁”（328）。所以，麦克里昂德不得不“背叛”自己，不得不向霍林斯沃斯低头，以便能够继续“活着”，如他对罗维特所说：

> 我越想越对李洛伊［霍林斯沃斯］充满一种技术敬佩（a technical admiration），我慢慢觉得，他是警察的完美体现，因为仅仅把人带进来永远不够，你得首先吞噬他，带着普通人的自然焦虑，我抵抗着他的意图，但就是无法绕过去。我被一种想法折磨着，一种简单的想法。为了什么？我为什么抵抗？为了什么目的？因为你注意到，我陷入一种因严重矛盾而无法诉说的不舒服之中。考虑到过去的一切，如果有可能作为一个人发挥作用并创造满足我道德欲望的工作，也就是说，为未来的革命理论的主要部分做出贡献，那么，我根本没有选择。我是一个死了的人……活着，实际上等于死了；死了，我实际上活着。我选择了后者，这样，一块地方仍然为我自己保留着……我流着血承认，我想告诉他，我带着一种你不可能经历的轻松告诉他我有那个小东西……我必须告诉你，对抗霍林斯沃斯先生的贪婪胃口，我骨子里有的只是疲倦……（330—331）

霍林斯沃斯对麦克里昂德的第二次“审判”虽然让麦克里昂德“同意”交出“那个小东西”，但没能让他当场交出，因为麦克里昂德需要一些时间考虑如何交出，这导致霍林斯沃斯对他进行了第三次“审判”。跟前两次“审判”不同，这次“审判”似乎在“和平”的气氛中进行；同样跟前两次“审判”不同，这次“审判”几乎以霍林斯沃斯“一言堂”为主。霍林斯沃斯明确告诉麦克里昂德，他之所以对麦克里昂德的过去抓住不放，是因为麦克里昂德能够影响他人，如他对麦克里昂德所说：“因为你想影响人，当人想影响人时，就落入了我的工作领域。”（358）霍林斯沃斯认为，世界上本无思想，人想要某种东西成为一种思想，便就有了思想，如他对麦克里昂德所说：“我们认为我们有某种思想是因为它是一种思想，但事实上，我们有这样那样的思想是因为我们想要它成为一种思想。”（359）在他看来：“政治是空话，人的见解也是如此。”（359）基于这种理论，霍林斯沃斯要求麦克里昂德交出他所要的“那个小东西”，以此作为麦克里昂德“最后陈述”的条件。同意“交出”霍林斯沃斯所要的“那个小东西”之后，麦克里昂德做了他的“最后陈述”。这个长篇陈述本质上是一次政治演讲，中心话题是“国家资本主义”与“革命社会主义”的区别。麦克里昂德严厉批判了国家资本主义，认为它不会给人民带来真正的幸福；他高度赞扬革命社会主义，认为它才是人类的真正救星，因为只有它才能让人类进入真正自由与平等的时代。在滔滔不绝谈论“国家资本主义”与“革命社会主义”之区别的政治演讲之前，麦克里昂德做了这样的开场白：“我能允许自己享受的小小恩惠之一是，我不用花时间为自己的过去道歉。过去就是过去。在允许我发言的时间里，我更喜欢沉浸于唯一有意义的辩护，更喜欢将我生活的思想结论传播开去，这样就能赋予我的经历以尊严。我不会把过去看作个人历史，我会试图描绘未来的图景，因为只有作为思想传递给他人，它们才能得以存在。”（362）麦克里昂德之所以如是说，是因为他要告诉霍林斯沃斯，他想要的“那个小东西”并非某个看得见摸得着的实实在在的有形物，而是一种可以一代又一代传递下去的思想。所以，虽然麦克里昂德答应交出霍林斯沃斯追要的“那个小东西”，但霍林斯沃斯永远不会得到他真正想得到的“那个小东西”。因此，自始至终，霍林斯沃斯疯狂追求的是子虚乌有的东西。正如罗维特所说：“我给出的名字不是我的名字，我写下的地址是一个不存在的街道”（387），霍林斯沃斯不知道他认为麦克里昂德拥有他要的“那个小东西”究竟是什么，他的所思所想和所作所为都十分荒诞。他的思想和行为不是个人现象，因为“他身后有人，他上面也有人”（390）。他虽然为他身后的人和他上面的人卖命服务，但他也是被人迫害的对象，如他最后对麦克里昂德所说：“为什么我的一些跟我有过可贵经历的同事现在迫害我的朋友和我自己，他们就像我们一样，虽然他们没有意识到这一点。”（402）霍林斯沃斯的荒诞思想与行为十分真实地体现了充斥于美国社会和政治生活各个角落并严重影响了普通人正常生活的麦卡锡主义的极度荒诞性。

麦克里昂德最后“同意”交出霍林斯沃斯要他交出的“那个小东西”，这让兰尼对他颇为失望，甚至颇为生气。虽然兰尼客观上充当了霍林斯沃斯的同伙与帮手，但她主观上并不同意麦克里昂德把“那个小东西”交给霍林斯沃斯，因此她不止一次对麦克里昂德说：“你不能。”麦克里昂德做了“最后陈述”之后，兰尼回到自己的房间，用黑色油漆封堵了那个洞口，即她视为“基督”化身、跳到她床上跟她说话的那只“老鼠”出入的洞口。兰尼此举的象征意义显而易见：她所说的那只“老鼠”实际上就是霍林斯沃斯，她封堵那只“老鼠”出入她房间的洞口象征着她要跟霍林斯沃斯断绝关系。麦克里昂德临死前对兰尼的温情关怀，以及麦克里昂德死后兰尼向罗维特的深情表白表明，梅勒虽然认为麦卡锡主义对美国人生活造成极大影响，但美国大众对麦卡锡主义并非麻木到了无所谓的程度。麦克里昂德临死前没有按照他与霍林斯沃斯之间达成的"协议"，将霍林斯沃斯疯狂追要的"那个小东西"交给他，而是出人意料地交给了他视为"可能的最佳观察者"的罗维特。霍林斯沃斯因此恼羞成怒，他杀死麦克里昂德，强迫瑰丽维尔带着莫妮娜跟他一起逃走。这个结果表明，在梅勒看来，麦卡锡主义在美国只能猖獗一时，不可长存一世；但是，另一方面，梅勒似乎对麦卡锡主义统治下美国的前途深感担忧。所以，虽然麦克里昂德说："活着，实际上等于死了；死了，我实际上活着。我选择了后者，这样，一块地方仍然为我自己保留着。"(331) 但小说结尾，叙述者罗维特说："也许，数以百万计的人们会失去，又有数以百万计的人们会创造出来，我会在我原以为没有人存在的地方发现我的哥儿们。但是，就目前而言，风暴快到雷雨云砧的程度了，显而易见，船漂近了岸边。所以，盲人带领着盲人，聋子彼此喊叫着互相提醒，直到他们的声音消失不见。"(416) 通过罗维特之言，梅勒旨在告诉读者，麦卡锡主义犹如汪洋大海上的一股巨浪，生活在麦卡锡主义统治下的美国人犹如大海上的漂泊者，面临着随时可能被巨浪吞噬的危险。

综上可以看出，霍林斯沃斯是一个地地道道的麦卡锡主义的极权主义者，麦克里昂德、瑰丽维尔和兰尼都是其麦卡锡主义极权思想和行为的受害者和牺牲品。可以说，《巴巴里海滨》讲述了一个前共产党员遭遇麦卡锡主义迫害的故事。毫无疑问，霍林斯沃斯是典型的麦肯锡主义者，为了让前共产党员麦克里昂德对自己"忠诚于国外势力"的"不忠"行为"供认不讳"，他不断地通过想象和虚构建构麦克里昂德的"犯罪事实"。作为美国政府特工，霍林斯沃斯对麦克里昂德的各种威逼利诱和最后屠杀、对瑰丽维尔的暴力和胁迫以及对兰尼的操控，真实地展现了美国政府的极权主义和法西斯主义暴行。正如叙述者罗维特在没有过去、没有记忆的情况下通过想象重构自己的身份一样，霍林斯沃斯在没有事实证据的情况下通过想象重构麦克里昂德的罪名，他的行为体现了麦卡锡主义的极度荒诞性。通过对麦卡锡主义统治下美国社会生活的文学想象，梅勒重构了麦卡锡主义统治下的极权主义美国形象。

第三节 《鹿苑》与美国的极权主义心态：美国的“反共”真相

《鹿苑》是梅勒的第三部长篇小说，出版前因涉及性描写而被数家出版社拒绝出版；小说于 1955 年出版后，批评界对它褒贬不一，但贬多于褒，[①]“最为普遍的反对意见是，它的性描写比较露骨”[②]。梅勒自己说，《鹿苑》“完全是关于性的，也完全是关于道德的”[③]。虽然有评论家指出，梅勒“竭尽全力避开人物性行为的感觉方面而集中于其道德意义，但 20 世纪 50 年代初期，不论多么难以捉摸，任何性描写都是不可接受的”[④]。小说出版前，梅勒虽然对它进行了认真修改，但对其中的性描写几乎未做改动，[⑤] 因而使得人物的性在小说故事中“发挥了更为重要的作用”[⑥]。因此，《鹿苑》中的“性”成了批评界关注的一个热点问题。尼格尔·雷认为：“《鹿苑》中，性既被前景化，又包含在梅勒的政治认识论中……梅勒详细探讨了塞尔杰斯、艾特尔、艾琳娜、费伊和璐璐·梅耶斯的性行为，以寻找一种愉悦话语。”[⑦]罗伯特·梅里尔认为，《鹿苑》“只是偶尔讽刺好莱坞，或展现梅勒哲学偏好的出路；位于其中心的是一个相当悲剧的恋情故事”[⑧]。诺曼·波德霍瑞茨指出：“《鹿苑》中，梅勒先生将精力集中于他的人物的恋情。”[⑨]

梅勒为何关注小说中人物的性和恋情？许多评论家注意到，从《鹿苑》

① See Norman Mailer, *Advertisements for Myself*, New York: G. P. Putnam's Sons, 1959, p. 245.

② J. Michael Lennon, ed., *Critical Essays on Norman Mailer*, Boston, Massachusetts: G. K. Hall & Co., 1986, p. 6.

③ Norman Mailer, *Advertisements for Myself*, New York: G. P. Putnam's Sons, 1959, p. 270.

④ Hillary Mills, *Mailer: A Biography*, New York, et al.: McGraw – Hill Book Company, 1982, p. 145.

⑤ See Norman Mailer, *Advertisements for Myself*, New York: G. P. Putnam's Sons, 1959, pp. 228–248.

⑥ Hillary Mills, *Mailer: A Biography*, New York, et al.: McGraw – Hill Book Company, 1982, p. 143.

⑦ Nigel Leigh, *Radical Fictions and the Novels of Norman Mailer*, Basingstoke and London: The Macmillan Press Ltd., 1990, pp. 77–78.

⑧ Robert Merrill, *Norman Mailer Revisited*, New York: Twayne Publishers 1992, pp. 39–40.

⑨ Robert F. Lucid, ed., *Norman Mailer: The Man and His Work*, Boston and Toronto: Little, Brown and Company, 1971, p. 78.

开始，梅勒的主要关注从“世界问题”转向了“自我问题”；或者说，从意识形态转向了个人或自我。① 梅勒对“自我问题”的关注让他对自我必须履行的反叛性责任颇感兴趣，而在自我必须履行的反叛性责任中：“没有什么比性更为紧迫。”② 因此，不少评论家对《鹿苑》中人物性行为的性质和意义做了比较详细的探讨。詹妮弗·贝利认为：“《裸者与死者》和《巴巴里海滨》中，人物的性表明了外在的社会力量支配和压制个人的程度。《鹿苑》中，人物的性同样具有拯救性潜能。”③ 尼格尔·雷认为，《鹿苑》中“人物的性活动本身决定了他们的成长或衰败”④。诺曼·波德霍瑞茨认为，《鹿苑》

> 给我们的是一幅非同寻常的画，画中人物背负着一夫一妻制的修辞，行为上却像某个原始部落，他们从未听说过一夫一妻制，完全被这种陌生机构赖以存在的道德结构所迷惑。这个世界的人们不停地谈论着爱恋和“像样的、成熟的关系”，事实上却被他们的自我约束；除了自我，他们对任何东西不感兴趣。对他们而言，性成了一种检验自我的场所；他们以床上的能力衡量彼此，做爱的回报不是情爱的满足或精神的亲密，而是一种被认为是“善”时的胜利感。⑤

跟波德霍瑞茨一样，戴安娜·特里林也注意到小说中人物的性与自我之间的关系。她说：“在马里昂·费伊身上，我发现梅勒区分了两种性：一种像影视界的性一样，表面上自由但实际上是一种束缚；另一种是嬉皮士的性，它表达了一种新的、激进的自我原则。”⑥ 吉恩·拉德福特认为，《鹿苑》中：

---

① See Robert F. Lucid, ed., *Norman Mailer: The Man and His Work*, Boston and Toronto: Little, Brown and Company, 1971, pp. 82-83; Barry H. Leeds, *The Structured Vision of Norman Mailer*, New York: New York University Press / London: University of London Press Limited, 1969, p. 110; Nigel Leigh, *Radical Fictions and the Novels of Norman Mailer*, Basingstoke and London: The Macmillan Press Ltd., 1990, pp. 55-56, 62-63; Michael K. Glenday, *Norman Mailer*, New York: St. Martin's Press, 1995, pp. 79-81.

② Robert F. Lucid, ed., *Norman Mailer: The Man and His Work*, Boston and Toronto: Little, Brown and Company, 1971, p. 123.

③ Jennifer Bailey, *Norman Mailer: Quick-Change Artist*, New York: Barnes & Noble, 1979, p. 28.

④ Nigel Leigh, *Radical Fictions and the Novels of Norman Mailer*, Basingstoke and London: The Macmillan Press Ltd., 1990, p. 78.

⑤ Robert F. Lucid, ed., *Norman Mailer: The Man and His Work*, Boston and Toronto: Little, Brown and Company, 1971, p. 78.

⑥ Ibid., pp. 125-126.

“性作为其他东西的索引……在广泛层次上讲，它用来象征国家的道德状态。”① 在探讨小说中人物的性及其性质和意义时，许多评论家将注意力直接投向艾特尔和艾琳娜、塞尔杰斯和璐璐之间的恋情。加布里尔·米勒认为：“艾特尔在流放中有机会通过与艾琳娜的关系恢复自我感，艾琳娜是一位失败的舞蹈演员，然而却是一位自然的有勇气的女人。跟她在一起，他恢复了性能力，开始写一部他认为可以让他重获他作为艺术家的那般正直的作品。”② 但是，塞尔杰斯与璐璐之间的关系不是建设性的，他们的性行为是“男人与性对象的做‘爱’，是一种运动、一种战争，是对渴望在银幕上看到她形象的数以百万计的男人所组成的想象性观众的男性气质的检验与证实……女人在此是反对者，是男人必须反击和征服的敌人（就像在战争状态下‘打碎戳破’、破坏美丽事物的步兵一样）”③。评论家不仅注意到艾特尔与艾琳娜、塞尔杰斯与璐璐之间的性在性质和意义方面的区别，而且注意到艾琳娜与璐璐的不同。菲利普·H. 布菲西斯认为，虽然艾琳娜是“一个被人遗弃的情人，一个社交行为和举止不够优雅、给人印象不深的演员，她却具有勇气，具有为自立而战、能够不受男人评价影响而评价自己的欲望……虽然屡遭命运打击，却能坚守认识自我的希望。她守住了自己的个性主义，艾特尔却没有守住……她从艾特尔身上学到：‘如此残酷又如此公平的生活规律要求，人必须成长，否则，就要为不变而付出代价’”④。杰西卡·杰尔森认为，艾琳娜属于“那种宽厚的、拯救性的、具有创造性的女人……她们不断给予男人拯救性的爱”⑤。吉恩·拉德福特认为：“在梅勒的女性人物中，艾琳娜也许最重要，因为他不仅把她刻画成一个女人，而且是一个跟男性人物一样具有问题和潜能的人物；换言之，她不只是一个作为他人道德可能性而存在的次要人物，而是一个自己具有道德性的人物，她的道德性具有清晰

---

① Jean Radford, *Norman Mailer: A Critical Study*, London and Basingstoke: The Macmillan Press Ltd., 1975, p. 133.

② Harold Bloom, ed., *Norman Mailer*, Philadelphia: Chelsea House Publishers, 2003, p. 75.

③ Jean Radford, *Norman Mailer: A Critical Study*, London and Basingstoke: The Macmillan Press Ltd., 1975, p. 135.

④ Philip H. Bufithis, *Norman Mailer*, New York: Frederick Ungar Publishing Co., 1978, p. 46.

⑤ Harold Bloom, ed., *Norman Mailer*, New York and Philadelphia: Chelsea House Publishers, 1986, p. 172.

思想和自我发展与成长的可能性。”① 霍华德·M. 哈珀认为，璐璐是一个“事业先于其他任何人类考虑”的人，与她相比：“艾琳娜更大方、认识能力更强、更诚实、更敏感，她的开放性让她在现代鹿苑处于劣势。”②

批评界对《鹿苑》中“性”的广泛关注让这部小说听起来“完全是关于性的”，但梅勒在《鹿苑》中表面上关注的是人物的性，实际上关注的是20世纪50年代前期的美国社会，如吉恩·拉德福特所说，他“使用性关系”来“象征他对社会关系的看法”③，因此“个人的性和具体的性经历总是另有所指”④。梅勒在小说扉页说明，《鹿苑》取名于法国作家莫尔夫·丹杰维尔（Mouffle D'Angerville）的《路易十五的私生活，或他统治时期的主要事件、特定背景与轶事》，其中写道：“鹿苑，那个天真和美德的大峡谷，吞噬了那么多无辜者，他们回归社会的时候，也随身带走了堕落、放荡和所有他们从这样一个地方的那些臭名昭著的官员身上自然学到的恶习。”⑤ 他还在小说扉页引用了法国作家安德烈·纪德（André Gide）的话：“请不要太快地理解我。”⑥ 可见，小说取名不无寓意，人物的性并不是小说的全部关注。事实上，《鹿苑》中有一明一暗两个主要关注点：明的关注点是沙漠多尔（Desert D'Or）的人物的恋情与性，暗的关注点是20世纪50年代前期的美国政治及其对人们日常生活的影响。罗伯特·厄尔里奇指出：“《鹿苑》探讨了性经历的性质，探讨了神秘的和神学的东西，这些都表明他［梅勒］离开了早期作品中的社会政治关注，但是……小说仍然表明，梅勒没有放弃他早些时候具有的那种政治兴趣。沙漠多尔的荒原景象、塞尔杰斯的无政府主义以及艾特尔的政治过去，都表明了梅勒的社会政治取向。”⑦ 霍华德·M. 哈珀认为，塞尔杰斯的“过去起到了一种间接控诉美国海外非人性行为的作用，小说表明，国内事务中表现出来的那种精神分裂症般的做法让我们［美国］在远东

---

① Jean Radford, *Norman Mailer: A Critical Study*, London and Basingstoke: The Macmillan Press Ltd., 1975, p. 136.

② Howard M. Harper, *Desperate Faith: A Study of Salinger, Mailer, Baldwin and Updike*, Chapel Hill: The University of North Carolina Press, 1967, p. 111.

③ Jean Radford, *Norman Mailer: A Critical Study*, London and Basingstoke: The Macmillan Press Ltd., 1975, p. 3.

④ Ibid., p. 124.

⑤ Norman Mailer, *The Deer Park*, New York: G. P. Putnam's Sons, 1955, p. vii.

⑥ Ibid., p. ix.

⑦ Robert Ehrlich, *Norman Mailer: The Radical as Hipster*, Metuchen, N. J. & London: The Scarecrow Press, Inc., 1978, p. 56.

的外交政策遭受了麻烦"①。简·拉德福特认为，《鹿苑》中的"好莱坞是一家意识形态工厂，生产着冷战时爱国主义和支配着美国人意识的那些关于性、各种关系和现实的、感伤的、逃避主义的神话"②。她认为，小说表明，梅勒把自己看作一位"跟自己文化进行战争的作家，一位完全献身于跟他称之为'美国社会的极权组织'进行孤立而勇敢斗争的作家"③。桑迪·科恩指出："《鹿苑》中的人物，就像沙漠多尔的商铺一样，将他们的商业动机掩藏于他们人为情感的背后。从这个意义上讲，沙漠多尔成为'二战'后美国的一个象征。"④ 他还指出："部分地讲，《鹿苑》讲述了一个关于国会非美活动调查委员会对娱乐界进行骚扰的故事。因此，像《巴巴里海滨》一样，《鹿苑》继续跟踪极权主义的阴险。"⑤ 希拉里·米尔斯指出："正如在其他作品中的情况一样，反极权主义在《鹿苑》中发挥着关键作用。"⑥ 加布里尔·米勒认为："国会［非美活动调查］委员会的破坏性权力让它成为美国生活极具极权性质的一个明证。"⑦ 尼格尔·雷认为："位于小说更深层次的是自我、性和意识形态这些相互关联的政治主题。"⑧ 他指出："正如斯坦利·古特南（Stanley Gutnam）指出的那样：'国会非美活动调查委员会，正如梅勒所刻画的一样，强烈地影响了美国生活的方方面面：其兴趣不在国家安全或人民安全或事实真相，而在于压制美国人的独立意志'。"⑨ 事实上，国会非美活动调查委员会的兴趣不在于压制美国人的独立意志，也不在于保护国家或人民安全，而在于保持美国在世界上的霸权地位。因此，国会非美活动调查委员会的活动体现了美国政府的极权主义心态。迈克尔·K. 格兰迪认为："如果说《巴巴里海滨》中美国滑入道德黑暗，主要以一家旅馆为背景，这家旅馆

---

① Howard M. Harper, *Desperate Faith: A Study of Salinger, Mailer, Baldwin and Updike*, Chapel Hill: The University of North Carolina Press, 1967, p. 115.

② Jean Radford, *Norman Mailer: A Critical Study*, London and Basingstoke: The Macmillan Press Ltd., 1975, p. 55.

③ Jean Radford, *Norman Mailer: A Critical Study*, London and Basingstoke: The Macmillan Press Ltd., 1975, p. 139.

④ Sandy Cohen, *Norman Mailer's Novels*, Amsterdam: Editions Rodopi, 1979, p. 71.

⑤ Ibid.

⑥ Hillary Mills, *Mailer: A Biography*, New York, et al.: McGraw – Hill Book Company, 1982, p. 143.

⑦ Harold Bloom, ed., *Norman Mailer*, Philadelphia: Chelsea House Publishers, 2003, p. 75.

⑧ Nigel Leigh, *Radical Fictions and the Novels of Norman Mailer*, Basingstoke and London: The Macmillan Press Ltd., 1990, p. 55.

⑨ Ibid., p. 58.

中房客们的生活具有缺乏联系、异化的引申意义，那么在《鹿苑》中，梅勒再次选择一个背景来强调美国社会让人惊讶的空虚性。”①

综上可以看出，无论从“性”还是从“政治”角度解读《鹿苑》，评论家很少注意到梅勒对美国极权主义心态的批判，几乎没有人注意到梅勒在小说中对国会非美活动调查委员会“反共”真相的揭示。事实上，美国国会非美活动调查委员会的“反共”真相是《鹿苑》一个比较重要的主题关注点，这一主题关注点通过国会非美活动调查委员会对沙漠多尔影视圈人们的生活影响体现出来。可以说，在《鹿苑》中，人物的生活直接或间接地、或多或少地受到国会非美活动调查委员会的影响，他们的命运跟美国社会政治意识形态不无关系；国会非美活动调查委员会对沙漠多尔影视圈影视人物查尔斯·弗朗西斯·艾特尔（Charles Francis Eitel）过去经历的调查，要求艾特尔作证后对其作证登报公开声明，以及艾特尔作证后对其好友塞尔杰斯的调查，无不折射出20世纪50年代前期美国政府的“反共”真相与极权主义心态。

《鹿苑》以一个虚构的名叫“沙漠多尔”的加利福尼亚南部小镇为背景，主要讲述了一个名叫查尔斯·弗朗西斯·艾特尔的电影导演在麦卡锡主义盛行期间在沙漠多尔的生活经历。小说以叙述者塞尔杰斯·奥肖内西（Sergius O’Shaugnessy）的“寻乐”开始。跟《巴巴里海滨》中的罗维特一样，塞尔杰斯是一个上过战场的老兵；不同的是，罗维特是参加了第二次世界大战的老兵，塞尔杰斯是参加了朝鲜战争的老兵。战争结束后，塞尔杰斯回到美国，却发现自己无家可归，于是拿着战争结束时在日本东京一家旅馆赌博赢得的一万四千美元来到沙漠多尔寻乐。他说，“我离开空军部队，没地方可去，无家人可访，我晃荡到了沙漠多尔。”② 在沙漠多尔，塞尔杰斯所认识的每个人都有“一段不寻常的经历”（1）。在塞尔杰斯眼中，沙漠多尔是他认识的“唯一全新的地方”（1）。他说，“在这个地方的数月期间，我慢慢地以一种我不可能认识很多地方的方式认识了它”（1），因为“它以商业利润为明显动机而建”，但却“不允许出现任何商业标志”（1—2）。更让塞尔杰斯奇怪的是：

> 沙漠多尔没有大街，它的店铺看起来根本不像店铺，那些卖衣服的地方没有摆放出任何衣服，你在现代休息室等待的时候，销售人员打开

① Michael K. Glenday, *Norman Mailer*, New York: St. Martin’s Press, 1995, p. 72.

② Norman Mailer, *The Deer Park*, New York: G. P. Putnam’s Sons, 1955, p. 1. 本节凡出自该版本的引文，均在引文后的括号里注明页码。

> 墙上的小格子，向你展示夏天的礼服，或者把各式花样的热带地区的围巾捧在手里。有一个装修成游艇一样的珠宝店，立在街道上，人可以通过猫眼小洞窥见挂在一片浮木银杆子上的一条价值三万美元的项链。没有一家宾馆……可以从外面看到……沙漠多尔是一个树不长叶子的地方。(2—3)

就在这样一个故意被“陌生化”了的地方，塞尔杰斯经历了他从未经历过的各种事情。可以说，沙漠多尔是一个鱼龙混杂的地方，但塞尔杰斯说他能正常看到的只有为数不多的几个人，其中有个名叫德罗西·奥菲伊(Dorothea O’Faye)的女人，她的家是塞尔杰斯“最常去的地方”(5)。德罗西称自己的家为“宿醉”(The Hangover)；在“宿醉”，塞尔杰斯认识了德罗西的几个朋友：一个汽车修理场场主及其妻子，一个房地产投机商及其妻子，一个“高级影片社”的宣传员，一个数年前曾为德罗西好友、现从事表演的年龄较大的女人，一个曾经娶了德罗西、现已离婚、被德罗西留下来做差事的名叫奥菲伊(O’Faye)的酒鬼(5)。德罗西有个儿子，名叫马里昂·奥菲伊(Marion O’Faye)，但跟她前夫奥菲伊没有血缘关系，因为他是德罗西跟一个过路的欧洲王子的非婚私生子。马里昂是沙漠多尔无人不知的人物，如叙述者塞尔杰斯所说：“在沙漠多尔，他认识匪徒，认识演员，认识表演女郎，认识应召女郎，认识酒吧女郎；他甚至是住在这个避暑胜地的可以称得上国际层次的为数不多的几个人的宠儿……他能接触到很多从首都蜂拥而来的商人、娱乐者、导演、打网球的人、离婚女人、打高尔夫球的人、赌徒、美女和比较美的女人。”(13)马里昂时不时地来“宿醉”做客，虽然他并不喜欢母亲德罗西的所有朋友，但他喜欢塞尔杰斯，因为塞尔杰斯有过“杀人”的经历，如塞尔杰斯所说：“那儿的人中，他能忍受的只有两个，我是其中一个，他毫不掩饰他的理由。我杀过人，我也几乎被人杀了，这些是他觉得很有趣的情感。”(14)马里昂经常给塞尔杰斯讲一些故事，他的故事让塞尔杰斯知道了查尔斯·弗朗西斯·艾特尔这个人，并引起了塞尔杰斯对艾特尔的极大兴趣，因为自从马里昂向塞尔杰斯提及艾特尔的名字以来：“似乎每个人都总是乐于讲一些此人的新故事。”(16)从马里昂的故事中，塞尔杰斯知道了艾特尔的一些情况。他说：

> 艾特尔是一名淡季待在这个避暑胜地的著名电影导演，是从未去过“宿醉”的马里昂的朋友之一。直到我慢慢明白情况之前，我经常认为，

> 马里昂跟他保持朋友关系是为了挑衅德罗西，因为艾特尔去年曾出现在新闻报道中。我听说，在拍摄一部电影的过程中，有一天他拍着拍着就走掉了。两天后，国会的一个调查委员会称他为不友好证人。德罗西对艾特尔很生气。作为一名小道消息专栏主持人，她未能将自己的业务扩展到全国范围，因此最终对此工作感到厌烦，但她退休后的这一两年，她的专栏领导总是将美国国旗放在她照片旁边，她主持过的栏目总是充满关于影视界存在颠覆苗头的报道。即使现在，她仍然充满爱国热情，像许多爱国者一样，她感情强烈，思想脆弱。因此不宜跟她争论。我从未试图跟她争论，除非必要，我非常谨慎，从不跟她提起艾特尔。跟他见面后不久，我慢慢觉得艾特尔是我在这个避暑胜地最好的朋友。有一次，在她的三角关系中，我打断她的话说，他是我的朋友，我不想谈论他，有一阵子，我觉得她气得要哭。她走近我，走得非常近，她脸黑一阵红一阵，对我勃然大怒，大声吼道："你是我遇到的最讨厌的势利鬼。"（16）

从塞尔杰斯对艾特尔的情况介绍中可以看出，沙漠多尔的每个人之所以喜欢讲一些艾特尔的"新故事"，不是因为他是赫赫有名的电影导演，而是因为他是一个被国会非美活动调查委员会盯上的"不友好证人"。叙述者塞尔杰斯虽然只是蜻蜓点水般提及国会非美活动调查委员会对艾特尔工作的影响，但在小说开头提及此事，显然为读者解读小说的主题提供了非常重要的社会政治背景，暗示了麦卡锡主义的美国政治是小说的一个重要主题关注点。塞尔杰斯不惜伤害他与德罗西的关系而毫不犹豫地强调艾特尔是他"最好的朋友"，以及德罗西因为他与艾特尔的友谊而勃然大怒的情感反应表明，沙漠多尔并不是一个简单的形形色色的人休闲娱乐的避暑胜地，而是一个弥漫着浓厚政治意识形态的小社会，是美国社会的一个缩影，其中不乏像德罗西及其小道消息专栏这样替美国社会政治意识形态宣传卖命的人和机构。

20世纪50年代，美国政治给予欧裔白人比较高的社会地位和比较好的生活条件，导致少数民族常常自我贬低或有意掩盖自己的身份，这可以在叙述者塞尔杰斯对自己身世的介绍中看出：

> 我从未见过母亲，因为她去世得太早了。我父亲给我取了塞尔杰斯·奥肖内西这样一个王子般的名字，便在我五岁时就不再管我了，我因此不得不到处找工作……十二岁时，我发现我并不姓奥肖内西，而是

> 听起来像斯洛文尼亚人的那个姓。我父亲是一个混血儿水手——他母亲是威尔士英国人，父亲是俄罗斯和斯洛文尼亚混血儿，都是底层人。世界上没有像成为虚假爱尔兰人这样的事情，也许我母亲就是爱尔兰人。有一次，我父亲向我交代过，他不可能说起细节。一辈子就是一个工人，他想成为演员，于是奥肖内西便成为他努力的方向。(17)

塞尔杰斯的身世介绍，虽然讲的是个人的事情，却让读者看到了20世纪50年代早期美国社会的面貌：这是一个并非“人人生来平等”的社会，而是一部分人处于优势而另一部分人总是处于劣势的不平等社会；这个社会不仅要维持欧裔白人在国内的统治地位，而且要为美国在世界上占有统治地位竭尽所能。这样一个没有“平等”观念、竭尽所能称霸世界的美国形象，在小说中通过艾特尔在沙漠多尔的生活经历非常清晰地展现在读者面前。

塞尔杰斯说马里昂是“沙漠多尔第一个谈及艾特尔名字的人”(16)，马里昂也是沙漠多尔第一个让塞尔杰斯知晓国会非美活动调查委员会对艾特尔进行传唤作证的人。塞尔杰斯说，有一天晚上，他散步去马里昂家喝酒，马里昂谈及艾特尔，并且给他看了一份厚厚的国会非美活动调查委员会听证会上的作证笔录，其中记录了调查人员跟艾特尔的谈话，部分内容如下：

> 理查德·塞尔文·克莱恩议员：……你现在或曾经是，我要你具体说出来，那个党的党员吗？
>
> 艾特尔：我应该认为我的答案显而易见。
>
> 阿农·艾伦·诺顿主席：你拒绝回答？
>
> 艾特尔：那我只能说我不情愿地被逼迫回答了问题。我从来都不是任何政党的党员。
>
> 诺顿主席：这儿没有强迫。我们继续吧。
>
> 克莱恩：你是否认识某某先生？
>
> 艾特尔：我可能在一两次聚会上见过他。
>
> 克莱恩：你知道他是那个党的特工吗？
>
> 艾特尔：不知道。
>
> 克莱恩：艾特尔先生，你似乎乐于装傻。
>
> 诺顿主席：艾特尔，我们在浪费时间。我问你一个简单问题：你爱你的国家吗？
>
> 艾特尔：哦，先生，我结过三次婚，我总是在与女人的联系中思考

爱。（发笑）

诺顿主席：如果你继续这样，我们会以蔑视为由把你关起来。

艾特尔：我不愿意蔑视。

克莱恩：艾特尔先生，你说你见过我们谈论的那个特工？

艾特尔：我不能确信，我的记性不好。

……

诺顿主席：真是聪明。也许你不记得我们这儿记录在案的一件事。根据记载，你在西班牙打过仗，想听听日期吗？

艾特尔：我去那儿打仗，结果当了通讯员。

诺顿主席：但你不属于那个党？

艾特尔：不属于。

诺顿主席：你肯定在他们中间有朋友，谁叫你去的？

艾特尔：要是我记得的话，我不知道我是否要告诉你。

诺顿主席：要是你不注意，我们会以作伪证把你关起来。

克莱恩：回到问题吧。艾特尔先生，我有点好奇。如果有战争，你会为这个国家效劳吗？

艾特尔：要是我被征兵，我没有很多选择，是吗？可以这样说吗？

克莱恩：你会毫无热情地去打仗？

艾特尔：毫无热情。

诺顿主席：但如果你为某个敌人效劳，情况会不一样，是吗？

艾特尔：为他们效劳，我更无热情。

诺顿主席：这是你现在说的。艾特尔先生，这儿有我们在你档案中找到的东西。“爱国主义是支持猪的［东西］。”你记得说过这话吗？

艾特尔：我想我说过。

伊万·菲博纳尔（见证辩护人）：我能代表我的当事人声明我相信他会重新表达这句话吗？

诺顿主席：这是我想知道的，艾特尔先生，你现在想怎么说？

艾特尔：议员同志，重复这句话听起来有点粗俗。要是我知道你的委员会中有人会汇报我在一次聚会上说的话，我就不会那样说了。

诺顿主席：“爱国主义是支持猪的［东西］。”但你依靠这个国家而生活。

……

克莱恩：今天你怎么说，艾特尔先生？

艾特尔：要是你要我继续说的话，恐怕我要说颠覆的话了。

诺顿主席：是要让你继续说，今天你以何种方式、何种语言向委员会表达这句话？

艾特尔：我想爱国主义就是要你随时听候命令离开你的妻子，也许这就是它吸引人的秘诀。(发笑)

诺顿主席：你通常带着这样的高尚情感思考问题吗？

艾特尔：我不习惯思考这些问题，拍摄电影跟高尚情感没关系。

诺顿主席：我非常确信地说，今天早晨作证后，电影界会给你足够的时间思考高尚情感。(发笑)

菲博纳尔：我可以请求休会吗？

诺顿主席：这是一个颠覆委员会，不是半生半熟思想的论坛。艾特尔，你是我们见过的最可笑的作证人。(21—23)

从这个谈话片段中可以看出，国会非美活动调查委员会之所以调查艾特尔，是因为他们怀疑艾特尔可能跟国外共产党有联系，甚至可能是潜藏在美国国内进行间谍活动的国外共产党的特工，因为他曾经去西班牙参战。他们认为，艾特尔去西班牙参战，是受人指使的结果；也就是说，他是为“敌人效劳”，不是为了“这个国家”（美国）。虽然小说中没有出现艾特尔去西班牙参战的具体信息，但从时间上看，他参加的应该是1936—1939年的西班牙内战，因此跟历史上的“美西战争”没有关系，但国会非美活动调查委员会将艾特尔去西班牙的参战动机与其“爱国主义”问题联系起来以及他们将美国之外的国家视为“这个国家”的“敌人”的思想让读者不由得想起19世纪末发生在美国与西班牙之间的那场战争。1898年5月1日爆发、8月12日停战的“美西战争”是“历史上第一次帝国主义战争”①，美国共和党议员阿尔伯特·贝弗里奇（Albert Beveridge）在战争爆发后的波士顿演说中毫不掩饰地道出了这一帝国主义本质：

和英国一样，我们要在全世界设立贸易站，我们要让我们的商船遍及各大洋，我们要建立与我们的伟大国家相适应的海军；广大的殖民地将在我们的贸易站周围扩展开来；美国的法律、美国的秩序、美国的文明和美国的国旗将在迄今为止是血腥而黑暗的土地上树立起来。假如这

① 余志森主编：《美国通史》（第4卷），人民出版社2001年版，第94页。

意味着将星条旗飘扬在巴拿马运河上空，在夏威夷上空，在古巴和南海上空，那就让我们欢欣鼓舞地面对那一含意而且实现它吧……①

正如贝弗里奇在其演说中不厌其烦地强调美国称霸世界的愿望与决心，国会非美活动调查委员会不辞辛劳地对国内共产主义者进行调查，目的是为美国称霸世界扫清一切障碍。因此，任何被怀疑跟国外共产党有联系的美国人，都会成为国会非美活动调查委员会的追查对象；任何被证实跟国外共产党有联系或对国外共产党抱有同情心的美国人，都会受到严肃惩处。② 国会非美活动调查委员会对艾特尔的调查，目的是证实其是否是海外共产党的奸细，是否真的效劳美国，但艾特尔没有听从调查委员会的意志，没有明确表明自己的态度，这为他自己带来了麻烦，如塞尔杰斯对马里昂所说："他肯定很快失去了工作。"（23）

马里昂对艾特尔的介绍让塞尔杰斯有了"每天都想见他"的强烈愿望（24）。马里昂向塞尔杰斯呈现国会非美活动调查委员会对艾特尔的调查笔录数日之后，塞尔杰斯在马里昂的引荐下见到了艾特尔。初见艾特尔，塞尔杰斯颇感意外，因为"虽然他年过四十，有着大导演的声望，但艾特尔在其他方面更为出名。他结过好几次婚，据说是不止一人离婚的原因，这些都是传言最少的。在不同时间，他是一个酒鬼、一个吸毒者、一个色情狂；甚至有人私下里说他是间谍特工"（24）。但是，塞尔杰斯觉得，艾特尔是一个"像我一样的人，只是比我顺利很多倍，知道的比我多很多"（25）。尽管传言很多，但"在所有关于他的传言中，人们似乎最喜欢说的是他的工作完蛋了"（25）。尽管如此，塞尔杰斯却很喜欢艾特尔，如他所说："我很少这么喜欢过任何人。"（25）在塞尔杰斯眼中，艾特尔是一个孤独的人；但他认为，艾特尔不是生性孤独，而是"逼迫成了一个孤独的人"（25）。塞尔杰斯通过耳闻与目睹，向读者呈现了艾特尔的处境：面临失业，孤独无依。身为大名鼎鼎的导演，艾特尔为何会面临失业？又是什么逼他成为"孤独的人"？在随后与艾特尔的不断接触与交往中，塞尔杰斯逐渐找到了答案。

艾特尔来自美国东部一个大城市，父母都是移民后代。艾特尔是家里唯一上过大学的人，父母原本希望他成为律师，但他中学时对戏剧颇感兴趣，因此在职业选择问题上跟父母有过激烈争吵。大学毕业后，他闯荡到纽约找

① 余志森主编：《美国通史》（第4卷），人民出版社2001年版，第98页。

② 参见［美］马克·C. 卡恩斯、约翰·A. 加勒迪《美国通史》（第12版），吴金平等译，山东画报出版社2008年版，第655页。

工作，在人生最不如意的时候遇到第一任妻子。“为了养他，妻子在书店找了份工作，他写剧本，在能表演的地方表演，得到在小剧院做导演的机会，在大萧条最艰难的时候，开始发展自己的事业。”（26）但随着自己事业的发展：“他慢慢地失去了第一任妻子”，因为“他需要一位更有吸引力、更聪明、更能与自己相配的女人；他想要不止一个女人。他在省城看到那么多他能够拥有的女人，这让他极力渴望自由”（27）。后来：“他们不断吵架……他妻子想离婚。”（28）虽然“这是他多年来梦寐以求的结果，然而让他惊讶的是，他却不能放手；他们最终得以妥协，但半年后，他们还是离了婚”（28）。他的第二任妻子是一位演员：“从这位妻子身上，他得到了他想得到的，但同时也付出了相应代价。他离婚的时候正好是他去欧洲部队执行任务的时候……从战场归来时，他的名声坏到了极点”（28），因为“曾有一两年时间，他跟省城一半的漂亮女人睡过觉，如果某一周他的名字没有出现在小道消息栏目，那实属罕见”（28）。他的第三任妻子也是一个演员，名叫璐璐·梅耶斯（Lulu Meyers）。璐璐年轻漂亮，因此“他几乎不相信她需要他”（29）。深知他们的婚姻“不会长久”（31），他很快与一个罗马尼亚的女演员有了恋情，但他们的关系只持续了一年。正当他与璐璐的婚姻关系处于危机之时，他的事业也走向了低谷。在婚姻与事业双双遇到麻烦之时，他遇到了第三个麻烦：他成了国会非美活动调查委员会的调查对象。相对于婚姻和事业方面的失败而言，这件事对他的威胁更大，如塞尔杰斯所说：“这威胁他好几个月了”，因为“有那么多他签名的请求书，有那么多他花钱的理由，首先来自定罪，然后来自有罪，最后作为一种姿态。这都是过去的一部分。他不关心政治，但他知道下一次电影界的颠覆听证会上，他会受到传唤，如果他不愿说出任何他知道属于政府名单列出的党派和委员会中任何一个党派和人的名字，他可能永远不会在省会工作了”（31—32）。面对国会非美活动调查委员会的威胁，艾特尔进退两难，不知道如何是好，因为“他对曾经熟知的人没有什么感觉了，在记忆中，有些人他喜欢，有些人他不喜欢，但用自己的沉默保护他们的名誉，从而间接地保护一种政治制度，而这种政治制度，不像他曾经工作过的电影制片厂，未曾提醒过他任何事情，由此丢了自己的工作，就显得很可笑。然而，还有自尊问题，人不能在公众面前爬着走”（32）。因此，艾特尔陷入困境，如他对向塞尔杰斯所说：

> 真是可怕啊，我没有主意。你可能想不到我现在的工作。我没有时间考虑道德问题，我忙于跟律师见面讨论，我的代理人在工作室录音，

我的业务经理和会计忙着查我的收入税缴纳情况，他们分析、修改、再分析。我的花费很大，他们告诉我，我的薪水是必要的，我的资本都在解决离婚中消耗掉了，高级影片社（Supreme Pictures）不再保护我免受委员会调查。薪水高有何用，我的代理人甚至确信，他们曾经鼓励委员会着手对我进行调查。似乎在人失意时，我真正没有多少钱了。所以，他们都有同样的建议：跟委员会合作吧。我说我会合作。我对这件事很烦，却无可奈何。我的律师和我花了好几个小时检查我要说的话，就在中间，我开始改变主意了。涉及细节的时候，很不愉快。我叫律师另拟一份计划，以便我不合作时使用。这期间，朋友来来往往，给我提出建议。有的说我应该说出我知道的人的名字，有的说我应该保持不友好证人的姿态，有的说他们不知道能做什么。我难以入眠，谁也没有考虑的是我正在拍摄的那部电影。工作室分配给我的任务是拍摄一部音乐片，名叫《云，啊呵》。我不会要求更糟糕的东西了，我讨厌音乐喜剧。(32)

一方面必须应对国会非美活动调查委员会的调查，另一方面必须完成工作室交给他的任务，艾特尔自然没有足够的时间和精力做好他应该做好的事情。所以，尽管他劳心费力，《云，啊呵》拍摄得很不成功，如塞尔杰斯所说：

有关那个片子的一切都是错的。他的制片人干涉拍摄，上级工作室的领导来了也不说话，拍摄一次又一次拖延，有些拖延本可以避免，有些不可避免；主演病了，彩色胶片在灯光方面出了问题，艾特尔跟摄像师打了一架，一个工作人员受了伤，决定改变台词，计划落后了几天，计划用一个早晨完成的带有额外费用的昂贵场景，结果拖延到第二天早晨才完成；一切很不严格，艾特尔知道这是他的错。每天晚上都是伤口上撒盐，他不得不坐在放映室观看上周匆忙拍摄的东西。他做得越多，情况越糟糕。节奏太快或太慢，喜剧没有让人发笑的地方，情感很虔诚，制作人数与他们变幻不定的场景看起来像是舞蹈指挥在与艾特尔打仗，影片中完全失去了“艾特尔手法”……这样持续了三周后，片子还没有拍到一半，一切都错了，每个人，包括制片人、导演、演员、摄像师、工作人员、舞蹈指挥和合唱团，在舞台上乱成一团。艾特尔失去控制，从拍摄现场走开，离开了工作室。立刻，工作室撤销了他的合同。第二

天早晨，另一个导演毫无感激地接受了接替他继续拍摄《云，啊呵》的任务。(32—33)

离开他与之签约的工作室，放弃他不满意的《云，啊呵》的拍摄工作，艾特尔展现了自己的个性，似乎走出了烦恼，但只是从一种烦恼走进了另一种烦恼，因为“四十八小时之后，他要面对颠覆调查委员会”(34)。虽然他自言自语说：“我现在自由了，我可以做我想做的事”，但是，他深知这种“自由”的代价：“他能够想到的只是离开《云，啊呵》拍摄带来的损失。他与高级影片社的合同毁了，这是毫无疑问的。但是，如果他跟颠覆调查委员会合作的话，他可能还会在另一个工作室找到工作，但代价是一时的脾气造成了他需花五年时间才能挣到的数十万美元”，并且这笔钱“不管怎么说都被纳税了”(34)。

接受国会非美活动调查委员会的听证调查不仅是艾特尔自己的事情，也是他身边的人关心的事情。艾特尔是否会在国会非美活动调查委员会的听证会上说出他被要求说出的人的名字，似乎没有人比马里昂更有把握。艾特尔参加国会非美活动调查委员会的调查听证会之前，马里昂来到艾特尔的住所，告诉艾特尔说他和母亲德罗西就艾特尔在调查听证会上如何反应，押了三百美元的赌注。德罗西认为艾特尔会在调查听证会上说出国会非美活动调查委员会要他说出的人的名字，但马里昂认为艾特尔不会这样做，因为那意味着“艾特尔完蛋了”，如他对艾特尔所说：“我要对你说，如果我打赌输了，你的结局就到了。”(35)所以，他非常确信地对艾特尔说：“你不会说出那些名字。”(35)马里昂显然比较了解艾特尔，可以说他看透了艾特尔的心思。他在艾特尔出席调查听证会之前与艾特尔的谈话，显然影响了艾特尔在调查听证会上的反应，如叙述者塞尔杰斯所说：“要是菲伊不来见他的话，他根本不能确信他会做什么，但第二天早晨，经过一个糟糕的夜晚之后，他走进了律师办公室，满脸笑容，轻松地说：‘我不会说出那些人的名字’，似乎这就是一开始的理解：‘不要让我进监狱就行了，再无别的’。”(35)他甚至向律师保证，他不会中途改变主意。无需赘言，艾特尔在调查听证会上的反应没有背叛律师，也没有让马里昂失望：“他的行为跟他本来希望的一样；他很酷，他的声音没有失控，长达两个小时，他带着兴奋，挡住了问题，干净利索地回答，感觉灵感让他击败退让。”(36)

艾特尔虽然在国会非美活动调查委员会面前没有退让，却无法退出他生活于其中的世界。这个世界是一个一部分人的存在不允许另一部分人存在的世界，是塞尔杰斯所说的“真实世界，一个战争、拳击俱乐部和偏僻街道上的孤儿院组成的世界，这个真实世界是一个孤儿焚烧孤儿的世界”（41）。这个“真实世界”让人伤心，让人失望，让人痛苦，所以“最好不要去想这个世界”（41）。与这个“真实世界”相对的是一个“想象世界”，是一个“几乎每个人都生活于其中”的世界。这是塞尔杰斯喜欢的世界，自然也是艾特尔喜欢的世界；但是，不管他多么喜欢后者而厌恶前者，艾特尔只能生活在这个“真实世界”，只能被它改变，却不能改变它。所以，在这个“真实世界”，尽管他努力不去找麻烦，麻烦却常来找他。他因为《云，啊呵》的拍摄问题离开高级影片社的工作室，但并没有因此摆脱其束缚与控制。他接受国会非美活动调查委员会的调查听证后不久，高级影片社最高领导赫尔曼·泰皮斯（Herman Teppis）仍然以领导身份试图干涉他的生活，指责艾特尔没有听取他的忠告。泰皮斯对艾特尔说：“我很羞愧从你的影片中赚了钱。五年前的时候，我把你叫到我办公室，警告过你。我说：‘艾特尔，任何一个试图给这个国家抹黑的人都没有好结局。’这是我当时说过的，你听进去了吗？你知道他们现在工作室谈论什么吗？他们说你会回击的，某种回击。如果没有工作室的帮助，你一天工作都做不了。我会让人们知道这一点。”（55）泰皮斯的意思显而易见：如果艾特尔不听从他指挥，就不可能再次找到工作。如果说艾特尔不向国会非美活动调查委员会低头，就不可能继续从事他所从事的工作，那么，他不向泰皮斯屈从，就不可能在电影界找到他能干的工作；从这个意义上讲，泰皮斯和国会非美活动调查委员会是同谋，是国会非美活动调查委员会的个体化体现。因此，跟国会非美活动调查委员会一样，泰皮斯不忘追查艾特尔的过去：“告诉我，在你的心口画个十字，查理，你是红色分子吗？”（57）他甚至指责艾特尔说：“我不明白你为什么把自己弄得如此引人注目。”（57）他还以上司领导的口吻对艾特尔说：“最近几天里找一天时间跟美国政府说清你的情况，说清楚后，也许我会跟你一起干。”（57）显而易见，泰皮斯不仅仅是电影界的一个头目，更是美国政府的一个代言人；他首先关心的不是艾特尔与他之间的生意关系，而是艾特尔与美国政府之间的政治关系。因此，虽然他在塞尔杰斯的强烈要求下很不情愿地邀请艾特尔参加他的私人宴会，但艾特尔非常清楚参加此次宴会的结果，如他对塞尔杰斯所说：“他们可能会说，我私下里向颠覆调查委员会交代了，要不，泰皮斯怎么会邀请我呢？”（58）这表明，艾特尔的工作和生活无不受到国会非美活动调查委员会影响，他对待国会非美活动调查委员会调查的态度将决定他的前途和命运。艾特尔对塞尔杰斯所言表明，不仅艾特尔自己非常清楚这一点，而且所有知道他的人都对此深信不疑，尤其是泰皮斯。在泰皮斯看来，艾特尔拒绝与国会非美活动调查委员会合作完全断送了他的前程，如他在自己宴会上对塞尔杰斯说："艾特尔完蛋了"（65）："你告诉查理·艾特尔，他完蛋了。我告诉你，他完蛋了，他失去了他的机会。"（81）在泰皮斯宴会上，艾特尔的前妻璐璐也如是说："他们说你完蛋了，查理。"（76）

如果说艾特尔对待国会非美活动调查委员会的态度影响了他的生活，那么，他的情况绝非个别案例；因此，尽管他身处困境，他在沙漠多尔也有一些志同道合的朋友，他们组成了他在沙漠多尔的"朋友圈"，这个由"作家、导演、演员和一两个制片人"组成的"朋友圈"："跟他一样，拒绝跟颠覆委员会合作。"（150）因此，"跟艾特尔一样，他们在这里避难"（150）。所以，艾特尔称他们为"逃亡者"（150）。这些"逃亡者"虽然是艾特尔的朋友，但艾特尔"觉得他们大多数人很乏味，一两个比较令人愉快，但作为一个群体，他们让他生厌"（150）。所以，除了集体聚会，艾特尔跟这些"让他生厌"的朋友很少私下来往。因此，很多时候，艾特尔生活在孤独之中。除了马里昂时不时地打破他的孤独来家里做客，他家中几乎没有客人来访。虽然艾特尔不是很喜欢马里昂，但他们能够相互"倾吐心声"。在马里昂看来，艾特尔在沙漠多尔之所以处于困境，是因为他没有跟国会非美活动调查委员会合作，如他跟艾特尔的"谈心"所示：

> 艾特尔露出满脸厌烦的样子说："你很清楚，科利，影视界没有人会靠近我。"
>
> "你要做的就是跟政府说清你的情况。"
>
> "就那点事，我有我的自尊，科利。"
>
> "要不，跟我干吧。"
>
> "也许还有其他可能。"（166）

马里昂是泰皮斯的女婿，他说的话跟泰皮斯说的话如出一辙，毫无二致；不同的是，泰皮斯要求艾特尔完全屈从于国会非美活动调查委员会，而马里昂比较尊重艾特尔的选择。尽管如此，马里昂深知违背泰皮斯的意志跟艾特尔"合作"会带给他什么危险，如他所说："如果泰皮斯发现我跟你一起做事，他会摘下我的头给我。"（167）虽然马里昂比较尊重艾特尔的选择，但他也希望艾特尔能跟国会非美活动调查委员会合作；如果艾特尔真的跟国会非美活动调查委员会合作的话，马里昂会"尽力让他导演他的影片"（167）。

他甚至告诉艾特尔，如果艾特尔能够按照泰皮斯“改造”他的计划在一个秘密开庭上作证，他的名字就可以从政府列出的黑名单上消失，如他对艾特尔所说：“如果你在一个秘密开庭上作证，他就可以搞定这件事，谁也不会知道你说了什么。”（168）对于这个岳父与女婿的合谋计划，艾特尔不得不说：“他们是多么聪明啊，一次秘密开庭，几行出现在报纸背面的文字，就可以让他再次有事业了。”（168）马里昂甚至利用塞尔杰斯与艾特尔的友谊关系，试图通过塞尔杰斯“帮助”让艾特尔实现泰皮斯的意愿，如他对塞尔杰斯所说：“我对艾特尔的了解比他自己更清楚。现在，一切对他都关闭了。你不可能理解拍摄影片与经济之间的相互联系。H. P. ［赫尔曼·泰皮斯］真是一手遮天，他可以让他进入世界任何工作室的黑名单，而且他是唯一可以让他从黑名单消失的人。你是我唯一可以用以说服 H. P. 让艾特尔回来的小伙子。”（196）马里昂之所以这样说，是因为泰皮斯计划拍摄一部关于塞尔杰斯战争经历的电影，这部电影能为他赚大钱，但需要艾特尔和塞尔杰斯的积极合作。为了实现泰皮斯的愿望，作为女婿和制片人的马里昂自然不辞辛劳地奔走于艾特尔和塞尔杰斯之间，通过诱人的经济条件“强迫”他们就范。然而，马里昂的诱人经济条件并没有让塞尔杰斯毫不犹豫地与他签订合作协议，因为泰皮斯拟拍摄的电影将充满“许多飞机轰炸飞机的美丽画面”（197），这正是塞尔杰斯根本不愿看到也不愿提及的那个“孤儿焚烧孤儿”的“真实世界”，如他所说：

> 我一直想起那个手臂烧伤的日本厨师，我能够听到他说：“我要进入电影？他们要展示这些伤疤和脓液？”我越想接近那份协议，他越让我感到不安。科利和璐璐不停地用词汇润色我的经历，谈论着那个美妙世界、那个真实世界、所有会出现在我身上的好事，我却一直觉得他们错了，觉得那个真实世界在地下——一个孤儿焚烧孤儿的野蛮洞穴组成的纷乱。他们说得越多，我越想听一听他们在说什么，我不知道该做什么，我不知道什么是正确的，我不知道我是否关心这些，我甚至不知道我是否知道我要什么或我心里想什么。（196—197）

显而易见，泰皮斯镜头下的“真实世界”不会是塞尔杰斯经历过的那个“真实世界”。泰皮斯及其同僚科利和璐璐关心的是如何赚钱的问题，而塞尔杰斯关心的是涉及他战争经历的电影是否会二次伤害受害者的问题；换言之，泰皮斯及其同僚科利和璐璐关心的是财富，而塞尔杰斯关心的是道德。道德关注让塞尔杰斯深感迷茫，他“不知道该做什么”，不知道“什么是正确的”，不知道自己“要什么”或“心里想什么”。他需要艾特尔为他指点迷津。可以说，艾特尔对泰皮斯及其同僚科利的心思了如指掌，他知道泰皮斯及其同僚科利拍摄一部关于塞尔杰斯战争经历的影片完全出于商业目的，除此别无他求。所以，他直截了当地告诉塞尔杰斯：“它会是这样一部电影，里面有许多飞机轰炸飞机的美丽画面，你以为科利会拍摄什么样的电影？”（197）艾特尔的提醒让塞尔杰斯觉得“我们比其他人好，所以我们要比他们做得更好”（200）。所以，一想到他要参与泰皮斯拍摄关于他战争经历的电影，塞尔杰斯就感到害怕，感到恐惧，因为这让他想起他在朝鲜战争中驾驶飞机轰炸东方村庄的可怕情景，他向璐璐详细讲述了他在朝鲜战争的经历与感受：

> 我告诉她我觉得那些尸体看上去的样子，因为从来没人鼓励我们早起去探访前线，但我能够知道第二天早晨东方村庄看起来多么像死亡，他们盲目地盯着像垃圾箱里发臭的黑色灰烬一样的天空，我们还是继续飞行轰炸，继续喝酒，始终不离嘴的话题是艺妓院、打牌玩乐以及早晨四点起来准备执行飞行任务时嘴上的味道，不停地谈论着谁也不知道谁更加了解的那些聚会和女郎，争论着飞机的技术表演、哪架飞机更好以及在空军部队是什么职业，等等。我努力给她讲述一切，讲述那个日本厨师的故事，讲述我后来为什么不喜欢我熟悉的那些飞行员，直到最后我不再去找艺妓院女郎，那么美丽，那么女人味，因为肉是粗糙的，肉是人在真实世界焚烧过的东西，在一种自我焦虑中，在大脑的压力下，我喊道：“我喜欢它，我喜欢火，我有成为人的残酷。”（202—203）

塞尔杰斯向璐璐讲述自己在朝鲜战争的经历与感受，旨在告诉她，美国在朝鲜战争中的表现完全是非人性的，美机轰炸东方村庄的行为是惨无人道的野蛮行为，美国在朝鲜战争中践踏人命的罪行是不可饶恕的。通过塞尔杰斯对自己在朝鲜战争中的经历与感受的反思再现，梅勒再现了朝鲜战争中的非人性美国形象，解构了鼓吹“博爱”与“自由”的假面美国形象，建构了进行帝国主义侵略从而破坏“自由”、制造残酷的真面美国形象。

除了泰皮斯、马里昂和璐璐之间的合谋，德罗西和璐璐也合谋想方设法让艾特尔与国会非美活动调查委员会合作。德罗西通过璐璐邀请艾特尔参加她为璐璐举办的私人欢迎宴会。在欢迎宴会上，艾特尔出乎意料地遇到参与调查他的国会非美活动调查委员会成员理查德·塞尔文·克莱恩。艾特尔说，他经常梦见克莱恩："常常在噩梦中看见克莱恩年轻的脸庞、灰白的头发和血红色的脸颊，听见他柔声柔气的说话声。"（213）克莱恩参加德罗西的宴会，旨在进一步调查艾特尔。所以，见到艾特尔后，克莱恩立刻开展工作。他避开众人的视线，离开宴会现场，来到楼上保姆的房间，对艾特尔进行调查，情景如下：

> 克莱恩往后一坐，若有所思地打量了一下他："艾特尔先生，"他说："我知道你不喜欢我，但好奇的是，我提问你的那天，我感觉我们在另外的情况下可以做朋友。"
>
> "难道对你来说被人看见跟我在一起是不英明的吗？"艾特尔打断他的话。他心里很平静，但觉得面子让他保持了固定表情。
>
> "政治里总有危险，"克莱恩说："但我不会觉得被人误解。"
>
> "换句话说，委员会知道你要来见我。"
>
> "他们知道我对你的情况感兴趣。"
>
> "为什么？"
>
> "我们都觉得这是耻辱。"
>
> "哦，现在的确如此。"
>
> "艾特尔先生，你可能认为我们对迫害人感兴趣，恰巧不是这样。可以说，我个人特别关心这个国家的安全，但我们没有人想不必要地伤害人。你会对我们处理一些见证人方面所做的好事感到惊讶。我可以说，我一贯相信，它具有一种能提升整个工作的作用。我父亲是乡村牧师，你知道的。"他亲密地加了一句。对此艾特尔没有微笑，克莱恩冷漠地点了点头。
>
> "你出现的时候，"他继续说："我得到的信息是，你是一个持证成员。自那时以来，我有了不同的认识。"
>
> "那为什么委员会不这样说呢？"
>
> "这是合理要求吗？"克莱恩问道："你说了一些很小的潜藏的东西。"
>
> "我不明白你们为什么对我感兴趣。"
>
> "我们觉得你可以帮我们。如果我们过一遍你以前的联系人，可能你会发现一些甚至没有意识到的信息。"
>
> "你们要秘密开庭吗？"

"我不能代表委员会说话，但这是我来见你的部分原因。"

艾特尔清楚，秘密开庭的诱惑一直停留在他脑子里。也许这就是他不能让自己潇洒的原因。"克莱恩，要是我作证的话，"他说："你们会怎么处理报纸那边的事？"

"我们控制不了他们。你可以笑，但我觉得他们错误地再现了我们[的形象]。"克莱恩耸了耸肩说："也许你可以让你的律师或公关人员举行一次鸡尾酒宴，我觉得这是一个软化媒体的好办法。当然了，我不是这方面的专家。"

艾特尔笑了一下说："议员同志，很难认为你是一个业余者。"

"艾特尔先生，"克莱恩说："我不知道这样谈话有什么意义。"

"政治家必须习惯几次侮辱，"艾特尔说："尤其是刚开始工作的时候。"

克莱恩故意笑了一下。"你为什么抗拒我？"他热情地说："我只想帮你。"

"我更喜欢自助，"艾特尔说完看着他："你对你的委员会说，我们也许能做出一些安排，当然以秘密开庭为条件。"

"我们会考虑，"克莱恩说："会让你知道。明天我要飞往东部，这是我的电话号码，你随时可以给我打电话。"（214—215）

从克莱恩的言谈中可以看出，艾特尔与克莱恩虽然同为美国人，但克莱恩在自己与艾特尔之间划了一条非常清晰的界线，因为在他看来，艾特尔跟他不是同一个战壕的战友，不是美国安全的保护者。克莱恩视自己为美国安全的保护者，他之所以调查艾特尔，是因为他认为艾特尔知道一些会对美国安全造成威胁的重要信息。所以，在他看来，如果艾特尔作证说出这些信息，就可以帮助美国消除潜在的安全隐患，同时也能让他自己摆脱眼前的困境而获得自由；所以，他认为他的所作所为都旨在帮助艾特尔，如他所说："我想帮你。"（215）显而易见，作为美国政府意志的执行者，克莱恩的言谈体现了美国政府的思维方式。正如克莱恩言在此而意在彼，美国政府总是言行不一，为了自己的利益，常常不择手段、肆无忌惮地破坏它认为对它可能造成威胁的任何国家和地区的安全，却美其名曰"帮助"它们消除危险。它名为"帮助"他人，实则"受益"自己。在美国政府看来，美国是世界上最好的国家，正如在泰皮斯眼中："这个国家［美国］有世界上最了不起的演员"（239），"美国就是世界"（241）。

然而，不论艾特尔多么向往秘密开庭，他的愿望只是愿望而已，秘密开庭只是他一厢情愿。德罗西宴会之后，艾特尔向塞尔杰斯讲述了他得不到秘密开庭的缘由，塞尔杰斯向读者详细呈现了艾特尔的“讲述”过程与内容：

> 艾特尔耸了耸肩说：“你也许知道了，你很快会在报纸上看到。”
>
> “我会看到什么？”
>
> 他没有直接回答我。“你看，艾琳娜离开之后，”他说：“我就不能在这儿待下去了，开始的几天，我清晨驱车进了城，去见了我的律师。告诉你这些琐碎的事情没有什么用。我肯定跟一打人谈过。让人惊讶的是，这事是那么复杂。”
>
> “这样说，你要秘密开庭了？”
>
> “没有。”艾特尔点了一支烟，不再看着我。“他们不会那么轻易放过我。你知道，这些人都是会玩弄把戏的人。如果你承认你愿意秘密开庭，他们知道你也会公开开庭作证。他们抓住了基本原则，是不是？”艾特尔心事重重地笑了一下。“哦，我没有让他们轻易得逞。他们告诉我开庭将是公开的时候，我离开谈话，去了律师办公室。我骂呀，吼呀，但我一直都知道，我要给他们想要的东西。”他小心翼翼地喝了一口水。“如果我在沙漠多尔有什么［地方］可以回去的话……唉，如果那样的话，我不知道，我不是找托词，事实是我什么都没有，我能做的就是承认他们是多么聪明。他们知道你要几亩地就可以赢得一个帝国。我们在公开开庭这个问题上达成一致后，就出现了人名的问题。”他微微笑了一下。“哦，那些人名。你根本想不到有多少人名。当然，我从来都不属于那个政党。所以，显而易见，我根本不可能是那种有资格成为‘年度密探’的证人。他们仍然有办法利用我。我跟克莱恩在其调查工作中用到的两个侦探会谈过几次。他们看起来就是为摄像摆姿势的纯美国的宪兵和拦截人员。他们对我的了解比我对他们的了解多得多。我从来没有意识到过去十年里我的名字会出现在那么多报纸上。他们想知道，谁叫我在那份反对阿拉巴马盐矿使用童工的请求书上签名？就这样的事。一百个，两百个，四百个签名。我可能就在板凳上痛苦地度过童年。在鸡尾酒宴上跟那个危险的政治活动家说了一点话——你注意，某个自以为是自由主义者的傻乎乎的作家给我一张纸要我签名。”艾特尔摸了摸他的秃顶，似乎想知道他掉了多少根头发。“有一阵子我觉得很混乱。有人要我谴责，也有人，特别是我在高级影片社和大酒瓶社认识的一两个明星，

保持着绝对的中立态度。当我开始理解国会颠覆调查委员会跟工作室之间存在何种谋划时，我们就有了进展。你知道，他们为我准备了五十个人的名单。那些人中有七个，我发誓我一生从未见过，但似乎我说的不对。毕竟有那么多聚会，跟我一起踢球的两个人都知道。‘你们两人在某个晚上的某个聚会上在同一个房间’，他们让我知道，结果我就有了一个人可能有的那种政治谈话。快结束时，他们变得友好了。其中一人不厌其烦地说喜欢我拍摄的一部电影，我们甚至就一场斗争打了赌。最后，在我看来，我似乎就像喜欢要我说出名字的一些人那样喜欢我的侦探。因此，我名单上一半的人有让人反感的性格。”艾特尔疲倦地笑了一下。“审问持续了两天。然后，克莱恩回来了，我去见了他。他很高兴，但似乎还有什么事要问我。我做得还不够。”

“还不够？”我说。

“还有几亩地需要捡起来。克莱恩把我的律师叫来。他们又不怕麻烦地告诉我，我应该作证后登报声明。克莱恩为我写了一份声明，当然我可以使用不同措辞，但他认为，他给了我可能最好的版本。后来，我的律师又提了另一个建议。大家似乎认为，掏点钱在商业报纸打个广告说，我为作证感到多么自豪，我多么希望跟我一样的人也能像我这样去做。你想看看我准备好的下周出版的报纸声明吗？”

“我想看看，”我说。

我扫了一眼，看到这几行文字：

我浪费一年时间，经过错误努力，才认识到调查委员会的有用和爱国作用，我今天不受逼迫地作证，能够为保卫这个国家而反对所有渗透和颠覆做出贡献深感自豪。深知我们共同具有民主遗产，我只能说，以任何他知道的情况帮助调查委员会开展工作是每个公民的义务。(265—267)

艾特尔向塞尔杰斯的知心“讲述”表明了他的无奈处境，他的准登报声明揭示了美国的“反共”真相：在美国政府看来，美国是民主的化身，是世界上最民主的国家；共产主义在美国的存在，不是促进美国民主，而是给美国民主造成威胁，所以，共产主义是美国民主的大敌，是美国称霸世界的大敌，共产主义在美国的存在会对美国民主造成颠覆，会成为美国称霸世界的绊脚石和重要障碍；因此，清除国内共产主义是美国走向世界霸权的重要保证，任何反对共产主义思想渗透或颠覆活动的行为都是热爱美国的行为，也是每个美国公民应尽的义务。回顾艾特尔在沙漠多尔的经历，我们可以看出，效忠美国政府并代表其行事的国会非美活动调查委员会不是民主的象征，而是极权的化身与独裁的体现。就艾特尔作证而言，它没有给予他任何民主选择，而是不断变相地迫使他做出没有选择的选择。它做了坏事，却要给自己留下英名。它心毒手辣，却装成十分和善的样子。它强迫人们做了他们不愿做的事情，却让他们亲口说是自愿为之。艾特尔在国会非美活动调查委员会的公开开庭作证后，泰皮斯领导下的高级影片社随即“发表声明，称他们购买了一部名为《圣人与情人》的原创性影片，该片由查尔斯·弗朗西斯·艾特尔和卡莱尔·姆西恩编剧，将由艾特尔导演，姆西恩制片”（270）。叙述者塞尔杰斯说：“如果有人好奇想知道姆西恩怎么能跟艾特尔合作，大多数小道消息栏目解释说，姆西恩和泰皮斯让艾特尔相信，他有义务在国会非美活动调查委员会面前进行作证。”（270）通过艾特尔向塞尔杰斯讲述自己的无奈选择以及艾特尔作证后高级影片社与社会舆论的反应，梅勒解构了鼓吹“民主”的假面美国形象，建构了奉行“极权”的真面美国形象。艾特尔公开作证后，塞尔杰斯因与艾特尔的关系也受到国会非美活动调查委员会调查。调查委员会试图从塞尔杰斯身上挖掘更多他们认为藏匿于美国进行颠覆或帮助颠覆美国政府的共产主义者，却无果而终。国会非美活动调查委员会对塞尔杰斯的调查，旨在彻底消除国内共产主义及其影响，进一步暴露了美国政府的“反共”真相和极权主义心态。

综上可见，从强烈抵触与对抗到积极配合与合作，艾特尔对国会非美活动调查委员会的态度巨变表明，20世纪50年代前期，麦卡锡主义让美国政府失去理性，疯狂搜查并清除国内一切可以清除的共产主义影响，不仅严重影响了美国社会的政治生活，而且严重影响了普通人的日常生活。但是，艾特尔对国会非美活动调查委员会的态度变化也表明，麦卡锡主义之所以能让美国政府失去理性，是因为美国政府的思维是称霸世界的思维；在这种思维指导下，美国政府视共产主义为美国称霸世界的大敌，认为共产主义是美国称霸世界大道上的重要障碍。因此，消除共产主义，就能保障美国顺利走向世界霸权。美国之所以有称霸世界的思想，是因为它认为自己是最具“民主”“自由”与“博爱”思想的国家；然而，国会非美活动调查委员会对艾特尔的调查表明，美国政府鼓吹的“民主”“自由”与“博爱”只不过是完全骗人的虚假话语而已。从这个意义上讲，通过再现国会非美活动调查委员会对艾特尔的调查及其影响，《鹿苑》解构了鼓吹“民主”“自由”与“博爱”的假面美国形象，建构了排除异己、奉行极权、独霸世界的真面美国形象。

第三章

《一场美国梦》和《我们为什么在越南?》与20世纪60年代的美国

如果说《巴巴里海滨》与《鹿苑》比较真实地再现了20世纪50年代的美国形象，梅勒于20世纪60年代发表的《一场美国梦》和《我们为什么在越南?》则比较真实地再现了这个年代的美国形象。美国常常声称自己是“安全守望者”和“和平守望者”，但《一场美国梦》和《我们为什么在越南?》则表明了完全相反的情形。为了很好地理解《一场美国梦》和《我们为什么在越南?》再现的美国形象，我们有必要先了解一下美国历史上官方话语中经常显示的美国身份。

第一节　美国身份：安全与和平的守望者

如果我们要问欧洲人最初出于什么考虑来到北美大陆这个“新世界”，我们不得不承认，尽管原因很多，但逃避迫害求得安全无疑是一个非常重要的原因。对他们来说，离开欧洲这个“旧世界”，来到北美大陆这个“新世界”，就意味着可以从不安全走向安全。所以，可以说，对安全的渴望是促使欧洲清教徒离开欧洲来到大洋彼岸的美洲的一个决定性因素，确保安全成为北美大陆人民在“新世界”的首要生活目标。因此，美国人在《独立宣言》中写道：“我们认为这些都是不言而喻的真理：人人生来平等，造物主赋予他们一些不可剥夺的权利，其中包括生命权、自由权和追求幸福的权利。”①《独立宣言》将“生命权”置于人的“不可剥夺的权利”之首，表明“安全”是人最为重要的一项“不可剥夺的权利”，也表明美国一开始就将

① Thomas Jefferson, “The Declaration of Independence” (1776), in Nina Baym, et al., eds., *The Norton Anthology of American Literature*, 3rd ed., Vol. 1, Part 1, New York & London: W. W. Norton & Company, 1989, p. 640.

“守望安全”作为自己的理想和奋斗目标，正如杰斐逊所说，他虽然起草了《独立宣言》，但他的责任“不在于创造新思想，而在于用简单而坚定的表达把这件事情的常识摆在人类的面前，以获得人类的认同”；换言之，他“只是试图通过《宣言》，表达出美国人的思想”①。

如果说《独立宣言》通过强调“造物主赋予”人的“不可剥夺的权利”间接地表明“守望安全”是美国的一个理想，那么，《独立宣言》发表后，美国则以法律的形式规定，守望人民的安全是美国政府必须承担的责任和履行的义务。《邦联条例》规定：“各州一致同意成立坚固的友好联盟，互有义务彼此帮助抵御所有武力或武力侵略，或以宗教、主权、贸易或任何其他借口而发动的攻击。”②《第一条宪法修正案》规定：“国会不得制定有关下列事项的法律：确立一种宗教或禁止信仰自由；剥夺言论自由或出版自由；或剥夺人民和平集会及向政府要求申冤的权利。”③《第五条宪法修正案》规定：“人民不得为同一罪行而两次被置于危及生命或肢体之处境；不得被强迫在任何刑事案件中自证其罪，不得不经过适当法律程序而被剥夺生命、自由或财产。”④《第十四条宪法修正案》规定：“任何州不得制定或执行任何剥夺合众国公民特权或豁免权的法律。任何州，如未经适当法律程序，均不得剥夺任何人的生命、自由或财产；亦不得对任何在其管辖下的人，拒绝给予平等的法律保护。”⑤ 诸项法律规定表明，守望人民的生命与财产安全是美国政府的首要责任，也是美国政府必须始终信守的承诺。

如果说美国政府通过法律形式向其人民做出了“守望安全”的承诺，那么，它也试图通过行动向其人民表明，它要努力成为他们心目中的“安全守望者”与“和平守望者”。为此，不论国内还是国外，美国都努力扮演“安全守望者”的角色。南北战争后，南卡罗来纳州州长韦德·汉普顿曾公开承诺：“我们……将保护每个公民，不管是最底层的还是最高层的，不管是白人还是黑人，我们都会完全而平等地保护他享受宪法赋予的所有权利。”⑥ 19

① 转引自［美］马克·C. 卡恩斯、约翰·A. 加勒迪《美国通史》（第12版），吴金平等译，山东画报出版社2008年版，第102页。

② 同上书，第757页。

③ 钱满素主编：《自由的刻度：缔造美国文明的40篇经典文献》，东方出版社2016年版，第122—123页。

④ 同上书，第123页。

⑤ 同上书，第126页。

⑥ 转引自［美］马克·C. 卡恩斯、约翰·A. 加勒迪《美国通史》（第12版），吴金平等译，山东画报出版社2008年版，第384页。

世纪末“美西战争”后，美国要求古巴政府“授权美国在必要的情况下介入”古巴事务：“以维护古巴独立”和“维护一个足以保护生命、财产和个人自由的政府”①。如果说美国要求古巴政府“授权美国在必要的情况下介入”古巴事务是为了发挥其“安全守望者”和“和平守望者”的作用，它也从未想过将这种作用的发挥仅限于古巴之内。“美西战争”后，20世纪初期，美国在加勒比海地区和中美洲也扮演了“安全守望者”和“和平守望者”的角色。② 第二次世界大战爆发后，为了世界的安全与和平，当然也为了自身安全，美国放弃长期坚持的“中立”与“孤立主义”立场，参与了世界反法西斯主义战争。“珍珠港事件”后，美国主动承担起“安全守望者”与“和平守望者”的责任，通过联合英国开辟“欧洲第二战场”和向日本广岛和长崎投掷原子弹，帮助并加速了世界反法西斯主义战争的最后胜利，可以说“完美”地体现了“安全守望者”与“和平守望者”的身份。第二次世界大战期间，特别是“珍珠港事件”后，美国参加了不少有利于世界安全与和平的重要会议，参与签署了不少有利于世界安全与和平的协定。虽然“珍珠港事件”促使美国参加了第二次世界大战，但“美军在太平洋战场、北非和意大利战场以及欧洲第二战场中担任了主要角色，对击溃德、意、日法西斯做出了巨大贡献”③。1942年1月1日，美国与英国、苏联、中国等26个反法西斯国家在华盛顿签署《联合国家宣言》，保证利用其军事和经济资源，相互合作，共同对抗与之处于战争状态的法西斯国家。④ 1942年6月11日，美国与苏联在华盛顿签订协议，以便相互援助，共同反对侵略战争。⑤ 1943年11月28日至12月1日，美国与苏联和英国在伊朗首都德黑兰举行首脑会议，并发表《德黑兰宣言》，借此向世界宣布：“无论是在战时，还是在战后和平时期都将共同合作”，这让美国总统罗斯福相信：“他在国内外维护世界和平的事业中，已经获得重大进展。”⑥

“二战”之后，美国继续努力在国际舞台上扮演“安全守望者”与“和平守望者”的角色。1946年3月，美国总统杜鲁门邀请英国前首相温斯顿·丘吉尔在密苏里州维斯特敏斯特学院（Westminster College）做了题为“和平

① 参见［美］马克·C. 卡恩斯、约翰·A. 加勒迪《美国通史》（第12版），吴金平等译，山东画报出版社2008年版，第524页。

② 同上书，第524—528页。

③ 刘绪贻、李存训主编：《美国通史》第5卷，人民出版社2002年版，第388—389页。

④ 同上书，第390—391页。

⑤ 同上书，第391页。

⑥ 同上书，第404—405页。

砥柱”（The Sinews of Peace）的演讲，在这次举世著名的“铁幕”演讲中，丘吉尔告诉美国人：

> 从波罗的海（Baltic）的什切青（Stettin）到亚得里亚海（Adriatic）的里雅斯特（Trieste），一副横贯欧洲大陆的铁幕已经落下。中东欧历史悠久国家的首都都落在了铁幕的那一边。华沙、柏林、布拉格、维也纳、布达佩斯、贝尔格莱德、布加勒斯特和索菲亚，所有这些著名的城市……都落在了我必须称之为苏联势力范围的界限内，所有这些国家都将屈从于……来自莫斯科的日益增强的高压控制。①

丘吉尔“铁幕”演讲和美国驻莫斯科大使乔治·凯南（George F. Kennan）建议通过“遏制”政策“以阻止全部欧洲都将被置于苏联的控制之下”之后，杜鲁门总统便通过国会将“遏制”作为美国“维护”世界安全与和平的主要政策。② 1947年，美国国务卿马歇尔在哈佛大学毕业典礼上发表演讲时说，美国必须援助西方国家以帮助它们重建被战争所破坏的经济，由此帮助它们恢复民主，这就是历史上有名的“马歇尔计划”（The Marshall Plan）。③ 如果我们不考虑其深层意图的话：“马歇尔计划”旨在表明，美国不仅是西方国家的“安全守望者”，而且力图成为世界的“和平守望者”。因此，美国人认为：“马歇尔计划曾经是、目前仍然是杜鲁门政府最伟大的一项政绩。”④ 美国不仅要成为欧洲的“安全守望者”，而且也想成为亚洲的“安全守望者”。因此，1950年6月25日朝鲜爆发战争之后，美国以“安全守望者”的身份介入了这场它不该介入的战争。时任美国总统杜鲁门认为，美国介入“朝鲜战争”是一次“警察行动”，旨在防止并阻止共产主义“攻击西方在亚洲、欧洲和拉丁美洲等其他地方的势力范围”⑤。

美国不仅要让欧洲乃至世界认为它是“安全守望者”与“和平守望者”，而且要让自己的国民知道它是“安全守望者”和“和平守望者”。1956年，艾森豪威尔参加总统竞选时，为了获得选民的认可与支持，他选择“和平与

---

① ［美］威廉·J. 本内特：《美国通史》（下），刘军等译，江西人民出版社2011年版，第243—244页。

② 同上书，第244页。

③ 同上书，第248页。

④ 同上。

⑤ 同上书，第269页。

繁荣”作为自己的竞选口号。[①] 1957年秋天，针对“取消种族隔离”的问题，艾森豪威尔总统向全国发表电视讲话，毫不含糊地表明，他的目标是在美国恢复“和平与秩序”，以便消除对美国“在世界上的公正名誉和崇高声望产生威胁的污点”[②]。正因为这个目标，艾森豪威尔总统卸任时对自己做了十分肯定的评价：“美国在我的任期内没有损失一个士兵或一寸土地。我们维系着和平。”[③] 显而易见，在艾森豪威尔总统看来，美国在他的领导下很好地发挥了“安全守望者”与“和平守望者”的作用。

20世纪60年代初期，约翰逊继任总统之后，为了“带来一个种族和平、真正和谐、人人都向往的伟大社会的年代”，他先后督促国会通过并颁布了旨在“向贫困开战”的《民权法案》《经济机会法案》《医疗和医疗援助法案》等一系列措施，向国民彰显了美国要成为“安全守望者”与“和平守望者”的决心。[④] 约翰逊之前，肯尼迪也通过缓解“古巴导弹危机”向美国人民和世界彰显了美国要成为“安全守望者”与“和平守望者”的决心。1962年，苏联军队进驻古巴并在古巴要塞内安装了能对美国东部海岸发动核打击的中程弹道导弹。面对“得克萨斯州、俄克拉荷马州、路易斯安那州和佛罗里达州”可能“遭遇一次珍珠港式核袭击的严重危险”，肯尼迪总统于10月22日向全国发表电视讲话：

> 美国和世界共同体都不能容忍蓄意的欺骗行径和对任何国家的攻击性威胁，不管这种威胁是大还是小。我们不再生活在那样的世界中，即只有武器的实际开火才代表对国家安全的充分挑战和最大的危险。核武器是如此具有破坏性、弹道导弹是如此迅速，以致使用它们的可能性的任何实质增加或在它们安置地点上的任何突然改变，都被视为对和平的明确威胁。[⑤]

20世纪七八十年代，美国继续以“安全守望者”与“和平守望者”的身

① ［美］威廉·J. 本内特：《美国通史》（下），刘军等译，江西人民出版社2011年版，第290页。

② 同上书，第294页。

③ 同上书，第300页。

④ ［美］马克·C. 卡恩斯、约翰·A. 加勒迪：《美国通史》（第12版），吴金平等译，山东画报出版社2008年版，第699页。

⑤ ［美］威廉·J. 本内特：《美国通史》（下），刘军等译，江西人民出版社2011年版，第315页。

份在世界舞台上展示自己。1976 年 7 月 4 日，在美国独立两百周年纪念庆典上，福特总统告诉美国人民：“无论世界是否跟随我们，但我们的全部历史说明，我们必须领导……在国外建立正义与和平，很大程度上将取决于我们在自己国内创造的和平与正义，因为我们仍旧在这方面做出示范。”[①] 1986 年年末，里根总统在冰岛雷克雅未克会见了苏联领导人戈尔巴乔夫，戈尔巴乔夫“答应大规模削减武器”，并建议拆掉“所有的战略武器”，在美国人看来，这是里根拥有的“美国历史上最成功的峰会记录”，让里根“可以和平缔造者的身份”进入国会中期选举。[②] 1987 年 6 月，在柏林建市 750 周年庆祝活动中，针对“柏林墙”问题，里根在勃兰登堡门前发表演说时对苏联领导人戈尔巴乔夫说：“戈尔巴乔夫总书记，如果你寻求和平，如果你为苏联和东欧寻求繁荣，如果你寻求解放：来到这座门前吧！戈尔巴乔夫先生，请打开这座门！戈尔巴乔夫先生，请推倒这堵墙！”[③] 显然，里根以“安全守望者”和“和平守望者”的口吻对戈尔巴乔夫说了这番话，也试图以“安全守望者”和“和平守望者”的身份插足欧洲事务。1988 年 5 月下旬，里根访问莫斯科并在莫斯科大学发表演讲，他以“安全守望者”与“和平守望者”的口气对苏联大学生说：“我们或许能指望一种新的开放的非凡的声音会不断出现，会不断响起，会导向一个和谐、友谊与和平的新世界。”[④] 1988 年 12 月 7 日，戈尔巴乔夫在联合国安理会发表演讲，宣布苏联“在欧洲大规模裁减常规武装力量”，并在演说后参观了纽约港，这在美国人看来是美国为“世界和平”做出的巨大贡献，因为美国让苏联领导人看到：“无数人来到这里……发现了地球上最后最美好的希望。”[⑤] 显然，在美国人眼中，美国是世界上独一无二的国家，是地球上“最后最美好的希望”。

除了法律规定和政府行动，美国总统就职演说和政府政策也努力凸显美国在国内和国外事务中的“安全守望者”与“和平守望者”身份。托马斯·杰斐逊视“守望安全与和平”为美国政府治国的重要原则，他在总统就职演说中重申了美国政府的诸多基本原则，其中之一是“与世界各国和平相处、通商往来和友诚相待”，他强调：

---

① ［美］威廉·J. 本内特：《美国通史》（下），刘军等译，江西人民出版社 2011 年版，第 406 页。

② 同上书，第 457 页。

③ 同上书，第 461 页。

④ 同上书，第 466 页。

⑤ 同上书，第 468 页。

> 这些原则构成了明亮的指路星辰，一直在我们前头闪耀，曾引导我们经历了一个革命和改革的时代。我们贤智之士的智慧和英雄们的热血，一直都倾注于实现这些原则。这些原则应当成为我们政治信仰的信条，成为教导我国民众的课本，成为检验那些我们所信赖者的工作的试金石。倘若我们因一时糊涂或惊慌失措而偏离了这些原则，那就让我们迅速调转脚步，重新走上这条通向和平、自由和安全的唯一道路。①

杰斐逊还祈求上帝给美国“指引一条最好的治国道路，使它通向美好的目的地”，从而为美国人“带来和平与繁荣”②。詹姆斯·门罗更是强调美国的“安全守望者”与“和平守望者”身份，他说：“如果它们［欧洲各国］企图把它们的制度扩展到这个半球的任何区域来，我们便把它看作是危及我们的和平与安全……对任何欧洲国家现有的殖民地或属地，我们不曾干涉过，而且也不会干涉……如果欧洲任何国家，为了进行压迫而干涉它们，或用其他方法控制它们的命运，那么，我们就认为这是对美国不友好的表现……我们对于这种干涉，不论其采取何种方式，都不能熟视无睹。”③ 富兰克林·罗斯福视“守望安全与和平”为美国政府的重要任务，他说：“我们国家和我们民主政治的前途与安全，已经和远离我们国境的许多事件不可抗拒地牵连在一起了……任何现实的美国人都不能期望从一个独裁者的和平中获得国际上的宽容，或真正独立的恢复，或世界性的裁军，或言论自由，或宗教信仰自由，或者甚至公平的贸易。这样的和平决不会给我们或者我们的邻国带来任何安全。”④ 因此，他强调：

> 当务之急是，我们的行动和我们的政策都应当首先针对（几乎是专门针对）如何对付这种来自国外的危险，因为我们所有的国内问题现在都已成为这一迫在眉睫的问题的一部分……我们决定对于任何地方反抗侵略使战火没有燃到我们西半球的所有英勇民族，予以全力支持……我们决定声明，道德的基本原则和我们对本身安全的考虑，将永不容许我们默认由侵略者所支配和绥靖主义者所赞许的和平。我们知道，持久和

---

① 钱满素主编：《自由的刻度：缔造美国文明的40篇经典文献》，东方出版社2016年版，第172页。

② 同上书，第173页。

③ 同上书，第189—190页。

④ 同上书，第370—371页。

平是不能以他人的自由为代价买来的。①

罗斯福视“守望安全与和平”为其政府的“当务之急”，在他看来，美国不仅是“安全守望者”与“和平守望者”，而且必须成为领导没有安全的“邻国”及其人民走向安全与和平的国家。哈里·杜鲁门也特别强调美国在国内和国外所要扮演的“安全守望者”与“和平守望者”角色，他从“国际和平”与“美国安全”的角度强调：“除非我们愿意帮助各自由民族维护他们的自由制度和国家完整，对抗想把集权政制强加于他们的那些侵略行为，否则我们将无从实现我们的各项目标。通过直接或间接的侵略强加在自由民族头上的极权政制，破坏了国际和平的基础，因而也破坏了美国的安全。”②因此，他告诉美国人民：“如果我们在起领导作用方面迟疑不决，我们可能危及世界和平——而且一定会危及本国的繁荣昌盛。”③ 约翰·F. 肯尼迪在总统就职演说中特别强调了美国的“安全守望者”与“和平守望者”身份，他说：“我们要正告我们所有的邻国，我们将和他们携手合作，一起反对在美洲任何地方发生的侵略和颠覆活动……对于那些可能有意与我们为敌的国家，我提出的不是保证，而是要求：趁着那种由科学释放出来的可怕的毁灭性力量，尚未在一场有计划的或偶然发生的自我毁灭中吞噬全人类之前，双方应当重新开始寻求和平”④，以便“创造一个有法可依的新世界。在这个世界，强国公正待人，弱国安全无忧，和平得以长存”⑤。罗纳德·里根把“守望安全与和平”作为自己任职期内美国政府的首要职责，他在总统就职演说中说：“有了理想主义和公平竞争这个我们政体和国力的核心，我们就能建设一个内部和谐、与他国和平共处的强大、繁荣的美国。”⑥ 他特别强调：“对自由的敌人，他们是我们潜在的对手，他们要明白和平是美国人民的最高理想。我们可以用谈判换和平，用牺牲换和平，但我们不会用投降换和平——现在不会，永远不会……如果为了国家安全我们必须行动，我们将会行动。如果必要，我们将维持取胜所必需的武力，因为只有这样，我们才有可能永

① 钱满素主编：《自由的刻度：缔造美国文明的40篇经典文献》，东方出版社2016年版，第371页。

② 同上书，第380页。

③ 同上书，第381页。

④ 同上书，第393—394页。

⑤ 同上书，第395页。

⑥ 同上书，第420页。

远不使用武力。"①

综上可以看出，自南北战争以来，美国历届政府和领导都抓住一切机会向美国人民和世界表明，美国是“一个能恢复活力的民族，是一个上帝赐福的国家的守护者”②。因此，美国肩负着“永恒的使命”，就像1974年里根在一次演讲中所说：“我们不能逃避我们的使命，我们也没有试图这样做。两个世纪以前，在费城的小山上，我们被赋予了这个自由世界的领导权。”③ 回顾美国历史，我们可以发现，无论国内还是国外，美国总是以“领导者”自居，并且总是以“安全守望者”与“和平守望者”的身份努力领导自己的国民和世界。所以，美国人非常自信地说：“我们确实是，而且我们现今是，世界上人类最后的美好希望。”④ 但是，美国常常言行不一，它的实际行为常常与它声称的“安全守望者”与“和平守望者”的身份不相吻合，这可以在梅勒《一场美国梦》和《我们为什么在越南?》这两部小说再现的美国形象中看出。

第二节 《一场美国梦》与美国悲剧：肯尼迪遇刺与“美国梦”的变质

《一场美国梦》是梅勒的第四部长篇小说，也是梅勒在20世纪60年代发表的首部长篇小说。小说于1965年发表后，批评界有褒之者，亦有贬之者。伊丽莎白·哈德维克（Elizabeth Hardwick）认为，《一场美国梦》“是一部极为肮脏的书——肮脏且极为丑陋。它无艺术，无痛苦，无胜利般的残酷或教育般的邪恶”⑤。汤姆·沃尔夫认为：“梅勒的书在情节、结构、主题和细节方面跟《罪与罚》有诸多相似之处。跟《罪与罚》一样，梅勒的书关注的是一个谋杀了一个女人的年轻男人，二者的故事都围绕着主人公是否具有能够

① 钱满素主编：《自由的刻度：缔造美国文明的40篇经典文献》，东方出版社2016年版，第422—423页。

② ［美］威廉·J. 本内特：《美国通史》（下），刘军等译，江西人民出版社2011年版，第469页。

③ 同上书，第470页。

④ 同上书，第471页。

⑤ Robert F. Lucid, ed., *Norman Mailer: The Man and His Work*, Boston and Toronto: Little, Brown and Company, 1971, p. 146.

经历随后风暴的存在主义——用梅勒的话说——存在主义的意志力、勇气。"① 斯坦利·埃德加·希曼(Stanley Edgar Hyman)认为:"《一场美国梦》是一部可怕的小说,也许是我许多年来读过的最糟糕的小说……其笨拙性真是难以形容。"② 里昂·伯萨尼(Leo Bersani)则认为:"《一场美国梦》是一部给人印象深刻的独创性作品。"③ 总体上看,贬之者倾向于将小说中主人公罗杰克(Rojack)的经历与梅勒的经历相联系,认为它是梅勒的"一个失败";褒之者则倾向于将这部小说视为"神话、幻想和寓言",认为它是梅勒的"一个重要成就"。④

从主题来看,许多评论家认为,《一场美国梦》关注的主要是自我与个人自由。加布里尔·米勒认为,《一场美国梦》中,梅勒关注的是个人的内心与潜意识世界以及罗杰克杀妻之后的心路历程。⑤ 菲利普·H. 布菲西斯认为:"《一场美国梦》关注的是自我消解",其故事展现了主人公罗杰克杀妻之后32小时之内"甩掉旧身份、努力走向心理再生"的历程⑥,因此"《一场美国梦》的主题是潜意识自我的清晰化与强化"⑦。约翰·W. 阿尔德里奇认为:

> 从传统标准来看,它是一部不可饶恕的丑陋作品;就其故事而言,它是一部极为糊涂之作,充满古怪且不可能的事件和看起来全是疯子的人物。但是,评论家不理解的是,不能根据通常用于小说评论的那些标准来正确评判它,尽管丑陋,它本质上是一部充满幽默与自我讽刺的作品,讽刺最明显的地方就是它嘲弄般地处理了那些占据当今美国人无意识心理的肮脏的美国梦……总之,这本书探讨的不是人类与社会的表层,

---

① Robert F. Lucid, ed., *Norman Mailer: The Man and His Work*, Boston and Toronto: Little, Brown and Company, 1971, p. 157.

② Leo Braudy, ed., *Norman Mailer: A Collection of Critical Essays*, Englewood Cliffs, N. J.: Prentice-Hall, Inc., 1972, p. 104.

③ Robert F. Lucid, ed., *Norman Mailer: The Man and His Work*, Boston and Toronto: Little, Brown and Company, 1971, p. 178.

④ See J. Michael Lennon, ed., *Critical Essays on Norman Mailer*, Boston, Massachusetts: G. K. Hall & Co., 1986, pp. 9-10.

⑤ See Harold Bloom, ed., *Norman Mailer*, Philadelphia: Chelsea House Publishers, 2003, pp. 79-80.

⑥ Philip H. Bufithis, *Norman Mailer*, New York: Frederick Ungar Publishing Co., 1978, p. 65.

⑦ Ibid., p. 70.

而是我们的幻想生活，是对我们生活中美国梦变成梦魇的真实报道，极具幻觉又极其深刻。①

阿尔德里奇还认为，《一场美国梦》中：

梅勒探讨了我们社会熟知的那些需要指责的行为——谋杀、自杀、乱伦、私通和身体暴力——中可以发现的各种毁掉与拯救的可能性，他试图戏剧性地并且总是带着一种喜剧含义的清晰感再现人为了得到救赎而犯罪、为了接近上帝而与撒旦结伴、通过恢复那些能让他与自己和睦生活并且找到勇气的心理线路而变得神圣且健康的各种不同途径，不管他的勇气是在爱的挑战还是谋杀的诱惑中检验自己，也不管他最后成为圣徒还是心理变态者。总之，他写了一部关于极不道德话题的极为道德的书，一部超越传统渎神界限的宗教之作，目的是暴露走向心理拯救的斗争，这种斗争就是我们隐蔽了的背叛性自我的日常战争。②

基于自我与个人自由是小说的主要主题这一观点，许多评论家从寓言和象征的角度解读小说主人公罗杰克的杀妻行为及其之后的一系列行为。罗伯特·厄尔里奇认为："罗杰克在小说中的追求是让自己摆脱那些将权力转化为能将他推向自杀和毁灭的有害的压抑性情感。"③ 霍华德·M. 哈珀认为："罗杰克是梅勒的白黑人、嬉皮士或美国存在主义者，参与上帝与魔鬼之冲突，冲突结果总是视情况而定，主人公与上帝的命运都悬挂在存在主义的天平上。"④ 约瑟夫·温克认为："嬉皮哲学对梅勒小说的影响在斯蒂芬·罗杰克这个人物刻画中体现得非常明显……像嬉皮士一样，罗杰克……具有一种直觉的、矛盾的认识：如果人想在一个不确定和冲突的世界存活下去，就必须乐意在所有事上冒险。"⑤ 温克指出："打败德伯娜、警察、巴尔尼·克利

---

① Leo Braudy, ed., *Norman Mailer: A Collection of Critical Essays*, Englewood Cliffs, N.J.: Prentice-Hall, Inc., 1972, pp. 117-118.

② Ibid., p. 118.

③ Robert Ehrlich, *Norman Mailer: The Radical as Hipster*, Metuchen, N.J. & London: The Scarecrow Press, Inc., 1978, p. 74.

④ Howard M. Harper, *Desperate Faith: A Study of Salinger, Mailer, Baldwin and Updike*, Chapel Hill: The University of North Carolina Press, 1967, p. 124.

⑤ Joseph Wenke, *Mailer's America*, Hanover and London: University Press of New England, 1987, p. 92.

以及在隐含意义上讲打败一种共谋美国社会的极权主义而获得个人胜利，从而让自己从其控制中解放出来，罗杰克在反叛的重要性方面肯定超过了梅勒先前的所有主人公……他真正获得了精神自由，但他摈弃的那个社会实实在在没有变化。”① 巴利·H. 利兹认为：“通过谋杀德伯娜，他［罗杰克］迈出了走向他视为一种新生活、一种再生的变化性的第一步，这个行为本身让他第一眼看到了他努力到达的天都。”② 利兹指出：“作为心理变态者，罗杰克谋杀了德伯娜，因为他已经到了梅勒所说的一种重要时刻。惧怕加上空虚，与德伯娜的习惯捆绑在一起，她的权力让他过着一种处于近乎完蛋的、被动的、否定的生活，他本能地行动，因此开始改变他的生活。就是这种谋杀行为……让他释放了暴力与仇恨，解冻了他的存在……正是这种谋杀行为让他有了对警察说谎所需的勇气，进而让他有了一系列走向自我认识与拯救的行为。”③ 简·拉德福特认为：

> 她［德伯娜］象征着他［罗杰克］的不真实过去，表现了他现时存在的所有破坏性与否定性的方方面面……因此，罗杰克能在现在存活之前谋杀她，因为在小说的寓言层面，她代表了他必须让自己从中解放出来的黑暗力量……通过谋杀他的邪恶精神，罗杰克获得了一种新生活、一种“新恩赐”，他让自己从那种尸检对象的困境中解放出来，在梅勒看来，其患癌就是其谋杀性冲动未能得到满足的结果。④

拉德福特还认为：“小说没有在现实主义或心理层面展现罗杰克对德伯娜的谋杀以及他们婚姻的失败……罗杰克对她的暴力行为象征着他从失败、仇视与绝望中解放出来。”⑤ 因此，拉德福特认为：“小说叙事的每个事件，包括杀害德国人、谋杀德伯娜、与露特和车莉的艳遇以及与沙沟和克利的斗争，都是罗杰克参与上帝与魔鬼、勇敢与懦弱、创造性冲动与去创造性冲动之间

① Joseph Wenke, *Mailer's America*, Hanover and London: University Press of New England, 1987, p. 114.

② Barry H. Leeds, *The Structured Vision of Norman Mailer*, New York: New York University Press / London: University of London Press Limited, 1969, p. 170.

③ Ibid., p. 232.

④ Jean Radford, *Norman Mailer: A Critical Study*, London and Basingstoke: The Macmillan Press Ltd., 1975, pp. 35-36.

⑤ Ibid., p. 101.

斗争的一个阶段。"[1] 桑迪·科恩认为："罗杰克对德伯娜的描述中隐含的是，她是权力代理人的象征，为了获得个人权力和形而上的权力与自主性，他必须击败这种权力代理人。"[2] 因此，"德伯娜的死亡标志着他在性与个人自主性方面的重新觉醒。有勇气杀死她，罗杰克变成了存在主义英雄……有勇气迈出这一步，可以说，罗杰克有了让自己思想占据上风的机会。"[3] 科恩还认为，克利"代表了现代社会的那些控制性力量"[4]，因此，"罗杰克知道，如果他能够击败克利，他就会为上帝打赢一场重要战争，就会增加他自己的自主性与存在主义影响……杀死他的恶魔妻子，拒绝加入岳父的力量，罗杰克击败了克利，即那个魔鬼的呼唤者，同时也击败了他自身之外的邪恶。"[5] 杰西卡·杰尔森认为："德伯娜被杀，是因为她体现了罗杰克必须克服的邪恶力量。"[6] 托尼·泰勒认为：

> 罗杰克经历了梅勒前三部小说中的三种不同世界——战争、政治和性经历，在每种世界都遭遇了不同形式的死亡……德伯娜·克利及其父亲的世界……与各种政治权力相联系，克利一家卷入一种权力网，这种权力网不仅囊括了总统肯尼迪，而且包括了中央情报局、黑手党和各种不能具体确定的间谍人员与国际特工。进入这个世界试图获得政治权力，罗杰克觉得自己完全成了其囚徒：他被其波及深远的强迫性资源所操纵并置空，处于陷入其现实版本的危险之中。杀死德伯娜之时，他不是仅仅与一种破坏性力量相分离，而是与她的世界强加的现实图景相分离……离开政治世界，罗杰克发现自己处于一种妖魔化世界，其中充满看不见的权力、古怪的可能性、猖獗的迷信和准确的巫术。从公园路走向哈莱姆再到下东区，罗杰克实际上离开了既成世界与传统的意识模式，走向了隐藏在城市、思维中心或被遗忘于其边缘的更加黑暗的经验领域。

---

① Jean Radford, *Norman Mailer: A Critical Study*, London and Basingstoke: The Macmillan Press Ltd., 1975, p. 101.

② Sandy Cohen, *Norman Mailer's Novels*, Amsterdam: Editions Rodopi, 1979, p. 89.

③ Ibid., pp. 90-91.

④ Ibid., p. 96.

⑤ Ibid., pp. 96-97.

⑥ Harold Bloom, ed., *Norman Mailer*, New York and Philadelphia: Chelsea House Publishers, 1986, p. 172.

在这个世界，与车莉在一起，罗杰克经历了一种想象性的极度狂喜。①

因此，卡尔·罗里森说："随着德伯娜的死亡，罗杰克自由了，感觉轻松了，感觉从受伤中解脱出来，重新获得了活力——似乎他完全新生了。"②

从寓言与象征角度解读小说主人公罗杰克的杀妻行为及其之后的一系列行为，虽然颇有新意，但忽视了其道德性问题，因此受到了不少评论家质疑。菲利普·布菲西斯认为：

> 从其形式特征来看……《一场美国梦》可归入当代美国最佳小说之列；但是，从伦理层面来看，却并非如此。为了让罗杰克得以再生，不得不让其他人成为受害者，梅勒如何合情合理地解释这个事实？我觉得很难在罗杰克通过谋杀和残酷行为努力表明自己时同情他。当然，有人认为，谋杀德伯娜与暴打沙沟都是自我再生的象征。那么，什么是真实而非象征的方式？梅勒并没有说。为什么这些象征性方法具有如此强烈的感官效应？……只要在道德层面判断文学跟在审美层面进行判断一样公平的话，小说没有处理人与人之间关系的伦理性质就是其缺陷了。③

理查德·柏瑞尔说：

> 我不能认可大多数评论家对小说的评论，认为……对罗杰克来说，谋杀只是一种性的刺激，或者不能让他为自己妻子的死亡承担责任……罗杰克作为未受到法律惩处的谋杀者和觉得谋杀很有趣的性别主义者的道德问题，是梅勒在小说开头部分面对的问题，任何一位能够看到小说开头描写主人公在"二战"中杀死四个德国人的段落中所蕴含的意思的读者都会面对这个问题……梅勒……在个人神经质与公共事务中如此普遍以致赋予家庭和社会杀人以特权的神经质之间建立了联系。小说最可怕的喜剧性东西……是罗杰克逃避了个人犯罪的惩处，像他被政府授权

---

① Harold Bloom, ed., *Norman Mailer*, New York and Philadelphia: Chelsea House Publishers, 1986, pp. 42-43.

② Carl Rollyson, *The Lives of Norman Mailer: A Biography*, New York: Paragon House, 1991, p. 170.

③ Philip H. Bufithis, *Norman Mailer*, New York: Frederick Ungar Publishing Co., 1978, pp. 73-74.

杀死德国人一样，谋杀显然契合了国际政治的更大设想。①

迈克尔·K. 格兰迪指出：

大多数给予小说好评的评论家总是将它解读为一部为其主人公提出再生建议的小说……在［小说］“后记”中，我们看到，麦克康奈尔称之为“罗杰克的寓言”的东西不是导向了像一些评论家所说的天堂与拯救，而是导向了日益疯狂与死亡吞噬的环境。他对妻子德伯娜的谋杀从报应角度来讲没有受到惩罚……但罗杰克在其他方面为此付出了代价……小说最后一章展现克利与罗杰克之间特别的交锋部分十分有力地展现了邪恶与权力之间的伙伴关系，这种关系处于美国的既成权力机构的中心，这样的场景旨在表明，克利的权力范围是无限的，它是一种完全邪恶的存在，与那种实施刺杀总统的意志、手段和形而上思想同在。②

桑迪·科恩认为：

《一场美国梦》试图解释这样一个问题：如果旧的道德规范在“二战”中被扼杀了的话，那么，道德本身就是生活在新的权力结构中的人们必须思考的一个重要问题。梅勒的观点是：虽然道德不再是某种来自内部的东西，某种在青年时代从父母那儿获得的作为指导原则的东西，道德是存在主义的；人的存在主义行为有形而上的含义，也有形而下的意义。这就是说，人的行为与思想对上帝和魔鬼产生影响，也对个人身体产生影响。人通过自己的思想与行为决定自己细胞的命运的同时也决定着上帝的命运，因为梅勒总结说，癌症就是暴力与挫折被压抑的结果。③

科恩对小说道德主题的解读显然不同于其他评论家的解读，但明显忽视了小说对美国社会与历史现象的关注。

因此，一些评论家从社会和历史角度解读《一场美国梦》的道德主题。

---

① Robert F. Lucid, ed., *Norman Mailer: The Man and His Work*, Boston and Toronto: Little, Brown and Company, 1971, pp. 165-166.

② Michael K. Glenday, *Norman Mailer*, New York: St. Martin's Press, 1995, pp. 96-98.

③ Sandy Cohen, *Norman Mailer's Novels*, Amsterdam: Editions Rodopi, 1979, pp. 98-99.

巴里·H. 利兹认为，梅勒是“一位社会批评家，他观察和批评美国社会时具有的那种接近程度和准确程度，在《一场美国梦》的关注范围中体现得很明显，这包括大众媒体、学界、政治、股票交易、有组织的犯罪以及当地法律实施的作用，从效果方面来看，批评让人恐惧，甚至在荒唐可笑之时也是如此”①。利兹指出：

> 罗杰克实现了那个追求个人自由的美国梦，但小说题目却充满极大讽刺，因为美国梦的通常含义（军事英雄主义、政治成功、富裕的妻子、社会接受、学界认可、电视表演以及无数性伴侣）在小说开始前罗杰克已经获得，小说开始时，他已经是一个弱势男人，一个公认的失败者，处于绝望与自杀的边缘。在显示程式化的美国梦是一种虚化的、摇摇欲坠的梦想的过程中，梅勒继续在这部小说中对美国社会进行了持续不断的批评。②

罗伯特·莫里尔认为：“我们不应该把罗杰克看作努力回到梅勒让其与上帝相联系的那些原始心理线路的大写的任何人，应该把他看作一个现代美国人，生活在现代城市纽约，受着明显是美国式的精神分裂症的苦痛。”③ 菲利普·H. 布菲西斯认为：“《一场美国梦》中，各种机构通过某些次要人物以寓言的形式展现出来，罗杰克的电视制作人是集团的个人化，他的心理学系主任弗里德·萨尔科曼（Fred Tharchman）是学界的体现，侦探罗伯茨是法律的代表。这些机构领域千篇一律的特征是，它们都屈从于社会独裁与政治力量。”④ 约瑟夫·温克认为：“《一场美国梦》是梅勒存在主义人生幻象的特别体现，也是他对当代美国社会进行彻底的浪漫批判的特别体现。”⑤ 迈克尔·K. 格兰迪认为：“《一场美国梦》的道德是一种对其历史时刻做出回应的道德。”⑥ 所以，他不会“把《一场美国梦》解读为主要是一部封闭于一种

① Barry H. Leeds, *The Structured Vision of Norman Mailer*, New York: New York University Press / London: University of London Press Limited, 1969, p. 171.

② Ibid., p. 173.

③ Robert Merrill, *Norman Mailer*, Boston: Twayne Publishers, 1978, p. 71.

④ Philip H. Bufithis, *Norman Mailer*, New York: Frederick Ungar Publishing Co., 1978, p. 70.

⑤ Joseph Wenke, *Mailer's America*, Hanover and London: University Press of New England, 1987, p. 238.

⑥ Michael K. Glenday, *Norman Mailer*, New York: St. Martin's Press, 1995, p. 87.

单一身份的小说，而是一部不同于20世纪60年代其他小说的、以戏剧化的形式表现民族情绪的小说”①，因为“对梅勒来说，他的小说要被看作与达勒斯悲剧事件有深刻、甚至深不可测的联系的作品……我们需要把它牢牢地置于其文化危机的语境之中；我们需要把罗杰克及其暴力、超自然主义以及对规范话语的摈弃看作一位美国作家对民族疾病化状态做出的第一次特别回应。”② 格兰迪还说：“《一场美国梦》中，我们有了对1963年晚些时候出现的民族创伤做出反应的第一部美国小说的一个特别例证。”③ 罗伯特·厄尔里奇指出：“谋杀德伯娜不仅导致了一场警察调查，而且让罗杰克接触到美国社会的其他代表：他的电视节目制作人、心理学系主任、一个黑手党头目以及一个在国际上有权势的人（他的岳父），这些人都被刻画成懦弱的操控者和不诚实之人。”④ 厄尔里奇认为：“罗杰克最后离开美国前往南美洲，反映了他无力在美国存活下去。”⑤ 罗伯特·所罗塔洛夫认为：“小说要我们相信，罗杰克对真实的疯狂追求，被他对永远死亡的恐惧所抚育，将他推进了美国人生活和他自己心理的许多梦魇般领域。”⑥ 所罗塔洛夫指出：“《一场美国梦》的整体运动方向是罗杰克与克利之间的冲突。”⑦ 在所罗塔洛夫看来：“奥斯瓦尔德·克利体现了梅勒称之为既成权力机构的极权力量。”⑧ 詹妮弗·贝利认为：“沙沟·马丁和巴尔尼·克利都代表了罗杰克内心争夺支配权的对立力量。”⑨ 贝利指出：“罗杰克被迫认识到，克利体现的那种邪恶也是他自己内心的邪恶。”⑩

从社会和历史角度解读《一场美国梦》的道德主题，评论家除了关注与罗杰克相联系的各种社会权力，还将目光投向了《一场美国梦》中男女之间的权力关系。朱迪斯·费特利认为：

---

① Michael K. Glenday, *Norman Mailer*, New York: St. Martin's Press, 1995, p. 88.

② Ibid., pp. 90-91.

③ Ibid., p. 95.

④ Robert Ehrlich, *Norman Mailer: The Radical as Hipster*, Metuchen, N. J. & London: The Scarecrow Press, Inc., 1978, p. 79.

⑤ Ibid., p. 83.

⑥ Robert Solotaroff, *Down Mailer's Way*, Urbana, Chicago & London: University of Illinois Press, 1974, p. 134.

⑦ Ibid., p. 151.

⑧ Ibid.

⑨ Jennifer Bailey, *Norman Mailer: Quick-Change Artist*, New York: Barnes & Noble, 1979, p. 62.

⑩ Ibid., p. 65.

《一场美国梦》充满大规模男性权力联合的意象，其中有黑手党、中央情报局、警察部队、政府机构和大公司、媒体网络、大学权力集团，在它们后面，藏匿在其菲勒斯之塔中的是巴尔尼·克利（Barney Kelly），他是帝国缔造者，是联合与机构权力的最终象征。书中也充满个体男性对女性施暴的意象：罗杰克对德伯娜的谋杀、一个用铁锤打碎妻子头的海军陆战队队员……痛打妻子的罗伯茨、车莉遭受的谋杀。权力似乎毫无疑问是男性的，而且毫无疑问掌握在男性手中。①

但费特利又从罗杰克的角度认为："那些支配《一场美国梦》中景象的机构后面的真正权力事实上是女性的，最终的操控不是男性实施的，而是女性实施的。"② 因此，费特利觉得，在罗杰克与德伯娜的关系中："德伯娜不仅代表了机构权力或提供了达到政治权力的途径，她也与罗杰克实现个人权力的能力紧密相关……罗杰克让德伯娜完全控制了他的身份感；他认为她既有造就他的能力，亦有毁灭他的能力；既有解放他让他获得权力的能力，亦有释放他让他一无所有的能力……谋杀的潜能是双重的：她既代表了有望出人头地的途径，也确认了他可能会一文不值的感觉。"③ 费特利认为："让罗杰克认为女人控制了他人生的是一种神话，它渗透于《一场美国梦》，使得成为其中心前提的是这种信仰：作为女人的结果是，女人具有一种基本权力，她们的机构权力、政治权力和个人权力只不过是这种基本权力的一个标志而已。"④ 从这个意义上讲，费特利认为，梅勒"没有把男性同性恋看作两个男人之间的一种平等性关系，而是一种一个男人被另一个男人用作女人的情境……在梅勒看来，变成女人就是同性恋欲望的本质，因为对他来说，男性同性恋代表着男人身上具有的变成女人的那种倾向，这就是它常常必须被抵抗的原因。"⑤ 据此，费特利认为："罗杰克害怕在性方面成为女人为［读者］提供了一把解读其女性权力神话的钥匙。"⑥ 简·拉德福特认为：

梅勒关于男性特征与女性特征、关于节育与生育、关于性是一种吸

① J. Michael Lennon, ed., *Critical Essays on Norman Mailer*, Boston, Massachusetts: G. K. Hall & Co., 1986, p. 136.

② Ibid., p. 138.

③ Ibid., pp. 139-140.

④ Ibid., p. 140.

⑤ Ibid., p. 143.

⑥ Ibid., p. 144.

> 收伴侣的“numa”手段的看法，在《一场美国梦》中首次得以充分虚构表达……小说完全不像《鹿苑》，它“完全是关于性的，也完全是关于道德的”。这种风格表明，梅勒几近完美地将其关于性的看法与关于美国文化和政治生活的看法融合起来……罗杰克的道德、他关于暴力与性之关系的信仰、他在异性恋与健康、能量与创造性之间以及在同性恋与去创造性冲动、死亡与压抑之间建立的联系，非常清晰地展现出来。①

但拉德福特指出：

> 梅勒把女性人物作为二等人，她们是他笔下英雄道德发展的索引，她们自己没有自主性的道德性格；但另一方面，除了罗杰克，所有人物，不论男性还是女性，都是象征性的、本质主义的创造——克利与沙沟·马丁以及德伯娜、露特和车莉……罗杰克的女人的确都是“民族的创造”，因为她们都基于美国男性关于女性和性的神话之上……将其寓言架构、意象和象征建立在新原始主义的性意识形态之上……是一个主要艺术局限……在华丽而细致的语言表层后面，罗杰克及其作者的态度是偏执的、矫揉造作的、反动的。②

罗伯特·厄尔里奇认为，罗杰克娶德伯娜为妻是“一种获取机构性权力的有计划企图。德伯娜的祖辈显然揭示了她与商界、教会、贵族和国家等领域不同层面的权力之间的联系”③。厄尔里奇还认为：“跟车莉在一起，罗杰克更加接近嬉皮士的那种性体验。处于控制并拥有支配另一个人的权力的那种感觉，在他与德伯娜的关系以及他与露特的关系中体现得如此明显，被一种他与车莉在超越自我与意志的劳伦斯式的层面上遇到的新的平等感所取代。”④ 罗伯特·毕基斌指出：“梅勒对‘权力’的关注发扬了D. H. 劳伦斯对两种权力的关注。两位作者都在他们的叙事中通过性活动表达了这种关注——控制和支配他人的权力与实现自我、增加自己存在的权力。后一种权力，即自我实现的权力，就是劳伦斯在《死亡了的人》中最后所说的‘更大

① Jean Radford, *Norman Mailer: A Critical Study*, London and Basingstoke: The Macmillan Press Ltd., 1975, pp. 148–149.

② Ibid., pp. 154–155.

③ Robert Ehrlich, *Norman Mailer: The Radical as Hipster*, Metuchen, N. J. & London: The Scarecrow Press, Inc., 1978, p. 75.

④ Ibid., pp. 77–78.

的权力'和'更大的生活'……在追求'最大的权力'方面，梅勒最接近劳伦斯。"①

与上述评论家不同，尼格尔·雷认为："罗杰克经过的每次考验——与德伯娜、警察、沙沟·马丁、巴尔尼·克利——都要求他表现权力，身体的和心理的，它们都是宣泄性的，因此解放了沉寂的自我。主要区别不在于权力与其否定性之间，而在于个人或微观的权力行为与社会层面的抽象的、宏观的权力行为之间。"② 因此，雷认为：

> 梅勒没有接受那种"一方得益而另一方受损"的权力观……梅勒作品实际上先于并预言了福柯近期关于权力的哲学和政治问题的重新研究……福柯和梅勒都一致认为，权力比赖希（Reich）和马尔库塞（Marcuse）认为的含混得多。身处对他人施加权力与给予他人权力、身为"权力主体"与身为"权力拥有者"以及压抑性权力与生产性权力之间，罗杰克表明了权力的这种本质性含混。③

虽然评论家从不同角度对小说主人公罗杰克杀妻行为及其相关行为的意义进行了多方位的不同解读，但很多评论家并没有太多关注小说名称——"一场美国梦"——所隐含的意义。很多评论家只是在论及主人公罗杰克的行为时蜻蜓点水般提及小说的名称，但未深入探讨其深刻含义。事实上，除了简·拉德福特、托尼·泰勒和罗伯特·毕基斌等上文提及的为数不多的几位评论家，很少有评论家较为深入地探讨小说名称的含义。拉德福特说：

> 在我看来，梅勒试图在性暴力描写中准确体现他的道德意识，以一种对大众读者都可能的形式提出他关于清醒、创造性和健康的见解……他一直坚持的是，小说必须提供一种解决美国疾病的办法。这种抱负的气息在他为小说选择的名称中可以明显看出。《一场美国梦》把读者引向了美国梦——那个体现共和国早期边疆人抱负、19世纪和20世纪早期大批移民到美国的人们的希望的短语，事实上就是关于"好"生活的物质

① Robert Begiebing, *Acts of Regeneration: Allegory and Archetype in the Works of Norman Mailer*, Columbia and London: University of Missouri Press, 1980, p. 86.

② Nigel Leigh, *Radical Fictions and the Novels of Norman Mailer*, Basingstoke and London: The Macmillan Press Ltd., 1990, p. 98.

③ Ibid., pp. 99-100.

梦和精神梦。选择这样的小说题目，梅勒利用了一个具有政治、文化和文学历史的短语，一个回响着各种意义的短语。①

拉德福特认为："小说题目体现的诸多反讽之一是，罗杰克的故事是对美国权力梦和成功梦的一种颠倒与批判。"② 拉德福特指出："罗杰克的梦与其他人物的梦的区别是……虽然美国梦已经变成了物质主义的梦魇，他的梦却是实实在在的精神梦。他放弃了早先时候的政治梦和总统梦，主要兴趣不在金钱、权力或特权……不惑之年，他觉得从自己角度讲，他是一种失败，他追求的不是别的，而是再生、一种新的人生。"③ 泰勒认为：

如果你把这部小说看作仅仅是一种关于一系列事件的叙事——像一些评论家认为并且觉得让人生气的那样——所发生的就是这些：斯蒂芬·罗杰克，一名前战争英雄，想进入政治，部分地讲，他心里有这种想法，便娶了德伯娜·克利为妻，她具有社会影响，其父握有特别的、无以名状的权力。但是战争期间在一个月光明亮的荒芜之地杀死德国人时深深体验了死亡的神秘，罗杰克逐渐发现政治游戏看起来就是一种不真实的精力耗散，这种精力耗散中，真实的私人自我被吞噬在一种人为建构起来的公共表象之中。罗杰克离开政治，继续追求他"跟月亮的各个阶段的秘密的惊人的浪漫"。以同样的象征，他离开了资产阶级社会的思想封闭性，冒险进入一种新的权力领域，在这种权力领域，超自然的、无理性的、妖魔性的东西统治着一切。他对德伯娜的谋杀就是他走出社会这一步的标志。他竭尽所能让谋杀看似自杀，现在他觉得他摆脱了体面社会，进入一个奇怪的地下世界。地理位置从纽约移到了哈莱姆的村子，移到了下东区；氛围越来越黑暗，越来越迷惑；他被警察和罪犯追逐，卷入他无法理解的权力演习中。他不得不为生活而斗争——从身体方面讲，跟一帮流氓斗争，跟黑人沙沟·马丁斗争。实际上，他已经冲入美国生活的较低层。在这个层面，他跟一个名叫车莉的歌手找到了真爱，一种真实的、完全私人的富有激情的关系，这种关系在社会限制之内不可能出现。但这个层面也是死亡之地，车莉被无意义地、残酷地打

① Jean Radford, *Norman Mailer: A Critical Study*, London and Basingstoke: The Macmillan Press Ltd., 1975, p. 107.

② Ibid., p. 108.

③ Ibid.

死……这之后，罗杰克离开纽约……这个时候，他已经完全超越了法律的机构性权力和较低层面的无法律居住者的非机构性权力——的确，可以说，他完全超越了美国。对那些认为杀妻不应该如此轻易逃脱惩罚的评论家来说，似乎他明显逃避法律惩处而让人失望。但如果把它看作对人与美国现实的不同秩序之关系的一次生动探索，小说就比许多评论家认为的更有趣更复杂了。①

应该说，泰勒的观点有一定道理，但不完全令人信服。显然，拉德福特和泰勒的解读仍然是寓言性和象征性的，仍然以自我与个人自由为主要关注，没有完全揭示小说名称所隐含的个人之外的社会道德主题。与拉德福特和泰勒相比，毕基斌似乎对小说名称的理解更为深入一点。他认为："小说是对梅勒经历过的危机的一次反应，也是对他在《为我自己做广告》《女士的死亡及其他》和《总统案卷》等作品中列举的他的国家的外在危机与失败的一次反应。罗杰克的处境接近梅勒的处境。"② 毫无疑问，《一场美国梦》具有自传成分，一定程度上讲，它是梅勒发表《鹿苑》后 10 年内心理状态的文本化，但小说本身再现的不仅仅是梅勒的个人心理与生活经历，更多的是 20 世纪 60 年代的美国社会和政治生活。从这个意义上讲，毕基斌的解读本质上与拉德福特和泰勒的解读并无太大区别。

综上可见，评论家对《一场美国梦》中主人公罗杰克的杀妻行为及其相关行为以及小说名称的解读，基本上都是关注罗杰克的自我与个人自由，注重其寓言性与象征意义，从而让罗杰克的杀妻行为具有浓厚的令人欢欣的喜剧色彩而非令人悲伤、让人震撼的悲剧色彩，因此基本上忽视了罗杰克杀妻行为及其相关行为所反映的美国社会和政治生活现象，忽视了其社会和政治意义。事实上，《一场美国梦》关注的不是"嬉皮士"罗杰克的自我与个人自由，而是其杀妻行为所体现出来的美国社会生活中的各种悲剧以及美国社会和政治生活中"美国梦"的腐化变质；换言之，梅勒在小说中关注的是自称为"安全守望者"的假面美国形象背后的真面美国形象，用巴里·H. 利兹的话说："梅勒继续在这部小说中对美国社会进行持续不断的批评。"③

---

① Harold Bloom, ed., *Norman Mailer*, New York and Philadelphia: Chelsea House Publishers, 1986, pp. 40-41.

② Robert Begiebing, *Acts of Regeneration: Allegory and Archetype in the Works of Norman Mailer*, Columbia and London: University of Missouri Press, 1980, p. 83.

③ Barry H. Leeds, *The Structured Vision of Norman Mailer*, New York: New York University Press; London: University of London Press Limited, 1969, p. 173.

罗杰克是《一场美国梦》的主人公，也是小说的叙述者。与《巴巴里海滨》中的主人公兼叙述者罗维特和《鹿苑》中的主人公兼叙述者塞尔杰斯不同，罗杰克有着比较辉煌的过去。小说开头，罗杰克交代了他的非凡过去：

> 1946年11月，我遇到杰克·肯尼迪。我们那时都是战争英雄，都当选为国会议员。一天晚上，我们出去跟同一个女孩约会。对我来说，那次约会非常美好。我诱骗了一个女孩，对她来说，就是跟里兹饭店（the Ritz）一般大的钻石也没有什么诱人之处。
>
> 她就是德伯娜·考林·曼加拉韦迪·克利（Deborah Caughlin Mangaravidi Kelly），是具有英格兰和爱尔兰血统的银行家、金融家和牧师的考林家族的后代；曼加拉韦迪家族是波旁家族和哈泼斯堡家族的后嗣；克利的家庭只是纯克利血统的，但是，他赚了两亿多美元的财富，因此有一种财富、远系血统和惧怕的梦幻。我跟她约会的那个晚上，在弗吉尼亚亚历山大市一个被遗弃的工厂的街道上，在一辆拖车卡车的后面，我们两个在我车后座上度过了疯狂的九十分钟。既然克利拥有中西部和西部第三家最大卡车行的一部分，我可能有点在那儿谋求他女儿的天赋。抱歉！我那时想，进入她爱尔兰血统的心就是通往总统宝座的道路。然而，在我心中，她听到蛇的蠕动声；第二天早晨，在电话里，她告诉我，我是邪恶的，恐怖而邪恶的，然后她就回到伦敦她以前时不时居住过的女修道院。我当时不知道妖魔是否把守着公主的门口。现在回想起来，我可以高兴地说，那是我离总统宝座最近的时刻。①

可以说，与肯尼迪相遇是罗杰克引以为豪的事情，与德伯娜相遇是他梦寐以求的事情。他深知与肯尼迪的交往和关系会成为他可以在众人面前炫耀的资本，但他更加清楚德伯娜在他实现人生奋斗目标道路上的重要性。罗杰克以美好的梦想开始，梦想着自己跟德伯娜结婚而成为克利的女婿，就能轻易登上总统的宝座；然而，事与愿违，七年之后他与德伯娜在巴黎再次相遇并结婚时，德伯娜与其父亲的关系已经不是他所期待的那样了，如他所说："她不再是她父亲的掌上明珠。"（2）这一出乎意料的巨变让罗杰克的梦想从此走向幻想，也让他与德伯娜婚后的生活逐渐失去他们初次约会那个晚上的

① Norman Mailer, *An American Dream*, New York: The Dial Press, 1965, pp. 1-2. 本节凡出自该版本的引文，均在引文后的括号里注明页码。

疯狂与欢乐。

罗杰克虽然跟肯尼迪有着相同的过去，但与肯尼迪的现在和将来不同。罗杰克说，自从他们相遇以来，肯尼迪总是平步青云，而他是“向上走一阵”，又“向下走一阵”，总是“时上时下”（2）。他说自己跟肯尼迪约会同一个女孩的那天晚上月亮圆圆的，他在意大利一个小山顶上带队巡逻的那个晚上月亮也圆圆的，他遇到另一个女孩的那个晚上月亮同样圆圆的。因此，他觉得，他跟肯尼迪之所以有差别，是因为他“最终沉浸于对月亮的欣赏之中”，因为他“杀人的第一个晚上向下看见了一个深渊：四个人，四个完全分开的德国人，在圆圆的月亮下死了——然而，杰克，就我所知，从来没有看见过深渊”（2）。罗杰克承认自己不敌肯尼迪，因为自己的英雄主义“不可跟他的相比”，他们虽然都毕业于哈佛，但他比肯尼迪晚了一年，诸如此类的劣势让他明白，他只不过是一个“呆板的、负担过重的、神经紧张的年轻少尉”，而肯尼迪却是“王子”（2）。尽管如此，罗杰克并没有放弃自己的人生目标，他后来有幸遇到罗斯福总统夫人，在她的鼓励和引荐下，作为美国历史上一个拥有“杰出服役十字奖章”的知识分子，他顺利成为国会议员候选人，并成功当选，年仅26岁就成为纽约州民主党议员斯蒂芬·理查茨·罗杰克。

然而，当选国会议员成为罗杰克政治生涯的顶点和终点。当选国会议员以来，罗杰克在仕途上不像肯尼迪那样一帆风顺，平步青云，如他自己所说：“我向上爬一阵子，我肯定向下落一阵子，我上去了，又下来了。”（7—8）深知“政治不适合我，我也不适合政治”（7），当选国会议员两年后，罗杰克便弃政从文从艺。离开政坛后，罗杰克当了纽约州一所大学的存在主义心理学教授，成了经常在电视上露面的名人，成了小有名气的演员，出版了一部名为《刽子手心理学》的专著，并且娶了名门闺秀为妻。可以说，他的生活之路非常平坦，他的生活让人非常羡慕。但是，罗杰克认为，自从他娶了名门闺秀德伯娜为妻之后，他开始向人生道路的尽头迈步。因此，他认为：“我最终还是失败的。”（8）

罗杰克的人生结论似乎不合常理，但确实话出有因。他跟妻子德伯娜相识于他当选国会议员的当年，成婚于七年之后，一起生活了九年。有句名言，叫作“七年之痒”，但罗杰克与德伯娜的婚姻之痒不是七年之后，而是婚后一年便已开始。进入不惑之年的罗杰克，回想起自己的婚姻生活，心中充满无以言表的苦痛，他认为自己婚姻生活的“最后一年是糟糕的一年，有一阵子变得非常糟糕”，因而他“有生以来第一次有自杀的念头”（8）。罗杰克之所以认为“这最后一年是糟糕的一年”，甚至“非常糟糕”，是因为这一年，他跟妻子德伯娜完全分居生活。身为夫妻却分居生活，罗杰克觉得这样的生活难以忍受，特别是夜晚的孤独，如他所说：“我年近四十四岁，但我第一次明白，为什么我的一些朋友和那么多我觉得我理解的女性忍受不了夜晚的孤独。”（8—9）回顾九年的婚姻生活，罗杰克说：

> 我在跟妻子分居中度过了最后一年，我们非常亲密地结婚，经常非常不快地度过了八年，最近五年以来我一直在努力撤离我的远征军，撤离我花在她身上的由希望、毫无保留的需要、朴实的男性欲望和责任构成的那支部队。这是一场打不赢的战争，我想撤退，清点阵亡人数，在另一领地寻找爱情。但她真是一个大大的坏女人，德伯娜，一头人类的母狮子：无条件屈从是她唯一的生肉。如果绅士撤身而去，一个大坏女人还是要计算损失的，因为理想地讲，一个大坏女人会对任何一个敢于熟知她肉体的小伙子进行灭绝。如果情人逃走而不是被完全致残或者钉在柱子上的话，她有点没有发挥她的作用（如心理分析家、那些受挫的舞台导演所言）。德伯娜将她的钩子钉在了我身上，八年之前，她钉了那些钩子，它们又产生了其他钩子。跟她生活在一起，我心中充满杀气；企图跟她分开，我想到了自杀……（9）

罗杰克似乎有充足的理由谴责妻子德伯娜，似乎他跟妻子德伯娜关系不和完全是德伯娜的错。他的怨言、他的苦痛以及他设想摆脱苦痛的办法都让人同情。但是，不管他有多么强烈的自杀欲望，他最后杀死的不是自己，而是跟他一起生活了九年之久的结发妻子。九年的夫妻生活，没有让罗杰克对德伯娜深爱有加，却让他恨之入骨，但他又不愿也无法割断与她的关系。他说：

> 我恨她，是的，我的确恨她，但我的恨是缚住我的爱的一个笼子，我不知道我是否有力气摆脱这种束缚。跟她结婚是我的自我盔甲，去掉这个盔甲，我就会像土块一样倒下。当我完全被自己所压抑时，似乎她是唯一我可以指向的成就——我最终是那个德伯娜·考林·曼加拉韦迪·克利婚姻内与之生活的男人。既然她在自己的日子里臭名昭著，在一大批情人中挑来拣去，其中有一流的政客、赛车手、大亨以及她公平分享的西方世界比较有保证的花花公子，她成为我进入大集团的通道。

> 我带着自我愤怒爱着她，我仍然以这样的方式爱着她，但我以鼓乐队队长因为乐队给予每个小支柱以渐强到渐弱而爱其力量的那种方式爱她。如果我曾经是战争英雄、前国会议员、我在这儿不能解释的那个在电视节目露面的小有名气的明星，如果我曾经写过一部存在主义心理学方面的重要专著，一部可能（理想地讲）让弗洛伊德深受打击（但仍然停留在我脑海中）的六到二十卷的鸿篇巨制，我仍然有回归政治的秘密抱负。我想着一个某一天竞选参议员时如果没有德伯娜家族的巨大联系就完全没有可能性的行动。当然，从来没有从他们那儿得到一分钱——即使德伯娜有巴尔尼·奥斯瓦尔德·克利那样的积攒起来的对钱的趣味和习惯，我们用于生活的钱都是我挣的。她声称她嫁给我时，他已经切断跟她的联系——这是可能的——但我一直认为她在撒谎。情况很有可能是，她不够信任我，不愿向我展示藏起来的金钱。公主们都有一杆秤：她们花去四分之一个世纪的时间交出心之后，才会打开她们的钱包。我对钱本身不是很在意，我有点不喜欢钱。事实上，如果要不是表明我力量的核心是多么不完善和非男子气，我对钱，我可能会鄙视它。这就犹如娶了一位不愿舍弃第一个情人的女人一样。(17—18)

罗杰克抱着美好梦想跟德伯娜结婚，希望婚后通过德伯娜家族的关系迅速而顺利地实现自己的人生梦。但是，他婚后发现，虽然德伯娜家庭极为富有，但他没有从他们那儿得到一点点好处。他本来希望依靠德伯娜家族的关系过上富有的生活，却发现他唯一可以依靠的是自己。他心理上不需要德伯娜，但身体上却少不了她，就像他自己所说：“在这最后的一年中，没有跟她生活在一起，但还没有分手，因为虽然有时一两周时间过去了，我根本连想都不想她，我却会突然陷入一种像没有魂似的时刻而想见她。我身体上需要见她，就像等待毒品的吸毒者具有的那种直接需要——要是必须忍受太多的时刻，谁知道会出现什么样的损害?”（18—19）罗杰克此话表明，在他眼中，德伯娜不是能满足他心理需求的妻子，而是可以满足他生理需要的女人。罗杰克对德伯娜的怨诉，会让我们想象他们相见时像仇人一样互相谩骂、互相厮打的暴力情景；然而，出乎我们意料，见到罗杰克，德伯娜看似非常兴奋地说：“亲爱的，你到哪儿去了?”（19）德伯娜的亲昵并没有激起罗杰克的温情和激情。他跟德伯娜已经没有任何感情，跟她在一起犹如两个陌生人在一起，如他所说：“跟德伯娜同居就像在一个空空如也的城堡吃饭一样，除了一个男管家和他的钱包，没有人陪伴主人。”（26）然而，为了达到自己的既定目的，罗杰克却摇身一变，让自己从一个寻求满足生理需要的男人变成了一个渴望得到妻子爱心的丈夫。他对妻子说“德伯娜，我爱你”时，竟然不知道自己说了真话还是谎言。然而，假象最终掩盖不了本质。听到德伯娜说不再爱他，并且说她有不止一个情人，罗杰克勃然大怒，顿生杀心，如下面的对话所示：

> “你不爱我。”
>
> “嗯，一点都不。”
>
> “你知道看着你爱的人而得不到爱的回报是什么感觉？”
>
> “那肯定不是滋味。”德伯娜说。
>
> “那不可忍受，”我说。是的，中心已经没有了。我马上要向她卑躬屈膝了。
>
> “是不可忍受，”她说。
>
> “你也知道？”
>
> “是，当然知道。”
>
> ……
>
> “……今天下午我发了誓，我对自己说，我决不会……不，我想：再也没有必要了，再也不会了。不会跟斯蒂芬在一起了。”
>
> “再也不会？”我问。
>
> “永远不会了。那个想法——至少跟你相关，亲爱的——让我很受伤。”
>
> ……
>
> “你有多少个情人？”
>
> “目前，宝贝，只有三个。”
>
> “而且你……”但我不能再问。
>
> “是，亲爱的。每个最后的小可爱。我不能对你说我开始时他们多么惊讶。他们中有个说：‘你在哪儿学会这样到处寻找？不知道这样的事是在墨西哥城外的妓院进行的。’”
>
> “闭上你的狗嘴。”我说。
>
> “最近我还有最让人满意的做法。”
>
> 我伸手打了她的脸。我本来想——我脑子里最后的平静意图这样想——轻打一下，但我的身体比我的脑子说得快，我打到她耳朵边，几乎把她从床上打了下来。她像一头公牛似的站起来扑了过来。她的头撞

着我的胃，然后膝盖猛地向我的腹部顶过来，没有顶到，便伸出两只手，试图乱打我。

……

……咔嚓，我更紧地闭住她的气；咔嚓，我又闭住她的气；咔嚓，我让她付出了代价——现在永远不会停下——咔嚓，门开了，电线戳进她的喉咙……我睁开眼睛，一种极为高尚的疲倦让我感到困意，我的肉体似乎焕然一新。自12岁以来，我还没有过这么好的感觉。此刻生活中的任何事情不让人高兴似乎难以想象。但是，德伯娜就在那儿，死了，躺在我旁边地上的花地毯上，这毫无疑问。她死了；真的，她死了。(27—32)

初看起来，罗杰克被德伯娜激怒而失去理智，失手导致德伯娜最后死亡；细究起来，德伯娜之死非罗杰克过失所为，而是蓄意谋杀，这可以在前文讲到的罗杰克对德伯娜的怨诉中看出，也可以在上述引文中德伯娜死后罗杰克的淡定反应中看出。

德伯娜的死亡催生了罗杰克的巨大蜕变。德伯娜死后，罗杰克完全丧失了人性，丧失了伦理道德，变成了一个完全堕落的人。按常理说，看到妻子德伯娜死亡，罗杰克会非常震惊，也会非常害怕；但与正常人的反应完全相反，罗杰克不但没有丝毫的震惊和害怕，反而觉得空前轻松和愉快。他对妻子德伯娜死亡做出的淡定反应，跟人们打死过街老鼠后的反应毫无二致。不仅如此，他随后的一系列行为更是表明，他完全没有伦理道德，完全丧失人性。

杀死德伯娜之后，罗杰克没有马上向警察投案自首，而是若无其事地走进德伯娜保姆露特的房间，释放了他在德伯娜那儿没有释放出来的力比多能量。德伯娜死后，罗杰克好像一下子如释重负，过去的烦恼与不快似乎顿时消失。他没有马上动手处理后事，而是沉浸于过去的回忆。他想到十六年前初次见面时德伯娜对他的种族偏见，想到她的善恶观念，想到后来他们一起去阿拉斯加猎熊的情形，想到过去九年中他跟她的婚姻生活。然后，他突然如梦初醒，觉得此刻最重要的事情是清理犯罪现场。他说：

我在半睡眠中躺着，在德伯娜尸体旁边休息了一两分钟，也可能十分钟左右吧？我仍然有美好的感觉，非常好的感觉，但我觉得此刻不能再想德伯娜，肯定不能。因此，我起身走到浴室，洗了手……然后我想起我肩膀上有德伯娜的手印，我随即脱下衬衣，将胳膊的上半部分洗干净……我照了照镜子，再次查看了脸上的秘密；我从来没有看见过比此刻我的脸更加好看的脸。这是真话……（37—38）

罗杰克的行为举动表明，他完全不像一个过失杀人者，却完全像一个蓄意谋杀者。他杀妻之后的冷静、清理现场时的镇静以及妻子死后带给他的愉快心情，充分暴露了他的阴险与恐怖。但是，他更为阴险和恐怖的面孔出现在随后他的行为中。虽然他能清洗掉自己身上的血迹，但他无法清洗掉躺在他面前的德伯娜的尸体。面对眼前的亡妻，他不知道自己该跳楼自杀还是该向警察投案自首，如他所说：

我然后离开浴室，回去看着德伯娜。但是，她趴在地上，脸朝着地毯。我不想把她的身子翻过来。我的冷静似乎很脆弱。站在她旁边环视一下屋子就足以发现蛛丝马迹。我们弄得有点乱。床单和毯子滑落到地上，一只枕头躺在她脚跟处，一把扶手椅推到一边，让毯子起了褶皱。就这些。酒仍然在瓶子和杯子里，灯没有打翻，没有图片从挂钩上掉落，没有任何东西破碎，没有任何碎片。一个非常平静的场面——一个架着一门内战大炮的空战场：几分钟前刚刚发射，最后一股烟雾像一条蛇一样萦绕着，在微风中被削了头。就是那样的平静。我走到窗户边，向下看见十层楼下面交通繁忙的河东街道。我该不该跳下去？但这个问题毫无力量：有个决定得在房子里做出。我可以拿起电话向警察自首；或者我可以等等……是的，我可以进监狱，在那儿度过十年或者二十年，如果我身体足够好的话，我可以写出那本我在酒宴和德伯娜的游戏中度过的那些年里几乎萎缩于我脑子的著作。这是一项高尚事业，但是，对这样的荣耀，我仅有微妙的惆怅冲动；不，我脑子底部还有其他事情，一个计划，有些欲望——我感觉很好，似乎我的生活刚刚开始。“等会儿。”我的脑子直接对我说。

但是，我深感不安。闭上眼睛，我再次看到那个明亮的圆圆的月亮——难道我永远摆脱不了她的控制而获得自由吗？我几乎抓起了电话。

我脑子里的那个声音说道：“先看看德伯娜的脸吧。”

我跪下来把她的身子翻过来。她的尸体发出一些抗拒的摩擦声。她死得很难看。一只野兽回头盯着我看。她露出牙齿，眼睛的光点很伤人，张着嘴，看起来像一个洞……我没有感觉到任何事，这并不是说没有任何情况出现在我身上。像幽灵一样，各种情感从我身上的各条通道穿过，但未现身。我知道有朝一日我会为她难过，我会害怕她。此刻我确信，德伯娜已经被死亡分裂……如果某种东西能在她死亡之外长存，某种不在我身上的东西，那就是报仇。这种涌进我鼻子的微妙焦虑此刻出现在我身上，因为我死亡之时德伯娜会在那儿跟我相遇。

结论现在很清楚。我不会向警察报告，此刻不会，不会——另外的办法正在出现，一个来自解开所有谜的魔术师的信使正在路上，沿着无尽的台阶向下，走过被埋葬的无意识的游戏房，来到了大脑之塔。他在路上，要是我想在监狱干我的事，我就完蛋了，因为她的诅咒肯定会落到我身上。(39—40)

罗杰克的自我意识再现表明，他不是一个心智不全的人，而是一个大脑健全的非常精明的人。他在德伯娜死后的所作所为和所思所想，不是为了赎罪，而是为了逃罪。他自始至终想的不是德伯娜，而是他自己，他没有因为德伯娜的死亡而伤心。德伯娜死后不到半个小时，他径直走进德伯娜保姆露特（Ruta）的房间，暴力胁迫她与他发生性关系。他这样说："我穿过大厅，打开保姆准在睡觉的房间的门，径直走了进去。"（41）进入露特房间后，他随心所欲地强暴她，她却不敢有任何反抗。他这样描述他的强暴行为：

我最终就是这样跟她做爱的，一会儿做这儿，一会儿做那儿，攻击一下魔鬼，然后回到主的身边。就像一只挣脱了缰绳去追逐狐狸的狗，我陶醉于自己的选择，她成了我的，这是任何女人都没有过的，她要的只不过是成为我的一部分，她的脸，那张动着的、嘲弄般的、知道每次讨价还价的代价的柏林人的脸，现在既松弛又脱离了她，不断地变换着表情，一个尝到她眼睛和嘴里权力的贪婪的伴侣……我再次回到制造孩子的那个地方，她脸上露出些许的痛苦表情……（45）

罗杰克通过暴力释放了他在德伯娜那儿没有释放出来的力比多，露特的"默契"配合更增加了他对德伯娜的极端憎恨。强暴露特之后，罗杰克再次回到德伯娜的房间。看到德伯娜的尸体，他顿时怒火中烧，恨不得以最残忍的方式对待她。他甚至想到了碎尸。他说：

再次进入德伯娜的卧室，期待着她以某种方式消失。那儿就是尸体，它像一块轮船即将触碰的岩石一样进入我的视线。我该怎么处理她？我感到脚上出现一种难以遏制的愤怒，似乎杀死她时，行为过于温柔，我没有在储存真正不公的地方倾泻仇恨。她藐视未来，我的德伯娜，她毁了我的机会，现在她的尸体就在这儿。我有一种冲动，想冲上去踩断她的肋骨，踩碎她的鼻子，鞋尖踢进她的太阳穴，再次杀她，这次狠狠地杀她，把她杀得死死的。我站在那儿，这种欲望的力量让我颤抖，我明白这是我从胡同里撤出来的礼物之一，啊，上帝，我坐在一把椅子上，好像要掌控露特送给我的新欲望似的……我到底该怎样处理德伯娜？我没有办法。如果信使正在路上，他并未暗示他就在近处……我此刻有一种小小的想入非非，很过分的想法。我有一种欲望，想把德伯娜拖进浴室，放到浴缸。然后，我就可以跟露特坐下来吃了。我们两个可以把德伯娜的肉当晚饭吃，我们会吃上好几天：我们身上藏得最深的毒气也会被排出来。在我妻子的诅咒形成之前，我会把它完全消化。对我来说，这个想法让人毛骨悚然。我觉得就像一位处于一种极具震撼力的新药边缘的医生一样，细节如下：我们不想吞噬的，我们就在水池下面的电子处理器中碾碎，包括所有不纯净的器官和小骨头。对于长骨头、股骨、胫骨、排骨、桡骨、尺骨和肱骨，我另有计划。我会把它们包成一个包，扔出窗外，扔过河东街，扔进水里……也许我可以把德伯娜拖到电梯或让她沿楼梯滚下去，不行，完全不可能……我然后从座位上站起来，走过去看着德伯娜，再次跪在她旁边，将手放在她的臀部下面。她的肠肚空空的。突然，我觉得像个小孩，马上要哭了。空气中有股刺鼻的鱼腥味，不得不想到露特。她们是主仆关系，完全本末倒置了。我犹豫了一会儿，既然只得继续，我回到了卧室，拿了一些纸巾，把德伯娜擦干净。彻底是一条原则。然后我处理了废物，听着马桶冲水的声音，我回来看着打开的窗户外面。不，现在还不行。我首先关了最亮的灯，然后在一种力量的恐慌中，像拼命逃出熊熊燃烧的房子一样，我抱起她，十分费劲地抱起她，因为她的尸体太重了，将她的脚平衡在壁架上，这比我想象的难多了。带着此刻无人在开着的窗户看见我的狂热，此刻没人看见，没有人，我屏住呼吸，将她扔了出去，然后自己跌回到地毯上，似乎被她推了回来。躺在那儿，我数到二，数到三，我不知道有多么快，心中毛骨悚然地感觉到她跌落的重量，听到从十楼下面人行道上传来的声音：“砰”的一声落到地上，声音浑浊但大得惊人，汽车急刹车，突然碰撞引起变形时金属碰到金属的［声音］。然后，我站起身来，斜着身子往外看，看到德伯娜的尸体几乎在一辆车头下面，造成后面三四辆车堵了起来，后面车不停地打喇叭催促着，后面几乎堵了一英里路。然后，我装作悲伤大哭起来，但悲伤是真的——我第一次知道她走了——那是动物般的哭叫……我走到电话跟前，喊了声“喂”：“请问警察的电话是多少?”……我听到我的声音说了我的名字，告诉了德伯娜的住址，然后说道：“请你们马上到这儿来，好吗？我说不了话了，出了可怕事故了。”我挂断电话，走到门口，对着楼下大声喊道：“露特，穿上衣服，赶快穿上衣服。罗杰克夫人自杀了。”(50—53)

罗杰克无情地杀害了妻子德伯娜，残忍地处理了她的尸体。他惨无人道的想法和毫无人性的做法，充分暴露了他的兽性本质。不论最初的试图分尸做食物还是最后的高空抛尸，他的所思所为让人毛骨悚然，不寒而栗。他高空抛尸，不仅污蔑了死者的尊严，而且制造了交通事故，真是一颗老鼠屎毁了一锅汤。他高空抛尸，却毫无愧疚地说：“德伯娜自杀了，她跳楼了。”(55) 他高楼抛尸，却编造“德伯娜跳楼自杀”的谎言来蒙骗他人，自以为做得神不知鬼不觉，天衣无缝，完全可以让自己免受法律的惩罚。

然而，做贼者心虚，罗杰克绞尽脑汁蒙骗别人，却骗不了自己，他深知自己犯罪的严重性。为了逃罪，为了蒙骗警察和侦探，他进一步想方设法编造谎言。将德伯娜的尸体从十楼窗户扔出去之后，罗杰克装出十分害怕而悲伤的样子大声告诉保姆露特：“德伯娜自杀了，她跳楼了。”(55) 然后，他与德伯娜保姆露特一起谋划如何骗过警察与侦探：

“警察走访你时，告诉他们事实情况，除了一个细节。显而易见，我们之间没什么。”

“我们之间没什么。”

“今天晚上，你让我进来，一两个小时前。你记不起具体是什么时候，一两个小时前吧。然后你去睡觉了。你什么也没有听到，直到我叫醒你。”

“好的。”

“别相信警察。如果他们说我说我们之间有恋情，别承认。”

“罗杰克先生，你从来都没有碰过我。”

“对的。”我用大拇指和食指托起她的下巴，好像很宝贵似的那样托着。“现在，第二道防线。如果他们把我从楼上带下来见你，或者把你从楼下带上来见我，如果你听见我说我们今晚上了床，你就承认吧。但必须是你听见我这样说了。”

“你会这样告诉他们？”

“除非有证据，我不会。那种情况下，我会告诉警察，我想保护我们两个的名声。那没有什么错。”

“难道我们开始就不应该承认？”

“掩盖事实更为自然，”我微笑着说。“现在，去洗一洗，快点！还有时间，穿好衣服，看看——”

“好的。”

“弄得朴素点，看在上帝的面上，把头梳好。”（57）

确保他能串通露特共同欺骗警察之后，罗杰克飞奔下楼，火速来到德伯娜的尸体所在的街道。看到现场众人围观，警车和救护车齐聚，罗杰克装出极为震惊而悲痛的样子，不停地喊叫着：“啊，亲爱的！啊，宝贝！”“啊！天哪！天哪！”他甚至还试图在侦探罗伯茨（Roberts）面前为自己开脱责任：“我心里嘀咕着是否该说：‘天哪，就在我眼前，她就这样跳下去了。’但有只鸭子没有从湖里出来。我对罗伯茨有种不安的感觉，这种感觉跟我过去对德伯娜的感觉毫无二致。”（60）可能因为这种“不安的感觉”，罗杰克没有当着众人的面向侦探罗伯茨说出他用心编造的谎言。然而，不论此刻因侦探罗伯茨而不安还是过去因德伯娜而不安，罗杰克都没有因为不安而长时间深受影响，因为它们都只是昙花一现，转瞬即逝。不论德伯娜尸体从十楼高处被他扔下去时摔得多么惨不忍睹，也不论现在气氛多么压抑紧张，罗杰克心里却非常放松。在警察、侦探、医生和不少路人都为德伯娜“出事”而忙碌的时候，罗杰克犹如到处游荡的闲人，好奇而悠闲地欣赏着路人的脸庞，聆听着他们的心声吐露，还蛮有情趣、兴致勃勃地跟进入视野的美女聊天说笑。他的反常行为，自然逃不过侦探的眼力。就在他跟路人车莉（Cherry）谈笑风生之时，侦探罗伯茨要他上楼接受询问调查。

接受侦探罗伯茨询问调查的时候，罗杰克竭尽所能编造德伯娜“自杀”的各种原因。他说他跟妻子德伯娜结婚九年，分居已达一年，其间每周见一两次面，但德伯娜死前两周里他们才见了一次面。他在电话里告诉警察，德伯娜的死亡是“一场事故”“非常可怕的事故”，但见到警察和侦探时又改口说：“我应该告诉你［她］是自杀。”（63）他辩解说，之所以说是“事故”，是“暗暗地想保护我妻子的名声”（63）。他告诉侦探，德伯娜“压抑得让人害怕”，她“颇受压抑，但她自己装在心里。她是一个很傲气的人……她情绪不高的时候，一两天都不下床”（64）。她之所以压抑，是因为“她的宗教思想很重，是一个宗教思想很重的天主教徒”，而他“不是天主教徒”，所以“她觉得”嫁给他“让她罪孽深重”（65）。他还对侦探说：“德伯娜的思想不同于一般人”，因为她经常跟他“谈自杀，尤其是她感到压抑时，特别是最近几年”（65）；她之所以这样，是因为她“觉得自己身上有些不好的东西。她总觉得被魔鬼纠缠”（65）。所以，他告诉侦探：“如果你想理解德伯娜的自杀——就我理解而言——你得跟着我的理解走。”（66）他让侦探明白：“德伯娜相信魔鬼占有了她，她认为自己是邪恶的”，她“害怕地狱”，她是“一个虔诚的天主教徒”，她“相信她会入地狱，所以她决定以自杀来拯救自己”（67）。他试图让侦探相信：“德伯娜相信自杀会博得特别怜悯，她认为自杀是可怕的事；但是，如果你的灵魂处于灭绝的危险之中，上帝会宽恕你。”（67—68）他也竭力让侦探相信：“德伯娜认为，如果你去了地狱，你仍然可以在那儿对抗魔鬼……她认为有些东西比魔鬼更糟糕”（68），而这些“比魔鬼更糟糕”的东西就是：“如果灵魂在生活中灭绝了，你死亡的时候什么都不会进入天堂”（68）。所以，他得出结论：德伯娜“视自己为堕落的天主教徒，她相信她的灵魂在死亡”，这就是“她要自杀的原因”（68）。

侦探对他关于德伯娜死因的解释的合理性提出质疑时，罗杰克马上又抛出新的解释。他说：“我不知道这个是否有基础，但德伯娜认为癌症弥漫于她全身。”（68）他告诉侦探，德伯娜虽然认为自己患了癌症，但“没有吃过药”，因为“她不信任医生”（68）。侦探问他“为什么认为她患癌？”罗杰克说：“她一直在谈说这个，她觉得你的灵魂死亡时，癌症就开始了。她总是说这是一种不像其他死亡的死亡。”（68）他的说法是否属实，医学检查便可知晓，但当侦探提出对德伯娜进行尸检时，他却说“尸检可能什么也证实不了，德伯娜可能处于早期癌变阶段”（69）。

罗杰克告诉侦探，他跟妻子德伯娜分居已有一年之久，通常每周见她一两次，但这次眼见德伯娜“自杀”距上次见面已有两周时间。侦探问他“为什么两周之后才来看她”，罗杰克说：“我突然想她了，这种情况在分居后仍然存在。”（69）他甚至告诉侦探他几时几刻来到德伯娜的公寓，如何进入她公寓，并且还说虽然他“脑子里闪现过这种念头”，但他跟德伯娜保姆露特从未有染，因为“要是被德伯娜发现”，他“会很尴尬”（70）。他还告诉侦探，他来到德伯娜的房间后，他们“聊了几个小时，边喝边聊”（70）。但让侦探奇怪的是，他们竟然“喝了不到半瓶酒，这不是两个酒鬼三个小时内的酒量”（70）。对此，他解释说：“德伯娜喝得多点，我只是抿一下。”（70）问及他们“聊了什么”，罗杰克告诉侦探：

> 什么都聊。我们讨论重新和好的可能性，我们都认为这不可能；然后，她哭了，德伯娜很少出现这种情况。她告诉我，我来之前，她在开着的窗户边站了一个小时，有东西诱惑她跳出去。她觉得好像上帝在召唤她。她说她随后觉得很痛苦，似乎她已经拒绝了上帝。然后，她说：“我以前没有患过癌症，但那一刻，我站在窗户边，癌症在我身上开始了。我没有跳，所以我的细胞跳了。我很清楚。”这是她说的话。然后，她就睡了一会儿。（70）

罗杰克还告诉侦探，德伯娜说这些话的时候：“我就坐在她床边的这把椅子上。我觉得情绪很低落，我可以这样说。然后，她醒来了；她要我打开窗户。我们开始说话时，她告诉我，我妈妈患有癌症，我也患有癌症，我传染给了她。她说，这些年我们作为夫妻睡在一张床上，我传染给了她。”（70—71）他对侦探说，对于德伯娜的怨诉，他毫不留情地进行了回击，说她患癌是“活该”，因为“她是寄生虫”，他“得工作”；他甚至还说：“如果她的灵魂死了，那也是罪有应得，它是邪恶的。”他说他的话激怒了德伯娜：“她从床上下来，走到窗户边，说：‘要是你不收回你说的话，我就跳下去。’”（71）他说他“确信她说的不是真话”，因此他对她说：“好啊，跳吧，让世界不再有你的毒害。”（71）他认为他“做得对”，因为他“闯入她的疯狂，闯入那个使我们的婚姻受到重创的暴君般的意志”（71）。他说他的话真的刺激了她：“她跨过窗栏，跳了出去。”（71）他说：“她落下去的时候，我感觉某种东西从她身上吹了回来，打在我脸上。”（71）他告诉侦探，德伯娜跳下去的片刻，他“不知道怎么了”，他“几乎想跟着她跳下去”（71）。但是，他没有跟着跳下去，而是“打电话给警察，叫了楼下的保姆”（71）。他还告诉侦探，德伯娜死后，他“肯定昏过去了一会儿”，因为他“醒来时躺在地上，心里想着‘你为她的死亡而内疚’”（71）。他的故事编得活灵活现，讲得绘声绘色，让侦探罗伯茨不得不说“我相信你”（71），甚至还给他出谋划策，告诉他去警察局办理手续时“跳过细节，不要说什么地狱、癌症那样的东西，不要有什么对话，只说你看见她跳了”（71—72）。

然而，不论他的故事编得多么精彩，他还是逃不过一些侦探的目光。如果说侦探罗伯茨有意帮助他的话，副探长莱兹尼奇（Lieutenant Leznicki）待他却不是那么友好和善。莱兹尼奇确信罗杰克是杀死德伯娜的凶手，因为他仔细查看了现场，查看了德伯娜的遗体状况，发现了罗杰克没有想到因而没有设法诡辩的一些问题。他根据德伯娜的“舌骨断了”断定，罗杰克“把她扔出去前掐死了她”（72）。然而，在铁证面前，罗杰克仍然死不认罪，百般抵赖，说他“没有掐死她”，说他“不相信医生的证据”，说他“妻子从十楼掉下去，撞到了一辆车上”（72），因而导致舌骨断裂。他的抵赖让作为他“在世界上的第一个帮手、也是最后一个最好朋友”的侦探罗伯茨也无法进一步为他辩护，以致不得不告诫他：“罗杰克先生，我们一年中办过很多案子，他们有服药的，有割腕的，有对着嘴巴开枪的，有时候还有跳楼的，但在从事警察工作的这些年中，我从未听说过一个女人从开着的窗户往下跳时她的丈夫却袖手旁观。”（72）

罗杰克的诡辩与抵赖让侦探的询问调查难以顺利进行，他们不得不将他带到警察局进行“审问”。去警察局的路上，副探长莱兹尼奇再次试图让罗杰克俯首认罪，但还是未能成功。虽然他当着众人的面大声说他会在罗杰克身上“付出百分之百的精力”，也会在与他合谋欺骗警察和侦探的德伯娜保姆露特身上“付出百分之百的精力”，但罗杰克仍然保持着牢不可破的心理防线，抱着一抗到底的心理与侦探斡旋。尽管侦探莱兹尼奇和奥布莱恩（O'Brien）轮流不停地问他：“你为什么要这样做?”“你为什么要勒死她?”罗杰克始终守口如瓶，拒不回答，甚至对他的“好友”罗伯茨说：“你能不能把这些流氓赶走?”（74—75）罗杰克死不认账，但心里明白，命案在身，他虽然可能逃脱法律对他的身体惩罚，但不可能逃脱上帝最终对他的精神处罚。因此，他说：“不论德伯娜有什么过错，陈尸房肯定不是她应该去的地方。接着，我开始胡思乱想自己的死亡，我的灵魂（将来某个时间）在试图升华中与那个死亡了的肉体松开了……我第一次感到内疚。把德伯娜推进陈尸房是一种犯罪。”（76—77）

凭借辩解和抵赖，罗杰克看似骗过了侦探罗伯茨，但实际上，罗伯茨对罗杰克的犯罪事实一清二楚。在警察局，侦探莱兹尼奇和奥布莱恩不在场时，罗伯茨再次试图让罗杰克俯首认罪，他对罗杰克说：“你知道，我在那儿帮了你。”（77）他明确告诉罗杰克：“这违背了我的最佳判断。我不喜欢这种感觉。莱兹尼奇和奥布莱恩都不喜欢。我要告诉你：遇到这种情况，莱兹尼奇完全是一只嗅觉敏感的动物，他确信你杀了她，他认为你用一条丝线缠住她的脖子弄断了她的舌骨。”（78）他甚至告诉罗杰克：

> 我知道你跟那个德国保姆串通了……你很幸运，那次五车相撞事故中，没有人受重伤。如果有人受了重伤，我们会把你妻子坠亡的事扣到你头上，报纸会把你当作小蓝胡子处理，我的意思是，如果某个小孩死了的话……所以，你看，你的处境不是最糟糕。但你现在处于需要抉择的时刻。如果你承认这个——原谅你的情绪——但如果你有妻子方面的不忠作为证据，精明的律师可以让你服刑十二年后获得自由。这种情况作为实际情况通常会判十二年，也可能会判八年。我们会合作到这种程度：我们会说你的认罪让我们知道了你的自由意志。我会记下时间，这意味着你在起先几小时内没有认罪，但我会说你然后感到非常震惊就承认了。我不会说出你说的那些狗屎东西。我会在法庭上力挺你。相反，如果你等到所有证据都收集完毕，然后再承认，你就没命了。那样的话，最好的情况是，得把你关上二十年。如果你还是反抗的话，我们就把你锁在这个案子里，你可能面临电椅，伙计。他们会剃光你的头，给你的灵魂一股电流。所以，坐在这儿好好想一想吧。想想那把电椅吧。我去喝杯咖啡了。(78—79)

显而易见，罗伯茨想通过“软办法”让罗杰克认罪伏法。他退场的目的是让罗杰克“闭门思过”，但在他退场之后，罗杰克看到了他可能从未看到过的情景，可能感觉到了他作为白人的优越之处。他这样说：

> 我仍然强迫自己打量着房子。有一些侦探跟围着一张桌子坐着的四五个人交谈着，一位衣衫破烂的老妇人在最近的桌边哭泣着，一个非常无聊的侦探不停地敲打着他的铅笔等她停止哭泣。再远点有个脸被打得很厉害的高个子黑人对问他的每个问题摇头否认。远处的角落，在半隔起来的地方，我想我听到了露特的声音。
>
> 然后，穿过房子，我看到一个有着美丽长发的人的头，她就是车莉…… (79—80)

与车莉在警察局相遇，可能完全出乎罗杰克的意料。因此，他很好奇地问侦探莱兹尼奇：“那个女孩怎么了？她是谁？”侦探莱兹尼奇告诉他：“一个下流女人……一个非常病态的下流女人。她跟黑人一起干……沙沟·马丁(Shago Martin)，她就是跟他一起干。”(83) 不论他怎样看待在工作之余休闲吧唱歌的白人女孩车莉还是跟她搭档的黑人歌手沙沟，侦探莱兹尼奇对罗杰克的态度却完全不同。他毫不掩饰地对罗杰克说:“我会越来越喜欢你,罗杰克先生,我只是希望你没有杀害你妻子”;“你觉得我喜欢在一个获得‘杰出服役十字奖章’的人身上发威吗?我非常希望我不要知道[这事]是你干的”(83)。罗杰克可能也不明白侦探莱兹尼奇会这样区别对待不同的人。他发现,不仅是莱兹尼奇,而且警察局其他侦探也有同样的态度表现。他在警察局无意中目睹了白人侦探对黑人犯罪嫌疑人的毫无人性的教训,他向读者再现了当时的情景:

> 我们沉默了。那个脸被打肿的黑人是房子里唯一说话的人。“我要那个酒铺的什么呢,”他说:“那个酒铺就是老板,我的意思是,那个酒铺是地盘,伙计,我不想接近那个地盘。”
>
> “逮捕官,”他旁边的侦探说:“应该在那个酒铺制服你。你打了酒铺老板的脸,清空了记录器,然后巡逻人员从后面逮住了你。”
>
> “放屁,你们把我跟另一个黑人搞混了,没有警察会区别一个黑人跟另一个黑人。你们把我跟你们警察暴打的另一个黑人混到一起了。”(83—84)

虽然罗杰克没有对他所看到的情景做任何评论,但通过“那个脸被打肿的黑人”,他毫不留情地揭露了美国社会白人与黑人之间的紧张关系。在白人看来,黑人都是一样的;因此,白人警察和侦探常常会把一个黑人同另一个黑人相混淆,因此会把一个黑人的罪行强加于另一个无辜的黑人身上,就像罗杰克在警察局所看到的情形一样。白人侦探对待黑人罪犯时的蛮横无理与他们对待白人罪犯时的客气有礼形成了鲜明对比。如果说白人侦探总是通过“硬办法”强迫黑人认罪的话,他们则自始至终用“软办法”诱使罗杰克认罪。罗杰克这样再现侦探莱兹尼奇在警察局对他的“审问”:

> 莱兹尼奇把手放到我肩膀上。“情况开始对你不妙了,”他说:“那个德国女孩松口了。”
>
> “她承认什么了?承认说我曾在大厅强吻她?”
>
> “罗杰克,我们让她担心起来,现在她开始为自己着想了。她不知道你是否杀了你妻子,但她承认你有可能,我们让一个女看守脱了她的衣服后,她就承认了。医学检查提取了一块污点。那个德国保姆今晚[跟人]上过床,我可以把你带出去做检查,看看你今晚是否跟她上过床。

你需要这样吗?”

“我认为你无权这样做。”

“她床上有男性体毛,我们可以做检查看[它]是否你的。就这样,如果你愿意配合的话。我们需要做的就是用镊子取出一些体毛,你要这样吗?”

“不要。”

“那么就承认你今晚跟那个德国保姆上过床。”

“我不明白那个保姆跟这件事有何关系,”我说:“跟保姆的恋情不会成为我杀妻的理由。”

“忘记这些琐碎细节吧,”莱兹尼奇说:“我想给你一个建议。找个城里最好的律师,六个月后你就可以在大街上溜达了。”此刻,他看起来像个贼而不像副探长……“罗杰克,我认识一个人,一个前海员,他妻子告诉他,她跟他所有朋友均有染。他用铁锤打了她的头。他被关押到审判。他的律师让他获得了自由。临时疯狂。他现在大街上逍遥着。他的状态比你带着自杀故事的状态好,因为即使你从这儿出去,你不会从这儿出去的,谁也不会相信你把妻子推下了楼。”

“你为什么不做我的律师?”我说。

“想一想吧,”莱兹尼奇说:“我要去‘小叔叔’(Little Uncle)了。”(84—85)

侦探莱兹尼奇对罗杰克的彬彬有礼与罗杰克随后看到的白人警察、侦探和巡逻人员对黑人违法者的粗暴无礼形成鲜明对比。罗杰克这样再现他看到的情形:

一个警察拿着一壶热咖啡出来,给我倒了一杯。然后,那个黑人对他喊道:“我也要一杯。”

“小声点,”那个警察说。但跟那个黑人坐在一起的侦探示意他过去。“这个黑鬼烂醉如泥,”侦探说:“给他倒一杯吧。”

“我现在不想要了,”那个黑人说。

“你当然要。”

“不,我不要了,咖啡会让我心里难受。”

“喝点咖啡,清醒清醒。”

“我不要咖啡,我要一些茶。”

那个侦探咧嘴笑了一下。“到后屋来,”他说。

“我想待在这儿。”

“到后屋来,来喝一些咖啡。”

“我不需要。”

侦探在他耳边嘀咕了几句。

“好吧,”那个黑人说:“我去后屋吧。”

……

然后,那个黑人出现在另一个房间。我看不见他,但能听见他说:“我不要咖啡,”他大声喊叫着:“我要一些西格兰七号(Seagram's Seven)。这是你们说我可以要的,这是我要的。”

“喝你的咖啡,该死的你。”侦探大声喊着。透过开着的门,一眼就可以看见他把那个黑人推来搡去,有个巡逻人员抓着他的另一只胳膊……他们现在看不见了,有很大的咖啡泼溅的声音和咖啡壶掉在地上的声音,接着又是咖啡泼溅的声音,一只拳头打在脸上的声音,膝盖顶住背部的声音,那个黑人呻吟着叫唤着,但几乎很和谐,好像挨揍就是他可以预见的清醒。“现在给我西格兰七号,我就在这个文件上签名。”

“喝咖啡,”侦探吼道:“你现在连看一眼都不行。”

“狗屎咖啡啊。”那个黑人骂骂咧咧地说。接着又是一顿挨打,他们三个撕撕扯扯,互相抓来抓去,一会儿看得见,一会儿看不见,听到的只是更多的泼溅声。

“该死的你,”侦探喊道:“你这个该死的愚蠢黑鬼。”

一个新侦探坐在我旁边,一个年轻人,大约三十五岁,有着一张匿名人的脸和忧郁的嘴。“罗杰克先生,”他说:“我只想告诉你,我很喜欢你的电视节目,但我很遗憾在这种场合碰到你。”

“唉,”不停地挨打时,那个黑人发出“唉,唉,唉”的叫声。“就这样,唉,唉,继续走吧,你一直在进步。”

“现在,你为什么不喝一些咖啡。”那个打他的侦探吼道。(85—89)

如果不是亲眼看见黑人违法者遭受白人警察和侦探虐待的可怕情景,罗杰克可能不会相信自己在警察局受到了最惠待遇。白人警察和侦探暴打黑人违法者的情形让他心生害怕,他不得不“低下头对自己窃窃私语说:‘啊,上帝,给我点指点吧’”(89)。他祈求上帝给他“指点”,一方面可能出于自我保护本能,另一方面可能出于对遭受白人警察和侦探暴打的黑人违法者的同情，这种同情可以在他对车莉的描述中看出："那个黑人遭受暴打的情形，她也看见了。她脸上出现纯洁女孩的表情，似乎她在观看一匹断了腿因而生活得很痛苦的马。"（89）通过车莉的情感反应，罗杰克间接地表达了他对遭受白人警察和侦探暴打的黑人违法者的同情。车莉请求男友托尼（Tony）出面阻止白人警察和侦探暴打黑人违法者，但遭到托尼反对，却得到罗杰克支持：

> "托尼，你能不能叫他们不要再打了？"她问。
> 他摇了摇头说："别管闲事，哼？"
> 罗伯茨对她说："那儿的那个男孩今晚想打死一位老人。"
> "我知道，"她说："但那不是他们一直打他的理由。"
> "你想干什么？"罗伯茨看着我说。
> "罗伯茨，我觉得她说的有道理，我觉得你应该叫停那个侦探。"（89—90）

不论车莉说得多么"有道理"，也不管罗杰克多么支持车莉，他们的情感合作无法对抗白人警察和侦探的暴力联盟。白人警察和侦探不仅合力暴打了黑人违法者，而且还以"喝醉"为由把他关押起来：

> "嗨，里德（Red），"莱兹尼奇对着后屋喊道："他喝醉了，今晚把他关起来。"
> "他想咬我，"里德说。
> "把他关起来。"（90）

暴力处理完黑人违法者的事情后，侦探又回来非常客气地处理罗杰克的事情。罗杰克再现了侦探罗伯茨跟他的对话：

> "我们回去吧，"罗伯茨看着我说："我想跟你谈谈。"
> "我们走吧，罗杰克，"罗伯茨说："我们有新的东西要谈。"
> 此时准是凌晨三点了，但他看起来仍然精神抖擞。我们刚坐下，他就笑着说："要你承认没用，是吧？"
> "是的。"
> "好吧，那么，我们放你出去。"

“你们放我出去?”

“没错。”

“结束了?”

“哦,没有,没有啊,对你来说,这件事直到验尸官给出自杀报告才能结束。”

“报告什么时候出来?”

他耸了耸肩说:“一天,一周,我们收到验尸官报告前,[你]别离开城里。”

“我仍然是嫌犯?”

“哦,说吧,我们知道是你干的。”

“但你们为什么不把我关起来?”

“是啊,我们可以把你当作实际证人关起来,我们可以72小时都审判你,你会崩溃,但你很幸运,非常幸运。这一周我们要处理加努西(Ganucci)的案子,没有时间顾及你的问题。”

“你们也没有证据。”

“那个女孩已经交代了,我们知道你和她在一起。”

“这说明不了问题。”

“我们还有其他证据,但我现在不想说这些。过一两天我们会见你。远离你妻子的公寓,远离那个保姆,你不会影响一个潜在的证人吧?”

“顺便说一下,不要有冷漠的情感。”

“哦,没有。”

“我就是这个意思。你坚持得很好,不错。”

“谢谢!”

“你可能对这个感兴趣。我收到了尸检报告,有证据表明你妻子确实患癌。他们准备提取一些切片来验证,但这看起来对你有利。”

“明白。”

“这就是我们放你走的原因。”

“明白。”

“别太放松了,尸检也显示你妻子的大肠状态很有意思。”

“你什么意思?”

“本周晚些时候你有机会担心的。”他站了起来。“再见,伙计。”然后,他又停了下来。“哦,对了,忘了叫你在尸检报告上签名,请[你]现在签一下名好吗?”

"你的尸检是非法的。"

"我要说它不正规。"

"我不知道我是否要签这个名。"

"随你的便，伙计，要是你不签的话，我们可以把你关起来，直到验尸官拿来尸检报告。"

"很好啊，"我说。

"没有那么好，"罗伯茨说："只是一个疏忽而已。这儿，在这儿签名吧。"

我签了名。

"好了，"罗伯茨说："我要回家了，我顺便捎带你吧？"

"我走路，"我说。(90—92)

显而易见，罗伯茨对待罗杰克的态度与他对待那个黑人罪犯的态度完全可谓天壤之别。他对罗杰克的客气、友好和善意，使得他们之间的关系完全不像侦探与犯人之间的关系，却完全像两个挚友之间的关系。他不但自始至终没有暴力对待罗杰克，也没有强迫罗杰克认罪，而且显得耐心十足，任凭罗杰克胡言乱语，他都不生气不发火。他确信罗杰克杀死了妻子德伯娜，却乐意接受罗杰克谎称德伯娜自杀的故事，并且通过"不正规"尸检报告支持罗杰克的谎言。罗伯茨在黑人罪犯面前的威风凛凛与在罗杰克面前的和颜悦色以及他明知事实真相却以假乱真的行为，十分具体而真实地再现了20世纪60年代美国社会的种族关系，十分真实地再现了白人对黑人的暴力行为和黑人在白人暴力对待下的悲惨境遇。

虽然罗杰克凭侥幸蒙骗过了警察和侦探，但他杀妻的事实却永远不会消失，杀妻对他的影响也不可否认，正如他所说："唉，如果德伯娜的死给了我新生，这整个八小时我肯定老了。"(93) 然而，这种影响似乎只是昙花一现，没有长存。从警察局出来，罗杰克步行来到车莉唱歌的那个工作之余休闲吧。绞尽脑汁跟警察和侦探对抗八小时之后，罗杰克此刻无疑非常疲惫，但他显得非常放松。他比较悠闲地喝着酒，看似十分陶醉地听车莉唱着情歌，甚至十分放松地跟她闲聊亲吻，并且告诉她："我想我疯了，我妻子死了，我最终失败了。"(111) 就在车莉抚慰他时，他接到侦探罗伯茨的电话，告诉他"离开这个地方"，因为他"不是百分之百地安全"(112)；但罗杰克说："我虽然不安全，但我肯定不难受。"(112) 罗伯茨之所以迫不及待地致电罗杰克，是因为他的"案子出现了一些转机"：

"你的案子出现了一些转机。"

"什么意思?"

"你没有把你妻子的一切情况告诉我们。"

"一切情况?"

"你要么知道我在说什么，要么不知道。"

"显然不知道。"

"那就不说了。"

"这个新信息——好还是不好?"

"今天下午五点半到警察局来。"

"你就是要告诉我这个?"

"我听说你岳父今天早晨飞进城里来了。"

"哪儿听说的?"

"广播里，"罗伯茨笑了起来，这是他早晨的第一个玩笑，"我在广播里听到的。罗杰克。"(112—113)

可以说，罗伯茨不是侦办罗杰克案子的侦探，而是帮助罗杰克逃避罪责的内奸。我们不知道他向罗杰克通风报信的初衷何在，但我们知道他有意帮助罗杰克免受麻烦。罗伯茨认为罗杰克跟车莉在一起很不安全，但罗杰克认为跟车莉在一起时他很放松，这跟他与德伯娜在一起时的情形迥然不同。罗杰克与德伯娜似水火不容，但跟车莉能水乳交融。如果说罗杰克因恨杀妻，车莉对其家人也颇为厌恶；可以说，她是一个失去父母后无家可归走向堕落的"野女人"。从她与罗杰克的对话中，我们可以看到罗杰克为什么喜欢她：

"你一直跟死者［德伯娜］生活在一起?"她带着她那张实际上是美国人的脸说。

"没有，"我说："我真的不知道。"

"好吧。我在成长过程中跟父母生活过一段时间，他们都死了。我四岁五个月的时候，他们死了。他们遭遇车祸死的。我就跟哥哥和姐姐生活在一起了。"

"他们待你好吗?"

"好个屁，一点都不好，"车莉说："他们几乎都是疯子。"(118)

车莉对父母亡故的轻描淡写和她对哥哥姐姐的讽刺谩骂，充分表明她是一个“无家”之人；因此，对于杀妻之后的罗杰克来说，车莉无疑是一个与他“志同道合”的人。两个同病相怜的人在一起，似乎一切都是一拍即合。罗杰克想跟车莉“喝点什么”的时候，车莉觉得不能去她唱歌的休闲吧，因为“托尼每十五分钟会打一次电话，他会差人来敲门”；罗杰克觉得也不能去他的公寓，因为那儿会挤满“记者、朋友、商业联系人和——家人”（120），但更为主要的原因是，德伯娜父亲“巴尔尼·奥斯瓦尔德·克利就要来城里了，或者，如果罗伯茨说的是真的，至少已经来到了城里”（120）。对于这位赫赫有名、财大气粗的岳父大人，罗杰克还是不敢无视不理。他说：“一想到我岳父，虽然我结婚以来只见过八次面，但对他的熟悉了解让我非常害怕他，我心里很沉重；但是，我完全不想他，就像一个人的脑子不去想亚洲的广阔土地一样。”（120）从逻辑上讲，罗杰克将其岳父与亚洲的广阔土地联系起来让人费解，但就是这个让人费解的联系，巧妙地将克利所代表的美国上层社会的财富和权力与美国之外的资源联系起来，从而隐含地表明，美国的富有不是与生俱来的，而是源于它对海外财富的掠夺与占有。

虽然罗杰克看似对岳父克利闻风丧胆，十分害怕，但他没有将杀妻后如何应对岳父的问题摆在首位，而是首先跟同病相怜者车莉寻个地儿作乐。车莉唱歌的休闲吧不是他们作乐的合适地点，罗杰克的公寓也不是他们寻欢的合适去处；他们“不想去宾馆”，所以就去了车莉的“一个特别的地方”（120）。这个“特别的地方”就是车莉日常起居生活的地方，它本来是她姐姐的房子；后来，姐姐死了，她就成了房子的主人。车莉每天凌晨三点和下午一点来到这个地方，所以，她每次掏出钥匙开门时都会引起邻居开门打望。在这个“特别的地方”，车莉向罗杰克讲述了她姐姐因何而死以及她在其中所起的作用：

> “你姐姐出事了，是吧？”
>
> “是的。”
>
> “她崩溃了？”
>
> “她崩溃了，然后就死了。”她的声音毫无感情，此事显得很平淡。
>
> “她怎么死的？”
>
> “她被一个跟她一起的男人伤害了，他只不过是个拉皮条者。一天晚上，他打了她，她从此就没有恢复过来。她爬着回来，她叫我照顾她。然后，过了一两天，她等着我出去买了三十片安眠药，她割了手腕；然后，她从床上起来，死在那边的窗户边了。我想她要跳窗，她想进入公

墓，我猜测。”

“那个拉皮条者怎么样?”我最后问道。

车莉脸上出现一个坚如磐石的赛马手想起一次丑恶的比赛时的表情，嘴边带过一些残酷而忠心的话。“我叫人照顾他。”她说。

“你认识那个拉皮条者?”

“我不想再提此事。”

我有一个错失了外科学的职业而成为地方检察官的人的干净眼力：“你认识那个拉皮条者?”

“我不认识他，她只是跟他在一起，因为她半疯了。她曾经爱过另一个人，但失去了他，失给了我。我把她的那个朋友抢走了。”车莉发抖着：“我从来没有想过我会做这样的事，但我做了。”

“是托尼吗?”

“哦，天哪，当然不是托尼，是沙沟·马丁。”

“那个歌手?”

“不是，亲爱的，是探险者沙沟·马丁。”

此时，车莉喝完了她的酒，又倒了一杯。“你看，宝贝，”她说：“你看，我姐姐只是沙沟每次经过纽约时等他的六个女孩之一，我觉得她对他太投入了；她只是个小姑娘。所以，我跟她和沙沟在一起，为的是通过羞辱让他离开她，这就坏了。我成了在纽约等他的六个女孩之一。我的意思是，沙沟是一匹种马，罗杰克。”(124—125)

罗杰克在警察和侦探面前编造了自己亲眼看见妻子德伯娜跳窗自杀的故事，车莉向罗杰克讲述了她亲眼看见姐姐服药并割腕自杀的故事。罗杰克亲手杀死了妻子德伯娜，车莉参与了姐姐的死亡行动，她对姐姐的死负有不可推卸的责任。罗杰克竭力逃避他应有的罪责，车莉从未想过对姐姐的死亡承担应有的责任。身为手足姐妹，她不顾伦理道德谴责，夺走姐姐所爱，买药让姐姐自杀，看到姐姐割腕自杀却毫无反应，眼看着姐姐在自己面前倒下也无动于衷。她对姐姐的冷漠、对姐姐之死不觉内疚以及对姐姐死亡过程的轻描淡写、不动声色的讲述，充分展现了她的冷酷与堕落，也一定程度上表明她为何能跟杀人犯罗杰克成为志同道合的情侣。如果说罗杰克杀妻后强暴妻子的保姆露特释放了他本该在德伯娜那儿释放的力比多能量，他与车莉在其称为“一个特别的地方”所做的疯狂性事同样满足了他在德伯娜那儿没有满足的欲望，实现了他与德伯娜婚姻存在期间没有实现的愿望和诺言。罗杰克说，躺在车莉身边，他突然想起几年前他对德伯娜所说的话：“几年前，在我们的婚姻起初被比快乐更具游戏性的残酷所维系的那几年，一天晚上，一切都很糟糕的时候，我对德伯娜说：‘要是我们相爱的话，我们会互相搂抱着入睡，动都不想动。’”（129）这些在德伯娜身上未兑现的夸口和诺言，罗杰克此时在车莉身上兑现了：“我搂着车莉睡了，数小时过去了，四小时，五小时。”（129）

然而，不论他与车莉之间多么和谐幸福，罗杰克心里却非常清楚：“房子里面一切均好，房子外面一切都糟。”（129）的确，对罗杰克来说，最难对付的不是车莉房内的事，而是车莉房外的事。虽然侦探罗伯茨的“不正规”尸检报告支持了他关于德伯娜跳楼自杀的谎言，但他不知道媒体和公众是否接受验尸官的报告；除此，他还得想方设法对付他有几分惧怕的岳父。因此，他离开沉浸于欢乐享受之中酣然大睡的车莉，搭乘出租车准备前往警察局会见侦探罗伯茨。途经一个酒吧时，他下车买了几份报纸，注意到德伯娜之死成为当天报纸的头条新闻。与他的担心相反，出乎他意料，这些报纸均报道说德伯娜系自杀身亡，并且还报道了一些有关她和罗杰克的细节，这些细节“一半正确，一半不正确”（134），有报纸甚至引用罗杰克任职大学未透露姓名同事的话说：“他们是极好的一对夫妻。”（134）显而易见，媒体对德伯娜死因的报道，完全是对侦探“不正规”尸检报告的传播；它们以讹传讹，完全顺了罗杰克的意，没有起到让公众对罗杰克杀妻行为感到震惊、感到愤怒因而进行强烈谴责的舆论作用，反而让公众完全混淆黑白，颠倒是非，从而让杀人者逍遥法外，继续作恶。然而，并不是所有一切都顺罗杰克之意而发生。回到自己公寓后，罗杰克接到一个又一个电话，其中一个电话来自他供职大学的心理学系，要求他给系主任回电。在与系主任的通话中，罗杰克得知，校方出于自身名誉考虑，希望他暂时停止授课工作，以“失去亲人”的名义请假离职。尽管他竭力反对，但最终不得不接受校方对他的“处罚”。可以说，校方对罗杰克的“处罚”合情合理，至少能让他受到一点打击，进而反思他的行为。罗杰克可能还没有从他就职大学对他的“处罚”中缓过神来，朋友的电话再次把他与德伯娜的死亡绑在一起。尽管报纸已经公开报道说德伯娜死于自杀，但这并不能让所有熟知罗杰克和德伯娜的人信服。因此，带着怀疑，德伯娜生前好友吉戈特（Gigot）给罗杰克打电话，以挚友口吻问他是否真的杀了妻子德伯娜，但不论她怎样以“亲密”之关系跟罗杰克套近乎，罗杰克都矢口否认；吉戈特自然不相信罗杰克所说的话，但她确信德伯娜不是自杀身亡。她对罗杰克说：“哦，亲爱的斯蒂芬，我知道不是自杀。

德伯娜知道她会被人杀死，她从来不会在这种事情上出错。斯蒂芬，也许有人给她下了毒药，让她脑子里出现跳楼的欲望。你知道，一些新出的迷幻药或者其他东西。现在的医生都很轻浮。他们花时间来熬煮那样的东西。我的意思是，保姆有可能在她的酒里下了毒药。”（149）吉戈特之所以怀疑保姆陷害德伯娜，是因为德伯娜的保姆露特是德伯娜的父亲克利的情妇，是克利安顿在德伯娜身边替他监视女儿德伯娜的奸细。她向罗杰克详细讲述了德伯娜的“秘密”：

“那个保姆是巴尔尼·克利的情妇，你知道就是他那种年龄的人有的那种。他们有随便哪儿都可以去的薄嘴唇。”

“巴尔尼·克利为什么对德伯娜的事如此感兴趣，以致他愿意放弃这样一个情妇?”

“我知道保姆是作为对德伯娜的一点津贴而来的。”

“她没有什么津贴。”

“克利每周给她五百美元，你认为你自己在养活她？你是霍雷肖·阿尔杰（Horatio Alger）?”

“我不知道怎么认为。”

“有人杀了她。”

“我真的怀疑，吉戈特。”

“她精疲力竭了。”

“我不这样认为。”

“我知道情况。”

“那么就去警察局吧。”

“我不敢。”

“为什么?”

“因为我认为这件事会有影响，德伯娜是间谍。”

“贝蒂娜（Bettina），你简直疯了。”

“最好相信我，帅哥。”

“天哪，德伯娜为什么愿意做间谍?”

“斯蒂芬，她无聊，她一直都很无聊，她做事以消除无聊。”

“她给谁做间谍?”

“哦，我不知道，她什么都能做。我曾指责她是中央情报局成员，她笑了。‘那些白痴，’她说：‘他们都是大学教授或穿着伞兵靴子的暴徒。'不管怎样，我知道她曾是军情六处的（M. I. 6）。"

"什么时候？"

"我们在伦敦修女院的时候。她就是这样出来的。不管怎样，她有个男朋友是军情六处的。"

……

"我一直认为德伯娜是共产主义者。"我说。

"神圣羔羊，这是我告诉你的。我愿意打赌，她是一个双重身份的间谍，你知道，一个间谍内部的间谍。对于这个，我有话要给你说。"（150—151）

吉戈特对德伯娜死因的探究可能让罗杰克感到可笑，但罗杰克城府颇深，没有露出任何蛛丝马迹。他无意打消吉戈特的各种猜测，任其联想乱说，从而将吉戈特的目光从自己身上引开，再次让自己成功逃避了公众的谴责与法律的惩罚。

在逃避罪责的道路上，罗杰克"闯过"了一关又一关，但事态的发展常常一波三折。在罗杰克看来，侦探罗伯茨一直都是他的"好友"，是暗中帮他的"好人"；罗伯茨的"不正规"尸检报告让罗杰克成功逃避了公众谴责和法律惩罚，让他与罗伯茨之间的距离显得越来越近。他在自己公寓处理完必须处理的电话事宜后，带着美好希望前往警察局跟罗伯茨如期约会，希望罗伯茨能帮他成功对付岳父克利。然而，他再次见到罗伯茨时，罗伯茨却通过"恐吓"让他认罪。罗伯茨告诉罗杰克，尸检结果表明，德伯娜并非自杀而亡，原因有三：其一，人身体死亡六小时后，就出现严密缝合，但德伯娜尸体在大街上发现时没有出现严密缝合的迹象；另外："死亡发生时，身体的血液只会在身体触碰到地面或者靠到墙上的部分凝结，这是依赖性青黑色，一个半小时以内，你可以肉眼看到黑色和蓝色的地方，但尸检前，德伯娜的尸体从前到后全是青黑色"（153）。其二，"德伯娜的舌骨破裂了，这是勒死的直接标志，特别是有大量出血时，尸检表明德伯娜身体有大量出血"（154）。其三，尸检表明，德伯娜在"跳楼"前大便完全排空，这是因为"勒死导致肛门括约肌完全放松"（156）。对于前两个问题，罗杰克的回答是："青黑色是身体从十楼坠下撞击地面的直接结果，身体撞到车后被车冲击，造成舌骨断裂，大量出血。"（155）对于第三个问题，罗杰克没有正面回答，只是以"我想保护我妻子的隐私"为名进行搪塞（157）。不论罗伯茨的问题多么尖锐，也不论罗杰克的解释多么不科学，罗伯茨最终还是没有如他所愿地让罗杰克认罪。更为滑稽的是，罗伯茨最后宣布罗杰克“免于嫌疑”，还说“我知道，我知道这件事从一开始就错了”，因为“官方的医学报告来了。自杀。是的”（159）。他还讨好罗杰克说：“我本来可以等一等，给你施加压力是莱兹尼奇的主意”，并且再次声明：“不管怎样，我都支持释放你。”（160）应该说，这个结果真是荒谬至极：罗杰克杀妻事实清楚，证据充分，但侦探、警察和验尸官的大量工作将罗杰克的有罪变成了无罪，完全顺应了罗杰克挖空心思编造的谎言。法律最后没有为受害者讨回公道，却为犯罪者开脱免罪。罗杰克有罪却以无罪释放，前文谈及的黑人可能无罪却以有罪而被关押，这极为鲜明的对比表明，美国社会是白人的天堂、黑人的地狱。

罗杰克“过关斩将”，击败了一个又一个试图让他认罪伏法的人，他关于德伯娜跳楼自杀身亡的谎言成功地让“官方的医学报告”为他最终免罪说了话。尽管不少人“知道”他是杀死德伯娜的凶手，但没有人愿意站出来质疑“官方的医学报告”；因此，他可以非常放心地让杀妻的罪名永远烂在肚子里。然而，具有讽刺意味的是，罗杰克却将已经咽下去的东西又重新吐了出来。罗伯茨宣布罗杰克无罪后，罗杰克离开警察局，再次来到车莉的那个“特别的地方”与其发生疯狂性行为。性缩短了罗杰克与车莉之间的距离，使得他们彼此向对方敞开了心扉。罗杰克向车莉讲述了他为之骄傲的学术经历：他去了中西部一个研究生院，五年内拿下了博士学位，随后当了助理教授，然后又晋升为副教授，两年后回到纽约，成了全职教授。车莉同样向罗杰克讲述了她不平凡的人生经历：她由同父异母/同母异父的哥哥和姐姐抚养长大，父亲遭遇车祸死亡时，她的哥哥才十八岁，姐姐才十六岁，她自己才四岁，而小妹妹仅仅一岁。邻居们都很尊敬哥哥，因为他要打两份工。他勤劳工作，能让他们兄弟姐妹成为一家人。后来，哥哥离开他们结了婚，留下姐姐打理这个家。姐姐每天晚上都跟不同的男人出去——她为了一点点小钱——这让她和妹妹颇受争议。哥哥仍然受人尊敬，但她和姐姐与妹妹受到排斥。她曾经一个人去上学，一个人放学回家，最后她和妹妹跟着姐姐一起离开她们生活的那个小镇。她们去了佐治亚，后来又去了北佛罗里达，姐姐结了婚，她读高中时住在姐夫家，但她的存在让他日益不安，最后她离开了姐姐。她住旅社并当服务员，最后完成了高中学业。然后，她在一些小酒吧和夜店唱歌，并认识了一个足球明星，但他因上大学读书而最后与她永远无缘。后来，她认识了一个海军飞行员，谈婚论嫁之时，她发现他早已结婚。后来，她跟一个富有的老男人生活了一段时间。这个“富有的老男人”把她从夜店带出来，带到了另一个城市。她在那儿生活了好几年。这个“富有的老男人”比她大很多，但“有点好色”。他把她安置在这个或那个城市的某个舒适公寓，有时候一周连个人影都见不到。后来，那个“富有的老男人”带她来到拉斯维加斯，但她仍然一周甚至一个月见不到他的面，因为他干着一些“非常大的复杂事”，有些甚至“在海外”。后来，经她同意，他们分了手，并被转手给一位熟人。两天后，他发现这位“熟人”是洛杉矶吸毒大王。她成了“即将从树上脱落的干树叶”，但最终有幸摆脱了这个吸毒大王，凭着自己唱歌的天赋在拉斯维加斯混了一两年，然后回到了纽约。她之所以离开拉斯维加斯回到纽约，是因为她在拉斯维加斯具有了她不应该有的权力，那就是“让人丧命的权力”，有一两个人甚至因为她而丧了命，如果她继续留在拉斯维加斯，她可能就回不到纽约了。讲完自己的身世与经历，车莉问了罗杰克一个没有意料到的问题；但出人意料，罗杰克却坦诚作答：

“斯蒂芬？”车莉问。

“怎么了？”

“你杀了你妻子？”

“对。”

“你杀了你妻子。”她说。

“你这个狡猾的小美人。”

“不是，宝贝，我知道是你干的。哦，天哪。”

“你怎么知道？”我问。

“我曾经见过一个刚杀人回来的人，你看起来像他。”

“他看起来怎么样？”

“像是被魔力涂画过似的，希望我说错了，但我知道我没错。哦，希望对我来说为时不晚。”

“不晚。”

“我担心啦。”

“我自己也有点担心。”

“今晚你必须到哪儿去吗？”她问。

我点了点头。

“你要去见谁？”

“德伯娜的父亲。”

“巴尔尼·奥斯瓦尔德·克利？”

"你知道他的名字?"
"我今天看了报纸。"
"你以前听说过他吗?"
"斯蒂芬,"她说:"我过去认识他。"
"认识?"
"他就是带我去拉斯维加斯的那个男人。"(176)

罗杰克可能没有想到车莉对他的"秘密"早已洞察,他也没有想到车莉对他的杀妻行为会如此淡定,他更没有想到岳父克利竟然跟车莉生活过好多年。听到车莉说克利"就是带我去拉斯维加斯的那个男人",罗杰克脑子里马上出现克利与露特上床的情景。在车莉眼中,克利是"一个很有吸引力的人",但罗杰克认为"他很臭",可又觉得克利不臭,因为他觉得自己跟克利都"流着同一种血"(176)。虽然如此,车莉跟克利的关系不仅让罗杰克眼前浮现出克利与露特上床的情景,而且让他想起他听到德伯娜谈及自己的情人时他顿生杀心的情形。尽管他"心中充满杀气",但他还是控制住了自己,继续跟车莉聊她的过去:

"你以前怀过孕吗?"
"怀过。"
"跟克利?"
"是。"
"孩子怎么了?"
"我没有要。"
"还怀过吗?"
她沉默不语。
"跟沙沟·马丁?"
"是。"
"不敢要?"
"沙沟不敢要。"
"多久的事?"
"三个月,"她点了点头:"三个月前吧,上周我跟他结束了。"
"你自己也不想要这个孩子?"
"我没有勇气,你知道,我欺骗了他。"

“跟托尼？”

“是。”

“为什么？”

“习惯吧，我猜。”

“习惯，天哪，为什么跟托尼？他有什么呀？”

她摇了摇头，似乎很痛苦：“托尼身上有种美好的东西，信不信由你。”

“我怎么会信呢？”

“我很想念啊，沙沟会变得邪恶。”（177—178）

可以看出，从一个男人转向另一个男人是车莉的生活的常态，不忠与欺骗成了她的习惯。她是沙沟的女友，却对托尼投怀送抱。她在男人之间做着比较，分辨着孰优孰劣。她与一个男人的关系尚未结束，却跟另一个男人的关系早已开始。她是男人的玩物，也是玩弄男人的女人。她爱上了沙沟，却上了托尼的床；她还没有与沙沟完全撇清关系，却与罗杰克上床狂欢。她认为沙沟“会变得邪恶”，却不知道跟她上床狂欢的罗杰克更加邪恶。正当车莉躺在罗杰克的怀里赞赏罗杰克时，沙沟突然打开了车莉的房门，看到罗杰克便大声吼道：“穿好衣服，你这个白屁股，滚出去。”（179）沙沟是来自哈莱姆的黑人，他的突然袭击并没有让罗杰克万分恐惧；相反，他显得十分镇定，似乎事先早已做好了搏斗准备。因此，沙沟再次命令他“滚出去”时，他面不改色、十分坚定地说了声“不”；沙沟挑战般地问他会不会像托尼那样胆小如鼠，他毫不犹豫地回答说“不会”。沙沟竭力让罗杰克知道车莉是他的“蜜汁”、他的“妻子”，并手持剪刀以杀他相威胁，但罗杰克与车莉结盟击败了沙沟。不论沙沟怎样表达他对车莉的深爱，车莉都毫不回头地对他说：“做了的事已经做了，已经结束了。”（191—192）车莉拒绝沙沟，因为沙沟扼杀了她“对自己的最美好想法”：“如果我和沙沟能走到一起，就会出现比较好的情况。”（197）用罗杰克的话说，车莉曾经认为，整个国家的发展都将依赖于她与沙沟的关系。我们可以这样设想，如果没有白人托尼的“插足”，如果没有白人罗杰克的出现，车莉很有可能会跟黑人沙沟结婚生子成为一家人；如果白人车莉能够嫁给黑人沙沟为妻，如果他们的跨种族婚姻能够得到社会认可，他们肯定会对种族关系产生积极影响。车莉可能对沙沟寄予了很大希望，但目睹沙沟与罗杰克直面冲突以及沙沟最后败退之后，车莉的希望可能破灭了。因此，她对罗杰克说：“我不再爱沙沟了。”（197）她无法解释自己的想法为什么不能实现，便将其归因于上帝的软弱和魔鬼的强大：“上帝只是尽力得知发生在我们身上的事情，有时候我认为，上帝知道的比魔鬼少，因为我们不够好，不足以到达他那儿。因此，魔鬼接收了我们认为我们发送给上帝的大多数最好的信息。”（197）虽然她目睹了沙沟在罗杰克面前的溃败，也直言“我不再爱沙沟了”，但车莉并没有完全消除她对沙沟的感情。因此，她告诉罗杰克，如果沙沟再次来看她，她会开门让他进来，她“不会一见沙沟就跑”（200）。车莉的藕断丝连让罗杰克担心她的安全，他想守在车莉身边保护她，不想去见岳父克利。但车莉执意罗杰克去见克利，因为如果他不去见克利，他们就“不知道他脑子里在想什么”（200）。车莉帮助罗杰克击败了自己的恋人沙沟，也竭力想方设法帮助罗杰克击败克利。她直觉到罗杰克是杀人罪犯，但她还是乐意接受其“爱”；她让罗杰克亲口说出他是杀妻罪犯，但她没有试图说服他去投案自首；她知道罗杰克杀妻是违反伦理道德和基本人性的行为，但她没有规劝他接受岳父的惩罚以谢心灵之罪；她知道德伯娜是男人的牺牲品，但她没有想到自己也会遭遇同样的命运；她知道德伯娜因成为罗杰克的妻子而丧命，但她没有想到自己“爱”上罗杰克的下场。她对罗杰克犯罪行为的袒护、对德伯娜死亡的冷漠以及对自己人生的“儿戏化”态度，让她最终冤死于沙沟的朋友的刀下，因为沙沟离开她和罗杰克后不久被人打死于哈莱姆区，沙沟的朋友误以为沙沟之死是车莉指使，因此对她实施了报复行为。

罗杰克一路蒙骗了很多人，但他没有骗过车莉雪亮的眼睛；他虽然已经明确告诉车莉他杀了德伯娜，但他不想让社会知道他是杀妻罪犯。身为丈夫，他对妻子的死亡毫不伤心；身为女婿，他不想在岳父面前认罪忏悔。离开车莉后，罗杰克前往岳父克利的公寓。见到克利前，罗杰克见到了继女迪尔德（德伯娜与前夫的女儿）。迪尔德向罗杰克回忆了德伯娜生前对他的感情：

> “感觉妈妈还没死。”她说。
>
> “我们已经说过了，不是吗?”
>
> “斯蒂芬，我过去恨妈妈。”
>
> “女孩有时候确实恨妈妈。”
>
> “当然不是这样的，”我的话直接激怒了她：“我慢慢恨她是因为她对你很凶。”
>
> “我们彼此都很凶。”
>
> “妈妈有次对我说，你年轻，她老，这就有了麻烦。”

"你觉得她什么意思?"

"我觉得她的意思是,她经历过不同生活。也许,她经历了法国革命和文艺复兴,或观看过意大利主妇折磨基督徒的情形。但是,她说,你是新人,没有经历过这些。这种经历完全是吸收性的,但她继续说,你是懦夫。"

……

"……她说我们的血液里充满吸血鬼和圣者,然后她说她只能活一点点时间了,她对此确信无疑。她说她的确爱过你,她说你是她一生的爱。我们两个都开始哭起来,我们从来没有这么亲近过,但她毁了这种亲近,她说:'唉,毕竟来说,他实际上是我一生的真爱。'"

"她这样说的?"

"我告诉她,她是一头野兽。她说:'留神点野兽吧,有一种物种,它们死后三天还能活着。'"

"什么?"

"她这样说的,斯蒂芬。"

"哦,不会的。"

"我觉得她还没死。"(213—214)

迪尔德跟罗杰克的对话体现了一个失去母亲从而失去母爱的小女孩的悲伤之情,她对母亲生前与自己的关系以及母亲对继父的评价的不断回忆表明,母亲的死亡对她造成了不可愈合的创伤,也表明她对母亲的真正死因一无所知。她在母亲死后对继父的态度表明,她虽然"说话总像个成年人",但非常单纯,非常天真。她为母亲而难过,因为"谁也不为她悲痛,这很可怕,甚至外公也没有一点悲伤的状态"(212)。她希望继父能够出席母亲的葬礼,但他以"我觉得你妈妈不愿意看到我在那儿,我觉得她宁愿我在心里想着她,我想那样更好"(216)为由拒绝参加。她不明真相,把坏人当作好人,视继父为母亲死后自己可去的唯一精神港湾,一味地从他那儿寻求精神慰藉,寻而无果,却心满意足。罗杰克对继女的哄骗,再次展现了他的人性丧失与道德沦落。

骗过继女之后,罗杰克见到了岳父克利。见到女婿罗杰克,克利张开双臂紧紧拥抱了他,这让罗杰克颇感意外,因为自他结婚以来,克利从来都没有拥抱过他,见面时只是握握手而已。克利的反常举动让岳父与女婿看起来像"处于痛苦之中泪眼汪汪的孩子"一样。他们含泪对视之后,克利用手绢擦拭了脸上的泪水，他的目光落在罗杰克的眼睛上时，罗杰克知道："如果他脑子里曾有怀疑的话，现在已经没有了：他知道我对德伯娜做了什么。"（218）他对罗杰克说的第一句话是："哦，天哪，唉，对我们大家来说，这是极为可怕的时刻。"（218）他对罗杰克说的第二句话是："喝点白兰地吧，斯蒂芬。"（218）他对罗杰克说的第三句话是："是杰克让我向你表示问候，表达他的悲痛之情；他还说他深感震惊，他知道你肯定很难过，我不知道你跟他认识。"（221）罗杰克告诉克利，他与杰克·肯尼迪在国会认识，并且因为肯尼迪，他才遇到了德伯娜。这让克利想起来十六年前发生的事情："我想起当时，她甚至这样跟我说起你：'你最好走着瞧吧——有个半犹太血统的小伙子，我为他疯狂。'我说：'对你更有影响。'要是你相信的话——我当时也反对杰克。我错了，我真是大错特错了。我对德伯娜的看法也错了。哦，天哪。"（221—222）明知女婿罗杰克是杀死女儿的凶手，克利竟然能非常沉着冷静地对罗杰克说自己当初反对他与德伯娜结婚是一大错误。他的反省之举具有莫大的反讽意味。我们不知道他因为罗杰克与肯尼迪的关系而有意取悦他，还是因为女儿的死亡而更加珍惜女婿的存在，但我们可以看出，在生者与死者之间，他的感情天平已经失衡，他的道德感觉已经麻木。我们不知道他是否因为已经从报纸上得知女儿死于"自杀"而不愿"冤枉"女婿，但我们可以看到，他为女申冤报仇的决心和信心已经大大减弱。他的"巨变"似乎不可思议，但不无道理，因为在他与女儿德伯娜之间有着许多不为人知的秘密，而这些秘密，除了露特，无人知晓。德伯娜的生前好友吉戈特曾在德伯娜死后告诉罗杰克，德伯娜的保姆露特是其父克利安插在德伯娜身边监视其活动的奸细。有了这样的特殊身份，露特对德伯娜的一切了如指掌。谈起德伯娜的隐私，她如数家珍，非常清楚，无一遗漏。她与罗杰克在克利公寓的对话表明，她不仅知晓德伯娜的隐私，而且对克利的隐私知之甚多：

> "露特，你的双重生活好像结束了。"
>
> "那太可悲了，"她说："我喜欢双重生活。"
>
> "你不介意接替德伯娜吗？"
>
> "哦，你妻子不好，富人家的女孩都是猪，但我不仅仅是保姆而已，这是你知道的。"
>
> "我不知道啊，我应该意识到这个。"
>
> "当然啦，我不是官方的，我只集中精力做一件事。巴尔尼要我做这

件事，所以我就做了。我事事都盯着。”

“只做什么？”

“哦，你妻子的一些活动。”

“但你认识巴尔尼多久了？”

“有些年头了，我在西柏林的一次美好聚会上认识了他，请别介意。”

“这样说，你现在就是……”我要说：“一个非常不一般的小间谍了。”

“不敢当啊，我帮助克利先生。”

“可德伯娜涉嫌间谍——真的吗？”

“绝对业余的。”

“你不期望我相信你？”

“她没有真正的声望。”露特自豪地重复了她说的话。

“可是，”我说：“德伯娜肯定惹了麻烦。”

“许多麻烦，”露特说：“昨晚整个世界的政府办公室肯定灯火通明。”……“是的，他们得放你走，既然没人知道你是否知道多少，真正的调查就会结束，鬼知道哪儿。”她可能避开了一个小小的微笑。“可你就是那个鬼，”她继续说：“你得到了你要的。”

“露特，你没有告诉我一件事。”

“如果我告诉你，你会帮我忙吗？”

“只要你回答了我的问题，我会竭力回答你的问题。”

“好，那很好。”

“德伯娜在做什么？”

“没人知道她在做什么。”

“哦，你什么意思？”

“谁也不能确定，就是这样的。相信我吧，罗杰克先生，你得知的越多，你就越明白，从来就没有答案，只有更多问题。”

“我很好奇，想听听一两个事实。”

“事实，”她耸了耸肩：“你也许已经知道了。”

“她有三个情人——这是我知道的。”

“你不会知道他们是谁吧？”

“不知道。”

“哦，好吧，我告诉你，其中一个是美国人，他有点特别。”

“在政府部门？”

“我假装没有听见你的话，罗杰克先生。”

“另一个呢?”

“另一个是俄罗斯人，他在公园路的大使馆工作。还有一个是英国人，他是苏格兰一家酒行的代理，战争期间曾在英国情报部门工作过。”

“现在仍然是，你会确信吧，”我说。

“当然啦。”露特说。

“就这几个?”

“她可能跟一个叫托尼的人有关系，他来看过她一两次。”

“她喜欢托尼吗?”

“不是很喜欢，我可以说。”

“德伯娜真正在做什么?”我问道。

“如果你想知道我的真实看法。”露特说。

“当然想要真实看法。”

“她出去的目的是让她父亲难堪。她要他回到她身边，[他]求她不要做那些业余间谍活动，别让世界上所有要人认为巴尔尼·克利在做什么不光明正大的事，或者管不住他的女儿。”

“可德伯娜对什么感兴趣?”

“她感兴趣的多了，太多了。相信我吧，什么都感兴趣，什么都不感兴趣。她是闲话中心，假装她很重要。如果你真正想知道我的个人看法，我觉得那给了她极大的性兴奋。一些女人喜欢马背上的骑者，一些女人喜欢滑水跳跃者，一些女人只对波兰野兽感兴趣，德伯娜的小弱点就是想当最好的特工。不管怎样，这对他父亲来说是很糟糕的事。他为此烦恼颇多。”(226—228)

德伯娜为什么刻意“让她父亲难堪”?她为什么“想当最好的特工”?克利为什么因为德伯娜想“当最好的特工”而“烦恼颇多”?在与罗杰克的谈话中，克利道出了事实真相。身为父亲，克利应该为女儿的死亡而难过，但面对凶手女婿，他却做出了“原谅”的姿态:

“全世界都确信你杀了她，我花了一天时间告诉他们，你没有杀她。”

“嗯，我没有杀她。”

“我自己不能确信。”

“没有，我没有杀她。”(231)

面对罗杰克的抵赖，克利施硬不成，便用软招。他说："事实上，你是否杀了她都不要紧了，毕竟，我一样内疚啊。我曾经对她很粗暴，她反过来把粗暴撒在了你身上。所以，最终回到了同一件事，是不是?"（232）然后，他转而谈起葬礼之事：

"你还没有说过葬礼的事。"他说。

"没有。"

"好吧，我给你说说吧，会是一次小小的葬礼，我们会把德伯娜安葬在我给她挑选的一个美丽的地方——今天早晨你不在，我就自己决定了，当然不会是圣地，却是安静的地方。"（232）

克利以为，他对德伯娜葬礼的安排会让女婿罗杰克万分感激，因此他满怀信心地对罗杰克说："你必须出席"，但罗杰克非常坚定地说："我不出席。"（232）罗杰克拒绝出席妻子德伯娜的葬礼，完全出乎克利的意料。因此，他不得不向罗杰克摆出他"必须出席"的理由：

"我要你出席，否则，我无法向人解释。"

"你可以告诉人们，我崩溃了，出席不了。"

"我不想对他们说什么，我要你不再做这样血腥的傻子。你要跟我肩并肩地出现在葬礼现场；否则，就没希望了，大家都会确信你是谋杀者。"

"难道你不明白，"我说："我真正不在乎人们说什么，这有点过头了。"我的手在发抖，为了让自己镇定，我说："再说，就是我去了，他们仍然会说是我干的。"

"管他们干吗，关键区别在于说话方式。我从来都没有想过我得给你解释，"克利说："私下做了什么不要紧，要紧的是给公众看——必须完美无缺，因为给公众看就是我们用以告诉我们朋友我们仍然没有慌乱因此可以向他们很好展示的语言。要是你考虑到一切总体上都是疯狂，这样做并非易事。你看，人们是否认为你杀了德伯娜并不要紧，是否让人们有机会认识到毯子下面已经清扫、你和我一起控制着局面才是要紧的。要是你不出现，人们就会大谈特谈地说，你和我从来都不会弄到一起。"

"什么弄到一起?"

"我们成为朋友。"

“克利，我认识到，对你来说，这一天真是意义非凡啊……”（232—233）

显而易见，对克利来说，颜面大于情义。如果活人为死者举行葬礼是对死者的慰藉，同时表达活人对死者的追思，那么，克利为女儿德伯娜举行葬礼全无此意：他不是为了追思哀悼，而是为了“给公众看”，为了让公众看到女儿死后他跟女婿仍然是和睦相处的一家人，仍然是能够“一起控制局面”的亲密无间的好朋友。为了不让公众看出任何破绽，他要努力做得“完美无缺”。他的想法并非正常人之想法，女儿死亡之日成为他树立公众形象的非常日子。因此，女婿罗杰克不无讽刺地说：“对你来说，这一天真是意义非凡啊。”（233）他不仅要做“给公众看”，而且要做给女婿看。为了表达他对女儿的“内疚”之情，他追忆自己的过去：“坦诚”地向女婿罗杰克吐露了“他那些埋在心里的真实故事”。他说“因为贝丝”，他“失去了对德伯娜的教养”（235）。他对罗杰克说：“我从未对任何人说过我自己的事”，但“我要给你说说”（236）。他说自己深感惊讶，罗杰克竟然在电视上说“上帝跟魔鬼进行着战争，上帝或许要输”（236）。他说他要用罗杰克的思想“嘲弄耶稣会会士们”，他“要他们承认，魔鬼在这样的事态中得有均衡机会击败上帝，否则就没有事态可考虑”（236）。他认为：“教堂是魔鬼的代理。”（236）他说：“既然教堂拒绝承认撒旦获胜的可能性，人就认为，上帝是万能的。所以，人就假定，上帝准备原谅每个最不愿意原谅的背叛。情况可能不是这样。上帝可能跟到处作乱的部队作战，谁知道呢？拉斯维加斯或凡尔赛现在比地狱好不到哪儿去。”（236）他说：“尽管如此，我还是魔鬼的揽客。”（236）他还对罗杰克说，他是一个“极好的天主教徒”，但“几乎不是典型的天主教徒”，因为“克利家族来自北爱尔兰，奥斯瓦尔德的祖辈是长老会教徒”（237）。他说他“直到娶了德伯娜的妈妈的时候，才觉得巴黎是值得去做弥撒的地方”（237）。他说：“就最糟糕的情况来说，我是一只蜘蛛，到处有蛛丝，从穆斯林到《纽约时报》。”（237）他甚至说，关于中央情报局，他都“有些线索”（237）。他还毫无保留地向罗杰克讲述了他的身世，以示“告诫”：“我的故事很多都不好听，但我要告诫你，你看，这是完全的告诫。我给了你负担。我认为，每个人迟早都要讲讲他的那些被埋葬的真实故事，他必须挑出一个人来听他讲，但我不知道该讲给谁。今天晚上，你出现在这个房子的时候，我知道了。突然，我知道了。你就是我要讲给他听我故事的那个人。”（237）他于是向罗杰克讲了他的故事：他小时候是个朴实的年轻人，在明尼苏达州长大，一个大家庭中最小的孩子，中学毕业后在农场和杂货店干过活。那时候，家里一贫如洗，但父亲很虚荣，毕竟出身于北爱尔兰的克利家族。“一战”之后，他有三千美元的资本，这个数字是他们全家的积蓄。父亲曾经把自己的钱塞进一个奶酪盒锁在抽屉里，他偷了父亲的那个钱盒子，去了费城，一年内把三千美元变成了十万美元，给了家人五千美元。然后，两年内在市场上，他把那九万五千美元变成了一百万美元。然后，他遇到了妻子莱昂诺娜。他不是很喜欢莱昂诺娜。虽然她是一个虔诚的人，是一个美丽的女孩，但非常古怪。他们结婚不到一年就彼此很反感了；更为严重的是，莱昂诺娜一时怀不上孩子。后来，莱昂诺娜怀上了德伯娜，他说他从来没有像她怀孕期间那样喜欢过她。他说大家都在寻找他们的小乐趣，但他没有准备在这个孩子身上找到他所有的快乐，他需要更多快乐，因为他有条件得到更多快乐。然后，贝丝来了，他认为贝丝是来自魔鬼的小礼物。在他眼中，贝丝真是美极了，比他见过的任何东西都美。她虽然年过四十，但看起来不像四十岁的样子，而他当时还不到二十五岁。他说贝丝的名声很不好，因为她有过四次婚姻，生了三个孩子，每个地方都有情人，从埃及人到美国人都有。他说因为他跟贝丝的关系，莱昂诺娜离开了他，带着德伯娜离开了他，并且不跟他离婚，还剥夺了他看望孩子的一切权利。他说直到德伯娜八岁，他都没有机会去看她。德伯娜八岁的时候，他被允许看望德伯娜，但时间仅为一小时。他说直到德伯娜十五岁，他都没有真正见过她。他说他需要思考的很多很多。他说他一生中从来没有像那个晚上那样受到诱惑，并且一直被这种想法缠绕着：如果他当时抓住机会的话，他就有机会成为总统或国王。他的解释是，在最高点，上帝和魔鬼一样对人有吸引力。他说，后来，他得到德伯娜的监护权，因为莱昂诺娜破产了，用一大笔钱作交换，他得到了对德伯娜的全部监护权。他说，事实上，莱昂诺娜与德伯娜母女彼此都受不了对方，所以莱昂诺娜就把德伯娜藏在修女院。他说得到德伯娜的监护权后，他很幸福，直到德伯娜嫁给帕姆弗利（Pamphli）。他说他确实喜欢帕姆弗利，因为他有点曼加拉韦迪人的风格，但对德伯娜来说，他太老了，病魔缠身。他说他得到德伯娜的监护权后，又放弃了她，把她重新送进了修女院，因为战争刚刚开始，他不能老是待在一个地方，他觉得她在修女院比较安全。他这种做法在罗杰克看来很“不正常，”他向罗杰克解释了这种“不正常”做法背后的真实原因：

我受不了德伯娜跟她那些小女友中的某一个在晚上出去久久不归，

我得晚上一点钟给她父母打电话叫他们以健康的名义控制她。要是那个可怜的孩子跟一个男孩去参加音乐会，我就很担心了。想着因为她刚从修女院出来，我担心她的单纯。天哪，我对那个孩子的嫉妒胜过对贝丝的嫉妒。然后，一天晚上，少女们回来了，每次她都是最后一个。德伯娜晚了二十分钟从晚宴舞会回来。我非常生气，准备解雇司机。把她带到楼上，开始责备她；她想还嘴，我就打了她。她当时大哭起来。我当时抓住她，吻了她，把我的舌头放到她的舌头上，然后把她推开。我想我会得心脏病——她走上前来，回吻了我……我从她身边走开，把自己锁在房子里。我有各种想法，自杀，谋杀。是的，我想杀了她。十五年里，我第一次觉得不平衡。然后，我感到一种可怕的要去她房子的欲望：我的牙齿在摩擦，我的肚里像进了蛇似的，好像那一刻魔鬼进了房子，充斥于我的全身，我告诉你，我能闻到他的味道，他闻起来就像一只山羊，非常可怕。"啊，主，把我从这儿救出去吧，"我喊了起来。然后，我感到强烈的冲动，想去窗户那儿跳下去……"主啊，"我最后说："宁愿放弃德伯娜。"于是出现了这个简单想法："让我把她送回修女院吧。"说这话的时刻，我知道我不会让德伯娜在我房子里生活了。(249—250)

克利向罗杰克讲述自己的过去，讲述自己曾经如何对待女儿德伯娜，目的是表明他的"忏悔"之心，让罗杰克受到感动，从而心甘情愿地出席她的葬礼：

"这样，德伯娜回到了修女院?"

"是的。"

"你放弃了你的女儿?"

"是的。难道你现在还不明白为什么必须出席葬礼吗? 这跟她原谅我有关，我知道这点。天哪，斯蒂芬，你难道看不见我现在很痛苦吗?"(250—251)

但是，罗杰克再次拒绝出席德伯娜的葬礼，这让克利觉得其中必有不可告人的秘密。事实的确如此。在克利再三逼问下，罗杰克最后不得不"实话实说"：

"我们真正好好谈谈吧，罗杰克。我们把枪放到桌子上。你不愿出席

> 葬礼必有原因，是吗？”
>
> “是的。”
>
> “是因为你杀了德伯娜？”
>
> “是的，我杀了她，可我没有在她十五岁的时候诱奸她，从来没有把她一人留下，从来没有结束恋情。”（253）

可以说，女婿罗杰克狠狠地“打”了岳父克利的脸。为了完全击败克利，为了让克利在心里彻底认输，罗杰克要求克利跟他进行阳台栏杆竞走。当着克利的面，罗杰克冒着生命危险在阳台栏杆上走了两次。他这样做的时候，克利试图从栏杆上把他推下去，但没有成功。罗杰克彻底战败了克利，然后他乘坐出租车前往车莉的住所，途经一家酒吧时，他下了车，喝了酒，心里美滋滋地想：“再过几分钟，我就再次到车莉那儿了。明天，我们会买一辆车，去长时间旅游。然后，上帝和诸神愿意的话，［我］回来去争迪尔德，把她从克利那儿偷回来。［我］会有办法。［我］感觉跟车莉在一起时一颗幸福的心开始跳动了。”（261）喝完酒，罗杰克搭乘另一辆出租车继续前往车莉的住处。到达车莉的住处时，他发现车莉门前停了一辆警车和一辆救护车，从另一辆刚刚驶来的警车上走下罗伯茨。见到罗杰克，罗伯茨一个箭步向前，拉住他问道：“今晚去哪儿了？”罗杰克说他“哪儿都没去，没有做违法犯罪的事”。罗伯茨问他是否“去过哈莱姆”，罗杰克说他“没有去哈莱姆，他刚刚在巴尔尼·奥斯瓦尔德·克利那儿度过了两个小时”。他问罗伯茨：“哈莱姆出啥事了？”罗伯茨说：“沙沟·马丁被人打死了。”（262）罗杰克与罗伯茨正谈论着沙沟被人打死的事，一副担架把车莉抬上了救护车，身上盖着毯子，毯子被血湿透。弥留之际，车莉告诉罗杰克，她被沙沟的一位朋友误杀。车莉死后，罗杰克离开美国，前往拉丁美洲的危地马拉和南美洲境内墨西哥的尤卡坦半岛。他始终没有为德伯娜的死而忏悔，也没有受到法律对他的应有惩罚。

罗杰克是拥有“杰出服役十字奖章”的战争英雄、年轻有望的前国会议员、成果卓著的大学教授和深受观众喜欢的电视表演明星，却出人意料地犯了杀妻之罪。他怀着“登上总统宝座”的私念与名门闺秀德伯娜结婚；婚后发现德伯娜家族的势力对自己实现夙愿助力不足，便与妻子感情渐淡；他与妻子分居生活，虽然偶有床事，但彼此心离；他对妻子冷如冰霜，却不愿让她另有隐私；他“失手”勒死妻子，却没有感到些许震惊，没有感到一点点悲伤，没有感到丝毫内疚，没有任何懊悔之意，没有选择投案自首，而是绞尽脑汁想方设法逃避罪责；亡妻尸骨未冷他就迫不及待地强暴其保姆露特；他高楼抛尸，却谎称德伯娜跳窗自杀，并与德伯娜的保姆露特共谋蒙骗警察与侦探；他在妻子德伯娜死后与酒吧歌女车莉狂欢作乐，毫无亡妻之痛；他百般抵赖，断然拒绝岳父克利要他出席德伯娜葬礼的恳切请求；他杀妻之前的辉煌与杀妻之后的沦落形成天壤之别的鲜明对比，充分展现了他从一个怀有“总统”抱负、志存高远的“伟人”沦落为一个杀妻丧家、丧心病狂、没有道德、没有责任、没有人性的“逃犯”的巨大蜕变，他的巨变体现了“美国梦”的变质。罗杰克杀妻的行为没有得到应有的法律惩罚和伦理道德谴责。他向警察和侦探谎称妻子德伯娜跳楼自杀，警察和侦探的尸检报告也以“德伯娜自杀”的结论草草了结对罗杰克作为犯罪嫌疑人的案件侦查。身为罗杰克身边之人，露特、车莉和克利都明知罗杰克是杀死德伯娜的罪犯，但他们都故意包庇、放纵他的犯罪行为，竭力帮助他逃避法律和道德惩罚。他们对德伯娜死亡的冷漠、对罗杰克杀妻行为的放任态度以及他们自己的思想和行为表明，他们都是道德意识淡薄、是非观念全无、兽性大于人性之人。可是，与罗杰克完全不同，作为白人的“他者”，黑人违法者总会受到最为严厉的法律惩罚和道德谴责。通过白人罗杰克的重罪不罚与黑人违法者的轻罪重罚之对比，梅勒旨在批判美国白人社会的种族主义思想及其道德与人性的沦落；通过罗杰克杀妻并逃脱刑事责任以及黑人沙沟被人打死和车莉被沙沟的朋友误杀等事件，梅勒旨在告诉读者，虽然美国自称是“安全守望者”，但它无能守望每个公民的生命安全，所以它常常说得好，但实际做得差。同时，小说将罗杰克与肯尼迪这对同为战争英雄、同时入选国会议员的“好友”联系起来，他们的辉煌过去和可悲结局——罗杰克杀妻犯罪，肯尼迪总统遇刺身亡——无不体现着“美国梦”的悲剧性，无不令人深思。

第三节 《我们为什么在越南?》与“越战”美国：欲望、焦虑与疯狂

《我们为什么在越南?》是梅勒在20世纪60年代发表的第二部小说。从名称来看，小说要探究美国介入越南战争的原因；实际上，小说讲述了主人公兼叙述者D. J. 跟随父亲拉斯提（Rusty）在阿拉斯加的猎熊记忆。所以，

小说发表后，有评论家认为，其书名是“误导性的”①。但评论家迈克尔·K.格兰迪认为，如果小说不取此名：“评论家和批评家都会忽略梅勒笔下猎熊者充满暴力的、肮脏的、神经病般的行为与美国在东南亚发动战争的、肮脏的暴力行为之间的联系。”② 罗伯特·莫里尔也认为，小说的取名意味着它“要对当代美国的性质、特别是导致臭名昭著的美国介入越南战争的美国人性格中的病态进行探究”③。的确，《我们为什么在越南?》虽然讲述的是猎熊记忆，但核心关注不是猎熊，而是“越战”，因为小说虽然讲述了过去的记忆，如 D. J. 所说：“我们在思考平静中回忆起来的情感……追忆似水年华”④，但实际上再现了讲述发生时的美国社会，如 D. J. 所说：“即使是两年前的记忆，但头脑里想的总是现在。”（78）小说之所以选择记忆而非现在进行讲述，是因为“记忆是叙述的种子”（77）：“记忆总是比现在更适合叙述。”（63）桑迪·科恩认为，随着小说故事情节的发展，D. J. 分析了美国介入越南战争的七个理由⑤：第一，“美国男性的性习惯与其暴力追求紧密相关”；第二，“美国使用的心理和集团行话堵塞了交流”；第三，“美国关注洁净”；第四，“美国不是一个‘花’之国，而是一个‘杂草’之国，它奋斗

① Mike McGrady, “Why Are We Interviewing Norman Mailer”, in J. Michael Lennon, ed., *Conversations with Norman Mailer*, Jackson and London: University Press of Mississippi, 1988, p. 112.

② Michael K. Glenday, *Norman Mailer*, New York: St. Martin's Press, 1995, pp. 91-92. For similar arguments, see Laura Adams, who argues in *Existential Battles: The Growth of Norman Mailer* (Athens, Ohio: Ohio University Press, 1976) that Mailer uses “hunted animals as a metaphor for the Vietnamese” (115); Joseph Wenke, who maintains in *Mailer's America* (Hanover and London: University Press of New England, 1987) that “the use of the helicopter turns the hunt into the moral equivalent of an unjust war, for which Vietnam was the obscene contemporary example” (128); Philip Bufithis, who argues in *Norman Mailer* (New York: Frederick Ungar Publishing Co., 1978) that “the hunting party is the American military in miniature, replete with commanders and their GI subordinates. The crazed animals being annihilated by aerial machines are the people of Vietnam by the Air Force” (76); Robert Solotaroff, who, in his *Down Mailer's Way* (Urbana, Chicago, and London: University of Illinois Press, 1974), sees Bill and Pete as “playing McNamara and Rusk to Rusty's LBJ” (195); and Robert Ehrlich, who, in his *The Radical as Hipster* (Metuchen, N. J. & London: The Scarecrow Press, Inc., 1978), argues that “The huge assortment of guns which are catalogued precisely, the use of the helicopter, the continual ravaging of the land which has changed the living habits of the animals, all are obvious reminders of the Vietnam war and perhaps of other United States military adventures in the developing countries, as well as in the American ghettoes” (108).

③ Robert Merrill, *Norman Mailer Revisited*, New York: Twayne Publishers, 1992, p. 76.

④ Norman Mailer, *Why Are We at Vietnam?*, New York: G. P. Putnam's Sons, 1967, p. 200. 本节凡出自该版本的引文，均在引文后的括号里注明页码。

⑤ See Sandy Cohen, *Norman Mailer's Novels*, Amsterdam: Rodopi, 1979, pp. 108-115.

的目的不是为了美丽或光明，而是为了置身于其他杂草之上”；第五，“生活日益失去人性，人被机器取代”；第六，“基于实用目的的土地获取”；第七，“破坏性魔鬼与创造性上帝的混淆”。这七个理由中，除了第四个，其他理由均未能令人信服地解释美国介入越南战争的原因。贝利·H. 利兹认为：“美国介入越南战争是以 D. J. 和德克斯（Tex）这对‘杀手兄弟’为代表的新一代美国人性格使然。”① 显而易见，这个解读也没有从根本上解释美国为什么介入越南战争。

小说发表后不久，梅勒接受了迈克·麦克格拉蒂（Mike McGrady）的采访。谈及美国介入越南战争的原因，他说：“我觉得，我们现在越南参战的原因是，我们需要参战。我们需要战争——为了我们的健康，我们需要战争……你可以假装认为，我们参与这场战争是为了把人们从共产主义那里解救出来，但核心却不是这样的。”② 谈及美国介入越南战争的结果，梅勒说：“我们在干什么呢？我们不仅在破坏一个国家，而且在破坏那个国家的花草树木。我们在破坏上帝的作品，不是人的作品而是上帝的作品，我们同时却装出文明传播者的样子。所以，我不得不说，我们是疯子。”③ 接受麦克格拉蒂采访前不久，梅勒在《梅勒先生采访自己》这篇文章中说，“《我们为什么在越南?》表达的意思是，美国进入了命运的梦魇，像一个身处残缺不全的独木舟上的巨人一样，从头到脚流着血，伤痕累累，疯狂地吼叫着……他患有一种可怕疾病”，表征主要是“贪婪、虚荣”和“自负”。④ 麦克格拉蒂认为，《我们为什么在越南?》就是梅勒对美国“疾病”的诊断⑤，梅勒在小说中没有从领土争端、国际条约、深度责任和意识形态冲突角度解释美国介入越南战争的原因，因为他觉得美国需要的不是一个国际组织，而是一位能力很强的心理医生的帮助。⑥ 1968 年，梅勒发表了非虚构小说《夜晚的大军》，其中详细解读了美国介入越南战争的原因：

① Barry H. Leeds, *The Structured Vision of Norman Mailer*, New York: New York University Press / London: University of London Press Limited, 1969, p. 192.

② J. Michael Lennon, ed., *Conversations with Norman Mailer*, Jackson and London: University Press of Mississippi, 1988, p. 114.

③ Ibid., pp. 114-115.

④ Norman Mailer, “Mr. Mailer Interviews Himself”, in J. Michael Lennon, ed., *Conversations with Norman Mailer*, Jackson and London: University Press of Mississippi, 1988, p. 107.

⑤ See J. Michael Lennon, ed., *Conversations with Norman Mailer*, Jackson and London: University Press of Mississippi, 1988, p. 112.

⑥ Ibid., pp. 112-113.

我们介入越南是“二战”结束时以未有历史记录的方式出现的一系列事件发展到顶点的结果。美国最强势的中年和老年白人——政治家、公司老总、将军、上将、报纸编辑和立法人员——有这样一种思想承诺：他们以中世纪骑士般的信仰宣称，共产主义是基督教文化的死敌。如果战争后世界不抵制它，基督教本身就会消亡……随着共产主义中国势力的增强及其与苏联对抗的加剧，白人骑士的旧承诺变得复杂且抽象了。如今，它是外交事务技术的一部分，一种需要时可以使用的命题。这个命题的最新中心当然就在越南了。战争方的观点是，如果越南落入共产主义者手中，东南亚、印度尼西亚、菲律宾、澳大利亚、日本和印度都很快落入中国的共产主义。①

可以说，这样的观点甚为荒唐，完全可谓无稽之谈，梅勒自然“反感这样的观点”②，因为它“逃避了真正的问题”③。梅勒自称“左派保守主义者”，因为“他有自己的观点”：④

他不认为所有的战争都是糟糕的……但对美国来说，越南战争是一场糟糕的战争。所有富孩子打穷孩子的战争、所有每天烧杀轰炸许许多多妇女和儿童的战争、所有重新安置人口的战争都是糟糕的战争……任何让人为了保持爱国主义情感而丧失思维能力的战争是糟糕的战争……像任何好的东西一样，好的战争提供了这种可能性：进步努力会对混乱、邪恶或废物产生可决定性影响。以任何保守标准看，越南战争是一场极为糟糕的战争。⑤

那么，美国为什么要参与这样“一场极为糟糕的战争”？梅勒认为：

美国的中心可能疯狂了。这个国家患有一种受到控制的、甚至受到强烈控制的精神分裂症，它在逐年恶化……任何虔诚的男基督徒和女基督徒都在为美国集团工作，身陷一种他们没有看见的恶事，其压力让他

① Norman Mailer, *The Armies of the Night*, New York: The New American Library, 1968, p. 203.

② Ibid., p. 206.

③ Ibid.

④ Ibid.

⑤ Ibid., pp. 206-207.

们的思想和灵魂相互分离,因为基督教的中心是一个谜、一个上帝的儿子,而集团的中心是一种对谜的反对、一种对技术的崇拜,没有什么东西本身比流血的基督的心更加反对技术。一般的美国人努力尽自己的责任,每天努力为基督工作,每天同样朝着相反的方向前进——朝着绝对的集团计算机的方向前进……一般的美国人每天让自己走向精神分裂,一般的美国人相信两个全然相反的方向……然而,对基督神秘的爱和对不论什么种类的无神秘的爱将这个国家带入一种压抑的精神分裂状态,压抑得如此之深以致越南战争的肮脏粗野是诊治这种状况的唯一可能的暂时办法——因为即使是暂时的,粗野表现也可以减轻一定的精神分裂。所以,作为一般的善良基督徒的美国人秘密地喜欢越南战争……美国需要这场战争,只要技术在每条交通道路上扩展,城市和集团像癌症一样蔓延,美国就需要一场战争。善良的基督徒美国人需要这场战争,否则,他们就会失去他们的基督。①

梅勒为什么要书写这场战争?他说:

几年以来,梅勒一直在关注美国的疾病、它的集权主义、它的压制性、它的烟雾——他对美国的疾病写得太多了,他厌烦自己的声音了,厌烦自己的任性了,因此越南战争让他为自己的观点得到确认而感到苦涩的快乐。他写过的疾病现在明朗化了……这场肮脏的、非正义的战争的矛盾之处在于,它为他提供了新的能量——就像它为正在打这场战争的美国人提供了新的能量一样。②

1966年,梅勒发表了非虚构作品《食人者与基督徒》,其中谈到美国介入越南战争的原因:"对于我们介入越南战争,我的唯一解释是,我们正在陷入一场灾难的沼泽地,屠杀陌生人似乎能减轻这场灾难。"③ 该书中,梅勒还说自己是一位努力诊治美国疾病的外科医生:"一位半瞎的、不是完全没有醉的外科医生……却是一位高尚的外科医生,至少他的理想是高尚的,因为他确信,在他面前有一种古怪疾病,一种未知疾病,一种包含神秘、厌恶

① Norman Mailer, *The Armies of the Night*, New York: The New American Library, 1968, pp. 210-211.

② Ibid., pp. 209-210.

③ Norman Mailer, *Cannibals and Christians*, New York: The Dial Press, 1966, p. 91.

和恐怖的现象；如果厌恶让他犹豫不前，恐怖让他惧怕，则神秘向他招手。他是一位外科医生，他必须努力探究这种神秘。”① 尼格尔·雷认为，《我们为什么在越南?》就是梅勒对这种“神秘”的探究。② 同年，梅勒接受迈克·麦克格拉蒂采访时说：“我觉得，美国的状况就像这样一个人：如果在一两年内找不到爱，他就要发疯了。”③

从小说发表前后梅勒的言谈和文字叙述中可以看出，美国介入越南战争不是因为越南侵犯了美国的利益，而是因为美国“需要”战争；美国之所以“需要”战争，是因为它已经“发疯了”。“疯子”是梅勒眼中20世纪60年代的美国形象。美国文学批评家罗伯特·所罗塔洛夫认为，《我们为什么在越南?》就是对“美国疯狂”的叙述。④ 但是，美国何以发疯？梅勒在《我们为什么在越南?》中给出了答案。小说通过叙述D. J. 与父亲拉斯提在阿拉斯加的猎熊记忆，隐喻性地再现了第二次世界大战后美国在霸权欲望驱使下的焦虑状态和疯狂行为，展现了自称是“和平守望者”的假面美国形象背后20世纪60年代“越战”时期的真面美国形象。

一　疯狂美国

“疯狂”是《我们为什么在越南?》的一个关键词，从头到尾，小说都在讲述疯狂人物的疯狂行为和故事，不仅主人公兼叙述者D. J. 是疯狂的，而且他的父亲拉斯提和朋友德克斯·海德（Tex Hyde）也是疯狂的。从这些疯狂人物的疯狂行为和故事中，我们可以看到一个疯狂的美国形象。

小说第一章中，D. J. 通过母亲杰思露夫人（Mrs. Jethroe）告诉读者：“他发疯了。”（11、14）杰思露不止一次告诉她的心理医生，虽然她很爱儿子D. J.，但他的疯狂让她十分头疼。D. J. 告诉读者，他紧跟“事物本质上的动物性疯狂”（74），因为“事物的中心发疯了”（151）。D. J. 努力探究事物本质上的疯狂，却忘了自己也是疯狂的。他因为好友德克斯先于自己猎取猎物而嫉妒他，甚至嫉恨他。他的嫉妒心让他明白，任何事物本质上都有

---

① Norman Mailer, *Cannibals and Christians*, New York: The Dial Press, 1966, p. 5.

② Nigel Leigh, *Radical Fiction and the Novels of Norman Mailer*, Hampshire and London: Macmillan, 1990, p. 123.

③ Mike McGrady, "Why Are We Interviewing Norman Mailer", in J. Michael Lennon, ed., *Conversations with Norman Mailer*, Jackson and London: University Press of Mississippi, 1988, p. 114.

④ Robert Solotaroff, *Down Mailer's Way*, Urbana, Chicago, and London: University of Illinois Press, 1974, p. 180.

动物性疯狂；为了满足自己的欲望，人会彼此竞争，甚至彼此厮杀。在 D. J. 看来，上帝也是疯狂的。在他眼中："上帝不是人，而是野兽"（217），因为他在跟好友德克斯厮打的时候竟然听到上帝鼓动他说："出去杀吧——实现我的意志，去杀吧。"（219）

在 D. J. 眼中，父亲拉斯提是疯狂的。拉斯提去阿拉斯加猎熊的季节不是猎熊的最佳季节，但他要猎熊导游想方设法"让不可能变为可能"，以便他能拥有他想拥有的一切。拉斯提不顾首席导游比格·鲁克（Big Luke）的危险警告，执意前往危险区域猎熊。为了追逐一只受伤的驯鹿，他和随从人员竟然动用了飞机、大炮和先进的枪支。拉斯提及其团队的行为不仅毁掉了野生动物，而且破坏了它们的生活环境，毁掉了人与自然之间的生态和谐。拉斯提及其猎熊团队的疯狂行为破坏了熊的平静生活，让昔日喜欢接近人的比较温顺的熊变成了猛烈攻击人的不可驯化的疯狂野兽。小说这样描写熊从温顺到疯狂的变化过程："不论因为原子弹还是因为阿尔·贝尔（Al Bell）及其47J 式武器以及其他很多很多来自山姆·斯丁（Sam Sting）狩猎远征队的直升机……在布鲁克斯山脉，事实上，熊已经疯狂了。比格·鲁克一生很熟悉熊——曾经有段时间，他对熊熟悉到了这种程度：他可以走到一只平静的熊跟前，用手拍它的肩膀……现在……还没来得及开枪射击，熊就扑向了猎人，这样的熊太多太多了。"（118—119）显而易见，熊的疯狂是人造成的。人的疯狂让人在不该使用现代高端技术的时间和地点使用了现代高端技术，因而破坏了熊的生活环境，破坏了它们的平静生活。为了进一步生存，它们不得不以疯狂的行为回击人对它们的疯狂毁灭。

疯狂让拉斯提变得虚伪、自私、不诚实。猎熊周开始不久，德克斯·海德和随从人员皮特（Pete）都猎到了他们的猎物，这让"拉斯提半疯了"，因为"他到那儿不是让他的欲望充血后再和解"（129）。疯狂让他决定脱离比格·鲁克的团队，单独与儿子前往猎物所在区进行狩猎。为了一只猎物，他不惜牺牲与儿子的亲情关系，小说这样写道："他们天黑回到帐篷后……别人问他们谁是猎物的所有者，D. J. 沉默片刻后说：'噢，我们两人将猎物带回来，但我觉得应该归拉斯提所有。'对此，拉斯提没有予以否认——沉默片刻——他说：'是啊，我想应该是我的，但其中一条腿属于 D. J. 。'哇，一个儿子对一位父亲的爱最后结束了。"（152—157）拉斯提的虚伪和不诚实与儿子 D. J. 的谦虚形成鲜明对比。为了自己的私利，拉斯提不考虑自己的行为能否伤害儿子的感情。他的行为激怒了 D. J. ，让 D. J. 对他的爱顿时化为乌有。作为父亲，拉斯提似乎没有对儿子产生过积极的情感影响。因此，

"D. J. 充满母爱"，他有"我—的—妈—妈—爱—我和我—像—过—生—日—那—样—幸—福的甜蜜笑容"，这与好友德克斯·海德完全不同，因为"德克斯充满父爱……在充分的父爱赐福下长大，直到五六岁时有了自己的思想"。(170—171)

在 D. J. 看来，不仅父亲拉斯提是疯狂的，而且自己的同龄人、好友德克斯·海德也极为疯狂。拉斯提的狩猎团队结束白天的狩猎回到帐篷后，D. J. 和德克斯对拉斯提等人利用现代高端技术猎熊的懦夫表现颇感不满，他们晚上赤手空拳独立外出，到他们白天猎熊的地方去检验自己的勇气。荒野之中，他们忘了彼此是至亲好友，竟然疯狂地厮打起来，小说这样写道：

> 他们每个人都半疯了……啊，上帝在这儿。上帝是真的；他不是人，而是野兽，是一头长着巨大下巴和洞穴一样嘴巴的野兽。他呼吸着，龇牙咧嘴，悄悄地向他们呼喊：来我这儿吧。他们挣扎着站起来，光着脚板走过池塘，走进北边，准备消失，准备死去，加入这头巨大的野兽。在这样的欲望场，D. J. 举起手，直接打向德克斯的私处……德克斯会轻松地打死他，是啊，就在那儿，他们在友谊下厮杀，因为上帝是野兽，不是人。上帝说，"出去杀吧——实现我的意志，去杀吧。"……他们不再是彼此相爱的两个相像的人，而是彼此厮杀的兄弟，他们被什么东西占有，是黑暗的王子？还是光明的主子？他们不知道……他们各自咬破手指，滴了一滴血，混到一起，血对血……那个深处的野兽低声说，实现我的意志，前去杀吧……（217—220）

D. J. 和德克斯之所以如此疯狂，是因为上帝是疯狂的。在 D. J. 看来，上帝不是人而是野兽，因为上帝鼓动 D. J. 和他的至亲好友出去厮杀，去实现他的意愿。

拉斯提与 D. J. 和德克斯是存在代沟的两代人，但他们都是疯狂之人，他们的行为都是极为疯狂的，他们代表了 20 世纪 60 年代存在代沟的两代美国人。小说通过再现他们的疯狂行为和故事，真实地再现了"越战"之前一个非常疯狂的美国形象。有评论家认为，只有梅勒对美国的疯狂深有研究，因而只有他才能给美国呈现它自己疯狂的形象。①

---

① Michael K. Glenday, *Norman Mailer*, New York: St. Martin's Press, 1995, p. 101.

二 焦虑美国

“越战”之前的美国是一个极为疯狂的美国，但美国的疯狂不是没有原因的，它的疯狂源于它的焦虑。焦虑是《我们为什么在越南?》的另一个关键词，小说中的主要人物无不处于焦虑之中。D. J. 说：“如果事物的中心疯狂了，那是被逼疯的。”（151）换句话说，疯狂不是无因之果：“越战”之前的美国之所以如此疯狂，是因为它充满焦虑。

20世纪，特别是经历两次世界大战之后，人类的生存环境发生了很大变化，到处是无意义的噪音、无价值的废物和被污染的空气，小说在“Intro Beep 1”这一部分中形象地再现了这种状况：我们生活的世界是一个充满无意义噪音和文化废物的世界，它很像一台破旧的收音机，一打开就不停地发出刺耳的嘟嘟声。遍地皆是的文化废物将我们的世界变成了“一个垃圾堆”、“一个堕落的地球村，村里每个人的思想都接收了这个行星的心理废物”①。因此，在这个世界，人们迷失了方向，生活充满混乱，无法感知真实和虚假，因为没有完全真实的感知，也“没有完全不真实的感知”（6）。在这个世界，人们总是将记忆与现实混淆；所以，杰思露夫人对儿子 D. J. 做评价时，她的心理医生提醒她说：“我们调整一下我们对真实的感觉吧，拉纳尔德（Ranald）的娇气和美丽都是记忆刻录。”（11）随着时间的流逝，许多我们认为真实的东西都不再真实，因为它们属于记忆而不属于现实。现实与记忆常常差别很大，所以，用记忆替代现实是不正确的。杰思露用记忆代替了现实，所以，她的心理医生提醒她：“调整一下你对真实的感觉吧。”（11）在这个世界，一切都被技术所控制，一切都被程序化，没有个性和差异。这是梅勒不喜欢的世界，是他有机会就批评的世界，就像 D. J. 所说的那样，他“在向美国出售它的新的生活手册，出售如何在这个爱迪生电子世界、全程序化了的世界生活的手册”（6）。在这个世界：“我们呼吸的空气现在减少了，上帝要求于人的比人希望给他的多。”（7）所以，人们生活在对上帝的惧怕之中。这就是为什么“D. J. 紧跟惧怕这个观念”（35）。这个世界到处充满焦虑，D. J. 和他的父辈拉斯提就生活在这个世界。

小说的第一章告诉读者，D. J. 的母亲杰思露夫人为两件事颇感焦虑：一是儿子 D. J. 的疯狂，二是儿子 D. J. 与朋友德克斯的密切交往。杰思露夫人

① Joseph Wenke, *Mailer's America*, Hanover and London: University Press of New England, 1987, p. 124.

为儿子的疯狂而焦虑不安，她为此特意拜访了自己的心理医生，希望他能给予帮助。在与心理医生的交谈中，杰思露夫人不止一次地说：“我拿拉纳尔德［D. J.］怎么办呢？”因为“他像酒吧女郎一样肮脏，傻头傻脑的。这孩子欠揍，我会像打美洲狮那样揍他。他很坏”（8）；但她又告诉心理医生：“即使他是小偷，我也会像珠宝一样爱他，可他就是很疯狂”（11）。因此，她要心理医生“清清楚楚地直接告诉我，我拿拉纳尔德怎么办呢？他疯了”（14）。杰思露夫人一个接一个的“我拿拉纳尔德怎么办呢？”表明了她非常焦虑的心理，这在一定程度上反映了20世纪60年代美国人的焦虑心理：他们的生活充满太多的肮脏与邪恶，他们需要清除这些肮脏和与邪恶，却不知道如何去清除，就像杰思露夫人知道儿子D. J. 很疯狂，却不知道如何让他不疯狂，这就是她焦虑的原因。对杰思露夫人来说，儿子D. J. 跟美洲狮一样邪恶，但什么导致了他的邪恶？换句话说，邪恶的根源何在？这也是让她焦虑的原因。杰思露夫人也为儿子D. J. 与德克斯之间的友情而焦虑，因为“德克斯·海德是殡仪员的儿子……他没有我爸爸和我的拉斯提的爸爸那样的血统……他是最脏的印第安人和最讨厌的纳粹结合生下的，他在他爸爸跟死尸打交道的行业中长大”（16—18）。杰思露夫人对儿子的好友德克斯的歧视性评价表明，她是一个等级观念很强带有强烈种族、阶级和职业歧视的人。她不同意儿子D. J与好友德克斯交往，力图将他们分开，但让她焦虑的是：“他们像发情期的狗一样捆绑在一起，一起打猎，一起在同一个球队踢球，一起骑车，还手拉手，一起学习日本徒手自卫武术。”（19）如果D. J. 与德克斯在一起意味着种族、阶级和职业界限消失的话，杰思露夫人显然为这种消失深感焦虑，她要竭尽全力阻止这种消失的出现。D. J. 告诉读者，他母亲杰思露夫人是“南方贵妇人”，这意味着她是居于富人阶层的美国上流社会的白人，因此，她的焦虑在一定程度上体现了白人美国社会对种族、阶级和职业平等的焦虑。

D. J. 告诉读者，小说对杰思露夫人的焦虑再现实际上是他对母亲的心理透视。D. J. 说，母亲杰思露夫人是“南方贵妇人”（21），所以“她不那样说，她只是那样想”（21）。身为“南方贵妇人”，杰思露夫人不是普通美国人的代表，而是美国上层社会的代表，也是白人美国的代表。因此，D. J. 对母亲的心理透视一定程度上是对白人美国的心理透视。D. J. 自称是“天才”（21），因为他“有别人没有的思想，能看透事物，看到根本”（35）。他这样说，旨在告诉读者，他对问题的思考和看法是深刻的，而非肤浅表层化的；因此，他对母亲杰思露夫人的心理透视是准确的。D. J. 不仅透视了母亲的心理，而且透视了自己的心理。小说的“Intro Beep 4”中，D. J. 说：“想一想我自己吧，D. J.，一个阿拉斯加的白人男孩，得克萨斯的天才，想象着哈莱姆的黑人男孩，事实上，天啦，事实上，我，D. J.，陷入一个哈莱姆人的头脑……”（59—60）D. J. 的心理是得克萨斯白人的心理，体现了以得克萨斯白人为代表的美国白人的焦虑，他们担心哈莱姆及其他地方的黑人威胁他们的权力和地位。D. J. 的心理体现了“越战”之前白人美国的种族焦虑。正是在这种焦虑之下，拉斯提决定去阿拉斯加猎熊。

小说细数了拉斯提十七个方面的焦虑，既有政治和文化焦虑，又有社会焦虑。他的焦虑涉及妇女的解放运动、黑人的民权运动、青年的反叛运动、少数族裔争取平等的斗争、第三世界国家争取独立的斗争、欧洲的反美思想、共产主义的威胁、工业产品的质量下滑、性自由与婚姻自由、黑人和其他少数民族在社会和政治生活中的日益崛起和白人的日益衰落、外国文化侵入美国及其对美国人的影响、阶级界限的消失、宗教信仰的失却和毒品的泛滥，等等（115—117），这些焦虑表明了他“对白人文明、有组织的宗教、传统权威、白人男性和美国所面临的日益崛起的各种威胁的恐惧”。[1] 显而易见，拉斯提的焦虑已经完全超越了个人层面而上升到了民族和国家层面。他的焦虑实际上就是白人美国的焦虑，因此“毫无疑问是种族主义的”[2]。

三 欲望美国

焦虑让美国走向疯狂，但美国为何而焦虑？约瑟夫·温克指出，《我们为什么在越南?》“通过揭示给美国同胞和发展中国家提供善意和工业进步的友好美国的笑面形象背后隐藏的疯狂权力意志和暴力欲望部分地解释了美国介入越南战争的原因”[3]。的确，让美国陷入焦虑状态的不是别的，而是它的霸权欲望。小说中，梅勒通过拉斯提这个人物再现了霸权欲望驱使下焦虑疯狂的美国形象。

拉斯提是白人美国的代言人，是白人集团的代表，他的“脉搏里煮着集团权力”（55）。D. J. 告诉读者：“拉斯提是美国制造的最高级别的屁股眼……在美国，我们生产的最稳定最可依赖的人类产品，我们的学校、商界、

---

① Robert J. Begiebing, *Acts of Regeneration: Allegory and Archetype in the Works of Norman Mailer*, Columbia & London: University of Missouri Press, 1980, p. 98.

② Michael K. Glenday, *Norman Mailer*, New York: St. Martin's Press, 1995, p. 110.

③ Joseph Wenke, *Mailer's America*, Hanover and London: University Press of New England, 1987, p. 124.

部队和立法大厅为之自豪的人类产品，是一个像拉斯提一样的中高级别的屁股眼，他反过来听从 G. P. A. 的命令，即伟大的塑料屁股眼先生。所以，别对拉斯提太苛刻。他是一头长着野猪嘴的猪，但他的血统很好。”（38—39）D. J. 说：“拉斯提是集团，是的，这意味着他是一个声音，同志，他是一个声音。”（52）这就是说，在 D. J. 看来，美国社会的各个领域，包括教育界、商界、部队和立法系统，都由像拉斯提这样有权有地位的人所统治，但最高统治者是美国政府，它本身是一个“塑料屁股眼”。D. J. 认为，拉斯提是美国的“最高级别的屁股眼”：“他有具体的独特财产，他的独特财产让他拥有地位。”（39）这就是说，对拉斯提来说，财产（property）和地位（rank）是紧密联系不可分割的：没有财产，就没有地位。所以，他去阿拉斯加猎熊：“如果打不到猎物，他根本不会考虑如何回去的问题。他长着集团的头脑，他不信任自然，他对人既信任又不信任：5% 的信任，295%的不信任。他想，如果比格·鲁克让他猎到一头熊，那就是真正的好收获了——如果比格·鲁克不让他猎到他想要的熊，他在这个季节就死定了。”（55）为了成功猎到他想要的熊，从而提升自己的地位，拉斯提选择了“一次最高级别的狩猎旅行”（53）。小说写道：“拉斯提本来打算跟他的对手 A. P. 库宁厄姆（A. P. Cunnningham）去阿拉斯加猎熊……18 个月前，拉斯提和 A. P. 库宁厄姆预订了一位阿拉斯加的导游，就是曾经为查理·威尔逊（Charley Wilson）或罗杰·布罗（Roger Blough）或 J. 埃德加（J. Edgar）服务的那种导游。”（46）但是，临行之前，A. P. 库宁厄姆因公务而取消了出行计划，这让“拉斯提深感失望，不是因为 A. P. 库宁厄姆不能陪他出行，而是因为狩猎旅行一下子降了级别”（49）。拉斯提之所以提前 18 个月预订最高级别的猎熊导游，是因为他要确保猎熊之旅不会空手而归。因此，到了阿拉斯加后，他直言不讳地对猎熊导游说：“我希望你将不可能直接变成可能，以便我们能成功地结束我们的狩猎旅行。”（64—65）然而，情况并不像他所希望的那样美好，猎熊导游告诉他：

> 我们在阿拉斯加有最好的导游和最好的游客。我们把你们带到这儿，会让你们进行高尚的狩猎。我们不跟对手竞争。荒野里有我们的竞争对手，他们是收入很一般的猎人，但他们会省钱来到这儿……他们能猎到什么就猎什么……他们从早晨四点一直猎到午夜时分，然后回到帐篷，第二天早晨四点再起来，他们会把猎物砍得片肉不剩，或者只砍掉一根肋骨，拿走头，丢下肉，你们可以想象那是那么残忍啊！他们折磨猎物，

他们完全折磨猎物，让它们痛苦。我们可不是那样。我们的游客是美国最好的人……我们让他们进行合理的狩猎，危险性小，对猎物公平，而且不乏开心。(66—67)

但是，拉斯提需要的不是他的猎熊导游所谓的“高尚的狩猎”，他考虑的不是猎熊的方式或狩猎的感受，而是猎熊的结果，如他所说：“熊是这次旅行不可缺少的一部分”（67）；他考虑的不是猎物的痛苦，而是自己的收获，因此，他在猎熊中不择手段地动用了一切可以动用的现代高端技术设备（如飞机、大炮和先进枪支等）。所以，拉斯提绝不是猎熊导游所说的那种“美国最好的人”。虽然有评论家认为：“从梅勒对越战的间接处理得出结论认为小说的基本情节代表了美国在东南亚的在场而猎熊旅行寓言性地再现了军事和工业的联合可能是一种错误”①，但是梅勒的隐喻意图是显而易见的：美国在越南的军事行为跟拉斯提在阿拉斯加的猎熊行为没有什么两样。

欲望让拉斯提丧失了道德，丧失了人性。拉斯提最喜欢的猎熊方式是：“打肩部，不要打心脏”，因为“打断了肩骨，它们就跑不了了”（88）。他说：“我重视猎物所受的重大影响，能完全杀死猎物的那种影响，震惊！就像上次大战中的空中轰炸那样。”（88）从他所言可以看出，拉斯提不仅是一个喜欢虐待猎物的残酷猎手，而且是一个毫无人性的战争狂人，他从“上次大战中的空中轰炸”中感受到的不是战争的残酷与非人性，而是打猎方式“能完全杀死猎物”时狩猎者产生的那种心理快感。他“重视猎物所受的重大影响”，所以，在布鲁克斯山脉猎熊时，他使用了飞机、大炮和先进枪支等现代高端技术设备，不是为了很快猎到他所想要的猎物，而是为了让猎物受到更多惊吓，从而增加他的心理快感。但是，这种心理快感却以道德丧失为代价。约瑟夫·温克指出，拉斯提的道德丧失在于“他和同事通过技术力量来强化他们的男性感”②。温克言之有理，但拉斯提的道德丧失显然不仅如此。小说详细描写了猎熊第一天拉斯提及其团队使用飞机、大炮和先进枪支等战争工具追杀一只受伤驯鹿的情景。从道德角度讲，这是非常滑稽可笑的行为，在 D. J. 眼中，它无异于战争，如他直说：“在狩猎剩余的时间里，也就是接下来的七天时间里……我们与动物之间展开了一场战争。”（103—

① Nigel Leigh, *Radical Fiction and the Novels of Norman Mailer*, Hampshire and London: Macmillan, 1990, pp. 137-138.

② Joseph Wenke, *Mailer's America*, Hanover and London: University Press of New England, 1987, p. 127.

104）D. J. 这样直言不讳地描述他们的猎熊行为，旨在告诉读者，拉斯提及其团队在阿拉斯加的猎熊行为不仅仅是狩猎行为，也是人对野生动物和自然生态的破坏行为，是人与自然进行的一场战争。这种战争行为，除了 D. J.，似乎没有人意识到。在拉斯提的猎熊团队中，似乎只有 D. J. 才有道德良知，他杀死了一只山羊，却因看到山羊临死时的痛苦而感到心痛：“它的心脏爆炸带给它的痛苦像箭一样射进了 D. J 的心里。”（104）缺乏道德的战争般的狩猎破坏了生态环境，如猎熊导游所说：“布鲁克斯山脉现在不再是荒野地带了。飞机在头顶上飞，动物不再野了，现在疯狂了。”（68）这就是说，人常常借助现代科学技术征服自然，因而破坏了自然的生态平衡，破坏了野生动物的生活环境，让野生动物失去了它们的“野”性而“不再野了”，为了进一步生存，它们不得不改变自己的生活习惯与生活环境。然而，拉斯提不关心现代化技术对自然的破坏，如他对导游所说：“我来到阿拉斯加不是为了辩论技术渗透的好处与缺陷。”（68）他关心的不是自然和环境问题，而是自己的私利。一定程度上讲，拉斯提在阿拉斯加的战争般的猎熊行为是照射美国在越南战争行为的一面镜子。所以，有评论家认为：“使用直升机让猎熊在道德上等同于一场非正义战争，这场非正义战争的当代的肮脏例子就是越南战争。”①

欲望让拉斯提不仅忘记了人与自然和谐相处的重要性，而且忘记了父子之间的亲情关系。D. J. 在父亲拉斯提的掩护下成功猎到了一头熊，回到帐篷后，猎熊导游问他们熊应该归谁所有，D. J. 谦虚地将猎物的所有权让给了父亲拉斯提；但出乎他意料，拉斯提毫不谦让，毫无内疚地占有了他射杀的猎物。这让 D. J. 颇受伤害，也让父子之间的情感顿时消失，用小说中的话说：“一个儿子对一位父亲的爱最后结束了。”（157）D. J. 与父亲拉斯提的情感终结于拉斯提的贪婪欲望。强烈的财产占有欲让拉斯提变得极为虚伪，很不诚实。为了自己的私利，他不惜牺牲与儿子的亲情关系；为了得到他所要的猎物，拉斯提宁愿放弃儿子的爱。所以“虽然 D. J. 和德克斯彼此能建立血缘般的联系，但他们跟拉斯提一代建立不了真正的友情。”② D. J. 与拉斯提之间的不和谐关系一定程度上体现了 20 世纪 60 年代美国社会在价值维度上存在的代沟。

拉斯提是白人美国的代表，对于 20 世纪 60 年代白人美国的本质，没有

① Joseph Wenke, *Mailer's America*, Hanover and London: University Press of New England, 1987, p. 128.

② Ibid., p. 127.

人比他看得更加清楚。在他眼中，没有什么比一只残暴的雄鹰更能真实地形容美国的形象。他给儿子 D. J. 讲了这样一个故事：

> 我曾经见过的最糟糕的事是一只鹰杀死一只可怜的鹿的情景。有个猎人伤了一只鹿——那只鹰却完成了剩下的工作，或者说正准备完成剩下的工作时，我实在看不下去了，就开枪打死了那只鹰，把可怜的鹿从它嘴里救了出来。那鹰猛扑过来，一下子就摘掉了鹿的一只眼睛，抖动了一下翅膀……然后就摘掉了另一只眼睛。接下来它要去摘它的内脏。多么可怕的鹰啊。我听人说，鹰甚至能把死人内脏拉出来，就像水手用嘴拉绳子一样……我觉得这真是一个秘密之罪：一只鹰——比乌鸦还糟糕的最可怜的清洁工，却再现了美国，一个人类经历过的最伟大的国家，甚至成为它的真正象征。(139—140)

在拉斯提看来，美国虽然自称是“人类经历过的最伟大的国家”，但也是人类经历过的最为残酷的国家，就像对一只可怜的受伤之鹿实施暴力的雄鹰一样，它经常毫无同情地对同一世界的弱小国家实施军事暴力。通过拉斯提的雄鹰比喻，梅勒揭示了美国的残暴本质，隐喻性地再现了美国在越南的暴力行为，也表明了“他对美国在越战的暴徒般行为和无视自然与人生命的肮脏行为的强烈憎恨”①。

在拉斯提眼中，美国就是一个集团，它崇尚集团的管理，崇尚统一性，遏制并扼杀多样性。拉斯提最喜欢的理论是：“美国由一位神秘的隐形大师管理着，他是一个秘密生灵，脑子里装有塑料屁股眼，借以输出他的集团管理思想。”（37）拉斯提认为，如果自己能成为宇宙的支点，他就可以解决美国的所有焦虑（117）。作为白人美国的代表，拉斯提的“成为宇宙支点”的欲望实际上体现了美国的世界霸权欲望，美国介入越南战争就是这种霸权欲望的具体体现。像拉斯提一样：“二战”以来，美国一直想能成为世界的支点，想成为世界的最高统治者；然而，它的霸权欲望常常被它虚假的友善笑容掩盖，因为它竭尽全力告诉世界，它在替上帝同邪恶作战。有史以来，美国一直认为自己是上帝“选定的国家”，是替上帝在人间同魔鬼作战的国家；但是，历史表明，很多情况下，美国却是魔鬼的同僚，常常替撒旦在人间繁殖邪恶。这就是一个令人费解的“谜”。但是，这个看似费解的“谜”却被

① Robert Merrill, *Norman Mailer Revisited*, New York: Twayne Publishers, 1992, p. 76.

D. J. 破解了，因为他发现，上帝有时候不是善良的化身，而是另一个撒旦，就像他描述的那样："上帝不是人，而是野兽，是一头长着巨大下巴和洞穴一样嘴巴的野兽。他呼吸着，龇牙咧嘴，悄悄地向我们呼喊：来我这儿吧……上帝是野兽，不是人。上帝说：'出去杀吧——实现我的意志，去杀吧。'"（217—218）正因如此，D. J. 认为自己是"天才"（21），正如他能看透母亲充满种族、阶级和职业歧视的心理一样，他看透了美国称霸世界的欲望心理。

一定程度上讲，D. J. 和拉斯提都是梅勒的代言人。借助于 D. J. 和拉斯提，梅勒在小说中说出了他想对美国说的话。在梅勒看来，拉斯提及其猎熊团队在阿拉斯加的猎熊旅行是人类对自然的践踏和破坏之旅，他在小说中通过这样一个场景批评了人类践踏和破坏自然的行为：D. J. 和好友德克斯射死了一只狼，导游奥利（Ollie）看到："它的眼睛里现出疯人的痛苦，因为那个疯人知道，有一个更好的世界，但他已经被排除在外了。"（74）。"疯人"之所以"痛苦"，是因为他去不了他想去的美好世界，因为那个世界已经被破坏，他去那个美好世界的权利已经被剥夺。

梅勒认为，人类恶意践踏和破坏自然，必遭自然惩罚，他在小说中通过猎熊导游比格·鲁克的感受表达了这一思想："比格·鲁克一生很熟悉熊——曾经有段时间，他对熊熟悉到了这种程度：他可以走到一只平静的熊跟前，用手拍它的肩膀……现在……还没来得及开枪射击，熊就扑向了猎人，这样的熊太多太多了。"（118—119）通过比格·鲁克的切身感受，梅勒告诉人们，现代高端技术设备（直升机、炮弹、枪支）的"非常"使用已经破坏了人（猎人）与自然（布鲁克斯山脉的熊）之间的和谐，拉斯提在导游比格·鲁克的带领下在布鲁克斯山脉的猎熊是一场人与自然之间的战争。因此，在 D. J. 眼中，猎熊导游比格·鲁克就是在战场上指挥作战的军官，他不断做出"军事决策"（118），不断进行"军事定位"（119）。通过叙述者 D. J. 之口，梅勒揭示了拉斯提猎熊行动的战争性质。

人类战争般的行为能够破坏人与自然之间的和谐，却不能恢复被破坏了的和谐，就像猎熊导游比格·鲁克能够利用飞机、大炮和枪支等现代技术设备轰炸熊却不能消除"梦魇"一样。小说中，叙述者 D. J. 这样描述比格·鲁克的困境："比格·鲁克做了他的军事部署，他们必须到位，以便轰炸攻击他们的熊。因此，他们要一起行动——五个游客、五个导游——但是梦魇仍然存在。军事的解决办法滋生了新的问题。"（122）通过 D. J. 之口，梅勒试图告诉美国，军事行动不是解决一切矛盾的最佳办法，因为"军事的解决办法滋生了新的问题”；换言之，在梅勒看来，美国介入越南战争，最终不会解决问题，反而会引起新的问题。用梅勒在《我们为什么进行战争?》中的话说，美国不是“医生”，而是“疾病”。①

战争不仅破坏自然生态，而且破坏人类幸福，小说中拉斯提的猎熊团队（五个导游和五个游客）破坏一个和谐幸福的熊家庭的场景深刻表达了这一点。小说这样描述一个幸福的熊家庭遭受破坏的过程：“大约早晨11点的时候，两只熊在草坪上溜达，丈夫和妻子……德克斯首先开了枪……子弹穿过了雄熊的脑袋，他死了。拉斯提和皮特分别对着另一只熊开了两枪，那只熊像爆炸了似的狂叫着……她转身逃进了林子，背部和侧身都是血，其他导游又向她开了八枪，在不到十英尺的地方，她逃进树林里。”（124）可以想象，拉斯提的团队到来之前，这对熊夫妻生活得非常幸福，但它们的幸福被这些无情猎人剥夺了；不仅如此，它们还失去了宝贵的生命。然而，这样一个原本在大自然中和谐幸福生活的熊家庭的消失却没有引起在场的任何人的情感反应，因为他们关心的只是谁最后拥有这些战利品。这个场景很好地隐喻性地表达了梅勒的思想：战争让人失去人性，变得冷漠无情，就像拉斯提团队对待这对熊夫妇一样。

美国文学批评家迈克尔·K. 格兰迪认为，《我们为什么在越南?》是“对白人美国罪状的控告”②。拉斯提是白人美国的象征，是“令人难忘的美国法西斯主义的形象”③，从政治寓言角度来讲，是“林登·约翰逊总统”④。比格·鲁克带领下的拉斯提猎熊团队不是一个普通的狩猎旅行团，而是美国帝国集团的缩影，他们在阿拉斯加的猎熊行为是美国在海外帝国行为的象征，如小说所说：“北美的所有信息都上了布鲁克斯山脉。”（182）《我们为什么在越南?》中，梅勒通过拉斯提在阿拉斯加的猎熊行为，隐喻性地再现了20世纪60年代霸权欲望驱使下从焦虑走向疯狂的美国形象；他通过叙述者D. J. 对拉斯提去阿拉斯加猎熊心理的深入剖析：“隐喻性地解读了美国介入越南战争的原因。”⑤ 小说末尾，梅勒通过叙述者D. J. 之口隐含地告诉美国同胞：越南战争不会让美国消除焦虑，因为如果美国能够通过武力解决国外的问题，却不能保证以同样的方式解决自己国内的问题（224）。在国外，美

① Norman Mailer, *Why Are We at War?*, New York: Random House, 2003, p. 43.

② Michael K. Glenday, *Norman Mailer*, New York: St. Martin's Press, 1995, p. 109.

③ Ibid., p. 110.

④ Ibid., p. 111.

⑤ Sandy Cohen, *Norman Mailer's Novels*, Amsterdam: Rodopi, 1979, p. 116.

国关心的不是世界和平，而是自己在世界上的霸权地位；在国内，它关心的不是种族平等，而是白人对少数民族的统治。因此，在梅勒眼中，20 世纪 60 年代的美国不仅是帝国主义的，而且是种族主义的；它不是“和平守望者”，而是战乱制造者。通过 D. J.，梅勒“展现了他对集团美国的批评”①。

① Robert Ehrlich, *The Radical as Hipster*, Metuchen, N. J. & London: The Scarecrow Press, Inc., 1978, p. 107.

第四章

《刽子手之歌》与20世纪70年代的美国

《刽子手之歌》是梅勒在20世纪70年代发表的唯一长篇小说，也是让他继《夜晚的大军》之后再次荣获“普利策文学奖”的一部作品。小说发表后，立即受到批评界好评，正如琼·狄迪恩所说，《刽子手之歌》是“一部绝对让人惊讶的作品”①；也如罗伯特·莫里尔所说：“大多数评论这部小说都很友好。”② 值得一提的是，所有“友好”评论都围绕着小说主人公加里·吉尔莫（Gary Gilmore）展开，通过透视吉尔莫的谋杀罪行及其死亡选择的意义，探讨小说的主题以及梅勒的创作意图。罗伯特·毕基斌认为，《刽子手之歌》的一个重要主题是“面对自我”，并将这一主题与梅勒的创作旨意联系起来。他说：“面对你自己、你自己的善与恶、你的梦想、理性与非理性的思想、你的最好与最坏的冲动与动机、你自己的生与死——这是梅勒先生长期以来为生病的美国人和美国文化开出的一剂药方。”③ 因此，“吉尔莫的死亡选择典型地体现了梅勒的‘美国存在主义’：选择接受自己的最好与最坏、自己的生与死，以便努力与自己的灵魂和上帝靠得更近”④。毕基斌指出：“吉尔莫活动的环境显而易见体现了现代社会处境的无根性、不稳定性和支离破碎化……以这样的环境为背景，梅勒将原型般的追求用作社会批评，就像他一直使用的那样。”⑤ 朱迪斯·A. 施福勒认为，《刽子手之歌》探讨的是“明与暗、理性与本能、清晰与神秘等构成的二分法。不论真实的加里·吉尔莫是谁，他在这本书中是一个自我艺术家的人物形象，界定并且重新界

---

① J. Michael Lennon, ed., *Critical Essays on Norman Mailer*, Boston, Massachusetts: G. K. Hall & Co., 1986, p. 82.

② Robert Merrill, *Norman Mailer Revisited*, New York: Twayne Publishers 1992, p. 151.

③ Robert Begiebing, *Acts of Regeneration: Allegory and Archetype in the Works of Norman Mailer*, Columbia and London: University of Missouri Press, 1980, pp. 186-187.

④ Ibid., p. 188.

⑤ Ibid., p. 189.

定着他的个性，控制着事件和其他人物，投射着一个世界”[①]。因此，对吉尔莫来说：“谋杀是解决复杂关系的最终办法，是一种对自我的清洗和对环境的简化。他者特别是相反性别的他者，造成了一种威胁，这种威胁只能通过一种谋杀自我才能消除，这种谋杀本质上是一种简单对复杂的胜利。”[②] 因此，在施福勒看来：“加里是一个嬉皮士式的人物……挑战着那个设立死刑以便有判决勇气的社会。”[③] 罗伯特·莫里尔认为：“《刽子手之歌》是梅勒在‘解释美国’方面做出的最具雄心的企图：‘解释美国’是他所有非虚构作品尤其是他20世纪70年代出版的系列作品创作的根本目的。”[④] 莫里尔指出：“梅勒曾经说：‘写作就是判断’，这句话适用于梅勒的其他作品，同样适用于《刽子手之歌》。”[⑤] 因此，莫里尔认为，梅勒写《刽子手之歌》的目的是“探讨体现在这个材料中的美国现实”[⑥]。在莫里尔看来，吉尔莫是“一个生活在美国深层矛盾裂缝中的人”[⑦]，是“一个似乎要反抗这个无目的社会的人物”，所以是“一个梅勒式英雄”，体现了

> 梅勒一生中经历过的主题，其中之一就是，英雄般的个人充满激情地（经常毁灭性地）试图摈弃小说中西部女性像禁欲一样忍受的那种致命的社会环境，这种尝试也出现在吉尔莫对监狱生活的摈弃和对接替他生活的任何东西的“有尊严的”偏好中。的确，吉尔莫对此后生活的关注毫无疑问是梅勒经常谈及的主题之一，因为吉尔莫思想的宗教层面与梅勒经常表达的信仰或直觉相对应……吉尔莫是一个谜，一个体现了梅勒主题而非解决办法的人。[⑧]

莫里尔还认为：“《刽子手之歌》也是一部从中可以明显看出梅勒对美国有爱的作品。”[⑨] 大卫·盖斯特认为：“《刽子手之歌》让吉尔莫看起来很像

① Harold Bloom, ed., *Norman Mailer*, New York and Philadelphia: Chelsea House Publishers, 1986, p. 184.

② Ibid., p. 185.

③ Ibid., p. 189.

④ Robert Merrill, *Norman Mailer Revisited*, New York: Twayne Publishers 1992, p. 152.

⑤ Ibid., p. 157.

⑥ Ibid., p. 175.

⑦ Ibid.

⑧ Ibid., pp. 176-177.

⑨ Ibid., p. 178.

一个嬉皮士式的人物。"① 盖斯特指出："《刽子手之歌》没有它开始时显得那样中立或客观……通过降低那些屈从者的地位并抬高那些反抗者的地位，小说公开表达了'白黑人'的直接观点。把他的故事重讲成一个监禁、谋杀和拯救的故事，梅勒在吉尔莫的犯罪中找到了意义。这种重新讲述让谋杀者成为对狱警进行攻击并取得胜利的监狱犯人。"② 盖斯特认为："为吉尔莫的死刑而战斗就是为书写吉尔莫传记而战斗，吉尔莫、当事者双方律师、记者、作家和研究者都展现了他生活的不同版本，甚至人为地设计一个版本以满足一定要求：辩护方将他描述成不很危险因而不足以被杀的人，控诉方将他描述成是对无辜者的威胁，吉尔莫自己的版本则注入转世意义，肯定他作为冷血顽固犯的角色。"③ 盖斯特还认为："小说［向读者］暗示，吉尔莫通过冷血和超验的暴力行为宣泄了自己的内在魔性。谋杀之后，吉尔莫被刻画成一个向上发展的人，他变得更加有爱，更具慈善心，更能遏制他的愤怒。"④ 希拉里·米尔斯认为，《刽子手之歌》的主题是"转世"与"再生"，她引用梅勒曾对约翰·阿尔德里奇所说的话来支撑自己的观点：

> 加里·吉尔莫吸引着我，因为他体现了我想写一本关于他的书之前我一生一直经历的主题中的诸多主题……我觉得他是一个展现我对生活看法的完美例证——我们一生要做重大选择，其中之一就是那种我们大多数人逃避的现在死亡与"拯救灵魂"之间的深刻而恐惧的选择——或者至少可以说，保证灵魂——以便得以再生，这是可以想象的。也许有这种情况：活得太久，结果让灵魂先于躯体而亡。吉尔莫对转世深信不疑，他渴望死亡，声称他要挽救他的灵魂。最终，我想，他就是我要的那个完美人物。⑤

米尔斯还引用弗兰克·麦克康奈尔的话说："这部小说是为捕捉其时代的

① David Guest, *Sentenced to Death*: *The American Novel and Capital Punishment*, Jackson: University Press of Mssissippi, 1997, p. 152.

② Ibid., p. 159.

③ Ibid., p. 162.

④ Ibid., p. 167.

⑤ Hillary Mills, *Mailer*: *A Biography*, New York, et al.: McGraw-Hill Book Company, 1982, p. 425.

道德含混而建构的神话。"[①] 因此，米尔斯认为，《刽子手之歌》"展现了当时的美国形象。梅勒的作品整体上反映了他自己经历过的战后美国不断变化的现实。吉尔莫在许多方面是20世纪70年代错位了的美国灵魂的原型"[②]；所以，"《刽子手之歌》可视为当代美国心理的反映"[③]。但是，米尔斯认为："也许对梅勒来说，更为重要的是这样的事实：吉尔莫渴望死亡，以便能够拯救其灵魂并得以再生。"[④] 斯塔塞·奥尔斯特认为："《刽子手之歌》以一个小事件开头，这个小事件隐含着：美国的历史将在加里·吉尔莫的人生中被个人化：正如源自偷吃禁果的堕落具有丧失恩惠和伊甸园的意义，本书开头也具有一种扩展了的历史含义。"[⑤] 奥尔斯特说："我们不想知道他为什么那样行动，但我们想知道为什么那么多其他人没有那样行动。这提醒我们，不是他的行为让他与众不同……而是他要为他的行为负责的意愿使得他与众不同。"[⑥]

综上评论可见，虽然评论家非常关注《刽子手之歌》中主人公加里·吉尔莫的形象及其意义，关注梅勒创作《刽子手之歌》的目的，强调吉尔莫的"嬉皮士"形象及其谋杀与死亡选择的意义，强调吉尔莫的生活环境与现代社会处境之间的关系，强调《刽子手之歌》与梅勒20世纪70年代其他作品在主题方面的一致性与连续性，强调《刽子手之歌》与当代美国社会现实的关系，强调梅勒与美国之间的情感关系，但没有或很少关注《刽子手之歌》与20世纪70年代美国形象之间的关系，没有或很少强调梅勒通过再现主人公加里·吉尔莫的犯罪人生，以及社会和公众对其死刑的反应，对美国形象进行解构与建构，从而让读者看到一个真实的美国形象，也让美国"自己看清自己"。事实上，《刽子手之歌》虽然再现了发生在1976—1977年的故事，但它反映的不仅仅是那一年美国的社会现实，而是整个20世纪70年代的美国社会状况，反映了那个年代美国社会在种族、阶级、性别、民族、道德判断和价值取向等方面存在的诸多问题。为了深刻理解《刽子手之歌》对美国形象的解构与建构，我们有必要先了解一下美国历史上官方语言中的美国

① Hillary Mills, *Mailer: A Biography*, New York, et al.: McGraw-Hill Book Company, 1982, p. 431.

② Ibid., pp. 431-432.

③ Ibid., p. 432.

④ Ibid.

⑤ Harold Bloom, ed., *Norman Mailer*, Philadelphia: Chelsea House Publishers, 2003, p. 60.

⑥ Ibid., p. 62.

身份。

第一节 美国身份：自由与平等的追求者

从历史来看，美国出生于对自由与平等的追求。众所周知，1776 年 7 月 4 日前，北美大陆上还没有一个为世界所知的名为“美国”的国家，唯一为世界所知的是，在这个大陆上有十三个英属殖民地，它们受英国政府的直接领导与管辖。1776 年 6 月 7 日伊始，北美大陆上出现了让英国政府意想不到也颇为恼怒的事情。这一天，弗吉尼亚州大会决议向英国政府及世界宣布：“北美各个殖民地应该有权成为而且已经是自由、独立的国家。北美合众国现解除所有对英国国王效忠的义务。大不列颠和北美合众国之间的所有政治联系必须而且现已全部解除。”① 这一决议表明，北美大陆上的英属殖民地不再视自己为听命于英王指挥的大不列颠王国的属地，而是必须与其平起平坐、能够自由决定并自由处理自己事务的独立国家。正因为如此，弗吉尼亚州大会决议得到北美大陆十三个州的共识与认可。弗吉尼亚州大会决议发表不到一个月，北美大陆十三个殖民地联合发表了举世闻名的《独立宣言》。他们在《独立宣言》中开门见山、直截了当地说：“我们认为这些是不言而喻的真理：人人生来平等；造物主赋予他们一些不可剥夺的权利，其中包括生命权、自由权和追求幸福的权利；为了保护这些权利，人民建立政府，政府依照被统治者的同意公正地实施权力；无论任何时候，任何形式的政府破坏了人民的这些权利，人民有权改变或者废除它，建立新的政府，基于这样的原则，以这样的形式组织其权力，以便最有效地确保人民的安全与幸福。”②《独立宣言》的主要起草者托马斯·杰斐逊说：“我……用简单而坚定的表达把这件事情的常识摆在人类的面前，以获得人类的认同……我只是试图通过《宣言》，表达出美国人的思想。”③《独立宣言》的明确表达与杰斐逊的用心解释，都旨在强调：“自由”与“平等”是“美国人的思想”。虽然《独立

---

① ［美］马克·C. 卡恩斯、约翰·A. 加勒迪：《美国通史》（第 12 版），吴金平等译，山东画报出版社 2008 年版，第 101 页。

② Thomas Jefferson, “The Declaration of Independence”, in Nina Baym, et al., eds., *The Norton Anthology of American Literature*, 3rd ed., Vol. 1, Part 1, New York & London: W.W.Norton & Company, 1989, p. 640.

③ ［美］马克·C. 卡恩斯、约翰·A. 加勒迪：《美国通史》（第 12 版），吴金平等译，山东画报出版社 2008 年版，第 102 页。

宣言》“有其局限性”，虽然它“把人看作抽象的人，而非阶级社会中具体的人”，虽然它当时没有把印第安人、黑人、契约奴和妇女包括在“人”的范畴之内，虽然“它把政府看作凌驾于阶级之上的东西，否定了平等权利的阶级性”①，但它为美国人树立了追求“自由”与“平等”的理想，也为美国政府设定了日后必须努力奋斗的目标：政府必须努力保障人民的自由与平等权利，不得以任何理由剥夺人民的自由与平等权利；换言之，美国要成为人民心目中的“自由与平等的追求者”。

如果说《独立宣言》为美国人设定了奋斗的理想与目标，这种理想与目标自然让刚从英国统治下独立出来的美国人心中充满无限的美好想象，圣约翰·德·克利夫科尔在其《美国农夫的来信》中为美国人想象了理想与目标实现之后“乌托邦”式美国图景：

> 在这儿[北美大陆]，他[欧洲移民]看到的是美丽的城市、富裕的村庄、广阔的田地以及到处是体面房子、良好道路、果园、草坪和桥梁的乡村，这儿在几百年前完全是荒野，是森林遍布、没有任何开发的地方……不像欧洲，这儿没有占有一切的大地主，也没有一无所有的平民。这儿没有贵族家庭，没有宫廷，没有国王，没有主教，没有宗教统治，没有可见的赋予极少数人的权力，没有雇用数千人的大雇主，没有极其奢侈的享受。富人与穷人之间的距离没有欧洲那么大……我们是一个开发者组成的民族，散居于一片广阔的领土，通过良好的道路和可航船的河流彼此来往，通过和蔼可亲的政府的丝绸般的纽带联合起来，人人尊重法律，不惧怕其权力，因为他们平等。我们被赋予一种备受约束和限制的勤奋精神，因为每个人都为自己工作。如果他走过我们的乡村地区，他看到的不是与泥土建成的茅屋和简陋的小屋形成鲜明对比的充满敌意的城堡和闹鬼的别墅，在那些茅屋和小屋里，牛群和人们相互取暖，生活在简陋、浓烟和贫困之中……除了没文化的长官，人们中间没有绅士……我们没有为其流血流汗、为其而死的王公贵族。我们是世界上存在的最完美社会，这儿，人是自由的，就像他应该自由一样，这种令人欢喜的平等也不像许多其他的平等那样转瞬即逝。②

① 参见张友伦主编《美国通史》（第2卷），人民出版社2002年版，第19页。

② St. Jean de Crevecoeur, “Letter Ⅲ. What Is an American” from his *Letters from an American Farmer*, in Nina Baym, et al., eds., *The Norton Anthology of American Literature*, 3rd ed., Vol. 1, Part 1, New York & London: W. W. Norton & Company, 1989, p. 559.

不论克利夫科尔的想象多么美好，要真正实现《独立宣言》所树立的伟大理想和设定的宏伟目标，法律保障必不可少。因此，《独立宣言》发表后，美国政府制定了一系列法律法令，让《独立宣言》为美国人设定的理想与目标成为美国政府对人民应许的承诺。弗吉尼亚州议会1786年通过的《弗吉尼亚宗教自由法令》中说："任何人都不得被迫参加或支持任何宗教礼拜、宗教场所或传道职位，任何人，不得由于其宗教见解或信仰，在肉体上或财产上受到强制、拘束、干扰、负担或其他损害；任何人都应该有自由去宣讲并进行辩论以维护他在宗教问题上的见解，而这种行为，在任何情况下，均不得削弱、扩大或影响其他公民权力。"① 此法令还强调："我们在这里所主张的权利，都是人类的天赋权利，如若以后通过任何法令，要把我们现在这个法令取消，或者把它的实施范围缩小，这样的法令，将是对天赋权利的侵犯。"② 邦联会议1787年通过的《西北地域法令》中说："在该地域内建立的任何一个州……在所有方面都与原有各州平等，并应能自由地制定永久性的宪法和成立州政府。"③《邦联条例》规定："各州均保留其主权、自由与独立，每一种权力、司法权及权利，除非已由邦联会议通过的本条例明确授予合众国，否则也由各州保留"；"邦联议会成员在开会时的自由言论及辩论，不受议会之外的法院或任何部门弹劾或质询"④。1787年制宪会议通过的《合众国宪法》之"序言"说："我们，合众国的人民，为了组织一个更完善的联邦，树立正义，保障国内的安宁，建立共同的国防，增进全民福利和确保我们自己及我们后代能安享自由带来的幸福，乃为美利坚合众国制定和确立这一部宪法。"⑤《第一条宪法修正案》规定国会不得制定下列法律："确立一种宗教或禁止信仰自由；剥夺言论自由或出版自由；或剥夺人民和平集会及向政府要求申冤的权利。"⑥《第五条宪法修正案》规定："人民不得被强迫在任何刑事案件中自证其罪，不得不经过适当法律程序而被剥夺生命、

---

① 钱满素主编：《自由的刻度：缔造美国文明的40篇经典文献》，东方出版社2016年版，第100页。

② 同上书，第101页。

③ 同上书，第107页。

④ ［美］马克·C. 卡恩斯、约翰·A. 加勒迪：《美国通史》（第12版），吴金平等译，山东画报出版社2008年版，第757页。

⑤ 钱满素主编：《自由的刻度：缔造美国文明的40篇经典文献》，东方出版社2016年版，第112页。

⑥ 同上书，第122—123页。

自由或财产。”[①] 这些法令和法律都明确规定，限制公民自由、破坏公民平等是与《独立宣言》的根本精神相抵触的违法行为，因此，凡是不符合《独立宣言》所倡导的自由与平等精神的东西，都应该予以消除。从这个意义上讲：“奴隶制直接违背了崇尚自由平等的美国价值……随着时代的进步，日益成为美国人的难堪。”[②] 因此，1862 年，林肯发表《解放奴隶宣言》，要求自 1863 年 1 月 1 日起，所有反对美国的反叛地区的奴隶“将在那时、并从此、而且永远自由”[③]。虽然《解放奴隶宣言》“仍然存在着许多缺陷”，因为“它还不是一个全面解放奴隶的法令，仅对叛乱州有效……它对边境蓄奴州的奴隶制并无具体措施，使之仍然合法存在”[④]，但是“无论是对自由黑人，还是对黑人奴隶，《解放奴隶宣言》都是一座灯塔。即使未能立刻将一个奴隶解放或者减少对黑人的歧视，宣言也是对未来改善状况的一个承诺。”[⑤] 针对《解放奴隶宣言》存在的缺陷，1868 年颁布的《第十四条宪法修正案》规定：“任何人，凡在合众国出生或归化合众国并受其管辖者，均为合众国及所居住之州的公民。任何州不得制定或执行任何剥夺合众国公民特权或豁免权的法律。任何州，如未经适当法律程序，均不得剥夺任何人的生命、自由或财产；亦不得对任何在其管辖下的人，拒绝给予平等的法律保护。”[⑥] 虽然《第十四条宪法修正案》让所有在美国出生或归化美国的人都具有“美国公民”的资格，但它没有给予所有在美国出生或归化美国的人平等选举权，所以《第十五条宪法修正案》规定：“合众国政府或任何州政府，不得因种族、肤色或以前曾服劳役而拒绝给予或剥夺合众国公民的选举权。”[⑦] 第十四条、第十五条宪法修正案虽然解决了种族与肤色问题，但没有解决美国人选举权中的性别与年龄问题。所以《第十九条宪法修正案》规定：“合众国公民的选举，不得因性别缘故而被合众国或任何一州加以否定

① 钱满素主编：《自由的刻度：缔造美国文明的 40 篇经典文献》，东方出版社 2016 年版，第 123 页。

② 钱满素：《自由的基因：美国自由主义的历史变迁》，东方出版社 2016 年版，第 72 页。

③ 参见［美］马克·C. 卡恩斯、约翰·A. 加勒迪《美国通史》（第 12 版），吴金平等译，山东画报出版社 2008 年版，第 344 页。

④ 丁则民主编：《美国通史》（第 3 卷），人民出版社 2002 年版，第 21 页。

⑤ ［美］马克·C. 卡恩斯、约翰·A. 加勒迪：《美国通史》（第 12 版），吴金平等译，山东画报出版社 2008 年版，第 346 页。

⑥ 钱满素主编：《自由的刻度：缔造美国文明的 40 篇经典文献》，东方出版社 2016 年版，第 126 页。

⑦ 同上书，第 127 页。

或剥夺。"[①]《第二十六条宪法修正案》规定:"已满十八岁以上的合众国公民的选举权,不得因为年龄关系而被合众国或任何一州加以否定或剥夺。"[②]虽然这些《宪法》修正案赋予并努力保护人民的自由权利与平等地位,但法律的规定与现实总是存在一定距离。所以,除了法律规定,美国政府还努力通过行动兑现《独立宣言》对美国人民做出的承诺。

南北战争后,南卡罗来纳州州长韦德·汉普顿曾承诺说:"我们……将保护每个公民,不管是最底层的还是最高层的,不管是白人还是黑人,我们都会完全而平等地保护他享受宪法赋予的所有权利。"[③] 第一次世界大战期间,威尔逊总统以"正义和人性的名义,将他的国民送往战场"[④]。他甚至通过他设置的"公众情报委员会"这一机构"将战争描绘成争取自由和民主的圣战,将德国人刻画成图谋控制世界的野蛮人"[⑤]。第二次世界大战期间,1941 年仲夏,罗斯福总统与英国首相丘吉尔在纽芬兰的普拉森蒂亚海湾会面,目的是"一起为整个世界反对专制、捍卫自由的斗争而指引方向"[⑥]。1943 年,富兰克林·D. 罗斯福在杰斐逊纪念馆落成典礼上致辞说:

> 今天,在为自由而进行的这场伟大战争中,我们奉献出一个自由的圣地……(托马斯·杰斐逊)面临过这一事实,即人们不为自由而战就会失去自由。我们也面临这一问题……他生活在那样一个世界,其中自由的意识和自由的精神还要通过战斗来确立,还不是所有人已经接受的原则。我们也生活在这样一个世界……《独立宣言》和美国革命本身的那些目标,在追求自由的同时,呼吁废除特权……托马斯·杰斐逊相信人类,我们同样相信。他相信,如同我们相信,人类能够自我管理,只要人们能自治,就没有国王、暴君和独裁者能够统治他们。[⑦]

---

① 钱满素主编:《自由的刻度:缔造美国文明的 40 篇经典文献》,东方出版社 2016 年版,第 128 页。

② 同上书,第 131 页。

③ [美] 马克·C. 卡恩斯、约翰·A. 加勒迪:《美国通史》(第 12 版),吴金平等译,山东画报出版社 2008 年版,第 384 页。

④ 同上书,第 537 页。

⑤ 同上书,第 541 页。

⑥ [美] 威廉·J. 本内特:《美国通史》(下),刘军等译,江西人民出版社 2011 年版,第 163 页。

⑦ 同上书,"序言"第 3 页。

在美国人眼中，美国是“世界历史上最伟大国家”，[①] 美国人民是“伟大的民族”，有着“自由的意识和自由的精神”，他们“为自由而战”，他们“在追求自由的同时，呼吁废除特权”，他们相信：“只要人们能自治，就没有国王、暴君和独裁者能够统治他们”，他们“在战后世界逐渐接受了一种领导角色”，并认为美国就是“自由世界领导人”[②]。1946 年 3 月，杜鲁门总统邀请英国前首相丘吉尔到密苏里州的维斯特敏斯特学院做了旨在“保卫自由中的英美特殊关系”的主题演讲。丘吉尔在演讲中说，英国的大宪章（Magna Carta）及其他有关政治自由的伟大文献中表达的理想都“在美国独立宣言中找到了对它们的最好表述”，他认为“这些英语文献构成了‘自由的凭证’”[③]。丘吉尔在演讲中特别强调了他对“自由世界”的担忧，他说：“从波罗的海的什切青到亚得里亚海的里雅斯特，一幅横贯欧洲大陆的铁幕已经落下。中东欧历史悠久国家的首都都落在了铁幕的那一边。华沙、柏林、布拉格、维也纳、布达佩斯、贝尔格莱德、布加勒斯特和索菲亚，所有这些著名的城市……都落在了我必须称之为苏联势力范围的界限内，所有这些国家都将屈从于……来自莫斯科的日益增强的高压控制。”[④] 丘吉尔的“铁幕”演说将西方世界的目光引向了“自由世界”，使得西方国家将“民主国家（甚至一些非共产党统治的专制国家）”与“铁幕背后的大片地区”区别开来[⑤]，同时也让美国再次想到了自己作为“自由世界领导人”的责任与义务。因此，20 世纪 60 年代初，针对丘吉尔“铁幕”演讲中所说的“铁幕背后的大片地区”，肯尼迪总统对全美国人民说：“我们要不惜一切代价，承受任何负担，应付任何苦难，反对任何一个敌人，支持任何一个朋友，来保障自由的生存和胜利。”[⑥] 显而易见，在肯尼迪眼中，美国就是“自由世界领导人”，其职责就是“保障自由的生存和胜利”。正因为如此，肯尼迪执政期间，美国毫不犹豫地介入了“越南战争”，肯尼迪还“号召美国人为争取自由进行

① ［美］威廉·J. 本内特：《美国通史》（下），刘军等译，江西人民出版社 2011 年版，“序言”第 3 页。

② 同上书，第 242 页。

③ 同上书，第 243 页。

④ 同上书，第 243—244 页。

⑤ 同上书，第 244 页。

⑥ ［美］马克·C. 卡恩斯、约翰·A. 加勒迪：《美国通史》（第 12 版），吴金平等译，山东画报出版社 2008 年版，第 668 页。

一场艰苦长期的斗争”①。肯尼迪遇刺身亡后，他的继任者林登·约翰逊总统向全国发表电视讲话：“没有任何纪念演说或歌功颂德的话，可以比尽可能早地通过民权法案，能更好地纪念肯尼迪总统，因为那是他长久以来一直为之奋斗的目标。在这个国家有关平等权利的问题上，我们已经浪费了过多的口舌，已经空谈了一百年甚或更长的时间。现在是写下一个篇章并将它写入法典的时候了。”② 在约翰逊的坚持和努力下，美国国会通过并颁布了“美国历史上影响最为深远的民权法案”，该法案“禁止基于种族、肤色、宗教或性别而在雇佣、晋升和解雇上实行歧视”，是“自南部重建时期以来影响最为深远的民权法案”。③ 所以，“无数美国黑人和白人都将牢记这一天，它是长期被延搁的美国人对自由的承诺最终变为现实的一天”④。不久之后，美国国会通过并颁布了《投票权法案》，赋予黑人投票权，从而“终止了一项政治制度”：“改变了政治内容”，让“美国能够站在世界面前宣称：我们确实是自由的故乡”。⑤ 除了《民权法案》与《投票权法案》，约翰逊就任总统后还向美国贫困全面开战，因为他认为：“饥饿的人，找不到工作的人，无法教育孩子的人，被匮乏压倒的人——这样的人并不是完全自由的。”⑥

美国一直以“自由世界领导人”自居，并且以“捍卫自由”为己任。因此，吉米·卡特总统在就职宣誓仪式上讲话时特别强调了“美国对自由的责任”，他说：“因为我们是自由的，我们永远就不能对其他地方的自由命运无动于衷，我们的道德感指令我们明确偏向那些和我们一样持久地尊重个人权利的社会。”⑦ 因此，20世纪70年代，美国人担忧的是：“如果美国因疑虑和内疚而削弱，谁将领导这个自由世界？”⑧ 正是出于这样的担忧，20世纪80年代伊始，里根总统与英国首相玛格丽特·撒切尔夫人等欧洲国家元首一

---

① ［美］威廉·J.本内特：《美国通史》（下），刘军等译，江西人民出版社2011年版，第301页。

② 同上书，第327—328页。

③ 同上书，第329页。

④ 同上书，第330页。

⑤ 同上书，第343页。

⑥ 钱满素：《自由的基因：美国自由主义的历史变迁》，东方出版社2016年版，第255—256页。

⑦ ［美］威廉·J.本内特：《美国通史》（下），刘军等译，江西人民出版社2011年版，第410页。

⑧ 同上书，第417页。

道，以“坚定自由的立场”，努力试图“改变这个世界”[①]。1981年1月20日，里根在总统就职宣誓仪式上对全美国人民说：“美国的命运取决于你们。你们将决定重要的问题，那些问题承载着无数未出生者的幸福和自由。”[②] 1984年6月4日，里根总统在纪念诺曼底战役胜利40周年庆典上对当年参战的“诺曼底勇士们”说：“诺曼底的勇士们相信他们所做的一切是正确的，相信他们为全人类而战斗……这种深刻的认识……使得为解放而使用武力与为征服而使用武力有着深刻的道德差异。你们那时在这里是为了解放，而不是为了征服……你们都热爱自由。你们都愿意反对专制。”[③] “为全人类而战”、“为解放而使用武力与为征服而使用武力有着深刻的道德差异”、“为了解放，而不是为了征服”：这些都是美国政府的惯用语，也是美国领导人在重大场合和关键时刻最喜欢使用的、最能蛊惑人心的、最有用的政治话语。在美国人看来，里根时代是美国“反对苏联专制、保卫自由”的时代，是美国努力消除“苏联对自由社会的威胁”的时代，[④] 所以，凡是里根跟苏联领导人的接触都无一例外地被视为“走向自由”的行动。1986年年末，里根在冰岛雷克雅未克与苏联领导人戈尔巴乔夫就“削减武器”问题进行会谈，戈尔巴乔夫答应“大规模削减武器”，并提议“把所有的战略武器都去掉”，这个提议“超出了美苏军备控制谈判历史上一切建议过的内容”[⑤]。因此，在美国人看来：“雷克雅未克峰会”是“界定苏联停止威胁这个世界生命和自由的历史性时刻”，是美国作为“自由世界领导人”而做出的巨大贡献[⑥]，使得美国人不无自信地认为：“里根带来了和平和繁荣……他要恢复美国在世界上合适的领导地位的想法，是可以宽恕的。”[⑦] “人类自由事业”和“美国在世界上合适的领导地位”也是美国政府最喜欢用并且用得最多的言辞表达。1988年5月下旬，里根访问莫斯科期间在莫斯科大学发表演讲时对苏联大学生说：“进步不是预先注定的。关键是自由——思想的自由、信息的自由、交流的自由。”他在演讲结束时对莫斯科大学的学生说：“我们或许能指望——

① ［美］威廉·J. 本内特：《美国通史》（下），刘军等译，江西人民出版社2011年版，第426页。

② 同上书，第428页。

③ 同上书，第445页。

④ 同上。

⑤ 同上书，第457页。

⑥ 同上书，第466—467页。

⑦ 同上书，第456页。

自由，如托尔斯泰坟墓上鲜绿的小树，起码会在你们人民和文化的沃土中开花。”① 1988年12月7日，戈尔巴乔夫在联合国安理会发表旨在“宣布在欧洲大规模裁减常规武装力量”的演讲后访问纽约港，被“西方巨大的自由”所“陶醉”，使得美国人认为：“戈尔巴乔夫与众不同”，因为他是他们“能与之自由地、安全地和正义地谈论和平的第一位苏联领导人”②。在当上总统之前，里根曾在1974年的一次重要讲话中说：

> 我们不能逃避我们的使命，我们也没有试图这样做。两个世纪之前，在费城的小山上，我们被赋予了这个自由世界的领导权。在“二战”后的日子里，美国的经济实力和势力是决定这个世界免于向黑暗时代倒退的关键。罗马教皇庇护十二世说：“美国人民拥有一种杰出和无私行为的天赋。因此上帝将拯救受难人类的使命交给了美国人。”
>
> 我们确实是，而且我们现今是，世界上人类最后的美好希望。③

可以说，里根的这番讲话总结了美国有史以来的自我认知：美国“被赋予了这个自由世界的领导权”，肩负着“拯救受难人类”的伟大“使命”，因而是“世界上人类最后的美好希望”。在美国人眼中：“美国在很多方面比我们认为的要好”，因为它是“一个奠基于‘平等的理论’之上，并将自身托付于这种理论的国家”④。

回顾美国历史，我们不难发现，美国历届政府领导都在重要场合不忘重提“自由”与“平等”这两个话题。安德鲁·汉密尔顿在《曾格诽谤案辩护词》中说：“我们至少要尽自己的责任，像智者（他们珍惜自由）那样尽我们所能维护自由，自由是对付无法无天的权力的唯一堤防。”⑤ 乔治·华盛顿在其《告别辞》中说：“这个政府是我们自己选择的，不曾受人影响，不曾受人威胁，是经过全盘研究和缜密考虑而建立的，它的原则和它的权力分配，是完全自由的，它把权力和力量结合起来，而其本身包含着修正其自身的规定……尊重它的权力，服从它的法律，遵守它的措施，这些都是真正自由的

① ［美］威廉·J. 本内特：《美国通史》（下），刘军等译，江西人民出版社2011年版，第466页。

② 同上书，第467页。

③ 同上书，第470—471页。

④ 同上书，“序言”第1—2页。

⑤ 钱满素主编：《自由的刻度：缔造美国文明的40篇经典文献》，东方出版社2016年版，第40页。

基本准则所责成的义务。"① 华盛顿告诉美国人民："我们要对所有国家遵守信约和正义，同所有国家促进和平与和睦。宗教和道德要求我们这样做……如果我们能够成为一个总是尊奉崇高的正义和仁爱精神的民族，为人类树立高尚而崭新的典范，那我们便不愧为一个自由的、开明的，而且会在不久的将来变得伟大的国家。"② 他还强调："无论就政策而言，就人道而言，就利害而言，我们都应当跟一切国家保持和睦相处与自由往来。"③ 托马斯·杰斐逊在其总统就职演说中强调美国政府的"各项基本原则"，其中包括诸多"自由"原则，如"宗教信仰自由""出版自由"和"个人人身自由"等，他说："这些原则构成了明亮的指路星辰，一直在我们前头闪耀，曾引导我们经历了一个革命和改革的时代……这些原则应当成为我们政治信仰的信条，成为教导我国民众的课本，成为检验那些我们所信赖者的工作的试金石。倘若我们因一时糊涂或惊慌失措而偏离了这些原则，那就让我们迅速调转脚步，重新走上这条通向和平、自由和安全的唯一道路。"④ 杰斐逊还向美国人民承诺："我要成为一个对所有人的幸福和自由有所帮助的人。"⑤ 亚伯拉罕·林肯在举世闻名的《葛底斯堡演说》中说："八十七年前，我们的祖先在这个大陆上建立了一个新的国家，它孕育于自由，献身于一种理念：人人生而平等……我们更要奉献于他们为之奉献了一切的那项事业，我们要坚定决心，不能让他们白白地奉献生命，我们要在上帝的庇护下让这个国家拥有自由的新生——绝不能让那个民有、民治、民享之政府从地球上消失。"⑥ 赫伯特·胡佛在《美国个人主义》中说："美国是这样一片土地：男女在有序的自由中独立从事其职业，享受财富带来的好处，财富不是集中在个别人手里，而是分布在所有人那里；他们建造和保卫自己的家园，让子女得到美国生活最充分的好处和机会；每个人因良心指导的信仰都得到尊重；一个满足而幸福的人民在自由得到保障的情况下，免于贫困和恐惧，有闲暇和欲望去追求更

① 钱满素主编：《自由的刻度：缔造美国文明的40篇经典文献》，东方出版社2016年版，第158—159页。

② 同上书，第161页。

③ 同上书，第164页。

④ 同上书，第172页。

⑤ 同上书，第173页。

⑥ Nina Baym, et al., eds., *The Norton Anthology of American Literature*, 3rd ed., Vol. 1, Part 2, New York & London: W. W. Norton & Company, 1989, pp. 1504-1505.

完善的生活。”[①] 富兰克林·罗斯福在《四大自由》中说：“让我们对民主国家申明：‘我们美国人极为关怀你们保卫自由的战争。我们正使用我们的实力、我们的资源和我们的组织力量，使你们有能力恢复和维系一个自由的世界。我们会给你们送来数量日增的舰艇、飞机、坦克和大炮。这是我们的目标，也是我们的誓言。’”[②] 他还向世界宣布了他要努力建立的“四项人类基本自由”：

> 第一是在全世界任何地方发表言论和表达意见的自由。
>
> 第二是在全世界任何地方，人人有以自己的方式来崇拜上帝的自由。
>
> 第三是不虞匮乏的自由——这种自由，就世界范围来讲，就是一种经济上的融洽关系，它将保证全世界每一个国家的居民都过健全的、和平时期的生活。
>
> 第四是免除恐惧的自由——这种自由，就世界范围来讲，就是世界性的裁减军备，要以一种彻底的方法把它裁减到这样的程度：务使世界上没有一个国家有能力向全世界任何地区的任何邻国进行武力侵略。[③]

哈里·杜鲁门在《杜鲁门主义》中说：“美国的政策必须是支持各自由民族……必须帮助自由民族通过他们自己的方式来安排自己的命运”，因为“美国帮助自由和独立民族去维护他们的自由，将有助于联合国宪章的原则发挥作用”[④]。约翰·肯尼迪在其总统就职演说中说：“对不论是希望我们吉星高照还是对我们怀有恶意的世界各国，我们都要让他们知道，为了保障自由的生存和胜利，我们将不惜付出任何代价，承担一切重担，面对任何艰难困苦，支持任何朋友和反对一切敌人。”[⑤] 他还特别强调：“在漫长的世界历史进程中，只有为数不多的几代人生逢其时，在自由处于生死存亡的危急关头得以担负捍卫自由的使命。我要迎接这一重任，决不退缩不前”；因此，他向世界发出呼吁：“问一问我们大家一起能为人类的自由做些什么。”[⑥] 罗纳德·里根在其总统就职演说中说：“我们是一个统一的民族，誓言维系一

① 钱满素主编：《自由的刻度：缔造美国文明的40篇经典文献》，东方出版社2016年版，第356页。

② 同上书，第372页。

③ 同上书，第374页。

④ 同上书，第380—381页。

⑤ 同上书，第392—393页。

⑥ 同上书，第395—396页。

个比其他任何国家更能保证每一个人自由的政治体制。”① 他认为美国是一个“最后、最伟大的自由堡垒”②，因此，在美国“个人所享有并得以确保的自由和尊严超过了世界上的任何其他地方”③。他甚至承诺：他要努力让美国人“享受事实上的平等而不是理论上的平等”④，让美国人“在自己这块国土上恢复元气”，让美国“在全世界人眼中更加强大”，让美国“再次成为那些还没有获得自由的人们心中的自由的楷模与希望的灯塔”⑤。他还强调：“我们是上帝光辉普照的国家，我坚信上帝希望我们自由。”⑥ 巴拉克·奥巴马在其总统就职演说《为了一个更完善的联邦》中说：“宪法要求保障人民的自由、正义，以及一个可以而且应该随时间的推移不断完善的联邦国家”，但是“纸上的文字不足以打碎奴隶的枷锁，也不足以使各种肤色和信仰的美国男女公民充分享有权利和履行义务”，因此，他呼吁美国人民：“继续我们先辈走过的漫漫征途，走向更公正、更平等、更自由、更有关爱之心和更繁荣的美国。”⑦ 奥巴马希望全美国人民能以“希望别人怎样对待自己”的“同样方式对待别人”，他呼吁全美国人民：“让我们成为我们弟兄的庇护人。让我们成为我们姐妹的庇护人。让我们寻求我们相互之间共同的利益，也让我们的政治生活体现这种精神。”⑧

综上可见，从欧洲移民踏上北美大陆的那一刻开始，“自由”与“平等”就成为美国人的伟大理想，成为他们不断追求和努力实现的宏伟目标，也成为美国政府对其公民应许的永恒承诺。美国政府通过法令和法律督促自己兑现承诺，通过行动让公民相信自己信守承诺，并且通过领导演说提醒自己勿忘承诺，从而让人觉得美国的确是“自由与平等的追求者”，是“没有获得自由的人们心中的自由的楷模与希望的灯塔”，能够肩负“拯救受难人类”的伟大“使命”，因此“被赋予了这个自由世界的领导权”当之无愧，因而应该是“世界上人类最后的美好希望”。然而，十几年前奥巴马总统的就职演说表明，尽管里根及其前辈们努力让美国人民“享受事实上的平等而不是

---

① 钱满素主编：《自由的刻度：缔造美国文明的40篇经典文献》，东方出版社2016年版，第418页。

② 同上书，第419页。

③ 同上书，第420页。

④ 同上书，第421页。

⑤ 同上书，第422页。

⑥ 同上书，第423页。

⑦ 同上书，第429页。

⑧ 同上书，第438—439页。

理论上的平等”，但美国人民实际上只有“理论上的平等”而无“事实上的平等”，美国也不是里根所说的“个人所享有并得以确保的自由和尊严超过了世界上的任何其他地方”的国家，不是奥巴马所希望的“你实现自己的理想不必以牺牲我的理想为代价”① 的国家，而是“你实现自己的理想”必须“以牺牲我的理想为代价”的国家。所以，美国虽然声称自己是“自由与平等的追求者”，但没有给予自己的人民真正的个人自由与平等，这可以在梅勒的《刽子手之歌》中看出。

第二节 《刽子手之歌》与美国犯罪和惩罚中的种族、性别、阶级与民族歧视

《刽子手之歌》讲述了1977年1月17日在美国犹他州监狱被执行死刑的一个名叫加里·吉尔莫的死刑犯的人生经历以及与他相关的一些人物的故事，小说虽然再现的是1976年4月9日吉尔莫获假释出狱到1977年1月17日他被执行死刑这段时间发生的故事，但通过再现吉尔莫以及相关人物的故事，小说揭露了20世纪70年代美国社会存在的诸多问题，如美国犯罪与惩罚中的种族、性别、阶级和民族歧视问题，性自由与性犯罪问题，社会下层人民的贫困问题，家庭监管与未成年人安全问题，早婚早育与单亲家庭问题，婚姻与家暴问题，枪支泛滥与社会安全问题，等等。

可以说，《刽子手之歌》是一部关于美国社会犯罪与惩罚的小说。小说的主人公加里·吉尔莫是一个顽固犯，他的人生是由犯罪与惩罚构成的。他初次犯法时年仅13岁。他的违法犯罪活动开始于偷车，他犯的第一种重罪是夜盗。他认为很多人家里有枪，他夜盗是为了偷枪。他偷枪是因为他想加入百老汇男孩的行列，想在百老汇周围当混混。他14岁被送进俄勒冈州伍德伯恩县麦克拉林男孩劳教所（The MacLaren School for Boys, in Woodburn）接受劳教，在那儿待了18个月，其间逃跑4次，然后觉得走出劳教所的唯一好办法就是向劳教人员表明自己已经被劳教好了。所以，他规规矩矩，没有惹麻烦，4个月后获得释放。这使得他认为，劳教人员最容易被愚弄。获释放之后，他继续寻找麻烦，认为那是他应该做的。他甚至因进过劳教所而略感优于他

① 钱满素主编：《自由的刻度：缔造美国文明的40篇经典文献》，东方出版社2016年版，第438页。

人，他有一种硬汉子情结，具有那种自作聪明的少年犯的态度。他留着鸭尾式发型，抽烟，喝酒，吸毒，斗殴，追逐漂亮女孩。在他看来，20 世纪 50 年代是造就少年犯的极度糟糕的时代。他偷窃，抢劫，赌博，出入当地舞厅，无所不干，因为他想成为一名匪徒。4 个月后，他被再次关进牢房。他觉得有些人很幸运，即使多次犯错也会很快从监狱出来，但有些人非常不幸，一次犯错就会让他们长期生活在监狱中，他觉得自己就属于那些“不幸的人”。他智商很高，接近 130，但从 14 岁开始到 36 岁，他 22 年人生中的 19 年基本上都是在监狱度过的，在监狱外面生活时间最长的一次也只有 8 个月。①

自 14 岁以来，吉尔莫在监狱里度过了大部分时间。因武装抢劫判刑入狱前，他已经被关押了 9 年 6 个月的时间，仅有 2 年 6 个月的时间在监狱外面度过。后来，因武装抢劫被判处 9 年监狱生活，他在审判席上陈述说，他知道获得自由并且能保障自由的唯一办法就是不去触犯法律。他觉得，他之所以不断触犯法律，是因为法律没有给予他同情和宽容，因为他一直待在监狱里，从未得到假释，从未给予足够自由时间与社会接触，从未给予足够时间学会生活和适应社会。因此，他请求法官能够给予宽容，给他缓刑；如果法官给他判刑过重，他的问题不但不会得以解决，反而会让问题更加复杂。在这样的请求之下，法官最终判了他 9 年的监狱生活。尽管如愿得到轻判，吉尔莫还是没有信守承诺：“获得自由并且能保障自由的唯一办法就是不去触犯法律。”（502）9 年后，他获假释出狱。出狱不久，他再次触犯法律，两天之内接连杀了两个无辜之人。

可以说，如果吉尔莫没有获得假释出狱，他就不可能成为杀人犯；那么，他为什么能获得假释出狱？他从 14 岁起就开始了监狱生活，监狱生活对他产生了巨大影响。他知道自己不是好人，他承认自己有错，但他觉得监狱生活对他惩罚过度，让他从一个害人者变成了一个受害者。他写信告诉表妹布林达（Brenda），监狱生活非常艰苦，让人难以想象，但他对未来充满希望。他请求布林达帮他获得假释。布林达乐于助他，但要求他出狱后不能重蹈覆辙，因为她觉得，一个人在监狱生活久了，刚出监狱很难适应社会。但是，布林达心地善良，在她与家人的共同努力下，吉尔莫如愿获得假释出狱。获假释出狱后，吉尔莫有着非常强烈的回归社会、回归正常人生活的愿望。但是，他首先需要他人帮助。在姨夫和表妹的援助下，吉尔莫开始了新的生活。获

① Norman Mailer, *The Executioner's Song*, Boston and Toronto: Little, Brown and Company, 1979, pp. 794-798. 本章凡出自该版本的引文，均在引文后的括号里注明页码。

假释出狱后，吉尔莫暂住在姨夫沃恩（Vern）和姨妈益达（Ida）家。沃恩和益达是属于社会底层的普通人，他们生活在犹他州的一个名叫普罗沃（Provo）的小镇，这是一个比较偏僻但非常恬静安宁的小镇：“不以饭馆而著名”，却因“低犯罪率”而著称（23）。然而，吉尔莫的到来让这个小镇失去了它原有的恬静安宁和“低犯罪率”的好名声。

长期的监狱生活使得吉尔莫不仅一贫如洗，而且成为人们眼中的“非常”之人。从监狱出来，吉尔莫的行李包里仅有“一罐刮胡子用的膏粉、一把剃须刀、一个牙刷、一把梳子、一些照片、他的假释文件、几封信，没有任何换穿的内衣”（21）。将近20年的监狱生活使得吉尔莫完全与世隔绝。刚刚出狱后，吉尔莫行为“古怪”，好像完全是一个外星人。他对周围的一切都很好奇，好像从来都没有见过什么似的，他甚至连最基本的生活常识都没有。表妹布林达带他去商场购物，他对商场里的一切都充满好奇：“他眼睛一直盯着那些女孩子”，他不知道如何买东西，也不知道买了东西如何付钱。看到这些，“布林达着实为他悲哀”（24）。他显得与社会格格不入，行为举止看起来很不正常，但他热情、谦虚，是一个“令人愉快的好小伙”（25）。但是，长期生活在监狱里，吉尔莫不懂得如何跟人交往，不懂跟人交往时的基本礼貌礼节，因此成为人们眼中一个非正常的人。第一次跟“女朋友”约会，他“看起来木呆呆的”，以致他的“女朋友”“不能确定他到底是高兴还是失望”（26）。他们去酒吧时，“他想不到为她开一下车门”（27）。到了酒吧，“他在座位周围转来转去，开始观察池子般的桌子。一个挨一个地打量墙上的画、镜子，专心地听着隔壁的小声音。虽然他不想吃什么，但他细致研究挂在墙上的深灰色菜单板上镶嵌进去的白色字母”（27—28）。虽然他的行为举止显得很不正常，但他有着正常人的愿望，希望跟正常人一样有个自己的家，如他对沃恩所说：“我想要个家。”（31）

虽然吉尔莫有强烈的回归正常人生活的愿望，但他似乎永远回归不到正常人。假释出狱后第一周，他显得格外老实，格外“听话”；但他很快就不老实不听话了。出狱后第一个月，他的问题不断显露出来。他脾气暴躁，耐不住性子，难以跟人相处，别人跟他相处不到几天就感觉“这家伙的确让大家心烦”，感觉他是“最猥亵的家伙”（39）。他跟家人团聚吃饭时不懂得饭桌礼仪礼节；他挣到钱又不知道该怎样合情合理地花；他凡事只顾自己不想他人，似乎只知道自己享受，却不知道分担他人的负担，如表妹托尼（Toni）对他所说：“如果你需要10美元钱，爸爸就会给你，但不要只买六罐装的啤酒，然后回家坐在那儿只顾自个儿喝……你花在啤酒上的钱听起来没什么，但如果你拿出5美元钱去杂货店买点东西，这对爸爸妈妈来说却完全不一样，因为你知道，他们养着你，供你穿供你住。”（42）他缺乏社会公德，任性放纵自己，在公共场所大喊大叫，无视他人的感受，寻机报复他人，打砸他人财物。路遇女孩，他欲行强奸；路遇银行，他欲行抢劫；他无证驾车，而且驱车超出了假释规定的距离范围，如表妹布林达所说：“天哪！他违反了假释规定，他被告知不能离开这个州的。”（47）他喜欢吹嘘夸耀自己在监狱的恶习和犯罪行为，他向每个人讲述自己在监狱里杀死一个“坏黑鬼”的故事。他说，那个“坏黑鬼”想猥亵一个美丽的白人小伙，那个白人小伙请他帮忙，他就伙同另一个小伙拿了一些管子。那个“坏黑鬼”个子高大，曾经是个职业拳击手。他们在楼梯处逮住他，用管子把他打了个半死；然后，他们把他拖回到他的牢房，用一把自制剪刀捅了他57刀。他这样讲述自己的故事完全是为了炫耀自己，如里吉（Rikki）所说：“给每个人讲这个，加里只是努力让自己显得高大些。”（55）但是，吉尔莫在监狱伙同白人狱友杀死黑人狱友的故事显然表明，美国的法律是种族主义的：白人无情地残酷地杀害黑人，却没有受到应有的惩罚；加里的“黑”“白”对比（“美丽的白人小伙”与“坏黑鬼”）表明他是一个白人种族主义者，他对“白人小伙”的赞美与对“坏黑鬼”的憎恨可能是为了迎合白人听众的种族主义心理，但这毫无疑问表明了当时的社会现实：白人憎恨黑人，他们残酷地杀害黑人，却完全可以逍遥法外；同时，它也表明加里及其白人共犯们毫无人性：他们把那个“坏黑鬼”打到半死还不解恨，竟然还在他身上连捅57刀，就像捅一张白纸似的那样随便。通过这个小插曲，梅勒向读者再现了20世纪70年代美国的种族关系，虽然未做任何评论，但通过再现吉尔莫伙同白人狱友残杀黑人狱友的细节，他旨在唤起读者对美国白人种族主义者的道德谴责和对美国黑人悲惨遭遇的同情，让读者看到一个黑白有别的种族不平等的美国社会。

获假释出狱一个月后，吉尔莫原形毕露，似乎有种他无法抗拒的巨大力量让他回归过去。一天晚上，吉尔莫访友时偶遇一个名叫尼克尔（Nicole）的年轻女人，尼克尔是一个数次离婚、育有两个孩子的单身母亲。两人一见钟情，立马坠入“爱”河。跟尼克尔在一起，吉尔莫颇感幸福。有尼克尔在身边，吉尔莫颇为自豪，他带她走进亲朋好友家，就好像“他带玛丽莲·梦露走进来似的”（63）。他们相遇后闪电同居，开始“幸福”生活，但年龄相差甚大，完全是两辈人的差距，在表妹布林达看来，他们一起生活很不合适，如她所说：“天哪，加里，她小得足够当你女儿。你怎么能跟一个小孩混到一起?”（65）但吉尔莫无视年龄差距，不顾亲人反对，毅然决然地跟这个比自己年龄小将近一倍、带着两个孩子的女人同居生活，从而为自己再次锒铛入狱做了客观准备。

遇到吉尔莫，尼克尔好像遇到了知音，但年纪轻轻却已成为两个孩子的单身母亲，尼克尔可谓不幸的女人。她出生于一个大家庭，他们是普罗沃小镇的大户人家，在美国独立两百周年纪念日团聚时呈现出非常幸福的场面："7月4日的宴会是尼克尔的爷爷托马斯·斯特林·贝克尔（Thomas Sterling Baker）为他妻子沃娜（Verna）举办的，早在圣诞节前，12月份的时候，他的六个儿子和两个女儿就开始计划了。他们从不同地方相约而来，在两百周年国庆节为他们母亲庆祝生日……这些儿女的许多儿女也参加了庆祝宴会，甚至还有一些孙子，他们已经结婚，也带着他们的妻子或丈夫及孩子参加了庆祝宴会。尼克尔的奶奶的摩门教祖父出生在犹他州的卡纳波（Kanab），他有六个妻子、五十四个孩子。"（170—171）但是，尼克尔似乎与这个大家庭毫无关系，她似乎从未享受过这个大家庭的温暖与幸福。她跟父亲关系不和，他们"彼此从未感觉舒服过"（172）。事实上，父亲是尼克尔不幸的酿造者。就在她开始上学的时候，父亲有个战友跟他们住在一起。孩子们管他叫李叔叔，"尽管他不是真正的叔叔或任何亲戚，但父亲视他比自己的亲弟弟还亲"（92）。从她6岁开始，这个李叔叔就跟他们断断续续地生活在一起。尼克尔一直因为这个李叔叔而责怪爸爸妈妈，因为他诱奸玷污了她。她甚至认为："因为这个李叔叔，她变成了一个荡妇"（92），因为"当父亲晚上去基地工作、母亲也工作得很晚、弟弟睡着了的时候，李叔叔就开始了。深夜的时候，爸爸妈妈外出的时候，尼克尔知道事情就要发生。等李叔叔从浴室出来期间，她开始紧张起来。很快，跟她单独坐在客厅，他就解开睡衣，叫她玩"（92）。这种情况一直持续到她12岁才停止。但是"对于李叔叔对她所做的事情，她从未告诉家里任何人"，因为她怕"他们不会相信她"（93）。后来，她似乎破罐子破摔，跟着社会上的小混混们到处厮混。"她偷了很多东西，特别是从别的孩子的柜子里拿东西。即使她没有被逮住，人们总是怀疑她，憎恶她。谁也没兴趣想要她变好。她有种感觉，即使她是一个好孩子，去教堂，成绩好，谁又会承认呢？"（92）后来，她年仅13岁就被送进精神病院。从精神病院出来，她无处可去，只好到处"流浪"，其间遇到了第一任丈夫吉姆·汉姆普顿（Jim Hampton）。未经深入了解，她便与他匆忙结婚。得知她结婚的消息，父亲喜多忧少，因为"她的父母都想丢手不管她"（94）。当丈夫和父亲站在一起时，尼克尔觉得他们跟李叔叔毫无差别，都是一丘之貉。可以说，家庭环境导致了尼克尔的堕落，让她从一个纯真少女一步步走向一个堕落女人。如果没有李叔叔，如果没有父亲对李叔叔的信任，如果没有父母的粗心大意，尼克尔可能不会很早被李叔叔诱奸玷污；如果有人正确引导教育她，尼克尔就不可能与社会小混混打成一片而到处作乱；如果不是生活所迫，尼克尔不可能年纪轻轻就成为汉姆普顿的妻子。

但是，尼克尔是一个随机作乐、毫无道德责任、毫无家庭观念的女人。认识汉姆普顿之前，尼克尔跟另一个男人发生过性关系。这个男人就是后来成为她第二任丈夫的吉姆·巴里特（Jim Barrett）。尼克尔与巴里特相识于精神病院外，相恋于精神病院内。后来，巴里特离开尼克尔，毫无音讯。尼克尔与汉姆普顿结婚数月后，巴里特突然现身，约她在超市停车场见面："他们见到彼此时非常高兴……三十分钟后，她便在心里告别了汉姆普顿，跟着巴里特跑了。"（96—97）离开汉姆普顿并与巴里特结婚，尼克尔成了一个有家却无家可归之人：她有了丈夫，却"没"了父母。但是"她为巴里特而疯狂。他是一个甜蜜的和她有同质灵魂的人。他们发誓，即使很穷，婚后也要幸福一生"（99）。不辞而别第一任丈夫，甜蜜投怀送抱于第二任丈夫，尼克尔似乎找到了自己的幸福，但实际上开始了痛苦的生活。两任丈夫都是无业游民，甜蜜的言语和幸福的性事终究解决不了生活中的实际问题：没有工作，挣不了钱，买不到面包，租不起房子，夫妻只得各奔自己能够投身的地方，寄人篱下。她不辞而别了第一任丈夫，同样不辞而别了第二任丈夫；对她而言，婚姻犹如逛街，说走就走，说回就回。随意跟男人上床，随意改变婚姻状态，尼克尔在一定程度上讲是一个没有道德底线的女人，她的艰难生活可以说是她自己造成的。她追求的似乎不是实实在在的生活，而是一时的快乐与享受、一时的满足与幸福。但是，她确实是一个非常不幸的女人：她遇到的成为她第一任丈夫的男人是一个无业游民；第二任丈夫游手好闲，好吃懒做；第三任丈夫猜忌心强，无中生有，家暴成性。尼克尔年仅17岁，就已经成了两个孩子的母亲。即使临近生产，她还不得不挺着大肚子干又脏又累的重活："在汽车旅馆做全职工作，换床单，擦浴室。"（112）后来，她离开第三任丈夫吉普（Kip），跟一个名叫斯蒂芬·哈德逊（Steve Hudson）的人结了婚。哈德逊比尼克尔年龄大很多，他们相处几个月后便结了婚，但他们的婚姻生活只持续了两周时间。随后，尼克尔很快在教堂结识了另一个男人，名叫乔·庞波·西尔斯（Joe Bob Sears）。在尼克尔眼中，西尔斯"把自己照顾得很好，工作勤奋，床上功夫不错，而且真正喜欢她的孩子"（115）。但是，事实证明，西尔斯不比尼克尔的其他前任丈夫好多少；相反，他比尼克尔的任何前任丈夫更为粗暴，更无人性。"他抓起她，一把扔过去……然后，他又抓起她，扔过去……他坐在她身上，掐住她的脖子……他重达200多磅，多数时候，他坐在她背上和肩上，一坐就是几个小时，尽情地打她。把她关在后屋里，一关就是几天……给她的孩子一天吃一两顿饭，偶尔允许他们跟她在一起。”（116）尼克尔对待婚姻的态度非常随意，她随意结婚，随意离婚，随意跟男人上床，随意跟男人分手。她跟男人的结合好像只是为了满足一时的欲望，结果总是给自己带来麻烦和困难，如她自己所说：“你永远会是失败者，面对吧。”（116）

认识吉尔莫之前，尼克尔跟四个男人结过婚，跟很多男人有过性事，每个男人都以美好印象开始，均以不好印象结束。他们有的无所事事，有的好逸恶劳，有的家暴成性，有的猜忌心强。他们都没有带给尼克尔幸福，却都带给了她痛苦与不幸。尼克尔相处过的男人中，似乎只有第二任丈夫巴里特有点人性，总会在她处于困境时现身救她。但是，她并不愿意跟巴里特重归于好。尼克尔早婚多婚，年纪轻轻，已为人母，年仅二十，已育两孩。她的人生深受父母影响。跟她一样，父母也早婚早育。他们还是中学生时就结了婚，婚后育有五个孩子，却彼此之间没有感情，虽然夫妻二十年，但最终还是没有逃过离婚的悲哀。生活在这样的家庭，生活在这样的父母身边，生活在这样的人们周围，尼克尔可能早已失去了“婚姻神圣”的观念。她年仅二十，却经历了四次失败的婚姻，成了两个孩子的单身母亲，而且跟很多男人上过床。频繁结婚并且频繁离婚是一种社会现象，也是一个社会问题。尼克尔不是唯一经历频繁结婚和频繁离婚的女人，她身边的其他女人也有类似经历。布林达和托尼都经历了四次婚姻，尼克尔父母经过20年的婚姻生活后也各奔东西。尼克尔及其身边女性的生活经历可谓反映20世纪70年代美国社会生活的一面镜子：早婚早育、性自由、频繁结婚、频繁离婚、单亲家庭、孩子般的年轻母亲、生活环境恶劣、生活条件极差、感情淡化、物性追求上升、缺乏良好的教育、收入低下、生活窘迫。通过再现尼克尔及其身边女性的婚姻生活以及她们的生活处境，梅勒向读者呈现了20世纪70年代美国女性特别是中下阶级女性的生活状况，让读者从女性特别是中下阶级女性生活及其生存处境的角度看到了美国社会的真实面目。

尼克尔和吉尔莫闪电同居，之所以能够“幸福”生活，是因为他们有共同的爱好与信仰。尼克尔相信“转世之说”（Karma）。“自小时候以来，她相信再生，那是唯一有意义的东西。”（77）跟尼克尔一样，吉尔莫对“转世之说”深信不疑。“他相信转世很久了。惩罚就是面对你在今生不能面对的事情……如果你杀了某个人，在来世，你就得回来做那个人的父/母亲。这就是生活的全部意义。”（78）可以说，尼克尔与吉尔莫很有缘分，似乎就是天生的一对。与尼克尔同居后，吉尔莫开始了一个正常人的生活。“周末的时候，他带她去见沃恩和益达，显得很自豪，她喜欢他介绍她时的样子。”（81）但是，现实生活却实实在在，美好的语言与欢喜的笑脸只能建立在丰衣足食之上。人只有吃饱肚子的时候才有可能欢天喜地地说说笑笑。从这个意义上讲，如果吉尔莫给不了尼克尔赖以生存的面包与奶酪，他就不可能随时随地看到尼克尔的笑脸。同居之后，尼克尔查看吉尔莫的行李包时发现，除了身上穿的衣服，他几乎没有任何可以换穿的衣服：“来到他的房子，尼克尔觉得那是一个老鼠洞。墙上没有画，没有灯，看起来就像一家廉价旅馆中的一个小室。加里仅有几样东西：他的抽屉里有两条牛仔裤和几件衬衣，一个绿色盒子装着他在监狱和狱友照的一沓照片。”（81—82）这让我们想起吉尔莫刚从监狱出来回到表妹布林达家时的情景。这样两个条件如此之差的人生活在一起，他们果真能幸福长久吗？但是，尼克尔却深爱吉尔莫。他的喜怒哀乐就是她的喜怒哀乐，她似乎做好了与他同舟共济、同甘共苦的准备。尼克尔与吉尔莫刚到一起时非常和谐，极为幸福。吉尔莫主外，尼克尔主内，彼此恩爱，相知相守，从不生厌，这与尼克尔身边的其他夫妻（她的父母、哥哥嫂嫂、表哥表嫂）形成鲜明对比。跟吉尔莫在一起，尼克尔有种贵妇人（lady）的感觉，这让我们想起《一场美国梦》中的车莉，她跟罗杰克生活在一起后也有此种感觉，这一定程度上反映了美国下层社会女性的生活处境与愿望：她们渴望过上贵妇人的生活：待在家里相夫教子，过上自由的生活，想做什么就做什么，喝着咖啡，听着爱人取悦自己的美言，但她们不可能实现她们的梦想：她们不得不走出家门，为了养活自己和孩子，干着非常辛苦但报酬微薄的工作。这就是尼克尔认识吉尔莫前的情况。刚到一起时，尼克尔和吉尔莫犹如两个初涉爱河的年轻人，他们充满浪漫，充满活力。他们希望永远彼此相爱，永恒不变，但现实走向了与他们的希望完全相反的方向。所以，她们的愿望具有很大的反讽意味。虽然在吉尔莫之前，尼克尔有过很多男人，但她从未对任何男人有过如此之深的感情，她觉得吉尔莫比自己的任何东西都更为重要，认为没有任何东西比吉尔莫更有价值，如她对皮特（Pete）所说：“即使他们马上把他关起来，对我来说，他仍然比我的生命更重要，他比我的生命重要多了。”（130）她因此死心塌地地爱他，甘愿为他牺牲一切，包括自己的生命，因而注定能被他死死控制。尼克尔和八个男人有关系，要么成为他们的妻子，要么成为他们满足性欲的对象；不论怎样，他们都会以同样的方式对待她：他们想打她时就打她，打完之后又甜言蜜语地哄她。她可能绝望至极，觉得唯有一死才可以解脱自己的不幸和痛苦。如果说以前跟男人相遇都带给了她痛苦与不幸，遇到吉尔莫真正是她一生最大的不幸。吉尔莫是个杀人成性的恶魔，他知道如何甜言蜜语地哄她，也知道使用暴力恐吓她。伤害尼克尔后，吉尔莫写了一封信，表达了他的悔恨之意："亲爱的尼克尔，我不知道我为什么这样做，你是我见过接触过的人中最美丽的……你爱我，用你神奇的温柔打动我的灵魂，你对我那么好……我非常非常难过……你说你要我走出你的生活，我不能因此责怪你。我是那些也许不该存在的人之一。"（160）这是他获假释出狱后第一次悔恨，但仅仅是为了重获尼克尔的爱而悔恨，并没有因为自己过去伤害过他人而悔恨。他向尼克尔坦白交代了他砸坏他人车子的违法行为，并且主动向他的假释官"投案自首"，这也是他获假释出狱后的第一次主动认罪。跟吉尔莫同居将近两个月后，在美国独立两百周年纪念日，尼克尔郑重地向父亲介绍了吉尔莫。她选择这个特殊日子做这样一件特殊的事情具有非常重要的隐喻意义：就像两百年前美国向英国宣布独立一样，尼克尔要向父亲宣布她与吉尔莫的关系，要他承认并正式接纳吉尔莫为自己的女婿。跟吉尔莫同居后，尼克尔的生活可谓非常困难：她没钱为孩子买尿布，没钱为孩子买内衣，夏天只能让孩子光着身子在外面玩耍。

跟尼克尔同居后，吉尔莫颇感幸福，但他并没有因此立志痛改前非，走正确的人生路，而是一如既往地知错犯错，更加肆无忌惮地违法犯罪。他忘记自己是一个刑期未满的假释犯，毫无顾忌地行窃，习惯性地偷窃，不以为耻反以为荣。他吹嘘卖弄自己的罪行，力图凸显自己多么了不起。他偷窃枪支，窝藏枪支，贩卖枪支，全然不知自己的所作所为正在将自己送进监狱。通过吉尔莫的偷枪、藏枪和卖枪行为，梅勒旨在告诉读者，枪支能够随意被偷窃、私藏、贩卖，这是美国社会的一个严重问题，也是造成美国社会缺乏安全、犯罪率极高的一个重要原因；另外，枪支似乎是安全的保证，就像吉尔莫对尼克尔的母亲所说的那样："我要你留着这把特制枪，像您和您妹妹这样两个女人单独出入这儿很不安全。"（182）这就是美国社会存在的不可解决的矛盾问题。吉尔莫的违法行为及其对尼克尔的家暴行为让尼克尔无法忍受，她最后带着孩子偷偷地离开他们同居的地方，来到一个巴里特帮她找到的新地方。可以说，离开吉尔莫，尼克尔由此离开了不幸和痛苦，但同时也引发了吉尔莫的再次犯罪。尼克尔离开西班牙岔口（Spanish Fork）来到斯普林维尔（Springville）后，吉尔莫到处疯狂地找她。找到尼克尔后，吉尔莫竭尽全力表示，他是多么爱她，但尼克尔似乎决心已定，不想再次回头，这让吉尔莫颇感痛苦。他对表妹布林达说，他生活得很痛苦，但布林达对他说："没有人真正自由，加里，只要你跟另一个人生活在一起，你就不会自由。"（202）布林达意在表明，婚姻或者同居意味着责任，只要一个人跟另一个人结婚或同居，一方就必须对另一方负责，因此，就不能随心所欲，想干什么就干什么，只顾自己高兴而不顾他人的感受，而必须同时考虑自己的行为和思想是否影响他人的生活，必须考虑自己的所谓自由是否基于剥夺他人的自由之上，必须考虑自己的幸福是否基于他人的不幸之上。布林达意在告诉吉尔莫，既然跟尼克尔生活在一起，他就必须为她负责，不能只顾自己高兴而不顾她的痛苦。尼克尔拒绝再次回到吉尔莫身边，这让吉尔莫怒火暴增。他怒火中烧，无处发泄，便将怒气撒在无辜者身上，无缘无故地枪杀了两个年轻人，一个叫马克思·詹森（Max Jensen），另一个叫班尼·布什奈尔（Benny Bushnell）。后来，接受律师询问时，吉尔莫详细地讲述了他杀人的过程。他说，尼克尔走后，他带着她妹妹艾普丽尔（April）到处找她。艾普丽尔坐进他的卡车，把收音机的音量调得很高，并且身子靠过来说她不想回家。所以，他开车来到他买卡车的地方，跟他们谈好付款安排，把自己的野马车交给他们作为现付，喝了一点酒，简单谈了一下卡车的交易事宜，然后把他的枪留在他们那儿，自己只带了一把子弹上了膛的手枪，签了一些文件，留下他的野马车，那辆卡车就属于他了。然后，他开着那辆卡车，带着艾普丽尔到处乱转，随后进入奥利姆（Orem），转到一个看起来像是被人遗弃的加气站，这引起他的注意。他开车在周围转了一下，然后把车停好，让艾普丽尔待在车里，他走进那个加气站，命令当时唯一的值班人员詹森拿出钱，然后命令他到卫生间趴在地上，在詹森不知道要发生什么的时候，他拿出他的22式手枪，快速地朝他开了两枪，确保他死得没有痛苦或半死不活。然后，他开车离开加气站，来到州际大街（State Street），在一家叫阿尔伯森（Albertson）的店铺买了一些薯片和其他去电影院看电影时吃的东西，以及半箱啤酒和一些艾普丽尔喜欢吃的东西。他说他来到加气站的时候，心里就有杀人的想法，而不是抢劫的想法。他说这种杀人的想法在他心里积压了一周时间，因为他想释放憋在心里的东西，但不知道怎样释放。他说他不知道要做这个还是那个，只知道他心里有事，需要释放。他说他第二天晚上杀死汽车旅馆老板布什奈尔完全是冲动所为，他不知道为什么要杀他，只知道当时脑子一片空白，"只是移动、动作"。他说他枪杀布什奈尔的方式跟枪杀詹森的方式一样，目的是不让他痛苦或半死不活（799—800）。从这个杀人过程来看，吉尔莫的确是一个杀人不眨眼的恶魔，他杀人就像杀一只小鸟那样轻松，那样淡定，那样毫无人性；但他觉得，这样做是非常人性的，因为快速杀死他们能减少他们的痛苦。他甚至认为，杀死一个人是最不折磨他的办法，如他后来接受莫迪（Moody）和斯塔格尔（Stanger）采访时所说："杀人是一种极短暂的折磨"，因为

> 你可以折磨他们，你可以把他们弄瞎，你可以把他们弄残废，你可以把他们弄成瘸子，你可以严重伤害他们，以致他们余生都很痛苦。对我而言，这些都比杀人更糟糕。就像你杀了人，对他们来说一切都结束了。我——我相信转世和再生以及那样的东西，如果你杀了人，你就替他们承担了转世债务，借此为他们摆脱了一项债务。但我认为，让一个人活在一种降格的生存状态，这比杀了他们更糟糕。(832—833)

一个鲜活的生命不明不白地从人间消失，他却毫不惊讶，毫无惧色，俨然什么都没有发生似的。枪杀詹森之后，吉尔莫将犯罪所用枪支与犯罪所得钱物藏匿于路边的灌木丛中。被逮捕入狱后，他还跟狱友吉伯斯（Gibbs）开玩笑说："杀了詹森后的那天早晨，我打电话给那个加气站，问他们有没有空缺工作岗位。"(357)

詹森是一个年轻的大学生，他独立能干，深深地吸引了同为大学生的柯林（Colleen）。他在巴西做过两年传教士工作，一切费用都由自己赚钱支付。跟詹森一样，柯林也非常出色。她在中学做过年鉴编辑，当过服务俱乐部主任，还是学校艺术工作者。她凭借自己的艺术才能赚足学费。他们是天生的一对，极为般配，正如柯林的大学室友所说："他们两个看起来真是一对啊。"(210) 他们虽然不是一见钟情，但彼此留下难以忘怀的印象，正如柯林所认为的那样："马克斯给她留下了深刻印象，她也给他留下了深刻印象。"(210) 他们相识后不久便订了婚，订婚后不久便结了婚，结婚后不久便有了孩子。孩子的出生为他们增添了快乐，给他们带来了无限幸福，但也给他们生活增添了更多艰辛。为了多挣点钱养家糊口，詹森不得不一边读书一边打工挣钱。他本来找了一份假期在建筑工地干活的工作，但因为假期开始时这份工作还未到位，他便回家在父亲的农场干了几个星期的活。他回到普罗沃的时候，建筑工地的那份工作被在那儿工作的一个人的儿子拿走了。他不得不求助于大学就业办公室，但他去得太晚，夏天的工作早已全无，只有一个辛克莱的加气站需要一个工作人员，酬金每小时2.75美元。这是一个在奥利姆后街的自助加气站，他的工作就是找找零钱，擦擦玻璃，管理一下

洗手间，从下午三点工作到晚上十一点。他觉得这是一份比较满意的工作，但就是因为这份工作，他最后无缘无故地失去了性命。詹森工作认真负责，“无论做什么，他从不迟到”（215）。他遵纪守法，“小心谨慎地开车，从不超速或什么的，一直都是每小时五十五英里的速度”（216）。然而，就是这样一位好人，却不明不白地成了杀人恶魔吉尔莫枪下的冤魂，好像命运总是喜欢跟好人开玩笑。

跟詹森一样，布什奈尔也不明不白地死在吉尔莫的枪口之下。布什奈尔自己经营着一家小小的汽车旅馆，生意不算惨淡，但足以养家糊口。跟詹森一样，布什奈尔也是一个年轻的父亲、一个勤劳负责的丈夫、一个刻苦勤奋的学生。为了过上比较好点的生活，他跟妻子勤奋工作。他总是干两三份工作，每天早晨四点起床外出工作，晚上八点才结束工作回家。他还乐于助人，常常在闲暇之时帮助孤寡老人解决日常生活困难和不便。得知市中心汽车旅馆经理的位置空缺，他及时应聘，工作报酬为每星期150美元，另外提供一套公寓。这是一个不太大的汽车旅馆，离高速公路较远，但他每月可以有600美元的收入；此外，他不会跟妻子分开了，似乎“这份工作就是为他设置的”（241）。但是，就像那份辛克莱加气站的工作让詹森丧命于黄泉一样，这个让布什奈尔满意的汽车旅馆经理的位置导致了他的悲剧。

通过布什奈尔和詹森的生活经历及其悲剧，梅勒旨在告诉读者：生活对于美国年轻人来说绝非轻松：他们既要上学读书，又要养家糊口，所以不得不在上学之余拼命工作。他们常常同时兼职两三份工作，从早忙到晚，不分白天黑夜，不分春夏秋冬，不分天寒地冻，不分刮风下雨，日复一日，年复一年，冒着生命危险，只为挣足养家糊口的钱，正如布什奈尔的妻子德比（Debbie）在布什奈尔死后对克里斯（Chris）所说：“我们从来没有时间打网球或滑水，因为我们没有娱乐时间，我们一直都在工作。”（271）德比甚至连飞机都不曾坐过，丈夫布什奈尔去世三天后，她有生以来第一次坐上飞机回到家乡帕萨德纳（Pasadena）。因为生计，詹森和布什奈尔丧命于吉尔莫的枪口之下。跟詹森一样，布什奈尔死得很冤枉；同样，跟杀害詹森的情景一样，吉尔莫枪杀布什奈尔后也是大摇大摆地离开现场。枪杀发生后，不论德比多么着急地拨打呼救电话，电话始终打不通，致使布什奈尔错过最佳救治时间。通过这个小事件，梅勒旨在告诉读者，美国社会安全问题颇多，事故应急措施匮乏，为犯罪分子屡次犯罪创造了条件，因而增加了无辜受害者惨遭厄运的可能性。跟杀害詹森后的情形一样，枪杀布什奈尔后，吉尔莫以同样的方式处理了他的枪和赃物：拿了钱后，他将枪和装钱的盒子丢弃在灌木丛中。吉尔莫的杀人方式非常残忍：他两次都对着受害者头部开枪。侦探杰拉尔德·尼尔森（Gerald Nielsen）问他为何杀人，他无以应答。他无故杀人，让人难以理解，似乎他杀人的对象以及杀人的地点都很随意，没有任何预谋，这充分表明他犯罪成性的特点。枪杀布什奈尔后，吉尔莫还编造故事来骗人，谎称自己被人打了一枪，还特意展示自己正在流血的手，说有人试图抢劫一家店铺，他试图阻止，不幸挨了一枪。对于他的这种无耻行为，梅勒通过叙述者之口谴责说："这是一个狗屎故事，他是一个狗屎撒谎者，真正是一个狗屎撒谎者。"（261）吉尔莫甚至还说："我对天发誓，我没有枪杀那个人[詹森]。"（262）

吉尔莫被捕入狱后，侦探尼尔森提醒他依法拥有这些权利："你有权保持沉默，拒绝回答问题"；"你说的一切都可以用在法庭上反对你"；"你有权跟警察讲话前咨询律师，有权现在或将来提问时让律师在场"；"如果你没有钱聘请律师，你会有一个免费提供的律师"；"如果你还没有律师，你有权保持沉默，直到你有机会咨询律师"（268）。提醒这些权利后，侦探尼尔森感觉自己在引导吉尔莫认罪，但他知道"如果不通过那个人的律师的书面许可而进行采访，从中得到的认罪是不合法的"（289），因为他想到了威廉姆斯的案子：

> 一个10岁女孩在爱荷华州被一个名叫威廉姆斯的病人强奸并杀害，威廉姆斯在得梅因（Des Moines）被抓获并带回到爱荷华审判。威廉姆斯在得梅因的律师告诉负责押送的侦探："我不在场时，别问他问题。"然后，又对他的当事人说："别对警察说什么。"就这样，回去的路上，一个陪同侦探开始诱发威廉姆斯的基督教情感。那个男子有很深的宗教情怀；所以，侦探说："你看，再过几天就是圣诞节了，那个女孩的家人不知道她的尸体在哪儿，如果我们能找到她的尸体，在圣诞节前按照基督教的仪式埋葬她，那肯定非常好，至少她的家人能得到不少安慰。"他这样低沉地说话，以致那个家伙最终告诉他哪儿可以找到尸体，因而让他认罪了。但是，最高法院却宣布这种认罪无效。他们说，一旦一个人有了律师，未经许可，警察不能审讯他。（289）

通过侦探尼尔森对吉尔莫依法享有各种权利的提醒以及最高法院曾经对侦探在没有律师许可的情况下诱使犯罪嫌疑人威廉姆斯认罪的做法宣布无效，梅勒旨在告诉读者，美国的法律存在放纵罪犯的缺陷：一个10岁的未成年女孩遭受一个精神病人强奸并被杀害，警察通过攻心使嫌犯认罪，本该是大好事，本该肯定和赞扬，却被最高法院以“未经律师许可”为由而宣布无效，这显然十分荒唐，因为它不但没有缩短侦破案件的时间，提高办案的效率，反而拖延了办案时间，放纵了嫌犯，使之在证据充分的时候仍然逍遥法外，使得受害者及其家属得不到法律的公正回应。

吉尔莫无故杀人，显然是个没有人性的人，但对待家人，他似乎很有人性。吉尔莫告诉侦探尼尔森，他从小开始抢劫，违法多达上百次；因此，他是个顽固犯，很容易逃脱警察的逮捕。他杀人不眨眼，是一个十足的毫无人性的杀人狂魔，但他对尼克尔似乎很有人性，他不愿因为自己盗窃枪支、窝藏枪支的罪行而让她受到牵连。这表明，他是个十分矛盾、非常复杂的人：对待别人，他毫无人性；对自己的家人，他很有人性。他说到自己年迈且患有严重关节炎的母亲时显得很伤感，总是眼泪汪汪的。他从来没有忏悔过，但在被捕入狱后，看到报纸报道说受害者詹森是个有一个小孩的年轻父亲，而且是一个传教士，他对自己杀害他感到后悔，这可能是他有生以来犯罪后第一次后悔。我们不知道他为何出现这样的巨变，但这至少表明，他还是有一定的人性。吉尔莫问布林达警察怎么知道他的藏身之地，布林达说她告知了警察，吉尔莫没有因此而怨恨她。布林达的行为表明，在亲情与良知之间，她选择了良知，虽然这种选择毫无疑问非常痛苦。吉尔莫没有因为布林达告密他而痛恨她，表明他的良知开始觉醒。尼克尔与吉尔莫一见钟情，匆忙同居，后因不堪忍受吉尔莫的恶习行为而选择离家出走，与前夫巴里特混到一起。吉尔莫关进监狱后，尼克尔在两名警察和侦探尼尔森陪同下来到监狱看望吉尔莫。见到吉尔莫，尼克尔感到：“不管最近几周她对他说了什么，都无关紧要。从见到他的那一刻起，她就爱上了他，她会爱他到永远。”（299）这表明，不论她过去多么恨他，她对他的爱却始终割舍不了，这注定了她的悲剧命运。在良知与爱情之间，她选择了爱情，这使得她与布林达完全不同。吉尔莫的犯罪与她有关，但不是主要原因。因此，对于吉尔莫，她首先应该谴责，而不是儿女情长。她没有选择让吉尔莫为自己的所作所为承担责任并付出相应的代价，而是选择了与他共苦，因而成了他的“陪葬品”。尼克尔第二次探监时，正好碰到吉尔莫的表妹布林达。布林达劝她放弃吉尔莫，但尼克尔一往情深，明确表示“我要坚持下去”（302）。作为吉尔莫的表妹，布林达奉劝尼克尔放弃吉尔莫，显然是理性的，但作为痴心女子的尼克尔对此很有怨气，如她所说：“她给了我五分钟的探访时间，好像我欠了她一百万美元似的。”（303）明知吉尔莫罪孽深重，尼克尔却痴心不渝，因此她的余生注定要在痛苦中度过。

吉尔莫毫无人性、毫无理由地剥夺了两个年轻父亲的性命，让他们的家人失去了应有的幸福，他也毫无良知地竭尽全力剥夺年轻母亲尼克尔及其孩子的幸福。被捕入狱后，吉尔莫每天给尼克尔写两封长信，写信成了吉尔莫在狱中跟尼克尔日常交流的唯一方式，也成为他控制尼克尔的思想与情感的有效途径。吉尔莫在信中竭力表明，尼克尔成了他的生活支柱，也是他生活的全部意义，是他在“世界上最重要的人”（334）。他告诉尼克尔，他不能跟其他任何男人共同拥有她；他说一想到她跟其他男人在一起或跟他们上床，他就受不了。他如此表达，是为了很好地控制她，为了让她跟着他受苦受累，而不是为了让她更加幸福。他与尼克尔于星期四相遇，尼克尔与他于星期四分离，看似巧合，却具有深刻含义：他们的相遇意味着他们的分离，他们的幸福即是他们的痛苦。吉尔莫被捕入狱后，尼克尔一方面不停地前去探监，另一方面不停地给他回信，以表达彼此之间永不变化的爱情；但同时，她跟汤姆（Tom）、克利夫（Cliff）和前夫巴里特等男人做爱寻欢，消遣孤独，似乎在她看来，爱情与忠贞毫不相干，爱与做爱是毫无联系的两码事。她似乎深爱着吉尔莫，却随意跟前夫及其他偶遇的男人上床做爱，这似乎就是她的生活方式，也是她追求的感觉，正如叙述者所说：“不是她觉得吉尔莫在监狱期间她这样做是对还是错的问题，只是她觉得爱上一个人并跟外面的人做那事是多么特别。”（349）在吉尔莫身边，尼克尔想不起其他男人；跟其他男人在一起，她也想不起吉尔莫，就像叙述者所说：“一种生活在地球上，另一种生活在火星上。”（329）这种生活方式，自然是美国性自由的体现，也是尼克尔从一种痛苦走向另一种痛苦的缘由。吉尔莫在写给尼克尔的信中说得最多的是，他想到尼克尔跟其他男人上床时他是多么痛苦。他回忆说，自己小的时候，女孩在结婚前是不允许有性行为的，婚前性行为是道德不允许的；但现在道德变了，女孩似乎在性方面过于自由。他这样说，目的是让尼克尔“守妇道”，成为他的女人。但是，正如他所说，时代变了，道德不同了，过去的“妇道”要求约束不了现在的尼克尔，她年纪轻轻，随意跟男人上床，随意跟男人同居，随意结婚，随意离婚，随意变换性伴侣，这都是性解放和性自由的结果。通过吉尔莫之口，梅勒实际上对美国社会的性自由提出了道德批判，唤起人们对美国社会的性自由及其后果进行深刻反思。在写给尼克尔的信中，吉尔莫表达他对死亡的恐惧与思考的同时，也不失时机地表达他对尼克尔的“深”爱，说她是他一生中的唯一爱人（345）。我们不知道吉尔莫为什么会思考死亡，我们也不知道他因何而对死亡感到恐惧，因为他从未有过这样的思考和恐惧；但我们可以肯定，他这样做，肯定能赢得尼克尔对他不离不弃，因而能被他死死控制，“如果她先死，吉尔莫很快就跟她在一起了。他就是这样给她讲的。她不知道她会在哪儿，或者会发生什么事，但她在另一边会跟他在一起。他的爱是那么强烈，以致他像磁铁一样紧紧地吸引着她，她在监狱里第一次见到他的时候，它就像磁铁一样把她吸到了他身边”（346），正如尼克尔所认识到的那样：“她越来越爱一个快要死的人。”（346）从尼克尔的反应中可以看出，吉尔莫在精神上已经成功控制了她，以致她愿意随他而死，渴望死后跟他在一起。因此，她想到了自杀。被判处死刑后，吉尔莫不止一次写信给尼克尔，要求她自杀以便可以随他而去。这种因“爱”而产生的无理要求，看似体现了他们爱得死去活来，实则体现了吉尔莫的无情自私：他不仅给两个无辜的家庭带来了无法弥补的损失，而且还要给尼克尔的家人带来同样无法弥补的损失。他已经使得两个家庭的孩子失去了父亲，他还力图使尼克尔的孩子成为孤儿。在爱情的幌子下，吉尔莫自私而无情地剥夺着尼克尔的幸福，也间接地剥夺着她的孩子的幸福，因为一旦尼克尔顺他之意而自杀，她就给社会增加了一份负担，给家人增添了一份伤心和痛苦。但是，在吉尔莫充满“深”爱的甜言蜜语的引导下，尼克尔显然失去了理智，变得非常疯狂。她置孩子和父母的感受和幸福于不顾，执意随心所欲，心甘情愿受制于吉尔莫，因而自然而然成为他的牺牲品，正如她对监狱的摩门教牧师科林·坎普贝尔（Cline Campbell）所说：“如果加里死了，我也会死的。”（486）吉尔莫不仅要控制尼克尔的情感，更要控制她的一切，正如他在写给尼克尔的信中所说，在遇到她的那个晚上，他就想：“我必须占有你，不仅仅是身体方面，而是所有方面，永远占有”（486），“我不想叫任何人占有你，我不想叫任何人以任何方式占有你，特别是我不想叫任何人偷走你心的任何部分”（486）。吉尔莫知道，他能够控制尼克尔的唯一方式就是给她写信，通过甜言蜜语让她深陷自己为她设置的陷阱而不能自拔。母亲戳穿吉尔莫的阴谋后，虽然尼克尔自己也认识到了他的阴谋，但她还是执迷不悟。自杀事件后，收到吉尔莫的第一封信后，尼克尔在回信中极为兴奋地告诉他：

> 我爱你，胜过生命。
>
> 我时常想着你，你从未离开过我的脑海。
>
> 收到你的信前，我感觉半死不活，不知道你怎么样……哦，宝贝，我想你——

一有机会我就读你的信，你的话触动了我的灵魂。

我爱你。

正如你在信中所说，你没有因为自己而要我死。

不论事情怎样变化，时间怎样流逝，我是你的，不随任何事物而变，不随任何时间而变。我想起我们拥有的最好的那个晚上……那是一个充满狂喜和爱意的晚上，任何言语都无法表达。

你的真实触动了我的灵魂……（698—699）

可能尼克尔从来没有想到，她认为吉尔莫的感情非常真实的时候，他却怀疑她跟另一个男人上床寻欢；她深信吉尔莫所言，而他只相信他亲眼看到的她的所作所为。因此，在这个比她年龄大将近一倍的“老谋深算”的老手面前，尼克尔自然非常稚嫩，最终只能为自己的单纯和幼稚埋单。虽然人不能在同一个地方倒下两次，但尼克尔还是执意向她曾经倒下的地方走去。原定执行死刑时间前数小时，利用探监时间，尼克尔通过诡秘手段将安眠药带入监狱（她将安眠药分装进两个黄色气球，将它们塞进自己的阴道，从而成功逃过安全检查），并顺利交给吉尔莫，吉尔莫将安眠药顺利置入自己体内，从而完成了自杀准备，只等死亡到来。但是，可能尼克尔从来没有想到，吉尔莫并没有把她交给他的所有安眠药全部置入自己体内，因为他不想死在她前面；可能她从来没有想到，吉尔莫叫她自杀并不是为了让她跟自己共生于另一个世界，而是为了让自己不再为她有情人而担心，正如他表妹布林达在他自杀未遂重回监狱后探视他时所说：“你是一个冷血的屁人，你真正是个冷血的屁人。你想长时间保持清醒，以便看到她是不是真的死了，然后你就不用担心她有情人了。”（625）吉尔莫如此狡猾奸诈，尼克尔从来没有怀疑过他执意要她跟自己一起自杀的真正动机和目的。她天真幼稚地认为，吉尔莫是世界上唯一真正爱她的人，他要她跟自己一起自杀是他爱她的真正体现。因此，来监狱前，尼克尔写下了遗书，交代了后事安排，为自己与吉尔莫一起自杀做好了充分准备。她甚至在原定执行死刑当日（1976年11月15日）清晨给家人写了一封短信：

妈妈、爸爸、里克、艾普丽尔、迈克、安吉尔：

每个人都知道我爱你们，我在乎你们。

请你们不要为我离开而生气。

……

我走了，因为我特别想走。

……

我想你们很能理解我和加里，如果不能——唉，时间会告诉一切。

我爱他，胜过生命，胜过生命。

……

请不要为我而悲伤——或者为加里而生气。

我爱他。

我做出了自己的选择。

我不会后悔。

请永远爱我的孩子，就像他们是家里的一部分一样。

永远不要对他们掩盖真相。

……

但愿这次分离能够将我们彼此在爱、理解和期待中拉得更近。（572—573）

可以说，尼克尔的绝笔信感人肺腑，催人泪下。但让人难以理解的是，为了“爱情”，尼克尔竟然痴心得置孩子和家人于不顾，毫不犹豫地选择与死刑犯“爱人”同去另一个世界。可以说，她真正体现了“生命诚可贵，爱情价更高”的理念。但是，我们不禁要问：这样的选择是否真的有价值有意义？回顾吉尔莫的一生，我们可以看到，他带给人们的痛苦多于幸福，即使在他跟尼克尔相处的短暂时间里，他虽然带给了她不少快乐，但也给她带来了更多烦恼。他杀人入狱被判处死刑后，没有从尼克尔的角度考虑她及其家人的生活，而是从自己的角度考虑她的归属与去向，正如《犹他新闻》（*Deseret News*）记者塔莫拉（Tamera）所说：“加里是那种最糟糕的操控者”，他不仅说服尼克尔跟他上了床，还唆使她跟他一道死亡：“这完全是自私的”（586）。吉尔莫十分自私，但尼克尔却非常无私。为了他的幸福，她宁愿牺牲自己的幸福。在他们之间，天平显然已经失衡，但尼克尔始终没有意识到这一点。因此，她愿意无条件地接受他的一切要求，愿意无条件地为他牺牲自己的一切，包括自己的生命。试图自杀未遂后第三天，尼克尔还处于昏迷状态，但吉尔莫已经恢复正常意识。自杀未遂，尼克尔为之付出了巨大代价，正如叙述者所说：“她真正失去对自己生活的控制，她的所有行动都被看管起来，告诉她什么时候上厕所，吃饭的时候被人看守着，只允许她闭上眼睛；白天的时候，不允许她头放在枕头上，晚上八点前不许她睡觉”（726）；“她洗澡的时候，三个女看守在里面看管着她，生怕她从下水道溜走”（727—728）。吉尔莫被执行死刑前那个圣诞节前夕，尼克尔收到吉尔莫的信，她在回信中写道：“啊，加里，我太爱你了。我想你！天哪，我多么想你啊！想你胜过天和地，胜过我的自由，胜过我的孩子……宝贝，我们会怎么样？天哪，什么情况？我想见到你。亲爱的，他们怎么能让你一个人那么孤独地死去？我太想再次注视着你的眼睛。”（769）对吉尔莫和尼克尔来说，这个圣诞节也许是他们有生以来最难过的一天。吉尔莫因为不满重新审判结果再次试图自杀而被严密监视，监狱不允许任何人探视他，也不允许将任何圣诞礼物送给他。尼克尔在自杀事件后一直被关在犹他州医院普罗沃分院，并且不允许与吉尔莫见面。他们当然也影响了家人。过去，每当圣诞节到来，沃恩及其家人都会聚在一起，今年在布林达家，明年在托尼家，后年在益达家，但这次谁也没有心情过圣诞节，大家只是坐在一起，互相交换礼物，为吉尔莫祈祷，喝点咖啡，然后就各自回家了。吉尔莫的家人也是一样。弟弟米克尔（Mikal）来到母亲贝西（Bessie）那儿，准备跟她一起过圣诞节，但母亲脑子里想的是过往的事情，想的是他和哥哥吉尔莫小时候过圣诞节的情形，无法回到眼前。表面上看，吉尔莫深爱尼克尔，至死都不忘她；实际上，他口口声声说的“深爱”是他非常自私的体现：即使自己死了，他也要尼克尔为他活守寡；他接受莫迪采访时说，他只关心自己和尼克尔，不愿关心其他人，包括尼克尔的两个孩子；在他看来，尼克尔的孩子是“不会饿死的”，所以他“不会过分地关心他们这两个孩子”。他不想在自己死后让任何其他人占有尼克尔，所以他不愿她在自己死后“忘记他，走出他的影子，再找个能给她和孩子更好生活机会的男人”（836—837）。尼克尔自杀未遂恢复正常后，母亲凯瑟琳（Kathyrne）努力让她彻底明白：“加里打算让她死，而不是他自己”，因为“加里不想叫她跟另一个男人在一起”；虽然“尼克尔觉得这可能是真的”，但“这并没有改变她的感情”，因此母亲对吉尔莫的谴责并没有对她产生足够的影响，她还是“执意要见加里”（697—698）。虽然遇到了“负心汉”，尼克尔却始终是一个“痴心女”。随着死刑日期逐渐逼近，吉尔莫似乎日益淡定，但尼克尔却越来越不淡定。吉尔莫被执行死刑前10天的时候，在写给吉尔莫的信中，尼克尔说：“要是你在1月17日被枪杀……我心里还会有什么？我会一无所有——要是你走了……还会有我吗？我会迷失或者会被找到吗？我不想没有你，我想要是有一天我的灵魂中没有你的爱，我就不会继续存在。”（815）尼克尔在信中不止一次使用省略号，表明她心里想的特别多，可能她极力想说出她想说的话，但又不知道该从何说起；除了表达思念和不舍，可能她做的最多的就是哭泣，无泪的哭泣和有泪的悲伤。她已经不是她自己，而是吉尔莫的一部分，似乎就是附在吉尔莫身上的毛："皮之不存，毛将焉附?"似乎就是吊在枯树上的残叶，随风可即时落地而亡。吉尔莫被执行死刑前几天，在写给吉尔莫的信中，尼克尔说：

> 不再有词语能够表达我灵魂和心里对你的那种爱，你是我的灵魂伴侣
>
> 你拥有我所有的爱，我相信这是你知道的
>
> 我知道我拥有你所有的爱
>
> 如果你死了……那么快……我会知道，我会感觉到你的灵魂包裹于我的思想中，包裹于这个深深爱着你的人。
>
> 再见吧，我亲爱的
>
> 直到那时，直到永远
>
> 不论我走到哪儿
>
> 我都会一个人孤独地走
>
> 直到我再次在你身边（848—849）

这封告别信，读起来情真意切，表达了尼克尔对吉尔莫至死不渝的忠诚，也表达了她对吉尔莫依依不舍的留恋。被执行死刑前，吉尔莫让律师斯塔格尔听了他给尼克尔的最后录音，其中充满许多粗话和停顿，表明他录音时情绪非常激动。录音的核心思想是：不论生死，尼克尔都应该是他的女人，他不允许任何人在他死后占有她；他不在乎任何东西，只在乎尼克尔对他一辈子忠诚，在乎她永远跟他在一起。录音中反复出现的"我不要""我要""别叫"和"只是"等言辞表达表明，吉尔莫是一个非常自私的人，他没有给尼克尔幸福，也没有想过自己死后让她活得幸福，他至少连个祝福的话都没有说，只是一味地强调他很爱她，因此她应该对他忠贞不渝，甘愿余生为他守寡，过一个非正常女人的生活，永远成为他的女人，即使阴阳相隔，也不能心想别的男人，更不能成为别的男人的女人。如果说吉尔莫被判处死刑是他杀死两个无辜的年轻父亲后应该付出的代价，他唆使尼克尔自杀并通过信件控制她的思想和情感是他死前犯的又一大罪行，但他永远没有为这一罪行付出相应的代价。

吉尔莫唆使尼克尔跟自己一起自杀，尼克尔将自杀药物从监狱外面成功带入监狱，表明美国监狱管理不无问题，正如犹他州高级法院院长助理叶

尔·多里乌斯（Earl Dorius）所说：“他［狱警史密斯］允许在最大安全区进行接触探访，这让吉尔莫的自杀企图成为可能。如果他们不让吉尔莫跟外人接触，那些自杀药物就不会流入监狱。”（682—683）但狱警史密斯认为：“如果不让他们跟外界有任何身体接触，就会伤害那些接受改造的家伙。”（683）法律的严厉与人性的温柔似乎水火不容，但人性化的监狱管理在吉尔莫身上显然没有产生应有的效应，反而产生了意想不到的后果，因此颇具反讽意味。杀人入狱后，在写给尼克尔的信中，吉尔莫第一次真正揭示了自己的本性。他似乎认识到自己的罪孽，好像愿意为之付出代价。他说：“我习惯于狗屎、敌意、欺骗、卑劣、邪恶和憎恨，这些都是我的自然习性，它们塑造了我，我通过嫌疑、怀疑、恐惧、憎恨、嘲讽的眼睛看世界，我自私自负。这些都不可接受，我把它们视为自然的东西，甚至把它们当作自然的东西来接受。”（305）因此，枪杀无辜后，他故意用枪打掉自己的一个手指，借此迷惑警察的视线，企图掩盖犯罪事实；然而，当布林达将吉尔莫杀死詹森和布什奈尔后用枪打掉自己手指的事告诉姨妈贝西时，贝西丝毫不相信她听到的是真的。她说：“我不相信，布林达，加里不会杀人。”（309）贝西认为，吉尔莫之所以犯罪，是因为他本该上学读书的时候进了监狱，因而他不知道如何生存。吉尔莫杀人入狱时不足15岁，但他的犯罪记录表明，他22岁前接受过不止一次劳教，22岁时因武装抢劫被判处12年6个月有期徒刑。他的犯罪经历让母亲难以接受，因为他的祖辈们是最早居住在普罗沃的人，他母亲的祖辈都是边疆开拓者，母亲有78个堂兄弟姐妹，他们都居住在普罗沃。可以说，吉尔莫出身背景不凡；然而，他的成长经历与他的出身背景形成鲜明对比，带有强烈的反讽色彩。贝西的出身与教养跟儿子吉尔莫的生活经历形成鲜明对比：她知道什么可做，什么不可做，但儿子恰好相反：他不知道什么可做，什么不可做。因此，他年纪轻轻就被送进劳教所，后来又被关进监狱。儿子杀人，带给母亲万般痛苦。身为母亲，贝西将心比心，能够理解失去儿子的母亲们的痛苦。她过去美好的童年与现在不幸的晚年形成天壤之别般的对比。为了减轻痛苦，她刻意努力回到过去，回到幸福的童年。但时间不可倒流，现实不可改变。对她来说，除了痛苦，还是痛苦，因为她不仅身体痛苦（严重关节炎），而且精神痛苦（儿子杀人）。她非常清楚：即使不判处死刑，吉尔莫的余生也只能在监狱度过。吉尔莫说他小时候做过一个噩梦，梦见自己被杀了头。可悲的是，这个噩梦却变成了现实。吉尔莫入狱后不久，法院进行了预审；预审休庭期间，吉尔莫对公诉人伍顿（Wootton）说，监狱本来是为改造犯人而建的，但美国的监狱并没有起到改造犯人的作用；因此“它是完全的失败”（303）。可以说，吉尔莫一语中的，他本人就是这种失败的活教材。他有监狱暴力行为，多次越狱，改造失败，毫无人性毫无理由地杀人。伍顿认为，不计过去之罪，仅凭他刚刚制造的两起冷血命案，就足以判他死刑。借助吉尔莫之口，梅勒实际上批判了美国的法律和司法体制。

吉尔莫入狱期间，狱友吉伯斯告诉他：“一个好律师能让你得到二级谋杀的判决。在犹他州，六年之内，他们会让一个二级谋杀者获得假释。六年时间，你就可以在大街上溜达了。”（357）为了让吉尔莫相信他所说的，吉伯斯还特意举例加以佐证。吉伯斯的话表明，美国法律对罪犯的惩罚不是根据犯罪情节的轻重，而是根据辩护律师的嘴巴：一个能言善辩的律师可能会让一个杀人犯逃脱法律对他的应有惩罚，会让法庭轻判一个重罪犯。通过这个小插曲，梅勒旨在表明，美国的法律本身存在一定问题：无辜受害者的权益可能永远得不到法律的公正维护，而行凶者可能会一如既往地行凶却始终受不到法律对他的应有惩罚。吉伯斯与吉尔莫是能同言共语的好友，因为他们有诸多相似之处：他们都在监狱里度过了很多时光；他们进监狱前都进过劳教所；他们都是顽固犯；他们都在最大安全区待过不短时间；他们都在犯罪过程中有意打伤自己的左手；他们都对自己的父亲不关心；他们的父亲都是酒鬼，如今都已去世；他们都很爱自己的母亲；他们的母亲都是摩门教徒，都居住在活动住房集中区；他们都与家里其他嫡亲几乎没有联系；他们姓名的前两个字母都是“GI”，虽然他们都未曾进过部队；他们最初涉毒都在20世纪60年代初，都吸食过同一种不常见的名叫利他林（Ritalin）的快速毒品；他们被逮捕前都跟20岁离过婚的少妇同居，都通过对方表兄与她们相识；他们相识并同居的两个离过婚的少妇都有两个孩子，一个五岁女儿和一个三岁儿子，女儿名字都以“S”开头，儿子名字都以“J”开头；这两个离过婚的少妇的母亲的名字都是凯瑟琳；他们都在认识他们的女友后搬进她们的房子与她们同居（368）。吉尔莫曾对尼克尔说，如果能请到真正的“好律师”，他可能会免于刑事责任或者得到轻判，但“没有钱，他们只能忘记这个想法”（401）。吉伯斯和吉尔莫所言表明，在美国社会，一个重罪犯能否得到法律的“正义”审判和“公正”惩罚，完全取决于律师的辩护：一个所谓的“好律师”可以让一个重罪犯免于刑事责任或者重罪轻判，但一个重罪犯的最后量刑实际上取决于他是否有钱：如果有钱请到“好律师”，他就能免于刑事责任或得到轻判；如果没钱，他就只能等待应有的惩罚。通过吉伯斯和吉尔莫所言，梅勒旨在表明，美国的法律为富人服务，却不为穷人和受害者服务。为了给吉尔莫请到“好律师”，尼克尔脑子里竟然出现卖掉自己眼睛的想法。得知犹他州著名被告辩护律师汉森（Hansen）可以创造奇迹，甚至可以免费为被告进行辩护，尼克尔迫不及待地搭乘便车前去拜见。让她高兴的是，汉森答应为吉尔莫免费辩护，并安排行程与他在监狱见面。可能更让她高兴的是，汉森告诉她：“别担心，别那么难过，他们不会杀他。”（402）汉森甚至还说，人总是喜欢对陌生人实施死刑，对于自己的亲属就不一样了（402—403）。通过汉森所言，梅勒旨在表明，在美国社会，法律看似公平，实则极不公平，它不是视人人平等，而是因人而异。然而，汉森虽然说得好听，却没有如期赴约，这让尼克尔颇为伤心。

律师的嘴巴可以改变罪犯的命运，所以，处理吉尔莫杀人案时，公诉人伍顿常想起自己负责处理过的马丁杀人案。“弗朗西斯·克雷德·马丁（Francis Clyde Martin）被迫结婚，因为女友已经怀孕。马丁把新婚妻子带到树林，捅了20刀，割了她的喉，从她肚子里取出未出生的婴儿，捅死婴儿，然后回了家。这个案子中，伍顿决定不支持死刑。马丁是一个很好看的18岁中学生，没有犯罪前科，只是一个掉入可怕陷阱的胡作非为的小孩。伍顿支持判处终身监禁，那个男孩现在监狱里，最终可能会出来。”（413）伍顿对于他的当事人马丁的量刑建议，不是出于对他犯罪情节的严重程度的考虑，而是出于一种人性思考。马丁杀人手段非常残忍，情节非常严重，但伍顿对他应受法律惩处的考虑忽略了这些，仅从人性角度考虑他该受到何种程度的惩处，而丝毫没有考虑他对受害人家属造成的巨大精神创伤和损失。通过伍顿对待马丁杀人案的态度，梅勒旨在表明，美国的法律总是有意纵容罪犯，而不是严厉惩罚罪犯，因为重罪犯总是被轻判，无期徒刑终究会减为有期徒刑；一个剥夺了两人性命的重罪犯，完全符合判处死刑的条件，却被判了个终身监禁，甚至还有望最终减刑出狱。这样的法律惩罚，自然不足以杀鸡骇猴，不足以有效遏制犯罪。在吉尔莫杀人案上，伍顿内心不主张判处死刑，但他认为，如果不判处死刑，吉尔莫会进一步危害社会，这有很大的危险性（414）。然而，伍顿显然不同于吉尔莫的辩护律师斯奈德（Snyder）和埃斯普林（Esplin）。如果说斯奈德（负责为吉尔莫减刑听证辩护）和埃斯普林（负责为吉尔莫审判辩护）仅从吉尔莫的角度进行辩护的话（埃斯普林试图将吉尔莫的抢劫罪变成偷窃罪），作为公诉人，伍顿第一个主张从布什奈尔遗孀及其未出生孩子的角度对吉尔莫进行公正判决。虽然“如果没有强烈的情感流露，则很难判处一个人死刑”（423），但是，公诉人伍顿认为，吉尔莫应该被判处死刑。他详细列举了吉尔莫的犯罪行为及其犯罪历史，有力地证明吉尔莫是“一个没有心肠的动物”（440）、一个“相当冷血的”（443）人，因此应该判处死刑，因为12年的监狱改造没有把他改造过来，他的抢劫史、狱中暴力行为以及越狱史表明，无论是否关进监狱，他都会对社会和他人造成危险，因此，判处死刑是保证他不再对社会和他人造成危险的有效办法。然而，负责减刑辩护的律师埃斯普林则从“人性”角度为吉尔莫辩护，希望陪审团判处他终身监禁，而不是死刑。他认为，尽管吉尔莫过去犯了不可饶恕的罪行，但他“也是一个人”，享有“他的生命权”，因此不能因为他的过去罪行而剥夺他的生命权，因为“对于个人来说，没有什么比他的生命权更个人的了”（444）。尽管埃斯普林说他对死者布什奈尔及其家人深表悲痛，但他显然把吉尔莫的生命看得比死者的生命和死者家属的感受更为重要。他反复强调吉尔莫的生命权，却有意忽略了这样一个事实：吉尔莫无情地剥夺了布什奈尔的生命权。他甚至利用法律漏洞［只有陪审团的12个成员全体同意判处死刑，否则就只能判处终身监禁］“引导”陪审团做出不公正量刑定罪，希望陪审团不要判处吉尔莫死刑，而判处他终身监禁。吉尔莫入狱后，尼克尔经常搭乘便车前往监狱探视。有一次，她写信给吉尔莫，告诉他说有个女孩搭乘便车时被人强奸，并被捅了二三十刀。但这个令人吃惊的消息并没有引起吉尔莫对尼克尔安全的担忧。尼克尔的妹妹艾普丽尔曾在夏威夷被三个黑人强奸，但没有人报告此事，也没有人追究犯罪者的责任。通过这些强奸事件，梅勒旨在告诉读者，在美国社会，强奸少女、持刀伤人或杀人事件经常发生，成为社会不安全的一个重要因素；通过吉尔莫的辩护律师对吉尔莫的减刑辩护，梅勒旨在表明，重罪轻判很大程度上有意纵容犯罪，使得那些顽固犯屡教不改，就像吉尔莫的情形一样。但是，犹他州监狱的摩门教牧师坎普贝尔认为，12年监狱生活之所以没有成功改造吉尔莫，是因为监狱生活让人循规蹈矩，按部就班，没有培养一个人出狱后独立生活的能力。他戏谑性地称这种监狱生活为“社会主义的生活方式”，它与“资本主义的环境”完全不同，因而使得罪犯出狱后无所适从（482）。

小说在呈现公诉人和辩护人对吉尔莫杀人案发表不同意见的过程中顺便提到美国历史上另一起更为严重的谋杀案——“卡利谋杀案”。威廉·卡利（William Calley）“蓄意谋杀了不少于22个东方人”，但他“现在大街上溜达”（592）。小说没有具体讲述卡利案子的审判细节，只是蜻蜓点水般地说了一句：“具有反讽意味的是，那个将决定吉尔莫命运的赦免委员会主席乔治·拉蒂默（George Latimer）是卡利的首席民事辩护律师。”（593）小说顺便提及卡利谋杀案，显然是为了让它与吉尔莫杀人案形成鲜明对比。卡利的犯罪性质特别恶劣，情节特别严重，应该说，判处他数个死刑都未能抵罪，但因为受害者是“东方人”，他却最终免于死刑，并且还能“现在大街上溜达”，这不得不让人发问：“为什么加里［吉尔莫］被单独挑出来执行死刑而其他杀人者仍然活着？”（592）原因很简单：美国的法律实施是种族主义的。如果说卡利谋杀案首席辩护律师拉蒂默的思想与行为是种族主义的，这种种族主义的思想与行为也体现在白人杀人犯吉尔莫身上。被执行死刑前，吉尔莫告诉律师庞波·莫迪（Bob Moody）和罗·斯坦格尔（Ron Stanger），他要给母亲贝西写一封短信，并在《论坛》（*Tribune*）上公开发表。在这封由他口授、莫迪和斯坦格尔执笔写下的短信中，一方面，吉尔莫极力表达对母亲的“爱”：“亲爱的妈妈，我深深地爱着您，我一直深深地爱着您，我将永远深深地爱您”（696），并希望她能接受他“有死的愿望”这一事实；另一方面，他不失时机地表达对黑人的仇恨与敌视：“请您跟那个汤姆叔叔的‘全国有色人种协进会’（NAACP）不要有任何联系”；“我是白人：‘全国有色人种协进会’讨厌我，他们甚至切断跟我的联系”；“我可能对黑人说过一些诽谤性的话，但我确实也有几个黑人朋友，但很少，他们不属于‘全国有色人种协进会’。”（696—697）被执行死刑前一个月末，在写给那些反对判处他死刑的人的公开信中，吉尔莫再次强调：“我是白人，不需要汤姆叔叔黑人的介入。”（784）显然，吉尔莫是一个白人种族主义者，他反复强调自己的种族身份是“白人”。在被执行死刑前几天，跟律师斯坦格尔的谈话中，说到“全国有色人种协进会”，吉尔莫也强调：“我是一个白人。”（820）吉尔莫的自选辩护律师兼授权传记作者丹尼斯·波尔茨（Dennis Boaz）说：“吉尔莫憎恨黑人，因为黑人是监狱里一个很大的危险，白人罪犯常常被黑人强奸”；他还说，吉尔莫也“憎恨‘美国公民自由联盟’（ACLU），因为他们鼓吹个人自由，却不愿给他选择死亡的自由”（606）。通过波尔茨所言，梅勒旨在表明：种族歧视不仅存在于监狱外面的美国社会，也存在于监狱里面的白人囚犯及其辩护律师中间，不论是否囚犯，白人常常以“黑人暴力/威胁论”为他们的种族主义思想进行辩护；美国社会鼓吹个人自由，但当个人真正需要自由的时候，他们没有那么自由。可以说，卡利谋杀案首席辩护律师拉蒂默为卡利重罪轻判所做的辩护和吉尔莫对“全国有色人种协进会”的反感以及他对黑人的憎恨一定程度上体现了20世纪70年代美国社会的种族关系。

综上可见，《刽子手之歌》不仅仅是一部再现加里·吉尔莫犯罪人生及其所受惩罚的小说，它更是一部再现20世纪70年代美国社会诸多问题的小说。

在再现吉尔莫犯罪人生及其所受惩罚的过程中，梅勒不时地插入一些涉及美国种族、阶级、性别和民族问题的小事件和小插曲（如监狱中白人狱友对黑人狱友的暴力行为、强奸少女、重罪轻判等），借此揭露了美国社会犯罪与惩罚中的种族、阶级、性别和民族歧视以及美国社会存在的难以解决的诸多问题，如枪支问题、早孕早育问题、性自由与年轻母亲问题、家庭监管与少年犯罪问题、中下阶级生活贫困与社会安全问题以及家庭暴力与频繁离婚问题，等等；通过揭露这些难以解决的社会问题，梅勒解构了一个声称是“平等保护者”、号称“人人平等”的虚假美国形象，建构了一个充满种族矛盾、性别歧视、阶级差别和民族差异的真实美国形象。

第三节 《刽子手之歌》与美国社会的死刑反应

《刽子手之歌》也是一部关于美国社会的死刑反应的小说。小说主人公吉尔莫因杀害两个无辜之人而被判处死刑，但他被判处死刑后，尽管他自己接受了死刑判决，人们却对他被判处死刑做出了迥然不同的反应。一种反应支持吉尔莫被判处死刑，另一种反应反对他被判处死刑。可以说，前一种反应与吉尔莫的意愿相吻合，后一种反应与他的意愿背道而驰。这两种不同反应不仅存在于不同人群之中，而且存在于同一家庭成员中间，如小说中的女性人物舍利·佩德勒（Sherley Pedler）和她的哥哥。佩德勒站在“美国公民自由联盟”的立场上反对死刑，甚至联合其他反对死刑的人力图建立“犹他州反对死刑联盟”（The Utah Coalition against the Death Penalty）；她的哥哥反对她的立场，不断质问她：“受害者及其家人怎么办？”（773）执行死刑前两天，负责吉尔莫死刑事宜的犹他州高级法院院长助理叶尔·多里乌斯认为：“进一步延期执行就会伤害公众”，“公共马戏团的噩梦就是，时间越长，它们可能使得任何有意义的事情显得更加滑稽可笑”（862）。小说第二部分“东边的声音”详细再现了吉尔莫被判处死刑后这两种不同反应之间的激烈争论与斗争，折射了20世纪70年代美国社会存在的两种不同的价值取向和道德判断。

吉尔莫无故杀人，犯罪事实清楚，情节特别严重，本该判处死刑，从亲属到朋友，从普通人到精神病医生，没有人愿意为他出庭作证，但他的辩护律师费尽心思让他免于一死。辩护律师的思想及其行为表明，他们似乎很人性，为了罪犯活命而不辞辛劳到处奔波，他们努力让陪审团看到吉尔莫是一个人，但他们显然忘记了吉尔莫杀死的两个年轻人也是人，他们显然忘记了死者家属的感受。在他们眼中，似乎为罪犯开脱比为死者讨要说法更为重要、更有价值。这使得美国法律的实施具有很大的反讽意味。可以说，为了让吉尔莫免死，辩护律师想尽了一切办法。他们想通过心理评估、精神鉴定和面谈等途径找到可以让吉尔莫免死的理由，但心理评估、精神鉴定和精神病医生面对面的问询结果表明，吉尔莫精神正常，神志健全，智力水平中等偏上，词汇智商高达140，抽象智商为120，全面智商为129（379），完全具备正常人的生活和工作能力，具备为自己的行为负责的能力。因此，没有理由将他从一级谋杀犯降为二级谋杀犯。吉尔莫自己坦言，他杀人毫无准备，随意性很大。因此，努力将这样一个随意杀人的恶魔从死刑线上拉回来的企图，不利于社会安全，不利于维护法律的威严性、神圣性和正义性。所以，这种让吉尔莫免死的行为暴露了美国法律的非正义性。吉尔莫的辩护律师斯奈德和埃斯普林明知他们的当事人有罪，却努力为他无罪不辞辛劳；他们明知他们的当事人精神没有问题，却试图得到他是"心理疾病的受害者"（399）的心理评估。他们这样做的目的，无非为了证明，他们很人性地对待他们的当事人，他们却不知，这样做的时候，他们却非常没有人性地对待着死者及其家属。

虽然埃斯普林律师竭尽全力为吉尔莫免死辩护，强烈建议陪审团不要轻易做出死刑表决，但陪审团还是一致表决判处吉尔莫死刑，这让在场的每个人觉得"不可理解"，甚至感到"震惊"，但吉尔莫本人非常淡定。审判长问他选择何种死刑方式，他说"喜欢被执行枪决"；一名记者问他是否对陪审团的表决有看法，他却问记者"世界系列赛谁赢了"。他虽然希望辩护律师能为他免死辩护，但心里清楚免死不可能，所以，他早已做好准备，如他对尼克尔所说："我不期待逃避我欠下的任何债，我会面对，我会偿还。"（403）虽然陪审团一致表决判处吉尔莫死刑，但吉尔莫的家人觉得他不可能被执行死刑，正如弟弟米克尔·吉尔莫对母亲所说："在这个国家，十年来，他们还没有对任何人执行过死刑，他们不会在加里头上开刀。"（451）所以，他们似乎很淡定；但是，他们淡定的原因显然不同：吉尔莫之所以淡定，是因为他"不喜欢邪恶"，他"不希望再邪恶下去"（473），是因为他"杀死了两个人"，他"想如期被执行枪决"（484）；他之所以淡定，更深层的原因是，他厌倦了监狱生活，正如他在写给尼克尔的信中所说：

我活了35年，却被关押了18年。我恨那每个时刻，但我从来没有

> 因此而哭过，我也永远不会因此而哭，但我厌倦了它。尼克尔，我恨日常生活，恨那些噪音，恨那些看管人员，恨监狱让我感到的那种无望，让我感到我所做的每件事和任何事都是为了消磨打发时间，监狱对我的影响也许超过了大多数人。它让我枯竭，每次我被关押起来的时候，我猜我感到如此无望以致我让自己消沉下去，这样，就使得我在监狱度过的时间比我应该度过的更多。(473—474)

吉尔莫也向他所在监狱的摩门教牧师科林·坎普贝尔表达过同样的思想："我已经在监狱里度过了18年，我不想再在这儿度过20年，我宁愿死而不愿待在这个洞子里。"（484）这表明，吉尔莫的认罪不是真正出于良心的谴责，而是出于自身自由的考虑。

对于吉尔莫被判处死刑，公众有理性反应，也有感性反应；前者注重吉尔莫杀人对受害者家人造成的严重影响，后者只看到吉尔莫却无视受害者及其家人，只强调吉尔莫的人权和情感。吉尔莫的母亲贝西说，吉尔莫三岁的时候，她就有种感觉，感到他将来会被杀头；她说这种感觉自他三岁以来一直陪伴她（494）。可悲的是，她的预感最终成了现实：吉尔莫从小开始作孽犯罪，最终将自己送上被杀头的道路。吉尔莫被判处死刑，让母亲贝西沉浸在过去而不能自拔。她想到自己的丈夫弗兰克（Frank），想到她多么爱他，但常常因为孩子跟他吵架，多数情况下是因为吉尔莫；她想起丈夫曾在儿子吉尔莫第一次犯罪受审时告诉他"不要承认"，因为"只要不承认，另一方就无法玩弄法律和正义的游戏"（496—497）。可是现在，让她悲伤的是，吉尔莫不仅承认自己杀了人，而且甘愿接受死刑判决。母爱伟大，却又很可悲。面对恶魔般的儿子，面对他魔鬼般毫无人性的罪行，贝西仍然难以割舍那种对亲生骨肉的难以形容的自私的母爱，仍然希望他能够继续存在于这个世界，永远不要从自己的视野中消失，永远不要从自己的脑海中消失，正如她在写给儿子吉尔莫的信中所说："我中午听到了这个消息，加里，我亲爱的宝贝，我难以承受，我爱你，我要你活着。"（499）似乎在她眼中和脑中，血脉永远大于正义，亲情永远高于法律。尽管她生有四个儿子，但他们都各奔东西，没有一个在她身边；如今她年老多病，关节病严重，行走极不便，生活存在一定困难。"她生活在一个活动房里，坐在黑暗之中，没有打开电视，没有打开收音机，腿上盖着东西，睡衣看起来像穿了一两百年似的那样陈旧。"（498）但身体的痛苦似乎永远没有精神的痛苦那么让人痛苦。吉尔莫被判处死刑，对贝西来说，无疑是一种巨大的打击。但是，她也是一个有血有肉的人，对于儿子吉尔莫的杀人罪行，她心里充满矛盾，正如她在得知吉尔莫被判处死刑后的第二天对儿子米克尔所说：“你能想象吗？对母亲来说，她疼爱的儿子剥夺了其他两位母亲的儿子，她是什么感受？”（500）显然，作为母亲，贝西心里非常矛盾：一方面，她希望儿子吉尔莫能够继续活下去；另一方面，她觉得无法给那两位失去儿子的母亲有个合理交代。与母亲贝西不同，弟弟米克尔对哥哥的犯罪行为深感愤怒。他虽然告诉母亲：“在这个国家，十年来，他们还没有对任何人执行过死刑，他们不会在加里头上开刀”（451），但他“没有告诉贝西，加里的杀人行为在他心中激起多么大的愤怒”（499）。事实上：“他恨他的哥哥”，因为“他的哥哥不考虑损耗的恐怖，他的哥哥不知道，当你抢劫一个房子时，对生活在那个房子里的人们来说，你就是毁了它”（500）。

美国法律规定，判处死刑后，死刑犯必须在 30—60 日内被执行死刑，在此期间，死刑犯可以上诉，但吉尔莫明确表示不再上诉，这给辩护律师带来了难题：他于 1976 年 10 月 7 日被判处死刑，应该在 12 月 7 日前被执行死刑，如果在此之前没有被执行死刑，他就有权申请释放，因为死刑不是刑期。但律师认为，即使没有被执行死刑，吉尔莫也不可能如此轻松地获得释放，但如果真正出现这种情况，那将是非常尴尬的事情（510）。既然吉尔莫不愿上诉，就必须对他执行死刑。他虽然当庭选择了枪决的死刑方式，但是，谁来执行枪决？在哪儿执行枪决？很多诸如此类的问题在法律上没有明文规定。吉尔莫愿意捐出自己身体的某些器官供医学研究，但死刑犯能否捐出身体器官，法律也没有明文规定。这给监狱看守和法官提出了难题，他们需要仔细查看法律条文，以便确定如何具体对吉尔莫执行死刑。执行死刑前的日子里，围绕这些问题及相关问题，律师、法官和检察官展开非常热烈的讨论。一个犯罪性质十分恶劣、犯罪情节十分严重、犯罪手段十分残忍的杀人犯被判处死刑，可以说大快人心，但执行死刑却引起了这么多问题，让本来很简单的事情变得越来越复杂，其复杂化过程展现了美国社会存在的种种问题。吉尔莫本人愿意接受死刑判决，但除他以外的人似乎都不愿意接受这个判决，因为这是“十年中美国的第一个死刑”（510），是“十六年中犹他州的第一个死刑”（511）。

吉尔莫愿意接受死刑判决，这让很多人难以理解，但经常担任公诉人的丹尼斯·波尔茨明确表示，他支持吉尔莫的“死亡权”，因为在他看来：“即使在理想社会，我们仍然需要死刑；如果使用得当，死刑可以很好地让人对自己的行为负责。”（513）尽管吉尔莫本人反复要求对自己执行死刑，但其辩护律师及其他律师总是想方设法让他免于一死。他们认为，最适合判处死刑的犹他州“最为恐怖的杀人”都从来没有被判处死刑，法律就更没有理由剥夺吉尔莫的性命。(519)死刑犯甘愿伏法与律师不愿让其伏法形成了鲜明对比，这一对比使得法院判处吉尔莫死刑具有很大的反讽意味，因为法院的判决有可能只是一纸空文，对于执行死刑来说完全苍白无力，正如吉尔莫在写给犹他州高级法院的信中所说：“难道犹他人就没有判决的那种勇气吗？他对一个人——我——判处死刑，我优雅而有尊严地接受了这一非常极端的惩罚，而你们，犹他人，却又想退回去，想跟我就这个事进行争辩。你们很愚蠢。”(521)通过吉尔莫之口，梅勒表达了他对犹他州法律的批判。得知来自盐湖城的两位律师吉尔·阿泰(Gil Athay)和罗伯特·凡·希尔弗(Robert Van Silver)力图代表犹他州监狱死刑系列的犯人请求法院延期对他执行死刑，吉尔莫找到一位能够为他自己说话的律师丹尼斯·波尔茨，请他向犹他州高级法院声明他的权利：他不想让他的死刑延期执行。显然，法院判决与辩护律师和公众反应不一致：法院重责任，辩护律师和公众似乎重情感，正如犹他州高级法院院长办公室在回应吉尔莫的声明中所说：“不是因为他想死才让吉尔莫去死，而是因为死刑是对他所作所为的合法的公正判决。”(532)

坚持按期执行吉尔莫死刑与努力延期执行吉尔莫死刑体现了两种不同的指导思想：从受害者及其家属角度来看，吉尔莫被判处死刑合情合理合法合规；从抽象人性的角度来看，吉尔莫被判处死刑似乎让人难以理解、难以接受。但是，我们很难理解，为什么那些强调人权因而反对吉尔莫接受死刑的律师们从不强调受害者的人权？他们所说的看似挺有道理，实则全无道理，因为他们强调罪犯人权的时候忽视了受害者及其家属的人权；他们只考虑到罪犯生命的意义，却忽视了受害者生命的价值。换句话说，他们总是以牺牲一些人的生命为代价来保护另一些人的生命。作为被告，吉尔莫接受了法院的判决，他甘愿伏法，并且明确表示愿意带着“一个人的风度和尊严”死去(534)，但他的辩护律师却想方设法阻挠他实现“死”的愿望，真是让人难以理解，正如吉尔莫在犹他州高级法院所说：“我真是不知道埃斯普林先生和斯奈德先生的动机是什么。”(534)吉尔莫为何坚持自己的死刑判决？他曾经对尼克尔说，他相信转世和再生(Karma and reincarnation)；他也向他的自选辩护律师丹尼斯·波尔茨说过，他相信“转世之说”，相信有再生，相信他死的方式能成为他人学习的经验(537)。他还告诉波尔茨，人需要为自己的行为承担责任：“上帝和女神们具有完全的自由，因为他们能够完全承担责任。”（554）这是他坚持自己死刑的真正原因吗？前文已经说过，他曾经对监狱牧师科林·坎普贝尔说过，他已经厌烦了监狱生活，不想再在监狱中度过余生。所以，我们很难知道吉尔莫为何坚持自己死刑的真正原因。是出于道德责任？还是良心谴责？抑或为了摆脱终身受苦？

吉尔莫的死刑还未执行，但人们已经开始谋划如何借此扬名获利：有律师请求法院延期对他执行死刑；有人想把他的经历写成书兜售赚钱；有人想把他的故事改编成电影赚钱。新闻媒体和记者想借此扬名，作家和导演想借此发财。吉尔莫及其女友尼克尔成为他人扬名或发财的工具。为了得到当事人授权，他们慷慨解囊，毫不吝啬自己的金钱，来自ABC电视台的劳伦斯·席勒（Lawrence Schiller）就是其中一个。他抢先丹尼斯·波尔茨一步，告诉尼克尔的外婆，他想以最低25000美元的价钱买下尼克尔故事的书写权（602）；而影视界人士大卫·萨斯坎德（David Susskind）愿意以50000美元的价格从吉尔莫授权作者波尔茨那儿买下拍摄吉尔莫杀人案主要人物的权利（603—604）。后来，席勒告诉吉尔莫的姨夫沃恩，他愿意以75000美元的价钱买下吉尔莫和尼克尔故事权，其中25000美元付给尼克尔，50000美元付给吉尔莫，这个价钱远远超过了ABC电视台的出价40000美元，因为他知道，40000美元不是购买吉尔莫和尼克尔故事权的市场价（617）。席勒不仅需要跟吉尔莫一方的人谈价，而且需要跟尼克尔一方的人讨价。跟尼克尔的母亲凯瑟琳·贝克谈价前，席勒建议她先找好律师，因为他知道：“如果你想跟影视界和书商界打交道，跟导演和出版商进行交易，你就得打好基础，从第一天开始就需签好合同。”（636）因此，他必须分别为沃恩和凯瑟琳的代理律师准备不同的东西；用他的话来说，他既是买羊的人，也是买牛的人（638）。他认为“世界上有很多好商人，也有很多好记者”，而他自己则是“为数不多的二者兼具的人之一”（638）。凯瑟琳和沃恩聘请代理律师后，席勒约他们见面，但让他没有想到的是，凯瑟琳的代理律师菲尔·克里斯坦森（Phil Christensen）和沃恩的代理律师罗伯特·莫迪（Robert Moody）竟然同室工作。跟凯瑟琳的代理律师克里斯坦森商谈期间，席勒还表达了欲购尼克尔的妹妹艾普丽尔及其外婆斯特朗夫人（Mrs. Strong）故事权的想法，因为如萨斯坎德所想：“谁也不会从他［吉尔莫］那儿得到钱，直到他们得到尼克尔、贝西以及其他很多人的故事权。”（652）然而，不论他怎样忙活，如沃恩的代理律师莫迪的朋友对莫迪所说：“合同只有在死刑被执行后才能有效。”（652）正当席勒和萨斯坎德争夺吉尔莫和尼克尔故事权的时候，ABC抛出消息说：“席勒和萨斯坎德谁也不能说他们正在做的事情是ABC的项目，但是，他们谁最先拿到吉尔莫的合同，谁就会拿到钱。”（654）这一消息让席勒犹如突然中风，他觉得“ABC除了保护它自己什么都不做”（654）。根据法院判决，吉尔莫将在1976年11月15日早晨8点被执行死刑。在此之前，反对死刑的声音不绝于耳，有法律人士，有宗教人士，就连担任吉尔莫杀人案公诉人的诺尔·T. 伍顿也似乎言不由衷，如他所说：“我尽了职责，请求判处死刑，最终判了死刑——我相信这是合适的，但死刑是肮脏、混乱的事情，我不想成为其中一分子。”（650—561）影视界人士格林伯格（Greenberg）说：

> 吉尔莫杀人案吸引我的是，它是对我们监狱体制在改造人方面全然失败的一个公开评论。怎么，这个家伙一辈子出出进进，却一直在变坏，从偷车开始到携带危险武器进行抢劫，这真是一个毁灭性的评论。其次，它能对死刑做出很好声明，表明以牙还牙多么可怕。我甚至觉得，让更多人知道它可能会挽救这个家伙的性命。吉尔莫说他想死，显而易见是疯狂的说法。我觉得我们的报道可以成为一个不让他被执行死刑的因素。他不正常，他不清醒，他们应该理解这点。（602—603）

可以说，格林伯格道出了新闻媒体和影视界人士对吉尔莫杀人案颇感兴趣的真正原因：其一，吉尔莫杀人案表明，美国监狱在改造罪犯方面是完全失败的；其二，通过影响大众，新闻媒体和影视界人士力图改变一些社会意识形态，力图改变一些机构制度，如对杀人犯判处死刑等。吉尔莫的自选辩护律师兼授权传记作者丹尼斯·波尔茨一直站在吉尔莫一边，支持他不上诉的决定，但在众多希望并努力让吉尔莫做出上诉的声音影响下，波尔茨也开始怀疑自己的做法是否正确：“他一直以来都支持吉尔莫，因为他觉得一个人有决定自己生命的权利，但现在……他第一次意识到吉尔莫就要死了，这让他极为压抑，他不知道他是否想成为这一过程的一部分。”（605）他在《早安，美国》节目中说：“我进入这个案子，不是因为我是死刑倡导者，而是因为……他需要支持，我在一定意义上支持了他当时想为自己的生与死负责的愿望。他试图通过接受法院判决来承担责任……我现在不能成为这个死刑的有效倡导者，我知道，如果加里觉得自杀是他要做的事情，我们无法阻止他自杀。我现在不能卷入让他死亡的官方过程。”（609）显然，波尔茨不想因为吉尔莫的死刑而让自己背上骂名，这是明哲保身的做法，是“人文主义”的做法，不是“法律主义”的做法。从道德角度讲，这种“人文主义”

的做法显而易见既不公平也不正确。自杀事件后，吉尔莫对波尔茨的表现很不满意，他认为波尔茨让他的情况变得更加糟糕，因此，他决意解除他与波尔茨的关系。得知吉尔莫要解除跟他的关系，波尔茨不无讽刺地说："我觉得这是一个好主意。"（645）吉尔莫问他是否有要求，波尔茨回答说："我所有的要求就是书写它［吉尔莫的故事］。"（645）他甚至想好了如何在他的书中处理吉尔莫这个人物：他打算用哈里·吉尔莫尔（Harry Kilmore）代替真实的加里·吉尔莫；他还打算将吉尔莫的案子与他处理过的公共汽车司机的案子放在一起以便写出一部"好小说"（645）。透过法律界、新闻界、影视界和文学界的反应，我们不难发现，似乎人们关心的不是吉尔莫对受害者家人造成的伤害，而是他能给他人带来的好处；似乎吉尔莫不是教育人们的道德和法律的活教材，而是人们可以借以赚钱的有用工具。通过社会各界（律师、作家、导演、新闻记者）对吉尔莫死刑的反应，梅勒旨在唤起读者对美国社会道德取向的质疑：人们为什么对吉尔莫这样一个杀人魔头的生与死如此感兴趣，却对受害者家人的悲痛毫无反应？吉尔莫被判刑后的一举一动和反应能够引起社会如此广泛的关注，为什么很少有人关注詹森和布什奈尔死后他们家人的状况？

吉尔莫因为法院延期对他执行死刑而试图自杀，自杀未遂却被送进医院，出院入狱的场面可谓声势浩大：三打记者、一打医护人员、三辆监狱车和两辆法院车组成护卫队，专门护送他回监狱；回到监狱，吉尔莫受到狱友热情欢迎，犹如凯旋的战争英雄（619—620）。吉尔莫回到监狱后，席勒前往监狱跟他商谈拍摄一部关于他故事的电影的合同事宜，吉尔莫想让《请将阿尔弗雷多·加西亚的手给我》（*Bring Me the Hand of Alfredo Garcia*）这部影片中一个名叫沃伦·奥茨（Warren Oates）的演员在席勒导演的电影中扮演自己，并且强调这必须是他们合同协议的一部分内容，但席勒并没有满足他的要求，因为席勒认为"沃伦·奥茨有可能找不到"，他有可能"不想要沃伦·奥茨"，他觉得有可能还有"比沃伦·奥茨更合适的演员"，有可能"用另一个演员会赚更多的钱"（658—659）。如果说对一个罪犯执行死刑具有悲剧色彩的话，那么，吉尔莫与席勒合谋将一个悲剧色彩的东西变成了一个让人啼笑皆非的带有闹剧色彩的东西。更有意思的是，吉尔莫自杀未遂后竟然成了名人，成了人们心中的偶像。不少年轻人给他写信，因为他是"一个英俊的小魔鬼"（655）。很多宗教人士给他送《圣经》。他为自己的死刑颇感自豪，因此，他写信邀请同室狱友吉伯斯作为五个被允许见证他被执行死刑的人，见证他被执行死刑时的情景。可以说，一场悲剧演变成一场闹剧，真是颇具反讽意味。虽然身为罪犯，但吉尔莫似乎没有觉得自己是罪犯，没有觉得自己跟看守他的狱警之间应该有本质区别。他觉得监狱看守要求他遵守规则，但他们自己却不遵守他们制定的规则。为此，他愤愤不平地对席勒说："这些家伙叫我按规则生活，按规则服刑，按规则睡觉，按规则被执行死刑，但他们到处改变规则，想什么时候打破规则就什么时候打破规则。"（660）他跟尼克尔如同一个模子里倒出来似的。自杀未遂后进住医院期间，尼克尔对医院也有类似的看法："他们在打破他们自己的规则"，因为"把人关起来是绝对违反规则的，但他们一直对她进行着监视"（725）。在席勒面前，吉尔莫不再掩饰自己的罪行，他毫不犹豫地承认自己杀了两个无辜的年轻人："当然是我干的［杀了詹森和布什奈尔］。"（660）他说话的神态和语气表明，他不是"一时冲动而杀人"，而是"一个冷血杀手"（660）。

自杀事件后，吉尔莫开始绝食，以示抗议法院延期对他执行死刑，这给监狱和法院出了难题，因为最高法院规定，强迫进食需征得罪犯同意，但如果监狱将罪犯饿死在牢房，则是严重渎职。所以，犹他州高级法院院长助理多里乌斯给犹他州监狱狱警史密斯写信强调："监狱必须保持秩序，不能成为自杀企图的一部分"，因此"狱医有'命令强迫进食的法律权威'"（667）。吉尔莫告诉席勒，他选择绝食是"为了体现他们现在把我跟我在这个世界上最关心的人分开了"（668）。所以，他想通过绝食给监狱施压，让他们同意他给尼克尔写信，同意他们有联系，同意他们能像过去那样经常见面交流思想。他对沃恩的代理律师莫迪的朋友斯坦格尔说："我花了160美元买了罐装食品和其他类似的零食，我把它们锁在隔壁牢房里，一旦我跟尼克尔通了电话，我就立马打开这些东西。我有一个打开罐装食品的工具，我会吃的。我现在相当饥饿，如果你能想方设法加快我跟尼克尔通电话……我会接受他们对我的任何限制……然后我就去吃我的东西。"（688）真是无巧不成书，尼克尔和吉尔莫的想法竟然完全一致："不能跟他通电话或收不到他的来信让她疯狂；有时候，她真想拿起一把枪，告诉他们，如果不让她跟加里说话，她就一枪打飞自己的头。"（698）

吉尔莫绝食十天后，为了决定是否应该对吉尔莫执行死刑，犹他州高级法院赦免委员会在犹他州政府办公大楼主大厅外的会议室举行了听证会。听证会邀请了新闻界人士，场面堪比一场具有国际影响的重要政治会议或记者招待会，现场不仅架起了电视摄像机，摆放了各种麦克风，而且打开了各色灯光，站满了摄像人员，看起来就像人们观看马戏团精彩表演的情形一样。吉尔莫戴着镣铐被带入现场时，每个人都站到凳子上，生怕错过好好看一眼他的机会。吉尔莫开口说话时，人们的视线全部集中到他身上。吉尔莫认为，法院判处他死刑，他接受了法院的判决，但法院却把自己的判决当成儿戏。他对赦免委员会主席说：

> 因为犹他州州长兰普顿（Rampton），我站在了这儿，因为他在众多压力前低下了头。
>
> 我个人觉得，他这样做是一个道德懦夫。我只是接受了给予我的判决，我一生中接受了一个又一个的判决。我不知道我在这些事情上能否选择。
>
> 我接受了给予我的判决，人人都跳起来跟我争辩。似乎人们特别是犹他人，想要死刑，但不想执行死刑；当他们不得不执行的一个死刑成为现实时，他们开始反对执行死刑。
>
> 唉，他们判处我死刑，就好像判处我在县监狱待十年或三十天似的，我严肃接受判决，我想他们应该严肃对待，我不知道这是一个玩笑。（675）

吉尔莫所言不仅表达了他的无奈，而且讥笑了法律的威严，嘲讽了司法者的轻浮，藐视了当权者的权威。听证会的浩大气场与当权者在社会压力面前的懦弱退缩形成鲜明对比，使得法律失去了它不该失去的庄严与权威。但让吉尔莫高兴的是，赦免委员会的听证会最后以3人反对、2人赞成的结果驳回了死刑反对者要求延期对他执行死刑的请求，决定于1976年12月6日对他执行死刑，这样就不会超过审判之后60天的时限（678）。然而，这一结果引起“全国反对死刑联盟”（The National Coalition against the Death Penalty）强烈反对。这个由40多个民族、宗教、法律、少数族裔、政治和职业组织组成、包括“美国公民自由联盟”“美国伦理联合会”（The American Ethical Union）、“美国友谊服务委员会”（The American Friends Service Committee）、“美国精神病矫正协会”（The American Ortho-Psychiatric Association）、“美国拉比中央委员会”（The Central Conference of American Rabbis）和其他组织的联盟声称：“这使得十年中美国第一个由法院鼓励的杀人成为可能。”（678）真可谓一波三折，一波未平一波又起。事实上，吉尔莫死刑难以如期执行，除了法律自身方面的问题，还有新闻媒体的影响作用。一定程度上讲，新闻媒体影响并左右着法律的实施，正如犹他州高级法院院长助理多里乌斯所想：“如果他们能把新闻记者再拒之门外四天的话，监狱就有它的意义了。”（686）正当他满怀希望之时，多里乌斯接到办公室的电话，说最高法院决定对吉尔莫死刑延期执行，因为吉尔莫的母亲通过一位来自盐湖城的名叫理查德·吉奥克（Richard Giauque）的律师向最高法院递交了一份请求对吉尔莫死刑延期执行的申请，请求最高法院向下级法院下达令状，给予他们调取案卷的权利。最高法院的这一决定，无疑给了多里乌斯晴天霹雳般的打击，无疑是有关吉尔莫死刑的“最大新闻”（686）。但是，吉尔莫的母亲的申请不为吉尔莫本人所知，母亲的意愿跟他的意愿完全相反。他要的不是对他延期执行死刑，而是如期执行死刑；他要的不是母爱的庇护，而是情侣的温情。他绝食以示反抗，达不到目的时，他又通过公众对监狱、法院和医院等与他相关的一切机构和组织施加压力，而他的所思所想和所作所为都是他的律师为他策划的结果。所以，他的死刑之所以难以执行，是因为他已经成为一个任人摆布的工具。新闻媒体和公众舆论参与了他的死刑执行，加速或延缓着它的进程，从而使其成为不仅是犹他州内的大事，而且是整个美国社会的大事，就像人们在他三十六岁生日前一天晚上所说的那样，他成了“美国最臭名昭著的罪犯”（694）。事实上，吉尔莫的母亲贝西之所以提出申请，是因为一个名叫安东尼·阿姆斯特丹（Anthony Amsterdam）的律师建议她这样做。阿姆斯特丹是斯坦福大学的法学教授，与一个名叫“法律援助基金会”（The Legal Defense Fund）的组织有联系，这个组织联合了全国范围内愿意在死刑案件中合作的律师们。阿姆斯特丹在“福尔曼对乔治”的案子中担任辩护律师，表现出色，一举成名，因为他揭露了美国司法行为的种族主义特征：处于死刑序列中的正在被执行死刑的黑人囚犯在人数上与白人囚犯完全不成比例。阿姆斯特丹的成功辩护使得美国最高法院通过一项里程碑式的决议，使得美国曾有一段时间未出现过死刑（701）。阿姆斯特丹从吉尔莫的首任辩护律师斯奈德和后来自愿为其奔走相告的盐湖城的名律师吉奥克以及他比较尊敬的几个律师那儿得知这个“让人震惊的”案子，于是决定与吉尔莫的母亲贝西联系。正当她为有这样一位热心、免费为儿子免于死刑进行辩护的律师而高兴时，贝西听到了吉尔莫与尼克尔双双企图自杀的消息。阿姆斯特丹打算向最高法院提出“下一个朋友”（Next Friend）的申请，让贝西以儿子“没有能力保护自己的利益”为由代表他对犹他州提起控诉（703）。在向最高法院递交的申请中，阿姆斯特丹准备“触及一个敏感点”（703）。他要向最高法院表明，吉尔莫是“一个病人，没有行为能力”；他也要向最高法院强调：“加里是否有心智能力的问题还没有得到让人满意的解决。”（703）但是，阿姆斯特丹认为：

> 这样的能力缺失不会成为起诉的基础。还有两个重要因素。在最近富有戏剧性的日子里，加里一直收到来自正在书写这件事的丹尼斯·波尔茨的法律建议。如果加里成为十年中第一个接受死刑的人，波尔茨可就赚了大钱。这对于加里的姨夫沃恩·戴米科的代理律师来说也是如此。正因为如此，加里的姨夫也持同样的立场。加里至今没有得到充分的建议。即使他心智正常，他仍然是一个门外汉，做出杀死自己的法律决定，却没有得到无偏见的法律建议的好处。还有第三点。加里出现在犹他州高级法院的时候，如果他想放弃一些重要权利，让他明白美国最高法院所反复强调的东西是一个必要程序，但当时的审判程序没有满足这一点。(703—704)

阿姆斯特丹还认为："犹他州高级法院的法官们不是审判法官，他们不习惯于提醒，并做出正确的审判记录。他们是受理上诉的法院，这种情况下，他们错误地用乡下的尺度来达到美国最高法院的标准。"(704) 概括地讲，阿姆斯特丹认为，无论丹尼斯·波尔茨律师还是犹他州高级法院，都没有做出有利于吉尔莫的事情，他们要么利用吉尔莫为自己谋福利，要么不符合法律程序。为了帮助吉尔莫，他"需要一个来自犹他州的律师向最高法院提出'下一个朋友'的申请"。因此，他"选择了理查德·吉奥克"(704)。对于阿姆斯特丹提出的"没有能力"理由，犹他州高级法院有两种反应：一种认为："贝西·吉尔莫没有权利代表儿子行动，这是他的案子，不是她的"；另一种认为："加里心智有问题，这给了吉尔莫夫人介入的权利。"(705)

吉尔莫杀人案判决结果上诉到最高法院让陪审团怀疑他们自己是否做出了错误决定，但审判法官布洛克（Bullock）向他们解释说，他们并没有做错，只是每个罪犯都有上诉的权利，并且自1967年以来，没有罪犯被判处死刑。布洛克说，他本人并不赞成死刑，但他不得不宣布陪审团的意见。布洛克法官约见陪审团之后，最高法院撤销了对吉尔莫延期执行死刑的决定，吉尔莫杀人案将重新审判。尽管布洛克法官自己不愿意，但他还是不得不宣布那个结果。但是，他无法改变吉尔莫的想法。所以，他对自己说："如果那家伙要死，就让他去死吧。"(742) 但是，"程序还得走，那些想要上诉的人有权利得到上诉最高法院的时间"(742)。因此，"当他听说莫迪和斯坦格尔根据吉尔莫的旨意请求提前审判时，他并没有为之所动"(742)。重新审判之日，尽管吉尔莫在法庭上反复强调，他对于结束自己生命的想法是严肃的，希望法庭不要再跟自己开玩笑，希望自己能在几天之内被执行死刑，但法院没有满足他的愿望，如审判法官布洛克所说：“我们在这儿不是为了满足你的愿望。”（745）最高法院以5人反对、4人赞成的投票结果取消了对他延期执行死刑的决定，这一结果让“吉尔莫结束了长达25天的绝食”（733）。绝食结束后，吉尔莫接受席勒的采访，但对于席勒事先准备好的问题，他并没有严肃回答，也没有全部回答，只是调侃性地回答了其中一部分。问及他以前为什么进入商店拿了东西而不付钱，他的回答是：“没有时间久久站着排队等待付款。”（734）问及1976年7月13日那天什么原因导致发生什么事让尼克尔离开他，他的回答是：“去问她吧。”（734）问他为什么杀人前抢劫——为什么不只是杀人或者只是抢劫，他的回答是：

> 习惯吧，我猜。
> 我的生活风格。
> 我们都是习惯的生物。
> 来自不同背景的其他人可能有不同的做法。
> 我也可以只杀人——但我是一个贼，一个前罪犯，一个抢劫者。我在回归习惯——也许那样对我有意义。（735）

问及他面对死刑前是否想过死，他的回答是：

> 很多。
> 很深入。
> 特别多。
> 哦，是的。（736）

问及他是否在乎别人对他的看法，他的回答是：

> 是的。
> 每个人都在乎。（737）

问及他如何看待母亲以及她在他早期生活中的作用，他的回答却显得比较严肃：“我爱我母亲。她是一位美丽的女强人，自始至终爱着我。我母亲跟我的关系一直很好，除了母子关系，我们还是朋友。她是一位具有摩门教徒先驱血统的好母亲，一位善良的母亲。”（736）吉尔莫的严肃回答表明，他与母亲之间的感情很深，但除了母亲，他似乎对其他家人没有任何感情。他跟弟弟米克尔关系紧张，兄弟俩一见面说不上三句话就开始吵架，结果不欢而散；但血浓于水，米克尔不愿眼睁睁地看着哥哥被执行死刑，因此，他配合斯坦福大学法学教授阿姆斯特丹为吉尔莫免于死刑而费心劳神，如前文所述。

但是，重新审判并没有让吉尔莫如愿以偿，反而让他颇受打击，颇有受挫感。重新审判后第二天，吉尔莫第二次试图自杀。跟第一次一样，他自杀未遂，但这次跟第一次不一样，他在医院只待了一天就返回了监狱。吉尔莫曾经表示，他因为失去尼克尔导致情绪紊乱而杀了两个无辜者詹森和布什奈尔，但对自己的行为有悔恨之意；如果有来世，他愿意接受布什奈尔的惩罚。针对自杀事件，席勒问了吉尔莫一两个问题，其中之一是："你在另一个世界遇到布什奈尔和詹森的时候，会发生什么？"吉尔莫的回答是："谁知道我会遇到他们？有可能，随着死亡，你的一切债务都偿还了。但他们有他们的权利，就像我一样，他们也有他们的特权，就像我一样。我想知道——他们现在有比我更多的做某事的权利吗？这是一个很有趣的问题。"（748）吉尔莫的回答颇像莎士比亚笔下处于困境的哈姆雷特："死了，睡着了/一了百了/睡着了，我们就可以结束所有的痛苦。"但是，"死了，睡着了；/睡着了，也许要做梦。/唉，这就是麻烦，/因为在死亡的睡眠中，又会做什么梦呢"①。吉尔莫的第二次企图自杀给监狱和法院都带来了不少麻烦，因为"国家肯定不允许出现这种情况：公众认为他们在杀一个疯子"（748）。所以，他们需要证明吉尔莫是清醒的而非疯狂的。然而，监狱精神病医生检查证明，吉尔莫并非疯子，而是清醒之人。虽然结果"满足了法律"，但"不论你做了什么，公共舆论是永远不可能满足的"（749）。然而，席勒对于吉尔莫的第二次企图自杀有不同反应。他认为，吉尔莫反复企图自杀，"不是因为再生"，而是"出于刁难"，因为"他企图自杀以表明世界控制在加里·吉尔莫的手中"（749）。

重新审判没有改变吉尔莫的命运，但法庭之外，人们仍然为改变他的命运而忙碌。重新审判之后，针对吉尔莫的死刑，犹他州的一些反对死刑者拟成立"犹他州反对死刑联盟"，他们希望说服吉尔莫，让他认识到："要犹他州让他摆脱这种人间混乱，他百分之百错了。"（他们似乎把吉尔莫与莎士比

① William Shakespeare, *Hamlet*, *Prince of Denmark*, eds., David Bevington and David Scott Kastan, New York: Bantam Dell, 2005, p. 121.

亚笔下的哈姆雷特等同，因为哈姆雷特在替父报仇过程中犹豫不决时说过："我们刚刚摆脱了人间的混乱。"①）他们也力图向犹他州表达这样的思想："这个州不应该杀任何人。"（777）他们甚至决定在吉尔莫被执行死刑前进行群众性集会，并在吉尔莫被执行死刑前一夜整晚上守在监狱门外进行抗议。他们甚至还想依靠纽约的一个叫"和解同胞会"（the Fellowship of Reconciliation）的服务员为他们喊话："我们为什么要杀那些杀了人的人以示杀人是错误的？"（778）应该说，"杀人"分为两种：一种是合法的，另一种是违法的。显而易见，他们有意混淆这种区别，旨在偷梁换柱，以表明法院陪审团做出死刑判决是错误行为，因为"杀人是错误的"；但是，他们没有表明甚至可能不想表明的是："我们杀那些杀了人的人"是为了杀鸡骇猴、惩前毖后，是维护社会安定和人们生命财产安全的需要，符合人类道德和社会公德要求；而"那些杀了人的人"刚好违反了社会法律和道德要求，其行为损害了社会和人们的利益，惩处他们的错误是符合人们意志的正确决定和正确行为。从这个意义讲，"犹他州反对死刑联盟"的想法置受害者及其家属于不顾，一味地为吉尔莫这个杀人者说活，努力为他争取民众和社会同情，显然是道德和法律不可接受的。它的出现，自然为犹他州法院如期对吉尔莫执行死刑设置了又一道障碍。吉尔莫被执行死刑前两天，"犹他州反对死刑联盟"在州办公大楼礼堂召开会议，虽然"每个人都知道，这是老鼠对抗大象"，但"世界在看犹他，所以他们要让世界知道，犹他的一些人并不同意占绝对优势的力量"（874）。吉尔莫被执行死刑前一天下午："全国教堂委员会"的主教们集聚犹他州监狱，为吉尔莫举行隆重的祈祷仪式；"全国反对死刑联盟"协调人亨利·舒瓦尔希尔德（Henry Schwarzschild）说，吉尔莫的死刑是"一种残酷化的恐怖"、一个"危险的先例"和"司法杀人"（875）。作为一个杀人犯，吉尔莫应该受到法律严惩；因此，依法对他判处死刑，应该说大快人心。但是，如此隆重的祈祷仪式和如此强烈的批评谴责让他的死成为一件让人颇感悲伤的事情，不得不说，这样的结果极具道德反讽意味。

除了组织机构，不少个人也为改变吉尔莫的命运而忙碌。吉尔莫被执行死刑前，负责他死刑事宜的犹他州高级法院院长助理多里乌斯认为："进一步延期该死刑就会伤害公众"，因为"公共马戏团的噩梦就是，时间越长，它们可能使得任何有意义的事情显得更加滑稽可笑"（862）。但是，如多里

---

① William Shakespeare, *Hamlet*, *Prince of Denmark*, eds., David Bevington and David Scott Kastan, New York: Bantam Dell, 2005, p. 121.

乌斯所想："法律在某种程度上总是一种游戏"（861）；所以，即使结局已定，还是有人自愿努力为吉尔莫免于死刑费神劳心。菲尔·汉森（Phil Hansen）就是其中一个。他曾跟尼克尔见过一两次面谈过吉尔莫的事情，但因公事繁忙一直无暇顾及。现在，吉尔莫即将被执行死刑，虽然他知道吉尔莫放弃上诉，并且多次声明不愿他人为自己请求宽恕，但他还是决定"介入"，试图枪口夺人，在死刑执行者的枪响之前"解救"吉尔莫。有个名叫吉尔·阿泰（Gil Athay）的律师也努力让吉尔莫的死刑延期执行。阿泰曾经办过一个案子，他的当事人是个处于死刑系列的名叫戴尔·皮尔（Dale Pierre）的黑人，被指控参与杀害一位有名妇科医生的妻子并致其儿子大脑永久性残废。阿泰认为他的当事人是无辜的，但陪审团判他有罪，因为"他是黑人，这是一个在犹他州需要回避的情况。在犹他州，黑人不可能在摩门教堂做牧师"（872）。但经过阿泰的努力，这个黑人最终幸免于死。通过皮尔的案子，梅勒旨在表明，犹他州是一个种族主义的地方，来自这个州的陪审团是种族主义者，他们是为白人种族主义服务的。阿泰之所以介入吉尔莫的死刑案，是因为"加里·吉尔莫的死威胁着戴尔·皮尔的生命"，因为"当时犹他州50%的人认为，戴尔·皮尔应该被处死；但现在受吉尔莫案子的情绪影响，90%的人认为他应该被处死"（873）。显然，在阿泰看来，处死一个吉尔莫不要紧，但要紧的是，吉尔莫的死会让更多的人生命止于监狱，特别是那些处于死刑系列的囚犯。无论他怎样努力，最高法院最终还是没有接受他请求延期执行吉尔莫死刑的申请。阿泰似乎很人性，但他显然忽视了这些囚犯给他们的受害者造成的无法弥补的损失和无法愈合的创伤。一位名叫金克斯·达比尼（Jinks Dabney）的律师也介入吉尔莫的死刑案。达比尼为"美国公民自由联盟"服务，他认为吉尔莫死刑违反了《第八条宪法修正案》和《第十四条宪法修正案》，因为这两条修正案明确规定，不能"任性地或武断地"处死一个人（925、929）。因此，即使吉尔莫死刑执行近在咫尺，他还是想做最后的努力，让法院延期对吉尔莫执行死刑。另一位同样为"美国公民自由联盟"服务的名叫阿尔·布朗斯泰因（Al Bronstein）的律师甚至连夜乘坐飞机前往最高法院，于犹他州时间早晨7点（距离吉尔莫死刑预定执行时间仅有49分钟）到达华盛顿，向最高法院递交了请求延期执行吉尔莫死刑的申请。40分钟之后（距离吉尔莫死刑预定执行时间不到10分钟），布朗斯泰因的申请顺利交给了大法官怀特（White）；10分钟之内，大法官怀特就否决了布朗斯泰因的申请。然后，布朗斯泰因又重新将他的申请递交给大法官马歇尔（Marshall）；同样，几分钟之内，马歇尔就否决了他的申请。随后，布朗斯泰因要求将他的申请递交最高法院全体大法官讨论；此时，最高法院全体大法官正准备召开例会，但一反常规，破例优先审议了布朗斯泰因的申请。但是，除大法官布里南（Brennan）未参加外，通过大法官柏格尔（Burger），最高法院全体大法官一致否决了“美国公民自由联盟”通过布朗斯泰因递交的延期执行吉尔莫死刑的申请，此时已经过了吉尔莫死刑预定执行时间（实际执行时间是8：07）。布朗斯泰因虽然代表“美国公民自由联盟”做了最大努力，“每一种法律资源都用到了，什么都没能阻止加里·吉尔莫的死刑”（972）。犹他州地区法院的里特（Ritter）法官也在这个时刻试图阻止吉尔莫的死刑执行，他认为“利用纳税人的钱枪杀加里是不合法的”（935）。然而，吉尔莫却不买账，他甚为愤怒地说：“我自费吧，我来付子弹、枪和对我行刑者的钱。”（935）他授权席勒请求犹他州高级法院院长庞波·汉森取消里特所谓的“纳税人的请求”（935）。他甚至说，如果他的死刑真正延期了，他会自缢身亡。（939、943）1977年1月17日早晨，距离吉尔莫死刑预定执行时间（7：49）不足4小时，来自盐湖城的刘易斯（Lewis）法官还在做最后努力，试图阻止吉尔莫死刑如期执行。他将吉尔莫死刑与美国在世界上的形象联系起来，觉得对吉尔莫执行死刑会催生处于死刑系列的大量罪犯走向死亡，会让美国回到古代的血洗场面（bloodbath），这不利于美国在世界上的形象（955）。美国之外，也有人为吉尔莫死刑愤愤不平。吉尔莫被执行死刑前，世界各地都有人纷纷打来电话，指责并试图阻止他的死刑，其中有个女人从德国慕尼黑打来电话说：“我丈夫死于集中营，那儿发生着同样的事情，美国比集中营好不到哪儿去。”（1008）可以说，这个德国女人的说法相当极端：“二战”期间德国纳粹集中营毒杀了大量无辜者，惨无人道，缺乏人性，让世界震惊，应该受到人们谴责；吉尔莫毫无人性地杀害两个无辜的年轻人，其行为跟德国纳粹分子的行为毫无二致，同样应该受到人们谴责，但她不但没有予以谴责，反而谴责美国法律对他的惩罚。通过这个德国女人的反应，梅勒旨在告诉读者，在吉尔莫死刑问题上，不少人常常混淆是非，非常疯狂，极不理性，缺乏正确的道德判断和价值取向。

然而，吉尔莫却反感所有试图让他免死的组织机构和个人，如“美国公民自由联盟”及其律师、“全国有色人种协进会”、代理他母亲贝西向最高法院提出对他延期执行死刑的盐湖城律师吉奥克和斯坦福大学法学教授阿姆斯特丹等，他认为这些组织机构和个人一方面反对死刑；另一方面却倡导另一种死刑（堕胎），他认为他们简单地把他的死刑问题变成了一件私事。因此，他不让他们插手其中。一定程度上讲，吉尔莫的认识是正确的。在“犹他州反对死刑联盟”紧锣密鼓筹划工作之时，席勒抓紧时间利用吉尔莫为自己赚钱。他一方面通过电话从世界各地寻找吉尔莫信件的买主；另一方面精心策划如何从吉尔莫身上得到更多可赚钱的有用信息。他要求律师每天早晨拟定一套新的问题交给沃恩的代理律师莫迪和斯坦格尔，莫迪和斯坦格尔带着这些问题前往监狱采访吉尔莫，并将采访录音于当日晚上空运给律师，律师在机场接收录音后，根据录音内容拟定新的采访问题，再交给莫迪和斯坦格尔，供他们进行新采访时使用。显而易见，席勒要让吉尔莫成为他的一种“产业”，一种很能赚钱的“产业”，他要成为这个“产业”的霸主，能够遥控手下的队伍，只要每个环节不出问题，就可以坐等钞票源源不断地流入囊中。然而，这个看似非常完美的安排，却“彻彻底底地失败了”（782）。席勒抛出高价收买吉尔莫和尼克尔故事权，不允许吉尔莫向任何人透露任何非常有价值的信息。他告诉吉尔莫接受媒体采访时哪些该说哪些不该说，并且近在身边进行监控，一旦发现吉尔莫有透露信息的迹象，他会马上示意让他闭口不谈。吉尔莫成了他赚钱的工具，成了他棋盘上的棋子。席勒本来打算以75000美元的价格收买吉尔莫和尼克尔故事权，但现在他觉得这个数字不足以让他搞定所有一切，他的预算从原先的75000美元增加到100000美元，超出ABC电视台的预算整整60000美元。多出的钱从何而来？他想到了吉尔莫和尼克尔的信件。在此之前，吉尔莫已经拒绝了姨夫沃恩的代理律师莫迪关于索取他信件的合同条款。不论律师如何申辩说“你对这件事没有什么可说的，它们［吉尔莫写给尼克尔的信］现在是尼克尔的信件”，吉尔莫非常坚定地强调：“直到我同意，否则不准阅读它们。”（662）索取私人信件涉及伦理问题，但席勒认为：“伦理是一种物物交换。”（707）显然，席勒将钱置于伦理之上，从而将吉尔莫变成他赚钱的工具。尽管吉尔莫不愿交出他的信件，但席勒认为：“它们是交易内在的东西，是他资本的一部分。”因此，“不论以何种手段得到它们，他都不会有任何内疚”（708）。所以，他找到沃恩的代理律师莫迪和斯坦格尔，但他们也“不知道该如何弄到它们”（708）。他对这样的回答颇为生气。他指责律师斯坦格尔什么都没有干成，既没有拿到吉尔莫的信件，也没有得到他接受审判时的录音记录。斯坦格尔回答说吉尔莫不允许他那样做时，席勒极为愤怒地说：“这跟加里的反对没关系，这关系到书和电影。”（708）所以，当伍顿同意将自己拥有的吉尔莫的信件转让给他时，席勒颇感兴奋。伍顿交给席勒的吉尔莫的信件都是吉尔莫在自杀事件前写给尼克尔的，共有一千多页。席勒把这些信件装订成册，给伍顿一本，自己留一本，给未来吉尔莫的传记作者一本，至少还需要三本在其他不同地方销售。在席勒眼中，这些信件不是普通信件："加里的信件叠放得整整齐齐，真是难以相信……不仅加里把信纸紧紧地折叠起来，而且尼克尔也保持了同样的面貌……从那些信件拆开又叠起来、拆开又叠起来的方式可以感觉到加里与尼克尔的关系。"（709）因此，席勒认为："即使最高法院撤回延期决定，加里在一个星期左右被执行死刑，这些信件仍然展现了爱情故事。他不仅知道了那个人要死的理由，而且知道了罗密欧与朱丽叶的故事，知道了死后的生活，甚至足够一个电影剧本作家写成一部戏剧。"（709）对席勒来说，得到吉尔莫的信件自然非常高兴，但只有把它们转化成他需要的钱，它们才会有价值。因此，他计划向《全国问讯报》和《时代》出售吉尔莫的信件，甚至计划向《花花公子》和《时代》出售他对吉尔莫的深度采访。然而，他的计划并不像他盘算的那么顺利。他向监狱表明自己是好莱坞导演后，监狱的一切发生了变化。监狱限制律师接近吉尔莫，限制他们公开采访他，这让莫迪和斯坦格尔无法按照席勒的旨意顺利开展工作。狱警长山姆·史密斯说他"要看到谁也不会从加里·吉尔莫死刑中获利"；为此，"他开始加强对监狱探访的限制"（710）。劳教所所长厄尼·赖特（Ernie Wright）说："任何导演都不会从吉尔莫身上赚到一分钱，这不公平。我们是挨批评的人，谁也不会在这件事上赚钱。"（711）另外，莫迪和斯坦格尔也受到来自吉尔莫的阻力。吉尔莫要求他们转告席勒，他要跟尼克尔通电话，他相信席勒能够给相关人员施加压力。他说："我已经16天没有吃东西了，我还会继续下去。不论做什么，我都要跟她通电话……我想跟尼克尔说话，我不知道，跟她通话前，我能否跟任何人合作。我想，这听起来像最后通牒。"（713）但是，吉尔莫的要求并没有得到席勒满足，他没有按照吉尔莫的旨意行事，而是遵循了自己的原则和意愿。既然吉尔莫拒绝跟律师合作，席勒脑子里跳出了"多边采访"的想法。他采访了吉尔莫的表妹布林达及其丈夫约翰尼（Johnny），也采访了和吉尔莫有过交往的斯特林·贝克（Sterling Baker）及其妻子露丝·安（Ruth Ann）。从斯特林那儿，席勒得知了吉尔莫的另一面："一个真正温和的人。"（715）尽管席勒没有满足吉尔莫的要求，莫迪和斯坦格尔还是"努力想办法让加里跟尼克尔通话"，他们"讨论了很多方案"；同时，"为了让加里高兴，他们一直保持着他跟尼克尔之间的信件往来"（715）。为了讨好吉尔莫，他们还说："我们把你当成了好朋友，不喜欢你被执行死刑的那个想法"；他们甚至还说："不管你是否喜欢，我们已经喜欢上了你。"但吉尔莫并不买他们的账，他强调："我不想叫你们喜欢我，我不是一个可喜欢的人，我只要你们尊重我自己关于死亡的想法。"（715）席勒不仅要律师莫迪和斯坦格尔想方设法采访吉尔莫以便得到他需要的信息，而且还托人找《花花公子》对吉尔莫进行采访。为了能很好地出售这些访谈，他需要找到“一个真正能编辑这些访谈的好作家”（722）。他知道“许多报纸人都不择手段地努力攫取加里的故事”（723）。所以，他不惜时间和金钱从一个地方飞到另一个地方寻找他需要的“真正的好作家”。他先后联系了颇有编辑经验的巴利·法内尔（Barry Farrell）和塔莫拉（Tamera）。圣诞节刚过，尼克尔收到吉尔莫的书（实际上是他的笔记本），其中一页上写道：

> 宝贝，我死之前，我想毁掉你的信件，原因是它们不适合出版，不适合公众阅读。
>
> 我一直想把它们还给你，但我知道，一旦这样做，它们就会落入拉里·席勒这个电影导演手中。（785）

接受莫迪和斯坦格尔采访时，吉尔莫说：“他［席勒］问我他能否取得尼克尔写给我的信，告诉他，我已经毁了它们，我不会细说。他用了一点抽象心理学，这在我身上起不了作用……他没有办法看到她写给我的信，它们印在我心里，这就是它们现在的地方，它们已经没有了。”（805）吉尔莫不愿配合采访，也不愿回答席勒的问题，吉尔莫的亲属和好友也不愿接受采访或提供他需要的信息，席勒无法从吉尔莫这边获取他需要的信息，于是将目光转向尼克尔那边。他想到尼克尔的妹妹艾普丽尔。他说服尼克尔的母亲凯瑟琳，并通过其代理律师菲尔·克里斯坦森（Phil Christensen），在圣诞节通过购物与艾普丽尔建立了联系。他为此颇感“兴奋”，因为“不像沃恩、布林达和斯特林，这是他接触的第一个知道谋杀案前吉尔莫情况的人”（750）。

随着死刑执行日期的临近，媒体对吉尔莫的情绪反应颇感兴趣。《盐湖城论坛》报道说，看管吉尔莫的狱警注意到：“随着死刑日期的临近，加里开始紧张起来。”对此，吉尔莫在写给尼克尔的信中回应说：“我一生中从来没有紧张过，现在我也不紧张”，而“他们倒是紧张”（820）。吉尔莫所言极是。事实上，随着死刑执行日期的临近，感到紧张的不是吉尔莫本人，而是那些力争让他免于死刑的公众。除了公众，监狱和法院似乎也比较紧张。吉尔莫即将被执行死刑，这是毫无疑问的；但是，在哪儿执行？这个问题成为监狱和法院的头疼之事：在监狱内执行，会对其中罪犯产生不利影响；在监狱外执行，会有安全和游行示威问题。经过慎重考虑，狱警长史密斯和法院院长助理多里乌斯一致认为，尽管有不好影响，但在监狱内对吉尔莫执行死刑比较稳妥。解决了在哪儿执行死刑的问题，还有一个需要解决的问题：谁来执行枪决吉尔莫的任务？监狱和法院曾考虑从公众中招募志愿者，但法院院长一直认为应该由治安官来执行这一任务，最后监狱和法院达成一致意见：由治安官执行枪决吉尔莫的任务，这些治安官要么从盐湖城县行政司法长官办公室选调，要么从犹他县行政司法长官办公室选调。但具体执行人是谁？狱警长史密斯却没有向外界透露。

当然，不是所有人都发出反对声音。与汉森、达比尼、阿泰、布朗斯泰因、里特和刘易斯等反对吉尔莫死刑的人不同，犹他州高级法院院长庞波·汉森办公室二号人物迪默（Deamer）认为："人在这个世界上就是要检验是否正直地活着。忏悔就是检验的钥匙。一个人一生中会做错事，他不得不因此做出偿还，除了几种罪行，犯了这些罪行，你终身得不到宽恕，谋杀就是这些罪行之一。你杀了人，你可以得到宽恕，但不在这一生，而在下一生。为了忏悔，你得让人把你的生命拿走。"因此，迪默觉得："让加里·吉尔莫如愿去死，并没有让其存在变为虚无和空白；相反，能让吉尔莫到达一个精神领域，在那儿，在通往永恒的道路上，他虽然犯了谋杀罪，但可以得到宽恕。"（970—971）显而易见，通过迪默，梅勒实际上明确表达了他对死刑的认可与支持。吉尔莫被执行死刑前，《全国问讯报》报道说："谋杀者加里·吉尔莫在撒谎——他不想死啊！"对于这一报道，吉尔莫在给席勒的回信中回应说："我不是一个好人，也不是一个英雄，但我也不是《全国问讯报》所说的那种人。"（808）吉尔莫对《全国问讯报》的回应表明，媒体报道常常并不客观真实，真正客观真实的东西只有当事人自己才知道。媒体和影视界为了自己的商业利益，常常会不择手段地获取一些道听途说的消息来吸引观众、读者和听众，甚至还会扭曲事实，以便达到提升收视率或发行量的目的，从而变相地让本该严肃报道的新闻变成某种具有娱乐性质的文字或影像。席勒知道，如果他"想要一本成功的书和一部成功的电影，他必须去掉公众的憎恨，让人们看到他笔下这个叫吉尔莫的人具有健康人的特征"（814）。因此，在吉尔莫被执行死刑的新闻报道问题上，席勒说："我必须设计一下"，因为"他认为他通过设计蒙太奇能让吉尔莫具有人性，而不仅仅是个冷血杀手"（814）。然而，在局外人（叙述者）看来，"问题不是吉尔莫是个杀手，甚至不是他在挑战那儿的所有正直的人们，真正的困难是，他在愚弄他们。公众竟然跟一个疯狂的、迷惑的、不清醒的杀手生活在一起"（814）。通过叙述者之口，梅勒讽刺了以席勒为代表的追逐名利而忘记伦理道德的社会群体、机构和个人。

为了独占吉尔莫故事权与死刑报道权，以及相关信息所有权，席勒不惜重金雇佣警察，让他们确保最后三四天时间里沃恩家庭的安全；他劝说尼克尔的母亲凯瑟琳·贝克携孩子搬家到另一个地方。他这样做，不仅仅是为沃恩和凯瑟琳及其家人的安全考虑，更是为自己的利益考虑，因为有了警察保护，没有新闻媒体人士可以接近沃恩及其家人进行采访；让凯瑟琳携孩子搬家，可以让他们躲开新闻媒体人士的视线，从而切断他们的消息渠道，确保自己能够独占吉尔莫的一切信息。吉尔莫被执行死刑前，席勒做好了独占一切信息的工作：他在奥利姆旅馆（Orem Travel Lodge）订了7间房，配备了完整设备，包括自己租用的打字机、桌子、门卫、办公室、档案室、“颇有编辑经验”的法内尔的创作室与卧室、席勒自己的卧室、两个秘书的卧室以及避免旅馆人员窃听的直拨电话，以便有效挡开媒体干扰。这样的场面和设备犹如奥运会或美国总统竞选时的媒体表现。席勒像一个身居五角大楼指挥作战的高级将领，似乎他决策上的任何一点点失误，都会导致无法挽回的巨大损失。吉尔莫被执行死刑前几天，席勒接到吉姆·布里斯林（Jimmy Breslin）的代理人斯特林·劳尔德（Sterling Lord）的电话，希望他把见证吉尔莫死刑的权利转让给吉姆，他的起价为5000美元，但席勒没有答应他，因为他不知道自己是否有机会见证吉尔莫的死刑；劳尔德误认为席勒以此为借口，于是将买价从5000美元飙升到了35000美元，甚至说还可以涨到50000美元，但席勒还是没有满足他们的愿望。事实上，席勒的确不知道自己是否有机会见证吉尔莫的死刑；吉尔莫在监狱里对同室狱友吉伯斯说，他被允许邀请5个人见证他的死刑，他想邀请吉伯斯届时参加，但他没有说他还会邀请谁届时参加。但是，谁有权见证吉尔莫的死刑，不完全由吉尔莫说了算，法院和监狱具有最终决定权。事实上，直到吉尔莫被执行死刑前一天，见证他死刑的人选名单才得以最后确定。被执行死刑前一天早晨10点，在写给尼克尔的信中，吉尔莫才明确了他邀请见证他被执行死刑情景的5个人：他的女朋友尼克尔、他的姨夫沃恩、他的律师斯坦格尔和莫迪以及他的全权代表席勒。因此，布里斯林以高价购买见证吉尔莫死刑的权利，此举可谓非常滑稽可笑。但是，这一看似滑稽可笑的行为，却表明了一个不争的事实：吉尔莫已经不是一个简单的普通死刑犯，而是一件可以供人赚钱的商品；或者，更准确地讲，他是一个可以帮助赚钱的商标、一块可以帮助招揽顾客的牌子，甚至成了一张一些人可以借以炫耀自己、抬高身价的名片。因此，吉尔莫被执行死刑前最后几天，席勒严格限制吉尔莫跟其他人见面或接受采访，这引起吉尔莫强烈不满，他因此想“解雇”他。但如果解雇了席勒，他来不及找其他人接替。因此，吉尔莫不得不“保持冷静”，因为他需要席勒：如果没有席勒，他“不能确信星期一早晨会是什么情况”；他需要席勒“为历史记录他被执行死刑的那一时刻”，虽然他“无心让它成为这样一件大事”，但他“觉得也许会写出几篇文章来”（860）。吉尔莫被执行死刑前两天下午，席勒受邀给杨百翰大学（BYU）社会科学专业的学生做了一个关于加里·吉尔莫的报告，他在这个报告上说：“你是一个新闻工作者，因为你把一件事变成了另一件事，这就是新闻工作。”（876）他还说，他之所以关心杀人者吉尔莫而不关心受害者布什奈尔，是因为“在美国，此刻，加里·吉尔莫在创造历史，不论公平与否，班尼·布什奈尔及其死亡永远不会”（877）。席勒之所以这样说，是因为自1967年以来，美国没有罪犯被判处死刑，也没有处于死刑系列的罪犯被执行死刑。所以，作为第一个将被执行死刑的罪犯，吉尔莫将会成为美国司法史上一个不可忽视的人物，他被执行死刑在美国司法史上具有划时代的意义，是“一个在全国都具有重要性的事件”（878）。因此，席勒不止一次对己对人说，他在“记录历史”。他曾对吉尔莫的弟弟米克尔说：“我在这儿是为了记录历史，不是为了创造历史。”（843）但是，事实上，他的一举一动、一言一行、一思一想无不创造着有关吉尔莫的历史。为了获得最大的经济利益，他竭尽全力、动用一切资源和力量，让吉尔莫成为他笔下的英雄，成为他影片中的明星，从而试图让一个悲剧事件演变成一个喜剧故事。因此，为吉尔莫免于死刑而效力的盐湖城律师吉奥克认为：“加里正在被许多人利用”；他举例说：“新任法院院长庞波·汉森竭尽全力支持死刑，他和其他许多保守派人士显然都想利用加里的死亡意愿达到自己的政治目的”（841），因为“在犹他州，支持死刑的公众舆论达到了85%—90%”（841）。当然，还有许多人并不是为了政治目的，而是想通过吉尔莫发财致富，就像阿姆斯特丹眼中吉尔莫的姨夫沃恩及其律师那样。在阿姆斯特丹看来，沃恩及其律师“对加里之死的兴趣是财政性质的”（839）。可以说，为吉尔莫免于死刑而奔波的律师和家人与赞成死刑的公众以及助力吉尔莫死亡的人们之间上演着一场惊心动魄、非常激烈的刑场夺人战。

吉尔莫的死刑也成为全球性新闻。他被执行死刑前一两天，世界各地新闻界200多名记者蜂拥而来，与当地20多名记者集聚盐湖城，“场面堪比一场重量级拳击赛”（855）。他们想亲眼看见吉尔莫被执行死刑的情景，想得到他的一缕头发或一片指甲作为纪念。但对他们所有人及其所属机构来说，最为重要的是得到报道吉尔莫死刑的专有权。新闻大王默多克（Murdoch）第一个给出高价，欲以125000美元的价格让席勒为他提供吉尔莫死刑的第一手专有材料（857）。几年前，席勒因为玛丽莲·梦露的一张裸照而得到25000美元的酬金，默多克愿意给他数倍的钱让他描述一个枪杀人的情形，这自然对他很有吸引力。但是，席勒并没有因此忘乎所以，因为他知道，他“不必放弃那本书，或《花花公子》的采访，不必放弃那部电影，不必放弃任何东西”（857）。所以，他“可以把最好的部分留给自己，给默多克一部分，他可能也很高兴”，因为“默多克不会知道他得到的是死刑的全部情况还是一部分”（857）。同样，他也不会把所有东西都给那本书，因为“出版商对专有权感兴趣——对提高发行量感兴趣，他甚至永远不可能把整个情况都印出来”（857）。不得不说，席勒不仅经济头脑发达，而且老奸巨猾：他要多方赚钱，但绝不对任何一方绝对诚实。然而，他很快意识到：“我不再知道我现在做的事情在道德上是否正确”，因为“数周以来他一直对自己说，他不是这个马戏团的一部分，他的本能让他超越其上，他有一种记录历史、真实历史，而不是新闻残片的欲望，但现在他感觉似乎他最终成为这个马戏团的一部分，甚至可能会成为最大的一部分”（857）。因此，他“决定无论如何都不能出售加里的受刑，不，谁都不能说服他这样做。他不能因为贪婪或安全而犯这样的糟糕错误。不，即使他最后一个钱子儿都见不到，他也不在乎”（858）。他甚至想，如果不把见证吉尔莫生命最后时刻的任何私人故事告诉默多克、《时代》《新闻周刊》《全国问讯报》以及其他人和机构：“他不仅会拒绝别人让他最容易挣到的钱，而且会深受打击。”（858）但不管怎样，他还是毫不犹豫地对自己说：“第一次，席勒，你不能虚构，你不能编造，你不能润饰。”（859）所以，他不惜花去清晨的宝贵时间打电话告知默多克、《全国问讯报》和NBC电视台，他不会出售吉尔莫受刑的一手资料，他不会交易；相反，他会放弃交易，吉尔莫受刑后，他会马上向所有媒体公开他作为见证人的私人报道。他从吉尔莫的姨夫沃恩那儿得知蜡像馆欲以数千美元的价格买下吉尔莫的衣服时，他没有为钱所动，做出了“最好让他们保护他的遗物”的坚定决定；他甚至还决定，吉尔莫被执行死刑后，其遗体被送往盐湖城医院接受眼睛和其他器官捐献途中，他要派自己的保安进行监视。通过席勒的思想转变，梅勒显然回应了人们利用吉尔莫的死刑为自己扬名赚钱的非道德意识和行为，唤起人们反思他们在吉尔莫死刑问题上的过激思想和疯狂行为，理性看待吉尔莫死刑，理性思考，理性行动。

吉尔莫被执行死刑前，“人人都在思考：我们为什么要杀吉尔莫？死亡会取得什么？”（894）因此，吉尔莫被执行死刑前一天晚上，监狱做了周密计划，以防意外情况发生。席勒详细地再现了当时的情景：

> 至少六点前一个小时……许多新闻界人士已经往里面走了，如果他们以前把这种情形看成马戏团的话，现在看起来像吉卜赛人的大篷车队。许多电视台的装备车在进入监狱的路上排起了长队，加上所有载着影视人员的大篷车和二等工作人员与打杂人员，还有数百名挤进各种可以想象得到的交通工具的新闻界人士，所有人都一个接一个地走过大门。每个人都喝着东西……进入监狱大门后，三百名新闻界人士一动不动地站在监狱的地面上，这是多么壮观的景象！没有任何人说出任何一句话。是的，这真正是大师计划。任何游行示威都会远离进入监狱的道路：远远地在监狱外面。反对者只能在距离监狱1500英尺的地方大声喊出他的反对声音。要不是因为这个计划，媒体中的一些精英们可能会冲过去采访那些游行示威者，甚至唆使他们说出一些指责性的话语。不到早晨，就会有无数关于死刑敌视者代言人讲话的故事。所以，这太精彩了。新闻可能是冷清的，但计划有一个漂亮的概念：把新闻界锁起来……当然，第二天早晨，故事是报复性的，但是，新闻界对犹他州一直是苛刻严厉的。至少，黎明执行死刑时不会出现暴民和人人都力争进入监狱的场面。现在，暴民场面可能在前一个晚上六点前已经出现，新闻界的敌意在早晨前也已经消失。整晚上都在喝酒，他们在黎明时分都已昏昏沉沉，吉尔莫从最大安全区押送到监狱时，这些记者从寒冷中进来就非常高兴，他们可能会等着而不至于被关在任何房间里发牢骚。(895—896)

席勒认为，如此周密的计划“肯定来自华盛顿，至少出自联邦调查局或司法部的某个人”（896），它不仅确保了吉尔莫死刑的如期执行，而且改写了美国司法史上犯人伏法的历史，让吉尔莫成为一个不同凡响的历史人物。就在那个晚上，看见吉尔莫喝完沃恩带进监狱的小瓶饮料，莫迪感觉那情形就像“最后的晚餐”（905），虽然“加里总是说：‘我不要最后的晚餐，因为他们会愚弄我’”（915），显然，在莫迪看来，吉尔莫面对死刑毫无惧色，就像耶稣面对十字架时一样镇定坦然；因此，他的死与耶稣为拯救人类而牺牲自己具有一样的重要意义。吉尔莫被执行死刑前，沃恩前去监狱跟他告别；他心情特别复杂，看到吉尔莫时很想哭，但他知道他罪有应得，如吉尔莫自己所说：“我杀了那些人，他们死了，我无法让他们复活，如果我能让他们复活的话，我会让他们复活。”（909）表妹托尼跟吉尔莫最后告别时陪他在监狱叙旧跳舞，虽然他们都不会跳舞，但他们都颇感高兴，因为对吉尔莫来说，表妹托尼代表了他心目中的许多人，如他所说：“今晚，对我来说，你是那么多人的代表。你是尼克尔，你是布林达，一定程度上讲，你像年轻时候的我母亲。”（914）所以，托尼跟他告别时，吉尔莫说：“为今晚我感谢你！一个凉爽、安静的夏夜，一间充满爱的房子。你让我的整个夜晚都亮了起来，托尼，让它充满了爱。今晚，你把我的尼克尔带回来给了我。”（914）跟吉尔莫最后告别的每个人，不论亲人与否，都有同样的感受。人们似乎忘了他是一个杀人不眨眼的恶魔，就像监狱牧师坎普贝尔感到的那样：“他跟吉尔莫相处时间越多，他越不能提醒自己，加里是一个能杀人的人”（916）；相反，人们觉得他同样是一个有血有肉有感情的人，虽然无法原谅他的过错，但也无法看着他即将离开这个世界时保持毫不动情的绝对冷漠。人的理性和情感常常在这样的时刻发生激烈冲突，但理性似乎会短时间做出让步，让人一时间成为情感的俘虏，即使面对敌人的死亡，内心也会有些许的震撼，就像《裸者与死者》中的美军看到自己枪口下的日军士兵时产生的心理反应一样。

吉尔莫被如期执行死刑，但在席勒看来，吉尔莫的死刑并不会起到杀鸡骇猴的作用，因为看到吉尔莫被枪决的情景时，观众反应麻木，犹如看电影似的，毫无心灵震撼，除了吉尔莫的姨夫沃恩和教父默斯曼（Meersman），似乎在场的人中没有人因为吉尔莫的死亡而感到悲痛。所以，离开现场时，席勒说：“我们收获了什么？谋杀不会更少的。”（988）吉尔莫被执行死刑后，被邀现场见证他被执行死刑的四个人（席勒、沃恩、斯坦格尔和莫迪）在犹他州政府行政大楼二楼会议室举行记者招待会：“现场挤满了人，与一个月前在犹他州法院召开的赦免委员会听证会的情形毫无二致，媒体、摄像机和白色的疯狂灯光让现场像疯人院似的，场面跟那次听证会完全一样。人们使劲往里面挤，里面热得似乎温度接近100度，呼吸的空间都没有了。”（989）面对记者，沃恩说：“他［吉尔莫］实现了自己的愿望，他的确死了……很有尊严地死了”；但律师莫迪却说：“我觉得这是一种非常野蛮、残酷的事情，我只希望我们能够好好地看看我们自己、我们的社会和我们的制度。”（989）然而，律师斯坦格尔则认为：“他真正很幸运，总是说他渴望有安静、能沉思的时候，今天，加里有了安静，他通过永恒有了安静。”（990）斯坦格尔虽然对媒体说吉尔莫实现了他希望死去的愿望，但亲眼所见让他内心久久不能平静。他觉得，吉尔莫被执行死刑对他产生的影响接近于肯尼迪总统遇刺身亡对他产生的影响。如果说肯尼迪总统遇刺身亡是美国的不幸和美国人的不幸，吉尔莫被执行死刑是谁的不幸？如果说肯尼迪总统遇刺身亡出乎人们的意料，是所有美国人都不愿看到的悲剧，吉尔莫被执行死刑则是法律对罪犯的惩罚，是人们意料之中的事，昭示了法律的尊严及其责任，是符合绝大多数美国人意志的公正行为。斯坦格尔将这两种不同性质的事件放在一起，觉得它们对自己产生了同样持久不断的影响，旨在表明，生命对每个人来说都非常重要、非常神圣，因此，剥夺他人生命是人间最为可怕、最不可饶恕的事情。如果说吉尔莫被执行死刑的情景让人震惊，从他无情杀害两个无辜的年轻父亲的情景则更加让人震惊。从这个意义上讲，斯坦格尔的心理反应自然而然地激发了人们对吉尔莫犯罪受害者及其家属的深切同情和对吉尔莫接受死刑惩罚的认同。通过斯坦格尔的心理反应，梅勒旨在表明，随着吉尔莫被执行死刑，与他相关的一切都已成为过去，但是他对人们的影响将永远存在，这就是他被执行死刑的意义所在。

吉尔莫被执行死刑后，死刑支持者与反对者的反应也完全不同。以“全国反对死刑联盟”纽约协调人兼“美国公民自由联盟”死刑项目负责人亨利·舒瓦尔希尔德为代表的死刑反对者认为，对吉尔莫执行死刑是一种“司法杀人”，他们指责犹他州高级法院院长汉森及其助理多里乌斯是这种“司法杀人”的同谋；而以汉森院长为代表的死刑支持者则认为，不执行死刑，不足以惩罚罪犯，因而无法保证法律的顺利实施；同时，死刑能给受害者家人一个交代：“正义得到了伸张”，如汉森所说：“任何人的死亡都不会让人兴奋，人死的时候，总是有悲伤，但与吉尔莫不再活着这个事实相比，我当然更为两个受害者家人感到难过。”（1025）被执行死刑前：“加里·吉尔莫已经成为一个家喻户晓的名字”（503），他甚至荣登1977年《时代》杂志第一期的“1976年名人榜”，与当选总统卡特及其母亲和夫人、前第一夫人贝蒂·福特、阿根廷首位女总统伊莎贝尔·贝隆（Isabelle Peron）、登上火星的海盗Ⅰ号宇宙飞船的扶架、出访到肯尼亚时一手持剑一手抱盾的国务卿亨利·基辛格和年轻的罗马尼亚体操运动员纳迪娅·科马内奇（Nadia Comaneci）等一起成为1976年的名人（789）。如果说这些名人及其家人都是人们心中的英雄，吉尔莫显然属于“另类”，他没有为人造福，却给人酿祸。所以，《时代》杂志将吉尔莫与这些名人并置，不无反讽意味。通过《时代》杂志的“名人榜”，梅勒实际上嘲讽了美国社会的道德判断和价值取向。吉尔莫被执行死刑后，新闻媒体的反应并没有他被执行死刑前那么强烈，似乎人们很淡然地接受了这个事实。然而，对母亲贝西来说，痛苦却刚刚开始，正如她在儿子被执行死刑前所想：“他的噩梦即将结束，而我的永远不会。”（1004）因为害怕亲耳听到儿子被执行死刑的消息，她不愿家人打开电视机；家里有人从报纸上看到“死刑延期了”的消息并告诉她：“现在没事了，延期了”，她让家人打开电视机，结果听到的第一句话就是“加里·吉尔莫死了”。她顿时感到：“天塌下来了”，不由得“撕心裂肺地哭起来”（1004）。吉尔莫被执行死刑后，他的亲人及生前“好友”等40多人在尼克尔居住过的地方西班牙岔口（Spanish Fork）为他举行追思会。监狱牧师坎普贝尔主持了追思会，家人和“好友”纷纷表达了思念之情。追思会场面比较严肃，无论牧师的开场致辞还是家人和“好友”的深情怀念，都让吉尔莫发生了巨大的身份转变：他不是一个令人深恶痛绝的罪犯，而是一个让人怀念的好人，正如牧师坎普贝尔在致辞中所说：“圣父啊，很多年前，少年犯罪系统中出现了一场悲剧，将一个年轻人、一个伟大的人、你的孩子，送进了法庭，送进了这个国家的管教系统。我们知道他是一个伟大的、可爱的人，我们将永远保留并保存这个记忆。”（1016）人们似乎忘记了他的恶行，只停留在他的“美德”方面。对律师莫迪来说，吉尔莫是“一个人，一个有创见的个人，一个深刻思考的个人”（1016）。迪克·格雷（Dick Gray）认为：“加里跟任何其他人一样，既善又恶……在法律改造他之前，年轻的时候，他真正像任何人一样；是的，在法律改造加里·吉尔莫之前，他跟任何其他人一样。”（1017—1018）在弟弟米克尔看来，吉尔莫留下的遗产是，他“将提醒生命的价值，而不是以任何形式对死亡进行颂扬或营销”（1018）。在律师斯坦格尔眼中，吉尔莫如他自己在一首基督教圣歌中所说：“曾经我被丢了，但现在我被找到了，/曾经我是瞎子，现在我可以看见东西了。”（1020）在沃恩眼中，吉尔莫是“有人性的、温柔的，是的，善解人意的，很能爱人的，他踏上了跟上帝同在的新生活的道路”（1021）。

然而，吉尔莫的确没有给社会和身边的人带来什么幸福。他接受审判和两次试图自杀花费了犹他州纳税人的60000多美元（1030）；他给凯瑟琳·贝克留下了不可愈合的创伤，因为她的两个女儿尼克尔和艾普丽尔都是他的受害者。他被执行死刑后，艾普丽尔常常噩梦不断，彻夜难眠；他持枪杀人的情景像幽魂一样缠绕在她心头，挥之不去，让她常常从睡梦中惊醒，大声喊叫：“妈妈，你好吗？——我们怎么办呢？”为了他，尼克尔常常默默哭泣。吉尔莫被执行死刑一年后，凯瑟琳在写给席勒的信中说：“我过去为加里感到难过，但他对我女儿们做过的事以及仍然发生的跟他有关的事，足够让我砍杀他一百次——我每天摆脱不了加里，艾普丽尔对他的惧怕，都快让我们疯了。我太恨他了，我真希望他就在这儿，我把他杀了。”（1047）吉尔莫也给沃恩留下了很多麻烦。沃恩腿不好，需要手术，但没钱做手术；因为不能整天站着，他不得不卖掉自己借以谋生的店铺。他还要处理跟吉尔莫有关的很多事情：他需要应对吉尔莫的财产官司，犹他州因为斯奈德和艾普斯林两位律师的法律费用对他提出起诉，承保詹森生命险的人寿保险公司也在起诉，布什奈尔家属提出了一百万美元的民事赔偿。祸不单行，恰逢此时，益达因严重中风住进医院，住院费用累计达到两万美元。（1048）吉尔莫被执行死刑后，母亲贝西几乎不能行走，不得不整天坐在椅子上，独自一人生活在狭小的破旧活动房里，穿着“看起来有120年之久”的睡衣，感觉自己“已经到了不能再从地狱回来的地步”（1049）。通过这些亲人们的反应，梅勒旨在告诉读者，疯狂之后，人们似乎开始逐渐冷静下来，开始比较理性地看待和思考吉尔莫及其罪行。

吉尔莫的确是一个非常复杂的人物。三十六岁生日那天，他给姨夫沃恩开了一个清单，列出很多他打算给钱的人及金额，包括他的亲属、朋友以及他曾经伤害过的人，但没有把生他养他的母亲列入其中，只是口头交代沃恩要照顾好她。似乎在即将离开人世前，他要把欠下的所有人情和债务还清。离开人世前，他似乎谁都想到了，但没有想到除母亲以外的其他手足亲人，没有想到爱他“爱得死去活来”、被他忽悠而愿意舍弃一切两次试图跟他一起自杀的尼克尔，没有想到跟他一起“溜达”而被他弄得几近疯癫的尼克尔的妹妹艾普丽尔，没有想到对他颇为宽容的尼克尔的母亲凯瑟琳。除了母亲，他要给每个他能想到的人一笔钱以表感恩。他似乎对谁都有感恩之情，却对自己的亲人和最亲近自己的人没有感恩之情，这让人难以理解，也难以想象。

从1976年4月9日吉尔莫获假释出狱到1977年1月17日他被执行死刑，时间整整为9个月零9天，这个时间，正如表妹布林达惊讶地发现，正好是一个婴儿在母体中生存的时间，这赋予吉尔莫死刑以丰富的象征意义：如果说吉尔莫获假释出狱象征着一个新的生命在母体的开始，他被执行死刑象征着这个新的生命脱离母体来到人间，结束了旧的生活，开始了新的生活。因此，吉尔莫被执行死刑象征着他的重生，不仅象征着他成功投胎，而且象征着他成功转世，正如他在被执行死刑前一天凌晨2点写给尼克尔的信中所说：“死亡……一种形式的转变。”（884）然而，吉尔莫的案子，如斯坦格尔所说：“有各种各样的反讽”（716）：“太多的法官秘密反对死刑”，但法院又判处吉尔莫死刑；吉尔莫接受了法院的判决，但法院外的社会却不答应；吉尔莫杀死无辜而被判处死刑，本应该是悲剧色彩的事情，结果演绎成了充满喜剧色彩的爱情故事；吉尔莫还没有被执行死刑，人们争先恐后争夺他的故事权；吉尔莫关心的是他的律师如何“帮助”他跟尼克尔通电话并见面，律师关心的却是如何从他那儿得到可以赚大钱的“有用”东西；法院判处吉尔莫死刑，本来为了给死者及其家属一个说法和交代，但人们自始至终关心最多的是能不能让吉尔莫不死。针对吉尔莫的死刑及其罪行，犹他州高级法院院长助理多里乌斯这样评价上帝：

> 上帝并没有因为人们的正直而奖赏他们，也没有因为他们的不轨行为而惩罚他们；事实上，情况可能正好相反。宗教没有让人更安全，完全不是那样。现任摩门教堂领导斯宾塞·金博尔（Spencer Kimball）就是一个例子。他一生悲剧一个接一个。他十二岁丧母，后来患了喉癌，一半喉咙被切除。然而，他继续进行传教演讲。再后来，他做了开腔心脏手术。他是一个毫无瑕疵、颇具美德的人，但他从一种灾难走向另一种灾难。好像人越是正直，就越有更大的困难挑战。困难总是压在正直人身上。(954)

一定程度上讲，多里乌斯的否定上帝观就是梅勒的上帝观。通过吉尔莫杀人案的诸多“反讽”和多里乌斯的否定上帝观，梅勒实际上质疑了支配人们日常生活的那种“善有善报恶有恶报”的思想意识，对缺乏扬善惩恶正能量的美国社会现实提出了严厉批判，因而唤起读者对美国社会道德判断和价值取向的深刻反思。

综上可见，《刽子手之歌》不仅仅是一部关于美国社会对于死刑做出各种不同反应的小说，更是一部再现20世纪70年代美国社会道德判断和价值取向的小说。通过再现美国社会各界对吉尔莫死刑的各种不同反应及其相关活动，梅勒让读者看到了美国社会“人性论”的病态性、非道德性和差异性：罪犯杀人被判处死刑，却受到“人性论者”的强烈谴责和猛烈攻击，似乎罪犯的生命比受害者的生命更为重要、更有价值，保护罪犯的生命比治愈受害者家属的心理创伤更为重要；通过这种病态的、非道德的和颇具差异性的“人性论”，梅勒解构了一个声称是“自由保护者”、鼓吹“人性自由”却不能保护无辜大众生命安全、不能保证人人自由幸福生活的假面美国形象，建构了一个在“人性”庇护下犯罪猖獗、社会缺乏正确道德判断和价值取向的真面美国形象。同时，通过死刑支持者的声音，梅勒也让读者看到美国社会也有支持正义与美德的正能量。通过死刑支持者和反对者这两种不同的声音，梅勒一方面批判了美国社会中支配人们生活的错误道德判断和价值取向，另一方面呼吁人们追求正确的道德判断和价值取向，积极发挥扬善避恶的正能量，努力消除扬恶避善的负能量。

第五章

《硬汉子不跳舞》与20世纪80年代的美国

《硬汉子不跳舞》是梅勒在20世纪80年代出版的唯一长篇小说。与先前荣获普利策文学奖的《刽子手之歌》相比，这部小说似乎没有什么能够引起评论家特别关注的地方。迈克尔·K. 格兰迪认为："《硬汉子不跳舞》肯定不是一部新读者可以从中找到梅勒声称的那种严肃性的小说，虽然他的一些有名主题在其中出现，但只是屈从于让锅保持沸腾（keep the pot boiling）状态的需要，小说至多可以说是作者展现他风格鉴别力的一个机会。"① 格兰迪甚至认为，《硬汉子不跳舞》只是"一部跟类型小说玩开心的作品，完成了与出版商的合同义务，同时允许作者表明他写了一种不同于先前作品的小说，它有公认的缺陷，因为如果我们想在其中找'一点伟大的东西'，我们肯定得放弃我们的寻找。"② 格兰迪指出：

> 小说最让人失望的一个方面是，为了取得快速效果，它毫不犹豫地使用了一些过于熟悉的梅勒式主题……整个20世纪60年代，梅勒通过他的论说文炮轰美国文化，表达他对美国文化的批判。这些论说文中，一个患癌的国家成为中心力量的隐喻……当然，《硬汉子不跳舞》不是那种可以为激进主题创新提供语境的小说，但认为它是一种生动的类型拼贴而为它辩解，则意味着让任何对原创性的期待屈从于漫画般的戏仿性补偿。可是，发现小说中梅勒的基本主题轻轻松松地变成了戏仿性的东西还是让人沮丧。③

虽然格兰迪的看法无不道理，但他显然忽视了《硬汉子不跳舞》中梅勒对美国的严厉批判，忽视了美国批判是梅勒小说创作的恒常主题。约瑟夫·

---

① Michael K. Glenday, *Norman Mailer*, New York: St. Martin's Press, 1995, p. 127.

② Ibid., pp. 127-128.

③ Ibid., p. 129.

温克认为："《硬汉子不跳舞》再现了对《一场美国梦》中画得很好的那种存在主义景色的浪漫回归；而且，无可争议的是，梅勒的主人公提姆·麦登(Tim Madden)是斯蒂芬·罗杰克的精神胞弟。虽然他们之间在处境方面有诸多细节上的不同，但他们明显有着相似关系和经历。"① 因此，温克指出："麦登的故事本质上讲是一种进入异化自我的浪漫远足。"② 温克对《硬汉子不跳舞》中主人公麦登故事的存在主义解读显然忽视了《硬汉子不跳舞》与20世纪80年代美国社会的关系，因而没有揭示梅勒创作这部小说的意图所在。事实上，《硬汉子不跳舞》中，通过再现主人公麦登与妻子帕蒂以及与其相关的其他人物的生活经历，梅勒揭露了20世纪80年代美国社会中的暴力、谋杀、毒品、性自由与性犯罪等问题以及这些问题折射出来的种族关系、阶级关系、性别关系、婚姻家庭关系、社会伦理和道德规范，由此唤起读者对这些问题的深切关注和深刻思考，促使读者重新审视美国形象，重新勾勒美国形象。为了深刻理解《硬汉子不跳舞》再现的美国形象，我们在下文先回顾一下美国官方话语经常凸显的美国身份。

第一节 美国身份：幸福的缔造者

自从欧洲人决定离开欧洲大陆前往北美大陆居住生活的那一刻起，"追求幸福"便与美国人结下了不解之缘。无论物质的原因还是精神的原因，欧洲人离开欧洲大陆前往北美大陆，主要是为了寻求幸福，这是毫无疑问的。因此，《独立宣言》开门见山、开宗明义地写道："我们认为这些是不言而喻的真理：人人生来平等；造物主赋予他们一些不可剥夺的权利，其中包括生命权、自由权和追求幸福的权利；为了保障这些权利，人民建立政府，政府依照被统治者的同意公正地实施权力；无论任何时候，任何形式的政府破坏了人民的这些权利，人民有权改变或者废除它，建立新的政府，基于这样的原则，以这样的形式组织其权力，以便最有效地确保人民的安全和幸福。"③《独立宣言》将"追求幸福的权利"视为"造物主赋予"每个人的一项"不

① Joseph Wenke, *Mailer's America*, Hanover and London: University Press of New England, 1987, p. 229.

② Ibid., p. 233.

③ Thomas Jefferson, "The Declaration of Independence", in Nina Baym, et al., eds., *The Norton Anthology of American Literature*, 3rd ed., Vol. 1, Part 1, New York & London: W.W.Norton & Company, 1989, p. 640.

可剥夺的权利”，并且认为，这项权利必须受到“任何形式的政府”的保障；否则，“人民有权利改变或废弃它”，并以人民认为最能保障自己的“安全和幸福”的原则与方式组建“新的政府”。显而易见，《独立宣言》将“保障人民的幸福”视为政府必须承担的责任和必须履行的义务。从历史语境来看，《独立宣言》所说的“人民”并不是广义上的所有人民，而是当时生活在北美大陆的人民以及他们的后代子孙，即“美国人”。因此，《独立宣言》将“保障人民的幸福”视为政府必须承担的责任和必须履行的义务，实际上就是要求从英国独立后的美国必须成为其国民的“幸福的缔造者”。所以，《独立宣言》的主要起草者托马斯·杰斐逊说：“我只是试图通过《宣言》，表达出美国人的思想。”①

虽然“《独立宣言》宣布平等、自由和幸福为人们所追求的权利时，美国60万黑人仍然在皮鞭下劳动和生活”，② 但是，《独立宣言》确实“表达出美国人的思想”：他们希望政府能够保障他们终身对幸福的追求，希望政府能够成为他们的“幸福的缔造者”。但是，美国人知道，不论他们的理想多么美好，《独立宣言》并不能保证政府会按照他们的期望行事。因此，《独立宣言》发表后，美国正式宣布独立并且正式获得独立后，美国人制定并颁布了各种法令和法律，以不断提醒并督促他们的政府履行《独立宣言》要求它必须履行的义务，担负《独立宣言》要求它必须承担的责任，以保障“造物主赋予”他们的那项“不可剥夺的权利”——“幸福追求”。美国《宪法》开篇直言，其目的是“组织一个更完善的联邦，树立正义，保障国内的安宁，建立共同的国防，增进全民福利和确保我们自己及我们后代能安享自由带来的幸福”③。这样，美国《宪法》以国家大法的形式规定：政府必须“确保”美国人及其后代永享幸福。美国《宪法》所说的“我们自己及我们后代”是没有种族、肤色、阶级、性别和年龄区别的单数形式的整个美国人，但现实中的美国人却是有种族、肤色、阶级、性别和年龄差别的复数形式的不同美国人。为了保障“复数形式的不同美国人”都能有“追求幸福”的权

① ［美］马克·C. 卡恩斯、约翰·A. 加勒迪：《美国通史》（第12版），吴金平等译，山东画报出版社2008年版，第102页。

② 张友伦主编：《美国通史》第2卷，人民出版社2002年版，第19页。

③ 钱满素主编：《自由的刻度：缔造美国文明的40篇经典文献》，东方出版社2016年版，第112页。

利，美国《宪法》先后通过《第十四条宪法修正案》[①]《第十五条宪法修正案》[②]《第十九条宪法修正案》[③] 和《第二十六条宪法修正案》，[④] 努力消除“复数形式的不同美国人”在他们“追求幸福”的道路上遇到的各种种族、肤色、性别和年龄障碍，以实现《宪法》确定的“增进全民福利”的目的。

美国《宪法》及其各条“修正案”规定政府必须成为人民的“幸福的缔造者”，因此，美国政府领导人在重要场合“表态”要让政府成为人民的“幸福的缔造者”，或者提醒政府不忘做人民的“幸福的缔造者”，并通过政府行为来显示这一身份。美国第一任总统乔治·华盛顿在任职届满后的《告别辞》中说：“如果我们能够成为一个总是尊奉崇高的正义和仁爱精神的民族，为人类树立高尚而崭新的典范，那我们便不愧为一个自由的、开明的，而且会在不久的将来变得伟大的国家。如果我们始终如一地坚持这种方针，可能会损失一些暂时的利益，但是谁会怀疑，随着时间的推移和事物的变迁，收获将远远超过损失呢？难道苍天没有将一个民族的永久幸福和它的品德联系在一起吗？”[⑤] 美国第三十一任总统赫伯特·胡佛在《美国个人主义》中说：“美国对于人类福佑的试验带来了世界上从未有过的丰足，比人类历史上任何时候都更接近于消灭贫穷，消灭对匮乏的恐惧”；“它把人类福佑的试验推向史无前例的地步，我们比以往任何地方都更接近于在普通男女生活中消灭贫困和恐惧的理想。”[⑥] 美国第三十二任总统富兰克林·罗斯福在《四大自由》中说，美国政府要努力“给青年和其他人以均等机会；给能工作的人以工作；给

① 《第十四条宪法修正案》规定：“所有在合众国出生或归化合众国并受其管辖的人，均为合众国及其所居住州的公民。任何一州，都不得制定或实施限制合众国公民的特权或豁免权的任何法律；不经正当法律程序，不得剥夺任何人的生命、自由或财产，在州管辖范围内，也不得拒绝给予任何人以平等法律保护。”参见［美］马克·C. 卡恩斯、约翰·A. 加勒迪《美国通史》（第12版），吴金平等译，山东画报出版社2008年版，第766页。

② 《第十五条宪法修正案》规定：“合众国公民的选举权，不得因种族、肤色或以前是奴隶而被合众国或任何一州加以拒绝或限制。”参见［美］马克·C. 卡恩斯、约翰·A. 加勒迪《美国通史》（第12版），吴金平等译，山东画报出版社2008年版，第766页。

③ 《第十九条宪法修正案》规定：“合众国公民的选举权，不得因性别缘故而被合众国或任何一州加以拒绝或限制。”参见［美］马克·C. 卡恩斯、约翰·A. 加勒迪《美国通史》（第12版），吴金平等译，山东画报出版社2008年版，第767页。

④ 《第二十六条宪法修正案》规定：“年满十八岁和十八岁以上的合众国公民的选举权，不得因为年龄而被合众国或任何一州加以拒绝或剥夺。”参见［美］马克·C. 卡恩斯、约翰·A. 加勒迪《美国通史》（第12版），吴金平等译，山东画报出版社2008年版，第768页。

⑤ 钱满素主编：《自由的刻度：缔造美国文明的40篇经典文献》，东方出版社2016年版，第161—162页。

⑥ 同上书，第351、355页。

需要保障的人以保障；终止少数人享有的特权；保护所有人的公民自由权；在生活水平更普遍和不断提高的情况下，享受科学进步的成果"①。美国第三十四任总统德怀特·艾森豪威尔在总统就职演说中对全美国人民说："我们特别祈祷，我们将专注于人民的福祉，无论他们的地位、种族或职业如何。"② 美国第三十五任总统约翰·肯尼迪在总统就职演说中说，美国致力于反对"人类的共同敌人，那就是暴政、贫困、疾病和战争"③。肯尼迪总统的继任者、美国第三十六任总统林登·约翰逊提出了建设一个"伟大社会"（Great Society）的宏伟计划，准备全面地、无条件地向贫困开战，并制定出台了不少旨在改善人民"收入、医疗、住房、教育、就业、民权、社区"等方方面面的政策措施，竭尽全力为人民造福。④ 美国第四十任总统罗纳德·里根在就职宣誓中引用美国奠基人之一、前马萨诸塞议会主席约瑟夫·沃伦（Joseph Warren）博士的话对全美国人民说："美国的命运取决于你们。你们将决定重要的问题，那些问题承载着无数未出生者的幸福和自由。做配得上你们地位的事情吧。"⑤ 里根还对全美国人民说："我相信我们，今天的美国人，已经做好准备'无愧于心地行动'，做好准备尽一切力量为自己、后代以及子孙万代确保自由和幸福。"⑥

不同历史时期美国政府领导人之所以强调美国要做人民的"幸福的缔造者"，是因为他们想表明：美国人是"一个能恢复活力的民族，是一个上帝赐福的国家的守护者"⑦，是 18 世纪末华盛顿总统所说的"伟大的国家"⑧，是 19 世纪 50 年代末卡尔·舒尔茨所说的"受苦人类最后希望的主要寄托"⑨，是 19 世纪 60 年代林肯总统所梦想、20 世纪 70 年代里根所强调的

---

① 钱满素主编：《自由的刻度：缔造美国文明的 40 篇经典文献》，东方出版社 2016 年版，第 373 页。

② ［美］威廉·J. 本内特：《美国通史》（下），刘军等译，江西人民出版社 2011 年版，第 281 页。

③ 钱满素主编：《自由的刻度：缔造美国文明的 40 篇经典文献》，东方出版社 2016 年版，第 395 页。

④ 同上书，第 256—257 页。

⑤ 参见［美］威廉·J. 本内特《美国通史》（下），刘军等译，江西人民出版社 2011 年版，第 428 页。

⑥ 钱满素主编：《自由的刻度：缔造美国文明的 40 篇经典文献》，东方出版社 2016 年版，第 422 页。

⑦ ［美］威廉·J. 本内特：《美国通史》（下），刘军等译，江西人民出版社 2011 年版，第 469 页。

⑧ 参见钱满素主编《自由的刻度：缔造美国文明的 40 篇经典文献》，东方出版社 2016 年版，第 161 页。

⑨ 同上书，第 264 页。

“世界上人类最后的美好希望”①，是里根政府第二任教育部部长威廉·J. 本内特（William J. Bennett）所说的“世界历史上最伟大国家”②。无论从《独立宣言》所表达的理想和《合众国宪法》对美国政府的责任和义务所做的规定来看，还是从美国政府领导人的就职演说和美国政府的行为来看，美国“的确”在努力兑现《独立宣言》对人民做出的承诺：“的确”在努力成为人民的“幸福的缔造者”；然而，事实上，美国很多时候却违背了《独立宣言》对人民做出的承诺，因而不是人民的“幸福的缔造者”，而是人民的“不幸的缔造者”，因为它没有保障人人能够平等享受幸福的权利，这可以在《硬汉子不跳舞》中看出。

第二节　《硬汉子不跳舞》与美国的暴力、犯罪与惩罚

《硬汉子不跳舞》是一部关于 20 世纪 80 年代美国社会暴力、犯罪和惩罚的小说，小说中人物的暴力犯罪，以及他们所受到的惩罚，再现了这个年代美国社会的种族、阶级和性别关系，反映了这个年代美国社会的伦理道德和价值取向。小说主要从主人公兼叙述者提摩西·麦登（Timothy Madden）的视角讲述了主要人物的暴力犯罪及其命运结局，麦登在讲述自己扑朔迷离的犯罪行为的人生经历的同时讲述了他人的各种暴力犯罪行为。麦登与妻子帕蒂·拉瑞（Patty Lareine）婚后感情不和，经常吵闹打架，致使婚姻关系破裂，帕蒂最后不辞而别，离家出走。妻子离家出走后第 24 天晚上，麦登突然觉得这是“一个特别的时间”，因为如他所说：“接下来的几天里，我会寻找引起我几种恐惧的一个线索，我会试图看透记忆的迷雾以便回忆起我做过什么行为或者没有做过什么行为。”③

麦登透过“记忆的迷雾”回忆了一系列他亲历过或听说过的暴力、报复、强奸、毒品和谋杀事件。他回忆说，跟妻子在一起时，他经常跟她打架，打得很凶，但妻子的离开却打破了他的生活习惯。他待在家里，很少洗澡，很

① 参见［美］威廉·J. 本内特《美国通史》（下），刘军等译，江西人民出版社 2011 年版，第 471 页。

② 同上书，“序言”第 3 页。

③ Norman Mailer, *Tough Guys Don't Dance*, New York: Random House, 1984, p. 3. 本章凡出自该版本的引文，均在引文后的括号里注明页码。

少出门会客访友，除了抽烟喝酒，什么都不想干，生活陷入“一片混乱”（5）。他对妻子既恨又爱亦害怕，但24天的分离让他特别想“黏着她，就像黏着烟蒂一样”（7）。妻子离开后的第24天，他看起来神魂颠倒，不记得在大街上跟谁说过话，也不记得多少人开车从他身边经过时邀请他同行。他好像初到美洲大陆的欧洲香客，什么在他眼中都是陌生的，什么都好像不属于他。妻子离开后的24天里，麦登非常压抑。他每天对着墙壁发呆数小时，但他记忆犹新、难以忘怀的是，第24天的晚上，他开着他的保时捷（Porsche）车慢慢沿着商业大街闲逛，最后来到一个离普罗温斯敦（Provincetown）客栈不远处的休闲酒吧。这个酒吧名叫“香槟酒家”（the Widow's Walk），是他的最爱，孤独的秋日晚上，他常在那儿享受快乐。虽然他很少在酒吧另一头的那个大餐厅吃饭，但酒吧里那个隔断隔起来的休息室似乎是专门为他而建的。妻子离家出走的24天时间里：“香槟酒家”的那个休息室成为他常去的地方，喝酒抽烟成为他打发时光的重要方式。他经常独自喝闷酒，一醉方休，这个时候，他不免想起过去跟妻子同进酒吧的情景：“不论帕蒂喝酒时多么大喊大叫，只要我富有的妻子陪伴着我，我被当成当地罕见的绅士：有钱就是任性啊！”（10）在“香槟酒家”，麦登遇到一男一女，男的名叫里昂纳德·潘伯恩（Leonard Pangborn）或朗尼·潘伯恩（Lonnie Pangborn），女的名叫杰西卡·鲍德（Jessica Pond），她不仅天生有钱，而且是加利福尼亚“非常成功的乡村地产商”（17）。富有的加利福尼亚与普罗温斯敦形成鲜明对比，因此，“她肯定对普罗温斯敦感到非常失望”（17）。妻子离家出走24天，杳无音讯，但第25天的时候，麦登突然接到警察局代理局长阿尔文·路德·雷根希（Alvin Luther Regency）或其秘书打来的电话，问他是否洗过车，因为他的邻居发现他车内有血，怀疑他有谋杀行为。对此，麦登颇感愤怒，他对雷根希说：“你们为什么不过来提取样本？你们可以查验我的血型。”（28）然而，他因此也颇为不安，因为他无法解释他的文身，无法解释那条善良的怕他的狗，无法解释他刚刚洗掉血迹的车内，无法解释他昨晚或许见过或许没见过的失踪的妻子，无法解释他对那个来自加利福尼亚的中年女地产商的迷恋。因此，他觉得雷根希完全有理由调查他。所以，他跟雷根希相约见面。见到麦登后，雷根希说他前天晚上在“香槟酒家”不远处见过麦登的妻子帕蒂，并且告诉麦登：“我很担心你”，因为“人们告诉我，你的可能性很大”（31）。雷根希所说的“可能性”是指谋杀的可能性。但是，谁被谋杀？这个问题让麦登想起了他种植和藏匿大麻的地方特鲁罗（Truro）。因此，跟雷根希见面后，麦登迫不及待地驱车前往他种植和藏匿大麻的地方，在那儿的一片树林里，他发现了一块大石头，石头下面有个洞，洞口有个塑料垃圾袋，里面装着一个人头。让他十分奇怪而且恐惧的是，那个人头与其身子完全分离，稍微一动就会“毫不抗拒地在袋子里滚来滚去”（45）。从头发颜色来看，死者是“一个白肤金发碧眼的人”（45），但麦登不知道她到底是帕蒂·拉瑞还是杰西卡·鲍德，因为他过于害怕而没有详细研究其相貌特征。麦登虽然认为自己“没有参与这件事”，但他还是“不得不问：谁是凶手？”（46）他觉得“那肯定是某个知道我种植和藏匿大麻的地方的人”（46）。因此，他怀疑朋友斯皮德尔（Spider），因为“冬天的孤独让他们有一半时间在一起活动”（65），他曾经不止一次带他去过他种植和藏匿大麻的那个地方。因此，麦登怀疑斯皮德尔用剪刀把死者的头从其脖子上割了下来。所以，他决定好好观察斯皮德尔。麦登还觉得，如果死者是帕蒂：“除了她的‘黑人先生’，谁还会杀害帕蒂？”（46）他甚至怀疑自己：“我是凶手吗？”（47）虽然他一直遵循的规则是“不要试图回想你回想不起来的东西”（54），但“谁是凶手”这个问题让他努力回想起两天前的一个晚上发生的事情，因为当时他跟杰西卡和潘伯恩一起在普罗温斯敦的“香槟酒家”喝酒聊天。麦登记得那天晚上：“杰西卡、朗尼和我几乎同时从‘香槟酒家’走出来，他们从那个餐厅出来，我从那个休息室出来，在停车场，开始了——完全违背潘伯恩的意愿而顺从了她的趣味——我们的谈话。杰西卡和我都很高兴，我们很快有了一致意见，决定到我家喝点酒。”（97）虽然杰西卡坚持开两辆车：“朗尼开他租来的轿车，她和我坐我的保时捷车”，但朗尼挤进麦登的保时捷车，坐到客座上。到家之后，他们三人边聊天边喝酒，其间发生乱性：麦登当着潘伯恩的面跟杰西卡发生性事，还让潘伯恩在一旁观看。喝完酒后，他们开车前往威尔弗利特（Wellfleet）找一个名叫哈波（Harpo）的人给他们文身。在哈波家门口，麦登当着潘伯恩的面再次跟杰西卡发生性行为。文身后，他们开车来到麦登种植和藏匿大麻的那片树林。麦登非常惊讶地发现，他之前在这片树林里发现的那个尸首分离的人头现在却不见了。

麦登虽然不知道死者是谁，但他确信，死者肯定不是潘伯恩，因为雷根希告诉他，潘伯恩自杀了。根据雷根希的说法，潘伯恩“把自己装进车厢后关闭了车厢，然后躺在一条毯子下面，将手枪插进嘴里，扣了扳机”（85）。麦登有所怀疑时，雷根希强调：“毫无疑问是自杀。嘴里和腭上都有火药的痕迹。除非有人把他先拖进来，只是我不明白怎么把枪塞进某人嘴里，杀了他，然后让四处喷溅的血迹不暴露自己并重新放置他的尸体。地上和车厢边上血喷溅的样子跟自杀的情形完全吻合，但我不能高估你的聪明，你错误地解读了潘伯恩。"（85）然而，对于雷根希的说法，麦登并不认同，他对雷根希说："我当然觉得他不是自杀。"（86）雷根希之所以肯定潘伯恩是自杀，是因为他认为"他是一个堕落的同性恋"（86）。雷根希对潘伯恩的评论表明，同性恋是当时社会嗤之以鼻的东西，是一种很多人颇为反感的感情关系；在雷根希眼中，同性恋就像传染病一样："到处扩散，彼此感染着。"（86）因此，他"想杀了那些同性恋者"（87）。所以，对他来说："潘伯恩死了是好事。"（90）虽然雷根希确信潘伯恩系自杀身亡，但他不知道潘伯恩的同行女友去向何方。因此，他问麦登："你认为杰西卡女士在哪儿？"但他又对麦登说："她可能已经回加利福尼亚了。"（90）他可能怀疑杰西卡被帕蒂的前夫沃德雷（Wardley）所杀；所以，他问麦登："这个沃德雷是谁，你有线索吗？"（90）雷根希试图将沃德雷与杰西卡联系起来，这样做显然别有用心。

麦登知道，雷根希之所以关心沃德雷的去向问题，是因为他想知道帕蒂的去向。沃德雷就是米克斯·沃德雷·希尔比三世（Meeks Wardley Hilby Ⅲ），是塔姆帕（Tampa）有名的富商米克斯·沃德雷·希尔比二世（Meeks Wardley Hilby Ⅱ）的儿子，人们习惯性地称父亲为米克斯，称儿子为沃德雷。沃德雷是帕蒂的第二任丈夫。沃德雷中学最后一年被退学后回到家，发现了父亲不为人知的秘密：三楼一个锁起来的房间里，藏着五本父亲跟情人做爱的相册。这些相册里的照片都是他的管家拍摄的，这个管家在沃德雷十四岁时诱奸了他。管家不仅拍摄了米克斯的色情表演，而且诱奸了他年幼的儿子沃德雷；然而，米克斯并没有对此感到愤怒，也没有为此感到内疚。沃德雷不比父亲好多少；跟父亲一样，他也是一个极其堕落的色情表演者，他的色情照激起了妻子的反抗，给自己带来了麻烦。他妻子"很有素养"（20），她毁了他的色情照，但也做了乱伦的事情，因为她发现丈夫的色情照后使出浑身解数勾引公公，因此引起丈夫的不满，导致她最终死于丈夫手下。沃德雷酒后过失杀人，但父亲米克斯并没有以"疯狂"为由为他辩护，因为那样会牵扯出他的色情照。他跟儿子讨价还价，以"每年一百万美元"的价格让他坐牢，并且答应他死后让儿子沃德雷与继母分享财产。为了不让自己被骗，沃德雷偷了父亲的色情照，使得继母不得不信守诺言。这样，他服刑期满从监狱出来时就成了"一个富有的人"（21）。虽然沃德雷承担了他应该承担的法律责任，受到了应该受到的惩罚，但父亲米克斯的做法表明，儿子和父亲都是没有是非观念之人，他们都利用对方为自己谋利，丝毫不考虑这样做是否合乎社会伦理和道德规范；儿子与父亲的默契配合表明，金钱似乎是万能之物，似乎在金钱面前，伦理和道德完全苍白无力。通过沃德雷及其父亲米克斯的行为，梅勒旨在告诉读者，生活在这样的社会，人们自然就没有道德和伦理观念。麦登和沃德雷是埃克塞特（Exeter）中学的同班同学，因为违反校规在毕业前一个月被学校开除，但他们被开除的原因却不同：麦登因为吸食大麻而被开除："二十年前，吸食大麻不是小事"（51），而沃德雷因为试图强奸一个城市女孩而被开除。由于受害女孩的父母被买通，所以，相关当事人都希望不再提及此事。被学校开除十一年后，麦登和沃德雷在监狱再次相遇，成为狱友。麦登和沃德雷的经历表明，少年吸食毒品（大麻）和少年强奸犯罪是20世纪60—70年代美国社会存在的严重问题，虽然"吸食大麻不是小事"（51），强奸也不是小事，虽然学校可以开除那些吸食毒品和强奸他人的学生，但学校显然无法解决毒品的来源和流向问题，无法彻底消除强奸问题，无法对强奸犯进行法律严惩；因此，毒品和强奸成为危害青少年身心健康和安全的重要因素，成为非常棘手的社会问题。另外，社会似乎又在纵容犯罪因素滋生蔓延，就像沃德雷试图强奸那个城市女孩的情况一样，他试图强奸，本应该受到法律严肃惩处，却因为金钱作用而逍遥法外。

雷根希一方面说潘伯恩系自杀身亡，另一方面又试图推翻自己的说法，将潘伯恩的死亡归罪于麦登。他捏造了麦登谋杀潘伯恩和杰西卡的故事，虚构了他杀害他们的整个过程：那天晚上从"香槟酒家"出来之后，麦登开着他的车跟潘伯恩和杰西卡前往威尔弗利特；返回途中，潘伯恩不愿失去杰西卡，因此拿枪威胁麦登。麦登于是停车，全力跟他搏斗。在大吵大闹的过程中，杰西卡不幸中枪，受伤致命。麦登把她丢在树林里，开车把潘伯恩拉到他的车旁，将他塞进车子的后备厢，然后把车开到一个僻静的地方，打开车厢，拿桶子压住他的喉咙，然后开枪打死他，随后开车回到"香槟酒家"，然后再次开车来到那个他丢下杰西卡的树林，处理了她的尸体。麦登似乎做得很完美，却忘了擦掉前排座位上的血迹。所以，麦登就是"可能杀害里昂纳德·潘伯恩的嫌疑人"（140）。雷根希之所以否定他关于潘伯恩自杀身亡的说法，是因为他认为，如果潘伯恩是自杀身亡，就无法解释自杀后他的车如何停到"香槟酒家"的停车库这个问题。从潘伯恩车上凝结的血迹来看，他死亡后，他的车被人从出事地点开到了"香槟酒家"。雷根希据此认为麦登杀害了潘伯恩和杰西卡。雷根希不仅认为麦登杀害了潘伯恩和杰西卡，而且知道潘伯恩和杰西卡的死前行踪。他告诉麦登，一周前，潘伯恩和杰西卡、帕蒂和沃德雷在杰西卡家乡圣芭芭拉（Santa Barbara）同桌共进晚餐；他还告诉麦登，沃德雷在晚餐期间说他要为帕蒂买下她盯了一年之久的一套房产。雷根希还告诉麦登，他侦办过一个案子，当事人是一个很好看的单身汉，找了一个女孩，带她到汽车旅馆做爱，说服她拍摄偏振片后杀害了她，逃跑前还拍了照；后来，他母亲翻看他的影集，发现他干的事后晕了过去；清醒过来后，她打电话报警。这个案子让麦登"回忆起几年前我跟玛德琳（Madeleine）和不久前跟帕蒂·拉瑞拍摄偏振片的情形"（147）。雷根希给麦登讲此案子的目的是告诉他，他有办法让麦登承认他是杀害潘伯恩的凶手。因此，听了雷根希的案子，麦登不禁问自己："我是那个血腥的杀人犯吗?"（147）

为了弄清事实真相，麦登再次回到他之前发现那个与其身子相分离的人头消失不见的地方。但让他惊讶的是，那个消失不见的人头又回来了，而且还有另一个与其身子相分离的人头。他清楚地看到，一个是杰西卡的头，另一个是妻子帕蒂的头。这一发现让麦登丈二和尚摸不着头脑，他不知道究竟发生了什么事，因为在此之前，他来过这个地方，却发现那个与其身子相分离的人头消失不见了，但现在却又出现在他面前，这让他甚为迷惑。他还没有弄清楚谁杀害了杰西卡，却又碰到谁杀害了妻子帕蒂的问题。他更为迷惑不解的是，为什么妻子帕蒂的头会跟杰西卡的头埋在同一个地方？这是谁之所为？然而，面对妻子帕蒂的头，麦登却显得非常淡定，这似乎不合常理。让人不解的是，他竟然把妻子帕蒂和杰西卡的头都带回了家，带到他的地下室，放在一个纸箱里。麦登把杰西卡和帕蒂的头带回家后，父亲比格·麦克（Big Mac）仔细查看它们被割方式后详细分析了杀害这两个女人的可能嫌犯。他像个经验丰富的侦探一样对儿子麦登说："那个不是你妻子的……她是被人用剑分尸的，也许是大砍刀，砍了很大一刀。帕蒂的情况完全不同。某个不知道如何使用大砍刀的人用剪刀割掉了她的头。"（166）他甚至推断说："帕蒂遇害时间比另一个女人遇害时间早 24 小时或 48 小时。"（167）据此，他认为："罪犯不止一个"，因为"使用大砍刀的人不用剪刀"（167）。他觉得有人选择麦登的大麻藏匿之地掩藏杰西卡的头然后又拿走它是"因为有人决定杀害帕蒂，并且确保这两个头以后能在那儿找到。他不想让麦登或第一个罪犯回去毁掉证据，或者，假如麦登害怕的话，他可能向权威人士汇报。所以，这第二个罪犯就拿走了杰西卡的头"（168）。据此，他对麦登说："我认为有两个主犯：杀害杰西卡的主犯和准备杀害帕蒂的主犯。杀害杰西卡的主犯把杰西卡的头放在你藏匿大麻的地方来迷惑你，杀害帕蒂的主犯拿走杰西卡的头以便随后将两个头放在一起。这时候，或者很快，你就为这两起犯罪承担责任了。"（168）他甚至告诉麦登："沃德雷跟你谈话的时候就已经知道帕蒂死了，他可能干掉了她，却一直攻击你。"（168）但他对麦登说："我觉得沃德雷不知道杰西卡在哪儿，他要你把她带给他。"（168）但麦登不认同父亲的看法，他说：“我认为沃德雷把两个人头放在了那个地坑里”，因为“斯皮德尔和斯托迪（Stoodie）在跟踪我”，目的是“我回到那个地坑时他们正好可以逮住我”，这样，那两个人头“就成了可以逮捕一个公民的最肮脏的渣物”（169）。父子俩因此一致认为，沃德雷是杀害帕蒂的嫌疑人。在杰西卡的问题上，父亲认为雷根希“可能就是那个罪犯”，因为“他可以使用高火力的22式手枪和大砍刀，他是唯一可以使用这两种工具的人”（169）。杰西卡死后，雷根希的妻子玛德琳告诉麦登，她发现雷根希将一个锁起来的盒子藏在床下，她颇感生气，打开盒子一看，发现里面装满裸照，她认为它们都是帕蒂的裸照，比他们初恋时麦登拍摄的她的裸照更加不堪入目。让她更为惊讶和害怕的是，每张裸照的头都被剪掉了。但麦登看了她所说的那些裸照后发现，它们并不是帕蒂的裸照，也不比他拍摄的玛德琳的那些裸照更加不堪入目，那些裸照上被剪掉的头也不是帕蒂的头，而是“用剪刀从其身子上剪下来的杰西卡的头”（209）。玛德琳还告诉麦登，雷根希还藏有大砍刀、剑、剪刀和手枪，每种可能还不止一样。这些大砍刀、剑、剪刀和手枪与麦登父亲发现杀害杰西卡和帕蒂的凶器完全吻合。从这些工具来看，雷根希可能就是杀害杰西卡的凶手。父亲甚至告诉儿子麦登，雷根希“根本不是什么代理警察局长，那只是一个幌子而已，他是一个毒品实施管理局的棘手问题解决人”（170）。他还对儿子麦登说：“我比你更了解警察，多少年来，我什么时候不是星期三晚上给黑手党钱而星期四给警察钱？我了解警察，我了解他们的心理。”（170）父亲给麦登详细分析了杀害杰西卡和帕蒂的犯罪嫌疑人，让麦登确信，杀害杰西卡的嫌犯是雷根希，而杀害帕蒂的嫌犯是沃德雷。

父亲麦克的分析让麦登确信沃德雷杀害了帕蒂，但麦登没有想到的是，沃德雷不仅杀害了帕蒂，而且还杀害了麦登的朋友斯皮德尔，并误导帕蒂的“黑人先生”波罗·格林（Bolo Green）杀害了斯皮德尔的好友斯托迪。沃德雷向麦登详细讲述了他的犯罪经过。他说，帕蒂想购买一处名叫帕拉米塞德斯（Paramessides）的房产，但他朋友潘伯恩的女友杰西卡也想购买这处房产。为了不妨碍他实现为帕蒂购买这套房产的愿望，他叫好友潘伯恩去波士顿找点事干，以此缠住杰西卡，并盯住她的行动；但潘伯恩去波士顿后自杀了，他再也没有见到杰西卡。等他再次见到她时，她已经被人分尸了。沃德雷告诉麦登，斯皮德尔告诉他，有个专门捉拿违反麻醉毒品法罪犯的便衣警察带来了杰西卡的尸体，但却拿走了她的头，那个便衣警察名叫雷根希；但是，斯皮德尔并没有告诉他杰西卡是否系雷根希所杀。沃德雷还对麦登说，杰西卡死后，帕蒂不再对那处名叫帕拉米塞德斯的房产感兴趣，但要求他支付曾经答应给她的用于该房产装修的两百万美元，并且威胁说：“如果你不给钱，这次你就死定了。我现在就叫人干掉你，所有的虫子都会从你身上钻出来。”（202）沃德雷对麦登说，因为这样的威胁，他就用他的22式手枪打死了帕蒂；杀害帕蒂后，他把她包起来塞进他的车里，随后打电话叫来斯皮德尔，在斯托迪家见面后，他叮嘱他们将她和杰西卡埋葬，办妥后给他们一大笔钱。但出乎沃德雷意料，斯皮德尔对帕蒂进行了分尸处理，只埋葬了她的躯体，却保留了她的头，并且告诉沃德雷，他要拍一张沃德雷手里拿着她的头的照片。这让沃德雷看穿斯皮德尔想趁机敲诈他钱财的心思，所以他就开枪打死了他。刚刚打死斯皮德尔，斯托迪和波罗·格林走进门来，沃德雷便随即误导格林相信斯托迪杀害了其女友帕蒂。因此，斯托迪就死在了帕蒂的“黑人先生”格林手下。帕蒂、斯皮德尔和斯托迪死后，沃德雷想投案自首，但他觉得那样会受很多痛苦；所以，他最后选择开枪自杀。帕蒂因钱而死，斯皮德尔也因钱而亡。一切似乎源于钱，钱似乎是一切的祸根。帕蒂之所以敲诈沃德雷，是因为她想利用他的钱进行毒品交易，从中赚钱；斯皮德尔看到了沃德雷的钱，他可能有了敲诈他钱财的念头；沃德雷之所以杀害帕蒂和斯皮德尔，是因为他觉得：“除了我的钱，我还有什么东西？”（203）波罗·格林和斯托迪本是好友，因为他们曾经一起贩毒，但因情成敌。杀害斯托迪后，格林在沃德雷的安排下带着斯皮德尔的女友贝丝（Beth）远去芝加哥旅游。沃德雷和帕蒂曾是床头夫妻，最后却成为商海仇敌。为了跟帕蒂争夺一处房产，沃德雷使出浑身解数。他不仅跟各个房产商保持联系，还密切监视帕蒂的行动。因此，凡是她做过的事，几乎没有他不知道的。他不念旧情，一心想置她于死地，但他不愿让她平静地死去，而要让她“在一种非常迷惑的状态中死去”（121）。她想取得大的成功，但他努力阻止她取得成功。他甚至打算用两百万美元的价格拿下她的人头。常言道：“一夜夫妻百日恩”，但沃德雷不但没有念及夫妻恩，反而寻机报复，体现了一种非常炎凉的世态。沃德雷还在监狱买通一个杀手杀害了一个威胁过他的人，这件事不仅表明他是一个非常凶狠的人，而且表明美国社会的混乱状态，即使在管制犯罪分子的监狱，犯罪也滋生蔓延，不可杜绝。通过沃德雷的犯罪行为，梅勒让读者看到，猖獗犯罪似乎是美国社会的一张名片，贩卖毒品、为情杀人、为财害命、性关系混乱成为这个社会非常突出的现象，似乎犯罪者无法无天，没有任何法律能够约束限制他们。

麦登的父亲麦克分析后认为，杰西卡系雷根希所杀；但事实上，杀害杰西卡的真正凶手是帕蒂，雷根希只是杰西卡死后对她分尸的人。就像沃德雷向麦登讲述他杀害帕蒂的经过一样，雷根希也向麦登讲述了杰西卡被害的过程。雷根希虽为警察，却是一个无赖之徒，正如他对麦登所说："你觉得我是一个粗野的没有素养的狗崽子，好吧，我就是这样一个狗崽子，我自豪。"（213）他认为自己"并非普通警察"（213），因为"一般的警察看不起那些可鄙的恶棍，我不是这样，我尊重他们"（214）。在他看来，"一个腐烂肮脏的灵魂的力量在于，不论多么肮脏，它成功再生了"（214）。所以，他相信"转世之说"。他对麦登说："如果很多人在战争中不必要地死去，很多无辜的美国人的孩子以及很多无辜的越南人"，他们得到的补偿就是"转世"（213）。他认为自己的所作所为都是为了实现上帝的愿望，所以，他觉得自己没有任何可以悲伤的地方："也没有什么可抱怨的"，因为他"有上帝要你有的那种生活"（214）。他所说的"上帝要你有的那种生活"就是他终身追求的那种放荡不羁的私生活，如他对麦登所说："生活赋予人两个弹丸，我把它们都利用起来了。我告诉你，很少有一天我没有跟两个女人上过床。如果我不跟第二个女人上床，我一晚上都睡不好。你读懂我了吗？人性有两方面，它们都要得以体现，我才能睡好。"（214—215）他给"人性的两方面"取名为"实施者"和"疯狂者"，他自己就是二者的完美结合，因为他自以为是个"实施者"的时候，实际上完全是个"疯狂者"。他毫不掩饰地对麦登说："我一直努力让你发疯。"（218）他甚至觉得自己"有权利"这样做，因为他觉得麦登曾经做了对不起他的事，如他对麦登的父亲比格·麦克所说："我的妻子，玛德琳，我们初次见面时，她是一个需要拯救的人。你儿子让她走向了堕落，她头脑麻木。我本来可以逮捕他。你儿子让她做疯狂性事，然后坐他的车时遭遇车祸，毁了她的子宫，一年后竟然跟她分道扬镳了。"（218）然而，在麦登看来，雷根希并没有好到哪儿去，如他对雷根希所说："你反过来偷了我妻子。"（218）雷根希还毫不掩饰、毫无内疚地对麦登说："我夹在两个女人中间，你妻子和我妻子。"（218）实际上，他不仅仅夹在两个女人中间，还有第三个女人，但这个女人，如他所说："只是帕蒂的替身而已"，这个作为"替身"的女人就是杰西卡。虽然同为雷根希身边的女人，帕蒂和杰西卡受到他的"宠爱"显然不同。杰西卡和帕蒂因为帕拉米塞德斯的房产而成为商敌，又因雷根希成为情敌。因此，帕蒂一怒之下杀害了杰西卡。杰西卡死后，雷根希将其分尸，惨无人道地砍下她的头，他这样做只是为了让自己跟帕蒂永不分离，如他自己所说："让帕蒂的命运跟我的命运最后定下来。"（223）他不仅让杰西卡尸首分离，而且把她的血抹在麦登车子的前排座上，把她的头埋在他种植和藏匿大麻的地方，并且让帕蒂把杀害杰西卡的那把手枪带着血痕放回原处，他这样做不是为了逮捕麦登，而是为了栽赃陷害，让他发疯。他之所以让麦登发疯，是因为他因帕蒂而疯狂，如他自己所说："我为帕蒂而疯狂，但她谈论的都是你，她多么恨你，［说］你如何耗尽了她一生。"（219）听到"帕蒂死了"，他号啕大哭，让麦登觉得"他多么爱我的妻子！"（221）他身为警察，却知法犯法。他合谋杀人，而且残忍分尸；他身为有妇之夫，却强占他人之妻；他身为缉毒警察，却自己不断吸食毒品；他满口正义，却满身邪气。

虽然沃德雷和雷根希都向麦登讲述了他们杀人的犯罪事实，但都没有向麦登讲述他们派人跟踪他的不法行为。杀害帕蒂后，沃德雷曾指使麦登的朋友斯皮德尔及其朋友斯托迪跟踪麦登的去向和活动。麦登虽然发现自己被人跟踪，但毫不知情的是，沃德雷和雷根希同为一伙，因为受沃德雷指使跟踪他的斯皮德尔及其朋友斯托迪也是为雷根希通风报信之人。斯皮德尔及其好友斯托迪跟踪麦登，他们就像黑社会的流氓打手一样，一人手里拿着刀子，另一人手持修理车轮用的铁棒，充分做好武力征服麦登的准备。来者不善，麦登不得不跟他们展开一场路边大战；结果，他的一只胳膊和一条腿受了重伤。

虽然麦登弄清了事实真相，但他面临成为杀人嫌犯替罪羊的危险。因此，父亲麦克建议麦登马上处理掉他放在地窖里的杰西卡和帕蒂的头，因为在他看来，要是那些装有人头的袋子在麦登的地窖里被人发现，他就"坐以待毙了"；如果他想把那两个人头拿到外面去："情况会更加糟糕。"（170）所以，他建议儿子麦登把处理那两个人头的事情交给他，并建议麦登弄清楚"那个房产商是谁"（171）。麦登从机场售票处获悉：15天前的晚上，杰西卡来到普罗温斯敦；9天前的早晨，她离开了普罗温斯敦。售票小姐告诉麦登，杰西卡离开普罗温斯敦的那个早晨，雷根希亲自送她到机场，并且嘱咐她："照顾好这位女士。"（172）这些情况让麦登想知道："如果杰西卡·鲍德独自一人在这儿待一周，然后飞回家乡圣芭芭拉，随后又飞回来，那就有这样的问题：她跟潘伯恩一起为沃德雷效力还是为了自己的事情？"（172）带着这样的疑问，麦登以杰西卡·鲍德儿子的名义给代表帕拉米塞德斯房产的波士顿律师打电话询问情况后确信，杰西卡自己计划获取那处房产，这让他想知道：她这样行动"是不是阻挡了沃德雷，由此也阻挡了帕蒂·拉瑞？"（172）基于这样的疑问，麦登想知道："如果帕蒂·拉瑞用一把22式带有消音器的手枪杀害了杰西卡·鲍德的话，那么，雷根希为什么要用大砍刀砍掉她的头？难道是为了把最容易认出的部分留到我种植和藏匿大麻的地方吗？帕蒂·拉瑞恨我到如此程度，还是雷根希？”（173）麦登觉得，雷根希恨他的可能性比较大。

雷根希为什么如此憎恨麦登？上文已经提到，雷根希的妻子玛德琳曾经是麦登的女友，他们参加周末性伴侣交换游戏前交往已有两年，游戏之后又交往了一年，然后就分手道别了。他们吸上了可卡因，由此弥补了他们之间的裂缝；他们分手后，麦登因贩卖可卡因而被捕。麦登的经历表明，性自由和毒品泛滥是美国社会的棘手问题：年轻人要么沉溺于性游戏，要么陷入毒品，似乎性游戏和吸食毒品是他们生活的主调；他们通过性游戏寻求生活刺激，通过吸食毒品消除生活的寂寞和空虚，结果让他们败得一塌糊涂。雷根希熟知麦登与玛德琳的感情经历，他因麦登曾经对玛德琳的伤害而对麦登怀恨在心。但面对麦登，雷根希却说出了麦登意想不到的事情。他告诉麦登，他跟玛德琳有两个儿子，而且给他看了他们一家四口的全家照，这让麦登极为吃惊，也颇感不解，因为他知道10年前参加周末性伴侣交换游戏后的那次车祸导致玛德琳子宫严重受伤，让她失去了生育能力。这种吃惊和不解让麦登再次仔细查看了雷根希让他看过的那张全家照，同样让他不解的是，他发现他们的两个孩子“有点像他但一点都不像她”（91）。可以说，麦登的发现解释了他的“吃惊”和“不解”，因为雷根希给他看过的那张全家照上的两个男孩不是他跟玛德琳的儿子而是他弟弟的孩子，这又一次让麦登颇感不解：“他为什么要欺骗我？”（107）这个让麦登颇感不解的问题，在玛德琳看来，根本不是什么让人费解的问题，因为在她眼中，雷根希本来“就是一个骗子”，但“这不是什么大新闻”，因为“大多数警察都是骗子”（107）。在玛德琳看来，雷根希是一个很坏的人，其坏的程度可以从他“用一把大砍刀砍掉一个越南人的头”（109）这件事上看出。通过这个小插曲，梅勒告诉读者，美国人对待东方人特别是越南人的方式非常残忍。

雷根希之所以憎恨麦登，不仅因为麦登跟他妻子玛德琳的关系，而且因为他跟麦登妻子帕蒂的关系。麦登与帕蒂相遇相识于他们周末性伴侣交换游戏，相恋于帕蒂的第二段婚姻期间，成婚于她跟沃德雷离婚之后。结婚后，麦登和帕蒂经常发生“战争”；帕蒂离家出走后，麦登见到了分别12年之久的前女友玛德琳；告别之际，玛德琳交给麦登一张纸条，上面写道：“我丈夫跟你妻子有恋情，除非你准备杀了他们，我们不要谈及此事。”（111）就像帕蒂曾经憎恨玛德琳一样，玛德琳现在非常憎恨帕蒂；所以，她希望麦登杀了她丈夫和他妻子。同样，雷根希也非常憎恨麦登。虽然如今身为雷根希之妻，玛德琳却仍然深深爱着初恋情人麦登。麦登说，如果玛德琳问他为何选择帕蒂而不是她，他准备这样回答："我选择帕蒂·拉瑞，她像美好旧美国一样贪得无厌，我要把我的国家建立在我的鸡巴之上。"（110）麦登欲言又止的脏话一定程度上暴露了他作为一个美国人的心态：他要征服任何贪得无厌的人，让她们心服口服地拜倒在他脚下，受他摆布，受他支配，成为他的奴仆，听他的话，为他做事，为他服务。从某种意义上讲，麦登就是美国的代言人。然而，让他没有想到的是，玛德琳却先发制人，告诉他："雷根希先生和我刚开始恋爱时，一晚上可以干五次，第五次跟第一次一样棒，你表现最佳的一天也成不了'五次先生'。"（110）这表明，麦登没有能力征服他的对手，因为他欲征服的人之外还有更多无法征服的人，这是他的悲哀之处。离开麦登后，帕蒂跟一个名叫波罗·格林的黑人走到一起，但跟这个"黑人先生"相处三周后："为了某件好事"（137），帕蒂找到前夫沃德雷。见面后第二天，她离开了她的"黑人先生"。据她的"黑人先生"说，帕蒂离开他后，有个名叫奥斯丁·希雷（Austen Healey）的陌生人给他打电话说，帕蒂要他打电话转告他："她回到了普罗温斯敦，跟沃德雷在一起，很想他。"（137）希雷甚至还说："帕蒂·拉瑞就住在普罗温斯敦客栈。"（137）然而，帕蒂的"黑人先生"打电话查询普罗温斯敦客栈时，却被告知查无此地。希雷还说，帕蒂又回到了麦登身边。这个名叫奥斯丁·希雷的陌生人为什么要编造这些谎言？是他自己为之还是背后有人指使？他为什么要把麦登、帕蒂的前夫沃德雷和她的"黑人先生"捆绑在一起？如果说麦登曾经在帕蒂的唆使下试图谋杀她的前夫沃德雷，帕蒂是否通过那个名叫奥斯丁·希雷的陌生人唆使她的"黑人先生"试图谋杀麦登？那个名叫奥斯丁·希雷的陌生人跟帕蒂·拉瑞之间到底是什么关系？他是否跟雷根希有关系？这些问题让麦登深感迷惑。如果说麦登想知道帕蒂的下落和踪影，她的"黑人先生"波罗·格林也是如此，她的情人雷根希更是如此。

雷根希不仅怀疑麦登杀人，而且知道他种植并且藏匿大麻，但他没有因此而指责麦登有罪，因为他自己也经常吸食大麻。作为一个执法者，他不但不制止这种犯罪行为，而且还刻意庇护和辩护，认为保守派反对毒品是不对的，认为吸食毒品是上帝与魔鬼的较量，如他所说："保守派……认为大麻毁了灵魂，但我不这样认为——我认为那是上帝介入，跟魔鬼较量。"（34）雷根希的行为和思想一定程度上体现了美国社会法律系统内部存在知法犯法的腐化现象。雷根希百般折磨妻子玛德琳，视她为发泄性欲的对象，如他对她所说："我一晚上搞了你 16 次。"（226）他还不失时机地侮辱她，说她不如帕蒂，因为帕蒂是“重要人物”，而她“只不过是个小人物”，所以他“喜欢帕蒂”，因为他自己“属于重要人物”（226）。在他眼中，妻子玛德琳除了能满足他的性欲之外一无是处；然而，他却低估了她，因为他的言语极大地刺激了她，让她一怒之下毫不犹豫地举枪打死了他，正如她事后对麦登所说：“我就等着他说出那句让我怒火中烧的话。”（226）枪杀雷根希彻底改变了玛德琳在麦登心目中的形象，让他清醒地认识到：“不要小看这个意大利女神。”（226）玛德琳之所以枪杀雷根希，是因为她觉得：“必须把他杀掉”，因为“处于重要位置的疯狂之人是必须杀掉的”，这是她“喝了黑手党的牛奶后学到的”（226）。显而易见，雷根希是一个疯狂之徒，但玛德琳枪杀他绝非疯狂之举。可以说，一定意义上讲，玛德琳枪杀雷根希是正义之举，是为民除害之举。通过麦登对玛德琳的评价和玛德琳自己所言，梅勒表达了他倡导除恶扬善的思想。

雷根希死后，华盛顿毒品实施管理局有人给玛德琳打电话，询问他的去向，但玛德琳告诉他，她和雷根希驱车前往墨西哥，在拉里多（Laredo），雷根希失踪了；因此，她没有过边境就回来了。（227）玛德琳关于雷根希去向的谎言掩盖了事实真相；但是，“似乎没人想知道雷根希出了什么事”，在麦登看来，“这难以相信，但官方对玛德琳几乎没有进行过任何调查”（227），因为“官方没人会因为失去他而感到十分不快”（228）。由此看来，雷根希是众矢之的，对身边人和社会来说，他的死亡是求之不得的大好事。雷根希死后，麦登和玛德琳卖掉了自己的房子，虽然没有奢侈的大房子，没有巨额财富，只凭微薄的收入生活（玛德琳在当地一家餐馆做服务员，麦登在她工作地对面的小酒吧做兼职服务员），但他们生活得很幸福。麦登说，虽然“我偶尔等着有人前来敲门打探消息，但我不能确信有人会来敲门”（227）。杰西卡死后，她儿子曾登报寻人，并且非常执着，似乎“找不到他母亲，他永远不会罢休”，但她家乡的人们已经认为她“可能找了一个新加坡富豪或同级别的人”（227）。对于与她同行的潘伯恩的死亡，“尽管车厢里有起了褶皱的血迹，官方认为他系自杀身亡”（227）。因此，无论普通大众还是官方，都未能知晓雷希根与杰西卡的真实下落，这一定程度上体现了美国社会对犯罪的态度。由于普通大众理所当然的认识和官方的权威结论，杀害杰西卡和潘伯恩的凶手永远不为人知。因此，一个杰西卡和潘伯恩被害，还有更多的杰西卡和潘伯恩会遭受同样的厄运，这就是梅勒交代杰西卡和潘伯恩死后社会反应的原因。

麦登的回忆不仅揭露了美国社会的暴力、谋杀、强奸和毒品等问题，而且也揭露了美国社会的种族、阶级与性别关系。帕蒂曾对麦登说："我以一个乱搞男女关系的人开始，但一旦我第一次离婚，我就决定成为一个女巫。自那以来，我就是一个女巫了。"（39）她认为自己是"一个白人女巫，白肤金发碧眼的人"（40）；但在麦登眼中，她"不是白肤金发碧眼的人"，而"是深褐色头发的白人女人"（40）。他们的言语表明，他们是白人优越论者；在他们眼中，唯有白人美丽，唯有白皮肤美丽，唯有白肤金发碧眼的人美丽。因此，在麦登眼中，帕蒂的那个"黑人先生"波罗·格林有着"深黑色的颜色，像一个非洲人那样黑得发紫"（134）。格林是一个私生子，他母亲觉得他出生时医院弄错了系在婴儿脖子上的标记，因此不认他。她经常打他，他深受影响，因此长大以后经常打那些戴金色手套的人。他南下去佐治亚州寻找生父，没有找到，却醉得一塌糊涂，走进一个白人酒吧，酒吧服务员拒绝给他提供服务，并且打电话叫来州警察驱赶他。这个"黑人先生"的经历一定程度上反映了美国南方社会的种族关系：白人酒吧拒绝黑人入内，拒绝为黑人提供服务；警察的介入表明，白人酒吧拒绝为黑人消费者提供消费服务是合法行为。黑人格林在白人酒吧的遭遇表明，黑人不仅仅是个别白人憎恨的对象，更是整个白人群体憎恨的对象。因此，作为黑人，格林是白人施暴的对象，他们打他"就像宰杀他似的"（136）。白人警察不但没有为格林伸张正义，而且打裂了他的颅骨，最后还让他进了监狱。

如果说白人酒吧和白人警察对待黑人格林的做法表明了黑人在美国社会的悲惨处境，其他少数民族在美国社会的处境也同样悲惨。麦登回忆说，十多年前，一个年轻葡萄牙人在普罗温斯敦杀害了四个女孩，并且残忍地把她们分尸埋在不同的坟墓。谋杀并且分尸，情节非常严重，性质非常恶劣，影响非常持久，但犯罪者何以处理？麦登不得而知。麦登说他总是强烈地意识到"那些死去的女孩以及她们失去感觉的、残缺不全的、正在控诉的存在"（38）。通过麦登之口，梅勒表达了对无辜死者的悲怜之情和对谋杀者的强烈谴责。通过在回忆中插入这样一个犯罪事件，麦登让读者看到，普罗温斯敦的社会治安很差，年轻女性的人身安全是一个很大的社会问题；同时，通过这样一个犯罪事件，梅勒也让读者看到了十多年前普罗温斯敦的种族关系：在白人眼中，葡萄牙人等少数外来民族都是暴力实施者，是造成社会不安全的危险因素。因此，虽然年轻葡萄牙人杀害四个女孩的事过去十多年，但至今仍然让人毛骨悚然，不寒而栗。葡萄牙人虽然为科德角的发展做出了不可磨灭的贡献，但他们永远都处于社会最底层，如麦登所说："城里最富有的葡萄牙人也跟最穷的人为邻"；"我没听说过哪个葡萄牙人的儿子上过好大学。”（36）通过麦登之口，梅勒揭示了美国社会的阶级差别，揭示了美国社会的种族和民族差别：作为外来民族，葡萄牙人不论怎么卖力工作，不论他们为美国社会的发展做出何种重要贡献，他们永远都是处于美国社会最底层的人，永远住不了高楼大厦，进不了著名大学，过不上富有生活。尽管他们与当地人通婚生子，但他们似乎永远融入不到他们的圈子之中，他们似乎永远都是局外人和圈外人，就像《裸者与死者》中的墨西哥人一样：“他能干廉价餐馆的收银员，他能做敲钟人，他能在合适季节采摘棉花，他能开杂货店，但他就是做不了医生、律师、大商人、领袖。”① 麦登的父亲比格·麦克曾经告诉儿子麦登：“一些人的问题在于，他们期待上帝跟他们在同一家服装店买衣服。”（51）他说他“总是通过他［上帝］的眼光对Wasps［盎格鲁-撒克逊白人新教徒］做出反应”，因为他“把他们看成身体非常结实、有着银色头发、穿着灰色西装、说话时总是操着那种他们认为上帝用来展示其优雅之处的那种口音”（51—52）。通过比格·麦克之口，麦登这个“半新教徒、半犹太人”讽刺了那些孤高自傲的欧裔白人新教徒；通过麦登的讽刺，梅勒讽刺了美国欧裔白人新教徒：他们视自己为上帝的代理人，认为他们的所作所为体现了上帝的意志。然而，麦登的父亲比格·麦克自己也是一个有阶级偏见和种族偏见的人。在他看来，玛德琳比帕蒂更有修养，完全属于不同阶级和阶层。他认为儿子麦登娶帕蒂为妻完全是错误，因为她是“一个下流的女人”；他觉得儿子麦登应该娶玛德琳为妻，因为“她有风度，她很敏锐”（155）。在他眼中，红脖子人种是懦弱的民族，他们没有勇气统治和支配世界。他隐含的意思是，只有欧裔白人才是真正勇敢的人，只有他们才能统治和支配世界。

麦登回忆中出现的人物，都以这样或那样的方式离开了人们的视野，但不论怎样，他们都没有引起人们的注意，因为没人想到或怀疑他们被人谋杀了。所以，贝丝走了，斯皮德尔消失不见了，人们理所当然地“以为他们去旅游了”；斯托迪的家人“因为害怕他而不乐意听到他的名字”；人们也理所当然地认为帕蒂和沃德雷“在大千世界的这儿或那儿旅行”；如果几个月后沃德雷杳无音信，亲属会宣布他失踪；七年后，他的近亲可以继承他的财产；同样，几个月后，麦登也会宣布帕蒂失踪，或者缄口不言，让事态发展自然表明之。（225）这一出乎意外的平静反应，揭示了一个十分恐怖的社会环

① Norman Mailer, *The Naked and the Dead*, New York: Henry Holt and Company, 1948, p. 65.

境：谋杀无人追责，失踪无人问津，亲情淡漠，世态炎凉。一个人消失不见，竟然无人怀疑他/她消失不见的原因，人们却理所当然地认为他/她在周游世界，享受生活。正是这种“理所当然”的想法，包庇并且纵容了谋杀等犯罪行为，让罪犯犯罪如吃饭睡觉那般自然。小说末尾，麦登的父亲麦克将杰西卡、帕蒂、斯皮德尔、斯托迪、沃德雷和雷根希的尸体沉入大海，他这样做可能是为了毁尸灭迹，也可能是为了让他们永远从人们的视线中消失。处理完这些尸体后，麦克精神抖擞，俨然焕发了生机，似乎他为民除害，干了一件特别了不起的大好事。然而，麦克干的“大好事”却给无辜者哈波带来不幸，因为他声称在一次降神会上“看到海底有六具尸体”，其中“两个无头女人跟他说了话”，他因此“被判刑”（229）。

《硬汉子不跳舞》中的死亡都是非正常死亡。帕蒂为钱威胁前夫沃德雷而被他枪杀。杰西卡跟帕蒂争买房产而被帕蒂枪杀。沃德雷枪杀前妻帕蒂和斯皮德尔后自杀。斯皮德尔被沃德雷怀疑敲诈他的财产而被他枪杀。斯托迪被指责杀害帕蒂而被她的黑人情人格林杀害。潘伯恩被官方定论为自杀。可以说，小说中的六个死者，没有一个是无辜之人，他们或打击报复他人，或谋杀陷害他人，或贩毒吸毒，或违反社会伦理道德，或追求低级腐化生活，不论他杀身亡，抑或自杀而亡，他们罪有应得，死有余辜。但不管怎样，杀人者不为人知，真正的凶手没有一个落网，而无辜之人却成了替罪羊。这一结果让人感到可笑，是对美国社会伦理和司法制度的极大讽刺，具有令人深思的反讽意味。通过这一结果，梅勒让读者看到美国社会犯罪与惩罚之间的矛盾，进而看到一个毒品泛滥、犯罪猖獗、罪而无罚、无辜受难的真面美国社会。

第三节　《硬汉子不跳舞》与美国的性自由、爱情与家庭

《硬汉子不跳舞》也是一部关于20世纪80年代美国社会性自由与性犯罪以及性自由环境下爱情与婚姻家庭生活的小说，小说中人物的爱情、恋情和婚姻家庭生活呈现了这个时代美国社会的伦理和道德面貌。

性自由与性游戏是小说毫不避讳的一个话题，小说的主人公兼叙述者麦登在妻子帕蒂离家出走后的日子里，不时地回忆起自己和他人充满性游戏和性狂欢的过去。12年前，麦登看到《奸污》（*Screw*）杂志上有个周末性伴侣

交换游戏的广告，他便与交往两年的女友玛德琳从纽约驱车前往北卡罗来纳州参加那个游戏。后来他知道，当时参加周末性伴侣交换游戏的那对夫妻中的妻子就是后来成为他妻子的帕蒂·拉瑞，但她当时名叫帕蒂·厄琳（Patty Erlene），是一个中学啦啦队的队长，嫁给当地一个牧师，这个牧师在性伴侣交换游戏广告中声称自己是一名妇科医生，实际上是一个中学的足球教练兼当地按摩脊椎治疗者。在麦登看来，他们根本没有可成为夫妻的理由；然而，让他“惊讶的是，他们相处得很好”（196）。从北卡罗来纳返回纽约途中，麦登跟玛德琳发生激烈争吵，车子在快速转弯时不慎撞到树，导致玛德琳子宫严重受伤而失去生育能力。麦登之所以前去参加那个性伴侣交换游戏，是因为他当时在戒烟，在不抽烟的痛苦中，他会租车外出游玩。车祸之后，麦登又放弃了戒烟。似乎一切都源于戒烟，它像幽灵一样折磨着麦登，如他自己所说：“12年来，我一直都在努力戒烟……我曾经十次戒烟十次放弃，有一次戒了一年，有一次戒了九个月，有一次戒了四个月，我反复戒，这些年来总共戒过上百次，但总是没有戒掉。”（4）表面上看，戒烟、性伴侣交换游戏和车祸之间存在一定联系；但实际上，戒烟与车祸之间并没有必然联系，车祸源于麦登与玛德琳在性伴侣交换游戏后归途中的激烈争吵，而激烈争吵源于性伴侣交换游戏，因为在此之前他们从未有过类似经历，正如麦登所说：“我们争吵，玛德琳尖声诅咒我（这完全不符合她的性格）。”（96）麦登跟玛德琳是未婚青年，他们不顾世俗偏见和道德约束与已婚夫妻进行性伴侣交换游戏，这是美国社会性自由的体现，也是他们道德沦落的结果。

麦登本以为戒烟比放弃生命更难，因为12年的戒烟经历让他明白：“放弃爱可能比处理你的烟要简单些”（4），但“真正到了跟爱和恨说再见的时候”，他觉得“结束你的婚姻跟放弃你的尼古丁一样不容易”（4）。麦登断断续续地戒烟12年，因此对“这脏东西”的恨不亚于对“一个妻子怀恨在心”时的程度。（4）这就像人们经常所说的“鸡肋”一样：食之无肉，弃之有味。虽然他知道“早晨的第一口吸烟现在变成了引起剧烈咳嗽的东西，除了烟瘾什么都没有”，但他还是每天早晨吸烟。“他的婚姻就是这种情况”（5）：他虽然憎恨妻子，就像他憎恨早晨的吸烟一样，但他又离不开她。他说妻子离家出走前，他有一年时间没有吸烟，但他们“打架打得很凶”（5）。妻子离家出走后，他又恢复吸烟，每根烟在嘴里“闻起来就像一个烟灰缸似的”（5）。似乎他不戒烟的时候，一切均好，一切都很平静，但一旦戒烟，一切平静便消失殆尽。跟妻子在一起，麦登经常跟她打架，打得很凶，但妻子的离开却打破了他的生活习惯。他待在家里，很少洗澡，很少出门会客访友，除了抽烟喝酒，什么都不想干，生活陷入“一片混乱”（5）。

帕蒂是麦登的妻子，但麦登不是帕蒂的唯一丈夫。嫁给麦登前，帕蒂已经结过两次婚。她的第一任丈夫就是她担任中学啦啦队队长时结识的那个中学足球教练比格·斯托普（Big Stoop），第二任丈夫是塔姆帕有名的富商米克斯·沃德雷·希尔比二世的儿子米克斯·沃德雷·希尔比三世，人们习惯称他为沃德雷。沃德雷19岁的时候结了婚，“目的是要挫败父亲。父亲是公认的反犹主义者，儿媳妇却是一个犹太女孩，有着大大的鼻子”（20）。但是，沃德雷不比父亲好多少。这是一个伦理道德缺乏、关系混乱不堪的家庭，也是一个充满矛盾和不和谐因素的家庭：父亲是反犹主义者，但儿子娶了犹太人做妻子。父亲和继母、儿子和媳妇都是没有道德底线的人，他们生活的环境是一个没有伦理道德约束的混乱世界。他们尽管富有，但思想低俗，追求的是与伦理道德相悖的东西。他们不是人们可以崇拜的财富大亨，而是拍摄色情大片的超级演员。他们表面光明鲜亮，实则肮脏龌龊。与他们为伍的人，替他们效劳的人，本质上都跟他们没有什么差别。他们的管家不仅拍摄了他们的色情表演，而且强奸了年幼的麦登。然而，父亲并没有为此而愤怒，也没有为此而内疚。他似乎只追求个人享乐，却丝毫不顾他人的感受；他似乎只追求感官刺激，却丝毫不顾道德影响；他看似生活充实，实则精神空虚。

麦登和沃德雷是中学同窗，但后来成了情敌。麦登在最落魄的时候（即他参加周末性伴侣交换游戏后五年的时候）遇到帕蒂，她当时让他做了她和丈夫沃德雷的司机，并且当着丈夫沃德雷的面让他跟自己上床，因此谋划了“一种具有自动防止故障特性的谋杀他的方法”（117）。帕蒂跟沃德雷离婚后嫁给了麦登，但麦登不明白帕蒂为什么嫁给他，因为他们结婚前，他只是她的车夫，在蓄意谋杀她丈夫中败下阵来，是一个有犯罪前科的人，没有帮助她实现登上大理石台阶步入那些坐落在棕榈海滩（Palm Beach）别墅的梦想，不明白她为什么会委屈自己嫁给一个比自己低的人，虽然他们“曾有床事，但那是理所当然的”（36）。麦登觉得，唯一可以解释的原因是，她嫁给他是“为了揭示他虚荣心下面的深渊”（36）。这让我们想到《一场美国梦》中的女主人公德伯娜，她嫁给出身不如他的罗杰克，是为了“让她父亲难堪”。①似乎在两位女主人公看来，婚姻不是情感的体现，而是借以报复他人的手段。虽然帕蒂屈身求“爱”嫁给麦登，但麦登发现她并非势利之人，因为他们结婚后来到普罗温斯敦，但她不像其他来此地的人，他们是为了自己的社会发

① Norman Mailer, *An American Dream*, New York: The Dial Press, 1965, p. 228.

展，而她不是为此而来。麦登说帕蒂一生可能只读过10本书，其中之一是《了不起的盖茨比》。跟了不起的盖茨比一样，帕蒂也非常富有，但她追求的是不切实际的虚幻的东西，就像盖茨比追求的是一去不复返的爱情一样。所以，麦登说："可以猜到她是怎么看待自己的!"（37）在麦登眼中，帕蒂"跟盖茨比一样着迷"（37）。帕蒂是麦登的妻子，但不是他的初恋。12年前，麦登与帕蒂在周末性伴侣交换游戏中结识前，他已经跟玛德琳交往了两年。帕蒂离家出走后，麦登将"劳丽尔"（Laurel）这个名字文在自己胳膊上，以此打击妻子帕蒂，因为他知道，"她就是那个帕蒂永远不会谅解的女士"（26）。所以，麦登想："难道我选择这个文身是为了惩罚帕蒂吗?"（27）

如果说麦登的婚姻是不幸的，不幸则不无原因，因为他父母的婚姻是不幸的。在麦登看来："谁都喜欢父亲，唯独母亲不喜欢他"；他甚至发现，"她对他的爱一年比一年少"。所以，他怀疑"他们怎么会结婚?"（57）麦登觉得，父母不是因为志同道合而成为夫妻，而是因为彼此不同而走在一起；母亲嫁给父亲，不是因为喜欢他爱他，而是因为她要藐视父亲的种族、阶级、性别和文化偏见，如麦登所说：

> 我怀疑他们短暂而最有爱的恋情不仅仅是他们多么不同所刺激的结果，而是因为她也是一个自由主义者，希望公然反抗父母对爱尔兰人、工人阶级和酒吧啤酒味的偏见。所以，他们结婚了。她是一个娇小的、谦逊的、好看的女人，是康涅狄格州一个美丽小镇的小学老师，就像他很高大一样，她很精致，行为举止很好，在他看来完全是一位淑女的样子。我想，她一直对他保持着淑女的样子，虽然他从不愿意承认，他那种秘密的、很大的偏见正是这个，正是对这种淑女戴着长手套时的优雅风度的偏见，但他很喜欢她。娶到这样一个女人，让他给人留下极为深刻的印象。（57）

因此，他们虽为夫妻，却是"悲伤的夫妻"（57），在儿子麦登十五岁的时候不得不分道扬镳。父母的婚姻可能对麦登产生了不少影响。麦登父母的婚姻表明，20世纪60—70年代，美国社会的种族、阶级和性别歧视非常严重。欧裔白人对少数族裔、上层社会对中产阶级和下层社会以及淑女对普通女性的歧视成为社会的普遍现象。另外，自由主义与保守主义之间的冲突也比较明显。

麦登回忆说，父亲从来没有对母亲说过“我爱你”，如母亲有一次对父亲所说：“你从来没有说过你爱我。”（58）他们坐在一起的时候，常常几个小时都不说话，“沉闷压抑得连电视上的声音似乎都在发抖”（58）。父亲对母亲表达爱的方式只是寥寥数语：“我在这儿，难道不是吗？”（58）他那种“男人的自豪使得他从来都不吻那个女孩［母亲］”（58）。然而，他绝非不食人间烟火的禁欲主义者，他“能够吸引女人的数量和一晚上能跟女人上床的次数广为人知”（58）。他跟老朋友聚在一起时，他们“思想很肮脏”；虽然都年过半百，但他们张口闭口从不离性，好像“它就粘在他们裤子里一样”（59）。父亲的那些朋友嗜性成性，虽然年过半百，但玩女人却是他们的特长和拿手好戏，他们时不时地炫耀自己玩过什么样的女孩或女性。他们似乎没有什么可以炫耀的，唯一可以炫耀的就是他们自己接触过或玩过的女人。可以说，他们是一帮没有社会道德约束的无耻之徒，干着污染社会伦理和道德空气的龌龊事情，但他们不以为耻反以为荣。可以说，这也是美国社会性自由的体现，使得很多女孩年纪轻轻就成为堕落之人。跟他们在一起，麦登自然深受影响，如他所说：“我知道我随之长大了。”（60）的确，麦登不仅年轻时跟女友参加周末性伴侣交换游戏，而且婚前婚后性行为极为放荡。妻子离家出走后，麦登经常去普罗温斯敦的“香槟酒家”喝酒抽烟打发时光。他说，有一天晚上，他在“香槟酒家”偶遇一男一女，男的名叫朗尼·潘伯恩，女的名叫杰西卡·鲍德，他们从“香槟酒家”出来后开车到他家喝酒，他们三人边聊天边喝酒，其间发生乱性，他甚至当着潘伯恩的面跟杰西卡发生性事，还让潘伯恩在一旁观看；喝完酒后，他们开车去威尔弗利特找哈波为他们文身；走进哈波家门前，他再次当着潘伯恩的面跟杰西卡发生性关系。麦登的行为是美国社会性自由的体现，也是美国社会伦理道德缺失的体现。麦登还给父亲讲了一个他被埃塞克特中学开除后第一次跟一个女孩发生性关系的故事，这个故事真正可谓美国社会性自由的体现。麦登说他以前从未见过那个女孩；初次见面，四目相对之后，他们就达到了默契，随即发生了性关系，速度之快，令人惊讶。麦登给父亲讲此故事，非但没有羞耻感，反而颇感自豪。父子之间公开谈论性事，这本身就是性自由的体现，但也反映了一种病态的道德和伦理：父亲不但没有指责麦登的过错，反而很认同他的做法，如麦登所说：“他很喜欢我的故事。”（155）麦登回忆说，他 15 岁时父母离婚，25 年来，他跟父亲虽有电话联系，但只是几个月或半年打一次电话。因此，他们看起来不像父子，却像陌生人，如父亲自己所说：“你和我是陌生人。”（157）随着年岁的增长，父亲似乎明白了自己的“过错”，决定跟儿子"面对面地说清楚"，因为他想在死之前让儿子麦登知道他对他的关心，这让麦登非常感动，因为这是他"一直希望的，现在他确认了"（157）。可以说，麦登第一次感到了亲情的温暖与幸福。随着年岁的增长，父亲不仅有了亲情感，而且也对自己的过错有了内疚感，如他自己所说："你变老了，你就开始觉得有些事是错误的……所以，你就做一些你以前不做的事情。"（158）一定意义上讲，麦登的父亲由堕落走向了拯救。

在麦登看来，性不仅是父亲跟其朋友聚会时无时不离口的话题，也是弥漫于他生活环境中的东西。他说他经常想起"中央公园里那些男人和男孩沿着方尖形物体徘徊的样子"，想起"华盛顿纪念碑脚下公共卫生间隔板上刻画的电话号码和配有菲勒斯尺寸的邀请"（62）。通过麦登的回忆，梅勒旨在表明，中央公园和华盛顿纪念碑这样著名的地方出现同性恋和充满色情内容的广告这些很不和谐的东西，很好地说明了文明与野蛮同在，美丽与丑陋同行，也表明同性恋是当时美国社会的一种现象，这种现象一定程度上也是 20 世纪 80 年代美国社会性自由的体现与结果，是美国社会鼓吹人性自由和个性主义的体现与结果。一定意义上讲，性自由是时代变化的产物，正如麦登的父亲对麦登所说："在我那个年代，如果是同性恋，你就死定了，不必问为什么，你就是混乱的代理。现在，他们有同性恋解放。我观察着他们，到处都是同性恋。"（156）

性事本来是私密的东西，是不该让他人知晓的东西，当然是不能公之于众的东西，但麦登的朋友喜欢开着门做性事，或者性事期间让他人旁观或参与其中。让私密的东西变成公开的东西，让私有的东西变成共享的东西，这是 20 世纪 80 年代美国社会性自由的体现，也是美国社会道德沦落的体现。麦登的妻子帕蒂似乎是个例外，但她也有不良嗜好与习惯。虽然她不喜欢不经敲门而直接闯入家门的人，但她喜欢海滩上的裸体聚会，喜欢裸体站在不远处有情侣的地方，喜欢跟别的裸体女人在海水里打闹嬉笑，喜欢抚摸她们的乳头，喜欢裸体在家里走来走去。这些喜好与习惯表明，她不是一个信守世俗道德规范的女人；相反，她是一个挑战世俗道德规范的女人。但是，从当时社会伦理和道德角度讲，她追求的东西并不高雅，也不高尚，显然不值得赞扬和倡导。

麦登的朋友斯皮德尔跟他的女人贝丝之间的性事更是"病态"，他们之间的性事"对任何朋友来说都不是什么秘密"（66）。斯皮德尔常常用摄像机把他跟贝丝私通的性事拍摄下来给朋友看，虽然"观看那些录像是极坏的事"（67），但至少有一打的朋友观看过那些录像；所以，在麦登眼中，斯皮德尔是“一个怪物”（67）。同样，斯皮德尔的朋友斯托迪也是一个怪物，因为“他常常把妻子的脚踝骨绑在天花板横梁的钩子上，然后抚摸她，用他的方式”（73）。麦登虽然跟斯皮德尔是“好友”，但他不能接受他，因为他是有神论者，斯皮德尔却是无神论者，他不能接受他是无神论者的事实，如他所说：“我可以忍受异端邪说、谬论、伪证、反律法主义、阿里乌斯教、流溢论、诺斯替教、摩尼教甚至一神论或者纯净派，但我忍受不了这个可恨的无神论者。”（67）麦登认为：“只要他相信上帝或者魔鬼或者两个都相信”，他都可以接受斯皮德尔，但他什么都不相信，这让他不可接受，虽然他们曾经一起爬过那个看起来像个阳具一样的普罗温斯敦的最高纪念碑。麦登与斯皮德尔之间的不和谐体现了美国社会两种意识形态——有神论与无神论——之间的冲突。

十二年前，麦登和玛德琳参加了帕蒂与其丈夫比格·斯托普的周末性伴侣交换游戏。回忆起当时的情形，麦登这样描述斯托普：“早晨，她的丈夫比格·斯托普戴着他的另一顶帽子，我们都去了教堂，玛德琳和帕蒂，比格·斯托普和我。他主持了礼拜活动。从根本上讲，他是我们的美国疯人之一：他能在星期六晚上进行疯狂性派对，却在星期日进行洗礼。”（205）通过麦登眼中的斯托普形象，梅勒向读者勾勒了他心目中的美国形象，就像麦登眼中的斯托普一样，美国是一个疯狂之人构成的双面国家：它就像一个疯狂之人那样，星期六晚上在家举办疯狂性派对，星期日早上却在教堂参加严肃礼拜活动。通过麦登之口，梅勒对美国进行了无情讽刺。但同时，通过再现十二年前周末性伴侣交换游戏的情形，麦登也再现了帕蒂的形象。从她跟第一任丈夫的婚姻来看，帕蒂绝不是一个视婚姻为严肃之事的女人，而是一个视性为游戏的轻浮女人。正因为如此，她没有因为斯托普玷污她使她怀孕而怀恨他，反而选择嫁给他。所以，麦登不无感慨地说：“我一直都不理解他们的婚姻。”（205）显而易见，在麦登看来，他们只能成为临时同床的性伙伴，但不能够成为终身共苦的恩爱夫妻。帕蒂和第一任丈夫斯托普相识于她当啦啦队队长之时，因他玷污她而成为他的妻子；她因周末性伴侣交换游戏与麦登相识，他们五年后再次相遇时，她已经跟第一任丈夫离婚；离婚不久，她成为空姐并与沃德雷相识，不久便成为他的妻子。那次性伴侣交换游戏让麦登认识了帕蒂，从而让他成为她的第一任丈夫和第二任丈夫之间的第三个男人。想起那个性伴侣交换游戏的晚上，麦登仍然记忆犹新，难以忘怀。参加周末性伴侣交换游戏前，麦登跟玛德琳交往已有两年；性伴侣交换游戏后，他们又交往了一年，然后就宣告结束了他们的关系，之所以如此，是因为他们之间缺乏忠诚与信任，如麦登所说："我们在一起两年后，就进入了要么结婚要么分手的阶段。我们谈论着跟他人约会的事，我不时地欺骗她，她也有整晚的时间欺骗我，因为我一周里每天在酒吧从下午五点工作到凌晨五点，12 个小时的时间里可以做很多爱。"（94）从麦登对玛德琳的信任程度来看，恋爱与忠诚似乎不能同行。麦登和玛德琳还未到"七年之痒"就已经各自跟他人约会发生恋情，互相欺骗，他们的恋爱自然不会走向永久婚姻。他们关系结束后，麦登因为贩卖可卡因而被捕。麦登的经历表明，性自由与性狂欢、毒品贩卖和吸食毒品是美国社会非常棘手的问题：年轻人要么沉溺于性游戏，要么陷入毒品，似乎性和毒品是他们生活的主食；他们通过性游戏和性狂欢寻求生活刺激，通过吸食毒品消除生活的寂寞和空虚，结果他们变得比以前更加空虚。

十二年前的周末性伴侣交换游戏让玛德琳走向堕落，她喜欢年龄大而且床上功夫好的老男人；因此，她选择嫁给雷根希，因为在她看来，雷根希比麦登"优秀"，因为"他是一匹种马"（110），床上的功夫是麦登远未能及的，如她对麦登所说："他一晚上可以干五次，第五次跟第一次一样棒，你表现最佳的一天也成不了'五次先生'。"（110）时隔十二年后，麦登与玛德琳再次相见。见到玛德琳，麦登的第一反应是："我想拥抱她，说真话，我想直接跟她回到床上去"（106）；他甚至做好了应对玛德琳"问罪"的准备：如果玛德琳问他为什么选择帕蒂而不选择她，他就告诉她："我选择帕蒂·拉瑞，她像美好旧美国一样贪得无厌，我要把我的国家建立在我的鸡巴之上。"（110）麦登以自己的性欲望比喻美国的霸权欲望，他的菲勒斯主义征服思想一定程度上表明了美国人的极权主义心态；可以说，麦登就是极权主义美国的代言人。然而，他称霸一切的极权主义思想并不容易实现，正如玛德琳对他所说："雷根希先生和我刚刚恋爱时，一晚上可以干五次，第五次跟第一次一样棒，你表现最佳的一天也成不了'五次先生'"，麦登没有能力征服他的对手，这是他的悲哀之处。可以说，麦登的悲哀也是美国的悲哀，因为像麦登一样，美国也无法征服世界。但是，玛德琳与雷根希的婚姻生活并不幸福。雷根希是一个无赖之徒，如他对麦登所说："你觉得我是一个粗野的没有素养的狗崽子，好吧，我就是这样一个狗崽子，我自豪。"（213）他过着放荡不羁的生活，如他对麦登所说："很少有一天我没有跟两个女人上过床。如果我没有跟第二个女人上床，我一晚上都睡不好。"（214—215）他还挑战性甚至挑衅性地对麦登说："我夹在两个女人中间，你的妻子和我的妻子。"（218）实际上，他不是夹在两个女人中间，而是三个女人中间，因为他身边还有一个名叫杰西卡的女人。雷根希身为警察，却知法犯法；他合谋杀人，而且残忍分尸；他身为有妇之夫，却强占他人之妻；他身为缉毒警察，却自己经常吸毒；他说着正义的话，却干着非正义的事。然而，雷根希生病后，玛德琳对他悉心照顾，“似乎他是即将离世的上帝”（224）。病床上的雷根希完全是一个疯子，他胡言乱语，一会儿谩骂这个，一会儿诅咒那个。这与病床边悉心照顾他的妻子玛德琳形成鲜明对比：不论雷根希过去如何待她，玛德琳都不计前嫌，努力照顾他，努力安慰他；她想的可能是如何让他尽快好起来，而他想的是“我已经三天没有勃起了，也许我再也勃不起来了”（225）。真可谓“三句不离本行”，即使病入膏肓，他也毫不掩饰自己流氓恶棍的面目。雷根希百般折磨妻子玛德琳，把她当成发泄性欲的对象，还不失时机地侮辱她。在他眼中，妻子玛德琳除了能满足他的性欲之外一无是处；然而，他却低估了她，因为他的言语极大地刺激了她，让她一怒之下毫不犹豫地举枪打死了他，正如玛德琳事后对麦登所说：“我就等着他说出那句让我怒火中烧的话。”（226）枪杀雷根希是玛德琳对他的野蛮行为做出的最后回应，表明了她奋起反抗以改变自己命运的决心。她曾当着雷根希的面说：“我会从背后枪杀你。”（177）这表明，她对他的野蛮行为的忍耐已经到了极限，已经不愿逆来顺受，决定永远离开他而不回头。枪杀雷根希后，玛德琳再次回到麦登身边，因为她觉得麦登是能跟她一起生活的人，如她在电话中对麦登所说：“有个人，我能跟他一起生活了。”（177）雷根希是一个毫无理性的疯狂之人，但玛德琳枪杀他绝非失去理智的疯狂行为；可以说，一定意义上讲，玛德琳枪杀雷根希是正义行为，是雷根希罪有应得的结局。通过麦登对玛德琳的评价和玛德琳自己所言，梅勒表达了他倡导除恶扬善的道德思想。

综上可见，《硬汉子不跳舞》中的性不是爱的表达和幸福的体现，而是不幸的源泉和通道。小说中的男男女女或因性而亡，或因性走向堕落，或因性走向婚姻家庭破裂，或因性失去人性和社会伦理道德规训而成为“非常”之人。他们毫无道德约束的恋情、毫无幸福可言的婚姻和毫无羁绊的性放纵是照射20世纪80年代美国社会的一面镜子，性解放与性自由导致的性狂欢与乱性行为似乎是这个年代美国社会的一个“亮点”，伦理道德沦落导致家庭亲情关系淡薄，婚姻与忠诚冲突，婚姻与责任分离，家暴频发，离婚频生，家庭不幸多于家庭幸福。通过再现麦登及其妻子帕蒂以及与他们相关人物的恋情和婚姻家庭生活以及他们的命运结局，梅勒批判了美国社会的性自由及其导致的伦理道德缺失，也解构了自称是“人间天堂”的假面美国社会形象，建构了一个伦理道德缺失之下泛性成灾的真面美国社会形象；同时，玛德琳通过枪杀丈夫雷根希而表现出来的反抗行为表明，梅勒倡导除恶扬善的道德价值取向，倡导追求符合社会伦理和道德规范的、和谐的、幸福的性、婚姻与家庭生活。

第六章

《哈洛特的幽魂》与“冷战”美国

《哈洛特的幽魂》是梅勒在20世纪90年代发表的第一部长篇小说。与梅勒之前发表的任何小说不同，这部小说并没有紧跟时代步伐，而是回看美国历史；它没有再现90年代的美国，而是再现了“冷战”时期的美国。小说发表后不久，迈克尔·K. 格兰迪针对《哈洛特的幽魂》采访了梅勒，梅勒说：

> 有一段时间，我觉得，至少长达30年：“冷战”对美国来说是一种非常有用的虚构——我会说，自1960年以来，没有一刻苏联人不愿意制造和平，因为他们认识到，这种“冷战”绝对破坏着他们的经济体制，我认为，美国做过冷漠盘算——“我们能够负担得起，他们负担不起，所以我们继续赌注吧。”我们历史上，一次又一次，有许多地方本可以让“冷战”失去爆炸性，我们却没有这样做……中央情报局是我们的意识形态武器，我认为值得写一本详细的关于那些人是怎样工作的书，因为你知道，你实质上尊敬那些你所写的人，但他们从事着错误活动，这个时候写一部小说总是一件乐事。你一边写一边能真正跟他们玩，一边写一边能发现些什么，这能给你种种反讽。在似是而非的嘴上写作总是有趣的事，因为似是而非一抖动，嗨，你瞧，你发现了点新东西。①

尽管梅勒做了这样明确的解释，但格兰迪认为，梅勒在《哈洛特的幽魂》中对中央情报局的态度“最多也是含混的”②。因此，格兰迪认为：“《哈洛特的幽魂》不是要批判中央情报局，梅勒对该组织的态度看起来像是一种观察性的不偏不倚式的态度……在《哈洛特的幽魂》中，梅勒从创造历史转而

① Michael K. Glenday, *Norman Mailer*, New York: St. Martin's Press, 1995, pp. 130-131.

② Ibid., p. 131.

接受那种永远不变的对过去的记载……他似乎没有想到那种改写主义的历史观。”① 格兰迪指出：“了解中央情报局就是了解美国及其裂缝和动脉”②，而梅勒感兴趣的则是“中央情报局对于战后美国历史的意义以及中央情报局特工从本质上讲是一种英雄人物的思想”，这些思想“对于感知《哈洛特的幽魂》极为重要”③。格兰迪认为：“《哈洛特的幽魂》以温和的笔触为读者勾画了一幅‘冷战’中央情报局的图景。”④ 针对《哈洛特的幽魂》中梅勒对“冷战”时期美国中央情报局形象的刻画，约翰·惠伦-布里奇指出：

> 最原始的美国叙事经常表达这样一种信仰：我们美国人无论如何都不应该因为历史的堕落性和不纯性而受到指责……指责那些不加批评地反映这种信仰的作家成为当下的一种时髦，因此唐纳德·皮斯（Donald Pease）最近指责梅勒说，他在小说中展现的是“美国的官方历史”而不是像新历史主义那样的某种颠覆性的东西。这是相当奇怪的看法，因为梅勒作品中，在虚构和我们用以建构我们国家身份的那些在我们社会努力占主导地位的政治意识形态的种种神话之间，从未有过明显界限。这样看的话，梅勒经常做着理查德·斯诺特金（Richard Slotkin）曾经说过文学批评家必须做的事情：“我们只能通过历史化我们的神话来消除我们历史的神秘化——也就是说，通过把它们当作人的创造来处理，当作在具体历史时间和地点产生的、对社会和个人生活的偶然事件做出反应的人的创造来处理。”⑤

惠伦-布里奇认为，梅勒“对美国情报工作的虚构性阐释比任何其他文学作品都有助于读者了解‘美国的想象’”⑥。惠伦-布里奇指出：“善与恶的共存与相互依赖贯穿于梅勒的作品，但在《哈洛特的幽魂》中得以最高体现。”⑦ 惠伦-布里奇还指出，梅勒“整个一生都在努力为上帝与魔鬼找到相遇之地，让伊什梅尔与哈伯同坐一桌，让读者再次谈论电视机的‘电子恶意

---

① Michael K. Glenday, *Norman Mailer*, New York: St. Martin's Press, 1995, p. 131.

② Ibid., p. 134.

③ Ibid., p. 135.

④ Ibid., p. 143.

⑤ Harold Bloom, ed., *Norman Mailer*, Philadelphia: Chelsea House Publishers, 2003, p. 216.

⑥ Ibid., p. 217.

⑦ Ibid., p. 219.

行为'。梅勒作品中，这些冲突中的每一个都可以作为其他冲突的一种隐喻。他的作品表明，任何对'处女地'或超越政治后果的'别处世界'——即使那个别处世界可以仅仅理解为与社会相对抗的私人个体——的寻求都是徒劳无益的。"① 可以说，格兰迪和惠伦-布里奇对《哈洛特的幽魂》的解读很有见地，但没有揭示梅勒创造该作品的主要意图。梅勒在《哈洛特的幽魂》中对中央情报局的处理不是采取了格兰迪所说的"观察性的不偏不倚式的态度"，而是有明显的态度体现；他对"冷战"时期美国中央情报局工作的虚构性再现不是像惠伦-布里奇所说的那样为了"让读者了解'美国的想象'"，而是为了让读者了解"冷战"时期"美国的思想"。小说开始部分的"OEMGA-3"中，梅勒通过叙述者哈里之口讲述了《哈洛特的幽魂》的由来：

> 自从越南回来，我一直忙着写一本关于苏联国家安全委员会（KGB）的书，临时取名为《国家的想象》，起先在哈洛特（Harlot）的指导下，后来我们分裂后，我就自己写。哈洛特以及其他人都将伟大的希望与这本书联系起来；然而，这项工作从未诚实地开始。太雄伟了，广告不断扩大，但十多年过去了，真正的写作几乎没有任何进展。我陷入混乱之中，陷入欲望缺失和太多细小的文学工作之中。几年前，私下里——我甚至没有告诉凯特里奇（Kittredge）——我放弃了《国家的想象》，投身于我更喜欢、我真正希望写的那部文学作品，这是我对中央情报局生活的详细回忆录。这本书进展得很快。我每周腾出一两天时间来写，写我的童年、我的家人、我的教育、我的训练和我的第一份真正工作——大约 1956 年在柏林的定额工作。我还继续写了我在中央情报局乌拉圭工作站时的工作，以及我们跟卡斯特罗未经宣战就进行战争的那个阶段我在迈阿密的一项拓展性定额工作。②

但是，哈里的回忆录并没有从他参加"越战"开始，没有包括 20 世纪 70 年代初他在尼克松政府的白宫工作，也没有包括他跟凯特里奇的恋情以及结婚。虽然是一部回忆录，但哈里"倾向于叫它小说"，因为"其中包括了

① Harold Bloom, ed., *Norman Mailer*, Philadelphia: Chelsea House Publishers, 2003, p. 224.

② Norman Mailer, *Harlot's Ghost*, New York: Random House, 1991, p. 34. 本章凡出自该版本的引文，均在引文后的括号里注明页码。

我们几次试图刺杀的材料。有些材料是大家都知道的公开的，很多却只有特权人士才知道”（34—35）。小说末尾的“作者后记”中，梅勒说：“我带着头脑中在中央情报局生活了40年的那部分写成了这本书。毕竟，《哈洛特的幽魂》是一个老兵对过去40年中央情报局在我们国家生活中那种含混而迷人的道德在场进行想象的产物。我不必身处这个组织，也不必非常了解它的官员们以便自信地说我明白了它的内部运行的思想状态”，因为“一些好小说可能偏离人的直接生活但却产生于人的文化经历和不断发展的想象力”（1284）。他说：“《哈洛特的幽魂》是一部虚构作品，其中大多数主要人物以及人物表中的大多数都是想象的。”（1285）但是，“一些非虚构唤起了想象，它的人物展现出好的虚构人物的光泽，也就是说，他们似乎跟我们非常熟悉的男男女女一样真实和复杂”（1285）。梅勒说：

> 一定程度上讲，可以说我对中央情报局的理解来自那些我自己重新阐释过的作品和那些直接为我提供了信息的作品。结果是，这是我要表明的全部，我让读者感到了1955—1963年中央情报局可能的样子，至少是通过一个在其中长大的具有特权的年轻人的眼光看到的。它是一个虚构的中央情报局，它的唯一真实存在仅仅在我脑子里，我要指出的是，它跟在中央情报局生活了40年的男男女女的情况是一样的。他们只有他们所知道的那部分中央情报局，就像我们每个人心目中只有我们自己的美国一样，任何两个人心目中的美国都不一样。那么，如果我要基于逼真而争论的话，我会说，我想象的中央情报局跟几乎所有生活于其中的人心目中的中央情报局一样真实，甚至更为真实。（1285—1286）

梅勒说，在小说人物名字的处理上，“最早和最严肃的决定是，不为进入作品中的所有著名人物提供想象性名字”（1286）；所以，“给予杰克·肯尼迪（Jack Kennedy）以他的真实名字是显而易见的，这样不会对小说有所损害。他在小说生活中跟任何想象性人物一样是一种强烈而虚构的存在；如果给予他一个不真实的名字，就会剥夺他的虚构性魔力”（1286）。梅勒说，他以同样的方法处理了小说中其他主要人物如E. 霍华德·亨特（E. Howard Hunt）和艾伦·杜拉斯（Allen Dulles），但小说中他们的对话等生活细节是虚构的（1286）。在小说主要人物哈洛特（Harlot）的处理上，梅勒说：“我更是走向了不受限制和虚构。中央情报局神话中的‘母亲’詹姆斯·杰西苏·安格里顿（James Jesus Angleton）显而易见是虚构休·蒙塔古（Hugh

Montague）的原型，但是，我开始写此书的时候，人们对安格里顿知之甚少，而且，他显而易见是一个颇为复杂的绅士般的人物，我决定创造出我自己的那个复杂的、纯属虚构的休·蒙塔古，当然，还有同样纯属虚构的他的妻子凯特里奇。”（1287）梅勒说，小说主要人物卡尔·哈伯德（Cal Hubbard）也“几乎完全是虚构的”（1287）。梅勒还说：“哈里·哈伯德（Harry Hubbard）、迪克斯·巴特勒（Dix Butler）、阿诺德·罗森（Arnold Rosen）、切韦·福尔特斯（Chevi Fuertes）、托托·巴巴罗（Toto Barbaro）、马萨罗夫（Masarov）夫妇、波利格（Porringer）夫妇、‘农场’的人以及几乎所有其他在柏林、乌拉圭和迈阿密出现的次要人物都是虚构的，卡斯特罗、阿尔泰姆（Artime）、巴尔克（Barker）、塞恩·罗曼（San Roman）、托尼·奥利娃（Tony Oliva）、尤金尼奥·马提尼斯（Eugenio Martinez）以及许多其他古巴人可以短暂地看作是真实的，‘特别小组扩大小组’里的美国政府官员和威廉·阿特伍德（William Attwood）与丽萨·霍华德（Lisa Howard）也可以短暂地看作是真实的。”（1287）梅勒强调：“决定将真实和虚构的次要人物混合在一起不是想陷入纪实剧而是试图超越它。”（1287）他之所以这样做，是因为他认为：“好的小说——如果作家能够达到的话——比非虚构更真实，那就是说，比非虚构更能养育我们对现实的感知。”（1287—1288）梅勒说：“我将事实的与虚构的混合起来是为了证明：如果给读者的想象以能展现经历一些真实历史事件的社会有机体的大型而详细的壁画般的回报的话，那么，就要每时每刻对读者的最终关注提供一种什么是实际发生的、什么是虚构的登记卡。我的希望是，《哈洛特的幽魂》中的想象性世界与这些历史事件的现实性之间的关系比仍然包围着我们的一系列事实和我们常常认为是虚假的信息更为紧密。”（1288）他之所以这样希望，是因为他认为：“小说家有一种独特的机会——他们能够从一种对真实的、未经证实的和完全虚构的东西的增强中创造出各种更高的历史。”（1288）梅勒最后说：“［小说中］所描述的事件，要么是真实的，要么能尊重事实事件的比例，我努力避免夸张。如果我成功的话，《哈洛特的幽魂》就会提供一种想象的中央情报局，它会与那个真实的中央情报局并轨运行，对它的真实权力既不夸大也不缩小。”（1289）梅勒在“作者后记”中对自己创作这部小说的意图以及他处理小说人物的方式的详细解释与说明，为我们解读这部小说提供了重要依据。通过“提供一种想象的中央情报局”，《哈洛特的幽魂》再现了“冷战”时期的美国形象。小说中，美国眼中的共产主义是“邪恶的”，代表共产主义思想的苏联和古巴等国家也是“邪恶的”，因此与美国处于二元对立的状态；不仅如此，在美国眼中，苏联和古巴等代表共产主义思想的国家也是“落后的”，与“先进的”美国形成鲜明对比。因此，小说中的美国人，凡是谈到苏联和古巴的时候，都会在“我们/他们”“先进/落后”“善/恶”等这种二元对立的思维框架和话语体系下任意言说它们及其人民，体现了“美国至上”的“美国优越论”思想。但是，梅勒在小说中通过人物之间的对话以及一些主要人物对自己经历或听说过的事件的评说，对这种“美国至上”的“美国优越论”思想和美国的帝国主义思想提出了严厉批判。通过主人公兼叙述者哈里·哈伯德及其恋人凯特里奇从“局内人”的角度对20世纪五六十年代美国中央情报局所从事的国内外间谍活动的详细再现，小说向读者展现了美国的内向与外向邪恶，解构了一个“声称奉善除恶”的假面美国形象，建构了一个“实际伪善而行恶”的真面美国形象。为了深刻理解《哈洛特的幽魂》再现的美国形象，我们有必要先了解一下美国官方语言和行为表现所显示的美国身份。

第一节 美国身份：邪恶的铲除者

美国思想源于《独立宣言》，而《独立宣言》源于美国铲除邪恶的愿望。《独立宣言》不仅是美国人对外宣布独立的第一份政治文件，而且是“一份对英王的起诉书”，详细控诉了英王“对北美人民所做的伤害和侵犯”。① 一定意义上讲，英王统治下英国政府对北美大陆实施的各种“邪恶”导致了美国人的《独立宣言》②。

可以说，美国还未独立前，《独立宣言》就已经界定了美国的身份——邪恶的铲除者，并且要求这个身份永远与美国同在。作为“邪恶的铲除者”，美国必须兑现《独立宣言》许下的承诺。《邦联条例》做出各种规定，限制并防止政府做出“邪恶”。《邦联条例》第一条规定：“各州均保留其主权、自由与独立，每一种权力、司法权及权利，除非已由邦联会议通过的本条例明确授予合众国，否则也由各州保留。”《邦联条例》第四条规定：“除穷人、

① ［美］马克·C. 卡恩斯、约翰·A. 加勒迪：《美国通史》（第12版），吴金平等译，山东画报出版社2008年版，第101页。

② See Thomas Jefferson, “The Declaration of Independence” (1776), in Nina Baym, et al., eds., *The Norton Anthology of American Literature*, 3rd ed., Vol. 1, Part 1, New York & London: W. W. Norton & Company, 1989, pp. 640-642.

流浪者及逃避司法惩罚者之外，凡是合众国内的自由公民，在所有的州都享有自由民所享有的一切权利及豁免权；各州人民享有自由进出其他任何一州的权利，并享有该州居民同样的贸易与商业权利，承担的义务、上缴的税收和受到限制也一样。”《邦联条例》第五条规定：“邦联议会成员在开会时的自由言论及辩论，不受议会之外的法院或任何部门弹劾或质询。议会成员除了犯有叛国罪、重罪或扰乱治安罪之外，在往返议会途中及开会期间，不得被逮捕和拘禁。”①

尽管《邦联条例》做出了各种限制政府作“恶”的规定，尽管美国历届总统不厌其烦地强调远离“恶”的重要性，但法律的规定和总统的规劝并没有马上将“恶”从北美大陆铲除出去。美国内战爆发后，内战总指挥林肯总统于1862年9月22日公开发表了《解放奴隶宣言》，宣布自1863年1月1日起“所有反对美国的反叛地区的奴隶”将永远成为自由人。② 虽然《解放奴隶宣言》针对的只是“所有反对美国的反叛地区的奴隶”，但“无论是对自由黑人，还是对黑人奴隶，《解放奴隶宣言》都是一座灯塔。即使未能立刻将一个奴隶解放或者减少对黑人的歧视，宣言也是对未来改善状况的一个承诺”③。可以说，《解放奴隶宣言》表明了美国政府“除恶”的决心。

然而，《解放奴隶宣言》只不过是“一座灯塔”“一个承诺”而已，“它还不是一个全面解放奴隶的法令，仅对叛乱州有效……它对边境蓄奴州的奴隶制并无具体措施，使之仍然合法存在”④。因此，美国黑人仍然遭受着生活中的各种“恶”。为了除“恶”，《第十四条宪法修正案》规定：“所有在合众国出生或归化合众国并受其管辖的人，均为合众国及其所居住州的公民。任何一州，都不得制定或实施限制合众国公民的特权或豁免权的任何法律；不经正当法律程序，不得剥夺任何人的生命、自由或财产，在州管辖范围内，也不得拒绝给予任何人以平等法律保护。”⑤ 对美国黑人而言，这一修正案的意义在于，它以法律的形式解决了黑人是否具有“美国公民”身份这一问题，并明确规定他们受到“平等法律保护”。然而，对黑人来说，《第十四条宪法修正案》并没有把“恶”安全铲除掉。因此，《第十五条宪法修正案》

① ［美］马克·C. 卡恩斯、约翰·A. 加勒迪：《美国通史》（第12版），吴金平等译，山东画报出版社2008年版，第757页。

② 同上书，第344页。

③ 同上书，第346页。

④ 丁则民主编：《美国通史》第3卷，人民出版社2002年版，第21页。

⑤ ［美］马克·C. 卡恩斯、约翰·A. 加勒迪：《美国通史》（第12版），吴金平等译，山东画报出版社2008年版，第766页。

规定：“合众国公民的选举权，不得因种族、肤色或以前是奴隶而被合众国或任何一州加以拒绝或限制。”① 如果说《第十四条宪法修正案》赋予黑人合法“美国公民”身份，《第十五条宪法修正案》以法律形式确定了美国黑人选举权，这可以说充分彰显了美国政府“铲除邪恶”的决心和行动。因此，无论总统还是议员，都对《第十四条宪法修正案》和《第十五条宪法修正案》的意义做出极高评价。在格兰特总统看来，《第十四条宪法修正案》的生效是“美国成立以来最伟大的民权变化……与最重要的事件”；激进派众议员詹姆斯·加菲尔德认为：《第十五条宪法修正案》“给予了非洲种族以决定自己命运的权利。这使他们的命运在自己手中”②。林肯总统曾在内战期间邀请弗雷德里克·道格拉斯到白宫参加授予黑人公民权利的仪式，艾森豪威尔总统也邀请马丁·路德·金和其他几位美国黑人领袖到总统办公室参加会议。③ 肯尼迪总统曾就民权问题向全国发表讲话：

> 如果一个美国人就因为他的皮肤是黑色的而不能到为公众开放的餐馆中就餐，如果他不能将他的孩子送到最好的公立学校读书，如果他不能投票选出代表他利益的政府官员……那么，我们中谁还愿意去改变他的肤色？谁还会愿意付出耐心和时间去进行协商？我们的国家和民族面临一场道德危机……一场伟大的变革即将来临。我们的任务就是使这场革命和平地发生，并对所有人都具有积极意义。④

然而，法律的规定跟现实常常存在一定差距。“在战后几十年的时间内，少数民族一直遭受着无情的对待和蔑视。”⑤ 虽然“《第十四条宪法修正案》确保了黑人的民权不被州政府侵害，但并没有保证他们的权利不被个人侵害”⑥。因此，对美国政府来说，铲除种族关系中的“恶”并非易事。《第十四条宪法修正案》颁布将近一百年之际，马丁·路德·金博士写道：“亚洲

① ［美］马克·C. 卡恩斯、约翰·A. 加勒迪：《美国通史》（第 12 版），吴金平等译，山东画报出版社 2008 年版，第 766 页。

② 同上书，第 370 页。

③ 参见［美］威廉·J. 本内特《美国通史》（下），刘军等译，江西人民出版社 2011 年版，第 289 页。

④ 同上书，第 321—322 页。

⑤ ［美］马克·C. 卡恩斯、约翰·A. 加勒迪：《美国通史》（第 12 版），吴金平等译，山东画报出版社 2008 年版，第 384 页。

⑥ 同上。

和非洲的国家正在以喷气式飞机的速度取得政治独立，但我们仍然以马拉车的速度在争取能到餐馆喝杯咖啡。也许对那些从未感受过种族隔离刺痛的人而言，很容易说‘再等等’。”① 因此，1963 年，马丁·路德·金博士在《我有一个梦想》的演讲中颇为伤感地说：

> 一百年前，一位伟大的美国人签署了解放黑奴宣言……这一庄严宣言犹如灯塔的光芒，给千百万在那摧残生命的不义之火中煎熬的黑奴带来了希望。它的到来犹如欢乐的黎明，结束了束缚黑人的漫漫长夜。
>
> 然而一百年后的今天，我们必须正视黑人还没有得到自由这一悲惨的事实。一百年后的今天，在种族隔离和镣铐和种族歧视的枷锁下，黑人的生活备受压榨。一百年后的今天，黑人仍生活在物质充裕的海洋中一个贫困的孤岛上。一百年后的今天，黑人仍然畏缩在美国社会的角落里，并且意识到自己是故土家园中的流亡者……
>
> ……我们共和国的缔造者草拟宪法和独立宣言的气壮山河的词句时，曾向每一个美国人许下了诺言。他们承诺给予所有的人以生存、自由和追求幸福的不可剥夺的权利。
>
> 就有色公民而论，美国显然没有实践她的诺言。美国没有履行这项神圣义务，只是给黑人开了一张空头支票，支票上盖着“资金不足”的戳子后便退了回来。但是我们不相信正义的银行已经破产。我们不相信，在这个国家巨大的机会之库里已没有足够储备。因此今天我们要求将支票兑换——这张支票将给予我们宝贵的自由和正义的保障。②

可以说，“盖着‘资金不足’的戳子后便退了回来”的“空头支票”是美国政府未能铲除的种族关系中的一“恶”。这一“恶”的存在促使约翰逊总统在肯尼迪总统遇刺身亡后督促国会于 1964 年通过并颁布了《民权法案》，成为他实现“一个种族和平、真正和谐、人人都向往的伟大社会”的一项重要举措③，也成为他对前任总统肯尼迪未完成事业的一个交代，如他所说：“没有任何纪念演说或歌功颂德的话，可以比尽可能早地通过民权法

---

① ［美］威廉·J. 本内特：《美国通史》（下），刘军等译，江西人民出版社 2011 年版，第 322 页。

② 钱满素主编：《自由的刻度：缔造美国文明的 40 篇经典文献》，东方出版社 2016 年版，第 400 页。

③ 参见［美］马克·C. 卡恩斯、约翰·A. 加勒迪《美国通史》（第 12 版），吴金平等译，山东画报出版社 2008 年版，第 699 页。

案，能更好地纪念肯尼迪总统，因为那是他长久以来一直为之奋斗的目标。”① 这一“美国历史上影响最为深远的民权法案”的颁布意味着“长期被延搁的美国人对自由的承诺最终变为现实”②。1965 年，约翰逊总统又签署了《黑人投票权法案》，从而“终止了一项政治制度”：“改变了政治内容”，让美国人引以为豪地说：“我们确实是自由的故乡”③。

如果说美国政府一直努力铲除种族关系中的“恶”，它也一直努力铲除性别关系中的“恶”。与黑人相比，妇女在美国遭受的“恶”似乎更多。如果说《第十四条宪法修正案》和《第十五条宪法修正案》在法律上解决了黑人的公民身份和选举权的问题，直到《第十九条宪法修正案》颁布，美国妇女一直没有参与选举的权利。“1920 年，《第十九条宪法修正案》获得四分之三的州赞成，正式成为法律；旷日持久的斗争终于落下了帷幕（妇女赢得了选举权）。”④ 随着妇女获得选举权，美国政府又成功铲除了长期以来困扰并伤害“半边天”的一“恶”。

美国政府的“除恶”行为不仅体现在国内，而且也体现在国外。“二战”期间，为了阻止纳粹德国无情屠杀欧洲犹太人，1941 年，罗斯福总统与英国首相丘吉尔会晤，决定“一起为整个世界反对专制、捍卫自由的斗争而指引方向”⑤。“珍珠港事件”后，美国正式向日本宣战。“美国的参战，进一步促进了世界反法西斯力量的壮大和发展，大大加强了国际反法西斯同盟。”⑥ 1942 年 1 月 1 日，美国与英国、苏联、中国等 26 个反法西斯国家的代表在华盛顿签署了《联合国家宣言》。⑦ 1942 年 6 月 11 日，美国国务卿赫尔与苏联驻美大使李维诺夫在华盛顿签订了关于在进行反侵略战争中相互援助所适用原则的协定。⑧ 1943 年 11 月 28 日至 12 月 1 日，斯大林、罗斯福和丘吉尔在伊朗首都德黑兰举行了三国首脑会议，讨论了开辟欧洲第二战场的问题，

---

① ［美］威廉・J. 本内特：《美国通史》（下），刘军等译，江西人民出版社 2011 年版，第 327—328 页。

② 同上书，第 330 页。

③ 同上书，第 343 页。

④ ［美］马克・C. 卡恩斯、约翰・A. 加勒迪：《美国通史》（第 12 版），吴金平等译，山东画报出版社 2008 年版，第 495 页。

⑤ ［美］威廉・J. 本内特：《美国通史》（下），刘军等译，江西人民出版社 2011 年版，第 163 页。

⑥ 刘绪贻、李存训：《美国通史》第 5 卷，人民出版社 2002 年版，第 389 页。

⑦ 同上书，第 390—391 页。

⑧ 同上书，第 391 页。

通过了《德黑兰宣言》。[①] 1945 年 2 月 4 日至 11 日，美、英、苏三国政府首脑罗斯福、丘吉尔和斯大林与他们的外长、参谋长和顾问们在雅尔塔召开会议，史称雅尔塔会议，讨论了战时和战后的一些重大问题。[②] 美国参与这些宣言与协定的签署、参与这些“二战”期间具有重要历史意义的会议，都表明了它竭力“除恶”的决心和行动。为了阻止日本法西斯主义的猖狂侵略与扩张，1945 年 8 月 6 日和 9 日，杜鲁门总统命令美国空军轰炸机先后在日本广岛和长崎投掷了原子弹，迫使日本于 8 月 15 日宣布无条件投降，从而加速了世界反法西斯主义战争取胜的进程。[③] 虽然美国参与“二战”是“珍珠港事件”所迫，但迫使日本快速投降无疑是美国为世界“除恶”做出的巨大贡献。“二战”结束后，美国跟苏联、英国和法国一道在德国城市纽伦堡（Nuremberg）对赫尔曼·戈林（Herman Goering）、鲁道夫·赫斯（Rudolph Hess）、外交部部长乔基姆·冯·里宾特洛普（Joachim von Ribbentrop）、凯特尔（Kietel）将军和约德尔（Jodl）将军、海军上将雷德尔（Raeder）、邓尼茨（Dönitz）和阿尔伯特·斯佩尔（Albert Speer）等 24 个重要纳粹战犯进行了审判，杜鲁门总统“希望将德国领导人的罪证全部公之于众，以致没有人能够再说：‘噢，那从未发生过——只是一些宣传——是一套谎言’”[④]。这也表明了美国“除恶”的坚定决心和行动。

除了《独立宣言》的承诺和《邦联条例》与《宪法》的规定以及美国政府的实际行动，美国历届总统都不忘告诫美国人民“恶”的危害性和远离“恶”的重要性。乔治·华盛顿力劝美国人要远离“恶”，他在《告别辞》中说：

> 我们要对所有国家遵守信约和正义，同所有国家促进和平与和睦。宗教和道德要求我们这样做……如果我们能够成为一个总是尊奉崇高的正义和仁爱精神的民族，为人类树立高尚而崭新的典范，那我们便不愧为一个自由的、开明的，而且会在不久的将来变得伟大的国家。如果我们始终如一地坚持这种方针，可能会损失一些暂时的利益，但是谁会怀疑，随着时间的推移和事物的变迁，收获将远远超过损失呢？难道苍天

① 刘绪贻、李存训：《美国通史》第 5 卷，人民出版社 2002 年版，第 404—405 页。

② 同上书，第 420—425 页。

③ ［美］威廉·J. 本内特：《美国通史》（下），刘军等译，江西人民出版社 2011 年版，第 236—237 页。

④ 同上书，第 245 页。

> 没有将一个民族的永久幸福和它的品德联系在一起吗？至少，每一种使人性变得崇高的情操都甘愿接受这种考验。万一失败了，这是否由人的恶行造成？①

托马斯·杰斐逊也没有忘记“除恶”的任务，他在总统就职演说中说：“虽然大多数人的意志在一切情况下都应占主导地位，但这种意志既要正当就必须首先合理；少数派也应拥有平等的权利，公平的法律必须对此加以保护，如若侵犯即是压迫。那么，同胞们，就让我们同心同德地团结起来吧！让我们在社会交往中恢复和睦和友情，如没有和睦和友情，自由乃至生活本身就都成了毫无意趣的东西。”② 富兰克林·罗斯福在总统就职演说中说：“美国作为他国的邻邦，应当坚决尊重自己，同时因为自尊而尊重他人的权利，尊重自己的责任，尊重自己在一个由许多邻邦组成的世界与邻国所订协议的神圣性。”③ 他还在《四大自由》的演讲中说：“自美国有史以来，我们一直在从事改革——一种永久性的和平革命——一种连续不断而静悄悄地适应环境变化的革命——并不需要任何集中营或万人坑。我们所追求的世界秩序，是自由国家间的合作，以及在友好、文明的社会里共同努力。”④ 哈里·杜鲁门在《杜鲁门主义》中说：“美国的政策必须是支持各自由民族，他们抵抗着企图征服他们的掌握武器的少数人或外来的压力……必须帮助自由民族通过他们自己的方式来安排自己的命运。”⑤ 约翰·肯尼迪在总统就职演说中说：

> 对于那些生活在茅舍的居全球人口之半的各族人民，在他们争取砸碎大众苦难的镣铐的斗争中，我们保证竭尽全力帮助他们自救，不论时间多长，我们都一如既往；我们这样做并不是因为共产党人可能插手此事，也不是为了赢得他们的支持，而是由于这是正义的事业。一个自由的社会如果没有能力帮助众多的穷人，也就不能维护为数不多的富人。对于我国疆界以南的各姊妹共和国……我们要把美好的言辞化作美好的

① 钱满素主编：《自由的刻度：缔造美国文明的40篇经典文献》，东方出版社2016年版，第161—162页。

② 同上书，第170页。

③ 同上书，第364页。

④ 同上书，第374页。

⑤ 同上书，第380页。

行动，帮助那些自由的人们和自由的政府挣脱贫困的锁链。①

巴拉克·奥巴马在总统就职演说中说，虽然“宪法以法律面前人人平等的理想为核心；宪法要求保障人民的自由、正义，以及一个可以而且应该随时间的推移不断完善的联邦国家”，但是“纸上的文字不足以打碎奴隶的枷锁，也不足以使各种肤色和信仰的美国男女公民充分享有权利和履行义务”②。因此“种族问题是这个国家当前绝不可忽视的一个问题”③。为了解决这个问题，奥巴马强调：“注重黑人、黄种人和白人孩子的健康、福利和教育最终有助于全美国的繁荣。”④ 因此，他这样呼吁美国人：“让我们成为我们弟兄的庇护人。让我们成为我们姐妹的庇护人。让我们寻求我们相互之间共同的利益，也让我们的政治生活体现这种精神。”⑤

综上可见，有史以来，无论国内还是国外，美国一直扮演着“邪恶的铲除者”的角色，这在某种意义上验证了里根所言：“我们确实是，而且我们现今是，世界上人类最后的美好希望。”⑥ 如果说里根所言表达了美国的理想与自信，这种理想和自信与美国社会现实之间常常存在很大差距。回顾美国历史，我们可以发现，美国常常打着“铲除邪恶”的旗号到处制造邪恶，它常常口头上大声呼喊“扬善除恶”，但行动上秘密或公开地积极“促邪助恶”。因此，很多时候，无论国内还是国外，美国不是“邪恶的铲除者”，而是“邪恶的制造者”，这可以在《哈洛特的幽魂》中看出。

第二节　《哈洛特的幽魂》与“冷战”时期美国的外向邪恶

《哈洛特的幽魂》通过虚构性再现第二次世界大战后美国中央情报局的海外间谍活动，真实地再现了“冷战”时期美国的外向邪恶，这种外向邪恶主

① 钱满素主编：《自由的刻度：缔造美国文明的40篇经典文献》，东方出版社2016年版，第393页。

② 同上书，第429页。

③ 同上书，第434页。

④ 同上书，第438页。

⑤ 同上书，第439页。

⑥ ［美］威廉·J. 本内特：《美国通史》（下），刘军等译，江西人民出版社2011年版，第471页。

要体现在“冷战”时期美国的“反共”思想与行为中，主要通过美国中央情报局情报人员哈里·哈伯德与另一个情报人员凯特里奇之间关于美国中央情报局的海外间谍活动的书信往来再现出来。哈里与凯特里奇之间的书信，既涵盖了哈里在美国中央情报局接受培训时教官对新成员的“洗脑”教育，也涵盖了哈里完成“培训”后参加的美国中央情报局在德国柏林、乌拉圭蒙得维的亚和美国迈阿密等地进行的各种旨在颠覆和破坏世界共产主义的间谍活动，其中包括“猪湾行动”和“猫鼬行动”等“冷战”时期发生的美国历史上非常有名的间谍活动，这些间谍活动不仅真实地再现了“冷战”时期美国中央情报局的真实面目，而且真实地再现了“冷战”时期美国的真面形象，这些真实面目和真面形象主要通过小说中主要人物哈里·哈伯德、卡尔·哈伯德、凯特里奇、休·特里蒙特·蒙塔古、艾伦·杜拉斯、雷蒙德·詹姆斯·彭斯（Raymond James Burns）、J. 埃德加·胡佛、霍华德·亨特、威廉·哈维、切韦·福尔特斯、波比·肯尼迪（Bobby Kennedy）和杰克·肯尼迪以及菲德尔·卡斯特罗（Fidel Castro）等的思想与言行展现于读者。

哈里是小说的叙述者，也是小说的主要人物之一。他出生于一个背景非凡的家庭。他的祖上哈伯德家族是最早来到北美大陆的人之一，他们在“五月花”抵达美洲七年后来到美洲，其后代遍布康涅狄格、缅因、新罕布什尔、罗德岛和佛蒙特等地。然而，在哈里看来，哈伯德这个姓并没有他们后代中担任律师和银行家、医生和立法者、一位“内战”时期的将军和几位教授的人那样给人留下深刻印象，甚至没有他祖父和父亲那么出名。哈里的祖父担任过圣马修中学校长，父亲卡尔·哈伯德为美国中央情报局的建立做出了不可磨灭的贡献，他在美国联邦调查局（FBI）局长胡佛试图让联邦调查局接替中央情报局（CIA）的时候想方设法让白宫相信：“我们也许需要一个独立的情报机构。”（114）第二次世界大战期间，卡尔在欧洲为美国战略情报局（OSS）做过特工。他给儿子哈里讲了一个有关美国中央情报局海外间谍活动的小故事。他说，曾经有个美国国务院的工作人员在乔治城作关于叙利亚的博士学位论文，“需要展示一两个他人无法展示的难以得到的细节”（128），他就通过国务院的官方渠道请求中央情报局帮忙。中央情报局派出一个一流的叙利亚间谍执行任务，结果在执行任务期间被枪杀身亡。对此，他“深感愤怒”（127），因为他觉得：“就因为某个人为了自己博士学位论文的脚注，我们的人失去了他的性命。”（128）在哈里眼中，父亲既是执事又是暴徒，他“心灵的两部分之间相距很远”，但“他的长处是，他能够设法让这两个不同部分之间有内在的合作”（117）。哈里的父母犹如处于地球两半球的美国与苏联，好像是“来自不同星球的本质上不可共存的两个人”（114），他们的分离使得哈里“在努力连接两种断裂的性格中度过了童年”（114）。卡尔很少见到儿子哈里，一方面因为他很忙，另一方面因为他是中央情报局的高级特工，干着他人很少知道情况的工作，正如他对哈里和他的“漂亮女人”所说：“我一直都在毫无节制地到处跑啊，他们也不知道我将是欧洲或远东的关键人物之一。”（129）卡尔跟“据说是共产主义者”的丹希尔·哈米特（Dashiell Hammett）有交往，但他觉得哈米特比自己精明，于是就放弃了跟他的交往。但在他看来，这个放弃是“一个损失”，因为无论他还是哈米特，“每个人都可以在一小时内拿下三个双重身份的苏格兰特工”（129）。卡尔认为，美国中央情报局进行的间谍活动是“不经宣战的”战争。在他看来，美国中央情报局在破坏意大利大选中发挥的作用远远大于马歇尔计划，虽然“我们的宪章要求经济战争，加上地下的对抗队伍”（129）。他经常在“文明/落后”这种二元对立的殖民主义话语体系下评价意大利农民及远东地区的人民和国家，如他所说：“罗马人自己是文明人，思想敏锐如短剑，但意大利农民仍然像菲律宾人一样落后。”（130）在他看来，意大利农民把面子看得比肚子重要；所以“如果共产主义在意大利接替了［资本主义］，那些移居美国的南欧或中欧人就像让我们发疯那样让苏联人发疯”（130）。对于父亲卡尔的这种帝国主义思想，哈里做出了反帝国主义的回应：“为什么不让意大利人选择自己的道路？他们是古老的文明人。”（130）通过哈里对父亲的回应，梅勒批判了以卡尔为代表的美国帝国主义者的思想，也表明了自己的反帝国主义态度与立场。在梅勒看来，意大利人并不是美国人认为的那种落后的人民，而是“古老的文明人”，他们有权选择自己的道路，有权自己当家做主；同样，美国人无权干涉意大利人的选择，无权将自己的意志强加于意大利人之上。通过卡尔之口，梅勒让读者看到，美国之所以反对并对抗共产主义，是因为它视共产主义为自己的敌人，视共产主义为自己统治世界的障碍。

卡尔不仅具有帝国主义思想，而且是一名地地道道的帝国主义者。作为美国中央情报局情报人员，卡尔参与了 1948 年美国中央情报局对意大利大选的间谍破坏活动。他在意大利建立了一个反共产主义的地下组织，竭力阻止意大利走向共产主义。他对共产主义进行任意诽谤与言说，如他对儿子哈里所说：

> 共产主义是一个疥疮，有了疥疮意味着什么？你的身体运转失常，

小东西占了太大比例，这就是共产主义。一个世纪前，大家都处于自己的位置。如果你是一个穷人，上帝断定你是穷人，他有同情心。富人得有经过严格［筛选］的标准。结果是，阶级之间处于和平。但是，唯物主义来了，唯物主义宣传这样的思想，世界是一台机器。如果这是真的，那么，每个人都有权改善他在这台机器上的那一份额。这就是无神论的逻辑。所以，现在大家的耳朵都在移向［打听］吃剩的食物，什么都不再好吃了。大家都很紧张，上帝是一种抽象。你享受不了自己的土地，所以你就开始盯着他人的国家。(132)

可以说，在这段对共产主义的诽谤中，卡尔正确地解读了帝国主义的心态，正确地解读了帝国主义为什么要对外扩张——“你享受不了自己的土地，所以你就开始盯着他人的国家”。卡尔把共产主义比作一个难以满足的丑陋女人，视共产主义的苏联为这样一个丑陋女人，认为它不但没有感激之心，而且得寸进尺，如他对儿子哈里所说：

务必在一件事上保持清醒，有一场大战即将来临。这些共产主义分子贪得无厌，战争期间，我们待他们如朋友，他们从来不会从这里走出来。你年龄大一点的时候，你可能运气不好而跟一个丑陋女人发生恋情，她碰巧喜欢你给她的，却永远不能跟一个男人过日常生活。她太丑陋了。伙计，你会有麻烦。不久，她变得贪得无厌。你让她尝到了被禁止的东西的味道，这就是苏联人。他们已经占有了东欧，还想占有整个欧洲。(132)

卡尔在“我们/他们”二元对立的殖民主义话语体系下对共产主义和苏联人的比喻和评论显然是美国帝国主义思想的体现，美国之所以憎恨苏联，是因为“他们已经占有了东欧，还想占有整个欧洲”。显然，卡尔所说的“一场大战”就是美国与苏联之间争夺世界霸权的“冷战”。在这样“一场大战”中，美国会使用一切可以使用的手段打击自己的对手苏联，如卡尔对儿子哈里所说：“我们得动用一切，不仅包括厨房里的水槽，而且包括跟水槽一起的害人虫。”(132) 卡尔的“厨房里的水槽”和“害人虫”的比喻，显然指可见和不可见的“冷战”手段，其中自然包括了中央情报局的间谍活动。美国之所以跟苏联“冷战”，是因为它要阻止苏联成为世界霸主，如卡尔的一个同事所说：“那些苏联人想打碎我们的壳子，得到所有的好肉，别让他们

得逞。”（133）

如果说希特勒是令人憎恨的纳粹主义的代表，希特勒认为“布尔什维克主义是毒”的思想却被美国帝国主义者所接受，正如卡尔对儿子哈里所说：“不能因为希特勒说的而顺手放弃这个思想，希特勒如此可憎以致他毁了我们所有人对共产主义的攻击，但这个基本思想是正确的，布尔什维克主义是毒，我们甚至到了不得不利用那些老纳粹中的一些人来打击红色分子的程度。”（133）这就是说，美国帝国主义者声称自己是反纳粹主义者，却在行动上奉行纳粹主义。美国之所以这样做，是因为它“几乎没有选择了”（133），如卡尔所说：

> 太阳观测卫星（OSO）根本没那么有能耐。我们应该在所有铁幕国家布置特工，不能用喂鸟食的方法催它［OSO］成长。每次我们建立一个网络的时候，我们发现苏联人在运行它。苏联的那只大熊能够将它的部队布置在铁幕后面的任何地方，我们甚至连一个有效的警报系统都没有。如果两年前，苏联人要越过欧洲，他们一点问题都没有。我们可能早晨会听见大街上他们的坦克。没有可靠情报啊，这很可怕。你怎么能被蒙着眼睛生活呢？（133）

所以，美国“不得不利用一个纳粹将军”，卡尔将“这个纳粹将军”取名为“微型胶卷将军”，虽然他没有具体说出其名，但他讲述了这个“微型胶卷将军”的具体情况：

> 他是在苏联前线为德国人服务的高级情报人员。他会排出德国人逮捕的苏联人中最有希望的那些人，想方设法让他们渗入苏联前线的背后。有一阵子，他们充斥于红军，甚至让他们中的几个人潜入克里姆林宫。就在战争结束前，在毁灭他的案件前，这位将军将五十个铁箱埋在巴伐利亚的某个地方，这些铁箱是他案卷的微型胶卷，一个量很大的产品，我们需要它。现在，他在跟我们打交道。他在整个东德建立了新网络，对于红色分子计划下一步在欧洲做什么，那些东德共产主义者并没有对他的西德特工讲很多。这位将军可能是一个前纳粹分子，但是，不管你喜欢不喜欢，他是无价的。这就是我的工作。你跟近乎最为糟糕的打交道以便能够击败最为糟糕的。（133—134）

换句话说，卡尔认为，为了打败苏联，为了剔除苏联这块“毒素”，美国不得不采取“以毒攻毒”的战略与战术。美国中央情报局渗透于各行各业，可以说集聚了美国社会之各类精英，之所以这样，是为了有效对抗苏联，如卡尔所说：“我们需要跟上苏联人。”（135）

除了身为美国中央情报局高级情报人员的父亲，哈里还有一位同样身为美国中央情报局高级情报人员的教父，名叫休·特里蒙特·蒙塔古，绰号“哈洛特”。哈洛特1932年毕业于圣马修中学，1936年毕业于哈佛大学，之后在圣马修中学任教，直到加入战略情报局。在写给迪克斯·巴特勒的信中，中央情报局情报人员阿诺德·罗森这样描述哈洛特：

> 他的工作绰号——我认为它不是一个掩护名或匿名，或为了海底电缆发报用的异体字中的一个——但他们叫他哈洛特。我猜那是因为他涉及很多事情。一个真正的领域。没有租金，没有官僚的义务说明。他有自己的一套让“苏联部”发疯的反情报的东西，但另一方面，他让其他人在整个公司都处于他们自己的位置。技术服务部（TSS）中他的对手说他努力成为公司中的一个公司……理论上讲，从官僚角度来说，公司安全禁止进入的领域，但杜拉斯对于战略情报局的老英雄和朋友还是很手软，而且，他真正不喜欢官僚。所以，他开创了独立的移动者和摇动者，他称之为“游侠”（Knight-Errant），他们有权跨界，哈洛特肯定是一个游侠。他们说他在公司里被看作“幽灵的幽灵”，我们在技术服务部得到的内部消息是，杜拉斯说他是“我们的高贵幽灵”。（383）

这就是说，哈洛特是中央情报局的二号人物，位居中央情报局局长艾伦·杜拉斯之下，而在其他人之上。哈里认为：“我们比其他人更接近上帝”，哈洛特则让他认识到：“基督就是爱，但爱生活在真实之中，为什么？——因为人认识恩赐的能力会被谎言伤害。”（142）如果说“教父上帝是公正的原则”，哈洛特则认为：“耶和华也是勇敢的体现。”（142）哈洛特告诉哈里，圣马修中学的目的“不是开发你的潜能……而是向美国社会输送积极保持诚实和目的感的年轻人”（142）。显而易见，哈洛特所宣扬的勇士精神实际上就是帝国主义的霸权精神，他认为美国是爱、正义、真实和勇敢的化身，所以美国的帝国主义行为是上帝意志的体现；因此，哈里觉得：“玩耍场合的竞争因此成了勇敢和谨慎、爱和真实的具体化。在玩耍场合，人能够发现他自己心里的独特部分；后来，充分准备之后，进入世界，人就可以应对魔鬼了。”（143）哈里和哈洛特初次见面时，哈洛特只有三十五岁，但让人觉得他是个四十五岁的人。这充分表明，他虽然年龄不大，但城府很深。他看起来有“一半是英国官员的样子”，有“一半是美国牧师的样子”，这种英美混合的特征与他所从事工作的复杂性正好吻合，让人难以辨认他的真实身份，也让哈里明白：“为什么对蒙塔古先生来说基督不是爱而是真实。”（143）

哈洛特认为，基督教是所有宗教中最高级的，现代文明甚至开始于基督纪年，如他所说：“在所有其他面前，上帝令人敬畏。如果基督没有送到我们中间，谁也不可能爬出那个洞。对我们所有人来说，耶和华的奉献太大了。[如果没有他]可能没有现代文明。”（159）他甚至认为，古埃及、古希腊和古罗马的文化只是“标记了时间，它们是让人摆脱不了的思想的完美例证，魔鬼的住所，三个都是，古埃及、古希腊和古罗马”（159）。他甚至告诫哈里：“别让它们是多么美丽给你留下深刻印象。你永远都不能忘记，魔鬼是上帝最美丽的造物。”（159）哈洛特之所以认为现代文明源于基督，是因为他认为：

> 从精神角度来说，那些文化都没有选择走出柏拉图的洞，倒是基督走过来说：“原谅父亲的儿子们的罪吧。”那一天就是科学探索诞生之日，即使我们等了一千多年才等到开普勒和伽利略。所以，逻辑就是这样：一旦父亲开始认为他的儿子们不会因为他的渎神行为而受苦，他就有足以进行试验的胆量。他把宇宙看作一个让人好奇的地方，而不是一台准会让人的好奇心回归死亡的巨大机器。这就是可能毁灭我们的技术雪橇旅行的开始。（159）

哈洛特认为：“犹太人放弃了上帝以后，接下来的两千年中，不得不跟耶和华打交道”，所以，对他们来说：“上帝令人敬畏。”（159）哈洛特还认为：“除非这个备战的行星上让魔鬼的权力跟上帝的权力相等，人没有自由意志可言。”（160）哈洛特虽然教会哈里攀岩，但他不希望哈里继续这种职业或运动，因为他觉得哈里可以用比攀岩更好的方式服务上帝。在哈洛特看来，哈里能更好地服务上帝的地方是美国中央情报局，用卡尔的话来说，就是“我要孩子上我们的船”（160）。哈洛特的言谈表明，美国中央情报局是服务上帝最好的地方，而创造了中央情报局的美国则是上帝的栖居之地；换句话说，中央情报局、美国和上帝犹如圣子、圣父和圣灵，他们三位一体，不可分离。显而易见，哈洛特将美国中央情报局与上帝相联系，目的是为美国的帝国主义行为寻找理论辩护。

在父亲卡尔和教父哈洛特影响下，哈里很早就做好进入美国中央情报局工作的准备。跟哈洛特一样，哈里从圣马修中学毕业后进入耶鲁大学，并加入后备军官训练队（ROTC）；这样，他在进入中央情报局前就不再需要有部队服役两年的经历。在耶鲁大学期间，哈里为进入中央情报局工作做了充分准备：他阅读间谍小说，参加外交政策论坛，研究列宁、斯大林、莫洛托夫、葛罗米柯（Gromyko）和拉夫连季·贝利亚（Lavrenti Beria）的照片，避开共和党与民主党的争论，以便让自己成为“反魔鬼战争中的一名战斗骑兵”（165）；他甚至阅读斯宾格勒，“思考即将来临的西方的垮台以及如何阻止这种垮台”（165）。这跟美国中央情报局另一个情报人员阿诺德·罗森的情况非常相似。罗森年轻时也读过列宁、托洛茨基和普列汉诺夫（Plekhanov），“不是为了倡导他们的思想，而是为了将来成为他们的反对者”（185）。哈里也受到教父哈洛特的妻子凯特里奇的影响。凯特里奇告诉哈里：“如果上帝努力告诉我们什么的话，那就是，我们对他的每一种看法以及我们对宇宙的每一种看法都是二元的，天堂与地狱、上帝与魔鬼、善与恶、生与死、昼与夜、热与冷、男与女、爱与恨、自由与约束、意识与做梦、演员与观众……我们有右边，也有左边，两只眼睛、两个耳朵、两只手、两条腿、两只脚。”（173—174）在凯特里奇看来，美国人身上都存在两种完全不同的东西，就像人们的心理既有女人的特征亦有男人的特征一样，阿尔法（Alpha）和欧米伽（Omega）同时起作用。“上帝与魔鬼既在阿尔法中战斗，也在欧米伽中战斗。”（175）之所以这样，是因为“上帝希望给予我们自由意志”，而“自由意志就是给予魔鬼平等机会”（175）。凯特里奇认为：“伟大的人物和艺术家、了不起的男人和女人都具有完全不同的阿尔法和欧米伽”（176）；如果这两个完全不同的方面彼此之间不能很好交流，就会出现“一个或另一个变成主人”或者出现“僵局”，这样的话，“失败者就会被压制”。在凯特里奇看来，这就是极权主义的情形（176）。通过凯特里奇的二元论思想以及她对阿尔法和欧米伽的解读，梅勒分析了极权主义的本质：极权主义首先是一种压制行为，是在不能很好交流时一方对另一方的压制。因此，“一个更为健康的人具有的阿尔法和欧米伽，就像共和党人与民主党人一样，他们在一些事情上意见一致，在另一些事情上却存在意见分歧，但总是能够想出解决办法”（176）。但凯特里奇给哈里的形象是：“一方面，你是一个自然孩子；另一方面，你是一个帝国缔造者。”（177）可以说，哈里眼中的凯特里奇形象就是“冷战”时期美国形象的缩影：一方面，美国倡导“天赋人权”；另一方面，它却走向世界霸权，不遗余力地将自己缔造成一个世界帝国。

进入中央情报局工作意味着必须做出牺牲，因为这种牺牲意味着“为我的国家服务”；所以，为了提前毕业以便提前进入中央情报局工作，哈里放弃耶鲁大学三年级后一学期的学习时间，进入夏日学校学习；经过八个月的速成学习，他在年中拿到毕业证书，提前从耶鲁大学毕业。毫无疑问，这是一种牺牲，但哈里说：“我为这种牺牲颇感自豪。”（182）经过严格考察，包括各种智商测试、性格测试、说谎测试和安全问卷等，哈里如愿以偿地顺利进入中央情报局。中央情报局由三个部门组成：计划指挥部、情报部和管理部。计划指挥部负责监控秘密行动并收集情报，直接指挥间谍：“经营间谍，就像经营生意一样”；情报部负责分析计划指挥部收集到的情报；管理部负责对前两个部门的管理。哈里对后两个部门不感兴趣，因为“中央情报局的十分之九是计划指挥部”，间谍与反间谍属于它的业务，他感兴趣的就是这个业务，因为“间谍和反间谍是哈洛特的领域，秘密行动属于我父亲的业务”（187）。

进入中央情报局后，哈里接受的第一件大事就是“洗脑”。“洗脑”是中央情报局培训其成员的重要手段和策略。在“农场”举办的中央情报局新成员开班仪式上，中央情报局局长艾伦·杜拉斯这样说：

> 开班之际，和众位在一起，我几乎可以承诺，你们会有活跃、值得和兴奋的职业。温斯顿·丘吉尔在敦刻尔克之后只能给献殷勤的英国人“流血、汗水、辛劳和泪水”，但我能给你们承诺奉献、牺牲、完全投入和——不能不包括这一点——许许多多的欢乐。你们都在计划指挥部，一个不一般的群体。你们大多数人将生活在不同国家，你们毫无疑问会看到行动，你们将——不论你们多么疲劳和厌倦——不会失去你们工作的价值感，因为你们将为保卫你们的国家而抗击一个敌人，它发动秘密战争的资源远远超过了基督教历史上任何政府或王国。苏联将间谍艺术提高到了史无前例的高度，甚至在所谓趋于缓和的时代，他们以毫不松懈的精力展开行动。为了跟上［他们］，我们处于建设西方世界最大情报局的过程中，这个国家的安全依赖于它的东西不能更少，我们的敌人是可怕的，这儿，把你们选出来，就是要让你们成为对抗这个可怕敌人的大盾的一部分。（187—188）

杜拉斯局长的“洗脑”训话，可谓开门见山，毫不掩饰地揭示了美国中央情报局的目的和任务，那就是助力美国，让美国能够对抗苏联，甚至能够超越并战胜苏联。因此，“保护你们的国家”成为中央情报局成员的工作宗旨和衡量他们工作价值和意义的标准。中央情报局的工作理念是：“最细微的线索能证明是最重要的线索。”（189）所以，杜拉斯局长告诉中央情报局新成员：“你们执行任务的时候，务必观察每个细节，尽力让你的工作做到最好，你从来都不会知道什么时候你的铲子会挖出意想不到的珍宝。”（189）杜拉斯局长的简短“洗脑”训话后，便是雷蒙德·詹姆斯·彭斯的长篇“洗脑”教育。开班仪式后，中央情报局新成员将被派往不同国家和地区，特别是日本、拉丁美洲和维也纳，彭斯就是负责这几个国家和地区业务的主管，他给在“农场”接受培训的中央情报局新成员讲授了一门关于“世界共产主义”的为期八周的教育课程。彭斯在讲授该课程时说：

> 最近有一种倾向，那就是给共产主义者留了一点余地……在苏联，他们有一种秘密警察，我们没有与之对应的，也没有与之可比的，就好像你把联邦调查局、中央情报局、国务院和联邦监狱系统铸造成一个庞大的超级中央情报局，却是无法律的、无限制的、无情的！他们的警察——他们的一部分甚至应该在情报局——逼迫忙于清算他们自己的可怜公民，将他们数以百万计地送到西伯利亚，在强迫劳动和几近饥饿中丧失性命。这是他们的罪行？他们相信上帝。在苏联，你能撕碎你的祖母，他们把你的罪行与相信万能的上帝等同起来，因为苏联的思想警察知道上帝的力量如何挡住了他们的路，抵抗着那些红色分子征服世界的梦想。为了那些梦想，红色分子将他的邪恶天才都奉献出去了。你们可能还没有开始想我们要反对什么，所以，别试图以你们的经验来理解共产主义者。共产主义者随时准备颠覆任何自由表达人类意志的思想和组织。共产主义者寻找侵入每个人私人活动的裂口，渗入民主生活的毛孔。我给你们讲：做好打一场反抗无形敌人的无声战争吧，把他们当成扩散于世界躯体的一种癌症来对待吧。这次教育课程结束前，你们就要做好解散他们让世界舆论变得混乱不堪的各种企图的准备，你们就要能够对抗颠覆和洗脑。培训结束后，你们将是不同的人。（190—191）

可以说，彭斯的“反共产主义”洗脑教育旨在强化中央情报局成员对“美国/共产主义”这种二元对立的深刻认识，让他们将“美国/共产主义”

与“善/恶”完全对应起来，从而让他们能够一心一意、毫无反悔地为中央情报局卖命工作，为美国对抗苏联走向世界霸权奉献自己的青春与生命，让他们觉得自己所做的一切都是正义的，如哈里所说：“我们接受的关于共产主义之邪恶的教育……让我相信，我们对我们的邪恶对手造成的任何损害清清楚楚地把我们留在了正确的一边。”（192）培训结束时，中央情报局还让新成员进行宣誓，让他们承诺：“未经许可，不说他们得知的任何事情，现在不说，以后也永远不说。”（191）甚至让他们内化这样的信念：“走漏我们的秘密就是背叛上帝。”（191）因此，他们的宣誓具有宗教信仰般的严肃意义。这样的严肃宣誓对哈里产生了难以消除的影响，如他30年后回忆起当时的情景时所说：“在近30年的中央情报局生活中，这个宣誓仍然保持着它的一些本质的东西。”（191）

彭斯在中央情报局新成员培训课程讲授中反复强调的是：“共产主义者是奸诈的、两面派的，他们利用内奸试图颠覆我们的工会，努力让世界舆论变得混乱，他们在我们的部队中安插了数以百万计的人，随时准备统治世界。”（193）然而，对于彭斯的这种“洗脑”教育，哈里虽然不敢冒昧顶撞，但心存疑云；因此，他壮起胆子问道：“难道每个共产主义者都是狗崽子？难道他们都不是人？难道他们中间没有一个人为了高兴而在某个时候或某个地点畅饮酒醉？他们所做的事情都必须有原因吗？你告诉我们说，共产主义者让人们处于只能接受那些被认可思想的境地，这样说的话，我真正不知道我接下来该说什么，但是为了争论，你会说我们正在接受着同种性质的东西，虽然程度不同，当然是民主的，因为我可以不受报复地自由说话。”（193）然而，对于哈里的“发难”，彭斯并不尴尬，反而觉得他很有批判思维能力。他对接受培训的中央情报局新成员说：“我们在这儿就是要让你们的本能和批判推理能力变得更加敏锐，这跟洗脑完全相反。似是而非的政治推理是我们需要提防的，一旦发现，必须连根拔起。”（193）他继而提醒哈里：“哈伯德，你可以将苏联人分为三类：那些进过奴隶集中营的人、那些正在奴隶集中营的人和那些等着进奴隶集中营的人。”（193）显而易见，他说此话，就是为了回应哈里对他的“发难”质疑。虽然哈里不能成功地解构彭斯对共产主义的“邪恶化”建构，却对他的权威提出了挑战，成为一种“反共”话语下的反话语，这种反话语一定程度上体现了梅勒对美国“反共”思想的批判。彭斯将苏联人分为三类，但在哈洛特看来：“问题要复杂得多。”（194）在彭斯眼中：“共产主义者很可怕”，但哈里不明白他们为什么就“那么可怕”；因此，他在拜访哈洛特夫妇的时候问了这样一个“愚蠢的问题”：“为

什么共产主义者那么可怕?”(194)对于这个问题,哈洛特的回答是:“可怕正是苏联人的本性。”(194)他进而解释道:

> 基督不仅把爱带到人间,而且将文明连同它未定的好处一起带到人间,基督恳求我们为了父亲的罪宽恕儿子,这是大赦,它打开了科学世界。在这种神圣大度之前,一个人怎么敢成为科学家?任何一个证明为侮辱自然的错误都会让灾难降临于家人。苏联人是精神的,就像每个苏联人都会急于告诉你的那样,但他们的希腊正统教却欺骗了那份来自基督的礼物,它会毁了宗教基础。宽恕儿子?这永远不可能,在苏联,这不可能,惩罚重于罪行。现在,他们要进军技术领域,这不可能。他们太古怪了,特别害怕来自自然母亲的诅咒。如果你犯了违背自然的罪,你的儿子会跟你一起灭亡。(194—195)

按照哈洛特的说法,美国人没有必要害怕苏联人,如哈里挑战他说:“这样的话,苏联人应该很容易击败。”(195)对此,哈洛特说:“如果第三世界的那些愚钝的部分真正希望进入文明的话,那就容易了,我不能确信他们有这种愿望。落后的国家梦想着汽车和大坝,急于在沼泽地开路,但这只是一半的心思,另一半仍然系在前基督教领域——敬畏、妄想、奴性般地屈从于领导和神圣的惩罚。苏联人感觉跟他们有亲属关系。”(195)显而易见:“文明”与“落后”、“基督教”与“希腊正统教”、“可怕”与“不可怕”、“愚钝”与“聪颖”、“宽恕”与“惩罚”、“科学”与“迷信”、“正常”与“妄想”、“邪恶”与“善良”构成了哈洛特谈论苏联和共产主义的话语体系;在他看来,一切与共产主义和苏联相关的都是可怕的、愚钝的、落后的、邪恶的、迷信的、妄想的,因此都是应该反对和消除的。他认为苏联之所以不容易击败,是因为它跟第三世界的许多国家“有亲属关系”。所以,美国的“冷战”对象不仅仅是苏联,而且包括很多跟苏联“有亲属关系”的第三世界国家。

接受为期八周的关于“世界共产主义”的洗脑教育之后,哈里还在“农场”接受了中央情报局为新成员安排的其他培训,包括如何通过不同部门传递信息、如何用政府语言进行写作、如何对一宗案卷中一个特工的个人传记材料和另一宗案卷中他的活动报道进行拆分,等等。在未来工作中,中央情报局成员在不同活动中会有不同匿名。哈洛特有一次对哈里说,他曾经有八个匿名,其中之一是 DEUCE;在非洲开展活动期间,他的标签变成了 LT/

DECUE，LT 表示非洲是活动场地；在维也纳执行另一项任务时，他的标签又变成了 RQ/DEUCE，RQ 代表奥地利；后来，在澳大利亚执行任务期间，由于这种或那种原因，他又变形为 RQ/GANTRY。在哈里看来："这种名字变化本身就足以改变一个人的性格"，因为"EJ/REPULSE 要求有一种不同于 MX/LIGHT 的性格"（196）。中央情报局新成员的培训内容还包括如何快速记忆电话号码。他们需要通过记住不同颜色来记住一个电话号码，因为一个电话号码的 7 位数字需要用 7 种不同颜色来代表："白色代表 0，黄色代表 1，绿色代表 2，蓝色代表 3，紫色代表 4，红色代表 5，橘色代表 6，棕色代表 7，灰色代表 8，黑色代表 9。"（198）他们还需要基于这些颜色"想象一堵墙、一张桌子和一盏灯"。如果一个电话号码的前三位数字是"586"，他们需要"勾勒出一张灰色桌子上放着一盏橘色的灯，桌子后面是一堵红色的墙"（197）。对于连续的四个数字"4216"，他们可能会"想象出一位坐在一把橘色椅子上穿着紫色外套、绿色裙子和黄色鞋子的女人"（198）。这样，"586—4216 就转化成了一幅七色物构成的图画"（198）。后来，他们的培训内容还增加了如何记忆电话的地区代码，例如，对于"753"这个地区代码，他们就要"想起棕色的天空、红色的水和蓝色的地面"（198）；如果听到"436—9940"这个电话号码，他们"只能想象一堵紫色的墙、一张蓝色的桌子和一盏橘色的灯"，他们只能想象他们的对象"在有蓝色桌子和橘色灯的紫色房子里，穿着黑色外套、黑色裤子和紫色鞋子，端坐在白色椅子上"（198）。在"农场"接受培训期间，哈里想起他在耶鲁大学读书期间一位讲授中世纪历史的讲师讲到一个古代贫民窟人们的信仰："不论上帝对人感到多么愤怒，他没有毁灭人类的原因是，他有 12 个正义之人。这 12 个正义之人没有一个觉得自己很独特，但每个人自然而然的善良让上帝如此高兴以致他忍受了我们其他人。"（204—205）想到这个古代信仰，哈里说：

> 我想知道自从那些［欧洲］香客们登陆以来有没有同一种神圣现象的东西出现在美国，难道没有 48 个正义之人代表我随之成长的 48 个州吗？（就此而言，我们达到 50 个州的时候，会有 50 个正义之人？）不论如何，美国是上帝批准的，出门在外，在"佩里营"（Camp Peary），在"农场"的第一个晚上，我想我是不是可以成为美国的 48 个正义之人之一。我的爱国主义、我的奉献、我认识到没有人比我更爱美国，使得我——这可能吗？——置身于这样的救世主般的无辜者之中。是的，缺乏明显的天赋和美德，我可能是一个真正的爱人之人。我崇拜美国，美

国是一位女神。(205)

如果说上帝的“12个正义之人”拯救了人类，哈里想通过这个“贫民窟人们的信仰”告诉世界：“美国是上帝批准的”，代表当时美国48个州的“48个正义之人”也是代表上帝意志的人；就像“让上帝如此高兴”的“12个正义之人”拯救了人类一样，由48个州组成的美国将会拯救世界。因此，哈里说：“我崇拜美国”，美国是他心目中的“女神”。

中央情报局新成员在“农场”接受培训的课程很多，但“真正的重点集中于帮助对抗组推翻马克思主义政府”(205)。为此，他们接受了很多课程培训，如跳伞、读图、荒野生存、非武装特殊战斗（诽谤战斗）、无声战斗（不出声谋杀）、强身锻炼、障碍课程、拆装国内外枪支，以及摧毁桥梁、发电厂和小型工厂，等等。可以说，“农场”的培训，目的在于让中央情报局成员具备摧毁一切能够被摧毁东西的能力，从而能够让美国“推翻马克思主义政府”。显而易见，这儿的“马克思主义政府”就是苏联和东欧信仰共产主义的国家的政府。在“农场”，中央情报局新成员还进行了模拟间谍训练，如哈里所讲的那样：“我那个小组的每个成员都有一个渗入东德的西德间谍的角色。我们每个人都要记住自己在西德的简历，外加一个详细的在东德的掩护故事，这第二个故事必须记住，就像一个西德特工如果渗入东德时必须记住的一样。结果，我们要准备好说出我们在东德的工作、家人和学校教育，包括在‘二战’中失去生命的那些近亲，我们还有那些与联军轰炸我们所说的家乡相对应的日期。”(215) 但是，如果“西德特工”成功进入东德而不被对方注意，他们就不必使用这些准备好的“掩护故事”。这样的模拟间谍活动实际上就是美国中央情报局特工在东德从事间谍活动的一种真实预演。模拟训练如此逼真，以致哈里觉得“我的现实感没有消失，而是磨损了”(222)。因此，哈里说，虽然“我们在佩里营［进行模拟训练］，不在东德，但我觉得不安全，甚至就像一次随意度假旅行让人知道死亡也是一种旅行一样，我觉得似乎疯狂不是存在于跨过大海的现实，而是步行就可以访问得到”(222)。“农场”的培训让哈里觉得：“每天为我的国家的安全而辛劳需要人时时刻刻有责任感和适合感。就我的另一面而言，它目前还没有俗气到足以去追求精神探索和物质冒险，因此同样被欺骗艺术和反邪恶战争所吸引。”(224) 显而易见：“农场”培训让中央情报局的每个成员将“为我的国家的安全而辛劳”与“跟邪恶作战”等同起来，让他们明白：中央情报局的职责不仅在于保护美国的安全，而且在于消除世界上的邪恶，但世界上的邪恶不在美国之内，而在美国之外；换句话说：“农场”培训旨在告诉中央情报局新成员：美国的所作所为都是善良的，凡是与美国作对的行为都是邪恶的；因此，美国与共产主义的斗争是善与恶的斗争。然而，“农场”培训本身表明，美国本身不是善的化身，而是恶之行者，它奉行的不是诚实的美德，而是“欺骗的艺术”（224）。“农场”培训将哈里变成了“一个极好的爱国主义者”，正如他所说：“一想到共产主义者，我就睡不着觉；我心头涌起了谋杀的愤怒，做好了杀死第一个经过窗户的红色分子的准备。与其说我被洗脑了，不如说我脑子发热了。”（206）哈里在赴越参战的路上观看了一场战争片的拍摄，这让他“想起了‘农场’”：因为在他看来，中央情报局新成员在“农场”接受的培训实际上就是“为越南［战争］做的一点准备”，这让他觉得，就性质而言，战争不仅仅是死亡而已，因为“死亡是你为欣赏一场真实战争而付出的代价”（214）。如果说“越南战争”让许许多多无辜的美国人失去生命，在哈里看来，这是美国帝国主义“为欣赏一场真实战争而付出的代价”。

“农场”培训结束后，哈里有一次去哈洛特家中做客，途经俄亥俄运河时，他浮想联翩。他说：“如果我没记错的话，这条水路曾在1825年是一条非常繁荣的干线，货船将丰富的煤从阿巴拉契亚运送到下流的波托马克，然后装上面粉、火药、布匹和斧头等不同货物拉回去。然而，‘内战’之后，这条运河不再能够与铁路竞争，河岸上的磨坊闲置起来，船闸静静地躺着，河床变成了一条小溪流。”（225）如果说俄亥俄运河的历史变迁表明了美国从“内战”前的农业国逐渐走向“内战”后的工业国的历史发展，通过这一历史发展，梅勒似乎旨在表明，如果说没有什么能阻挡曾经非常繁荣的运河水路运输最终被铁路运输所击败的话，同样，美国政府相信，没有什么能阻挡美国在南北统一后逐渐走向力图统治世界的道路。从这个意义上讲，美国反对世界共产主义、与苏联长期“冷战”是其力图统治世界的必然结果和具体体现。哈里在哈洛特家中做客期间，哈洛特让他明白，美国中央情报局的真正职责不仅仅是赶上苏联国家安全委员会（KGB），而是需要做更多的事情，正如他所说：“我们能够做到这一点［赶上KGB］，我们可以做得更好。不仅仅是苏联人，你知道。我们也许能让他们的主要动机不明确，让他们——即使花上半个世纪的时间——摆脱马克思主义，但战争将会继续。就在这儿，就在这儿啦，战争正在发生。从整个美国来看，秘密危险不断上升。活跃的问题是，这种受基督激励的文明是否会继续，其他问题都在这个问题之前消失了。”（233）哈洛特要让哈里明白：“将要毁灭我们的不是炸弹，要炸弹毁灭那些核心人物，我们只是在焚烧那些已经被毁灭了的人们的尸体而已。除非文明先行死亡，炸弹是不可能用得到的；当然，有可能用得到。我们能继续存在依赖于［我们］不屈从于对现实的不真实感知。马克思主义的崛起就是这个世纪根本性历史灾难的一个必然结果：不真实的感知。”（233）哈洛特之所以这样认为，是因为他觉得：“千年以来，文明的每次尝试都失败了，因为所有国家都缺乏最本质的信息。”（233）因此，他对哈里说：“有时候，我觉得我们未来的存在将取决于我们能否阻止不真实信息太快地扩散，如果我们甄别事实的能力跟不上，信息的扭曲最终会让我们窒息。”（233）所以，他认为，美国中央情报局的“真正职责就是要成为美国的思想”（234）。为了让哈里充分理解他的观点，哈洛特还特意打了一个比方：

> 如果好的庄稼是外交政策的一种工具，那么，我们就必须知道下一年的天气。我们观察的任何地方都有相同的要求：财政、媒体、劳工关系、经济生产、电视的主题效果。我们所有有理由感兴趣的东西终于何处？生活在一个综合体系的时代，我们必须从各个领域抽取专家：银行家、精神病医生、排毒专家、艺术家、攻关人员、工会人员、流氓、记者——你知道有多少记者跟我们有合同关系吗？……谁也不知道我们有多少管道安装在好位置上——有多少身居高位的五角大楼的官员、海军准将、国会议员、各种思想智库中的教授、土壤侵蚀专家、学生干部、外交家、集团律师给我们输入信息。我们的资源很丰富……对于一个官僚组织来说，这通常是一种灾难，对我们来说却很有用。我们不仅挑选了我们战略情报局的一些最优秀的人才，而且吸引了来自全国各地、国务院、联邦调查局、财政部、国防部、商务部的很有抱负的人——他们全部被我们挖来了，他们都想来到我们这儿。这就出现了一种奇怪的情况。从组织结构来说，我们居于金字塔。但是，我们的人员，根据他们的能力经验，给我们塑造一个桶的形状，大量的人才居于中间层次，他们没有办法上升，毕竟处于顶部的人也很年轻，相对年轻，就像我一样。所以，五年前跑来加入我们这个层次的许多人不得不重新签名出去。现在，他们就在全国各地。（234）

哈洛特还告诉哈里：“这个国家进行的每个游戏，我们都有联结。从潜力方面来说，我们能够指导这个国家。”（235）显而易见，在哈洛特看来：“美国”“基督教”“文明”和“真实感知”都可以相互替代，而与美国相对立的都不文明，都源于不真实感知。哈洛特所言表明，美国中央情报局不仅要努力让苏联“摆脱马克思主义”，而且试图让共产主义从东欧国家甚至整个世界消失；它不仅“要成为美国的思想”，而且“要指导美国”。因此，它无孔不入，无缝不钻，渗入美国社会的各行各业，它的“管道”无处不在，它的“联结”无处不在，真正成为普通人看不见的“美国的思想”。所以，美国中央情报局情报人员不仅遍布美国国内，而且遍布世界各地，活动范围从西半球扩展到东半球，很多国家的首都都成为他们的工作站，如奥地利首都维也纳、新加坡、阿根廷首都布宜诺斯艾利斯、土耳其首都安卡拉、苏联首都莫斯科、伊朗首都德黑兰、日本首都东京、菲律宾首都马尼拉、捷克斯洛伐克首都布拉格、匈牙利首都布达佩斯、肯尼亚首都内罗毕、东德首都柏林、西德首都波恩、缅甸首都仰光和印度尼西亚首都雅加达，等等。哈洛特告诉哈里，中央情报局的“真正职责就是要成为美国的思想”，但他强调：“不是成为一种仅仅证实何为真和何为不真的思想”，而是“要发展一种目的论思想，一种栖居于事实之上的思想，一种引导我们实现更大目标的思想”（393）。他甚至对哈里说：

> 世界正在经历罕见的突变，20世纪具有让人恐惧般的启示性，花了几个世纪才发展起来的历史机构正在熔化为熔岩。那些1917年的布尔什维克主义者就是第一批机构，然后就是纳粹分子，他们是真正来自地狱的发作。山顶已经爆炸，现在熔岩开始移动，你不会认为熔岩需要好的铁路系统，是吧？熔岩就是熵，它消减所有系统，共产主义就是基督的熵，是高级精神形式堕落成的低级精神形式。为了反对这种情况，我们因此创造了一种虚构——除非我们更加强大，苏联人是在力量上会压倒我们的巨大军事机器。事实是，如果每年、每分钟不再生对抗他们的激情，如果必要的时候不通过意志来再生这种激情的话，他们就会在力量上压倒我们。（393—394）

哈洛特所言表明，美国所谓的“共产主义威胁论”或“苏联威胁论”都不是基于事实得出的无懈可击的结论，而是毫无根据的凭空虚构，因为它视自己为天堂的产物，而视共产主义和苏联为地狱的产物，这样做的目的，就是为自己反对共产主义和苏联进行“合理”辩解。在哈洛特看来：“苏联的真正力量跟军事优势没有关系”，美国人“在另一个方面易受他们伤害”（399）。他告诉哈里，苏联人接受了这样一种思想：“世界上没有人应该拥有太多的财富。”他觉得，这种思想“正是共产主义的邪恶性所在”，因为，如他对哈里所说：“它利用了基督教最高尚的情绪，它让我们深感内疚。在核心之处，我们甚至比英国人更糟糕。我们浸泡于内疚之中。毕竟，我们是富有的孩子，没有背景，我们在世界各地玩弄着穷人的心，这是欺骗性的，特别是，如果你长大认为，你接近的最美好的爱回归到了为那些同样穷的人洗脚的基督的情感。”（400）因此，哈洛特对哈里说：

> 我从来没有希望为邪恶工作，认识到善的东西却继续反对它是邪恶的；但是，不要搞错，边界是清楚的。熔岩是熔岩，精神是精神。邪恶的是红色分子，不是我们；所以，他们极为聪明地试图表明，他们真正遵循了基督传统，亲吻穷人脚的是他们。绝对胡扯。但是，第三世界却买下了这种思想，这是因为苏联人知道如何推销一种重要商品：意识形态。我们的精神施舍很好，但他们的思想营销证明略高一筹。这儿，我们中那些严肃认真的人倾向于单独接近上帝，我们每个人，一个一个地，但苏联人能够进行集体皈依。这是因为他们能够将公共福利提供给人，不是上帝。一种灾难啊。应该成为判官的是上帝，不是人，对此，我将永远深信不疑。我也相信，甚至最糟糕的时候，我仍然是作为上帝的士兵在工作，总是作为这样的士兵在工作。（400）

显然，哈洛特不是代表他个人说话，而是代表与苏联和世界共产主义对峙的美国和美国人说话；所以，他说此话的时候，我们听到的似乎不是一个普通美国人的声音，而是美国帝国主义者的声音、“美国优越论”者的声音、美国反共产主义者的声音。这种声音旨在向世界表明，美国是善的行使者、美的倡导者和真的传播者；然而，事实却证明，情况恰好相反，如哈里在回应哈洛特的话时所说：“我们不知道我们行为的道德价值，就在为魔鬼效劳的那一刻，我们也许认为我们是非常天使般的；反过来讲，我们可能觉得不神圣的时候却在为上帝服务。”（401）哈里的话与《裸者与死者》中卡明斯将军的话完全如出一辙：“在美国，你们这些有权的人，我告诉你，在我们的历史上第一次意识到他们的真正目的。等着看吧！战后我们的外交政策会更加裸露，不像以前那样虚伪了。我们不再会左手捂着眼睛而右手伸出帝国主义的爪牙。”① 如果说

① Norman Mailer, *The Naked and the Dead*, New York: Henry Holt and Company, 1948, p. 322.

哈洛特是哈里的思想教父，显而易见，哈里应该成为哈洛特的道德教父；如果说“当局者迷旁观者清”，显而易见，哈洛特是执迷不悟，而哈里是清醒的。哈里对哈洛特的回应实际上是对他的严肃批判，代表了与美国帝国主义意识和“美国优越论”思想完全相反的一种反意识和反思想；通过这种反意识和反思想，梅勒表达了他对美国帝国主义和“美国优越论”思想的严肃批判。哈洛特曾在中央情报局新成员培训讲座中说：

> 我们的训练在两个剧院之间的胡同中进行——那些妄想和玩世不恭的不同剧场。先生们，请一开始就选好行为的准则：过多地出入一个剧院是冒失的，必须不停地变换自己的活动中心，因为毕竟来说，我们的工作材料是什么？事实。我们生活在事实的秘密之中。从履行义务的角度来讲，我们成了观察所谓的不可怀疑事实的渗透性、延展性和溶解性方面的专家。我们发现我们被分配到扭曲的领域生活，要求我们吸收被掩盖的事实、被揭示的事实、可疑的事实、偶然的事实。(410)

然而，事实表明，很多情况下，成为中央情报局“工作材料”的所谓“事实”根本不是事实，而是虚构与人为建构。哈洛特在“农场”培训期间对中央情报局新成员说：“间谍活动就是选择和发展特工，这可以用两个词来理解：无私的勾引。”（412）他进而解释说，这种勾引“不是身体方面的”，而是“心理方面的”，因此“操控处于这种勾引的中心”（413）。哈洛特曾对妻子凯特里奇说：“我要努力让世界保持完整，而不是帮助它分崩离析。”（439）哈洛特对妻子凯特里奇所说的这番话，实际上是美国帝国主义的惯用话语，因为美国在“努力让世界保持完整”的幌子下，干着“帮助它分崩离析”的龌龊事情。跟哈洛特一样，中央情报局局长杜拉斯也不失时机地对中央情报局成员灌输“美国的思想”，他在中央情报局新成员培训会上说：

> 从马克思以降，马克思主义者不太相信作为历史创造中一个重要因素的个人；然而，他们的马克思主义的一个有趣方面，如果你们允许我把这个词用于如此专横而不快的哲学，是这个关键时刻马克思主义者总是错的……千真万确的是，马克思在预言最发达工业国家最先发生革命方面错了；当资本主义的矛盾证明不是致命的时候，他又被证明是错的……马克思轻视犹太教—基督教伦理，对个人无意识的重要性不敏感，

> 他的愿望是将个人赶出历史，代之以非个人力量，这要求我们在这个世纪遇到的最为共产主义的人——列宁——的邪恶天赋来证明马克思错了，因为如果没有名叫“列宁”的那个人，就不会有1917年的布尔什维克革命。(440—441)

杜拉斯对马克思主义的批判是以强调个人的重要性为基础的，是美国个人主义的体现，但显而易见无形放大了个人在历史发展中的作用，因而有意忽视了人民群众的伟大力量和重要作用。他的反马克思主义思想显然是为了洗脑中央情报局成员，以便能够让他们百分之百地相信美国的帝国主义意识形态而百分之百地反对苏联的马克思主义和共产主义，从而成为真正的美国卫士。历史证明，不论个人多么伟大，历史不是某个伟大个人创造的，而是广大人民群众集体创造的。不可否认，列宁在1917年的俄国革命中发挥了极其重要的作用，但这次革命不是列宁个人力量作用的结果，而是在以列宁为首的俄国共产主义革命者集体领导下广大俄国人民群众集体力量作用的结果。从这个意义上讲，杜拉斯的观点显然大错特错。然而，他虽然视列宁为个人创造历史的典范，有意放大个人在历史创造中的作用，但他将列宁的天赋说成“邪恶的天赋”，这充分暴露了他思想的矛盾性：他既想让列宁成为他反马克思主义的活教材，又想让他成为中央情报局成员心目中的历史英雄，这自然就是拿起自己的矛来戳自己的盾，结果自然不言而喻。杜拉斯还以捷尔任斯基为例来阐明他的个人英雄主义思想。菲利克斯·艾德蒙德维奇·捷尔任斯基（Feliks Dzerzhinsky）是苏联情报组织契卡（Cheka）的创始人，是杜拉斯眼中苏联国家安全委员会的“智力教父”“情报行业的第一个天才”。杜拉斯认为，捷尔任斯基“像列宁一样提醒我们，促使历史发生变化的最为强大的因素仍然是一个伟大而有灵感的人，不论其是善是恶”（441）。杜拉斯引出捷尔任斯基后，哈洛特向中央情报局成员介绍了这位苏联情报领导人，他的介绍充满明显的“美国优越论”思想。他说：

> 捷尔任斯基的生活覆盖了全部经验。他是一位波兰贵族的儿子，俄国革命期间成为一位主要布尔什维克主义者。结果，他作为沙皇的政治犯在西伯利亚矿井中度过了11年，出来时患有肺炎性咳嗽。他说话声音很低，认为自己活不了多久。也许因为如此，他什么也不怕了，就在1917—1918年间的混乱中，列宁选择他来建造一支内部安全力量，那就是契卡。布尔什维克革命后的内战中，捷尔任斯基发动了第一次苏维埃

> 恐怖活动。原则上讲，契卡宁可枉杀十个无辜者，也不愿放过一个有罪者。这样的功绩属于屠场。捷尔任斯基的真实职业——反间谍活动——是红军在内战中取得胜利后发展起来的。截至1921年，苏维埃政府努力统治一个非常落后的、被战争蹂躏的、无能的、半破碎的国家，混乱无序是列宁从胜利继承下来的东西。为了统治，红军不得不使用前沙皇官员，他们碰巧是具有足够经验能够占据管理职位的人。这意味着白俄罗斯的移民毫不费劲地将他们的间谍安置在红军政府的各部委。的确，对捷尔任斯基来说，把他们赶出去是不可行的，[因为那样的话] 政府机器就无法正常运转了。所以，他们就原地不动——前沙皇官员假装成为红军，但内心还是白俄罗斯人。(442)

哈洛特谈及1917年的俄国“十月革命”及其结果时使用的一系列表达——“1917—1918年间的混乱”“发动了第一次苏维埃恐怖活动”“屠场”“一个非常落后的、被战争蹂躏的、无能的、半破碎的国家”以及“混乱无序”——充分表明，他不是忠实地再现历史事实，而是恣意扭曲历史事实进行意识形态建构，让俄国革命变成美国帝国主义者心目中的一种“恐怖活动”和“屠场”，让美国中央情报局成员对苏联和共产主义的“邪恶”性深信不疑，从而激起他们反对苏联和共产主义的激情，增强为美国帝国主义卖命的热忱。在美国看来，苏联根本没有资格跟自己抗衡，甚至不具备“邪恶”的物质条件，如哈里所说：“这些人怎么会成为我们在地球上最大的敌人？他们甚至连邪恶的财力都没有”(107)，就像他入住的那家酒店一样，虽说是“莫斯科最好的10家酒店之一”，但在哈里看来，房间设施和条件非常差，洗脸盆、香皂、毛巾和手纸的质量都很差。

“农场”培训结束后，哈里跟父亲卡尔和教父哈洛特一起聚会吃饭时，哈洛特说：“在西德有个比生命更大的秘密。”(244) 哈里后来发现，这个“比生命更大的秘密”就是在中央情报局西柏林基地领导人威廉·金·哈维 (William King Harvey) 监督下 [情报组织] 秘密挖掘的一条长达1500英尺的隧道，其“目的是接通莫斯科的苏联军事总部的长途电话①”(249)。在饭桌上，为了凸显哈维的突出特征，哈洛特将他与另一个名叫吉姆·菲尔比 (Kim Philby) 的人做了对比分析。哈洛特认为，菲尔比与哈维完全不同：菲

① 实际上，此处的意思：从西德到东德的那条1500英尺的隧道，目的是让身处西德的美国中央情报局人员能够通过东德直接偷听莫斯科苏联军事总部的电话。

尔比是“完完全全的一头猪”“一个魔鬼”，而哈维虽然是“上帝自己的野猪”，却“不是魔鬼”（255）。他之所以在菲尔比与哈维之间做出这样泾渭分明的区分，是因为菲尔比“一直都是苏联国家安全委员会的人”（255），而哈维是美国中央情报局西柏林基地领导人；换句话说，在哈洛特心目中，菲尔比是“他们”的人，而哈维是“我们”的人。哈洛特在哈里面前对比分析菲尔比和哈维，目的是让哈里学会在“他们”的人和“我们”的人之间进行甄别，如他对哈里所说：“唯一真正的问题是，当你看到魔鬼的时候，你就要圈定他的地点。人必须时时刻刻提防像吉姆·菲尔比这样的人，多么可怕的魔鬼啊！”（250）在哈洛特心目中：“他们”根本无法跟“我们”相比，就像“他［菲尔比］的贫穷国家”（251）无法跟“我们的富有国家”（251）相比一样。

如果说哈洛特认为菲尔比的国家［苏联］无法跟自己的国家［美国］相比，哈里同样具有这种“美国优越论”思想。初到西柏林，哈里对它的印象是：“布满灰尘的、沉重的、半修补的、灰色的、压抑的，却出人意料地淫荡。”（259）因此，他说：“我感觉街道的每个角落都有堕落，对我来说，它跟害虫和霓虹灯一样真实。”（259）哈里之所以对西柏林有如此之差的印象，显然是因为他以自己的国家为参照来看这个异国城市。在哈里看来，除了美国，世界上可能没有其他国家可以称为“人间天堂”，但他的同事迪克斯·巴特勒则认为：“西柏林人的思想是我碰到过的最为敏捷的，跟这些人相比，纽约人什么都不是……跟他们相比，我们只是从牛粪蛋蛋里拣起种子的麻雀，牛粪到处都有，那完全是前纳粹的东西。为西德人管理德国联邦情报局总部（BND）的格伦（Gehlen）将军就是纳粹主义者，他过去依靠我们为他提供资金。”（260）迪克斯言下之意是，西柏林城市虽然看起来很破烂，但西柏林人绝非容易对付之人；然而，迪克斯的看法并没有改变哈里的感觉。他说，来到西柏林后，“我早期的热情降到了只是对一件杂事做出清醒反应的程度”，并且“我总是不能凭直觉推断卡尔（Karl）或古特福里德（Gottfried）或古德（Gunther）或约哈纳（Johanna）是东德人还是西德人，是我们的人之一还是他们的人之一”（262）。来到西柏林后不久，哈里的工作从负责接听电话换成负责观察、记录来自波兰、捷克斯洛伐克和东德的共产主义者出入东柏林的情况，这让他发现：“我们在东柏林的观察者网络”不仅囊括了出租车司机、报摊摊主、东柏林警察、东柏林酒店工作人员，而且还包括了一家很重要的东柏林妓院的杂工，这些“观察者”为“我们”输入多样信息，而这些多样信息的输入全靠安插在西柏林的每个女士的日常报告得以巩固，因为“1956年，柏林墙还没有出现，所以，来自东部集团的官员总是穿过东部边界在西部冒险度过一个晚上”（264）。哈里在西柏林从事间谍活动期间，只要外出执行任务，不论大小，都必须随身携带武器，因为绑架事件经常发生，但是“受害者都是德国人”，因为“苏联国家安全委员会绑架过的美国人从来没有多于我们跟他们交换过的人数”（266）。通过哈里的事实陈述，梅勒旨在表明，美国与苏联之间的抗衡与竞争影响了世界其他国家的人民，让他们遭受了不该遭受的不幸与苦难。在西柏林期间，哈里发现，情报买卖成为公开业务，似乎构筑了一条产业链，如迪克斯对他所说：

> 大家都在掏钱买信息，英国人、法国人、西德人、苏联人都这样，我们碰巧掏的钱最多，所以我们的工作最容易。乘坐地铁到东柏林，到华沙咖啡馆，那就是他们溜达的地方——特工、告密者、线人、信息拦截者、信使、代理人甚至苏联和美国办案官员。那些啮齿动物从一张桌子匆忙跑到另一张桌子寻找最好价钱。西柏林是一个间谍市场，但东柏林更是一个大笑话。每个人都被双重化甚至三重化了，你甚至不记得他们应该属于你还是属于他们。（281—282）

在西柏林期间，哈里发现，美国中央情报局在德国有个名为“大型工厂行动”的情报处理系统，它“覆盖了西柏林和东柏林341平方英里的面积，不同类型的信息作为原材料进来，然后在我们的情报店铺和作坊被加工处理，产品最后通过海底电缆发报送回华盛顿反应池和其他相关部门的总部”（298）。哈里说，在这个“行动”中，每个人都非常卖力地工作，甚至连睡觉都是“一种对严肃活动的打扰”（298），他们从中获取信息的原材料种类很多，不仅有各种各样的苹果，而且有各种各样的枪支，它们从莫斯科、列宁格勒、乌克兰、捷克斯洛伐克、波兰、罗马尼亚、匈牙利等城市和国家流入东柏林。哈洛特曾对哈里说：“研究表明：‘二战’中一半的美国人无法对敌人士兵开枪，他们的神经系统中有太多‘十诫’的东西；这个疯疯癫癫的‘公司’［中央情报局］里，一半的人不能保守自己的秘密。背叛跟随母亲的乳汁和父亲的胡话。”（279）哈洛特意在表明，美国人的思想过去与现在完全不同：过去，他们有坚定信仰，不会轻易背叛；现在，背叛似乎成了他们的标志，他们既有像“母亲的乳汁”一样美好的东西，亦有像“父亲的胡话”一样糟糕的东西。哈洛特对哈里说此话，目的是让他成为一个没有背叛心的美国人，成为一个自始至终为美国“国家的安全”卖力效劳的合格的中央情报局成员。在西柏林，哈里成了一个“双重间谍”：“一个既为东德人服务也为西德人服务的双重特工”，既要为美国中央情报局西柏林基地领导人哈维服务，也要为他的中央情报局直接上司哈洛特服务的“双重特工”，但他觉得：“我天生就是干这个的，成为双重特工对我来说是自然而然的事。”（280）哈里知道，虽然“休·特里蒙特·蒙塔古和威廉·金·哈维可能为同一面旗子服务，但我对他们每个人来说都是不同的人，这就是情况的本质”（280）。哈维对哈里说：“在美国，塑造一个值得相信的情报人员需要20年时间”，因为“从基督——我们的第一个美国人——到报童，美国人都是值得相信的”，而“在苏联和德国，让一个新的情报人员不相信任何事情只需20分钟”（300）。他认为：“这就是我们为什么在不利条件下跟苏联国家安全委员会发生每个小摩擦的原因。”（300）显而易见，在哈维看来，中央情报局在苏联和德国开展间谍活动比在美国国内容易得多，因为美国人都值得相信，他们不容易背叛，而苏联人和德国人都不值得相信，他们都很容易背叛。哈维在美国人与苏联人和德国人之间建立起来的这种二元对立，就是“美国优越论”思想的具体体现。哈维负责监督建造的1500英尺长的海底隧道通过每条可以运载18条通道的172条线路能让美国立刻获取超过2500个警察电话和电报的信息，这些信息大部分要流回华盛顿。中央情报局的任何海外行动都必须经过华盛顿总部同意，因此“如果柏林基地希望跟伦敦站或巴黎站或进一步说日本站或阿根廷站通话，这样的电话交通路线不得不经过华盛顿的那个中心”（331）。第二次世界大战期间，哈维在美国联邦调查局工作，工作对象既有纳粹主义者，也有共产主义者，如他对哈里所说：“‘二战’期间，我碰巧没有穿制服，我太忙于为联邦调查局追查纳粹主义者和共产主义者。”（309）由此可见，美国与苏联和共产主义的对抗不是始于第二次世界大战结束后，而是始于第二次世界大战期间；换言之，美国在第二次世界大战期间就已经做好了“冷战”准备。根据哈维的妻子所说，哈维在联邦调查局供职期间为联邦调查局做出了巨大贡献，因为他揭开了本特莱间谍网，如她对哈里所说：“要不是因为那些年比尔（Bill）在伊丽莎白·本特莱（Elizabeth Bentley）家当保姆，你永远不可能听说阿尔杰尔·希斯（Alger Hiss）和怀塔克尔·钱伯斯（Whittaker Chambers）和哈里·德克斯特尔·怀特（Harry Dexter White）以及卢森堡夫妇（the Rosenbergs），整个那帮人，比尔跟暴露那一团伙人有很大关系。”（362）但是，在哈维的妻子看来，联邦调查局局长胡佛“对他很不公平”（362），因为尽管他做了那么多贡献，“却没有让胡佛先生对他热起来”（362）。尽管“比尔投入大量工作努力透视本特莱间谍网，但可以说没有取得戏剧性成功，后来真相大白，功劳却落在了乔·麦卡锡（Joe McCarthy）头上”（363）。如果说麦卡锡的成功基于哈维的功劳，那么，哈维可谓真正的麦卡锡主义之父。哈维负责监督建造的1500英尺长的海底隧道旨在遏制世界列强，如他对代表联合首脑会议（Joint Chiefs）视察北约组织（NATO）设施的帕克尔将军（General Packer）展现这个工程时所想："那些联合首脑的走狗们高居军事狗之上，他们有战舰和核警报系统视察，很难给他们留下印象，他们习惯于视察诸如海军基地这样的大型地下设施；但是，我们仅有一个脏兮兮的小隧道。然而，我们正在获得比历史上任何行动能够获取的更多情报，胜过任何国家、任何战争、任何间谍活动，不得不让他们知道这个，不得不让他们待在他们的位置上。”（310—311）显然，在哈维看来，除了美国，世界上任何国家和思想（包括苏联和共产主义）都没有能力因而都无权统治世界；因此，整个欧洲都是美国的对手和敌人，世界上最为强烈的情感就是“反美主义”，正如他对哈里所说：“所有的欧洲人，如果你把他们扒出来的话，都是共产主义者。修正这句话吧，［他们中间］潜藏着共产主义者。地球上没有比反美主义更为强烈的情感了。对美国之外的世界来说，美国是伊甸园，这是纯粹的嫉妒啊，他们所有情感中最为丑陋的情感啊。”（340）显而易见，哈维的话体现了“美国优越论”思想。在他看来，世界反对美国是出于“纯粹的嫉妒”，因为“美国是伊甸园”；因此，凡是“嫉妒”美国的国家都“潜藏着共产主义者”。迪克斯也告诉哈里：“苏联国家安全委员会能够说出这儿我们银行的名字、我们航班的名字、我们资助的宗教团体的名字、杂志的名字、报纸的名字、文化基金会的名字甚至我们输送进来的记者的名字，对于我们拥有的工会官员，他们都打开了一扇窗户。”（379）迪克斯所言让哈里觉得：“我需要知道我们所有活动的规模，不仅在柏林，而且在法兰克福和波恩、慕尼黑、所有我们有作为幌子的工作职位的部队基地、所有我们可能有一两个人员的公司。”（379）迪克斯的话和哈里的“需要”表明，如果说苏联国家安全委员会对美国在德国可能潜藏间谍活动的机构了如指掌的话，那么，美国在德国针对苏联进行的反间谍活动及其渗入机构则更多，覆盖面则更广。

结束西德的间谍活动后，哈里被派到中央情报局乌拉圭工作站继续从事间谍活动。初到乌拉圭，哈里对乌拉圭首都蒙得维的亚的印象不比他初到西柏林时对西柏林的印象好，如他在写给情人凯特里奇的信中所说：

我觉得蒙得维的亚是半欺骗性的，因为随便看一眼就会觉得它没有

> 什么特别之处，这算是一个成就了。就此而言，乌拉圭的大多数地方看起来没有什么特别让人感兴趣的。它没有安第斯山脉可供吹嘘；的确，它几乎没有山，没有一点像亚马孙丛林的东西，只有绵延不断的平原和牛群。蒙得维的亚本身就是普拉塔河流入大西洋的那个港湾处的一个海港，来自将乌拉圭和阿根廷分开的那个河底的淤泥让河水的颜色变成土灰色一样的棕色，让人一点都想不起我们在缅因州熟悉的那个蓝色大西洋。这个海港本身也没有什么，看起来跟亚拉巴马的莫比尔港和新泽西的霍博肯港没有什么两样……主街道吵吵闹闹，就像可以预见的一样，布满过多的店铺，没有一点特别之处。(454)

显而易见，哈里以美国缅因州为参照来“看”乌拉圭蒙得维的亚，就像他此前以美国城市纽约为参照来“看”德国城市西柏林一样，在他眼中，无论西柏林还是蒙得维的亚，都无法跟美国城市相比；跟美国城市相比，它们都“没有什么特别之处”。这再次体现了哈里的“美国优越论”思想。在乌拉圭，哈里在中央情报局乌拉圭工作站站长霍华德·亨特领导下帮助乌拉圭工会消除他们的左派。亨特1940年6月从布朗大学毕业后选择加入美国海军后备队的V-7计划，经过安纳波利斯的一个速成计划后，在距离“珍珠港事件”爆发还有10个月的时候，作为一名海军军校学员被派到Mayo级驱逐舰工作，1943年回到纽约后加入远大陆壳（OCS），不久便进入战略情报局接受培训，之后被派往中国，战争结束时来到昆明；后来，在好莱坞进行电影剧本创作一段时间后，他前往法国巴黎成为马歇尔计划主持人埃夫里尔·哈里曼（Averell Harriman）的工作人员，不久便进入政策协调部工作；在墨西哥工作后，他回到华盛顿，被任命为东南欧分部秘密行动处处长，经常往返雅典、法兰克福、罗马和开罗，之后被调到危地马拉观测站，参与了阿本兹政府离开危地马拉的行动；之后，他前往日本东京处理北亚的秘密行动，竭尽所能干扰并阻止共产主义在日本和韩国等亚洲国家的传播（511—513），如凯特里奇在写给哈里的信中所描述的那样：“我跟休（Hugh）相识以来一直具有的一种思想是，共产主义者一天24小时都在竭尽全力压制人类的灵魂，因此，我们必须24小时努力工作让他们思想混乱。”（552）但是“让他们思想混乱”绝非易事，这可以在中央情报局乌拉圭工作站站长亨特与乌拉圭共产主义者切韦的争论中看出。亨特认为：“处在美国世纪”，美国作为“一个好国家”必须“与共产主义作战”，必须进行“基督教反对物质主义的战争”（662）；但在切韦看来，亨特所言完全是“一种借口”，因为美国

“要失去一个［称霸世界］的帝国”，但“不知道会失给谁”（662）。可以说，切韦所言极是，一语中的，道出了美国反共产主义的本质。亨特与切韦的争论是美国帝国主义意识与反美国帝国主义意识的争论。切韦在哈里心目中是一个非常重要的人物，用他的话说，切韦“是我们渗入乌拉圭共产党最重要的人物”（616），“甚至可以列入乌拉圭前20个共产主义者的行列”（617）。切韦虽然为美国中央情报局服务，但他心里明白，美国在乌拉圭等他国的间谍活动最终不会达到他们的目的，如他对亨特所说：“从政治上讲，我跟你们在一起，那是因为我只有一条生命，仔细考虑，你们和你们这边对我有利；但是，当我们退回到历史的漫长阴影以后，你们这边，现在也是我这边，不会取胜，它会失败”，因为“你和你的人们永远不懂我们。我们比你们自己深刻，我们知道潮流的转向……你，先生，永远不懂我们”（663）。切韦所说的“我们”，是指“拉丁人、穆斯林人、非洲人、东方人”（663），这些人在美国人眼中是“黑暗的人们”（663），他们“皮肤的黑暗可能反映了灵魂中某些黑暗和自我毁灭的东西”（663）。美国人之所以有这样的看法，在切韦看来，是因为他们具有“人们常常碰到的种族歧视”（664）。凯特里奇在写给哈里的信中说：“我担心我们可爱的国家已经变成了一种宗教。乔·麦卡锡只是将手指浸入盛有新圣水的碗中，将要激起人们所有那些更大情感的不是十字架［宗教］而是旗帜［政治］，离开这些情感，人们不可能活着。”（509—510）凯特里奇言下之意是，在美国，政治信念已经取代了宗教信仰，因而让人们狂热的不是宗教而是政治，让社会动荡不安的不是宗教之争而是政治意识形态战争。所以，美国有的是“人们常常碰到的种族歧视”，而不是“拉丁人、穆斯林人、非洲人、东方人”与具有盎格鲁—撒克逊血统的白人之间的平等。应该说，凯特里奇的说法完全正确，因为中央情报局成员参与和从事的正是让社会动荡不安的政治意识形态战争。中央情报局成员不断被洗脑，不断被内化这样的思想：“如果美国要存活下去，必须重新考虑美国长期以来所奉行的那些公平竞争的概念。我们必须发展有效的间谍活动和反间谍活动，必须学会用那些比用于反对我们的方法更聪明、更复杂、更有效的方法颠覆、破坏和摧毁我们的敌人。”（518）这成为中央情报局成员必须深刻牢记的“神圣文本”（the holy text），如哈里在写给凯特里奇的信中所说：“我们有谁不熟悉这样的神圣文本。”（518）“这样的神圣文本”表明，美国奉行的不是和平共处的原则，而是你死我活的丛林法则。在美国看来，它比世界其他国家都优越，因此，世界都“嫉妒”它，正如亨特对哈里所说：“我们这些海外美国人参与‘嫉妒—控制’，我们向世界展现了

一条干净而繁荣的生活之道，所以，他们在全世界都恨我们，但我们要保证让他们在这种嫉妒中觉得无能。”（550）

美国自视高尚，因此有意诋毁并贬低他国及其人民，如哈洛特婚前对凯特里奇所说：“在我们的世界，在情报局，我们很有福气，因为我们身上最好的与最坏的能够为一项高尚事业同心协力，我们要挫败、统治、最后征服苏联国家安全委员会，正如他们……从事着一项不高尚的事业一样。”（553）显而易见，“高尚/不高尚”成为哈洛特评价自己与他人以及评价美国与共产主义的价值标准。哈洛特曾对哈里说：“恶就是知道什么是善，并且竭尽所能损害它；相反，恶意性只是人不知道自己在做什么的时候所体现出来的一种提高危险性的倾向。”（574—575）哈里觉得：“照此来说，我就是恶意性的。我一时间也想到，根据这种逻辑，我们正在乌拉圭所做的一切同样是恶意性的，但我又意识到，我无所谓。不要让人说，天真的总是善的。”（574—575）哈里似乎在为自己及其同事的所作所为进行辩护，实际上却在告诉读者，他和同事在乌拉圭的所作所为不是“恶意性的”，而是地地道道的“恶”，因为他们非常清楚自己在做什么，而不是不知道自己在做什么。在写给哈里的信中，凯特里奇说：

> 1949年，我们设法向苏联的几个高级人物传递消息说，劳尔·菲尔德（Noel Field）是中央情报局特工，这纯粹是故意的假情报。这事是休（Hugh）处理的，当然你可以确信，不会留下美国的印记。我想，杜拉斯、维斯纳（Wisner）和蒙塔古认为，一旦菲尔德下次到华沙进行红十字或美国援外合作社（CARE）旅行，他就会被当作间谍而遭囚禁，他的一些共产主义老朋友也会跟着他吃点苦头。然而，事情却没有这么简单。那时候，斯大林已经毫无希望地疯狂了。菲尔德被单独关进华沙的一间牢房，这件事结束前，几乎每个跟他有过交易的共产主义者，加上无数的共谋者，要么被枪杀和折磨，要么被囚禁，因为他们承认了他们实际上没有的行为。有人说受害者上千人，有的说多达五千人。我问过休，他耸耸肩说：“斯大林给了我们另一场卡廷森林大屠杀。”这几年来，我们当然资助了很多自由但毫无疑问是反共产主义的组织，它们大喊大叫要从苏联人—波兰人的压迫下解救劳尔·菲尔德。当我经历跟自己的职业失败一起生活的孤独时，我开始想起那些被当作叛徒而被错误杀害的波兰共产主义者。这儿还有一个我们穷凶极恶的例子，在善的名义下，我相信，最终，在善的事业中，然而，哦，却在受害者的极端痛苦中。

> 我开始想我们是否碰到了宇宙易受害的边缘。我希望没有，但我确实担心。我想到了阿道夫先生在干净的地方屠杀数百万人的可怕方式。他们走进毒气室，认为要清洗他们疲倦的脏身体，准备好好洗个热水澡，就像他们被告知的那样。然后，致命的出口被打开。我进入复活节的疯狂时，常常觉得好像听见那些受害者愤怒喊叫的声音，我开始想有没有这种可能：一个人非常不公平地死去后，死亡可能会诅咒人类存在，从这种存在中，我们未必完全恢复过来。(627—628)

一定意义上讲，凯特里奇是一个旁观者、一个评说者、一个反思者、一个批判者和一种道德良知。显然，在她看来，中央情报局特工故意传递假情报导致大批苏联和波兰共产主义者被枪杀、被折磨、被囚禁，导致数千人被错误杀害，无疑扮演了德国纳粹大屠杀中希特勒的角色。在她看来，中央情报局假“善”之名，做着穷凶极恶的事情。中央情报局的这种两面性和矛盾性体现了美国的两面性与矛盾性：自称为行善者，实则是为恶者，正如凯特里奇在写给哈里的信中所说：“毕竟我们生活在一个伟大的道德框架中，为了打击反对者，我们自己会胆敢做邪恶的事情，我感觉似乎我们已经做了邪恶的事情。”（705）凯特里奇所言表明，美国所奉行的善恶标准是人为道德构建的结果，因此，它在作恶的时候却常常宣称自己在行善。但是，哈里认为：“尽管我们有错，我相信美国仍然是供其他国家进行治理的自然模式。”（653）可以说，哈里的美国观就是“美国优越论”的准确表达。

美国对苏联的评价与言说纯属意识形态建构。在美国眼中，苏联人是“野蛮人”，是“杀手”，正如哈里在乌拉圭遇到的那个名叫鲍里斯（Boris）的苏联国家安全委员会特工所说：“你们的中央情报局把所有苏联国家安全委员会的人都看成了野蛮人”；“对你们来说，苏联国家安全委员会等同于杀手”；“你们把我们说成了杀手”（591）。在鲍里斯看来，不是苏联人本身是邪恶的，而是美国人把苏联人言说成了“邪恶之人”，这可以在他跟哈里的对话中看出：

> “苏联孩子怀着这样的信仰长大：通过纯粹的意志力，就是要成为善良和无私的人的那种意志，人可以变得更好。我们努力让人不对个人富有感兴趣，很难做到。童年的时候，我会为贪婪的欲望而羞愧。人们很看重这样一种人的领导，都努力让自己变得更好。斯大林——我羞愧地承认——失去了内心平衡。后来，赫鲁晓夫，一个勇敢的人，取代了斯

大林。我喜欢赫鲁晓夫。”

“为什么？”我［哈里］问道。

他［鲍里斯］耸了耸肩说：“因为他是坏人，结果变得更好了。”

“坏人？他是乌克兰人的屠杀者。”

“哦，他们教给你的，他们给你上了一堂很好的冬天的课，哈里；但是，他们忘了春天。”

“他们是谁？”

“你的老师们。错过了重要的一点。请从苏联人的角度看问题吧。我们看见了被权力吸引的存心让别人痛苦的人。”（593）

从这个对话可以看出，美国人对苏联人的认识不是他们亲身体验和经历的结果，而是他们“被告知”的结果；他们将自己的想法强行塞入苏联人的头脑，在对方不在场的情况下，尽情言说对方，并以主观的想象虚构取代客观的真实存在。美国人认为苏联人完全生活在意识形态之下，完全没有个性可言，但在鲍里斯看来，情况刚好相反，如他跟哈里的对话所示：

“美国人从来都不理解共产党是怎么工作的，认为我们完全生活在与意识形态的关系中，［这是］严重的错误，只有集团资本主义才完全生活在与意识形态的关系中。你们认为我们是奴隶，但我们更具个性。”

“我相信你真正这样认为。”

“当然了，没有任何两个苏联人是一样的；在我看来，所有美国人都是一个种。”

“这绝不可能是你们那方面的误会吧？”

他［鲍里斯］稍微友好地碰了一下我的胳膊肘说：“就说美国的联合资本家吧，经理们吧，管理阶层吧，他们相信美国的意识形态。我们也相信意识形态，但只相信一半。”

“一半？”

“一半，哈里，我跟你打赌。”再一次，他沉重的手拍了一下我的背。

“那另一半呢？”

“我们的秘密的一半，我们深思。”

“深思什么？”

“我们的灵魂。我品尝我的灵魂。美国人民谈论自由漂流的焦虑，是吧？身份缺失，是吧？但苏联人说：我在丧失灵魂。美国人过去像苏联

> 人，［也就是说］在19世纪，在个人企业家［颇受推崇］的时候。另外，就是巴洛克精神，在你们心中，在美国建筑中，个性的人，古怪的［人］。现在，美国人是联合资本家，被洗脑了。”（594—595）

在乌拉圭执行间谍任务后，亨特被召回华盛顿参与一个“比危地马拉更大”的“重要行动”，这个“特大行动”就是帮助“古巴流亡者夺回他们的地盘”（710—711）。亨特的任务就是“帮助策划它”，但要确保“不会有任何证据表明美国介入其中”（711）。这个号称“特大行动”的“重要行动”就是“猪湾行动”，其目的是破坏和推翻卡斯特罗领导的古巴革命，如哈里前往迈阿密进行间谍活动前所说：“我做好了推翻卡斯特罗的准备。”（722）到了迈阿密后，亨特对哈里说：“一回到美国，我就给‘司令部的眼睛’（Quarters Eye）做了这样的建议：在进攻古巴前刺杀菲德尔·卡斯特罗或者让进攻古巴与刺杀卡斯特罗成为巧合，要让这成为古巴爱国者的一项任务。”（727）哈里在迈阿密的间谍活动是引导并组织迈阿密的古巴流亡者东山再起推翻卡斯特罗政权，如卡尔·哈伯德对儿子哈里所说：“古巴行动的核心”是“肯定要消灭菲德尔·卡斯特罗”，并且要在1960年11月古巴大选前完成任务（827）。卡尔相信，他们有信心并且有能力完成此项任务，如他对儿子哈里所说：“没有古巴人深信，他们能够打掉卡斯特罗头上的帽子；然而，我们能够，我们能够做到，我们会做到。”（827）为此，哈里除了跟长期在迈阿密的古巴流亡者打交道，还花去大量时间招募新的古巴人为“我们的项目”工作，并对他们的活动进行实时监控。在亨特看来，古巴人完全不同于美国人，如他对哈里所说：“他们不像墨西哥人，他们当然根本无法跟乌拉圭人相比，他们一点都不像我们。如果一个美国人压抑得想自杀，那么，他有可能自杀；但是，如果一个古巴人想结束自己的生命，他会告诉朋友，跟他们聚会，喝醉后却杀了别人。他们甚至背叛了自己的自杀。”（731）显而易见，亨特的评论基于“我们/他们”这个二元对立的思维模式：在亨特眼中，美国人诚实可信，而古巴人不诚实不可信。跟亨特一样，哈里也在“我们/他们”这个二元对立的思维模式下评价古巴人，如他在写给凯特里奇的信中所说：“这些古巴人跟我如此不同，对他们的面子如此敏感，却容易沉浸于他们自己的那些我无法从道德角度理解的小过失之中，就像一个爱慕虚荣的美人对自己的脸蛋颇感自豪一样，他们对自己的名字颇为自豪。”（735）显而易见，在哈里看来，古巴人的行为和思想非常古怪，让人难以理解，这显然是“美国优越论”思想的体现。在美国看来，唯有自己是世界上最文

明、最先进的，正如哈里在信中对凯特里奇所说：“我们不得不让世界其他各国相信，我们比苏联人进步。”（737）

古巴甚至成为美国总统竞选的一个关注热点，如亨特在一次聚会上谈到当时正在肯尼迪与尼克松之间进行的总统竞选时所说，“如果肯尼迪获胜，［我们］就难以识别那个敌人［古巴］”，而与他一同参加聚会的古巴流亡者曼纽尔·阿尔泰姆（Manuel Artime）则回应他说：“在他们的辩论中，肯尼迪甚至对尼克松说，艾森豪威尔政府在古巴问题上没有做实质性工作。”（897）阿尔泰姆是名为“the Frente”的迈阿密古巴流亡者组成的反卡斯特罗组织（后来被重组进“古巴革命委员会”）的领导者之一，他所说的“在古巴问题上没有做实质性工作”实际上就是“没有做出能够推翻卡斯特罗政权的实质性工作”。因此，推翻卡斯特罗政权、刺杀卡斯特罗，便成为美国政府及其意志执行者（包括中央情报局在内）解决古巴问题的首要任务。所以，希望卡斯特罗死亡便成为中央情报局及其效劳者共同的愿望，正如阿尔泰姆所说：“卡斯特罗本应该现在已经死了。”（897）似乎刺杀卡斯特罗便可以成为他们居功自傲的头等条件，正如阿尔泰姆所说：“我自己可以杀死卡斯特罗，我可以用一颗子弹枪杀他，可以用一把刀子捅死他，可以用一根棍棒打死他，可以在一个杯子里放几粒毒药毒死他。”（897）阿尔泰姆甚至认为，卡斯特罗必死无疑，因为他是“邪恶”的化身，即使他躲过了今天，也躲不过明天，所以他诅咒说：“卡斯特罗不会活下去的，要是他这个月还活着，下个月就会死掉；如果他下个月不死，下一年肯定会死的。这样邪恶的人不会存活下来。”（897—898）阿尔泰姆对卡斯特罗的诅咒显而易见表达了中央情报局的心声，刺杀卡斯特罗成为他们的首要任务；所以，哈里说：“这几周中，我没有一次睡觉不期待着一个电话把我叫醒，向我宣布卡斯特罗的死讯，但这样的电话从未响起。”（876）然而，在众人为阿尔泰姆诅咒卡斯特罗而举杯畅饮的时候，哈里却“感到似乎我在保护着一个我不再理解的国家”（898）。在众人合奏的奏鸣曲中，哈里发出这样的不和谐之音，表明他是一个身处其中却能从外部观察形势的“明白人”，表明他在美国政府及其意志执行者力图推翻卡斯特罗政权并刺杀卡斯特罗本人等行动方面有一定的理性思考和反思。通过哈里的不和谐之音，梅勒非常微妙地对美国政府在古巴问题上的疯狂做法进行了批判。

在美国政府及其意志执行者看来，推翻卡斯特罗政权并刺杀卡斯特罗本人是天意，是上帝的愿望，如古巴流亡者反卡斯特罗行动队最重要领导者阿尔泰姆对该行动队的训话中所说：

> 我们聚在这儿，远离家乡，这是天意。我们在恐惧中流汗生活，克服这样的恐惧，在兄弟情谊中繁荣发展，直到我们把行动队的这杆旗子重新带回古巴，带回哈瓦那，带回古巴人民可以再次彼此相爱的土地，这是上帝的愿望。我们会胜利，我们会赢，我们会占据上风，我们不会在这次反共产主义者的战争中失败；但是，即使我们都在这次滩头堡行动中被杀，即使我们都失败了，[但是] 我们没有人失败，因为美国人就在我们身后，他们是一个自豪的国家，他们从来不接受失败，他们总会在那儿支持我们，一波又一波。(925—926)

阿尔泰姆所言表明，迈阿密的古巴流亡者只是盲目地接受了美国中央情报局对他们的洗脑，错误地认为美国可以无条件自愿地帮助他们实现他们推翻卡斯特罗政权以便建立他们所谓的民主政权的愿望，丝毫不知美国之所以帮助他们努力推翻卡斯特罗政权不是为了帮助他们获得他们所需要的自由和民主，而是为了实现美国占领古巴的帝国主义愿望。从这个意义上讲，阿尔泰姆显而易见是美国帝国主义棋盘上的一个棋子，但他自己浑然不知。他错误地认为，美国人就在他们身后，随时都能帮助他们，却不知道“天下没有免费的午餐”，因此心甘情愿地成为美国借以实现自己愿望的一个工具。“猪湾行动”失败后，阿尔泰姆被卡斯特罗部队俘虏，但他仍然对俘虏他的古巴人说：“我一直认为，我是为古巴解放而被召唤起来的人之一，上帝会把我用作他的剑。然而，我被俘虏后，我逐渐相信，上帝肯定更需要我的血，如果古巴要解放，我不得不做好牺牲准备。”（1164—1165）他甚至在沦为“战犯”后非常固执地认为，他作为战犯的处境是上帝对他的考验，如果他能通过考验，“古巴就更值得解放了”（1166）。可以说，阿尔泰姆是一个反卡斯特罗的狂热分子，但更是一种美国的个人化体现；像美国一样，阿尔泰姆视自己为上帝的使者，替上帝在人间播撒自由和幸福的种子，始终认为自己在为古巴人民的幸福而奋斗；然而，他自始至终没有意识到的是，他只不过是为美国卖命的一个古巴背叛者，他的所作所为并没有为古巴人民的真正幸福做出贡献，因此他“做好准备”的牺牲也只是无价值的无谓牺牲，正如卡斯特罗探访关押于古巴监狱的“猪湾行动”之“战犯”时对他的战友匹普·塞恩·罗曼（Pepe San Roman）所说：“你们是什么人啦？我不能理解，你们相信北美人，他们把我们的妇女变成了妓女，把我们的政治家变成了暴徒。如果你们这边赢了会出现什么情况？美国人就会到这儿，我们就有望这样生活：如果他们经常来古巴，我们就要教会他们如何去玷污我们的妇女。”（1167）

可以说，卡斯特罗真正认识到了美国人对古巴感兴趣的原因；但遗憾的是，像阿尔泰姆和罗曼这样的古巴人竟然被美国人哄得团团转，他们自认为做着有利于自己国家和同胞的高尚事情，实际上却做着有损自己国家和同胞利益的龌龊事情，正如卡斯特罗对阿尔泰姆所说：“你们那边努力改善那些已经很富有的人的状况，我这边希望改善一无所有者的命运。我可以说，我这边比你们那边更具有基督教的性质。你不是共产主义者是多么大的损失啊。”（1168）

中央情报局视推翻卡斯特罗政权为美国之首要任务，但当选总统肯尼迪“不想让古巴事务使得更大的美国利益陷入危险之中”（933），这与中央情报局的想法完全相反，因为在中央情报局看来，“当下没有比古巴更大的事情”（933）。中央情报局认为：“古巴是一个热点”，它“正在把它搞乱”（933）。为了通过古巴流亡者组成的所谓“古巴革命委员会”达到推翻卡斯特罗政权的目的，中央情报局在与当选总统肯尼迪意见不完全吻合的情况下决定对卡斯特罗政权采取行动，将特立尼达作为古巴流亡者进入古巴攻击卡斯特罗政权的登陆地点，但考虑到在特立尼达发起攻击可能让妇女和儿童丧生，最后将登陆点改为一个名叫“猪湾”的地方。之所以选择“猪湾”，是因为“它像地狱一样不可到达”，正如卡尔对儿子哈里所说：“我们可以毫不费力地建立一个滩头堡”，它“被沼泽地包围，卡斯特罗难以到达我们，但我们同样也难以出去。当然，不会有任何噪音，只有我们的古巴人和鱼”（933）。为了尽快实现推翻卡斯特罗政权的目的，中央情报局局长杜拉斯竟然给当选总统肯尼迪施压，迫使他确定进攻古巴的具体时间，如卡尔对儿子哈里所说：“事实上，如果没有艾伦，我觉得我们根本就不会有一个日期。他尽可能大胆地给总统施压，告诉他说苏联人正在以极快的速度给卡斯特罗提供援助，以致在5月份进攻就已经为时已晚，不断地告诉肯尼迪说联合首脑会议认为古巴行动队是拉丁美洲训练得最好的一股力量，如果不利用的话，就会面临如何处理［这股力量］的问题。”（933—934）在杜拉斯大胆施压下，肯尼迪不得不接受中央情报局的决定，但明确告诉杜拉斯：“进攻必须看起来是古巴人干的，尽管全世界都知道我们在后面，绷带必须干干净净。”（934）对此，杜拉斯向肯尼迪保证：“不会有任何把柄。”（934）杜拉斯进攻古巴的迫切心情和愿望与肯尼迪不愿美国在古巴问题上给世界留下把柄的谨慎考虑，充分表明了美国政府的两面性：既要做恶人，又不想留骂名。通过这样一个“小插曲”，梅勒实际上解构了“美国之善”的形象，同时也建构了“美国之恶”的形象。1961年4月12日，在座无虚席的记者招待会上，肯尼迪总统发表声明："在任何情况下，美国的武装力量都不会介入古巴。"（944）肯尼迪的这一声明，显然是为了遮人耳目，正如哈里所说，它"鲜明得足以贴在新闻间的张贴栏和楼下的战争办公室"（944）。因此，亨特说它是"一个给出误导的超级做法"，因为，如哈里所说："我们知道埃塞克斯（Essex）号飞机运输机正在波多黎加等待着在猪湾幽会。"（944）但是，卡尔对肯尼迪的"不介入"声明"颇感不快"，因为他觉得："如果肯尼迪说的是真话，我们可能最后就成了黑色帘布［非常狼狈，很不光彩］。"（944）尽管卡尔有这样的担忧，但肯尼迪的"不介入"声明并没有让中央情报局所有人员都相信他说的是真话，因为他们知道"肯尼迪从不接受失败"（945）。然而，面对肯尼迪总统在公开场合发表的"不介入"声明与他私下接受杜拉斯局长对古巴采取攻击行动的计划之间存在的明显矛盾，中央情报局人员迫切想知道："我们总统的意思是他在任何情况下都不会介入，还是像亨特所希望的那样，只是一个巧妙的做法？"（945）中央情报局人员之所以有这样的疑问，是因为他们不知道肯尼迪总统心里到底在想什么，或者，更准确地说，美国政府的真实想法是什么。中央情报局人员不知道肯尼迪总统或美国政府的真实想法，正好表明了美国政府在言与行方面的矛盾性，正如前文所说，肯尼迪总统同意中央情报局局长杜拉斯对古巴发起攻击，但要他确保"进攻看起来必须是古巴人干的"（934）。

在肯尼迪总统同意下，在美国中央情报局策划并领导下，在美古巴流亡者组成的反卡斯特罗行动队于1961年4月15日"对古巴的三个飞机场发起空袭"，他们"不仅要破坏卡斯特罗的空中力量，而且要向世界证明，空袭行动是古巴人驾驶着古巴人购买的飞机进行的"（945—946）。听到消息说"三个飞机场同时受到轰炸并遭到猛烈打击，哈瓦那发出歇斯底里般的报道，我们的古巴飞行员向我们报告说卡斯特罗的空中力量已经被消灭"，中央情报局情报人员难以掩饰内心的兴奋，如哈里所说："我们欢呼着"；"官员们彼此拥抱着"（947—948）。他们之所以兴奋，是因为他们达到了消灭卡斯特罗空中力量的目的；但是，在为他们的"轰炸"取得成功而欢欣兴奋的同时，他们没有对那些在"轰炸"中失去生命的古巴人表现出些许的同情，没有对那些因为他们的"轰炸"而失去正常生活和应有幸福的哈瓦那人而感到些许的内疚。他们借刀杀人，还为自己的"成就"颇感得意，他们的道德良知似乎完全丧失殆尽。虽然梅勒在此并没有发表任何评论，但他对丧失人性与道德良知的美国帝国主义者的批判是显而易见。对古巴进行空袭后，两架在中央情报局策划下由古巴流亡者驾驶的轰炸机由于故障而返回美国降落后，美国竭尽全力对两名飞行员的身份进行保密，坚称他们是卡斯特罗空军部队的逃兵。为此，时任古巴驻联合国全权大使罗尔·罗亚（Raul Roa）与美国驻联合国全权大使阿德莱·史蒂文森（Adlai Stevenson）在联合国发生激烈争吵。史蒂文森坚称：“这些飞行员是从卡斯特罗的暴政中逃出来的，没有美国人参与，这两架飞机，就我们所知，是卡斯特罗自己空军的飞机，根据飞行员的说法，是从卡斯特罗自己的飞机场起飞的。我有其中一架飞机的照片，可以清晰地看到卡斯特罗空军的标志。”（949）对于史蒂文森的辩称，哈里说：“我深感压抑”，因为“史蒂文森似乎是如此完美的说谎者，他的声音是绝对真诚的”（950）。不论史蒂文森如何以“绝对真诚的”声音辩称，都无法让罗亚觉得他所说的是“绝对真诚的”，因为他非常清楚：“黎明时候的这次空袭是一场有美国支持并提供财力的大规模进攻的前奏，这些外国雇佣兵是美国国防部和中央情报局的专家们培训出来的。”（950）虽然罗亚一针见血地指出了事实真相，但美国自然不会因此低头认罪，而是仍然百般抵赖。所以，在白宫新闻发布会上，新闻发言人皮尔·塞林格（Pierre Salinger）“否认知道任何关于轰炸的事”（950）。通过哈里对史蒂文森辩称的情感反应以及白宫新闻发言人塞林格对罗亚指控的抵赖性回应，梅勒让读者看到了美国犯罪而不认罪的真实面目。

对古巴采取攻击行动前，卡尔满怀信心地对儿子哈里说：“没有古巴人深信，他们能够打掉卡斯特罗头上的帽子；然而，我们能够，我们能够做到，我们会做到。”（827）然而，“猪湾行动”证明他错了，因为这次攻击行动不但没有打掉卡斯特罗头上的帽子，反而让攻击者颇受打击和损失，因为他们“开始用于攻击的16架B-26轰炸机中，9架被击落，剩余的几架中，大多数遭到破坏”（971）。“猪湾行动”并没有实现美国中央情报局的预定目标，但美国媒体仍然努力向世界传播“不存在的事实”（977）。可以说“猪湾行动”是失败的行动，但《迈阿密新闻报》在行动的最后一天这样报道：“反叛者组成的进攻者声称他们今天推进了五十英里，取得了推翻卡斯特罗战斗中的第一次大胜利。”（977）但不论美国媒体如何试图颠倒黑白、混淆视听，都无法改变“猪湾行动”走向失败的定局。因此，中央情报局不得不向“幸福谷”发出最后指令：“明天，剩余的B-26轰炸机中的一架要把我们没有发出去的传单带到几百英里外的海洋，倾倒出去。”（977）这意味着，美国中央情报局精心策划的推翻卡斯特罗政权的“猪湾行动”彻底失败了。

“猪湾行动”的失败对中央情报局局长杜拉斯是一个沉重打击。“猪湾行动”结束后，杜拉斯从波多黎加返回美国，卡尔到安德鲁空军基地迎接他，他对卡尔说:“这是我一生中最糟糕的日子。”(977)他这样说,不是因为这一天他“痛风得特别厉害”(977),而是因为他没有想到中央情报局精心策划的“猪湾行动”会失败;换言之,他痛的不是肉体,而是思想和精神。他深受打击,如卡尔向儿子哈里描述的那样,他看起来“似乎已经死了”(985)。杜拉斯局长的这种“活死人”的状态不是他一时的非常态,而是他在“猪湾行动”后年月里的常态,如哈里所说:“在随后的年月里,我总认为他是一个在某些内心方面来说已经死了的人,虽然他真正去世是七年后的事。”(985)哈里对杜拉斯局长有这样的看法,所以,杜拉斯去世后,他不禁产生这样的思考与感想:“在他的心脏、肝和肺死亡前的数年里,他的灵魂就已经死了吗?我希望不是。他那么愉快,间谍活动一直是他的生活,不忠诚也是;他两者都喜欢,为什么不喜欢呢?就像非法情人一样,间谍必须具备在两个地方同时存在的能力。”(988)一定程度上讲:“猪湾行动”的失败给杜拉斯局长判了“死刑”,因为数个月后,1961年10月底,中央情报局局长从艾伦·杜拉斯变为约翰·麦科恩(John McCone)。退位后的一两个星期里,杜拉斯看起来“像一头受了伤的野牛”(995)。可以说,杜拉斯局长是“引咎辞职”,而非“主动辞职”,正如他自己所说:“总统私下对我说,如果他是欧洲一个国家的领导人,他就不得不辞职;但在美国,既然他不能这样做,我就必须这样做。”(995)肯尼迪总统对杜拉斯局长的私下“约谈”表明,他曾在记者招待会上代表美国政府发表的所谓“在任何情况下,美国的武装力量都不会介入古巴”(944)的声明完全是虚假的欺骗性政治笑话,因为事实上美国不但介入古巴,而且非常看重介入结果,当结果没有达到预期目标时,它自然会勃然大怒,自然要惩罚让它失望的人;然而,它又不愿光明正大地公开宣布惩罚,而是让当事人“主动辞职”来完成自己的惩罚心愿。这再次让读者看到它的虚伪性与阴险性。如果说“猪湾行动”的失败给中央情报局局长杜拉斯以沉重的思想打击的话,那么,它对哈里的影响则是心灵上的,因为在“猪湾行动”中真正受伤的不是领导这次行动的美国人,而是在这次行动中丧生的古巴人及其家人。“猪湾行动”结束后,从华盛顿返回迈阿密前,哈里走进当地一家名为“格苏”(Gesu)的天主教教堂,眼前的景象让他的心灵受到难以治愈的创伤:

> 今天,格苏不是空无一人。上次弥撒一小时前刚刚结束,下次弥撒将在下午五点钟开始,但教堂靠背长凳不是空空的,到处都有妇女在祈祷。我不愿看到她们的脸,因为她们许多人都在哭……悲伤一直都没有

停止，还有来自单个男人和女人、那些丧生的行动队成员的母亲和父亲、哥哥和姐姐的喉咙的悲伤，它们像是从小管子里流出来，流入那些正在祈祷的妇人一直都没有停止的悲伤中。行动队成员的丧生造成的方方面面让我有生以来第一次看到基督受苦的情形，并且认为，这种受苦是真实的，那些悼念者在十字架的阴影下等着，听到基督的痛苦，担心神灵的一些温柔将从世界上永远消失时就是这种感觉。

我虽然这样感觉，但我知道这种景象是一种自我欺骗。我痛苦之下是愤怒。我没有感觉到温情或爱，但觉得充满难以名状的愤怒——总统、总统的顾问们、中央情报局本身？我有这样一种人的愤怒：他的手臂让机器的齿轮吞噬了，但他不知道该指责机器还是楼上办公室里那根按了开关让机器运转起来的手指。所以，我孤独地坐在教堂里，对自己的悲伤来说，完全是一个陌生人；我知道，虽然“猪湾行动”结束了，但对我来说，它永远都不会结束，因为我没有为失去希望而建造一颗炸弹的真正悲哀；相反，我深深陷入一个让人压抑的问题，它让人深深陷入无法摆脱的黑暗中：谁之过？（978—979）

显然，哈里的困惑是他对中央情报局和美国政府的帝国主义思想与行为的质疑。如果说哈里以前从未怀疑过自己作为中央情报局人员从事海外间谍活动的道德性，“猪湾行动”让他开始怀疑自己工作的道德性，怀疑他的上司们——中央情报局局长以及美国总统及其顾问们——开展的一切所谓“保护国家的安全”的活动的道德性。可以说，在“格苏”教堂所见是对哈里心灵的一次洗礼，让他突然明白，人的痛苦不是天生的，而一些人的痛苦是由另一些人造成。所以，面对“格苏”教堂里痛苦不堪的女人和男人们，哈里感到的不仅仅是同情般的“痛苦”，更是问责般的“愤怒”。

“猪湾行动”是非正义的行动，是美国帝国主义的侵略行动，它的失败是美国反世界共产主义行动的失败，使得中央情报局局长杜拉斯丢掉了职位；但是，“猪湾行动”造成的最大损失不是杜拉斯个人职位的丢失，而是参与行动的古巴流亡者的大量伤亡。在写给哈里的信中，凯特里奇高度赞扬肯尼迪兄弟的“同情心”与“责任感”时详细再现了“猪湾行动”给古巴流亡者造成的巨大损失与创伤：

不要忘记波比（Bobby）的同情力量，它拯救了他。我不知道自“猪湾”以来他是否睡过一晚上的好觉。他细想着现在蹲在古巴监狱里的行

> 动队的那几千人。因此，肯尼迪兄弟体现了一种高度责任感。他们为“猪湾”而接受指责，虽然这真正不是他们的错。我不知道更大的惩处是否属于参谋长联席会议或中央情报局，但是，事实上，当在傻瓜之间进行选择时，有什么可选择的？参谋长联席会议从来没有出去研究过问题的现实情况……我知道，我们深信不疑地认为，卡斯特罗的空中力量不可能经受得起流亡者 B-26 轰炸机的一次重大攻击，他们也没有质疑过行动队会不会真正穿过八十英里的沼泽地到达埃斯坎布雷（Escambray）山脉；反过来，司令部的眼睛根据参谋长联席会议的胡编滥造对可能性做出有利估计，然后用参谋长联席会议的形式乐观地说服杰克·肯尼迪。当然，参谋长联席会议从来都没有做过功课……所以，肯尼迪刚刚上任三个月，就被欺骗了。他在回应中是一个体面之人，他接受了指责……自从“猪湾”以来，杰克从未逃避责任。回到 5 月吧，当卡斯特罗提出用五百台推土机交换沦为战犯的行动队队员时，肯尼迪劝弥尔顿·艾森豪威尔（Milton Eisenhower）组建一个委员会，由可以筹到款的有声望的美国人组成。埃莉诺·罗斯福（Eleanor Roosevelt）和瓦尔特·鲁德（Walter Reuther）完全支持，但戈尔德瓦特（Goldwater）及其议员追随者扼杀了这个想法……但是，杰克没有放弃。当“自由委员会牵引器”（the Tractors for Freedom Committee）于去年 6 月坏了后，一些流亡者开始组建“古巴解放战犯家庭委员会”（a Cuban Families Committee for the Liberation of the Prisoners of War），肯尼迪给予他们免税地位（tax-exempt status）。然而，这个委员会没有经过夏天就解散了，但是，最近卡斯特罗跟他们接触寻求交易。作为诚信保证，他把六十位伤残的战犯送回迈阿密，他们上周刚刚抵达……这六十位伤残者，可以说是卡斯特罗的诱饵，从飞机上下来，带着一年之久伤痕的六十个人，受到两万强壮亲戚和朋友的迎接，他们全部挥动着白色手绢。当然，近亲们都集中在附近一个哭泣的人群中。六十个人从飞机上下来，全部是残废，有的没了腿，有的没了臂，有的被人引导着走，眼睛永远闭上（shut forever）。人们试图高唱古巴国歌，但没有唱起来。他们从客机梯子下来，是多么缓慢，多么痛苦。有几个人跪下来吻了一下地面。（1060—1062）

凯特里奇给哈里讲述这些细节，本来是为了凸显肯尼迪兄弟在“猪湾行动”上体现出来的“责任感”和“同情心”，由此凸显他们的“高贵品质”，但“猪湾行动”受害者从飞机上下来时没有腿、没有臂、没有眼睛的悲惨景象以及他们的亲属伤心悲恸的凄凉景象给读者的心灵震撼，远远超过了总统和国防部部长的“责任感”和“同情心”给他们留下的美好印象，让读者对他们的好感转向对他们的反感甚至憎恨，正如哈里对凯特里奇所言的反应一样：“读着她的信，我对她说话的基调持批评态度。我觉得肯尼迪兄弟现在给她留下了太深的印象。”（1064）一定程度上讲，哈里对凯特里奇的反应就是梅勒对“猪湾行动”的反应。通过凯特里奇对这些与“猪湾行动”相关细节的再现，梅勒旨在唤起读者对美国帝国主义的强烈谴责与严厉批判；同时，通过凯特里奇对肯尼迪兄弟在“猪湾行动”上体现出来的“责任感”与“同情心”的强调，梅勒凸显了“责任”与“同情”的道德价值和社会意义，体现了他作为作家的道德意识与社会责任感。

“猪湾行动”后，美国中央情报局又策划了新的反古巴行动，名为“猫鼬行动”（Operation Mongoose），之所以如此取名，是“为了纪念那种来自印度的、因其能杀死老鼠和毒蛇而闻名的凶猛雪豹”（1019—1020）。“猫鼬行动”中“MO/NGOOSE”的前半部分“MO”是“［美国］国防部用两个字母拼成的一个单词”，而不是中央情报局创造的单词，它“指远东”，意味着“中央情报局和国防部将在亚洲忙碌的事情”（1020）。“猫鼬行动由一个特别小组扩大小组（Special Group，Augmented）监督”，在国防部部长罗伯特·肯尼迪（Robert Kennedy）直接领导下，由马克斯维尔·泰勒将军（General Maxwell Taylor）任组长，由代表国防部的兰斯代尔将军（General Lansdale）和代表中央情报局的比尔·哈维（Bill Harvey）负责实施，哈维由兰斯代尔将军直接领导，负责完成“猫鼬行动十分之九的工作”，其主要目的是“通过一切手段推翻卡斯特罗”（1020）。兰斯代尔将军虽然“没有上过西点军校，也没有在正式部队服过役，只是在预备役军官训练营取得预备军官资格”，虽然“他的部队经历根本不够典型”，但他在菲律宾执行任务期间表现特别出色，因为“他曾经把菲律宾弄了个里朝外，在击败共产主义抗日人民军（Hukbalahap）中证明他是非常有用的工具”（1020）。兰斯代尔将军在菲律宾的表现到底有多出色？我们可以在他和哈洛特、哈维与哈里聚餐时讲的故事中略见一斑：

> 我们也训练菲律宾部队里我们最好的侦察兵，让他们在晚上行动。远东的共产主义者常常吹嘘说，美国人只能白天沿路开车前进，但共产主义者拥有晚上。为了取得战争的胜利，我们不得不拥有黑暗的力量。我决定利用当地的魔鬼。人类学跟火力一样有价值（Anthropology is worth

as much as firepower)。在一个我们努力与哈克人(Huks)战斗的地区，人们强烈相信一种叫“asuang”的吸血蝠，我决定利用这个魔鬼。我们让这个地区充满谎言(stories)：吸血蝠现在很猖獗。然后，一天晚上，我们的一支杰出的巡逻队伍驻扎在一条小道边，我们知道哈克人经常从这条小道经过。直到最后一个人经过，我们没有向伏兵开枪射击。让我们感到幸运的是，他是一个掉队的人，我的人能够制服他，然后把他从这条小道上拖走。我的一个伙计在他的喉咙上刺了两个洞，就像你叫了声“杰克·罗宾逊”(Jack Robinson)那样快速，然后拖着他的腿倒立拉着，直到他的血全部流干。随后，我们把他拖回去扔在那条小道上。我们知道，哈克人返回来找他们迷路的兄弟时，就会发现一具喉咙上有两个洞的无血尸体。哈克军营肯定会传出消息，说到处都是吸血蝠；完全在意料之中，很多人开始逃跑。因为你知道，菲律宾人认为，吸血蝠只攻击那些站错队的人。(1024—1025)

显而易见，兰斯代尔将军在菲律宾的“出色表现”是毫无人性地剥夺他人性命；在他的策划和领导下，他手下人成为杀人不眨眼的刽子手，他们杀人就像屠夫宰杀牛羊一样淡定自然，他们的行为是不折不扣的法西斯主义行为。兰斯代尔将军对自己的杀人行为不但没有任何忏悔之意，而且还引以为豪。他认为，中央情报局在“猪湾行动”中的错误在于：“军官们坐在办公室里读着那些所谓的客观报告”，但这些“客观报告”是由“那些跟他们自己一样远离战争现实的专家们写成的”；所以“真正需要的就是走到实地上去了解你正在对付的人们”，因为“你不可能通过二手材料了解真实情况”(1025)。如果说“猪湾行动”中的中央情报局人员只会“纸上谈兵”的话，那么，兰斯代尔将军显然是一个“实干家”。可能因为这一点，他才被委任为“猫鼬行动”的负责人。

美国之所以在“猪湾行动”失败后又策划“猫鼬行动”，是因为它在古巴问题上不甘罢休，因为它认为自己针对古巴的所有行动都是追求自由的行动，是为自由而战的行为，正如凯特里奇在写给哈里的信中所说：

你知道，休确信卡斯特罗的情报将永远比我们的情报高级，他有杀掉背叛他的人的权力，而我们只能切断我们的背叛者的每周薪水。我们的特工为自由而战，是的，但是也为古巴未来的利益而战。贪心确实有助于［让人提供］多讹误的情报，但很多卡斯特罗的人相信，他们进行

> 着一场运动（They are in a crusade.）；而且，卡斯特罗比我们更了解古巴人。卡斯特罗有苏联国家安全委员会的指导，而我们有的是需要满足的政客。所以，一涉及古巴问题，他的情报服务机构比我们的中央情报局更有优势。(1037)

美国可能从来都没有意识到也可能从来都不愿承认的是，它针对古巴的行动不是“为自由而战”的正义行动，也不是“为古巴未来的利益而战”的利他主义行动，而是为自己利益而战的帝国主义行动；中央情报局竭尽全力、不择手段地努力推翻卡斯特罗政权却未能如愿，不是因为它不具有“杀掉背叛者的权力”，而是因为它本身就是人类自由的背叛者；不是因为它不太了解古巴人，而是因为它是古巴人遭受灾难的制造者。然而，代表美国政府的各级官员都会在各种场合理所当然地说，美国是自由的使者，因此它能够将自由带给需要自由的人和地方，正如“猫鼬行动”负责人兰斯代尔将军对新任中央情报局局长麦科恩所说：“我想强调：魔鬼怎样给了你一切，但没有给你自由。[给你的] 全是你需要的物质商品，但是，没有 [给你] 自由，先生，没有 [给你] 自由；我要让他们明白的是，他们从撒旦那儿得到的一切，我们同样能够给予他们，我们还能给他们自由。”（1038—1039）

为了实现既定目标，“猫鼬行动”自然不得不违反美国的各类法律和法规，如哈里在写给凯特里奇的信中所说：“让你对我们的权力和炮台有个概念的最好办法就是注意到那些我们随时扭曲、违背、违反并且/或者忽视的州和国家法律：佛罗里达州的社团报纸上日常性地出现不真实信息；税收申报捏造了在我们的 [财产] 所有人身上投资 [金额] 的实际原始资料；联邦航空管理局每天都收到违反原则的飞行计划（false flight plans）；我们在佛罗里达州的高速公路上用货车运送武器和炸药，因而违反了《军火条例》和《火器管理条例》，更不用说我们对老朋友海关、移民管理局、财政部和《中立法》所做的事了。”（1046）除了违反各种州和国家的法律，“猫鼬行动”还以假乱真，经常通过控制媒体向美国和古巴人民进行虚假报道，如哈里所说：“为了达到目的，我们也控制着大多数当地印刷出来的有关古巴的东西，我们在酒桌上可以搞定当地的新闻工作者，而且相当愉快……我们的宣传部门写好了故事，当地的第四等级 [新闻界、记者们] 就不必太辛苦，这样做的结果是，如果他们要对抗我们，我们就切断渠道。”（1046）不仅如此，“猫鼬行动”还利用“绿色贝雷帽”来对付第三世界国家的反抗者，如哈里所说：“‘绿色贝雷帽’的概念就是提供能够对付像老挝和越南这些第三世界国家里激进游击队力量的特殊战斗人员，五角大楼一些比较年轻的思想家，加上总统和马克斯韦尔·泰勒，当然，还有波比·肯尼迪，为这种训练而感到兴奋。”（1047）这就是说，“猫鼬行动”不仅是针对古巴的，而且是针对亚洲和第三世界国家的，它不仅体现了中央情报局的意志，而且体现了整个美国政府的意志，因此充分暴露了美国力图控制和称霸世界的帝国主义面目。

在美国心目中，唯有自己才是善的，唯有自己才是人类社会幸福的创造者，唯有自己才知道上帝的权威和力量；因此，它策划并实施“猫鼬行动”是为了“以恶抗恶”，正如凯特里奇在写给哈里的信中所说：

> 尽管我们做过很多令人讨厌的事情，有过很多暴行，但我们是一个比苏联人优越的社会，因为有一种东西最后限制着我们的行为——我们相信，大多数美国人相信，上帝对我们的审判（即使我们最不愿意谈及这个）。我不能强调这样一种内心惧怕、这样一种心灵谦逊对社会幸福多么重要，没有它，人类唯一无限的东西就会变成他们的自负，也就是说，变成他们对自然和社会的轻视。他们内心相信，他们知道一种能比上帝更好地经营世界的方法，共产主义的所有恐怖就出自这样一种自负：他们知道上帝只是供资本家利用的一种工具。（1053）

正因为如此，有些美国人觉得自己所做的都是正义的，即使是恶行，也是为了除恶，用凯特里奇的话来说，就是“以恶抗恶”（1054）。显而易见，凯特里奇所说的“恶”就是美国竭尽全力所反对的“共产主义”及其代表苏联的所作所为；但是，她可能没有看到或者已经看到但不愿接受的是，美国不是在“以恶抗恶”，而是在“以恶造恶”，所以她才这样对哈里说：“如果我们要以恶抗恶，我们必须逃避诸如天灾这样的恶。我为我深爱的这个国家而担心，我为我们所有人而担心。”（1054）凯特里奇之所以如此担心，是因为她觉得自己的国家和同胞的所作所为难以让他们逃避“诸如天灾这样的恶”。如果我们站在21世纪的今天回头看美国历史和社会的话，可以说，凯特里奇的担心很有道理；甚至可以说，她准确地预见了美国在20世纪末和21世纪初遭受到的各种人为和自然的灾难。

“猫鼬行动”还未正式开始，美国就遇到了“古巴导弹危机”问题。1962年10月，纽约州议员凯廷（Keating）宣布“古巴存在核导弹”（1114），这使得前美国驻意大利和巴西大使克莱尔·布斯·卢斯（Clare Boothe Luce）在10月的《生活》杂志上发表社论说：“现在处于危险之中的不仅仅是美国的声誉问题，而且是美国的存活问题。”（1114）这一突如其来的问题犹如一颗原子弹在美国上空爆炸，让美国政府彻夜难眠：“在白宫、在行政办公大楼、在国务院，办公室的灯整夜通明，人们子夜一点开车经过白宫时看到办公室的灯还亮着”，五角大楼走廊里的高官们脸上露出“缅因州野驼鹿的表情”，他们“不知道他们会在一周内成为英雄，还是死亡，还是因为成为英雄而得到提拔”（1114）。面对这一突如其来的问题，美国政府必须想出解决办法。围绕如何解决“古巴存在核导弹”的问题，国家安全委员会执行委员会出现了“鹰派”与“鸽派”之争，包括国务卿、中央情报局局长和参谋长联席会议成员在内的“鹰派”主张“不需事先宣战”就“立即轰炸古巴”，以便“消灭导弹基地”；以国防部部长为首的“鸽派”则认为：“任何出其不意的轰炸都会杀死成千上万的平民”，是“沿袭‘珍珠港事件’的做法”，这涉及“道德问题”，因此主张“实行封锁”（1118）。“鹰派”认为，对“古巴存在核导弹”的“唯一有效反应”就是“消灭导弹能力”（1119），因此“没有选择，只有进行空中打击”（1118），而且“为了取得效果，打击必须尽快进行”（1119）。“鸽派”则认为：“这样的空中打击完全带有‘珍珠港事件’的味道”（1119），会让世界觉得是“偷偷摸摸的袭击”，因而不是美国的风格和传统，因为美国“需要强有力的行动让苏联人意识”到美国的“严肃性”，但“也需要给他们留下实施机动的空间”，以便“他们意识到他们在古巴问题上出了格”以后“有路可回”，因此“封锁就是正确答案”（1120）。经过激烈争吵与争论，“鸽派”最终战胜“鹰派”，肯尼迪总统于10月21日向全国宣布“封锁”禁令：“苏联技术人员在古巴建立进攻性的导弹基地，这些基地大得足以部署洲际武器，苏联人向美国人撒了谎；因此，现在就要对古巴实行空中和海上检查以阻止苏联军事设备进一步船运到古巴。如果古巴发射导弹，美国就准备还击这种‘对世界和平秘密的、不安的、挑衅性的威胁’。”（1115）虽然肯尼迪兄弟成功解决了“古巴导弹危机”问题，使美国没有重蹈“珍珠港事件”的覆辙，但国家安全委员会执行委员会中的“鹰派”分子在解决“古巴导弹危机”问题上的强硬态度和霸权思想表明，美国之所以走称霸世界的帝国主义道路，是因为它的领导者大多具有称霸世界的帝国主义思想。对于这种称霸世界的帝国主义思想，梅勒显然持反对态度，这可以在凯特里奇对国家安全委员会执行委员会中“鹰派”和“鸽派”就如何解决“古巴存在核导弹”问题的争论做出的反应中看出。在写给哈里的信中，凯特里奇说：“如果我在这些委员会，我不能说我会如何反应；我想我是鸽派，但我对苏联人有种说不出来的愤怒。哈里，你知道吗，听波比（Bobby）讲话，我觉得他是英明的，我开始意识到他具有平衡能力。”（1119）她甚至在信末尾告诫哈里：“别跟像迪克斯·巴特勒这样的人一起做任何疯狂的事”（1120），因为迪克斯的所作所为无不体现着“鹰派”的思想。肯尼迪总统向全国宣布“封锁”禁令后，在美古巴流亡者的反应让哈里费解：

> 哈瓦那的小酒吧挤满了人，古巴流亡者在大街上跳舞，我很气愤。我的国家的一切可能遭到破坏，我认识的每个人可能受伤或死亡，但流亡者很高兴，因为他们有机会返回古巴；我记得，我认为他们是一群让人难以相信的、自私的、自我中心的人，对可能失去他们在古巴积累的财富感到愤怒，虽然他们现在迈阿密赚钱。我觉得，资产阶级古巴人的自我权利感超强而他人权利感颇弱。他们冒险以卡斯特罗的胡子兑换我的伟大国家的一切。（1115）

哈里对资产阶级古巴人的评价和《裸者与死者》中卡明斯将军对美国人的评价如出一辙：“作为美国人，他们大多数人都具有我们民主的特别体现。他们能够非常夸张地想到他们自己作为个人应有的权利而丝毫想不到他人应有的权利。”① 哈里虽然对古巴流亡者的行为感到愤怒，但这种情感反应只是昙花一现，因为它“很快就消失了”，所以他“在大街上跟古巴的男男女女一起跳起了舞，醉汉哈伯德，他通常是不会跳舞的”（1115）。哈里对古巴流亡者的愤怒之所以转瞬即逝，是因为他并不比他们高尚，因为他所做的一切是为了破坏他们的国家，导致他们的同胞受伤或者死亡。因此，他没有理由批评他们“幸灾乐祸”。通过哈里的情感反应，梅勒实际上间接地批判了美国的帝国主义行为。

肯尼迪兄弟虽然平息了“古巴导弹危机”，但招致了美国人和古巴流亡者的极大不满，如哈里在写给凯特里奇的信中所说：“我们的古巴人感到失望，我们自己的人也有同样的思想。很多人说我们对卡斯特罗和赫鲁晓夫太手软了。”（1144）不仅如此，他们对肯尼迪总统似乎恨之入骨，甚至希望他遭到刺杀，如哈里在写给凯特里奇的信中所说：“人们总是不断地谈论刺杀卡斯特罗的事情，迈阿密的古巴人每天都在为此忙活；然而，这些天以来，这儿

① Norman Mailer, *The Naked and the Dead*, New York: Henry Holt and Company, 1948, p. 175.

出现的笑话却是：‘什么时候清除？清除谁，菲德尔［卡斯特罗］？不’，对方回答说：‘杰克’。”（1144）从反卡斯特罗的美国人和在美古巴人对肯尼迪的情感反应来看，道德不能感化美国人的霸权思想；因此，从道德角度进行思考或行事的人，必然遭到霸权主义者的唾骂、诅咒甚至打击报复。肯尼迪兄弟从道德角度采取“封锁”策略平息了“古巴导弹危机”，但这并不意味着美国完全胜利了而苏联和古巴完全失败了，因为他们双方都在“谈判”中做出了“让步”。根据凯特里奇的讲述，美国在“谈判”中要求苏联导弹从古巴撤出，同时收回赫鲁晓夫“出售”给古巴的50架伊柳辛（Ilyushin）轰炸机，并要求授权联合国检查小组对导弹进行地面检查，同时考虑到卡斯特罗不会试图颠覆拉丁美洲，承诺不再入侵古巴；但是“卡斯特罗不是对这些都很顺从，他不愿放弃他的伊柳辛轰炸机，他不接受导弹基地检查，他甚至不同意放弃那些导弹”（1155）。对美国来说，“消除古巴导弹是最重要的”，因此，卡斯特罗“发脾气”后，肯尼迪总统“不再坚持立即收回那50架轰炸机”，同时“接受卡斯特罗对联合国检查小组进行检查的拒绝”，从而“通过花招使得赫鲁晓夫将这些核武器移出了古巴”（1155），消除了美国的“古巴导弹危机”。但是，肯尼迪很快就忘记了他在“谈判”中做出的“美国不再入侵古巴”的承诺。在写给哈里的信中，凯特里奇讲述了肯尼迪兄弟营救“猪湾行动”受害者“反卡斯特罗行动队”队员的情形。“猪湾行动”失败后，“反卡斯特罗行动队”的1150名队员作为“战犯”被卡斯特罗关押于古巴监狱，卡斯特罗同意美国拿6200万美元的赎金交换他们，因为他认为：“攻击造成了巨大损失”，而且“战斗让古巴数千民兵丧生”，所以“一年半后，每人5万美元的价格不算过分”（1157）。卡斯特罗还提出：“如果他拿不到6200万美元，他愿意接受等价商品；如果没有拖拉机，也可以接受药品、医疗器械和儿童食品。”（1157）肯尼迪于是号召全美医药界进行捐赠。为了取得预期效果，他还召集全国医药界领导人开会并发表了“一次非常感人的讲话”：“行动队由那些勇敢的人们组成，他们在失败的痛苦中，也没有背叛美国。这些好人是我们这个半球跟共产主义作战的第一批人，他们在卡斯特罗监狱非常艰苦的环境中死去之前，营救他们难道不是我们的责任吗？”（1158）肯尼迪总统的“感人讲话”自然打动了在场全美医药界的领导们，他们纷纷慷慨解囊，大方捐赠，让美国很快达到了从卡斯特罗手中营救1150名“行动队”队员的条件，使得他们能够在圣诞节前一天从古巴哈瓦那飞回美国迈阿密。在迎接“行动队”队员的欢迎仪式上，“行动队”队员代表做了同样令人感动的发言：“作为反抗共产主义战斗中的勇士，我们将自己献给了上帝，献给了自由世界。”（1160）可以说，这样的发言颇具鼓动性和感染力；然而，更具鼓动性和感染力的应该是肯尼迪总统的演讲。面对1150名被“营救”出来的“行动队”队员，肯尼迪激情洋溢地说：“虽然卡斯特罗和他的同僚独裁者们可以统治国家，但他们统治不了人民；他们可以囚禁身体，但囚禁不了精神；他们可以毁坏自由的行使，但消除不了争取自由的决心。”（1160—1161）听到这样的鼓动性演讲，哈里情不自禁地想：“肯尼迪跟赫鲁晓夫逐渐建立起来的谈判正在出现什么情况？是政治家的热血压倒了总统的冷静？还是我在参加对古巴的新宣战？”（1161）通过哈里对肯尼迪总统演讲的反应，梅勒唤起读者质疑美国曾经针对“古巴导弹危机”做出的“不再入侵古巴”的承诺的严肃性和真诚性，让读者看到美国出尔反尔的狡诈与阴险面目。

“猪湾行动”与“古巴导弹危机”之后，美国仍然不甘失败。“古巴导弹危机”将近一年后，卡尔和哈洛特等中央情报局高级情报人员通过麦科恩局长敦促“特别小组同意在古巴发起新的破坏行动”；得到授权后，卡尔的人于1963年10月6日对古巴一家炼油厂发起快速袭击，但是“袭击者根本没有达到他们的目标，在古巴登陆的16个人中，两人被俘虏”（1121）。肯尼迪总统针对“古巴导弹危机”做出“不再入侵古巴”的承诺一年后，1963年10月24日，以中央情报局局长麦科恩为首的反卡斯特罗极端分子“成功说服波比·肯尼迪和‘特别小组’授权了13次重要破坏行动，从1963年11月到1964年1月，平均每月1次，破坏目标包括一家电厂、一家炼油厂和一家糖厂”（1213）。可以说，这样的授权与美国政府在处理“古巴导弹危机”时做出的“不再入侵古巴”的承诺相违背，但美国政府明知故犯，暴露了它说一套做一套的两面性本质。波比·肯尼迪和“特别小组”同意授权中央情报局对古巴进行“13次重要破坏活动”的当日下午，一位名叫吉恩·丹尼尔（Jean Daniel）的“受人尊敬的法国记者”（1215）采访了肯尼迪总统，他说：

> 我相信，就经济殖民、剥削和羞耻而言，世界上没有任何国家比古巴更糟糕，部分原因在于巴蒂斯塔政权期间我国的政策问题。我相信，我们凭空创造、建造和生产了古巴运动，却没有意识到这点。我相信，这些问题的积累使拉丁美洲处于危险之中。这是美国外交政策中最重要的问题之一……某种程度上讲，似乎巴蒂斯塔体现了美国所犯的种种罪行，现在我们要为这些罪行付出代价……但是，问题不仅仅是古巴的问

题，已经变成了世界的问题；也就是说，已经成了苏联的问题。我是美国总统不是社会学家；我是为自由世界承担一定责任的自由国家的总统。我知道卡斯特罗背叛了他在马埃斯特腊山脉（Sierra Maestra）做出的承诺，他同意成为苏联在拉丁美洲的代理。我知道由于他的错误——要么是他的“独立意志”、他的疯狂，要么是共产主义——1962年10月，世界处于核战争的边缘。苏联人非常清楚这一点，至少在我们做出反应后；但就卡斯特罗而言，我不知道他是否认识到这一点，或者是否在意这一点……任何情况下，拉丁美洲各国都不会那样获得正义和进步。我的意思是，通过共产主义的颠覆，他们不会通过从经济压迫走向马克思主义统治而获得正义和进步，卡斯特罗本人几年前就表明了这一点。美国现在具有在拉丁美洲做出很多好事的可能，就像它过去做过很多错事一样；我甚至说，只有我们具有这个能力——根本条件是，共产主义没有在那儿占据势力。（1215—1216）

作为美国总统，肯尼迪在法国记者面前所讲的这番话充分体现了“美国优越论”思想和“例外主义”思维：世界上只有美国体现着真、善、美，因此，只有美国才可以将真、善、美带给世界其他国家和人民；所以，美国对抗共产主义和苏联并试图通过努力控制古巴来控制拉丁美洲是理所当然的事情，这就是为什么肯尼迪总统理所当然地认为只有美国才有能力使拉丁美洲“获得正义和进步”的原因。但是，不论它多么自信和自负，它都无法确信自己能否真正战胜共产主义；因此，它使拉丁美洲“获得正义和进步”的“根本条件是共产主义没有在那儿占据势力”。从这个意义上讲，美国并没有什么特别优越之处，它只不过是善于说大话而已。

采访肯尼迪总统将近一个月后，那位“受人尊敬的法国记者”吉恩·丹尼尔采访了卡斯特罗，卡斯特罗对肯尼迪的很多“不实”说法做了“纠正性”回应。他对丹尼尔说：

一年前，在古巴部署导弹之前六个月的时候，我们收到大量信息，警告我们，对这个岛的新的入侵行动正在准备之中……该做什么？我们怎样预防这次入侵？赫鲁晓夫问我们需要什么，我们的回答是：做任何需要做的事情以便让美国相信，任何对古巴的攻击等同于对苏联的攻击。我们想到了公告、联盟、传统的军事援助。苏联人向我们解释了他们的想法：首先，他们需要挽救古巴革命（换言之，世界眼中我们的面子），同时，他们希望避开一场世界冲突。他们的理由是，如果传统的军事援助是他们能够帮助的限度，美国可能会毫不犹豫地煽动一次入侵，这种情况下，苏联会以牙还牙，这就必然触发一场世界大战……苏联人当时不想、今天仍不想战争……他们没有、完全没有任何挑衅或统治的想法。然而，苏联面临两种选择：如果古巴革命受到攻击，就绝对必然导致战争；或者，如果美国在导弹前拒绝撤退，就有战争风险。他们选择了社会主义团结和战争风险。这种情况下，我们古巴人怎么能拒绝分担为了挽救我们而进行的冒险？最后来说，这就是面子问题……不管怎么说，我们是富有战斗精神的人。总之，我们就同意了导弹部署。我可以说，对于我们古巴人来说，死于传统炸弹之中还是氢弹之中都无任何真正区别。然而，我们不会以世界和平为赌注。美国是一个通过利用战争威胁来镇压革命并置人类和平于危险之中的国家……很多年来，美国的政策支持拉丁美洲的寡头政治集团，突然出现一位总统努力给拉丁美洲各国这样的印象：美国不再站在统治者后面，那么会出现什么情况？托拉斯们看到他们的利益遭到了损害；五角大楼认为策略性基地处于危险之中；拉丁美洲所有国家的强大寡头政治集团警惕着他们的美国朋友；他们破坏新的政策。总之，人人都反对肯尼迪。对于苏联，我们只有兄弟情谊般的感情和完全的感激。苏联人为我们做了很大努力，这些努力有时候让他们付出了极大代价。但是，我们有自己的政策，这些政策也许常常跟苏联的那些政策不同（我们证明了这点!)，我不愿停留在这点上，因为叫我说我不是苏联人棋盘上的一个棋子，就犹如叫一个女人对着广场大声说她不是妓女一样。如果美国像你提问的那样看待问题，就没有出路了；但是，最终谁是失败者？他们努力使用一切来反对我们，一切，绝对是一切，但我们仍然活着……我们处于危险之中吗？我们一直都跟危险生活在一起。更不用说这样的事实：一个人受到美国迫害时，他发现世界上有多少他的朋友，这是你想不到的。想不到的，真的，由于种种原因，我们不是乞求者，我们什么都不要。我只是作为一个古巴革命者跟你说话，但我也应该作为一个热爱自由的人跟你说话，从这个角度讲，我相信美国是一个非常重要的国家，因而不会不对世界和平有影响。因此，我情不自禁地希望，北美出现一位领导（为何不是肯尼迪，很多大事对他有利!)，他愿意做不受欢迎的事情，愿意打击托拉斯们，愿意讲真话，更为重要的是，愿意让不同国家根据适合自己的方式行事。我们不要什么，既不要美元，也不要帮助、外交家、银行家、军事人员，

> 我们要的只是和平，我们要的是真实地接受我们！为什么不可能让美国人明白社会主义不是导致对他们的敌意而是与他们共存？尽管情况复杂，我想表明自己的观点。我不要任何东西，我不期待任何东西；作为一个革命者，我对当前形势不是不高兴；但是，作为一个人和政治家，我有责任表明理解的基础可能是什么。要获得和平，美国必须出现一位能够面对拉丁美洲各种爆炸性现实的领导人，肯尼迪就是这样的领导人。在历史眼中，他仍然有可能成为最伟大的美国总统，最终能够这样理解：社会主义者与资本主义者能够共存，甚至在所有美洲。那样的话，他可能成为比林肯还伟大的总统。(1231—1234)

与肯尼迪的指责与批评相比，卡斯特罗的口气显然非常冷静、非常平和。他没有指责肯尼迪，而是努力澄清事实。他认为自己不像肯尼迪所说的那样是世界和平的破坏者，而是世界和平的爱好者、追求者与建设者；他不像肯尼迪反感他那样反感肯尼迪，而是高度期望肯尼迪能为世界和平做出伟大贡献；他不像肯尼迪努力消灭共产主义那样试图消灭资本主义，而是希望共产主义者/社会主义者与资本主义者能在美国共存；他不像肯尼迪努力推翻他的政权和统治那样诋毁肯尼迪，而是希望肯尼迪能够继续连任并能成为比林肯更伟大的美国历史上最伟大的总统。与肯尼迪相比，卡斯特罗似乎更真、更善、更美；与卡斯特罗相比，肯尼迪似乎更假、更恶、更丑。通过法国记者丹尼尔对卡斯特罗的采访，梅勒让读者看到，古巴与卡斯特罗并不像美国所想象的那样是恶的象征与体现，古巴和卡斯特罗之“恶”的形象完全是美国主观臆想和凭空捏造的。因此，通过法国记者丹尼尔对卡斯特罗的采访，梅勒让卡斯特罗和肯尼迪的思想与形象形成强烈而鲜明的对比，从而成功解构了美国凭空捏造的虚假的古巴和卡斯特罗形象，让读者看到了一个新的、完全不同于美国经常言说和指责批评的古巴和卡斯特罗形象，由此间接地解构了以假乱真的假面美国形象，同时也建构了假善之名行恶的“真面”美国形象。

凭空捏造和任意强加似乎是美国的特征，卡斯特罗对此似乎非常熟悉；所以，1963 年 11 月 22 日古巴时间下午 1：30 肯尼迪总统遇刺身亡时，卡斯特罗对正在采访他的法国记者丹尼尔说：“他们得尽快找到凶手，但必须很快，否则，你看着吧，他们会努力把这件事的罪名强加到我们头上。”(1249) 果不其然，在随后的美国新闻报道中，新闻评论员说凶手是“一名苏联间谍”，随后又更正说“他是一名娶了苏联人的间谍”，然后又说“行刺者是一名马克思主义叛变者”，很快又说“行刺者是一名年轻人，他是古巴委员会公平竞争会（Fair Play for Cuban Committee）成员，是菲德尔·卡斯特罗的崇拜者”，甚至还说“现在众所周知，行刺者是一名‘支持卡斯特罗的马克思主义者’”（1252）。这种变幻不定、莫衷一是的猜测性说法并没有让卡斯特罗感到惶恐；相反，面对这种毫无根据的指控，卡斯特罗显得非常淡定，因为他知道这是美国一贯的做法，就像他对法国记者丹尼尔所说：“如果他们有证据，他们就会说，他［行刺者］是一名特工、一个共谋者、一个被人雇来的杀手。这样简单地说他是一名崇拜者，这就是要试图让人们的脑子在卡斯特罗这个名字与刺杀所唤起的情感之间建立联系。这是一种宣传方法，一种宣传方式，这很可怕。但你知道，我确信这些都会过去。美国有太多的竞争性政策，任何一种政策都不可能长期存在下去。”（1252）

“猪湾行动”和“古巴导弹危机”之后，哈里做了一个梦，梦见卡斯特罗与阿尔泰姆展开一场辩论，而哈维评论说：“没有正义，只有那场游戏。”（1171）可以说，哈里梦中哈维的评论体现了梅勒对美国与苏联之间“冷战”的最终认识：不论美国怎样声称自己是正义的伸张者，在梅勒看来，它所做的一切都只能证明，它与共产主义自始至终进行着一场“游戏”，而不是它所谓的从事打击“邪恶”的正义事业；如果说“40年的美国媒体［宣传］足以让人相信共产主义是邪恶的”，它们显然在“共产主义是邪恶的这一大命题下理解邪恶”（103）；换言之，不是共产主义本身是“邪恶的”，而是它们把共产主义建构成了“邪恶的”。小说末尾，凯特里奇在写给哈里的信中说：“我认识的一个牧师曾经说过，美国社会是由上帝的法令连在一起的，上帝的祝福让我们没有成为发育不全的那部分。人们不得不问，我们是否已经耗尽了这部分，它［美国］有过多少犯罪？我想到了艾伦（Allen）和休（Hugh），想到了他们跟劳尔·菲德尔（Noel Fidel）和波兰共产主义者所玩弄的那场可怕游戏，我还努力思考自己在巴拉圭所做的一些小恐怖，这我还不能对你坦白，我也完全不能对自己坦白。”（1254）显然，凯特里奇所言是对美国帝国主义行为的反思。美国自认为受到上帝的支持，认为自己所做的一切都是上帝赋予它的，都是体现上帝意志的神圣事业，但实际情况完全相反。通过凯特里奇的反思，梅勒对美国进行了批判，解构了宣称“奉善除恶”的假面美国形象，建构了实则“假善之名行恶”的真面美国形象，旨在唤起美国人回看美国历史，反思美国的“反共”思想与行为，积极反对美国的帝国主义与霸权思想，为世界和平与人类自由做出贡献。

第三节 《哈洛特的幽魂》与“冷战”时期美国的内向邪恶

除了想象性再现“冷战”时期美国的外向邪恶，《哈洛特的幽魂》还想象性再现了“冷战”时期美国的内向邪恶，这种内向邪恶主要体现在美国政府的国内行为方面。如果说“冷战”时期美国的“反共”思想与行为所体现的美国的外向邪恶是串联《哈洛特的幽魂》中不同历史事件的一条主线，“冷战”时期美国政府的国内行为所体现的美国的内向邪恶则是串联小说中不同故事的一条副线。虽然小说没有像再现美国在“反共”方面所体现的外向邪恶那样浓笔重墨地再现美国在国内行为方面所体现的内向邪恶，但“冷战”时期美国的内向邪恶也是小说的一个重要主题关注点。

小说开始，主人公兼叙述者哈里说：“1983 年晚冬的一个晚上，开车经过缅因州海岸大雾时，对古老篝火的回忆开始漂移进三月的迷雾，我想起一千多年前居住在班戈（Bangor）附近的阿尔冈昆（Algonquin）部落的阿布纳基（Abnaki）印第安人。”（3）哈里将 20 世纪 80 年代的缅因州与一千多年前居住在班戈附近的阿尔冈昆部落的阿布纳基印第安人联系起来，旨在表明，美国的现在与北美印第安人的历史不无关系：一千多年前的缅因是北美印第安人的家园，而现在的缅因州却是欧洲白人后裔的地盘；一千多年前来到缅因州沙漠山西边蓝山湾的印第安人现在消失不见了，但欧洲白人后裔哈里家的房子仍然存在。哈里说，虽然“我不相信他们来到我们的岛上是为了寻死”（3），但“他们”的确消失不见了；虽然“这些印第安人的幽灵也许不再经过我们的树林，但空气中仍然有他们的一些古老的悲伤与欢乐”（4）。因此“沙漠山比缅因州的其他地方更加灿烂”（4）。显然，在哈里看来：“我们”今天的“存在”是“他们”今天“不存在”的结果；“沙漠山比缅因州的其他地方更加灿烂”是因为它有更多不为人知的故事。可以说，哈里在小说开头唤起读者思考这样一个问题：“我们”靠什么得以存在并且繁荣发展？为了回答这个问题，哈里从自家历史说起。他说他家的房子位于距离沙漠山西岸不到一英亩的一个小岛上，这个小岛以他曾曾祖父的名字命名为“多恩”（Doane）岛。如果岛屿能够接受无形的精灵，多恩岛却破例接受“诸如幽灵这样特别明显的东西”（6），因此与众不同。哈里家的房子及其所处的特殊地理位置表明，这儿发生过不同寻常的故事，因为多恩岛上有个名叫

"奥古斯塔斯·法尔"（Augustus Farr）的幽灵，他是一个"不那么令人愉快"的"航海船长"（7）。法尔之所以"不那么令人愉快"，是因为多恩岛并非"我们"所有，两个半世纪前属于法尔。法尔加入海盗队伍，抢夺古巴人的糖货，并处置了不听从指挥的古巴船员，让他们坐在开放的小船上在汪洋大海上漂泊，甚至死了以后还穿着他抢夺来的那个法国人的衣服。哈里虽然没有明言，但他显然要让读者明白："我们"今天的存在是"我们"行恶的结果，就像奥古斯塔斯·法尔曾经非法占有他人之地一样，"我们"也以同样的方式从他手中夺过多恩岛，因而使得其主人改名换姓。所以，开车经过缅因州冰雪覆盖的道路时，哈里说："我不得不想想我现在的幸福状态。这路是我思绪的河床，带我沿着巴克斯波特和埃尔斯沃思之间黑暗的高速路前行。我经过西尔斯（Sears）时，那些房子在我车头灯的照射下看起来很白很白，就像很久以前失去的印第安人的尸骨一样。"（36）哈里难以将缅因州的现在与印第安人的过去分离，难以将他现在的幸福与他们的不幸分离，因为前者现在的繁荣和辉煌以后者的牺牲为代价，是前者的恶之行为的结果；换言之，在哈里看来，缅因州现在的繁荣与辉煌是欧裔白人国内殖民的结果，是欧裔白人的帝国主义行为的国内体现。

如果说哈里眼中缅因州现在的繁荣和辉煌是欧裔白人过去对印第安人行恶的结果，那么，哈里觉得包括自己在内的欧裔白人现在仍然是行恶者。所以，对于自己的恶之行为，哈里似乎从未试图掩饰。哈里跟凯特里奇结婚前，凯特里奇是中央情报局高级情报人员哈洛特的妻子。哈洛特带儿子克里斯蒂弗去攀岩，儿子不慎坠落，摔断了脊背，不幸身亡。埋葬儿子后，凯特里奇在医院照顾丈夫哈洛特长达 15 个星期之久。哈洛特出院回家后，凯特里奇在浴室试图割腕自杀，结果被哈里救了下来，这一行为将他们拉到了一起，如哈里所说："她加深对我的爱，不是因为我救了她，而是因为我对她精神的致命性绝望非常敏感。"（16）哈里觉得他"一生最突出的成就"就是在救她的那一刻爱上了她（54）。所以，他说："我从来没有把爱看作运气，从来没有把它看作一份来自那个把其他一切都安排好允许你成功的上帝的礼物"；相反，"我把爱看作回报，这种回报只有在人的美德或勇气或自我牺牲或大度或损失成功地激发了那种创造力的时候才能发现"（54）。后来，凯特里奇跟丈夫哈洛特离了婚，但他们离婚的时刻是哈里"一生中最为可怜的时刻"（17），因为他"害怕哈洛特"（17）。对于哈洛特，除了害怕，哈里更多的是尊敬，如他所说："我也许害怕过他，但我也尊敬他"，因为"他不仅是我的老板，而且在美国男人和男孩都崇敬的唯一精神艺术——男子气概——方面是我的师傅”（17）。哈里和凯特里奇是隔了三代的表兄妹，又是情人关系，他跟她丈夫哈洛特不仅仅是情敌关系，如他所说：“他曾经是我的导师、我的教父、我的代理父亲、我的老板，虽然我当时已经三十九岁了，但他在场时，我感觉就像个不到二十岁的人。”（16）凯特里奇与哈洛特离婚后嫁给了哈里，婚后大约一个月的时候，凯特里奇对哈里说：“没有什么比失守诺言更糟糕，我总觉得宇宙就是由几种一直保持着的诺言维系着。休［哈洛特］很可怕，你不能相信他说的任何一句话。”（20）她还对哈里说：“我们承诺，我们彼此之间绝对诚实，如果我们任何一方跟别人有关系，我们得说出来。”（21）凯特里奇说她跟哈洛特在一起时从来都不知道诚实。她给哈洛特起了个名字，叫“戈比”（Gobby），意思是“上帝的老畜生”（21）。她告诉哈里，她喜欢给人起名字，因为“那是允许我们乱伦的唯一办法”（21）。哈里跟凯特里奇一起生活了12年，其中10年是夫妻关系。哈里说：“我爱凯特里奇，因为她漂亮，也因为——我可以说——她深沉。”她之所以深沉，是因为“她没有从事其他女性所从事的职业，我认识的拉德克利夫学院（Radcliffe）的毕业生中，进入中央情报局的不多”（16）。除了妻子凯特里奇，哈里还有个情人。在他眼中，情人“就像一道我一个月里可以吃一两次的菜”（13）。他认为，妻子跟情人的区别在于：妻子美丽，情人温和；妻子有名气，情人很欢乐。哈里的情人是一个三十八岁离婚的女人，有两个儿子：一个20岁，另一个21岁；她跟丈夫5年前离婚，离婚后在一家餐馆工作时与哈里相识。在妻子与情人之间，哈里似乎保持着很好的平衡。每个周末，凯特里奇不辞辛劳长途跋涉去看年迈的老父亲，哈里“在精神上同情她”，也感激她没有强迫他陪她同行；她不在身边的时候，他想她，但她不在也让他高兴，因为这给了他一两次去巴斯跟情人克洛伊（Chloe）约会的机会。但是，站在凯特里奇的立场上，哈里又为这种约会而内疚。哈里的这种内疚感不是第一次出现，因为在此之前，他在越南期间也有过类似的内疚感。他说，有一次他在一家旅馆跟一个矮个子的年轻越南妓女一起吸食鸦片后产生了幻觉：“那个妓女的脸变成了我母亲的脸，然后变成了我深爱着的远方的凯特里奇的脸；过了一会儿，我能够把这个越南妓女的特征变成我选择过的任何一个女人的特征。”（49—50）显然，这种幻觉折射出哈里道德上的觉醒：跟他在旅馆房间上床的越南妓女不是特殊的女人，跟他母亲一样，也跟他相恋的远方女友凯特里奇一样，她是一个有血有肉有感情的女人；因此，她的特征也是他“选择过的任何女人的特征”（50）。所以，从道德角度讲，哈里显然觉得他跟那个越南妓女上床是一种恶之行为。作为中央情报局人员，哈里还有过很多恶之行为。他说："在一个幽灵或另一个幽灵的名义下，我帮助了几部支持中央情报局的间谍小说"，并且"以不同名义，我以代理人、作者和自由编辑的身份对付着商业出版商，甚至还在不是我自己写的书上署了我的笔名"；他还说："如果一个知名福音传教士去东欧或者莫斯科，中间人随后呼吁我激发这个对自己的闲聊进行录音的努力工作的人的热情，让他成为那些爱国的《读者文摘》订阅者的美国布道者。"（34）

如果哈里觉得自己是恶之行者，在他眼中，哈洛特则是一个地地道道的恶之行者。哈洛特是中央情报局高级情报人员，他告诉哈里，他参与过中央情报局参与过的很多不为人知的重大事件：他参与了中央情报局的迷幻剂（LSD）实验及其造成弗兰克·奥尔森博士（Dr. Frank Olsen）跳楼自杀，而中央情报局却对外及其家属称其为普通自杀；他也参与了监控政府高级官员［如贝利·戈尔德瓦特（Barry Goldwater）和波比·肯尼迪（Bobby Kennedy）］的行动等；他还参与了中央情报局在"水门事件"及其相关事件中的活动。哈洛特对哈里说："很少有事像'水门事件'那样令人不安。我们在白宫的池塘里放进了那么多鸭子，正如你有理由知道，我自己也放进了一两只。"（31）他还对哈里说："我没有为'水门事件'做准备，那是一个极其疯癫的行动，取得不了什么。我的结论肯定是，我们不要为一种大计划而高兴，不论想得多么糟糕，而要有不同参与者的三种或四种计划。"（31）哈洛特向哈里详细讲述了中央情报局特工介入"水门事件"的经过。他说："闯入'水门事件'是行动一，第一个好行动，充满希望，但没有答案。然后就是行动二：六个月后，从华盛顿飞往芝加哥的美联航 553 次航班失事。该航班试图在中途机场降落时以令人难以相信的方式坠落。飞机对距离机场不到两英里的一个居民小区造成破坏，机上 61 名乘客中 43 人丧生。"（32）哈洛特认为，这次坠机事件不是意外事件，可能是人为事件，因为飞机上有个"最重要的旅客"（32），名叫多萝西·亨特（Dorothy Hunt）。哈洛特对哈里说：

> 几十个人死了，是谁干的？不是白宫。他们不会对一架飞机行凶……这可能是蓄意破坏。白宫显而易见意识到了这种可能性。巴特尔菲尔德（Butterfield）后来向欧文委员会（Ervin Committee）认罪说，理查德·尼克松对一切都录了音，但他的纸牌游戏的路径被移到了联邦航空管理局，支持总统连任委员会（Committee for the Reelection of the President，CREEP）的德维特·卓别林（Dwight Chaplin）去了美联航。尼克松的宫廷显而易见将自己置于反对逃跑调查的位置。我觉得他们也怀疑

> 我们……我们知道如何蓄意破坏一架飞机——他们不知道。这提出了一个可怕问题：如果飞往芝加哥的553次航班被窃听以便得到多萝西·亨特，那么，她手头就有不同凡响的信息。除非她有最终的信息，你不可能为了消除一个女人而毁了几十个人。(32—33)

哈洛特还给哈里做了这样的推理：“如果亨特女士这个目标知道肯尼迪遇刺身亡背后的主谋是谁，我会进行这样一种极端的杀人，我不能让消息走漏出去；或者，第二种情况：尼克松或基辛格是苏联国家安全委员会的一条堤道（mole），亨特女士这个目标就有证据；或者，第三种情况：我们中间的分子设法钻进了联邦储备局的池子。”（33）哈洛特之所以认为多萝西·亨特跟联邦储备局有关系，是因为“1972年6月，还有谁在水门办公大楼里。联邦储备局在水门办公大楼的七楼有一间办公室，正好在全国民主委员会的上面。什么让你觉得麦考德（McCord）在窃听民主党？可能使用六楼的天花板将一种钉子状话筒装进七楼的地板……传递联邦储备局什么时候调整利率的信息，保守地讲，要值好几百万美元”（33）。从哈洛特的推理可以看出，一个事件其实并非一个独立的事件，而是一系列事件构成的事件链上的一环，并且有时候是非常重要的一环。哈洛特在“水门事件”中的行为无疑是恶之行为。除了“水门事件”，哈洛特还介入肯尼迪遇刺身亡事件，经常监听肯尼迪生前好友与同事，特别是那些跟肯尼迪有特殊关系的人。凯特里奇告诉哈里，她有个朋友，是中央情报局一个部门高级官员的妻子，名叫波莉·盖伦·史密斯（Polly Galen Smith），与“肯尼迪总统有过VIP恋情”（87），肯尼迪遇刺身亡一年半后，史密斯夫人被人打死在波托马克运河的一条栈道上，虽然嫌犯被抓到，但审判后却无罪释放；为了弄清楚史密斯夫人自肯尼迪以来到底一直跟谁上床，哈洛特在她房子主卧室床脚踏板后面安装了鬼鬼祟祟的东西，因为他“认为监视这位女士是他的直接职责，如果是不惬意的职责的话，从最坏角度来说，可能存在跟华盛顿的美丽的苏联官员要花招的情况”（87）。哈洛特监听史密斯夫人的行为无疑是一种恶之行为。

无论哈里还是哈洛特，他们都是美国中央情报局的工作人员，他们的恶之行为不是纯个人行为，而是作为美国政府重要机构的中央情报局集体行为的个体化体现，因而体现了美国政府的恶之行为，这种恶之行为不仅体现在政府机构内部，而且体现在政府机构之间，这可以在中央情报局跟联邦调查局的较劲中看出。在中央情报局看来，联邦调查局是一帮“工作笨拙的极其恶劣的人”：“与其说他们通过他们的水平保持了他们的权力，不如说他们通过胡佛的特殊档案保持了他们的权力”，因为“他对每个跟一个女人而不是妻子有关系的内阁官员和议员都有百科全书式的档案记录，如果那个妻子喜欢类似的关系，胡佛就会拍下她的肚脐照片。没有总统可以跟他较量。他已经让他们深深地知道了前任总统们的背离团体的倾向。要说削减胡佛的国内权力而增加我们的权力，他的私人档案就有意义了”（86）。为了实现这个目标，中央情报局便赋予安全部额外的义务，他们能够接触到华盛顿市警察局的档案。华盛顿市警察局有个警官，名叫罗伊·E. 布里克（Roy E. Blick），知晓华盛顿酒店应召女郎的工作情况。中央情报局安全部的任务就是“阻止布里克与胡佛进行分赃”（86）。显而易见，中央情报局跟联邦调查局的这种较劲是一种十足的恶之行为，体现了美国政府机构之间尔虞我诈的复杂关系。

如果说哈洛特生前的所作所为体现了美国政府的恶之行为的话，那么，哈洛特之死再次表明美国政府的内向邪恶无时不在。哈里说，他正准备跟哈洛特再次联手做事，出乎他意料，哈洛特突然死了。凯特里奇告诉哈里：“休［哈洛特］死了，他们杀了他。”（44）哈洛特的尸体被水冲到岸上，他被人枪杀了，但安全部说他自杀了，并且准备就这样对公众宣布，这让读者想起哈里讲过的一个关于中央情报局开展迷幻剂（SLD）实验时致使一个实验对象跳楼身亡后被宣布为自杀的故事，说谎似乎成了中央情报局的游戏规则与传统。中央情报局之所以对哈洛特之死冠以“自杀”之名，是因为它觉得这样容易让不正常的事情变得正常，正如凯特里奇解释的那样：“人们自杀可能因为明显的原因，那就是他们已经被消耗殆尽，精神已经降格为零；同样，他们认为自杀能够高尚地结束根深蒂固的恐惧。有些人深陷邪恶的精神，以致认为他们的死亡可以毁灭邪恶的整个力量，就像烧掉一座马棚，以便赶出所有的白蚁，否则它们会感染整个房子。”（13—14）如果说“死亡是一切事物的消解”，意味着“我们所有的形式流入海底”（68），那么，哈洛特的死亡是否意味着一切结束了？答案显然是否定的。虽然安全部说哈洛特系自杀身亡，但哈洛特死后，哈里与罗森关心的“第一个问题是他是自杀还是被人谋杀”（68）。如果他是自杀，哈里觉得他的“麻烦就大了”（68）；如果他是被人谋杀，谋杀者会是谁？哈里做出了不同推测：他觉得不可能是金兄弟（the King Brothers），也不可能是苏联国家安全委员会，因为他们与中央情报局不会谋杀对方官员，谋杀者可能是来自第三世界的特工，也可能是来自欧洲的过客，但绝不是苏联人：“除非哈洛特跟他们进行着双重游戏”，还有“可能是我们”；也就是说，“哈洛特是中央情报局人员杀害的”（69）。然而，哈里的推测并没有得到罗森认可，因为在罗森看来，哈洛特到底死了还是没死还是一个问题，正如他对哈里所说：“你看，事实上，我们不能确定哈洛特的遗体，不能确定被水冲到切萨皮克岸上的东西。”（69）既然不能确定被水冲到切萨皮克岸上的东西是哈洛特的遗体，安全部为什么对凯特里奇说哈洛特死了？为什么他们确信被水冲到切萨皮克岸上的东西就是哈洛特的遗体？为什么哈洛特之死会如此敏感地触动哈里和罗森的神经？哈洛特曾经告诉哈里，美国人与苏联人不同：美国人“必须得到答案”：“没有能力回答一个问题”让他们疯狂，而苏联人“在有答案之前寻找控制”（74）。可能受哈洛特影响，哈里想弄清楚哈洛特的真正死因。如果说中央情报局安全部宣布哈洛特之死为自杀是一种恶之行为的话，那么，哈洛特死后“特警”对哈里情人克洛伊家的搜查以及哈里被人监视更是恶之行为的体现。哈洛特死后不久，克洛伊说有人搜查了她的家，但让她奇怪的是，虽然家里的一切都被翻腾过，但没有带走任何东西，所有东西都被整整齐齐地叠放起来，让她觉得进入她家的不是小偷，而是“特警”（53）。据此，克洛伊怀疑她家之所以被人搜查，可能跟哈里有关，因为她怀疑哈里“在做特工”。（53）然而，哈里矢口否认，没有承认她的怀疑是正确的；哈里之所以矢口否认，是因为“我从来没有想到我们缅因州的邻居知道我们干了什么”（53）。哈洛特死后，哈里发现中央情报局安全部的人在监视他；而且，他发现执行监视任务的人不是别人，而是 27 年前跟他一起在“农场”接受培训的罗森。哈里与罗森一起接受培训，又一起做了哈洛特的助手，因此彼此见面很多，非常熟悉，只是罗森比哈里“辉煌得多”（60）。罗森之所以监视哈里，是因为他想从哈里那儿知道“凯特里奇是否提供了她通过哈洛特知道的事情的任何细节”（63）。在罗森看来，中央情报局的所有工作人员都嫁给了中央情报局，他们不能随便什么时候想离开就可以离开它，就像一个人的婚姻破裂时，“只有上帝才能分配过错”（65）。罗森认为，几年来，哈里所做的事情“让我们大家蒙受屈辱”，但不过都是“可饶恕的小罪”（65），因为这样的“小罪”是中央情报局的家常便饭，正如哈里所说：“几年来，罗森肯定向哈洛特提供了不少安全部自己想保存的东西，可饶恕的小罪一直不断。通过国务院和我们、国防部和我们、国家安全委员会（NSC）——是的，特别是国家安全委员会——和我们之间的裂缝，信息不断泄露：我们只是向‘泄露花园’投资的美国好人。”（66）在罗森看来，“不可饶恕的大罪另当别论，不可饶恕的大罪就是向苏联人提供情报文件，这是一种无法比拟的很少有幽默色彩的事情”（66）。面对罗森，哈里想起了赫鲁晓夫曾经跟艾森豪威尔开过的一个玩笑：1960 年，艾森豪威尔期待与赫鲁晓夫进行高级会谈，但因加里·鲍尔

(Gary Power) 驾驶的U-2飞机在苏联上空被击落而未能实现。在此之前不久，赫鲁晓夫曾对艾森豪威尔说："我爱你。"艾森豪威尔问他："你为什么爱我?"赫鲁晓夫回答说："因为你跟我平等，你是整个世界上唯一跟我平等的人。"(75) 这个笑话使得中央情报局忙碌了好一阵子。为什么赫鲁晓夫跟艾森豪威尔开一个玩笑能让中央情报局忙碌很久?原因在于赫鲁晓夫的那句话——"你是整个世界上唯一跟我平等的人。"赫鲁晓夫可以这样说，但艾森豪威尔肯定不愿意接受这样的话，因为他不允许世界上有跟他平等的人。如果说赫鲁晓夫隐含的意思是，美国是世界上唯一可以跟苏联平等的国家，美国显而易见不能接受苏联在世界上跟自己处于平等地位。因此，为了让苏联在世界上不跟自己的国家处于平等地位，中央情报局自然就得忙活起来。

美国忙于干涉他国事务，却忽视了处理好自己的事情。它忙于将自己的帝国主义爪牙伸到他人身体上，因而没有精力顾及自己的事情，因此常常被自己的事情弄得焦头烂额，就像凯特里奇眼中的国防部部长波比·肯尼迪一样：

> 虽然波比需要从他人那儿知道很多，但他总是不知道告诉他人什么。毕竟，他需要知道的一些东西不能通过提问而得到。2月份的时候，他代表杰克［肯尼迪］访问世界，中途停留在西贡，并宣布说美国部队有责任留在越南，直到打败越共。这使得他对越南、"绿色贝雷帽"和随后要发生的所有事情做了个人承诺。然而，4月份，他将大部分时间花在打击美国钢铁公司和伯利恒［钢铁公司］的价格上涨上，还一直被民权问题缠身。然后就是有组织的犯罪。他还在努力追捕罪犯吉米·霍佛(Jimmy Hoffa)。他也跟林登·约翰逊长期存在恩怨，他鄙视他，更甚者是J. 埃德加·胡佛。似乎波比每次经过司法部大厅来访的时候，胡佛总是让他的脚跟冰凉冰凉的。作为回击，波比下了严格命令，让他的艾尔谷爱犬宾基(Binky)在佛陀(Buddha)公寓办公室外面活动溜达。是的，这就是撒尿与反撒尿。波比能为大战争付出很多，也同样能为小战争付出很多。同时，在他的情感中，菲德尔·卡斯特罗一直处于首要地位，但他没有真正投入足够时间和注意力。(1059)

从凯特里奇对波比·肯尼迪工作的描述中可以看出，美国国内有很多非常棘手的问题：民权问题、有组织的犯罪、重大罪犯追捕、政府机构和官员个人之间的矛盾、恩怨与冲突，隐形的个人私怨常常演化成公开的公事冲突。

通过凯特里奇对国防部部长波比·肯尼迪工作形象的勾勒，梅勒让读者看到，美国政府连自己的棘手问题都无法解决，竟然还野心勃勃地插手干涉他国事务，梅勒由此向读者展现了一副对外称强而对内显弱的美国形象。

美国对外推行霸权政治，对内实行种族主义。不论少数民族为了自己的权利做出多少努力，也不论每届总统口头上说得多么美好，美国少数民族总是摆脱不了种族政治的迫害和压迫，他们总是种族歧视的受害者和牺牲品，这可以在肯尼迪总统与联邦调查局局长胡佛在白宫午餐时闲聊中关于黑人的评论中看出：

> “我愿意支持那些比较体面的黑人的目标，但是，另一方面，你也许已经触及问题所在。似乎这些人展现出的成为伟大运动员的天赋比成为伟大领导人的天赋要多。”
>
> 杰克·肯尼迪说：“我不知道我是否会犹豫地称马丁·路德·金为伟大领导人。”
>
> “哦，我会的，”胡佛说：“称他为任何正面的东西，我会有一吨的犹豫。”
>
> “你的反应很强烈，胡佛先生。”
>
> “除非必要，我不会使用强烈语言，总统先生，马丁·路德·金是我们这个时代最臭名昭著的骗子，我可以证明这一点。如果将来某天你需要我证明的话，我保证有足够事实证据让他的那几个让人愤怒的要求变凉。”（1087—1088）

肯尼迪是美国总统，胡佛是权高位重的政府机构领导人，可以说，他们引领着美国社会发展的方向，他们作为领导人和政策制定者对与自己同处一个社会的黑人同胞具有如此之大的偏见，这让人难以理解，也在一定程度上解释了美国社会种族总是难以平等的问题。肯尼迪和胡佛都是白人，他们认为黑人只具有“成为伟大运动员”的天赋，不具有“成为伟大领导人”的天赋，似乎“成为伟大领导人”是白人天生具有的特权，是他们与生俱来的专利，但他们没有想到也没有预见到的是，随着时间的流逝，将近半个世纪后，黑人竟然登上了美国总统和国务卿以及联合国秘书长的宝座，黑人不仅能够成为伟大的运动员，而且能够成为伟大的科学家、学者、教授、工程师、医生、律师、商人、作家、画家、歌手和演员，美国社会各行各业都有非常优秀的黑人人才，美国各级政府机构都有颇具领导天赋的优秀黑人领导人；但是，尽管美国《宪法》反复修改有关黑人权利的条款，即使在黑人奥巴马任总统期间，美国黑人遭遇白人暴力和不良待遇的情况也经常出现。因此，可以说，种族歧视是美国社会难以切除的一个肿瘤，是美国社会根深蒂固、难以根除的顽疾，是美国内向邪恶的重要体现。

美国国内的秘密犯罪组织也是美国政府的一个棘手问题，但不是每个政府官员都愿意集中精力去解决这个问题。因此，虽然国防部部长波比·肯尼迪把“打击秘密犯罪组织”视为“自己工作的根本目的”，但联邦调查局局长胡佛和副总统林登·约翰逊“没有想对付秘密犯罪组织的愿望”（1255）。这充分表明：“冷战”时期，美国政府内部权力斗争激烈，意见分歧很大，行动难以统一，从而使得黑社会势力和犯罪活动能够长期猖狂存在。

美国对外声称自己是自由追求者与维护者，但对内压制自由倡导者与追求者。“猪湾行动”的失败激起了美国国内自由倡导者对美国政府干涉古巴内政的反对，也招致了国际社会对美国的嗤笑，因而促使美国政府做出了国内国外都不示弱的决定。小说这样写道：“［1961 年］4 月 25 日，许多自由骑兵在密西西比遭到攻击、殴打和逮捕。6 月 4 日，肯尼迪和赫鲁晓夫在维也纳举行高级会晤；还有传言说，赫鲁晓夫嘲笑了‘猪湾行动’。到 6 月底，国会中出现了要求大规模增加军费开支的呼声。”（990）这一简短叙述看似轻描淡写，却蕴含了丰富的信息，讲述了不少重要的社会和历史事件，让读者看到美国的帝国主义本性的同时，也看到了其极权主义面目：它声称自己是自由的倡导者，却时时处处镇压国内倡导自由的人。

综上可见，通过想象性再现美国中央情报局在“水门事件”和肯尼迪遇刺身亡事件中的监听行为、中央情报局人员之间的监视行为、美国政府面对的民权问题、有组织的犯罪问题、重大罪犯追捕问题、政府机构之间的权力纷争与政府官员之间尔虞我诈的复杂关系以及政府力量对自由游行者的攻击、殴打和逮捕，《哈洛特的幽魂》让读者看到：“冷战”时期的美国不仅具有非常明显的外向邪恶，而且具有非常突出的内向邪恶。通过想象性再现“冷战”时期美国的各种恶之行为，梅勒解构了名为自由与善的追求者的假面美国形象，建构了实为束缚与恶的制造者的真面美国形象。所以，有评论家认为：“如果几个光年之外有外星人要我解释 20 世纪的美国，我会让他读一读《哈洛特的幽魂》。”①

---

① Leonard Kriegel, “Mailer's Hitler: Round One”, *The Sewanee Review*, Vol. 115, No. 4, Fall 2007, p. 616.

第七章

《儿子的福音》与基督教美国

《儿子的福音》是梅勒在20世纪90年代发表的第二部长篇小说，但不同于他之前发表的任何一部小说，这部小说讲述的不是美国的故事，而是耶稣基督的故事。因此，小说发表后，许多评论家从神学角度对它进行解读，探讨梅勒对基督教神学传统的忠实或背离程度。所以，梅勒笔下的耶稣形象便成为评论家评论这部小说时的核心关注。布鲁克·艾伦（Brooke Allen）指出，虽然梅勒的耶稣试图写出自己的有别于《马可福音》《马太福音》《路加福音》和《约翰福音》的福音，但他的福音最终还是"这四种福音的杂烩，很少有让人惊讶之处，很少有背离正统教的激进之处"①。艾伦认为，小说背离犹太教传统的唯一激进之处"在于对上帝的阐述，梅勒的上帝是有缺陷的，他儿子的死是一种失败，而不像基督教神学阐述的那样是一种胜利"②。所以，艾伦认为："尽管它有高谈阔论的思想，却是一部无价值的、粗枝大叶的、质量差的作品。"③

伊坦·凯西（Ethan Casey）认为："梅勒的讲述强调了耶稣的人性，却没有走得太远，以致否认了他的神性……梅勒尊敬并且努力刻画耶稣的人性，但也怀疑他是否真正可能是上帝的儿子"，因此小说带给读者"一种新发现的关于耶稣身份特定性的意识"，因为"从历史角度来看，耶稣是一个生活在特定时代、特定社会的特定的人。当然，这样的特定性成为他是或者成为曾经活着的那个最个人、最特定的人的前提条件——反过来讲，如果他事实上是上帝的唯一儿子，他必须是（或者成为）那个人"④。

---

① Brooke Allen, "The Gospel of Norman", *New Criterion*, Vol. 15, No. 10 (1997), http://search.ebscohost.com/login.aspx? direct=true&db=lfh&AN=259376&site=lrc-live.

② Ibid.

③ Ibid.

④ Ethan Casey, "The Gospel According to the Son", *Magill's Literary Annual 1998*, pp. 1-3, http://search.ebscohost.com/login.aspx? direct=true&db=lfh&AN=103331MLA19981083 0019800682&site=lrc-live.

杰弗里·F. L. 帕特里奇（Jeffrey F. L. Partridge）认为："《儿子的福音》扭曲了基督教的重要教义，取而代之的是梅勒在访谈中引用、在小说中设计的那些自己的宇宙论沉思。"① 帕特里奇指出：

> 梅勒对耶稣的尊敬处理是理解《儿子的福音》的错误方向的一把钥匙。梅勒的耶稣在"智慧与地位"（Luke 2：52）方面跟各种福音中的耶稣完全一样。他没有剥夺耶稣展示奇迹的能力。梅勒的耶稣行走于水上，宽恕［人之］罪，医治盲人与死者，与圣父交流，称自己为上帝的儿子，甚至死而复活……梅勒在对耶稣的刻画中努力达到的是一种神圣与世俗之间的微妙平衡。他为我们想象了这样一位耶稣：我们能够继续视为一位伟大的道德导师，他受到神圣的东西的激发，由圣人所生，受到世人尊敬，但我们同时必须视他为一个现实的人，同样会经历我们人所经历的各种怀疑与失败。他为我们提供了这样一位耶稣：他似乎完全是正统基督教神学在其基督学教义中要求的那种人格的统一：一位"完全是人和完全是神"的耶稣。②

但帕特里奇又指出："梅勒对正统《圣经》中耶稣的尊敬掩盖了这样一个事实：他的耶稣跟正统基督教神学根本不一致，从神学和设计角度来讲，他与小说中的撒旦是同盟"③，原因有二：其一，"梅勒的耶稣背叛了人格统一性。人格统一性声称，耶稣体现了两种性质：一种是人性，一种是神性"④；其二，"梅勒的耶稣破坏了正统基督教对耶稣神圣性的信仰"⑤。帕特里奇也认为："梅勒对他的耶稣的尊敬掩盖了他改写基督教神学的大胆"⑥，因为"对基督教来说，人格统一性与耶稣的神圣性是本质教义"⑦。但帕特里奇又说："虽然我认为梅勒的小说对传统基督学进行了严肃修改，但我不认为梅勒写此小说主要是为了挑战基督教信仰。在我看来，梅勒的主要关注点是文学性的（他想把一个好故事讲好）和个人性的（他想探讨他自己的存在

---

① Jeffrey F. L. Partridge, "'The Gospel According to the Son' and Christian Belief", *Journal of Modern Literature*, Vol. 30, No. 1, Autumn 2006, p. 65.

② Ibid., p. 66.

③ Ibid.

④ Ibid.

⑤ Ibid., p. 68.

⑥ Ibid.

⑦ Ibid., p. 69.

主义概念)。"① 因此，帕特里奇认为：

> 梅勒这部小说的目的不是提供一种更为现实或更为准确的福音叙述……《儿子的福音》继续了梅勒对父/子斗争的探讨，但这次使用了也许是人类历史上最著名、被讨论最多的一对父子。因此，如果梅勒的耶稣因身份危机而受苦，这是因为梅勒对这个问题感兴趣，主要不是因为梅勒想证明我们关于耶稣的概念有错。历史上基督教中的耶稣没有身份危机，《儿子的福音》中的耶稣有身份危机，因为它是梅勒写的关于一位父亲和一个儿子的小说，不是一种真正的基督学。②

因此，帕特里奇认为："《儿子的福音》是一部关于父子之间的各种斗争以及产生于善恶冲突的微妙权力传递的有趣小说。梅勒对耶稣现实而尊敬地处理让他创造了一位让人相信其善并且可能是人的耶稣。这种神圣与世俗的结合，允许梅勒小说使用基督教的中心人物来表达一种有损正统基督教观点的宇宙论。"③

布莱恩·麦克唐纳德（Brian McDonald）认为，梅勒在《儿子的福音》中的中心象征关注的是"邪恶的问题"："他要努力解救这个话题，既要把它从他认为在新保守主义者手中成为一种意识形态降格中解救出来，也要把它从他称之为'一般的好自由主义者'的消除性理性主义中解救出来。"④ 麦克唐纳德认为："梅勒在《儿子的福音》中最重要的背离是，他刻画了一位被疑问困扰、对自己的雄辩目的和优势缺乏信心、对一些他最深刻的冲动与思想之源泉（魔鬼还是上帝）似乎常常不能非常确定的耶稣；简言之，［他］给我们提供的是一位——用梅勒自己的话说——更为'存在主义的'耶稣。"⑤ 因此，麦克唐纳德认为："梅勒没有令人信服般地试图假设一位历史耶稣，也没有严格地感兴趣于向读者塑造一位更为'现实的''让人可信的'或者'令人信服的'耶稣……梅勒'更为人性的'耶稣形象主要是一种修辞性人

---

① Jeffrey F. L. Partridge, "'The Gospel According to the Son' and Christian Belief", *Journal of Modern Literature*, Vol. 30, No. 1, Autumn 2006, pp. 70-71.

② Ibid., p. 71.

③ Ibid., p. 75.

④ Brian McDonald, "Post-Holocaust Theodicy, American Imperialism, and the 'Very Jewish Jesus' of Norman Mailer's 'The Gospel According to the Son'", *Journal of Modern Literature*, Vol. 30, No. 1, Autumn 2006, p. 79.

⑤ Ibid., p. 80.

物，一种他最初在《为我自己做广告》中公开表述并在日后访谈中反复回归的神学想象的形式特征。”① 麦克唐纳德指出：

> 在《儿子的福音》中，梅勒没有将耶稣刻画成一位挑战基督教传统或反映最近历史证据的耶稣……梅勒跟那些从神学角度解决基督教与犹太教之冲突的可能性的人一样持怀疑论观点……在梅勒看来，犹太—基督教视角不是努力将一种传统或宗教同化或合并到另一种传统或宗教，而是欣赏它们具有的精神同根性所体现的实用性政治和社会意义。②

麦克唐纳德认为：“《儿子的福音》中，梅勒的更大方法论的特征是，认识到神学或历史冲突，然后通过一种能呼吁［人们］注意共同政治或社会关注的视角，试图将其重新语境化或重新概念化。”③ 麦克唐纳德指出：“梅勒的理论是，对基督教本质美德——同情、利他主义和谦逊——的热爱仅代表了美国心理的一部分，那种‘因为你要赢所以你要打败跟你处于竞争之中的每个人’的心理——对梅勒来说，这成为集团资本主义（corporate capitalism）的燃料，点燃了帝国主义的冲动——构成了美国心理的另一部分”④；因此，

> 在梅勒看来，帝国主义议事日程下面的潜在逻辑是，通过提倡那种“毕竟来说耶稣与埃维尔·克尼维尔（Evel Knievel）可以捆绑在一起的”思想，它为解决美国良知在精神上的不舒服——这种不舒服是因为觉得对财富与权力的追求有违耶稣的教导而产生的——提供了一种现成办法。这种解决办法所使用的心理捆绑力量就是美国帝国中的弥赛亚成分，即那种认为美国是世界的道德救世主与击败邪恶者的观念。这种内疚与正直的结合在这个国家的信心与道德受到考验时就变得相关了。⑤

麦克唐纳德指出：“梅勒最终将耶稣刻画成一位犹太—基督教徒、左派保守主义的社会向善论者，刻画成一个相信并传播那种人类为增强上帝反对魔

---

① Brian McDonald, “Post-Holocaust Theodicy, American Imperialism, and the ‘Very Jewish Jesus’ of Norman Mailer's ‘The Gospel According to the Son’”, *Journal of Modern Literature*, Vol. 30, No. 1, Autumn 2006, p. 80.

② Ibid., p. 85.

③ Ibid., p. 86.

④ Ibid., p. 87.

⑤ Ibid.

鬼的臂力、努力实现潜在之善所具有的力量的人。"[1] 据此，麦克唐纳德得出结论说："梅勒的福音体现了一种具有摩尼教与存在主义特征的宇宙论，它假定一个并非全能且与魔鬼就宇宙的道德命运展开没完没了战争的上帝。通过再现一种共有的存在主义处境与共同敌人，梅勒寻求人与上帝之间、基督徒与犹太人之间以及在不太具有精神意义的层面上美国政治左派与右派之间达到和睦状态的象征性条件。"[2]

综上可以看出，评论家解读《儿子的福音》时重点关注的是梅勒对传统基督学的改写程度以及这种改写的目的与意义，很少关注梅勒创作《儿子的福音》背后的社会政治关注。事实上，《儿子的福音》虽然讲述的是耶稣基督的故事，但映射的是基督教美国的思想与行为。虽然小说中并未出现"美国"二字，但梅勒的美国批判隐含在小说之中。美国批判是梅勒小说的恒常主题，《儿子的福音》自然不会例外。如果说美国声称自己是上帝的行道者，梅勒则在《儿子的福音》中通过耶稣基督自己的口述让美国知道：上帝真正说了什么，上帝之道真正是什么。可以说，《儿子的福音》通过讲述耶稣基督的故事隐喻性地批判了基督教美国的邪恶表现与邪恶本质。为了更好地理解《儿子的福音》对基督教美国的批判，我们有必要先了解一下美国官方话语中的美国身份。

第一节 美国身份：上帝的行道者

有史以来，美国从未与上帝脱离关系，也从未试图跟上帝脱离关系；相反，美国总是不失时机地强调它与上帝的特殊关系。早期在1630年，北美英属殖民地"普利茅斯种植园"的总督约翰·温斯罗普（John Winthrop）在其《基督教慈善的典范》（*A Model of Christian Charity*）中说：

> 主将是我们的上帝，我们是他的子民，他乐于生活在我们中间，将在方方面面给予我们祝福，以便我们能比以前我们熟悉他时看到更多他的智慧、力量、善良和真实。当我们十个人能抵抗一千个敌人的时候，

---

① Brian McDonald, "Post-Holocaust Theodicy, American Imperialism, and the 'Very Jewish Jesus' of Norman Mailer's 'The Gospel According to the Son'", *Journal of Modern Literature*, Vol. 30, No. 1, Autumn 2006, p. 88.

② Ibid., p. 90.

我们就会发现以色列的上帝就在我们中间……我们必须认为，我们将是一座山巅之城，所有人的眼睛都注视着我们，所以，如果我们在我们所从事的这项事业中不真实地对待我们的上帝，致使他撤去他现在对我们的帮助，我们就会成为一个故事、一个被人取笑的话柄而传遍世界，我们会让敌人开口说上帝之道以及上帝之道讲授者的坏话，我们会给许多上帝的行道者脸上抹黑，使得他们的祈祷变成对我们的诅咒，直到我们身上的善完全被消耗殆尽，不论我们去向何方。①

基于这样的认识，温斯罗普总督对他的同胞们说：

亲爱的同胞们，现在摆在我们面前的是生命与善良、死亡与邪恶，这就要求我们按照上帝之道行事，遵守他的要求、法令和法律以及我们跟他订立的契约条款，以便我们可能生活下去并且能繁衍后代，以便在不是我们占有的土地上，主，我们的上帝，都可能祝福我们；但是，如果我们的心偏离了上帝，我们就不能遵从我们的快乐和福利并为它们服务，而是被其他的神所诱惑以致崇拜他们；我们今天就会知道，不管我们是否经过这片汪洋大海而占有它，我们肯定会从这块美好的土地上消失。②

因此，温斯罗普呼吁他们的同胞们做出这样的选择：

让我们选择生命吧，
这样，我们及我们的后代
可能生存，通过听从上帝的
声音并紧紧抓住他不放，
因为他是我们的生命和
我们的繁荣。③

显然，在温斯罗普看来，北美殖民地人民能否在这个“新世界”长久生

① Nina Baym, et al., eds., *The Norton Anthology of American Literature*, 3rd ed., Vol. 1, Part 1, New York & London: W. W. Norton & Company, 1989, p. 41.

② Ibid.

③ Ibid., p. 42.

存下去并且繁衍不息，取决于他们能否忠诚于上帝、能否成为“上帝的行道者”。可以说，温斯罗普是美国历史上第一个明确界定美国为“上帝的行道者”的人。

140多年后，1776年，《独立宣言》发表前夕，托马斯·潘恩匿名发表了“美国出版的第一本鼓动这个国家立即从英国独立的小册子”①，名为《常识》，其中写道：“万能之神在英国与美国之间设置的距离足以证明，一个充当另一个的权威不是上苍的旨意。”② 显而易见，潘恩为美国独立摇旗呐喊，为美国独立进行辩护。在潘恩看来，美国从英国独立是上帝的旨意，从英国独立是美国奉行上帝旨意的体现。潘恩虽然没有明言，但他显然认为，美国是“上帝的行道者”。

如果说潘恩的《常识》鼓动美国人奉行上帝的旨意立即从英国独立的话，那么，紧随《常识》而发表的《独立宣言》则正式向世界宣布，美国从英国独立是上帝要求美国必须做的事情。《独立宣言》中写道：

> 我们认为这些是不言而喻的真理：人人生而平等；造物主［上帝］赋予他们一些不可剥夺的权利；这些权利中包括生命权、自由权和追求幸福的权利；为了保护这些权利，人民建立了政府，政府依照被统治者的同意公正地实施权力；无论任何时候，任何形式的政府破坏了人民的这些权利，人民有权改变或者废除它，建立新的政府，基于这样的原则，以这样的形式组织其权力，以便最有效地确保人民的安全和幸福。③

《独立宣言》将人的“生命权、自由权和追求幸福的权利”视为“上帝赋予”人的“不可剥夺的权利”，将人为了“最有效地确保”自己的“安全和幸福”而不得不进行的“改变或者废弃”旧政府或“建立新的政府”的行为也视为“上帝赋予”人的“不可剥夺的权利”，从而让政府置于人的服务者而非统治者的位置。既然人的权利是上帝赋予的，政府保障人享有这些权利实际上就是为上帝服务。因此，要充分保障人享有“上帝赋予”他们的“不可剥夺的”权利，政府就必须成为“上帝的行道者”。从历史语境来看，

① Nina Baym, et al., eds., *The Norton Anthology of American Literature*, 3rd ed., Vol. 1, Part 1, New York & London: W. W. Norton & Company, 1989, pp. 616-617.

② Ibid., p. 621.

③ Thomas Jefferson, "The Declaration of Independence" (1776), in Nina Baym, et al., eds., *The Norton Anthology of American Literature*, 3rd ed., Vol. 1, Part 1, New York & London: W. W. Norton & Company, 1989, p. 640.

显而易见,《独立宣言》强调"天赋人权",强调政府对人的责任,实际上表达了美国人对政府的希望和期待:他们希望他们的政府是"上帝的行道者",从而能够保障他们充分享有"上帝赋予"他们的"不可剥夺的权利"。

如果说《独立宣言》对"天赋人权"的强调表达了美国人希望他们的政府成为"上帝的行道者"的美好愿望,那么,发轫于殖民地时期而成为自19世纪40年代以降美国进行领土扩张的理由与根据的"天定命运说"则毫不含蓄地将美国说成了"上帝的行道者"。"天定命运说"出现于19世纪40年代,主要为美国对外扩张寻找理由和根据,其含义有三:其一,美利坚合众国的建立是天定命运;其二,美国对外进行领土扩张是上天预先安排的;其三,美国向外传播并推行自己的制度也是上天安排的。[①] 从历史角度来看,"天定命运说"的出现甚至早于《独立宣言》。殖民地初期,殖民统治者用"天定命运"的思想为他们在北美大陆的殖民扩张进行"合理"辩护,认为:"盎格鲁—撒克逊人命中注定要占领、拓殖和发展新大陆"。后来,随着殖民地人民独立意识的日益增长以及北美殖民地与英国政府之间矛盾的日益激化,"天定命运"的思想就为美国独立提供了似乎无可辩驳的理由和根据,也为独立后的美国政府行为提供了理论辩解。"天定命运说"者认为:美国从英国独立是"上帝的意志";"由于上帝的保护",从英国独立后的美国才得以从南北分裂走向南北统一;南北统一后,美国开始领土扩张也是上帝的旨意;美国对北美大陆乃至世界的控制是上帝使然;美国人是上帝的选民:"被上帝挑选出来领导落后民族",美国必须而且"有能力把它的制度传播于全人类、把它的统治扩大到这个地球"[②]。不论以何种方式表现,"天定命运说"旨在表明:"美国人在北美大陆上进行的扩张和征服乃顺应上帝赋予的使命"[③];换言之,"天定命运说"旨在强调:美国是"上帝的行道者",它的所作所为无不体现了"上帝赋予的使命"。

虽然"天定命运说"与《独立宣言》都强调美国与上帝之间的特殊关系,但前者所强调的美国身份与后者所希望的美国身份完全不同:《独立宣言》没有强调也似乎无意强调美国的优越性,但"天定命运说"有意强调并且无形放大美国的优越性,因而使得《独立宣言》希望美国具有的身份("上帝的行道者")发生了严重"性变",使之成为美国政治家和政府首脑用来"美言"并"美颜"美国的有效工具,成为他们在重要场合鼓舞美国民

---

① 张友伦主编:《美国通史》第2卷,人民出版社2002年版,第234—235页。

② 同上书,第235—237页。

③ 丁则民主编:《美国通史》第3卷,人民出版社2002年版,第336页。

众士气的有用鸡汤。托马斯·杰斐逊在总统就职演说中说:“愿主宰万物的全能的上帝,给我们指引一条最好的治国道路,使它通向美好的目的地,为你们带来和平与繁荣。”① 亚伯拉罕·林肯在《葛底斯堡演说》中说:“我们要让这个国家在上帝的庇护下,让自由得到新生——不要让那个民有、民治、民享之政府从地球上消失。”② 林肯显然将美国的未来发展寄希望于上帝的帮助,并且呼吁他的美国同胞们相信,在上帝的帮助下,美国人民会有一个“民有、民治、民享之政府”。富兰克林·罗斯福在总统就职演说中说:“我们谦卑地祈求上帝的福佑,愿上帝保护我们每个人,愿上帝在未来的日子里指引我们前进。”③ 罗斯福还在其《四大自由》中说:“这个国家,已把它的使命交到它千百万自由男女的手里、脑里和心里;把它对于自由的信仰交由上帝指引。”④ 约翰·肯尼迪在总统就职演说中说:“我们的先辈曾为之战斗的那个革命信念,在今天的世界各地仍然是一个有争议的问题;这个信念就是,人类的各项权利并非来自国家的慷慨恩赐,而是来自上帝之手。”⑤ 他还强调:“我们祈求上帝的庇护和帮助,但我们知道,上帝在这个尘世的工作,必定就是我们自己的事业。”⑥ 罗纳德·里根就任总统前曾经在“一次重要讲话”中说:“我们不能逃避我们的使命,我们也没有试图这样做。两个世纪以前,在费城的小山上,我们被赋予了这个自由世界的领导权。在‘二战’后的日子里,美国的经济实力和势力是决定这个世界免于向黑暗时代倒退的关键。罗马教皇庇护十二世说:‘美国人民拥有一种杰出和无私行为的天赋。因此上帝将拯救受难人类的使命交给美国人。’”⑦ 里根还在总统就职演说中说:“我们是上帝光辉普照的国家,我坚信上帝希望我们自由……今天我们面对的危机……需要我们尽我们所能、尽我们所愿地相信自己、相信我们有能力做大事;相信在上帝的帮助下,我们能够也必将解决当前面临的问

① 钱满素主编:《自由的刻度:缔造美国文明的40篇经典文献》,东方出版社2016年版,第173页。

② Nina Baym, et al., eds., *The Norton Anthology of American Literature*, 3rd ed., Vol. 1, Part 2, New York & London: W. W. Norton & Company, 1989, p. 1505.

③ 钱满素主编:《自由的刻度:缔造美国文明的40篇经典文献》,东方出版社2016年版,第366页。

④ 同上书,第374页。

⑤ 同上书,第392页。

⑥ 同上书,第396页。

⑦ 转引自[美]威廉·J. 本内特《美国通史》(下),刘军等译,江西人民出版社2011年版,第470页。

题……我们为什么不该相信这一点呢？我们是美国人。”①

综上可见，从欧洲移民决定移居北美大陆开始，美国就与“上帝的行道者”建立了紧密联系。初来乍到的欧洲移民觉得他们应该成为“上帝的行道者”；为美国从英国独立寻找理由和根据的《独立宣言》希望美国成为“上帝的行道者”；获得独立后的美国声称自己是“上帝的行道者”。但是，随着时间的推移，尽管“上帝的行道者”这个身份名称没有发生什么变化，但这个名称的本质含义却发生了巨大变化。《独立宣言》希望美国成为“上帝的行道者”是基于“人人生而平等”这个原则之上的，而获得独立后日益强大的美国称自己为“上帝的行道者”是基于“美国优越论”之上的，因此成为美国实施强权甚至霸权的理由与根据。所以，当美国政治家明言美国是“上帝的行道者”或暗示美国是“上帝的行道者”时，我们想到的却是它的反面，即美国不是“上帝的行道者”，而是“魔鬼的行道者”，这就是《儿子的福音》所隐喻的主题。

第二节　《儿子的福音》与美国表现：言为“服务上帝”、行为“服务魔鬼”

《儿子的福音》是一部解构的小说，也是一部建构的小说。小说要解构什么？又要建构什么？小说中的“儿子”就是“上帝的儿子”，即耶稣基督。小说要解构各种基督教福音建构的不真实的耶稣基督形象，同时建构在“上帝的儿子”看来比较真实的耶稣基督形象。因此，可以说，《儿子的福音》是一部为耶稣基督正名的小说。耶稣基督是小说的主人公，也是小说的叙述者。小说让耶稣基督以第一人称叙述者的身份讲述自己的“真实”故事，并且以第一人称亲历者的身份讲述自己的故事，目的是解构各种基督教福音建构的不真实的耶稣基督形象。小说开头，耶稣基督开门见山、直言不讳地说，《马可福音》《马太福音》《路加福音》和《约翰福音》等基督教福音关于他的各种故事都不真实，因为它们所说的都是他“从来没有说过的”，就像他们在他“气得脸色苍白的时候”却故意说他“很温和”②。它们之所以这样混

① 钱满素主编：《自由的刻度：缔造美国文明的40篇经典文献》，东方出版社2016年版，第423—424页。

② Norman Mailer, *The Gospel According to the Son*, New York: Random House, 1997, pp. 3-4. 本章凡出自该版本的引文，均在引文后的括号里注明页码。

淆黑白，颠倒是非，是因为他们所说的都是耶稣死后“许多年后才写下来的，只是重复了老人们讲给他们的东西”（4）。因此，在耶稣基督看来，这些常常被人们深信不疑的基督教福音实际上都没有反映耶稣基督的真实情况，没有讲述耶稣基督的真实故事，没有客观记录耶稣基督的真实经历，而是主观编造了耶稣基督的故事，主观建构了耶稣基督的经历，主观塑造了耶稣基督的形象，因而成为耶稣基督故事的不同文本。耶稣基督在小说开头向读者“揭发”这些“福音”的非真实性与虚构性，显然是为了解构它们建构的各种不真实的耶稣基督形象，以便建构比较真实的耶稣基督形象，正如耶稣基督所说：“我希望更加接近真实。”（4）值得一提的是，耶稣基督在小说开头直截了当地说，《马可福音》等基督教福音所说的都是“我从来没有说过的”（3），他如是说，旨在告诉读者，他要在小说接下来的部分中“纠正”《马可福音》等基督教福音关于他的那些“胡言乱语”，以便读者知道他真正说了什么以及他真正是什么。

如果说《马可福音》《马太福音》《路加福音》和《约翰福音》主观地建构了耶稣基督形象，这种主观建构也存在于其他基督教福音之中，正如耶稣基督所说，如果说“《马可福音》《马太福音》《路加福音》和《约翰福音》努力夸大事实”的话，“这种情况也存在于其他人撰写的福音之中”（4）。之所以这样，在耶稣基督看来，是因为他们中的一些人只会跟那些在耶稣死后愿意跟随他的犹太人说话，另一些人只对那些憎恨犹太人却信仰耶稣基督的非犹太人布道。这就是说，虽然各种基督教福音讲述的都是耶稣基督的故事，但由于它们各自的读者与听众不同，它们自然不可能讲述相同的耶稣基督故事，不可能建构相同的耶稣基督形象。它们这样做，不是因为它们想努力忠实于耶稣基督的真实形象，而是因为它们想努力强化自己的权力，正如耶稣基督所说：“每一个都努力增强自己教堂的力量，怎么不会将不真实的东西融进真实的东西之中？”（4）由于各种基督教福音将“不真实的东西”融进“真实的东西”之中，所以，耶稣基督不再是基督教教堂内人们顶礼膜拜的那个神圣的“上帝的儿子”，而是教堂之间权力斗争的工具。

耶稣基督之所以认为各种基督教福音主观地建构了自己的形象，是因为它们随意地“将不真实的东西融进真实的东西之中”，在耶稣基督看来，最能体现这一点的就是它们关于他出身的解释。对于耶稣基督的出身，《路加福音》这样说：“一天晚上，加布里尔（Gabriel）天使来到她［圣母玛丽］的卧室，告诉她说：‘主在你身上，你是女人中最幸运的。’这个天使还说：‘玛丽，你得到上帝恩宠，你的子宫将会受孕，你将会生出一个儿子，给这个男人取名耶稣吧，他将是伟大的，将会被人称作上帝的儿子'。"（12—13）对于这样的说法，耶稣基督并不认同，他说："根据我母亲的说法，那个天使几乎没有说什么话。"（13）显然，耶稣基督所言是对《路加福音》的完全解构，他之所以引用母亲所言，是因为他想告诉读者，《路加福音》对于耶稣基督出身的说法纯属想象，纯属虚构，纯属建构，并非事实记录，并非真相再现。虽然耶稣基督只对《路加福音》进行了解构，但读者可以想象，类似情况也存在于其他基督教福音之中。因此，"上帝的儿子"对《路加福音》的解构也是他对所有基督教福音关于耶稣基督出身的错误说法的解构。

各种基督教福音随意"将不真实的东西融进真实的东西之中"的现象不仅体现在它们关于耶稣基督出身的说法之中，而且体现在它们关于"真言"（the Word）的争论之中。"真言"是什么？各种基督教福音自然各执己见。小说中，耶稣基督说："真言"是犹太人教堂里的智者们（wise men）最关心的事，他们彼此经常讨论的问题是："真言一直跟上帝在一起吗？"（10）对于这个问题，《约翰福音》的回答是："最初是真言，真言是上帝。"（10）这个答案不仅回答了"真言是否跟上帝在一起"的问题，而且解答了"真言是什么"的问题，看似完美，但在耶稣基督看来并不完美，因为它并没有结束人们关于"真言"的争论，因为在耶稣基督 12 岁的时候，"人们仍然谈论的问题是，上帝让我们的肉身跟动物的肉身一样还是他仅用言语创造了我们？"（10）在耶稣基督看来，尽管各种基督教福音努力让人们相信"真言"的真理性、唯一性与权威性，但没有一种福音能够非常权威性地消除人们的疑惑，因为没有一种福音能够告诉人们"真言"到底是什么。耶稣基督虽然发现了人们争论不休的问题，但他自己也没有告诉人们一个确切答案。通过各种基督教福音对"真言"的争论，"上帝的儿子"耶稣基督旨在告诉读者："真言是什么"这个问题可能永远没有答案；因此，答案本身可能并不重要，真正重要的是人们回答这个问题的方式及其结果，因为人们对于"真言是什么"和"上帝何以造人"这些问题的不同回答都只是不同想象而已，都只是为了不同目的对上帝形象的不同建构而已。

如果说人们对于"真言是什么"和"上帝何以造人"这些问题的不同回答体现了不同的目的，在耶稣基督看来，这种目的性也体现在一神教对多神教的歧视与排斥之中。小说中，耶稣基督说，基督教"崇拜一个神"，因此常常视信仰多个神的宗教为"异教"，因而"对信仰多个神的罗马宗教充满鄙视"（6）。耶稣基督只是简单地陈述了"崇拜一个神"的基督教鄙视信仰多个神的罗马宗教的事实，未做任何评论，但通过这个看似简单的陈述，耶稣基督无声地告诉人们，无论一神教还是多神教，都不过是不同的宗教信仰而已，都应该有其存在的合理性与合法性，都应该和平共处，互不干涉；然而，那些“崇拜一个神”的人却不允许“信仰多个神”的人存在，他们常常无视、敌视、排斥甚至迫害“信仰多个神”的人；他们之所以这样，究其实质，无非是为了权力，为了统治他人。虽然耶稣基督没有出声说话，但读者能够感觉到，在耶稣基督看来，基督教基于权力和统治对罗马宗教的歧视与排斥是基督教不应该具有的意识与行为。

如果说基督教对罗马宗教的歧视与排斥是错误思想与错误行为的话，那么，在耶稣基督看来，基督教徒的生活中则有更多的错误思想与错误行为。小说中，耶稣基督说，基督教徒常常声称他们“要作为主［耶稣/上帝］的勇士而活着”（7），这是他们活着的目的，也是他们必须遵循的生活准则，这一目的和准则要求他们的生活必须禁欲，因此他们被告诫“不要去追求女人，甚至不要去接近女人”（6—7）。禁欲是他们生活中必须遵守的原则与戒律；因此，“一个男人只有在上帝要他制造一个孩子的时候才可以跟他妻子睡觉”（6），如果“跟女人睡觉这样的行为有损他们［要作为主的勇士而活着］的目的”，他们“就不能跟女人睡觉”（7）。耶稣基督之所以向读者讲述这样的基督教戒律，是因为他发现，现实生活中的基督教徒似乎完全忘记了他们生活的目的与准则，他们很少禁欲节制，却常常纵欲狂欢。显然，在耶稣基督看来，基督教徒声称的生活准则常常不能规训和约束他们的实际生活行为，他们纵欲多于禁欲。因此，施洗约翰对耶稣基督说：“我们的罪总比我们知道的多。”（33）借助施洗约翰对耶稣基督所言，梅勒含沙射影地批判了美国，他要让自己的美国同胞们知道：作为一个主要由基督教徒组成的基督教国家，美国的恶之行为总是比它所能认识到的多得多。

如果说基督教徒“要作为上帝的勇士而活着”，那么，他们就应该具有能为上帝付出一切的奉献精神，但耶稣基督发现，现实生活中那些声称是上帝的虔诚信仰者的基督教徒们并不具有这种为上帝付出一切的奉献精神，这可以在教堂募捐活动中看出。耶稣基督曾经在一次教堂募捐活动中看到这样一幕：许多富人向募捐箱里投入很多钱，但有个穷女人投了她仅有的一枚小硬币。耶稣基督说，看到这一幕，“我的心咯噔了一下”（153），因为她的行为让他非常感动，也让他想到了很多。因此，耶稣基督对他的门徒说：“这个穷女人比所有富人投的钱都要多，［因为］他们只留下了他们财富的一小部分，她却献出了她的［全部］生活；所以，她把钱变成了献给主的贡品，富人们给钱只是为了给彼此留下深刻印象。”（153）耶稣基督之所以这样认为，是因为在他眼中，钱就是“一头发出臭味的野兽，它耗尽了给予它的一切”。因此，他“想到富人们怎样被金子的重量所窒息，他们的花园长不出能够满足他们的果实，空中的香水中散发着压迫，富人的任何花都不会带来幸福，因为［他觉得］他的邻居总比他富有，他的花园总比他的漂亮；所以，富人总是嫉妒自己周围人的金子”（153）。显然，耶稣基督的言外之意是：穷人虽穷，但非常大方；富人虽富，却十分吝啬；富人贪得无厌，他们总是嫉妒别人的财富，他们带给别人的不是幸福，而是压迫和压抑所造成的不幸。显而易见，在耶稣基督看来，金钱与财富不是幸福之源，而是不幸之根；财富让人堕落，装满金子的教堂未必是罪人可以得救的地方。因此，看到富人们在教堂募捐箱前的“大方”举动和穷人们的“吝啬”行为，耶稣基督除了感慨与联想，更多的却是悲哀，因为他来到人间“不是为了建立教堂，而是为了让罪者得救”（159）。

但是，让耶稣基督更加悲哀的是，人们声称信仰上帝，但行动并非如此。作为“上帝的儿子”，耶稣基督非常清楚“父亲”的心思：上帝要求人们信仰他，但他不希望这种信仰只是嘴上说出来的，而是行为上真实体现出来的，因为“人的情感从不会揭示主的在场，他只会出现在他们的行为中，这是公正的”（119）。但是，耶稣基督发现，有些人“口头上赞扬上帝”，但“从不在行为上大胆赞扬上帝”（84—85），就像他自己的门徒彼得一样，“他的信仰在嘴上，不在腿上”（119）。在耶稣基督看来，像彼得这样的人不在少数，他们口是心非，常常难以言行一致；他们嘴上爱着上帝，心里却爱着魔鬼。他们之所以爱魔鬼，在耶稣基督看来，是因为魔鬼“从上帝那儿学会了说话的艺术，因此也会说出能跟上帝相媲美的令人心潮澎湃的冠冕堂皇的话，即使他所说的话里没有可以长存的好东西”（119）。通过耶稣基督对其门徒彼得的评价和对魔鬼的透视，梅勒让读者自然而然地想到美国的言行：它常常口头上说得很好但行为上表现得很差，它声称信仰上帝，但行为表明，它信仰的却是魔鬼。

如果说上帝要求人们对他的信仰应该体现“在腿上”而不是“在嘴上”的话，耶稣基督却发现，魔鬼总是努力让人们对上帝的信仰体现“在嘴上”而不是“在腿上”，因为他认为：“任何人都无法摆脱撒旦，即使是上帝的儿子（当然包括马太、马可、路加和约翰）。”（117）耶稣基督虽然身为“上帝的儿子”，但他觉得，魔鬼似乎常常比上帝更有吸引力，因为魔鬼能夸大事实，也能缩小事实，正如他所说：“夸张是魔鬼的语言。”（117）魔鬼喜欢夸张，不求真实，常常以假乱真，混淆是非，制造混乱，破坏安宁。一定程度上讲，耶稣基督眼中的魔鬼形象就是美国形象；换言之，对美国而言，魔鬼比上帝更有吸引力。

上帝之所以要求人们对他的信仰体现“在腿上”而不是“在嘴上”，是因为他为人类牺牲了他能够牺牲的一切。小说中，耶稣基督说他曾在睡梦中梦见一个天使这样说：“上帝如此爱这个世界，以致他献出了自己唯一的儿子。任何信仰他的人都会有永久的生命，因为上帝不是派他的儿子去谴责世界而是去拯救世界。”（130）作为“上帝的儿子”，耶稣基督知道“父亲”从不做无谓的牺牲，他之所以“献出自己唯一的儿子”，是因为他要拯救这个堕落的世界，但他可能不知道的是，这个已经堕落的世界是无法拯救的，因为亚当和夏娃偷吃禁果后，他们永远也回不到那个他们曾经拥有的天堂，他们的堕落让他们遗传给后代的恶似乎永远比善多得多，这让耶稣基督颇为悲伤和失望，正如他所说：“虽然我想成为一道被送入世界的亮光，但人们喜欢黑暗似乎胜过光明”，所以，“我不知道我来到这个世界是为了拯救它还是被它谴责”（131）。

耶稣基督之所以不知道自己来到这个世界是“为了拯救它还是被它谴责”，是因为他发现，上帝要求人们去恶求善，但人们生活中却常常去善向恶，这可以在犹太人的经历中看出。小说写道：为了逃避苦难，犹太人历经千辛万苦，在荒野中长途跋涉40年后，最后从埃及来到以色列；他们在以色列过着非常繁荣的生活，但后来，他们的罪过让他们失去这种繁荣生活而受制于罗马人的统治。多年来，他们跟罗马人斗争，暴乱不断，而且经常是大型暴乱（132）。通过讲述犹太人的经历，耶稣基督旨在告诉人们，犹太人与罗马人的斗争以及由此引起的各种暴乱正是人们去善向恶的体现，是魔鬼挑战上帝甚至在力量上不时地压倒上帝的体现。

犹太人为什么在逃避苦难后又遭受苦难？在耶稣基督看来，这源于他们的邪恶。耶稣基督说，犹太人本来是他的“选民”，但他被钉死在十字架上后，他们不再是清一色的他的忠诚信仰者，正如他所说：“许多人跟着我的门徒走了，成了新的信仰者，自称为基督教徒；其他人仍然与圣殿保持着亲近关系，一百多年来，就我是否为弥赛亚这个问题，他们一直争论不休”，而争论的结果是：“他们中的富人和虔诚者占据了上风”，因为他们觉得：“弥赛亚怎么会是一个粗暴口音的穷人？上帝决不允许有这样的情况。”（239）在耶稣基督看来，“他们中的富人和虔诚者”之所以能够“占据上风”，是因为“那些自称为基督教徒的人中，许多人本身就是富人和虔诚者”，但让他悲哀的是，这些富人和虔诚者“不比那些法利赛人（Pharisees）

好多少”，如他所说：“他们比那些当时谴责我的人更加虚伪。”（239）不仅如此，让耶稣基督更加悲哀的是，他发现，他被钉死在十字架上后，出现了很多以他和他的门徒的名字命名的教堂，“最大的也是最神圣的教堂以彼得的名字命名，这是罗马一个极为辉煌的地方，那儿的金子比其他任何地方都多”（239）。可以说，这是耶稣基督最不愿意看到的情形，因为他被钉死在十字架上换来的不是人们对他的更多信仰，而是将他变成他们借以敛财的工具，因而使得教堂这种神圣的地方成了教徒们集聚财富的最大仓库，而不是对他/上帝表达信仰的圣地；换言之，那些所谓的基督/上帝的虔诚信仰者只不过是口头上的基督/上帝信仰者而已，他们在思想与行动上是真正的魔鬼信仰者，因为他们对财富的追求远远高于对基督/上帝的信仰。如果说世界上财富的变化符合“能量守恒定律”的话，那么，罗马彼得教堂里金子的增加意味着向教堂无私募捐金子的信徒们钱袋子里的金子必然减少；换言之，罗马彼得教堂里金子的增多不是减少了教堂外穷人的数量，而是增加了他们的数量，这显然与耶稣选择被钉死在十字架上的初衷相反，因而不是善举而是恶行。如果说罗马彼得教堂以服务上帝的名义干着违背上帝初衷的事情，那么，在梅勒看来，美国与罗马彼得教堂并无二致。因此，通过耶稣基督对罗马彼得教堂腐化本质的解构性透视，梅勒让读者联想到基督教美国的腐化表现：打着信仰并服务上帝而做“善事”的幌子，美国常常干着违背上帝旨意而与魔鬼同谋损害上帝爱民利益的恶事。

耶稣为拯救“堕落”的人类而“受刑”，但他发现自己“受刑”后，人类似乎更加堕落了。因此，他要提醒人们不要忘记，他不仅因为人类的“堕落”而受苦，而且因为拯救“堕落”的人类而受难。他永远不会忘记人类是如何“堕落”的，他也要人们永远记住人类何以“堕落”的惨痛教训。小说中，耶稣基督说，被钉死在十字架上时，“我看到了伊甸园，想起了主曾经告诫亚当的话：‘伊甸园里的每一棵树上，你可以自由地采摘果子吃，但从善恶知识树上，你不能摘吃任何果子’”（231—232）。上帝对亚当的警告，显然也是耶稣基督对人类的警告：如果人类不吸取祖先亚当的教训，就会重蹈他的覆辙。通过“上帝的儿子”被钉死在十字架上后再现上帝曾经对亚当的警告，梅勒旨在告诫人们，生活必须要有底线，如果守不住这些底线，幸福就会被痛苦所取代，光明就会被黑暗所替代，天堂就会变为地狱。

耶稣基督之所以警告人类不要重蹈祖先亚当的覆辙，是因为在他看来，邪恶总是难以消除。恶之所以难以消除，在耶稣基督看来，是因为上帝与魔鬼都在“努力占据男人和女人的心”；但是“因为较量势均力敌，上帝和魔鬼谁也没有战胜谁”（240）。虽然如此，但耶稣基督“还是以上帝为荣”，因为“他的确给了［人］很多他能给予的爱”；然而，耶稣基督认为，上帝的爱“不是无限的”，因为“他跟魔鬼的战争越来越糟糕”（240）。之所以这样，在耶稣基督看来，是因为上帝太懦弱。耶稣基督觉得，正因为上帝可能很懦弱，因此“一次又一次的伟大战争失败了，这第二个千禧年的最后一个世纪里，出现了比以前任何时候都更加糟糕的大屠杀、大火灾、大灾害”（240）。可以说，耶稣基督的解释不无道理。实际上，这些“比以前任何时候都更加糟糕的大屠杀、大火灾、大灾害”之所以出现，是因为魔鬼太强大。魔鬼之所以强大，不是因为它生来就比上帝强大，而是因为那些自称为上帝的虔诚信仰者常常以信仰上帝之名帮助魔鬼行恶去善，因而助长了魔鬼的力量而削弱了上帝的力量。这不得不让我们再次想到美国的言与行：身为基督教国家，美国时时声称自己为上帝服务，但实际上常常借服务上帝之名干着服务魔鬼的事情。因此，通过耶稣基督对“第二个千禧年最后一个世纪里出现比以前任何时候都更加糟糕的大屠杀、大火灾、大灾害”的原因分析，梅勒实际上映射了基督教美国的欺骗性：它常常声称替上帝努力铲除世界上的邪恶，但实际上帮助魔鬼不断地给世界制造邪恶；因此，它没有帮助上帝战胜魔鬼，而是让“上帝跟魔鬼的战争越来越糟糕”。

在耶稣基督看来，“上帝跟魔鬼的战争越来越糟糕”也体现在耶稣被钉死在十字架上后罗马人对犹太的大屠杀中。小说中，耶稣基督说：“我父亲可能没有征服过魔鬼”，因为“我死在十字架上不到40年，一百万犹太人在一次反抗罗马的战争中被杀，圣殿仅仅剩下一堵墙”（241）。然而，耶稣基督认为，犹太人遭受罗马人无情杀戮，上帝也有不可推卸的责任。小说中，耶稣基督说：“事实证明，上帝跟魔鬼一样狡猾，他的确比魔鬼更了解男人和女人”，因为他“知道怎样把失败说成胜利以便从中获益”（241）。上帝这种弄虚作假、以假乱真的行为，自然影响了他的信徒，正如耶稣基督所说：“许多基督教徒认为，一切胜利都是为了他们，认为他们出生前就已经有了胜利，认为这种胜利因为我在十字架上的受苦而属于他们。”（241）正因为基督教徒认为他们天生是胜利者，胜利天生属于他们，所以他们自然就放松了对魔鬼的警惕、对邪恶的抵抗、对正误的甄别、对是非的辨识和对教训的吸取，甚至有意以假乱真。为了澄清事实真相，耶稣基督不得不“向一切让我们变得不够真实、不够大方的东西宣战”，因为面对不真实，他发现处死他的那个罗马帝国犹太行省的执政官本丢·彼拉多（Pontius Pilate）所说的话有一定的道理：“和平中没有真理，真理中没有和平。”（241）不仅如此，面对不真实，耶稣基督“还经常想到隐藏在穷人脸上的希望”（242）。梅勒以耶稣基督的这句话结尾他的小说，旨在告诉读者：上帝关心的不是富人如何变得更富，而是穷人如何获得幸福；基督教美国践行的不是上帝的真实旨意，而是魔鬼的真实心愿。

小说接近末尾，耶稣基督说他被钉死在十字架上后，人们写了很多关于他的东西，讲述了很多关于他的故事，但他们写的很多东西和讲的很多故事都不真实，因为“他们添加了很多”，所以，耶稣基督认为，虽然“故事很多，但只有几个接近于我知道的事件”（236）。为了澄清真相，“上帝的儿子”耶稣基督说：“我必须说出我死后人们说了些什么”以便人们知道：“人看到奇迹时，撒旦就会进入他的故事让这个奇迹得以成倍地增加”（236）。耶稣基督如是说，旨在告诉人们，真相之所以常常不能为人所知，是因为常常有撒旦作祟，邪恶使然。因此，他要努力让人们明白真相，因为明白了真相就等于战胜了撒旦，消除了邪恶。耶稣基督的话让读者再次想到美国的形象：美国时时处处告诉世界，它的所作所为都是践行上帝赋予它的使命，但实际上它的所作所为很少为上帝所知晓。从这个意义上讲，通过耶稣基督之言，梅勒显然要澄清这样一个事实真相：很多时候，美国所说并非上帝之意，而是撒旦之想。

综上可见，《儿子的福音》不是为了重述各种基督教福音讲述的众所周知的耶稣基督的故事，再现它们塑造的众所熟知的耶稣基督的形象，而是为了讲述各种基督教福音没有讲述的鲜为人知的耶稣基督的故事，解构它们塑造的不符合事实真相的虚假耶稣基督形象，建构符合事实真相的真实耶稣基督形象。各种基督教福音表面上讲述着耶稣基督的故事，实质上在想方设法借助耶稣基督来强化自己教堂的权力。“上帝的儿子”耶稣基督教导人们为上帝服务，但他发现他们常常为魔鬼服务。通过耶稣基督对各种基督教福音及其信徒的信仰与行为的解构，小说让读者看到，基督教及其信徒虽然声称是上帝的虔诚信仰者，但现实生活中他们常常在信仰上帝的名义下做着各种违背上帝旨意的事情，因此，很多情况下，他们言为“服务上帝”，行为“服务魔鬼”。梅勒创作《儿子的福音》这部小说，让“上帝的儿子”耶稣基督亲口讲述他自己的故事，不是为了别出心裁，故意塑造一个完全与众不同的新耶稣基督形象，而是为了映射基督教美国及其行为，让读者在倾听“上帝的儿子”耶稣基督对基督教及其信徒的信仰与行为的解构中不时地联想基督教美国及其行为，让读者看到，美国虽然时时处处声称是上帝的使者，但现实生活中常常是魔鬼的同僚；因此，它是言为“服务上帝”，行为“服务魔鬼”，正如梅勒在《我们为什么进行战争?》中所说：“当我们觉得最接近上帝的时候，我们可能在帮助魔鬼。”①

第三节 《儿子的福音》与美国本质：看似善良、实则邪恶

《儿子的福音》是一部为耶稣基督正名的小说，它不仅通过耶稣基督对各种基督教福音及其信徒的信仰与行为的解构为自己正名，而且通过耶稣基督揭示自己的本质为自己正名。“上帝的儿子”是什么?也就是说，耶稣基督是什么?这是小说关注的一个核心问题。小说为什么要关注这个问题?因为各种基督教福音都对这个问题给出了自己的答案，但没有一种福音能够给出一个符合客观事实的“正确”答案。根据耶稣基督自己的说法，耶稣基督是“一个穷人，却是一个善良的人”(34)。这就是说，本质上讲，耶稣基督是一个善良的穷人；换言之，善良是耶稣基督的本质特征，也是他的区别性特征。耶稣基督是一个穷人，但不是一个邪恶的穷人，而是一个善良的穷人。作为一个善良的穷人，耶稣基督关心的自然是善良的穷人的事情，而不是邪恶的穷人的事情，更不是邪恶的富人的事情。作为善良的穷人，耶稣基督自然希望人人都能像他一样善良。耶稣基督关心善良的穷人的事情，自然愿意为善良的穷人服务。他希望人人都能像他一样善良，自然不愿与邪恶之人(包括邪恶的穷人)为伍。基于对自己本质的这种认识，《儿子的福音》中的耶稣基督对各种基督教福音关于他的各种不实言说进行了深度解构，并且通过自己的言说建构了耶稣基督的真实本质。

在耶稣基督看来，各种基督教福音关于“耶稣基督”的不实言说中，最为典型的是它们关于耶稣基督洗礼的言说。小说中，耶稣基督没有一一细说各种基督教福音关于耶稣基督洗礼的具体言说，但他明确告诉人们，根据记忆，他在约旦河接受了施洗约翰对他的洗礼。他记得施洗约翰用约旦河的河水对他实施洗礼，并且告诉他要用“圣灵”去洗礼那些需要心灵洗礼的人。耶稣基督告诉人们，施洗约翰这样对他说：“我用水洗礼，能够洗净任何真正忏悔之人，甚至就像水能够熄灭火一样；但是，你会用圣灵洗礼，会用上帝的怜悯将邪恶从根部拔掉。”(38)耶稣基督接受了施洗约翰的教导，一心

① Norman Mailer, *Why Are We at War?*, New York: Random House, 2003, p. 72.

一意努力试图“用上帝的怜悯将邪恶从根部拔掉”，但他可能没有意料到的是，邪恶似乎根深蒂固，以致他不论怎样努力都无法将它从根部拔掉。所以，不论耶稣基督的用心多么良苦，人类世界仍然充满邪恶，邪恶无处不在，无时不存。

人类世界之所以充满邪恶，是因为魔鬼无时不在。耶稣基督虽然知道上帝憎恨魔鬼，但他发现：“魔鬼是上帝最美丽的造物。”（45）显然，耶稣基督反话正说，因为人们的生活证明，魔鬼不是“上帝最美丽的造物”，而是上帝最丑陋的造物，因为魔鬼不是上帝的盟友，而是上帝的敌人。所以，他不会说上帝的好话，只会说上帝的坏话；不会帮助上帝为人类造福，只会对抗上帝给人类添乱；不会努力让人从善，只会尽力使人行恶。因此，如果说“魔鬼是上帝最美丽的造物”（45），那么，他的美丽在于他的语言而非行为，在于他能编造假象以骗取人们信任的能力。为了让人们看清魔鬼的真实面目，上帝安排自己的儿子与撒旦进行会面，撒旦向耶稣基督讲述了他对上帝的各种看法，让耶稣基督对撒旦和上帝有了更为深刻的认识和理解。

撒旦告诉耶稣基督，上帝根本不理解他的造物，也无法控制他的造物。在撒旦看来，上帝对其造物的理解没有他自己深刻，如他对耶稣基督所说：“对这个创造（this Creation）理解比较好的不是他而是我。”（48）对于这样的看法，耶稣基督自然不会认同，因为在他心目中，上帝是“宇宙之主”，是“无所不能的”，因此“天上的、地上的、所有星系和太阳，无不向他鞠躬”，但没有一个向撒旦鞠躬（48）。然而，撒旦却不认同耶稣基督的看法，因为在他看来，上帝只是众神中的一个，如他对耶稣基督所说：“你父亲只是众神中的一个，你不妨考虑考虑受到罗马人尊敬的那些许许多多的神。我们不应该对罗马人的伟大意志给予尊重吗？怎么，你父亲甚至无权将自己的犹太人控制在他们自己的土地上，尽管他们那么多人视他为唯一之神。”（48—49）不论撒旦怎样低估上帝，在耶稣基督眼中，他的“父亲是上帝，既是多方面的，也是全方面的（of many dimensions, and of all dimensions）”（49）。可是，撒旦却不这样认为，因为他认为上帝甚至“连自己都控制不了”（49）。小说没有告诉我们耶稣基督最后是否接受了撒旦的看法，但通过耶稣基督与撒旦关于上帝的争论，小说显然让读者明白，不同的人对上帝有不同的认识，因而在不同人眼中，上帝的形象完全有别；换言之，上帝的不同形象是基于不同的人对上帝的不同认识而产生的。因此，上帝的形象不是客观存在的，而是人们主观建构的。既然上帝的形象不是客观存在而是人的主观建构，人就成了上帝的控制者，上帝不是人的控制者；换言之，不是人为上帝服务，而是上帝为人服务。这样一来，我们就不难理解上帝何以被恶人所利用，常常成为他们借以作恶的工具和幌子。

撒旦还告诉耶稣基督，上帝有严重的性别歧视。在撒旦眼中，上帝“无权要求他的人们完全服从他，他不明白女人是与男人不同的造物，她们以不同的理解［方式］生活着”（50）。撒旦甚至认为，上帝“根本没有想过女人，他对她们的轻视被他的预言者们所分享，这些预言者声称，他们以他的声音说话，事实的确如此！因为他很少斥责他们！”（50）在撒旦眼中，上帝显然是一个性别歧视者，因为上帝“贬低女人，他省下了对男人的强烈诅咒；他希望谈论以色列国的时候，仅仅对男人说话”（51）。在撒旦看来，上帝“对女人没有一点点爱意”，因为“他憎恨她们诱惑他的那种能力”（52）。撒旦还告诉耶稣基督，上帝是一个伪君子，如他对耶稣基督说：“你父亲派你去改善人们的心肠，而他自己的心却涂上了被他所杀的人们的血，他的祸害窒息了他对他所创造的所有人的爱。他的愤怒非常强烈，但还不足以满足他的欲望。他的语言表明，他多么崇拜他假装鄙视的那种富丽堂皇。”（52）在撒旦眼中，上帝不比他好，如他对耶稣基督所说：“你父亲跟我一样，满嘴都是淫欲。”（53）可以说，撒旦对上帝的贬斥性言说是对上帝形象的解构，也是对上帝形象的建构。在撒旦看来，上帝既非全善，亦非全能；上帝不但贬低女人，而且满嘴淫欲。小说中，耶稣基督没有驳斥撒旦对上帝的贬斥，这表明他默认了撒旦对上帝的批评。通过撒旦对上帝形象的解构与建构，梅勒让读者联想到美国的形象：既然上帝对女人没有些许的尊重，以上帝之名行事或以他之声说话的人自然不会比他更好；美国常常自誉为上帝的使者，如果上帝贬低女人，它自然不会做得比上帝更好。

不论撒旦如何贬斥和诋毁上帝，在耶稣基督眼中，上帝始终是“宇宙之主”，因为“通过他，悲伤者能得以安慰，饥饿者能得以饱腹，处于极度绝望的罪者能得以宽恕”（57）。可以说，这是耶稣基督眼中的上帝形象，也是耶稣基督建构的不同于撒旦心目中的上帝形象；或者，准确地说，这是耶稣基督对上帝的美好期望。在耶稣基督看来，上帝之所以选择他做自己的儿子，是因为他“出生在普通人中间，生活在普通人中间，而不是像国王一样活着；因此，他能理解他人身上的小小美德和懦弱习惯”（56—57）。所以，耶稣基督认为自己是人类世界的希望，如他所说：“如果我能提高我的能力（我知道他［上帝］会传递给我很多能力），也许人类世界的美德会跟我一起繁殖扩大。”（57）

虽然耶稣基督不同意撒旦对上帝的各种诋毁和污名化，但他发现上帝的悲哀之处的确不少。耶稣基督知道，尽管人是上帝创造的，但只有一部分人成了“他自己的选民”，这些上帝“自己的选民”就是“犹太人”。让上帝悲哀的是，作为“他自己的选民”的这些“犹太人”如今却四分五裂，“有些人有信仰，但很多没有信仰”。所以，他“准备了一个天堂，会把那些他决定给予幸福的犹太人带入其中，让那些背叛上帝法令（The Law）或者追求罪行或者愚蠢的人受苦”（70）。作为“上帝的儿子”，耶稣基督为上帝的悲哀而悲哀，但他更为那些“背叛上帝法令”的“罪人”而悲哀。作为“上帝的儿子”，作为施洗约翰的受礼者，耶稣基督接受了施洗约翰的思想：他必须帮助这些“罪人”赎罪；因此，他按照施洗约翰曾经教导他的那样对这些有罪之人说：“如果忏悔的话，你所有的罪都会得到宽恕。”（70）在耶稣基督看来，虽然犹太人是上帝的“选民”，尽管他们有自己的教堂，但犹太教堂里的犹太人不完全一样，因为有些是“好的犹太人”，有些却不是；所谓“好的犹太人”，就是那些“虔诚之人”：“他们最大的不安就是跟不干净的人物共处一室”，因此“他们不希望跟那些准备好与邪恶作战的人打交道”（72）。耶稣基督看到上帝对其“选民”的区别对待，懂得施洗约翰的“赎罪”思想，知道“好的犹太人”与“不好的犹太人”的区别。耶稣基督之所以告诫那些“背叛上帝法令”的“罪人”去“忏悔”，以便得到“宽恕”，是因为他坚信善、信仰与赎罪的重要性。耶稣基督对善、信仰和赎罪之重要性的坚信，一定程度上体现了梅勒对善、信仰和赎罪之重要性的强调，映射了梅勒对美国社会生活中善、信仰与赎罪等人类美德日益缺失的深深担忧。

上帝创造了人，也创造了人的世界，但在耶稣基督看来，“上帝的创造考验着他的耐心”，因为他发现：“我们消耗着他的慈善，却不断地重复着我们的罪。”（80）尽管如此，上帝还是始终以宽恕之心对待罪者。作为“上帝的儿子”，耶稣基督自然应该有上帝那样的宽恕之心，他没有理由不对那些罪者深感同情。因此，面对罪者，耶稣基督说：“我祈祷着主总是通过我说话”（80）；换言之，耶稣基督希望自己能够借助上帝的力量拯救罪者。一定程度上讲，耶稣基督对罪者的宽恕与同情，折射了梅勒对“宽容”与“同情”这些人类价值和美德的强调，也体现了他对这些人类价值与美德的倡导。

上帝安排自己的“儿子”耶稣基督与撒旦单独相处，聆听他对上帝的各种诋毁、谩骂和解构，耶稣基督有所不解，但他似乎又很清楚上帝的意图：“主为什么让我单独跟撒旦在一起？是因为我的过度虔诚而打击我吗？我很快知道这可能是真的。需要做事，但不是跪着［仅凭虔诚］就能完成。”（57）耶稣基督的“顿悟”表明，人需要信仰，但不能盲信；人需要信仰上帝，但更需要相信自己。通过“上帝的儿子”耶稣基督的“顿悟”，梅勒旨在告诫那些盲目信仰和崇拜美国的人们，不应该像信仰上帝一样对美国顶礼膜拜，应该像耶稣基督一样有所顿悟，应该明白并清楚：自己的命运应该通过自己的行动来改变，而不是通过跪倒在美国面前对其顶礼膜拜来改变；同时，梅勒也告诫那些盲目信仰和崇拜美国的人们，虽然美国时时处处自称是上帝的使者，但实际上不具有上帝使者的任何美德。

面对魔鬼对上帝的诋毁与污名化，耶稣基督觉得自己必须站出来为上帝“正名”，他要“主通过我说话”（80）。耶稣基督要通过自己讲述“主”的故事，在人们中间重塑“主”的形象。耶稣基督能够讲的故事很多，但最重要的故事跟他的门徒有关。所以，耶稣基督选择讲述他的门徒的故事。小说中，耶稣基督说他有12个门徒，其中一个名叫犹大。对于犹大，耶稣基督说，虽然“我看不到他心里的东西”，但“我欢迎他”，因为“他说他爱穷人，说他在富人中生活得太久而鄙视他们”，还说“他知道那些强者的欺骗以及他们所有的肮脏把戏”（82）。耶稣基督虽然有12个门徒，但他只选择讲述犹大的故事。耶稣基督之所以聚焦犹大，是因为他“爱穷人”而“鄙视富人”，这是他不同于其他人的地方，也是耶稣基督对他感兴趣并且喜欢他的原因。小说中，耶稣基督说：“许多富人心中没有上帝，他们没有利用他们的财富让他人幸福”，但穷人“很少伤害彼此”，并且“对他们身边的人总有怜悯之情”，因此穷人的脸上“有一种尊严，它就像暴露于阳光和雨水的木头的纹理一样，虽然受其温暖和狂怒的打磨，却能始终保持原貌”（83—84）。这就是说，在耶稣基督看来，穷人虽穷，但心地善良，虽经风吹雨打，但让尊严常在；富人虽富，但少有善心，只求自己享受，不谋他人幸福。耶稣基督对犹大的“特写”，一定程度上折射了梅勒对穷人与富人的看法与态度：富人虽富，但诚实不足，因而让人鄙视；穷人虽穷，却非常诚实，因而让人喜欢。梅勒对穷人与富人的看法与态度是他长期观察美国社会的结果。梅勒所处的美国社会是一个穷人与富人之间存在巨大差距的社会，贫富之间的鸿沟是梅勒关注的重要社会问题之一，也是他小说创作关注的重要主题之一，他的许多小说（如《裸者与死者》和《刽子手之歌》等）都对社会的贫富问题进行了大量书写与解读。

耶稣基督之所以喜欢犹大，是因为犹大让他更加深入地理解了富人与穷人之间的差别。既然富人跟穷人不一样，耶稣基督觉得他们的归宿也应该有所不同。在他看来，如果天堂有宴会的话，那么，这样的宴会不是为身为富人的那些虔诚者准备的，而是为那些穷人与罪者准备的，因为他认为，有些富人虽然很虔诚，但缺乏善良与同情心，因而不会给他人带来应有幸福，这与上帝的旨意不吻合，因为上帝的目的是让穷者得福，让罪者得救，所以，上帝不会在天堂为富人准备宴会。耶稣基督之所以认为上帝不会在天堂为富人准备宴会，是因为富人有钱，但他们没有用自己的钱去救济需要救济的穷人，而是自己享受，逢饭必酒，这与上帝的做法不同。小说中，耶稣基督说："在我家，只有正式严肃场合才有酒"，而在富人家，"每顿饭都喝酒"（84）。一定程度上讲，这个逢饭必酒的富人之家就是美国社会的缩影。因此，耶稣基督对逢饭必酒的富人之家的批评，折射了梅勒对美国社会的严厉批判。

上帝之所以不会在天堂为富人准备宴会，是因为上帝希望拯救的不是富人而是穷人，天国不应该是富人的居所，而应该是穷人得救后的去处。小说中，耶稣基督对他的门徒说："富人进入天国是多么难啊！相信财富是痛苦的，你们会知道，骆驼经过一个针眼要比富人进入天国容易得多"，所以"任何看重自己金钱的人都不会得到拯救"（129—130）。耶稣基督对其门徒所说的话，实际上是上帝对那些嗜金如命、疯狂追求金钱与财富的人的严肃警告。在上帝眼中，金钱与财富是人类堕落的根源，如果一个人过于看重自己的金钱与财富，他走向地狱的可能性要比他进入天堂的可能性大得多；换言之，金钱与财富容易让人堕落，容易让人去善向恶。一定程度上讲，耶稣基督对其门徒所说的话不仅体现了上帝对那些唯钱是图者的严肃警告，而且体现了梅勒对金钱至上的美国社会的严厉批判。

小说中，耶稣基督说，他曾在安息日对一个富人说过这样的话："通往生活的路是狭窄的，通往毁灭的路是宽广的。"（101）耶稣基督的这句话富有哲理，可以说是对人生与世界的一种真理性洞见：生存比毁灭困难得多，创造一个世界非一朝一夕之能为，但毁灭一个世界可以眨眼之间实现。所以，在耶稣基督看来，上帝的日子总比魔鬼难过，因为上帝总是竭尽所能努力保护他所创造的世界，而魔鬼总是不择手段努力毁灭这个上帝努力保护的世界。小说中，耶稣基督说，他曾告诉犹大："我在那么多方面努力博得我的犹太同胞们的心，那些好人、社会栋梁的心，但那么多人不想跟我有关系。"（137）但在犹大眼中，耶稣基督所谓的"那些好人、社会栋梁"让人鄙视，因为"他们不仅容忍贫富之间的差距，而且扩大贫富之间的差距"（137）。犹大所言可谓一语中的，因此，耶稣基督对他说："直到没有富人和穷人，我们是不能进入天国的。"（138）耶稣基督的说法得到犹大认同，犹大对耶稣基督说："在言说你所说的一切的过程中，穷人有勇气觉得［他们］更应该与富人平等”；犹大还对耶稣基督说：“我憎恨富人，他们毒害了我们所有人，他们自负，不值得［尊敬］，浪费了他们底下那些人的希望，浪费生命对处于底层的人进行说谎。”（138）犹大与耶稣基督之间的对话与思想交流，一定程度上体现了梅勒对社会贫富问题的态度与看法。梅勒生活在贫富有别的美国社会，显然在他看来，社会应该缩小贫富之间的差距，穷人应该享有与富人平等的社会地位；唯有这样，社会才能真正繁荣发展，人们才能真正幸福生活。耶稣基督之所以认同犹大对富人的憎恨，是因为他“在穷人眼中看到了很大的需要、很新的希望与很深的悲伤，他们失望过很多次”（149）。耶稣基督虽然憎恨恶人，但他还是努力平等对待善人与恶人，他之所以这样做，是因为在他看来，“恶与善在坏人身上转换得比在好人身上快得多；坏人熟悉他们的罪，经常不愿努力去拒绝悔恨”（149）。耶稣基督对穷人的态度和看法以及对善人与恶人的态度和看法再次表明了梅勒对富人与穷人、善人与恶人的态度与看法。

如果说上帝与魔鬼经常处于战争之中的话，耶稣基督告诉人们，上帝与魔鬼的战争实际上是上帝与恶的战争。在人们心目中，魔鬼是恶的化身，是恶的制造者；换言之，恶来自魔鬼。但是，在耶稣基督看来，恶常常来自人本身，正如他对门徒所说：“来自人的东西能够玷污人，人的心产生了邪恶的思想、通奸、乱伦、谋杀、偷窃、贪婪、邪恶、欺骗、渎神、骄傲，甚至邪恶的眼睛。”（121—122）这就是说，在耶稣基督眼中，心是万物之源，因为心可以生善，也可以造恶。如果说人类的“堕落”源于亚当与夏娃违背上帝的旨意而偷吃禁果所致，耶稣基督认为：“就像树一样，人本身生出了善与恶的果实。”（124）这就是说，在耶稣基督看来，没有纯粹的恶人，也没有纯粹的善人，人是善与恶的混合体。因此，人的发展具有不可预测的不确定性：要么偏向善，要么偏向恶，但绝不会走向完全的善或完全的恶。一定程度上讲，耶稣基督所言映射了梅勒对美国的批判。美国动辄炮轰他国，动辄给这个或那个国家或地区贴上“邪恶”的标签，为自己攻击它们找到“充足”的根据和理由，却不知自己的攻击行为本身就是邪恶行为。

如果说邪恶来自人本身，在耶稣基督看来，人的邪恶不仅体现在行为方面，而且体现在思想方面。所以，耶稣基督认为：“任何一个带着淫欲看着女人的男人已经在心里犯了通奸罪”，而“通奸是魔鬼最强大的工具”（175）。但是，恶与善同生同在；因此，耶稣基督认为，对于一个犯了通奸罪的女人来说：“魔鬼的手拥抱着她的同时，她可能也接近了上帝；甚至在她的身体接近魔鬼的时候，她的心可能跟上帝在一起了。”（177—178）所以，在耶稣基督看来，这样的女人并不是不可宽恕和拯救。但是，从这样一个犯了通奸罪的女人身上，耶稣基督看到了不可宽恕的七种力量和与之对应的七种魔鬼：第一种力量是黑暗的力量，与之对应的魔鬼是背叛；第二种力量是欲望，与之对应的魔鬼是骄傲；第三种力量是无知，与之对应的魔鬼是对猪肉的极大胃口；第四种力量是死亡之爱，与之对应的魔鬼是吞噬他人的欲望；第五种力量是占据整个领域，与之对应的魔鬼就是玷污所有人的灵魂；第六种力量是智慧的超越，与之对应的魔鬼是偷窃灵魂的冲动；第七种力量是愤怒的智慧，与之对应的魔鬼是荒废一座城市的欲望。在耶稣基督看来，第七种力量和与之对应的魔鬼是最为可怕的（180—181）。看到耶稣基督列出的这些不可宽恕的力量和与之对应的魔鬼，读者自然会想到美国的形象，因为如果我们回看美国历史，就可以发现，耶稣基督所说的这七种不可宽恕的力量和与之对应的七种魔鬼中，至少有四种体现在美国身上：死亡之爱与吞噬他人的愿望、占据整个领域与玷污所有人的灵魂、智慧的超越与偷窃灵魂的冲动以及愤怒的智慧与荒废一座城市的欲望。因此，可以说，借助耶稣基督之口，梅勒比较含蓄地批判了美国的各种邪恶思想和邪恶力量。

不论多么邪恶，人都是上帝的造物；但是，在耶稣基督看来，人虽然是上帝以自己的形象创造出来的，但不像上帝那么万能；如果说上帝具有创造奇迹的能力，人显而易见不具备那样的能力。所以，在耶稣基督心目中，上帝始终是伟大的，因为他可以让盲人睁开眼睛看世界，让哑巴开口说话，让病人恢复健康，让无变成有。更值得一提的是，在耶稣基督眼中，上帝既是严父，也是慈母，因为他像“一位伟大的国王一样”，“努力让我们制造的混乱恢复秩序”，虽然他“经常因为我们的罪而勃然大怒，让我们成为流放者；然而，就像他把我们流放于各地一样，他也把我们［从各地］带回来，不论我们怎样破坏他的创造，他总是努力宽恕我们”（198）。所以，在耶稣基督看来，不论上帝对我们做了什么，他都是善意的，最终目的都是拯救我们。因此，在“最后的晚餐”上，耶稣基督对他的门徒说：“除非你们吃了上帝的儿子的肉，喝了他的血，你们不会活着。但是，谁吃了我的肉喝了我的血，谁就会永生。”（199）然而，耶稣基督发现，他的牺牲可能得不到他所希望的结果，因为他的善心被人背叛，正如他在“最后的晚餐”上对门徒所说：“你们12个人中，有一个难道不是魔鬼吗？你们中有人会背叛我，真是为他可悲啊，要是他没有出生，那该多好啊。”（199）虽然耶稣基督憎恨他的门徒中会背叛他的那个人，希望“他没有出生”，但是，他明确告诉门徒：“我为他难过”，因为“如果他背叛我，他的痛苦会比我多”（200）。作为一个具有善良之心的人，面对“他的痛苦”，耶稣基督自然而然对“他”产生同情，因为同情会让他变得富有，正如他所说：“同情让我变得富有的时候，力量就来到了我身边。”（200）耶稣基督还认为，人不仅要有同情心，而且要彼此有爱，所以他对12个门徒说：“以后，你们要像我给你们洗脚一样给彼此洗脚”（200），“要像我爱你们一样爱彼此”（201）。在耶稣基督看来，“爱彼此”应该是他的门徒有别于他人的地方所在，正如他对他们所说：“仅凭这一点，别人就知道你们是我的弟子。”（201）耶稣基督为拯救“堕落”的人和世界而牺牲自己，他完全是一个无私的人，所以他对自私之人深恶痛绝。因此，被钉死在十字架时，听到身边两个贼人所说的话，他做出了完全不同的反应：对于他右手边那个贼人所说的“如果你是基督，你就救救我吧”，他“自言自语地说，这个人只想着他自己的生命，他是一个罪犯”；而对于另一个贼人所说的“主啊，你进入天国之后记着我的脸”，他“告诉他说，今天，你会跟我一起进入天堂”（230）。显然，在耶稣基督看来，人不应该有罪，但犯罪之后能够知罪悔罪，就应该得到他人的原谅与宽恕；如果人犯罪之后不知罪不悔罪，反而挖空心思想方设法去逃罪，那就是罪上加罪，应该受到更加严厉的惩罚。一定程度上讲，耶稣基督对罪与罚、同情、宽恕与互爱的强调体现了梅勒对这些道德价值和行为规范的强调。通过耶稣基督所言，梅勒旨在表达的思想跃然纸上：人不可犯罪，犯罪则要受罚，但人不能没有宽恕之心；人要有一颗能理解他人痛苦的心，要有一颗能宽恕他人之罪、能同情他人之苦、能爱邻如己的善良的心，因为这样才能让社会拥有更多的善和更少的恶。同时，通过耶稣基督之口，梅勒也力图告诫人们：一个人如果有错，就应该知错并且努力改错；如果不知错或者不悔错，他就会逐步走入不可救赎的境地。

耶稣基督强调“互爱”的价值，认为“互爱”非常重要。所以，他不止一次对门徒说：“你们必须像我爱你们一样爱彼此”，他还特意提醒他们：“我把你们送到［这个世界］，就像把羊送到了狼中间一样，你们要努力像蛇一样聪明，像鸽子一样无害。”（204）耶稣基督认为：“互爱”最重要的体现就是能为他人而牺牲自己；所以，他对门徒说：“任何人的爱都没有这种爱伟大：他为了朋友而牺牲自己的生命。”（205）但是，真正能“为了朋友而牺牲自己的生命”的人必须是一个爱朋友胜过爱自己的人。因此，耶稣基督不厌其烦地对门徒说：“要爱彼此，这是你们必须做到的。”（205）耶稣基督虽然强调“互爱”的重要性，教导门徒要有一颗“爱彼此”的善心，但是，他知道魔鬼无时不在作恶，因此他也提醒门徒：“这样的时间会到来：任何努力谋杀你们的人都会说他在为上帝服务；以上帝的名义发动的战争会让魔鬼受益。”（205—206）耶稣基督俨然是一位善良的父亲，临终之前不忘对孩子们交代这个交代那个，以免他们遭受不该遭受的苦难。通过耶稣基督对“互爱”的强调，通过他提醒门徒注意那些以上帝的名义发动的让魔鬼受益的战争，梅勒不仅告诫读者，生活中经常存在以上帝之名进行作恶的人，而且非常含蓄地批判了美国，因为在他看来，美国就像耶稣基督眼中那些以上帝的名义发动让魔鬼受益的战争的人一样，它曾经以上帝的名义发动的各种战争或做的各种事情，不是服务上帝的善行善举，而是让魔鬼受益的邪为恶行。

如果说上帝是万能的，耶稣被钉死在十字架上却让“上帝的儿子”对上帝的万能性提出质疑：“他拥有所有的权力吗？还是没有？”（232）但是，耶稣被钉死在十字架上让“上帝的儿子”对上帝有了更加深刻的认识与理解：“上帝，我的父亲，仅仅是一个神，但还有别的神”；因此“我让他失望的话，他同样也让我失望”（232），正如“他做着他只能做的事情，就像我做了我能做的事情一样”（233）。可以说，耶稣基督对上帝的深刻认识与理解，是他对世界的深刻认识与理解，也是他对构成世界的万事万物的深刻认识与理解，正如他所说：“这就是现在我对善与恶的认识。”（232）通过耶稣基督对上帝的深刻认识与理解和他“对善与恶的认识”，梅勒旨在告诉人们：世界上没有全能的东西，所以就没有全善或全恶的东西，一切事物都是善与恶的复合体；因此，尽管人们竭尽全力努力消除恶，但总是达不到全善的状态，进入不了全善的王国，因而人们的生活时时处处受到恶的挑战与攻击，所以善恶之战永远存在，打恶除邪永远是人类生活不可忽视的一部分。但是，梅勒对人类的前途与命运并没有失去信心或感到悲观。小说结尾处，耶稣基督说，被钉死在十字架上后，他不仅想到上帝对亚当的警告和上帝能力的有限性，而且想到穷人的脸。他这样说：“我最后想到的是穷人的脸，想到他们在我看来多么漂亮”，因为“我是为他们而死在十字架上的”（234）。耶稣被钉死在十字架上后不忘上帝对亚当的警告和穷人的脸，因为他因亚当违背上帝的旨意而死，也因穷人的苦难而死。耶稣在十字架上的“核心”关注不仅表明梅勒对人类的前途与命运充满希望，而且表明他对上帝有了深刻的认识：上帝的一切努力都旨在让穷人获得拯救，而不是让富人变得堕落。通过这样的认识，梅勒让自己的美国同胞们明白：如果美国声称自己是上帝的“宠儿”，这个声称显然不符合事实，因为在上帝眼中，最漂亮的脸不是富人的脸，而是“穷人的脸”；所以，如果美国认为自己是世界上最富有的国家，它显然是上帝最不愿“宠”的国家。

综上可见，通过“上帝的儿子”耶稣基督本人对自己的本质及思想的言说，《儿子的福音》解构了各种基督教福音关于耶稣基督本质及其思想的不真实言说，建构了真实的耶稣基督本质及其思想。“上帝的儿子”耶稣基督遵照上帝的旨意告诉“他的人们”要与人为善，但他发现，他们只擅长说善良的话，却不愿做善良的事；所以，他们看似善良，实则邪恶。一定程度上讲，基督教美国就是如此。如果说美国声称自己是上帝的行道者，梅勒的《儿子的福音》则通过“上帝的儿子”耶稣基督本人对各种基督教福音关于耶稣基督本质及其思想的不真实言说的解构，通过耶稣基督本人呈现自己所说的话和所具有的思想，让读者非常清楚地看到这个声称是上帝行道者的基督教美国的真实本质：看似善良，实则邪恶。

第八章

《林中城堡》与美国隐喻

《林中城堡》是梅勒自《儿子的福音》发表以来10年间发表的第一部长篇小说，也是梅勒生前发表的最后一部长篇小说，可谓绝笔之作。跟《儿子的福音》相似，对《林中城堡》评论界是贬多于褒。小说发表前，爱德华·B. 圣约翰（Edward B. St. John）撰文说，《林中城堡》“不可能成为一部畅销书，却是梅勒经典的重要新增作品，也是战后美国小说集必不可少的收录作品。”[①] 布拉德·胡波尔（Brad Hooper）也批评说：“与其说这［《林中城堡》］是关于邪恶的心理研究，不如说它是一种想象研究……许多读者会觉得，在努力理解邪恶中，［梅勒的］这种撒旦和魔鬼部队的奇喻（conceit）是骗人的玩意儿，甚至是让人讨厌的东西。”[②] 小说发表后，约翰·格罗斯（John Gross）撰写了长文评论，但同样持批评态度。格罗斯认为：“《林中城堡》中实际上根本没有邪恶感，谈论魔鬼根本取代不了魔鬼的死亡般在场。”[③] 在格罗斯看来，《林中城堡》中“梅勒既没有拓宽我们对希特勒的了解，也没有加深我们对他的理解”[④]。但他强调：“梅勒从不会为纳粹说什么好话。”[⑤] 同年，里昂纳德·克里格尔（Leonard Kriegel）也撰写长文评论了《林中城堡》，但同样持批评态度。克里格尔指出：“从那场战争［第二次世界大战］结束到20世纪60年代，他［梅勒］那一代作家们赋予那场战争以虚构的形态，就像海明威、多斯·帕索斯赋予早前一场战争以形态一样。”[⑥] 克里格尔认为，《林中城堡》“标志着梅勒回归到那场让美国倒立的战争”

---

① Edward B. St. John, “The Castle in the Forest”, *Library Journal*, December 2006, p. 112.

② Brad Hooper, “The Castle in the Forest”, *Booklist*, November 15, 2006, p. 6.

③ John Gross, “Young Adolf: Review of *The Castle in the Forest*”, *Commentary*, March 2007, p. 61.

④ Ibid., p. 62.

⑤ Ibid.

⑥ Leonard Kriegel, “Mailer's Hitler: Round One”, *The Sewanee Review*, Vol. 115, No. 4, Fall 2007, p. 617.

(the war that stood America on its head)，但他觉得“梅勒的这部关于谁都会认为是我们这个像癌的世界的主要缔造者的新的小说”真是让人感到：“期望越高，失望越大”，因为“希特勒对那场战争以及由此演化而来的世界负有比任何人更大的责任”，但是，小说所刻画的希特勒“让人厌烦，不会难忘”①。克里格尔还指出：“梅勒努力让他对希特勒的刻画成为他关于人类处境中善恶对立的想象的一部分，但是，《林中城堡》的最大缺陷是，它真正没有让人感觉到邪恶的存在。”② 克里格尔认为，虽然“没有人比梅勒更能感觉到日常生活中邪恶的力量”，但是“如果人们在《一场美国梦》中能感觉到邪恶的吸引力，在《哈洛特的幽魂》中能感觉到邪恶的含混，在《林中城堡》中，邪恶仅仅是一种奇喻而已。希特勒……要成为一个威胁着西方文明而让其没落的魔鬼，然而在这个注定要成为历史上最可怕的人物的小孩身上，邪恶的力量很少影响我们。”③ 克里格尔说：

> 我们有权期待梅勒给予我们一种等同于过去的那个世纪［20世纪］的历史给予我们的恐惧，这种恐惧就是能让［托马斯］曼笔下浮士德博士具有的那种让人非相信不可的力量的东西……曼把我们拉进一个可怕然而让人着迷的世界，这个世界上，邪恶呈现出完全具有人之特征的景象，但梅勒笔下的希特勒似乎只是一个被《林中城堡》的自觉叙述者操纵的傀儡。小说叙述中没有任何地方可以让读者觉得希特勒会成为一面反映人类可能邪恶的镜子。不论梅勒试图引起什么样的恐惧，他笔下的希特勒既没有威胁性，也没有喜剧性。④

克里格尔认为：“对梅勒来说，邪恶不仅仅是现实的，它一直是一种神秘的东西。这就是他这部关于希特勒的小说失败的原因。”⑤

但是，评论界也有不同的声音。小说发表一年后，弗兰西林·利维托夫(Francine Levitov)撰写长文评论了《林中城堡》。利维托夫说：“梅勒的每一次新的小说的出版都是能刺激人思想的事件，梅勒是一个冒险家”。他的文学声誉在于他是一个“先驱”而非“守旧者”，他“对阿道夫·希特勒一生

---

① Leonard Kriegel, "Mailer's Hitler: Round One", *The Sewanee Review*, Vol. 115, No. 4, Fall 2007, p. 617.

② Ibid., pp. 617-618.

③ Ibid., p. 618.

④ Ibid., pp. 618-619.

⑤ Ibid., p. 619.

前16年的虚构讲述就是明证"[①]。利维托夫认为,《林中城堡》不是对希特勒的纪实,而是对他的"想象",目的是"让我们有所反省地理解像希特勒这样的一个可怕怪物是如何成长发展的"[②]。可以说,利维托夫注意到了梅勒写作《林中城堡》的一部分意图,但没有注意到:梅勒写作这部小说不仅仅是为了"让我们有所反省地理解像希特勒这样的一个可怕怪物是如何成长发展的",更是为了让我们明白"像希特勒这样的一个可怕怪物"的成长发展如何受魔鬼操控。显然,希特勒的邪恶是梅勒在《林中城堡》中的一个核心关注点,但梅勒关注希特勒之邪恶不是为了"拓宽我们对希特勒的了解"或者"加深我们对他的理解",而是为了让我们看到人在魔鬼的操控下如何行恶,也不是为了在人们中间"引起什么样的恐惧",而是为了唤起人们对邪恶的追问与反思。

无论贬还是褒,评论家都没有注意到《林中城堡》中的美国隐喻。事实上,《林中城堡》表面上想象性地再现了魔鬼对希特勒家族三代人生活的操控及其结果,实际上指向的是第二次世界大战后被魔鬼操控的美国。虽然小说仅仅在开头和结尾部分提到"美国",就像《我们为什么在越南?》仅仅在小说结尾处提到"越南"一样,但梅勒在其绝笔之作《林中城堡》中关注的主要还是他文学创作关注的恒常话题——美国。通过想象性再现希特勒在魔鬼操控下的成长与发展,梅勒旨在隐喻第二次世界大战后美国的邪恶及其表现,以唤起美国追问自己的恶之因,反思自己的邪恶思想与行为,寻找再生的可能之道。

第一节 美国自问:恶之何因?

《林中城堡》是一部隐喻"美国之恶"的小说,之所以为"隐喻",是因为小说没有直接再现"美国之恶",而是聚焦第二次世界大战中给人类造成极大灾难的魔鬼式人物阿道夫·希特勒。第二次世界大战无疑是20世纪人类的一场大灾难,这场灾难充满无数非人性暴行,"犹太大屠杀"就是其中之一。众所周知,"犹太大屠杀"是纳粹德国在第二次世界大战期间犯下的让世界人民永远无法饶恕的罪行之一,其罪魁祸首是阿道夫·希特勒。在世界

① Francine Levitov, "The Castle in the Forest", *KLIATT*, March 2008, p. 50.

② Ibid.

人民的眼中，希特勒无疑是一个罪大恶极的魔鬼。那么，什么让他成为这样一个魔鬼（即“恶之何因”）便是《林中城堡》力图回答的重要问题。

为了彻底弄清“恶之何因”，小说试图从“源头”找到答案，从希特勒的家族史中找到导致希特勒成为魔鬼的决定性因素。所以，小说以“寻找希特勒的祖父”开始，通过探寻希特勒的祖父和父亲的出身，力图从基因遗传的角度找到希特勒成为魔鬼的生物学缘由。因此“希特勒的祖父是谁”这个问题便成为小说的一个重要关注。刚开始，人们认为希特勒的祖父是一个犹太人，他是希特勒的祖母的一个雇主，雇用希特勒的祖母为他家当保姆期间跟她发生性关系，致其怀孕生下希特勒的父亲；后来，人们认为希特勒的祖父是希特勒的祖母的一个兄弟；再后来，人们认为希特勒的祖父是一个犹太富商的儿子；再后来，人们认为希特勒的祖父是希特勒的父亲出生后跟希特勒的祖母结为夫妻的希特勒的祖母的一个表弟；最后，人们又认为希特勒的祖父是希特勒的祖母的丈夫的一个弟弟。从一种猜测到另一种猜测，人们对于“希特勒的祖父是谁”的不停追问，实际上是对于希特勒“恶之何因”的考古式探究。小说中，代表人们对希特勒“恶之何因”进行考古式探究的不是别人，而是小说叙述者 D. T. 。D. T. 是希特勒成长与发展的“培养者”。小说第一部分“寻找希特勒的祖父”中，D. T. 说，希特勒是“一个依附于我的人，我跟随他一生，从婴儿时起一路走来，到他成为世纪的野兽”①。

D. T. 不仅是小说的叙述者，而且是小说中的一个主要人物，是希特勒成长的见证人。作为见证人，D. T. 试图通过讲述希特勒的成长故事对希特勒“恶之何因”给出答案。D. T. 不仅是小说的叙述者，而且自称是小说的“创作者”，但他强调：“我一直是魔鬼，不是小说家。”（92—93）这就是说，小说既讲述了希特勒如何成长为魔鬼的故事，也讲述了魔鬼如何行恶的故事。D. T. 说：“对于这本书，没有一种清晰的分类，它不仅仅是一部回忆录，当然作为一部传记必须很有趣，因为它跟小说一样有特权。我确实有进入许多人思想的自由。我甚至可以说，确定文类真正并不重要，因为我的最大关注不是文学形式，而是对后果的惧怕。我必须在不引起麦斯特罗（Maestro）注意的情况下做这件事。”（79）麦斯特罗是 D. T. 的顶头上司，是领导并指挥 D. T. 不停行恶的一个高层魔鬼。D. T. 试图“在不引起麦斯特罗注意的情况下”做的事就是对希特勒“恶之何因”进行探究。D. T. 之所以不想“引起

① Norman Mailer, *The Castle in the Forest*, London: Little, Brown, 2007, p. 72. 本章凡出自该版本的引文，均在引文后的括号里注明页码。

麦斯特罗的注意”，是因为他的行为会揭露麦斯特罗及其同僚的恶行。D. T. 还说：“甚至在我进一步详细披露我最重要的依附者所受的早期培养时，我正在美国毫无瑕疵地履行着我的适度职责。”（80）这就是说，《林中城堡》是 D. T. 在美国继续履行职责时写的一部关于自己过去的回忆录，也是一部探究希特勒如何从一个正常幼儿成长为十恶不赦的大魔鬼的成长小说。D. T. 视希特勒为自己“最重要的依附者”，旨在表明，希特勒之所以成长为“世纪的野兽”，跟他自己作为一个魔鬼不无关系。D. T. 特意强调他详细披露他“最重要的依附者所受的早期培养”时“继续在美国毫无瑕疵地履行我的适度职责”，旨在表明，他作为魔鬼从未缺席美国的活动。从这个角度讲，《林中城堡》也是对美国“恶之何因”的探究。

小说最后一部分中，D. T. 说：“我的名字叫 D. T.，这并非完全不准确，这是我占据一个 SS［Special Section iv-2a］人的身体和其人时给予迪特尔（Dieter）的绰号，［我］占据那儿直到第二次世界大战结束（那时，迪特尔不得不匆忙走出柏林）。”（463）迪特尔匆忙走出柏林的时间是 1945 年 4 月的最后一天，即“美国士兵解放了一个集中营”的时间（463）。走出柏林后，D. T. 来到美国，继续履行他作为一个魔鬼的职责；不过，他不再在麦斯特罗指挥下行动，而是必须“自谋生路”，如麦斯特罗对他所说：“现在，自己照顾自己吧，我会将我们的行动搬到美国，一旦我确定了我们在那儿干什么，我会再次召唤你。”（464）D. T. 说：“迪特尔是一个很有魅力的 SS［Special Section iv-2a］人，个子挺高，反应灵敏，皮肤白皙，眼睛深蓝，机智聪明”，但“他是一个受困的纳粹分子。”（464）然而，作为魔鬼，D. T. 并没有一直占据迪特尔的身体，而是根据作恶需要不停地进出不同人的身体，正如他所说：“我不止一次不得不离开一个人的身体，所以，我不是处于某个地方静止不动，我旅行到美国，跟麦斯特罗汇报了情况，他说：‘我们会在阿拉伯人和以色列人身上进行投资。’”（464）虽然有评论家批评说，麦斯特罗的这句话让小说有“一种模模糊糊的结尾，带有令人不愉快的含义——但只是来自一个将自己职业的大部分奉献于搅浑道德判断之水的作家的一件小事”①，但通过麦斯特罗对 D. T. 所言，梅勒显然向读者暗示了第二次世界大战后美国在中东地区的持续在场，暗示了第二次世界大战后战火不断的中东冲突中美国所扮演的不光彩角色。如果说希特勒从一个婴幼儿时看

① John Gross，“Young Adolf：Review of *The Castle in the Forest*”，*Commentary*，March 2007，p. 62.

似正常的人逐渐成长为“世纪的野兽”是魔鬼作用的结果，那么，第二次世界大战后美国介入中东地区的事务导致巴以冲突长期存在并不断升级，无疑也是魔鬼使然。跟麦斯特罗汇报情况并得到他的“祝你好运”之后，D. T. 便留在美国“自己照顾自己”。从时间来看，D. T. 进入美国“自己照顾自己”的时间，正好是第二次世界大战结束的时间，是梅勒从第二次世界大战归来开始投身于文学创作的时间。因此，D. T. 在美国活动的时间，正是梅勒书写美国的时间；D. T. 在美国的故事，成了梅勒小说创作的素材。虽然 D. T. 说，他在美国的故事“不怎么有趣”，而且“人物，包括我自己，都比较小，我不再是历史的一部分”，但他没有试图让读者的注意力离开这样的事实：作为一个魔鬼（或者说，魔鬼的化身），他进入美国的躯体，并且一直占据那儿，就像他在第二次世界大战结束前在德国柏林进入一个 SS 人的身体并且一直占据他一样，他介入美国的作恶行动表明，美国的任何作恶行动都有他在场。虽然 D. T. 没有明确告诉读者他在美国具体做了哪些恶事，但他所言已经向读者做了暗示：他没有也不会做什么好事。D. T. 之所以认为他在美国的故事“不怎么有趣”，是因为在人类历史上，没有比希特勒更为邪恶的魔鬼，没有比希特勒对犹太人进行种族灭绝式的大屠杀更为残酷、更无人道、更为恐怖、更不可饶恕的罪恶。D. T. 告诉读者，1933 年，当希特勒及其纳粹当政时，他受命进入那个名叫迪特尔的 SS 人的身体，在麦斯特罗直接领导和指挥下进行作恶活动（466）。D. T. 还告诉读者，他原以为麦斯特罗是处于最高位置的魔鬼，结果却发现“他不是撒旦，仅仅是一个高层次奴才而已”（467）。D. T. 毫不掩饰地告诉读者：“魔鬼之所以能够存活，是因为我们非常聪明，聪明得足以明白，没有答案——只有问题。”（467）他还告诉读者：“人们不可能找不到一个在街道两边都工作的魔鬼。”（467）这就是说，作为魔鬼，D. T. 最了解魔鬼；在他看来，魔鬼既能在街道的一边干坏事，也能在街道的另一边扮演好人。魔鬼之所以能够“在街道两边都工作”，是因为人们不知道他是魔鬼，即 D. T. 所说：“没有答案——只有问题。”回看美国历史上发生的重大事件以及美国在世界重大历史事件中的持续在场，我们可以说，美国就是 D. T. 所谓的“在街道两边都工作的魔鬼”。

作为进入美国履行作恶职责的魔鬼，D. T. 对第二次世界大战后的美国历史可谓了如指掌。他说：“历史（对于像我一样在其中生活了很久的人来说）很少是［人们］回忆起来觉得很有吸引力的东西，它完全是一张谎言之床……我很清楚它是怎么发生的，很清楚它真正是怎么发生的。”（334）D. T. 所言旨在表明，他不仅是历史的讲述者，而且是历史的经历者和见证人。但是，读者必须清楚的是，D. T. 所说的“历史”并不是笼统意义上的“历史”，而是他所经历过的具体历史，用他的话来说，就是作为“一张谎言之床”的历史，是充满假象的历史，是魔鬼参与并制造的历史，是恶蒙骗善的历史，因此是人类遭受苦难而非享受幸福的历史。虽然 D. T. 没有明言，但如果我们把 D. T. 的历史观与第二次世界大战后美国的历史，特别是美国不断以上帝之名介入他国事务的历史相联系，我们就会发现，D. T. 所说的“历史”实际上是他进入美国后所经历过的第二次世界大战后美国的历史，因为他身处美国，所以就“很清楚它是怎么发生的，很清楚它真正是怎么发生的”（334）。

如果“恶之何因”是 D. T. 及其上司领导麦斯特罗关注希特勒的根本原因，它也是一直困扰希特勒的母亲克拉拉的一个重要问题。克拉拉（Klara）是希特勒的父亲的第三任妻子，是希特勒的父亲的第二任妻子范妮（Fanni）的儿子小阿洛伊斯（Alois Junior）和女儿安吉拉（Angela）的继母。面对继子小阿洛伊斯屡教不改的“作恶”行为，克拉拉迫切想知道究竟为何这般，她不明白小阿洛伊斯为什么会成为一个如此淘气、如此让人生厌的孩子，她想知道究竟是什么原因导致他从过去的“乖孩子”变成现在的“坏孩子”。她思来想去，觉得“青年阿洛伊斯的行为很像范妮，只是比范妮坏了十倍”，因此，她怀疑是否因为母亲范妮的诅咒导致儿子小阿洛伊斯“变坏”：“这是不是可能？难道是她诅咒的结果？”（291）不仅如此，克拉拉还经常为自己的不幸命运所困扰。她生了六个孩子，但前三个都不到三岁就早早夭折，后三个虽然躲过了哥哥姐姐们的厄运，但小儿子埃德蒙（Edmund）后来因病而亡，小女儿保拉（Paula）发育缓慢，智力反应比同龄孩子迟钝得多。她将孩子的早早夭折归因于自己的家庭，认为可能因为父母的原因导致她自己的孩子不能存活。

“恶之何因”也困扰着希特勒的父亲阿洛伊斯，他时不时地想自己为什么会遭受一些痛苦。从海关供职退休后，阿洛伊斯“转行”当起养蜂人。尽管他对自己的蜜蜂百般“呵护”，但经常被它们叮咬。被叮咬后，“他开始思考这些叮咬引起的痛苦是不是一个人为自己的罪恶付出代价的方式”，他甚至想知道：“有没有可能这些小小的伤口是对一个人做了坏事的解释？”（303）阿洛伊斯所说的“坏事”就是他对儿子小阿洛伊斯及其母亲范妮的不公对待。小阿洛伊斯因为叛逆经常让他烦心。有一次，小阿洛伊斯的“非常”行为让他颇为生气，他一怒之下痛打儿子一顿，因此激化了他跟儿子的矛盾。挨打之后，小阿洛伊斯放火烧了父亲的蜂窝，杀了他的爱犬，低价卖了他的爱马，永不回头地离开了他。小阿洛伊斯离开之后，阿洛伊斯深感内疚，觉得自己对儿子“变坏”负有不可推卸的责任。他认为儿子小阿洛伊斯“变坏”是他管教不严的结果，但他之所以对儿子缺乏严厉管教，是因为他对亡妻范妮深感内疚，正如他心里所想：“要说小阿洛伊斯发展到这样糟糕的程度，那是他一个人的错。从这一点来看，他属于人类中最糟糕的人，一位懦弱的父亲。他一辈子都在服从命令，然后在海关任职中实施命令……但他没有在小阿洛伊斯身上培养这种尊敬感，这是因为他对孩子的母亲深感内疚所致吗？是的，他没有好好对待范妮，那么不好，以致他不能对她的后代很严厉。”（328—329）

“恶之何因”也是儿子埃德蒙死后一直困扰着阿洛伊斯夫妇的一个问题。儿子埃德蒙死后，克拉拉再次想起一次又一次发生在她家里的死亡：“不仅是她自己的孩子，而且是她的哥哥和姐姐们的死亡”，但这次“她不愿意认为错误是她自己的”（389）。但丈夫阿洛伊斯完全不同，儿子埃德蒙的死亡让他“不得不想到埋葬了很久的他的乱伦回忆”，他情不自禁地问道：“他和克拉拉玷污了人们吗？如果是这样的话，埃德蒙死了就是幸福。”（389）儿子埃德蒙死后，阿洛伊斯夫妇本该前往教堂为儿子祈祷送行，但克拉拉顺了丈夫阿洛伊斯的意愿，没有前往教堂参加儿子的葬礼，但事后觉得，他们应该去教堂参加儿子的葬礼，正如她对丈夫阿洛伊斯所说：“也许我们应该去教堂。”（390）但是，她又觉得没有去教堂是对的，因为“她开始想，阿洛伊斯是邪恶的吗？她是邪恶的吗？”所以“他们没有去教堂参加葬礼也许更好，真的，实际上更好，因为邪恶之人参加葬礼可能会伤害死者”（390）。儿子埃德蒙的病亡让阿洛伊斯一蹶不振，他甚至“怀疑他的心理平衡是否出了问题”，虽然他觉得“他可能会从那个死亡中恢复过来，也许会重获他的力量”，但他非常清楚地知道：“不可能完全恢复，不会的”，因为“他的心被凿开了一个洞”（413）。儿子埃德蒙死后，克拉拉“开始怀疑，她的家庭是否命中注定要遭受毁灭”（388）。如果人们习惯性地认为上帝无处不在，生活经历则告诉克拉拉：“如果上帝无处不在，那么，魔鬼同样无处不在。”（355）

总之，“恶之何因”既是困扰 D. T. 的问题，也是困扰希特勒的父母的问题。小说叙述者 D. T. 力图找到希特勒“恶之何因”的答案，希特勒的父母阿洛伊斯和克拉拉也力图找到导致他们不幸命运的“恶之何因”。叙述者 D. T. 通过追问希特勒“恶之何因”，并且将他对希特勒“恶之何因”的追问放在第二次世界大战结束后他进入美国继续履行作恶职责期间进行，不仅仅是为了回答希特勒“恶之何因”这个问题，更是为了回答美国“恶之何因”这个问题。虽然小说没有提及 D. T. 在美国的具体职责和行动，只是“点到为止”，但通过 D. T. 让希特勒的父母自问“恶之何因”，梅勒实际上让美国自问“恶之何因”。

第二节　美国自白：邪恶的化身与魔鬼的代理

梅勒在《林中城堡》中通过叙述者 D. T. 让希特勒的父母自问“恶之何因”，从而让美国自问“恶之何因”，他也在小说中通过 D. T. 自白“恶之表现”呼吁美国进行同样的自白。小说中，D. T. 说：“我需要提醒读者，虽然我没有把自己展现得很恐怖（因为我无心满足随意读者关于魔鬼应该怎样行动的想法），我一直是魔鬼，不是小说家。”（92—93）小说开头，D. T. 开门见山、直截了当地说，他是魔鬼的同僚，他的藏身之地是美国。他毫不掩饰自己的身份，说他属于一个名为“Special Section iv-2a”的“无可匹配的情报小组”（3），在一个名为海恩里希·希姆勒（Heinrich Himmler）的人的直接领导和监视下工作。他还非常直接地说，希姆勒“今天被人们视为怪兽”，“事实证明他的确是一个可怕的怪兽”（3）。他还补充说：“我如今在美国”，“我不会再努力保护他”（3）。D. T. 在小说开头非常坦诚地向读者交代自己的身份和现状，旨在表明他与希姆勒的关系以及他对这种关系的态度，以便读者明白，他是希姆勒这个“可怕的怪兽”的同僚，他的所作所为都是为这个“可怕的怪兽”服务的，但他现在要做的不是“努力保护他”，而是尽力揭露这个“可怕的怪兽”的真实面目。

小说第四部分开头，D. T. 说：“我是一个工具，是头号邪恶的一个官员，这个被人信任的工具刚刚犯了一种背叛行为：揭露我们是谁都不可接受的。”（71）这就是说，就职责而言，D. T. 不应该暴露自己，更不应该揭露自己的上司及同僚；然而，D. T. 却成了一个背叛者，他始终不遗余力地暴露自己，告诉读者他是谁以及他和同僚们为谁服务。他说：“如果说 1939 年我假装是一个受到信任的海恩里希·希姆勒（是的，通过栖居于一个真实 SS 官员的身体）的副手，那只是暂时的。执行命令的时候，我们做好栖居于这样的角色、这样的人物躯体的准备。”（71）显而易见，作为“头号邪恶的一个官员”，D. T. 随时随地都是邪恶的化身，随时随地都与魔鬼一起作恶。因此，如果说希特勒是“20 世纪的野兽”，D. T. 促使并见证了他如何成为“世纪的野兽”这一变化过程，正如他所说：“他是一个依附于我的人，我跟随他一生，从婴儿时起一路走来，直到他成为世纪的野兽。”（72）

D. T. 不但非常坦诚地暴露自己的魔鬼身份，而且不时地提醒读者不要忘记，他是一个地地道道的魔鬼。小说第五部分中，D. T. 说：“虽然我像任何好小说家一样乐于书写这些人，并且乐于轮流以讽刺的、客观的、同情的、判断的甚至怜悯的态度观察他们，我仍然需要提醒读者，虽然我没有把自己展现得很恐怖（因为我无心满足随意读者关于魔鬼应该怎样行动的想法），我一直是魔鬼，不是小说家。”（92—93）D. T. 不仅强调自己的魔鬼身份，而且明确告诉读者他是怎样生活的。他说：“作为魔鬼，我必须跟各种形式的粪便——身体的和思想的——亲密地生活在一起。”（98）他还补充说：“作为魔鬼，我们生活在狗屎之中，并且跟狗屎打交道。”（99）这就是说，魔鬼栖居于人身体与思想最肮脏的地方，总是与最肮脏的东西为伍，因此，魔鬼永远不可能做出有益于人的身体与思想健康和幸福的事情。正因为如此，D. T. 说：“上帝是强大的，但不完全强大，几乎不是的，毕竟来说，我们也在此。如果上帝是创造者，我们是他的最深刻、最成功的批评家。”（93）作为上帝的“最深刻、最成功的批评家”之一，D. T. 坦诚地告诉读者，虽然上帝的天使们成功地让人类的大多数相信“头号邪恶”是魔鬼的领导者，但魔鬼对“头号邪恶”这个称呼不但不反感，反而颇感自豪，因为这成为他们可以利用的“最好资源”（93）。凭借这种“最好资源”，D. T. 相信，虽然上帝创造了宇宙，但上帝会失去他的宇宙，而魔鬼会获得他们的宇宙。D. T. 之所以这样认为，是因为他非常清楚魔鬼正在努力“让人类的大多数不再忠诚于上帝”（108）。为了证明这一点，D. T. 非常坦诚地告诉读者：“我们没少参与富有之人和有权之人的配对……我们不忽视乱伦，不论发生在富人中间还是穷人中间。”（109）正因为如此，希特勒家史上的乱伦现象成为 D. T. 的重要关注点，揭示希特勒家史上频现乱伦的原因便是他的首要任务。

在小说开始部分中，D. T. 说，为了很好地解释希特勒的“传奇般意志”（11），他跟他的同僚设想希特勒的祖父可能是一个犹太人，但他们并不喜欢这种可能性，因为如果这种可能性不存在，他们便可以“掩盖一个重要丑闻”（11）。D. T. 告诉读者，根据谣传，1930 年，希特勒接到一封来信，写信人是他同父异母的哥哥，信中提到“我们家史上的一些共有情况”（11）。这就是 D. T. 所说的他们努力掩盖的“重要丑闻”，即 D. T. 不遗余力详细讲述的希特勒的祖辈和父辈的乱伦故事。

叙述者 D. T. 告诉读者，希特勒的同父异母的哥哥在信中所说的“我们家史上的一些共有情况”首先指向希特勒的祖母生下私生子这件事。D. T. 告诉读者，1837年，根据谣传，希特勒的祖母玛丽亚·安娜（Maria Anna）生下一个儿子，取名阿洛伊斯。母子两人当时和随后都生活在奥地利瓦尔德维尔特尔（Waldviertel）省“一个可怜的小村庄”，但会定期收到一小笔钱。“接近她的人认为，这笔钱来自那个未透露姓名的孩子的父亲。”（11）虽然人们不知道定期给母子俩寄钱的人姓甚名谁，但他们猜测，孩子的父亲是一个住在省会城市格拉茨（Graz）的富有犹太人。D. T. 说：“根据谣传，玛丽亚·安娜·席克尔格鲁贝（Maria Anna Schicklgruber）在这个犹太人家里当保姆，怀孕之后，不得不回到她的村里。她带孩子去教堂接受洗礼时，牧师将［孩子的］出生宣布为‘非法’。在那些地方，这种宣布司空见惯。”（11）D. T. 言外之意是，虽然牧师认为玛丽亚·安娜的孩子是“非法”所生，但这不能说明她的孩子就是那个曾经作为她雇主的“富有犹太人”的儿子；换言之，玛丽亚·安娜曾在一个犹太人家里当保姆的事实不能证明她的儿子阿洛伊斯的生父肯定是一个犹太人。如果阿洛伊斯的父亲不是传说中的犹太人，那么，他到底是谁？叙述者 D. T. 讲述了另一种传说。他说：“玛丽亚·安娜出生于1795年，阿洛伊斯出生时她已经42岁。她出生于一个有11个孩子（其中5个已经死亡）的家庭，她肯定跟她的几个兄弟同居过。”（12）如果情况果真如此，则问题是：安娜到底跟她的哪个兄弟同居后生下儿子阿洛伊斯？这成为叙述者 D. T. 进一步关心的问题。

然而，希特勒的父亲阿洛伊斯是希特勒的祖母玛丽亚·安娜和她的一个兄弟乱伦所生的猜测被希特勒否定。据叙述者 D. T. 交代，1930年，接到同父异母的哥哥写给他的信后，希特勒派人调查祖母安娜怀孕的事，调查结果是，希特勒的父亲阿洛伊斯是希特勒的祖母跟一个犹太富商的19岁儿子所生，这个犹太富商承诺定期寄钱给安娜，一直寄到阿洛伊斯14岁为止，但希特勒并不认同这个结论，因为根据他父亲阿洛伊斯讲给他的“真实故事”，他的“真正祖父是玛丽亚·安娜的一个表弟约哈·乔治·希德勒（Johann Georg Hiedler），他在阿洛伊斯出生5年后娶了她”（13）。故事至此，似乎一切真相大白：希特勒的祖父不是犹太人，希特勒的父亲是希特勒的祖母和表弟约哈·乔治·希德勒乱伦所生；但是，希特勒派人调查做出的这一“定论性”结论又被希姆勒和 D. T. 的调查结果推翻。

作为一个特别情报小组 SS 的组长，希姆勒对希特勒的身世颇有兴趣。1938年，即希特勒收到同父异母的哥哥来信8年后，希姆勒和 D. T. 再次对希特勒的祖父的身份问题进行调查，以便揭示希特勒的父亲以及希特勒本人的真正身世。希姆勒授权 D. T. 对希特勒的祖父的身份进行深入调查，D. T. 调查发现，希特勒的祖父不可能是人们传说中的那个雇用希特勒的祖母玛丽亚·安娜的犹太人，因为“早在 1496 年，犹太人就被驱逐出这个地区，甚至在 341 年后的 1837 年，阿洛伊斯出生时，犹太人仍然不允许回来”（14—15）。这就是说，安娜当时生活和工作的地方不可能有犹太人，因此，认为希特勒的祖父是犹太人的说法完全没有根据。D. T. 调查发现，安娜的真实雇主是一个带着两个女儿的寡妇，她在安娜偷走她家东西后便解雇了她。D. T. 调查还发现，传说中每月定期给安娜寄钱的人不是人们猜测的那个雇用她的犹太人，也不是人们传说中的那个身为行商的她的哥哥，亦不是希特勒的祖母的表弟约哈·乔治·希德勒，而是乔治的弟弟约哈·拿破穆克·希德勒（Johann Nepomuk Hiedler）。拿破穆克是一个有妇之夫，有三个女儿，却没有儿子，他不愿因为跟表姐安娜的乱伦关系而失去妻子与女儿，但能从安娜的角度考虑问题，因此许诺每月定期给她寄钱以养活即将出世的他们的孩子，并且鼓励她向父母谎称给她寄钱的人是个犹太人。安娜接受了表弟拿破穆克的建议，对父母说谎一直到她孩子五岁时。孩子五岁的时候，安娜觉得自己的孩子必须有个可以向世人交代的父亲；于是，在拿破穆克的精心安排下，拿破穆克的醉鬼哥哥乔治成了安娜的丈夫，成了她孩子法律上的父亲，成为她可以向世人交代的她孩子的替身爸爸。希特勒的祖母为什么会跟表弟拿破穆克乱伦？D. T. 告诉读者，这是魔鬼介入的结果。拿破穆克是邪恶的化身，是魔鬼的代理，其所作所为体现了魔鬼的意志，正如 D. T. 所说：“为何不选择那个勤劳的弟弟约哈·拿破穆克·希德勒作为我们的代理？”（21）

D. T. 调查发现，希特勒的祖母安娜跟表弟拿破穆克乱伦生下希特勒的父亲阿洛伊斯，而且，希特勒的父亲阿洛伊斯与其同父异母的姐姐约哈娜（Johanna）也发生乱伦并且有了一个女儿，这个女儿取了约哈娜丈夫的姓，名叫克拉拉·波尔兹尔（Klara Poelzl）。更为“非常”的是，克拉拉后来嫁给生父阿洛伊斯，成为他的妻子，并且和他生了六个孩子，其中三个不到三岁都已夭折，希特勒跟一个弟弟和妹妹幸存下来，但弟弟后来也患病身亡，妹妹发育极为迟缓。因此“希特勒的母亲不仅是阿洛伊斯的妻子，而且是他的亲生女儿”（24）。

但是，希姆勒没有将 D. T. 的调查结果及时告知希特勒；因此，数年之后，1942 年，希特勒对其祖父为犹太人的说法仍然深感不安，但希姆勒建议他“将此事或多或少放置一边”，因为“每个人关注的都是战争”（15）。希姆勒的做法让读者想起小说开始后不久叙述者 D. T. 所说的话：“一旦我们获得事实，如果这些事实证明是破坏性的，我们仍然能够选择会助长民众爱国情绪的不是事实的东西（mistruths）。”（10）可以说，在希特勒的祖父的身份问题上，D. T. 和希姆勒确信他们获得了“破坏性”事实，但他们没有选择澄清事实，而是选择继续掩盖真相，让真相与真相寻求者永不相见。这再次证明，D. T. 和希姆勒都是邪恶的化身和魔鬼的同僚，他们追求的不是善举，而是恶行。

如果说魔鬼选择希特勒的祖母安娜的表弟拿破穆克作为他们的代理，并让他跟表姐安娜发生乱伦生下希特勒的父亲阿洛伊斯，希特勒的父亲阿洛伊斯出生后，魔鬼再次将目光投向希特勒的家庭，让希特勒的父亲阿洛伊斯也成为他们的代理，成为能够替他们效劳的邪恶的化身。5岁前，阿洛伊斯是一个没有“父亲”的私生子；5岁的时候，阿洛伊斯有了自己法律上的父亲；后来，阿洛伊斯回到生父身边。但是，13岁的时候，阿洛伊斯被生父拿破穆克赶出家门，因为拿破穆克有一天发现阿洛伊斯跟他的二女儿瓦尔普尔尕（Walpurga）单独待在他家马厩储料顶棚上，这让他想起当年他跟表姐安娜在另一个马厩草堆里发生乱伦让她怀上儿子阿洛伊斯的经历。

但是，拿破穆克担心的事情并没有出现在儿子阿洛伊斯和二女儿瓦尔普尔尕之间，他没有发觉也没有想到的是，他担心的事却在儿子阿洛伊斯和大女儿约哈娜之间发生了。约哈娜是阿洛伊斯同父异母的姐姐，虽然年龄相差只有7岁，但约哈娜对待弟弟阿洛伊斯像母亲对待儿子那般亲热。阿洛伊斯8岁的时候，他们在马厩草堆里一起翻滚，“但他当时只有8岁，所以什么事都没有发生。”（31）时隔13年后，因为妹妹的去世，阿洛伊斯被父亲拿破穆克召回家，但拿破穆克“不久就认识到，召回阿洛伊斯让他犯了一个大错误”（30），因为召回阿洛伊斯给他机会做了不该做的事情。重回生父家后，阿洛伊斯再次见到分别10年有余的同父异母的姐姐约哈娜，虽然她当时已经29岁，并且已经生了6个孩子，但她对阿洛伊斯的感情不减当初。虽然是10余年中的第一次相见，但他们似乎是相恋已久、深陷爱河、难舍难分不能自拔的情人，相见后便在父亲的马厩草堆里享受了男女之欢，就像他们的父亲拿破穆克当年跟阿洛伊斯的母亲安娜所做的那样，虽然仅此一次，却让约哈娜怀上了克拉拉·波尔兹尔。因此，克拉拉·波尔兹尔虽然姓了约哈娜丈夫的姓波尔兹尔，却是约哈娜跟弟弟阿洛伊斯乱伦所生，是阿洛伊斯的亲生女儿。至此，可以说，魔鬼成功地实现了自己的愿望，成功地让阿洛伊斯做了自己的代理，成功地将他变成了邪恶的化身。

但是，阿洛伊斯和同父异母的姐姐约哈娜发生乱伦并有了女儿克拉拉，并不是他作为魔鬼的代理和邪恶的化身的唯一体现，他还在其他很多方面充当了魔鬼的代理和邪恶的化身。阿洛伊斯被生父赶出家门后，在走向社会的过程中，他的目光开始从自己的姐妹们转向自己周围的女人。小说写道，阿洛伊斯参加工作后，“不论分配到哪里，他都会住在小客栈里，不久，凭借自信，他都会征服客栈里那些没有受到严格保护的厨子与服务员。经历了所有可能得到的女人之后，他通常会换到另一个比较大的客栈”。因此“40 年的职业生涯中，他频繁地变换着住所”（32）。阿洛伊斯之所以频繁变换住所，是因为他努力寻找一切机会征服女人；他之所以能够成功征服女人，一个重要的原因是，他对女人不是特别挑剔：“他不介意他的女人是否优雅得足以跟骑兵军官走在一起”，因为他知道“优雅女人太难［征服］了，而厨子和服务员则对他的注意颇为感激”（32）。显而易见，阿洛伊斯追求女人不是因为对方的优雅、风度或感情，而是仅仅为了满足自己的性欲和生理需求。

阿洛伊斯不仅凭借自信不断征服客栈里的服务员和厨子，过着不受道德约束的浪荡子生活，而且以实用主义态度对待婚姻生活。被生父赶出家门后，阿洛伊斯一直未婚，直到 36 岁才跟一个名叫安娜·格拉塞尔（Anna Glassl）的 50 岁寡妇结了婚。他之所以跟这个比他年龄大很多的“老妇人”结婚，是因为他想借此爬上更高的位置，因为“她来自一个有价值的家庭，虽然长得不怎么好看，却是为皇室带来收入的哈泼斯堡（Hapsburg）烟草垄断公司一个官员的女儿，所以丰厚的嫁妆很诱人”（32）。然而，婚后两年后，他们发现都受到了对方的欺骗，彼此都没有以前所说的那么好，因为“她跟他一样也是个孤儿，也是被人收养的”（33）。所以，妻子对他的吸引力没有了，他从妻子那儿也得不到以前的尊重。

魔鬼不仅将阿洛伊斯变成自己的代理和邪恶的化身，而且也让跟阿洛伊斯有特殊关系的其他人成为自己的代理和邪恶的化身。前文已经提及，克拉拉是她母亲约哈娜跟舅舅阿洛伊斯乱伦所生，所以，从长相来看，克拉拉与约哈娜的丈夫约哈·波尔兹尔没有一点相似之处。从血缘关系来说，克拉拉是阿洛伊斯的女儿；从家庭关系来说，她是阿洛伊斯的外甥女。所以，约哈娜向克拉拉介绍阿洛伊斯时说：“这是你舅舅，阿洛伊斯。”（36）无论表面上的舅舅/外甥关系还是实际上的父女关系，阿洛伊斯并没有把克拉拉置于特殊位置，而是把她当作跟他没有任何关系的普通人看待。因此，当他需要一个人做他妻子格拉塞尔的保姆时，他自然而然地想到了克拉拉。约哈娜的丈夫波尔兹尔虽然不情愿“女儿”克拉拉为“小舅子”阿洛伊斯的妻子当保姆，但“被告知女儿会寄回来多少钱时，波尔兹尔几乎不能说‘不’”

(36)，因为毕竟来说，向妹夫罗姆波尔（Romber）或岳父拿破穆克张口借钱不是件令人愉快的事。所以，他最后“接受了克拉拉要为舅舅阿洛伊斯当保姆的事实”(37)。如果说约哈娜和同父异母的弟弟阿洛伊斯乱伦生下克拉拉是魔鬼使然的话，那么，她同意女儿克拉拉去做阿洛伊斯的妻子的保姆则再次证明，她被魔鬼利用，成为魔鬼的代理，因为她和丈夫同意女儿克拉拉去阿洛伊斯家当保姆，让阿洛伊斯有了再次乱伦的可能。

如果说夏娃堕落是因为亚当引诱所致的话，那么，克拉拉去生父阿洛伊斯家当保姆可能让她重蹈夏娃的覆辙；如果说克拉拉天真得无法区分“上帝般的天使”与“堕落的天使”的话，那么，她到生父阿洛伊斯家后很快就失去了她的天真，因为“魔鬼像马蜂一样簇拥在即将关闭的生命的大门口”(38)。阿洛伊斯就是这样一个魔鬼，因为“一想到他可以跟克拉拉一起待一段时间，他就非常高兴”(37)。但是，克拉拉的到来引起阿洛伊斯的妻子格拉塞尔的嫉妒与猜疑，因为“有些日子，他总是视为正常地跟他的三个女人做爱”：早晨跟妻子，下午下班后跟保姆，晚上妻子睡觉后跟旅馆服务员(38)。但是，正如维也纳人开玩笑说的那样：“要让社会得以改善，警察和小偷都需提高自己”，妻子格拉塞尔“对他的所为越是敏感，他的谎言就编得越好”(38)。阿洛伊斯编造谎言蒙骗妻子的行为再次表明，他是邪恶的化身和魔鬼的代理。

正因为是邪恶的化身和魔鬼的代理，阿洛伊斯在婚外不断寻欢作乐。与格拉塞尔结为夫妻后，阿洛伊斯还有个情人，名叫范妮，范妮曾对阿洛伊斯说：“我听波兰人说，父亲不能跟女儿做爱，否则，她会失去对他的所有尊敬。”(44) 显而易见，范妮所言旨在表明，父女乱伦是天理不容的事情；但是，她从未想到的是，这种天理不容的乱伦之事即将发生在阿洛伊斯和女儿克拉拉之间；而且，让她不可理解的是，阿洛伊斯跟女儿克拉拉做爱并且娶后者为妻后，克拉拉对阿洛伊斯仍然很尊敬，因为她也成了邪恶的化身和魔鬼的代理。所以，魔鬼让她做什么，她都尽力顺其意，从不怀疑自己的所作所为是否符合伦理和道德规范。她知道自己是约哈娜的女儿，却不知道自己也是阿洛伊斯的女儿；她只知道阿洛伊斯是自己的舅舅，却不知道他也是自己的父亲。

除了约哈娜和克拉拉这对母女，魔鬼也让另一个跟阿洛伊斯有关的人成为自己的代理，这个人就是阿洛伊斯的情人范妮。为了能够嫁给阿洛伊斯，范妮谎称自己怀了阿洛伊斯的孩子，因此如愿以偿地让格拉塞尔跟阿洛伊斯离了婚。格拉塞尔拿到离婚通知书 14 个月后，范妮生下一个男孩，阿洛伊斯给他取名为小阿洛伊斯。这个名为小阿洛伊斯的男孩 14 个月的时候，格拉塞尔突然死亡，死因不为人知，但阿洛伊斯认为她系自杀身亡。虽然格拉塞尔的具体死因不为人知，但她的死亡肯定跟范妮充当她婚姻生活中的“第三者”不无关系；如果这种关系不是直接的，至少也是间接的。因此，就格拉塞尔死亡而言，范妮显然是邪恶的化身，毫无疑问充当了魔鬼的代理。跟格拉塞尔离婚后，阿洛伊斯娶了比他小 24 岁的情人范妮为妻。格拉塞尔死后，范妮生下第二个孩子。这个孩子出生前两周的时候，阿洛伊斯请来护工照顾第一个孩子小阿洛伊斯。来到阿洛伊斯家不到一周，护工就被阿洛伊斯奸污了。范妮生完孩子从维也纳回到家中后不久便知道了一切，但“她没有对他大喊大叫，她只是哭泣”（48—49），表现出一个弱女子的无奈与无助，因为“她身体不好”，她知道“他没耐心等着病人康复”，因为“他是一头野兽”（49）。这就是说，魔鬼让范妮成为他的代理之后促使阿洛伊斯的妻子格拉塞尔走向死亡，从而让她成为邪恶的化身，但范妮成为弱者的时候，魔鬼并没有对她产生同情和怜悯，而是毫不犹豫地让她成为邪恶的受害者与牺牲品。跟阿洛伊斯结婚后不久，范妮不幸患病卧床，不久便撒手人寰，离开了阿洛伊斯和两个年幼的孩子。小说这样写道：“结婚之前，他们在一起生活了将近三年时间，但是现在，安吉拉一岁的时候，范妮就病得相当严重。病情恶化的迹象到处都是。她从偶尔发脾气到歇斯底里，然后到对丈夫失去兴趣，再到无力照顾两个孩子。医生告诉她，她有肺炎的种种症状。”（49）为了恢复健康，范妮搬到一个空气很好的林中小镇，但这一措施也没能帮助她恢复健康。她在这个林中小镇居住 10 个月后，便带着遗憾离开了人世。她的结局让我们想起她和阿洛伊斯正式相处前对阿洛伊斯的性要求做出的反应：“她必须保持处女状态，只要她做了他要求做的事，就会有一个孩子，她清楚这一点；然后，就会有另一个孩子；再然后，她可能就会死掉。”（39）真是巧合，范妮的想法竟然成了现实：她的确生了两个孩子，的确生了第二个孩子后开始生病，并且病入膏肓，不可治愈，因病而亡。范妮的死亡可以说是上帝对她作为“第三者”导致阿洛伊斯的妻子格拉塞尔死亡的一种惩罚，但更是魔鬼作用的结果，体现了恶对善的胜利，因为不论她做了什么，她的命运是悲剧的，她成功地“赶走”了格拉塞尔，成功地从阿洛伊斯的情人成为他名正言顺的“正房”妻子，但她命运不佳，没能跟阿洛伊斯共度终生却早早离开了人世。

范妮的死亡让阿洛伊斯再次成为邪恶的化身和魔鬼的代理。跟范妮结婚前，阿洛伊斯将亲生女儿克拉拉请到家中，让她做了妻子格拉塞尔的保姆。

跟格拉塞尔离婚后，阿洛伊斯娶范妮为妻，但范妮嫉妒心强，容不得丈夫的前妻的保姆跟她同处一家，于是毫不犹豫地将克拉拉赶出阿洛伊斯的家门。范妮生病后，为了照顾两个年幼的孩子，阿洛伊斯不得不重新召回克拉拉。克拉拉重新回到阿洛伊斯身边，从此开始了人生的新阶段，也让阿洛伊斯再次踏上乱伦的人生旅途，从而让他们都成为邪恶的化身，成为魔鬼的代理。克拉拉之所以成为邪恶的化身和魔鬼的代理，是因为她完全接受并内化了父权思想，完全是父权社会的牺牲品，正如她教导儿子希特勒说："父亲之言是家法"（331）；"父亲之言必须是法，不论对错，人不能争辩他的话，你必须服从他，为了家庭的好处，不论对错，父亲只是对的，否则，一切就是混乱。"（332）正因为如此，克拉拉不顾人类伦理与道德的约束与限制，完全听从父亲阿洛伊斯的意志，毫不犹豫地嫁给他，从他的女儿变成他的妻子，让他们从父女变成夫妻。

身为邪恶的化身，阿洛伊斯对邪恶的事情自然非常敏感。看到女儿安吉拉跟哥哥小阿洛伊斯在一起，阿洛伊斯非常担心，他密切关注他们的行动，因为他担心这兄妹俩会重蹈他的覆辙，但安吉拉想到的却是另外一种情况，正如叙述者 D. T. 所说："要是父亲的注意让安吉拉不安的话，那没有什么可惊讶的。她开始想他为什么对她感兴趣。在学校的时候，她听说过这样的故事。一个女孩甚至跟父亲一直干着这样的事，也许人们私下里这样说。呃，恶心，安吉拉心里想，真是太恶心。"（307）这就是说，安吉拉把父亲对她的注意跟他的邪恶联系在一起，担心父亲对她有邪恶之念或非分之想。但天真无邪的安吉拉有所不知的是，父亲阿洛伊斯实际上对她没有产生过任何邪恶之念或非分之想，他的邪恶行为在她听说这个让她感到"太恶心"的故事之前已经发生，因为她在学校听说过的那个让她感到"太恶心"的故事其实就是她家的故事，就是他父亲阿洛伊斯与继母克拉拉的故事。

阿洛伊斯是邪恶的化身与魔鬼的代理，他深知自己有罪，但总是竭力掩饰自己的罪行，因为他有这样的思想压力：

> 他犯了乱伦，要是他跟三个同父异母的姐妹们都做过爱，那不算乱伦，不算，除非她们的父亲也是他的父亲。但是，难道他不知道约哈·拿破穆克是他的父亲吗？当然，他早已知道，虽然他选择了不知道。这是一直推到他脑后的思想，但现在却到了前沿。更为糟糕的是，如果克拉拉不是约哈·波尔兹尔的女儿，那就是他的孩子。这是一个像插进爱犬"路德"身体的尖刀一样明显的事实。天哪，要是有个知道像这种事

情的上帝该怎么办？（304）

尽管他有这样的思想重压，“尽管他是一个罪者，但仍然展现着天使般的特征”（304），就像他实施杀死爱犬“路德”的计划后回到家中所表现的那样：他没有对家人说他杀了“路德”，而是告诉他们：“跟他一起在树林散步的过程中，狗躺下来，安静地死了。”（302）

魔鬼不仅选择希特勒的祖父、父亲和继母作为他的代理，让他们成为邪恶的化身，而且让希特勒家族唯一香火延续人阿道夫·希特勒继续步前辈后尘。作为阿洛伊斯唯一活下来的儿子，希特勒更是邪恶的化身和魔鬼的代理。小说中，D. T. 不止一次告诉读者，希特勒家史上发生的一切都是魔鬼介入的结果，希特勒的成长与发展更是魔鬼参与培养的结果。D. T. 说，在上司麦斯特罗引导下，他很早就感觉到，希特勒“可能会成为死亡之神的高级代理”（405）。应该说，D. T. 的感觉没错，第二次世界大战期间希特勒对犹太人实施的种族灭绝式的大屠杀足以证明他的确是“死亡之神的高级代理”。但是，希特勒之所以成为“死亡之神的高级代理”，完全是魔鬼使然，体现了魔鬼的意志。在 D. T. 看来，希特勒的成长与发展完全是魔鬼左右的结果，正如 D. T. 的上司麦斯特罗在希特勒被同父异母的哥哥小阿洛伊斯拖入午后男孩们的战争游戏时对 D. T. 所说：“现在要密切关注他，要让他的脊梁硬起来。如果不采取措施，我们可能会失去他的很多潜能。”（111）

在魔鬼的控制与操纵下，希特勒完全成为邪恶的化身，完全成为魔鬼的代理，完全在魔鬼的指挥下行动做事，即使日常生活中的小事，也不无魔鬼的影响。希特勒曾在他当权的高峰时期告诉下属，他小时候因为给父母惹麻烦而被父亲痛打，并且说他觉得自己应该挨打，如他所说：“我值得挨打，我给父亲带来了真正的麻烦，我回想当时的情绪，母亲很沮丧，她很爱我，我亲爱的母亲。”（315）但实际情况是，他被父亲“痛打”是实，但他觉得“值得挨打”是虚。同父异母的哥哥小阿洛伊斯离家出走后，弟弟埃德蒙患病身亡，希特勒因此成为希氏家中的“独苗”。母亲克拉拉曾在儿子埃德蒙患病死亡后恳求丈夫阿洛伊斯善待“独苗”儿子希特勒，阿洛伊斯也答应妻子不再施暴于希特勒，但希特勒的“不乖”行为常常让父亲颇为生气，以致他“失信”而不止一次痛打希特勒。虽然希特勒接受了父亲的惩罚，但他从来没有觉得自己“值得挨打”，因为他心里充满无声反抗；而且，父亲越是打他，他心里的无声反抗越强烈，正如父亲阿洛伊斯自责说：“小阿洛伊斯是不是因为挨打太多而成了这样。”（383）希特勒之所以对下属谎称自己

“值得挨打”，是因为他想成功控制下属，赢得他们对他的尊敬，从而让自己成为他们可以效仿的楷模。他之所以能够成功说谎，是因为魔鬼控制了他，让他成为邪恶的化身，正如 D. T. 的上司麦斯特罗对其下属所说：“要篡夺一个高级政治领导的服务，最好的办法就是让他说谎。必须使得他们不能区分谎言与真相，当他们甚至不知道他们在说谎时，他们对我们就相当有用，因为对他们的需要来说，假象（mistruth）非常重要。”（316）

希特勒的成长与发展完全体现了魔鬼的意志，他的成长之路完全由魔鬼规划，他的邪恶才能完全由魔鬼传授，他是邪恶的化身，是魔鬼的代理，正如 D. T. 所说：“在未来的几十年中，我继续是阿道夫·希特勒的向导，他未来的发展很大程度上依赖于我自己的发展。”（213）正因为如此，“1942 年，就是否应该激活集中营中的毒气室这个问题需要做出决定时，阿道夫已经做好了准备”，但“上帝没能对他进行惩罚”（213）。

可以说，魔鬼无时不在，无处不存。如果说魔鬼没有放过希特勒的成长与发展，它自然也不会放过世界上任何具有重大历史意义的事件与活动。因此，虽然希特勒的成长与发展是魔鬼的重要关注，但魔鬼不愿放弃对希特勒成长期间发生在世界各地的其他重要历史事件和活动的关注。因此，得知沙皇尼古拉二世即将接受加冕，魔鬼决定对其进行破坏。所以，沙皇尼古拉二世在莫斯科接受加冕前几个月的时候，D. T. 就受命率领最佳助手离开奥地利前往圣彼得堡做破坏准备，直到 8 个月后才返回奥地利（177）。在圣彼得堡期间，在沙皇尼古拉二世接受加冕仪式前，D. T. 及其助手们在从莫斯科郊外前来莫斯科观看沙皇尼古拉二世加冕仪式的农民中间散布发放礼品的谣言，导致人群大混乱，致使三千人丧失了宝贵生命。然而，D. T. 却为他们的胜利而兴奋（245）。受命破坏沙皇尼古拉二世加冕仪式前，D. T. 还受命在伦敦度过一个月时间，其间参加了伦敦法院对奥斯卡·王尔德的审判。D. T. 说：“他［王尔德］因‘鸡奸和粗俗下流’被定罪的那天，我就在法庭上”，因为“我要执行的命令就是竭尽所能让他被判刑”（178）。

从希特勒的祖辈到父辈再到希特勒本人，从希特勒的成长发展到沙皇尼古拉二世加冕和王尔德受审，任何被魔鬼盯上的人，都被变成邪恶的化身，成为魔鬼的代理；任何被魔鬼盯上的事，都被破坏，最终让无辜者受害。为什么魔鬼每次行动都能成功得手？D. T. 说：“我们具有跟天使们一样的力量，在我们的影响下，依附于我们的人会比没有依附于我们的人说话时更有智慧，更有信心，更有洞见。”（112—113）这就是说，在魔鬼的影响下，一个正常的人会成为一个“非常”之人，即使不善言谈，也能口若悬河、滔滔不绝地说出口是心非的大话或“良言”，让听者感动，为之折服。魔鬼之所以能顺利并成功影响一个人，是因为他抓住了人的弱点，即在魔鬼的影响下，人通常会忘记“什么是公正”“什么是不公正”，如 D. T. 所说：“如果人们能够深刻反思他人所受的不公正，我们的工作就塌垮了。”（216）正因为人具有这样的弱点，魔鬼才可以为所欲为地在人间行恶，让人在其控制下成为邪恶的化身，正如 D. T. 所说：“我们的目的是不断地消减人类的可能性，我们渴望我们能够从上帝手中接替统治［人］的那一刻。”（240）

通过希特勒家族三代人生活中魔鬼的持续在场和决定性影响以及沙皇尼古拉二世接受加冕仪式和奥斯卡·王尔德接受审判等历史事件中魔鬼的介入、干扰和破坏性影响，《林中城堡》旨在反思第二次世界大战后魔鬼对美国的操控。虽然小说没有提及魔鬼在美国的具体活动，但透过魔鬼对希氏家族三代人的影响，读者不难想象，美国在魔鬼的操控下如何沦为邪恶的化身，成为魔鬼的代理，不停地替魔鬼在世界各地行凶作恶。

第三节 美国再生之道：良知对邪恶的追问与反思

《林中城堡》不仅是一部映射美国“恶之何因”和“恶之表现”的小说，也是一部让美国思考“如何再生”的小说。虽然小说自始至终没有提及美国“再生”的问题，但梅勒对美国的映射指向贯穿于小说的始终。小说开头，叙述者 D. T. 说：“我如今在美国。”（3）小说末尾，D. T. 再次说，第二次世界大战结束后他逃离德国进入美国继续履行职责，并且强调，他进入美国的时间是“1945 年 4 月的最后一天”（463）。D. T. 在小说首尾刻意强调他“在美国”的事实和他进入美国的具体时间，旨在提醒读者，美国是魔鬼的避难所，是魔鬼的藏身之地，是魔鬼的用武之地，是魔鬼可以依附的躯体。回顾第二次世界大战后美国的历史，我们可以发现，世界历史上的重大事件（如 20 世纪 50 年代初的朝鲜战争、20 世纪 60 年代的越南战争、20 世纪 90 年代初的海湾战争和 21 世纪初的伊拉克战争等），都有美国的介入与在场。因此，《林中城堡》也是一部关于第二次世界大战后魔鬼如何操控美国的小说。如果说小说通过希特勒家族三代人生活中魔鬼的持续在场和破坏性影响间接地展现了第二次世界大战后魔鬼对美国的操控，小说也通过主要人物对自己过去的思想与行为的反思，为美国指出了一条摆脱魔鬼操控从而走向再生的可能之道。

小说开头，叙述者 D. T. 开门见山、直截了当地说：“我宁愿（prefer）关注希姆勒的非正统思想，它让我开始一段让人不安的回忆。我知道我会在骚动不安的海洋中遨游，因为我必须将许多传统信仰连根拔起。一想到这个，我的精神里爆发出一种不和谐的声音。作为情报官员，我们常常扭曲我们的发现。”（3—4）D. T. 所言旨在表明，不论作为叙述者还是小说中的一个主要人物，他在小说中要做的不是简单再现魔鬼过去的邪恶，而是对魔鬼过去的邪恶进行深刻反思。

D. T. 对魔鬼之邪恶的反思首先体现在他对上司希姆勒所思所想、所作所为的反思之中。作为下属和直接随从，D. T 对希姆勒可谓熟悉至极。D. T. 说，希姆勒“最珍惜、最秘密的思想追求是对乱伦的研究”（4）。D. T. 毫不掩饰地说，对乱伦的研究“支配着（dominated）我们最高级别的研究，我们的发现在保密的（closed）会议上公布”（4）。D. T. 还告诉读者，希姆勒是“1938 年前德国四个真正重要领导之一”（4）。D. T. 所言表明，希姆勒位高权重，但他的兴趣爱好和思想追求与他的职位完全不符，他将“乱伦研究”视为自己“最珍惜、最秘密的思想追求”，足以表明他是一个心理极为变态的“非常”之人。正因为如此，他具有“特别异常的思想”，常常表现出“一种令人受挫般的优秀与愚钝的混合”（4）。“他声称自己是一个异教徒”，并且“预言一旦异教接管世界，人类就会有健康的未来，从此以后不可接受的快乐就会丰富每个人的灵魂”（4）。正因为他具有“特别异常的思想”，希姆勒总是“关注一些别人不敢提及的事情”，喜欢“密切关注思想迟钝”，因为他的理论是：“人类最好的可能性与最差的可能性非常接近。”（5）可以说，希姆勒完全是人类中的“另类”，他感兴趣的也是人类思想与行为中的“另类”，正如 D. T. 所说：“我们要探讨那些别人不敢接近的问题，乱伦列在最前头。”（5）D. T. 所言表明，魔鬼感兴趣的不是人类的健康心理和行为，而是人类的非健康心理和行为。正因为如此，希姆勒认为：“伟大的领袖很少是一个父亲和一个母亲制造出来的，更为可能的是，稀有的领袖是这样一个人，他能成功突破一些约束，这些约束让十代人都无法通过自己的人生表达人类想象，只能通过基因传递这种想象。”（7）换言之，在希姆勒眼中：“稀有的领袖”不是一代人创造出来的，而是数代人基因相继遗传的结果。但是，读者必须清楚的是，希姆勒所说的“稀有的领袖”不是别人，而是他倾注全力密切关注的“世纪的野兽”阿道夫·希特勒。在希姆勒看来，希特勒不是一代人的基因造就的，而是数代人的基因遗传的结果。

希姆勒说，他对希特勒有“特别异常的思想”源于他“对阿道夫·希特勒一生的深思”，因为希特勒的祖辈都是一般农民，但“他的一生展现了一个超人的成就”（7）。在希姆勒眼中，希特勒是“一个超人”；但在世界人民眼中，希特勒是一个十恶不赦的“罪人”，会永远作为一个“世界罪人”被人们唾骂，永远不会作为“一个超人”被人们铭记。希姆勒虽然声称他对希特勒的一生进行过“深思”，但他深思的显然不是希特勒的邪恶思想与邪恶行为，而是希特勒“超人的成就”。通过透视希姆勒“特别异常的思想”和他对希特勒的“非常”评价，D. T. 将希姆勒的真实面目暴露于众：他不是希特勒的批判者，而是希特勒的崇拜者；不是善的寻求者，而是恶的传播者；不是上帝的使者，而是魔鬼的代理。正因为如此，希姆勒才有“非常”的兴趣和追求，才具有“非常”的行为，才不惜一切代价对希特勒同父异母的哥哥写给希特勒的信中提及的“我们家史上的一些共有情况”进行深入调查，最终不是为了证明希特勒的祖父是否犹太人，而是为了证明希特勒是否家庭乱伦的结果。

D. T. 不仅是希姆勒之邪恶的见证人，而且也是邪恶的化身。他在揭露希姆勒之邪恶的同时，也有意识地暴露自己的邪恶；他在反思希姆勒的邪恶思想与邪恶行为的同时，也有意识地反思自己的邪恶思想与邪恶行为。如果说希姆勒力图弄清楚希特勒邪恶的原因，D. T. 则非常清楚希特勒为何如此邪恶，正如他所说，虽然没有一个德国人不想努力理解希特勒，但没有一个德国人真正理解希特勒，而他自己却真正理解希特勒，因为他“处于理解阿道夫的位置”（9）。他还特别强调：“我了解他。我必须重复一下，我从头到脚了解他。”（9）D. T. 之所以“了解”希特勒，之所以“从头到脚了解他”，是因为他亲手“培养”了希特勒，让他从一个“乖顺”的幼儿逐渐成长为一个“世纪的野兽”（71）。从这个意义上讲，D. T. 所言是对自己过去邪恶行为的间接暴露，体现了他对自己邪恶的深刻反思。

D. T. 对魔鬼之邪恶的反思也体现在希特勒的父亲阿洛伊斯和母亲克拉拉在儿子埃德蒙病亡后的思想与行为中。儿子埃德蒙病亡后，阿洛伊斯不愿前往教堂参加其葬礼，因为他控制不了自己的情绪，不想在教堂里因为情绪失控被人取笑。显然，在儿子的葬礼问题上，阿洛伊斯只考虑了自己的感受，却忽视了父亲对儿子的责任。尽管失去儿子让她非常悲痛，但为了丈夫的安全，妻子克拉拉也没有前往教堂参加儿子葬礼，而是委托继女安吉拉代表“家里的女性”前往教堂参加埃德蒙的葬礼，并且告诉她：“要是有人问到的话，就说你父母深受打击”；“告诉他们，我们病了，这就行了”（388）。克拉拉的话让我们想起《一场美国梦》中杀妻罪犯罗杰克拒绝岳父要他参加妻子德伯娜的葬礼时所说的话："你可以告诉人们，我崩溃了，出席不了。"① 虽然儿子的死亡不是她的责任，但从道德角度讲，克拉拉与罗杰克似乎没有多大差别。在安吉拉看来，继母克拉拉完全被父亲阿洛伊斯左右着，正如她对克拉拉所说："你是他的奴隶。"（388）按理说，无论如何，阿洛伊斯和妻子克拉拉都应该毫无理由地去教堂送亡子最后一程，如果不去，则完全不符合人类的伦理纲常，无法给他人一个合理交代，正如安吉拉对继母克拉拉所说："你们不得不跟我和阿道夫一起去教堂，如果你们不去，就会成为丑闻。"（388）但是，安吉拉的担忧不是父亲阿洛伊斯和继母克拉拉的担忧，他们考虑的不是"丑闻"问题，而是自己的心情与感受。无论从情感还是道德角度来讲，他们的想法和做法都让人难以理解。

D. T. 对魔鬼之邪恶的反思还体现在阿洛伊斯的自我反思中。阿洛伊斯自认为是"一个特殊的人"，他对宗教的恐吓不以为然，从不去教堂做礼拜，从不向牧师忏悔罪过，只对王权保持忠诚，除此以外别无他求。在他看来，只要对国家忠诚就足够了，因为上帝决不会惩罚一个为国忠心效劳的人。他是一个没有道德观念的人，但又特别强调道德的重要性。他曾在写给一个表兄的信中说："酗酒者、深陷债务的人以及赌徒和过着无道德生活的人都不可能长久［活着］。"（55）然而，他却认为："不能把无道德性跟你私生活的细节相混淆，接受走私者的贿赂就是无道德性的体现，而私生活是太难判断的事。"（55）如果阿洛伊斯所言不存在前后矛盾的话，那么，他显然在为自己的私生活寻找理由和辩解。

D. T. 对魔鬼之邪恶的反思也体现在约哈娜的自我反思中。如果上帝能够惩罚罪人的话，约哈娜显然对此深有体会，正如她当着同父异母的弟弟阿洛伊斯和女儿克拉拉所说："上帝从未停止对我们［所犯］罪的惩罚。"（36）约哈娜之所以这样说，是因为她虽然生了 7 个孩子，但 4 个早已死亡，而幸存的 3 个中，一个驼背，一个患有肺结核，唯一健康的是克拉拉，但克拉拉是她跟同父异母的弟弟阿洛伊斯乱伦所生。约哈娜跟阿洛伊斯乱伦后，为了赎罪，她"将自己变成一个非常好的管家"，她的行为也影响了女儿克拉拉，因为"克拉拉也对这样的职责做出回应。似乎母女俩都相信，家里留下来的——考虑到那些死去的孩子的幽魂——依赖于不停地关注日常生活中与泥土、尘土、灰烬、脏水以及打碎的盘子、杯子和刀叉餐具的小冲突"（54）。换言之，在约哈娜看来，赎罪的唯一办法就是不停地做家务，让自己沉浸于

① Norman Mailer, *An American Dream*, New York: The Dial Press, 1965, p. 232.

没完没了的家务之中，从而暂时忘记自己有罪，让心灵得到片刻的宁静。

D. T. 对魔鬼之邪恶的反思还体现在克拉拉的自我反思中。第一次跟阿洛伊斯发生性关系后，克拉拉觉得自己不再是天真的少女，而是道德败坏的堕落女人。小说这样写道："现在轮到克拉拉不去做弥撒了，她现在为魔鬼工作（她知道这一点！）。她感觉似乎她最敏感的冲动让她离'头号邪恶'越来越近，是的，甚至她给予小阿洛伊斯和安吉拉的富有爱心的照顾也不例外，她越爱他们，情况肯定越糟糕。她被感染了，她的在场可能玷污他们的天真。"（57—58）事实上，克拉拉知道"她已经生活在'头号邪恶'的掌控下"（58）。妻子范妮葬礼后的当天晚上，未等范妮阴魂离去，阿洛伊斯就迫不及待地跟克拉拉上床狂欢，这让"克拉拉的人生接受了另一种生活"（58），从而让"她已经属于魔鬼"（59）。事实上，她不仅"属于魔鬼"，完全被魔鬼控制，而且成了魔鬼的孕育者，因为"她已经怀孕"（59）。如果说克拉拉跟阿洛伊斯发生性关系是魔鬼作祟的结果，克拉拉怀上阿洛伊斯的孩子更是魔鬼作恶的体现，因为克拉拉是阿洛伊斯与其同父异母的姐姐乱伦的结果，她跟阿洛伊斯本是父女，父女乱伦并怀孕进而成为夫妻，这不论从哪个角度来说都是社会不容、伦理不容、天理不容的恶事，是违反人伦纲常的最为邪恶的事情。因此，D. T. 说："上帝创造了对乱伦的禁忌——我们肯定没有——所以，如果人们发生乱伦，让人们不再回想他们所做的便是上帝的第二个任务。"（265—266）因此，克拉拉"从不花一点时间去想，她丈夫不是她舅舅而是她父亲"（266）。

如果说克拉拉跟阿洛伊斯发生乱伦后感觉自己"已经属于魔鬼"，后来发生在她身上的一系列厄运证明，事实的确如此。她的三个孩子在同一年相继夭折，最大的只有两岁半，第二个只有一岁零三个月，最小的仅有三个星期大。这让我们想起克拉拉的哥哥和姐姐们，他们同样是短命之人。如果说克拉拉的哥哥和姐姐们过早离开人世是上帝对他们的母亲跟同父异母的弟弟乱伦的惩罚，克拉拉的孩子夭折也是上帝对她跟生父乱伦的惩罚，因为"她清楚这是谁的错，阿洛伊斯距离'头号邪恶'很近"（65）。所以"怀上古斯塔夫（Gustav）[克拉拉和阿洛伊斯的第一个孩子] 的那天晚上，她没有忠于上帝"（65），因为"她知道她把自己给了魔鬼，是的，她知道他在那儿，跟阿洛伊斯和她自己在一起"（68）。克拉拉和阿洛伊斯乱伦怀上希特勒是魔鬼介入的结果，正如 D. T. 所说："我和他们在一起，我是第三个存在……1889 年 4 月 20 日希特勒出生前 9 个月零 10 天的那个晚上 [克拉拉] 怀孕的时候，我跟'头号邪恶'都在。"（68）

在克拉拉看来，她的三个孩子在同一年的几个月内相继夭折是上帝对她所犯“罪”的惩罚，因为尽管“她非常虔诚地祈祷上帝挽救她三个孩子中的每一个，但祈祷都无济于事”，这让她觉得“上帝的拒绝只能证明她是有罪的”（72）。如果说“阿洛伊斯距离‘头号邪恶’很近”（65），克拉拉总是努力让自己远离邪恶。因此，怀上希特勒后，克拉拉“养成每天早晨用香皂水漱口的习惯”，她很快发现“阿道夫表现出活下来的迹象”，这让“她开始相信上帝这次可能对她比较好，他甚至愿意宽恕，他会放过这个孩子？她可以认为他的怒气减少了吗？他甚至给她一个天使？”她甚至还做了一个梦：“告诉她不要跟丈夫有关系。”（72—73）显而易见，通过借梦托言的方式，上帝给克拉拉指出了一条走向再生的道路：反思邪恶，远离邪恶。远离邪恶，就能重获幸福，这是上帝指给克拉拉的再生之道。如果阿洛伊斯是邪恶的化身，离开阿洛伊斯，克拉拉就能重获幸福，她的孩子就能摆脱病魔，走向健康。如果阿洛伊斯是邪恶的化身，那么，他的死亡则象征着克拉拉远离了邪恶，并且永远远离了邪恶。正因为如此，故事末尾，我们看到，阿洛伊斯死后，克拉拉和她原本体弱迟钝的女儿保拉似乎获得了新生，她们生活得很开心很幸福。小说这样写道：“几年后，一个去保拉学校的女孩经常看到她跟克拉拉一起走着，直到最近，这个女孩一直住在一个农场上，但现在，几乎每个周末，她会看到克拉拉送保拉上学，然后吻别。这样的事情是这个农场女孩以前从未看到过的。她的妈妈一直太忙，因此，对女孩来说，保拉在班里处于落后并且落在后面并不重要——那个农场女孩一直很羡慕她。母亲之爱，她觉得，肯定甜如蜜汁。”（459）

D. T. 对邪恶的反思也体现在他对魔鬼及其本质的透视中。D. T. 说，魔鬼“被非常艺术地安置在人类存在的各个角落”（75）。D. T. 认为：“现实有三个层面——神圣的层面、撒旦般的层面和人的层面——实际上，三种部队，三个王国，不是两个。上帝和他的天使追随者们对男人、女人和孩子做工作，以便将他们置于他的影响之下”，而魔鬼及其同僚们也“努力占有这些人中许多人的灵魂”（76）。在 D. T. 看来：“正如现在的物理学家认为光既是粒子又是波，魔鬼既生活在谎言之中，亦生活在真实之中，肩并肩地，谎言和真实都能以同样的力量而存在”（78）。这就是说，虽然上帝努力统治人，但魔鬼总是干扰上帝的努力。因此，尽管上帝努力让人追求真实，魔鬼总是让人走向谎言，因为魔鬼同时生活在谎言和真实之中，使得人们生活中常常无法辨认孰真孰假。

总之，《林中城堡》中，通过 D. T. 对邪恶的反思以及阿洛伊斯死后克拉拉和女儿保拉的幸福生活，梅勒隐喻性地告诉美国，守住良知、追问邪恶、反思邪恶并远离邪恶，是它可以摆脱魔鬼操控走向再生的可能之道。

综上可见，《林中城堡》是一部隐喻美国的小说。小说叙述者D.T.既是小说的一个主要人物，又自称是《林中城堡》这部书的“创作者”。作为《林中城堡》的自封作者，D.T.在小说最后一部分中对小说为何取名为《林中城堡》做了这样的解释：“我为什么选择《林中城堡》这个名称，如果读者跟我一起经历了希特勒的出生、童年和很大一部分青年期，现在会问：‘迪特尔，哪儿跟你的文本有联系？你的故事中有很多林，但城堡在哪儿？’我会回答说，《林中城堡》译成德语就是《林中宫殿》。”（465）他还解释说，《林中宫殿》这个名字“碰巧是几年前从集中营中解放出来的狱友们起的名字：‘林中宫殿’位于曾经是一片马铃薯田地的空旷平原上，看不见很多树，也没有任何城堡的迹象，地平线上没有任何让人感兴趣的东西，因此‘林中宫殿’是最聪明的狱友给关押他们的那个围墙围起来的地方起的名字。自始至终保持不变的一种自尊就是必须不能放弃他们的反讽感，这就是他们的刚毅之处”（465）。这就是说，从集中营中解放出来的狱友们之所以把位于一片既“看不见很多树”亦“没有任何城堡迹象”的空旷平原上“关押他们的那个围墙围起来的地方”称作“林中宫殿”，是因为它极具反讽意义。梅勒之所以将他的最后一部小说取名为《林中城堡》，显然也有同样的用意，也是为了表达反讽之意，他要反讽的对象显然就是美国。小说叙述者D.T.既身处小说故事之中，亦身处小说故事之外；既是参与者，也是旁观者；既是一个魔鬼，也是更高层次魔鬼的一个兵；既是邪恶的实施者，也是邪恶的批判者。D.T.的多面性以及他跟更高层次魔鬼（如麦斯特罗和希姆勒）的复杂关系很好地映射了美国与魔鬼的关系。在梅勒看来，美国极具反讽性：它自称是上帝的使者，但实际上是魔鬼的代理。早在《林中城堡》之前，梅勒在《我们为什么进行战争？》中将美国比作“大撒旦”①。回顾美国的历史，我们可以发现，美国既是魔鬼，又为魔鬼服务，在不同时间与地点，它可能是《林中城堡》中的D.T.，也可能是《林中城堡》中的希姆勒或麦斯特罗，但不论是D.T.还是希姆勒抑或麦斯特罗，它都是撒旦与上帝对弈棋盘上撒旦的一个棋子而已，就像D.T.眼中的希姆勒和麦斯特罗一样，都只是“头号邪恶”的“奴才”而已。因此，《林中城堡》虽然没有直接书写再现美国的邪恶，并且仅在开头和末尾部分交代D.T.的去向时“顺便”提及

① Norman Mailer, *Why Are We at War?*, New York: Random House, 2003, p. 65.

“美国”，但像梅勒在《我们为什么在越南?》（“越南”二字仅在小说结尾处出现过一次）中通过再现D.J.跟随父亲拉斯提在阿拉斯加猎熊的故事隐喻性地解释了美国为何介入越南战争的原因一样，通过D.T.及其魔鬼同僚们对希特勒家族三代人人生的操控，梅勒隐喻性地再现了魔鬼对美国的操控，间接地回答了美国“恶之何因”的问题，由此揭示了美国的邪恶身份；同时，通过阿洛伊斯死后克拉拉跟女儿保拉的开心幸福生活，梅勒隐喻性地告诉美国，信守道德、追问邪恶、反思邪恶并远离邪恶是它摆脱魔鬼操控走向再生的唯一可能之道。

结　语

梅勒小说：努力让美国看清自己

诺曼·梅勒16岁立志成为美国重要作家，25岁成功跻身于美国重要作家行列。从《裸者与死者》到《林中城堡》，从1948年成名到2007年辞世，梅勒从事文学创作60年，除了10多部小说，还创作了大量的非虚构小说、诗歌、论说文、传记、政治会议报道、剧本、电影剧本和口述作品，作品共计近50部，无论作品数量还是类型而言，梅勒都是美国文学史上特别罕见的作家。因此，梅勒传记作者迈克尔·莱农曾在梅勒健在时这样评价他："美国文学中，也许没有人的经历如此辉煌、多变、可争议、即兴化、公开、多产、漫长且被误解；很少有美国作家能如此长久地将他们的经历置于当代批评家的头脑和公众检查的讨论中；没有人能以同一种和如此多的理由受到谩骂和赞扬……从小说家变形为传记作者、神学家、政治家、杞人忧天的悲观主义者或体育报道者……他的方向那么多变，他的产量那么巨大，他的话语出现在那么多不同且经常晦涩的出版物。"① 因此，有评论家认为："梅勒既是艺术家，也是一种思想。"② 对于这一评价，我们有必要补充说：梅勒是多变的艺术家，更是多变的思想家。尽管在60年的文学创作中，梅勒创作的非虚构作品多于虚构作品（小说），但梅勒认为自己是小说家而不是非虚构小说家，正如他在《论上帝：一次不寻常的谈话》《诡秘的艺术：写作漫谈》和《背叛者的思想：论文选集》等作品中强调："我是小说家"③ "我当了一辈子小说家"④。

---

① J. Michael Lennon and Donna Pedro Lennon, *Norman Mailer: Works and Days*, Shavertown, Pennsylvania: Sligo Press, 2000, p. xi.

② Peter Manso, *Mailer: His Life and Times*, New York: Simon and Schuster, 1985, p. 656.

③ Norman Mailer, *On God: An Uncommon Conversation*, New York: Random House, 2007, p. xiv. See also Norman Mailer, *The Spooky Art: Some Thoughts on Writing*, London: Little, Brown, 2003, pp. 61－62; Norman Mailer, *Mind of an Outlaw: Selected Essays*, ed. Phillip Sipiora, New York: Random House Trade Paperbacks, 2013, p. 533.

④ Ibid., p. 3.

梅勒特别强调自己的小说家身份，这跟他的艺术目的论和小说观有关。梅勒认为：“艺术的最终目的是强化——甚至，如果必要，恶化——人的道德意识。”① 梅勒将艺术与道德联系起来，认为“小说是最具道德的艺术形式”②。梅勒说：“一部好的小说是对现实性质的攻击”，因为“写小说的时候，人会觉得自己更加接近新问题、更好的问题、更难以回答的问题”③。梅勒认为，艺术家的社会作用在于“尽其能量和勇气，努力打乱、冒险和透视”④。他说：“伟大的艺术家——当然是现代人——几乎总是与他们的社会相对抗。”⑤

梅勒从道德角度谈论艺术的目的和小说的功能，这表明他有强烈的道德意识和社会责任感。事实上，梅勒的艺术目的论和小说观源于他的道德意识与社会责任感。梅勒传记作者希拉里·米尔斯说，20 世纪 40 年代，梅勒走上文学生涯时已经接受了欧洲人的思想：“作家不是生活于真空，必须参与政治。”⑥ 20 世纪 50 年代，梅勒接受记者采访时说：“我写作，因为我想影响人，通过影响人，对我这个时代的历史产生影响。”⑦ 20 世纪 60 年代，梅勒进一步强调：“人必须对自己的时代说话。”⑧ 梅勒决定对自己的时代说话，他说话的方式就是写作，因为他认为，通过写作，“你可以影响你那个时代的意识，因此间接地，你可以影响接替你的那个时代的历史”⑨。梅勒认为，写作是“人可以发现真实的唯一途径”⑩，他在不同场合用不同方式表达过这

① Norman Mailer, *The Spooky Art: Some Thoughts on Writing*, London: Little, Brown, 2003, p. 161; see also Norman Mailer, *Advertisements for Myself*, New York: G. P. Putnam's Sons, 1959, p. 384.

② Ibid., p. 384.

③ J. Michael Lennon, *Norman Mailer: A Double Life*, New York, London, Toronto, Sydney, and New Delhi: Simon & Schuster, 2013, p. 745.

④ Norman Mailer, *Advertisements for Myself*, New York: G. P. Putnam's Sons, 1959, p. 276.

⑤ Ibid., p. 190; see also Mary V. Dearborn, *Mailer: A Biography*, Boston and New York: Houghton Mifflin Company, 1999, pp. 95-96.

⑥ Hilary Mills, *Mailer: A Biography*, New York, et al.: McGraw-Hill Book Company, 1982, p. 99.

⑦ Norman Mailer, *Advertisements for Myself*, New York: G. P. Putnam's Sons, 1959, p. 269.

⑧ Norman Mailer, "Preface to This Collection", in his *Pieces and Pontification*, Kent: New English Library, 1982, p. x.

⑨ Norman Mailer, *Pontifications* (*Pieces and Pontifications*), Kent: New English Library, 1982, p. 26.

⑩ Ibid.

一思想："我知道某个东西是真的唯一时间是我在写作行为中发现它的那个时刻。"① "我知道真实的唯一时间是在我的笔尖上。"② 因此，梅勒的传记作者莱农认为："对梅勒来说，讲真（Truth telling）总是最重要的，不论以何种代价。"③

基于道德意识、社会责任感和对"讲真"的追求，跻身于美国重要作家之列的梅勒在20世纪50年代末毫不含混地表达了他的伟大抱负："如果我有一个高于其他抱负的抱负，那就是写一部陀思妥耶夫斯基和马克思、乔伊斯和弗洛伊德、司汤达、托尔斯泰、普鲁斯特和斯宾格勒、福克纳甚至衰老的海明威可能会读的小说，因为它会继续讲他们必须讲的另一部分。"④ 众所周知，陀思妥耶夫斯基、乔伊斯、司汤达、托尔斯泰、普鲁斯特、福克纳和海明威都是文学界泰斗，而马克思、弗洛伊德和斯宾格勒则是思想界泰斗，他们都以各自特有的方式对世界产生了重大而深远的影响。梅勒将他们并置，目的显而易见：他要取得具有重大影响的文学成就，他要成为像马克思、弗洛伊德、斯宾格勒、陀思妥耶夫斯基、乔伊斯、司汤达、托尔斯泰、普鲁斯特、福克纳和海明威这样的在文学和思想史上具有世界影响的伟大人物。梅勒将陀思妥耶夫斯基排在他心目中伟大人物名单的首位，足以表明陀思妥耶夫斯基对他的重要影响。梅勒晚年回忆说：

> 陷入绝望期间，我一次又一次地回到陀思妥耶夫斯基……陀思妥耶夫斯基，因为他独特的直觉，也许感觉到，俄国正在走向他不能完全名状的巨大灾难。然而，我觉得，如果他能够在他的书页中创造一位在俄国人看来足以可信因而能够激励他们自己的天使，他就可以帮助［他们］避免这次正在到来的灾难……根据陀思妥耶夫斯基的观点，如果他能让他头脑中的伟大天使在他的书本中复活，他就可以帮助挽救俄国。⑤

① Norman Mailer, *Pontifications* (*Pieces and Pontifications*), Kent: New English Library, 1982, p. 26.

② Norman Mailer, *Mind of an Outlaw*: *Selected Essays*, ed., Phillip Sipiora, New York: Random House Trade Paperbacks, 2013, p. 528.

③ J. Michael Lennon, *Norman Mailer*: *A Double Life*, New York, London, Toronto, Sydney, and New Delhi: Simon & Schuster, 2013, p. 203.

④ Norman Mailer, *Advertisements for Myself*, New York: G. P. Putnam's Sons, 1959, p. 477; see also J. Michael Lennon, *Norman Mailer*: *A Double Life*, New York, London, Toronto, Sydney, and New Delhi: Simon & Schuster, 2013, p. 251.

⑤ Norman Mailer, *The Spooky Art*: *Some Thoughts on Writing*, London: Little, Brown, 2003, pp. 162-163.

由此可见，陀思妥耶夫斯基之所以在梅勒心目中具有很高地位，是因为陀思妥耶夫斯基将自己的文学创作与当时俄国和俄国人民的命运联系起来。显而易见，梅勒要效仿陀思妥耶夫斯基，他要努力步陀思妥耶夫斯基后尘，要像陀思妥耶夫斯基一样，将自己的文学创作与20世纪的美国和美国人民的命运联系起来；他要像陀思妥耶夫斯基一样，努力通过自己的文学创作挽救20世纪濒临危险境地的美国和美国人民。跟陀思妥耶夫斯基一样，托尔斯泰也对梅勒产生过重要影响，因为“托尔斯泰教导我们，只有同情是纯洁的时候，同情才有价值，同情才能丰富我们的生活，这就是说，我们能够感觉到一个人所有好的与不好的东西，但是仍然能够感觉到我们作为人整体上可能的好处多于可怕之处。无论如何，是好还是坏，这提醒我们，对灵魂来说，生活就像格斗场，所以，那些有耐性的人让我们感到强壮，那些没有耐性的人让我们感到可怕和遗憾”①。像托尔斯泰一样，梅勒要努力通过自己的文学创作告诫人们：“生活就像格斗场”，无论何时何地，人们都必须努力守住自己的道德底线，守住自己的灵魂，从而使得“我们作为人整体上可能的好处多于可怕之处”。因此，有评论家认为，梅勒是“美国的托尔斯泰”②。

然而，时隔30年后，20世纪80年代，梅勒说：“我慢慢地认识到，我也会变老，永远写不出我原想我会写出来的所有东西。”③ 又过10多年后，20世纪90年代中期，梅勒检讨性地说：“人们不再严肃地看待作家，很大一部分责任必须由我这一代作家来承担，当然包括我自己。我们没有写出应该写出来的著作。我们花去太多时间探索自己，我们没有写出本可以帮助界定美国的想象性作品。”④ 21世纪初，梅勒再次强调：“美国小说家没有写出界定美国的想象性作品”⑤，因为“没有一个作家成功地写出那部会让一个国家看清自己的伟大作品，就像托尔斯泰通过《战争与和平》或《安娜·卡列尼

① Norman Mailer, *The Spooky Art*: *Some Thoughts on Writing*, London: Little, Brown, 2003, p. 23.

② Qtd. in J. Michael Lennon, *Norman Mailer*: *A Double Life*, New York, London, Toronto, Sydney, and New Delhi: Simon & Schuster, 2013, p. 669.

③ Norman Mailer, “Preface to Pontifications”, in *Pieces and Pontification*, Kent: New English Library, 1982, p. iv.

④ Norman Mailer, *The Spooky Art*: *Some Thoughts on Writing*, London: Little, Brown, 2003, p. 163; see also J. Michael Lennon and Donna Pedro Lennon, *Noman Mailer*: *Works and Days*, Shavertown, Pennsylvania: Sligo Press, 2000, p. 189.

⑤ J. Michael Lennon, *Norman Mailer*: *A Double Life*, New York, London, Toronto, Sydney, and New Delhi: Simon & Schuster, 2013, p. 733.

娜》和司汤达通过《红与黑》所做的那样”①。21世纪初，梅勒自嘲般地说：“我记得曾在1958年说过：‘我被一种感觉所束缚，那就是，在我们时代的意识中发起一场革命。’我当然失败了，不是吗？那时候，我认为我能写出一些他人没有写出的书，一旦我把它们写出来，社会就会发生改变。有点夜郎自大。”② 尽管梅勒如此说，但他显然只是谦虚而已，正如约翰·莱昂纳德（John Leonard）所说：“他［梅勒］说他不再认为他能够实现他早些时候宣布的改变意识的作用，但我认为这种谦虚是暂时的……当他告诉我他不再有改变人类意识的抱负或其他什么的时候，我迷惑地看着他，因为我认为他已经以一种大多数作家没有的方式改变了许多人的意识。”③ 莱昂纳德所言极是。毫无疑问，通过自己的小说创作，梅勒“以一种大多数作家没有的方式”，努力让美国看清了自己，同时改变了许多人心目中的美国形象。

梅勒以《裸者与死者》跻身于美国重要小说家之列，以《林中城堡》告别他的小说创作生涯，他的每部小说都努力让美国看清自己，都努力解构假面美国形象并建构真面美国形象。《裸者与死者》努力让20世纪40年代的美国看清自己。小说以第二次世界大战为背景，在真实再现第二次世界大战的残酷性及其对参战士兵身心伤害的同时，比较真实地再现了20世纪40年代美国社会在种族、阶级、性别和国家维度存在的各种权力意识与反权力意识之间的战争，由此真实地再现了第二次世界大战期间美国国内外的法西斯主义思想与行为，从而让美国人看清了战争内外美国的法西斯主义真面目。《巴巴里海滨》与《鹿苑》努力让20世纪50年代的美国看清自己。《巴巴里海滨》聚焦了20世纪50年代初横行于美国政治和社会生活中的麦卡锡主义及其与极权主义的关系，通过对麦卡锡主义统治下美国社会生活的文学想象，小说揭示了麦卡锡主义的荒诞性及其对美国政治和社会生活的重大影响，从而建构了麦卡锡主义统治下的极权主义美国形象，也让美国人看清了美国的极权主义真面目。《鹿苑》通过想象性再现20世纪50年代初“麦卡锡主义”盛行期间美国国会非美活动调查委员会对影视人物艾特尔的调查及其影响，解构了鼓吹“民主”“自由”与“博爱”的假面美国形象，建构了排除异己、奉行极权、独霸世界的真面美国形象。《一场美国梦》与《我们为什么

① Norman Mailer, *The Spooky Art: Some Thoughts on Writing*, London: Little, Brown, 2003, p. 300.

② Norman Mailer, *Mind of an Outlaw: Selected Essays*, ed., Phillip Sipiora, New York: Random House Trade Paperbacks, 2013, pp. 533-534.

③ Peter Manso, *Mailer: His Life and Times*, New York: Simon and Schuster, 1985, p. 671.

在越南?》努力让20世纪60年代的美国看清自己。《一场美国梦》通过再现一个名叫罗杰克的嬉皮士式人物的杀妻行为及其想方设法对法律惩罚的逃避，揭示了美国社会生活中的各种悲剧以及美国社会和政治生活中“美国梦”的腐化变质。《我们为什么在越南?》通过再现主人公拉斯提携子在阿拉斯加的猎熊行为，隐喻性地再现了20世纪60年代霸权欲望驱使下从焦虑走向疯狂的美国形象。通过再现拉斯提去阿拉斯加猎熊的心理，小说隐喻性地解释了美国介入越南战争的原因。通过解读美国介入越南战争的原因，梅勒在小说中隐含地告诫他的美国同胞：美国能够通过武力解决国外问题，却不能保证以同样的方式解决自己的国内问题；在国外，美国关心的是自己在世界上的霸权地位；在国内，它关心的是白人对少数民族的统治。因此，20世纪60年代的美国不仅是帝国主义的，而且是种族主义的。《刽子手之歌》努力让20世纪70年代的美国看清自己。小说通过再现1977年1月17日在美国犹他州监狱被执行死刑的一个名叫加里·吉尔莫的死刑犯的人生经历以及与他相关的一些人物的故事，揭露了20世纪70年代美国社会存在的诸多问题，如犯罪与惩罚中的种族、性别、阶级和民族歧视、性自由与性犯罪问题、社会下层人民的贫困问题、家庭监管与未成年人安全问题、早婚早育与单亲家庭问题、婚姻与家暴问题、枪支泛滥与社会安全问题，等等。小说通过再现美国社会各界对吉尔莫死刑的各种不同反应及其相关活动，梅勒让读者看到了美国社会“人性论”的病态性、非道德性和差异性：罪犯杀人被判处死刑，却受到“人性论者”的强烈谴责和猛烈攻击，似乎保护罪犯的生命比治愈受害者家人的心理创伤更为重要；通过这种病态的、非道德的和颇具差异性的“人性论”，小说解构了一个鼓吹“人性自由”却不能保护无辜大众生命安全的假面美国形象，建构了一个在“人性”庇护下犯罪猖獗、社会缺乏正确道德判断和价值取向的真面美国形象。《硬汉子不跳舞》努力让20世纪80年代的美国看清自己。通过再现主人公麦登与妻子帕蒂以及与他们相关的其他人物的生活经历，小说揭露了20世纪80年代美国社会中的暴力、谋杀、毒品、性自由和性犯罪等问题以及这些问题所折射出来的种族关系、阶级关系、性别关系、婚姻家庭关系、社会伦理和道德规范，由此批判了美国社会的性自由及其导致的伦理道德缺失，也解构了自称是“人间天堂”的假面美国社会形象，建构了一个毒品泛滥、犯罪猖獗、罪而无罚、无辜受难、伦理道德缺失之下泛性成灾的真面美国社会形象。《哈洛特的幽魂》努力让“冷战”时期的美国看清自己。通过想象性再现“冷战”时期美国中央情报局的“猪湾行动”和“猫鼬行动”以及中央情报局在“水门事件”和肯尼迪遇刺事件中的监听行为、中央情报局人员之间的监视行为、美国政府面对的民权问题、有组织的犯罪问题、重大罪犯追捕问题、政府机构之间的权力纷争与政府官员之间尔虞我诈的复杂关系以及政府力量对自由游行者的攻击、殴打和逮捕，并通过人物之间的对话以及一些主要人物对自己经历过或听说过的事件的评说，小说对“美国至上”的“美国优越论”思想和美国的帝国主义思想提出了严厉批判。通过主人公兼叙述者哈里·哈伯德及其恋人凯特里奇从“局内人”的角度对20世纪50—60年代美国中央情报局所从事的国内外间谍活动的详细再现，小说向读者展现了美国的内向与外向邪恶，解构了一个“声称奉善除恶”的假面美国形象，建构了一个“实际假善行恶”的真面美国形象。《儿子的福音》努力让基督教美国看清自己。小说通过耶稣基督的故事映射了基督教美国的思想与行为，通过讲述耶稣基督的故事隐喻性地批判了基督教美国的邪恶表现与邪恶本质。小说让“上帝的儿子”耶稣基督亲口讲述自己的故事，呈现自己所说的话和所具有的思想，让读者在倾听“上帝的儿子”耶稣基督对基督教及其信徒的信仰与行为的解构中不时地联想基督教美国及其行为，让读者看到，美国虽然时时处处声称是上帝的使者，但现实生活中常常是邪恶的化身与魔鬼的代理；因此，它看似善良，实则邪恶。《林中城堡》努力让美国在反思自己之邪恶中看清自己。通过想象性再现魔鬼对希特勒家族三代人生活的操控及其结果，小说隐喻了第二次世界大战后美国的邪恶及其表现，旨在唤起美国对自己“恶之何因”进行追问，唤起美国深刻反思自己的邪恶思想与行为，并努力寻找再生的可能之道。

20世纪90年代末，梅勒传记作者迪尔鲍恩说：“不论他是最好的作家、最好的小说家，还是最好的记者……梅勒在以一种让人屏住呼吸般的新方式参与、介入、观察并记录中取得的成就使得他不仅仅是个作家，他同时介入、界定并改变着美国文化。”① 应该说，梅勒“界定并改变”的不仅仅是美国的文化，更是美国的形象。梅勒传记作者莱农认为，梅勒是“美国世纪”的主要“小说式记录者”②。莱农的评价毫无疑问是正确的。从20世纪40年代末到21世纪初，在长达60年的小说创作生涯中，梅勒从未停息以小说的方式记录“美国世纪”。可以说，梅勒的所有小说都讲述了一个美国的故事，而他小说讲述美国故事的目的，就是要让美国看清自己。梅勒曾在20世纪50

---

① Mary V. Dearborn, *Mailer*: *A Biography*, Boston and New York: Houghton Mifflin Company, 1999, pp. 247-248.

② J. Michael Lennon, *Norman Mailer*: *A Double Life*, New York, London, Toronto, Sydney, and New Delhi: Simon & Schuster, 2013, p. 704.

年代末说："这么多年来我不辞辛劳进行批评的我［笔下］的美丽国家，事实上是一个真实国家，不仅对我书中的人物，而且对更多的人，做着真实的和丑陋的事情。"① 20世纪80年代初，负责《古代的夜晚》出版工作的编辑问梅勒，他是否在这部小说中间接地涉及美国帝国主义或美国阶级结构，梅勒回答说："我写作的一生，都花在了努力理解美国上。"② 梅勒传记作者米尔斯认为："梅勒的所有作品都以他亲历过的样子反映了战后美国正在变化的现实。"③ 梅勒的思想导师让·马拉奎赛说："患癌美国是梅勒在长期充满爱与恨的恋情中对其忠贞不渝的一位情人。"④ 20世纪90年代末，《裸者与死者》出版50年之际，梅勒出版了《我们时代的时代》，在这部长达1200多页的鸿篇巨制的"前言"，梅勒说："我的大部分作品都是关于美国的。我多么爱我的国家——这是显而易见的——我又是多么不爱它！我们民主的高尚理想通过毫不停息的反省性爱国主义被永远背叛、玷污、利用、降格。每个十年，我们伟大的国家都越来越受到贪婪的洗劫。"⑤

梅勒虽然是一个多变的艺术家和多变的思想家，但在"美国批判"上，他却始终恒常不变。梅勒对美国的批判贯穿于他文学创作的始终，他不仅通过《裸者与死者》《巴巴里海滨》《鹿苑》《一场美国梦》《我们为什么在越南?》《刽子手之歌》《硬汉子不跳舞》《哈洛特的幽魂》《儿子的福音》和《林中城堡》等小说再现或隐喻"美国世纪"的重大社会和历史事件来解构并建构美国形象，而且通过《为我自己做广告》《总统案卷》《食人者与基督徒》《存在主义差事》《诡秘的艺术：写作漫谈》和《我们为什么进行战争?》及其他非虚构作品明确表达他对美国的严厉批判，使得他的非虚构作品成为他小说必不可少的脚注。20世纪50年代末，梅勒直言不讳地表达了他对美国的批判："美国依靠生产破坏性资料获得繁荣。"⑥ 20世纪60年代，梅勒不止一次明确表达了他对美国的批判。60年代初，梅勒说："美国让我压抑的事情是，尽管这个国家做了很多事情，但我觉得它做了的事情还不到

---

① Norman Mailer, *Mind of an Outlaw: Selected Essays*, ed., Phillip Sipiora, New York: Random House Trade Paperbacks, 2013, p. 89.

② J. Michael Lennon, *Norman Mailer: A Double Life*, New York, London, Toronto, Sydney, and New Delhi: Simon & Schuster, 2013, p. 575.

③ Hilary Mills, *Mailer: A Biography*, New York, et al.: McGraw - Hill Book Company, 1982, pp. 431-432.

④ Peter Manso, *Mailer: His Life and Times*, New York: Simon and Schuster, 1985, p. 667.

⑤ Norman Mailer, *The Time of Our Time*, New York: Random House, 1998, p. ix.

⑥ Norman Mailer, *Advertisements for Myself*, New York: G. P. Putnam's Sons, 1959, p. 189.

它应该做的事情的四分之一，我认为，如果你相信的话，历史注定让它成为最伟大的国家，我认为它没有接近这个目标。”① 针对当时正在进行的美国与共产主义国家（主要是苏联）之间的“冷战”，梅勒毫不隐讳地说：“美国人应该把他们的钱花在让他们作为一个国家变得更好方面。真正的战争不是外部的战争——共产主义对资本主义，而是内部的战争——保守主义者对反叛者”②；换言之，“真正的战争不在东方与西方之间，而在保守主义者与反叛者之间”③。因此，就美国与共产主义国家之间的“冷战”而言，梅勒认为：“美国在妖魔化共产主义国家。”④ 梅勒曾在20世纪40年代末说：“苏联既不是阿卡迪亚，也不是人们屠杀自己兄弟的黑色警察国家，它是一个既有美好东西也有糟糕东西的大国，像所有国家一样，它是一个处于历史变化过程中的国家。但是，上次战争结束时，力图武力接管世界的不是苏联，而是美国。”⑤ 他还在20世纪50年代末说：“不论苏联有过什么罪过或恐怖……几乎不能因帝国主义而指责它。帝国主义之罪属于西方……”⑥ 20世纪60年代早些时候，梅勒说：“政治是关于可能的艺术，总是可能的东西就是减少逆境中的痛苦，丰富顺境中的生活质量。这真正是现在美国没有做到的。我们在美国处于顺境，处于繁荣时代，处于相对富有、相对没有贫穷的时代，这个时代不是罗斯福、杜鲁门、艾森豪威尔创造的，也不是肯尼迪创造的，而是通过找到一个不断扩展的市场而创造的，这个市场的最终消费者是敌人的士兵。”⑦ 因此，梅勒指出：“当今，成功的政治家不是为了丰富生活、减少困难或纠正不公而追求可能艺术的人——相反，他可谓研究大众交流的博士，常常根据那些能引导我们暂时从惧怕、焦虑和梦境中走出来的政治仪式和词汇衡量自己的成功。”⑧ 20世纪60年代中期，梅勒说：“这个国家处于可怕

---

① J. Michael Lennon, *Norman Mailer: A Double Life*, New York, London, Toronto, Sydney, and New Delhi: Simon & Schuster, 2013, p. 303.

② Mary V. Dearborn, *Mailer: A Biography*, Boston and New York: Houghton Mifflin Company, 1999, p. 183.

③ Hilary Mills, *Mailer: A Biography*, New York, et al.: McGraw Hill Company, 1982, p. 258.

④ J. Michael Lennon, *Norman Mailer: A Double Life*, New York, London, Toronto, Sydney, and New Delhi: Simon & Schuster, 2013, p. 317.

⑤ Norman Mailer, *Mind of an Outlaw: Selected Essays*, ed., Phillip Sipiora, New York: Random House Trade Paperbacks, 2013, pp. 4-5.

⑥ Norman Mailer, *Advertisements for Myself*, New York: G. P. Putnam's Sons, 1959, p. 205.

⑦ Norman Mailer, *The Presidential Papers*, New York: G. P. Putnam's Sons, 1963, p. 4.

⑧ Ibid., p. 152.

时代，它充满最糟糕的疾病……这个国家变得多么糟糕。”① 20世纪90年代，梅勒对美国的批判更为严厉，他对美国本质提出质疑：“我们是一个好国家还是一个坏国家？我的意思是，我们是一个带有各种隐含错误的好国家还是我们本质上是一个带有很多表面上积极东西的坏国家？”② 梅勒之所以有这样的质疑，是因为在他看来：“这个国家一直不停地变得越来越糟糕。美国的所有革命似乎堕落成行话家们的飞地，如果对手不使用他们的行话，他们甚至没有能力进行辩论。不，情况比这更糟糕。”③ 因此，梅勒认为：“不论它仍然多么大方、不可期待、充满惊喜，美国滑向了真正的法西斯主义的起始阶段。”④ 他之所以这样认为，是因为他觉得，美国人生活在他们“不知道该如何打击的不可控制的东西的边缘——毒品、犯罪、堕胎、种族、疾病”⑤。为了证明自己的观点，梅勒特意引用了1996年8月27日芝加哥民主党会议上杰西·杰克逊（Jesse Jackson）所说的一段话：“今晚，十分之一的美国孩子在贫困中睡觉，一半的美国黑人孩子在破烂的街道、破碎的心、破旧的城市和破灭的梦想中成长。美国都市中头号成熟的工业是监狱，过去十年中建设的一半公共房屋也是监狱，那些属于社会最上层的最富有的仅占美国总人口1%的人所拥有的财富，是占美国总人口95%的处于社会最下层的人所拥有的财富的总和……我们必须寻找新的道德中心。”⑥ 进入21世纪后，梅勒对美国的批判更是直言不讳，他的批判矛头直指美国政府的帝国主义思想与行为。他说：“我们为什么这么被人憎恨？人怎么那么气愤我们？我们没有作恶。我们相信善良与自由，那么，我们是谁？难道我们不是我们所认为的人吗？”⑦ 梅勒认为，美国之所以被人憎恨，“一定程度上是嫉妒，一些人类情感显而易见”，但是，美国“也因为更多的侵略原因被人憎恨”，因为美国的“集团资本主义确实具有接替他国大部分经济的倾向”，美国人“经常接近于文化野蛮人”，但他们总是不注意他们所践踏着的东西。⑧ 梅勒说：

---

① Norman Mailer, *Existential Errands*, Boston and Toronto: Little, Brown and Company, 1972, p. 341.

② J. Michael Lennon and Donna Pedro Lennon, *Norman Mailer: Works and Days*, Shavertown, Pennsylvania: Sligo Press, 2000, p. 172.

③ Norman Mailer, *Mind of an Outlaw: Selected Essays*, ed. Phillip Sipiora, New York: Random House Trade Paperbacks, 2013, p. 452.

④ Ibid., pp. 453-454.

⑤ Ibid., p. 483.

⑥ Ibid., p. 514.

⑦ Norman Mailer, *Why Are We at War?*, New York: Random House, 2003, pp. 10-11.

⑧ Ibid., p. 24.

> 我们乐意繁荣，但我们仍然深感内疚……我们是基督教国家，美国许多善良基督徒的假设是，你不应该那么富有，上帝没有要求你必须那么富有，耶稣当然没有要求你那么富有，你不应该有堆积如山的财富，你必须把你的生命花在利他主义行为上。这只是善良基督徒心理的一半，另一半，纯粹美国人的心理，总是：打败每个人。人可以残酷而准确地说：成为一个主流美国人就是活得像矛盾修辞法一样。你是善良的基督徒，但你努力保持动态的竞争性……人类的愤怒与内疚就呈现出美国人特有的形式。①

梅勒在《食人者与基督徒》中说："基督徒的特征是，他们大多数人不是基督徒，对基督不感兴趣……基督徒——那些不是基督徒却选择自称为基督徒的人——完全反对毁灭人的生命，却在他们自己中间成功地发动了我们时代所有的战争。"② 梅勒认为，自 20 世纪后半期以来，美国的"保守主义走向了分裂"："旧价值保守主义者"认为："美国应该管好自己的事，应该努力解决我们有能力解决的自己的问题……他们相信家庭、国家、信仰、传统、家园、勤奋工作和诚实劳动、责任、忠诚和预算平衡。"③ "旗帜保守主义者"刚好相反，他们"只在嘴上说服务一些保守价值，但实际上一点服务都没有。如果他们仍然使用一些保守主义的术语的话，那只是为了避免他们的政治基础变得狭小。他们使用旗帜，他们喜欢像'邪恶'这样的词"④。梅勒说："旗帜保守主义者"认为："我们美国人什么都可以做，不论发生什么，我们美国人都能处理。我们有办法，我们有能力。我们能够统治障碍。美国不仅适合管理世界，而且必须管理世界。"⑤ 梅勒指出，20 世纪 90 年代，苏联解体一年后，美国的"旗帜保守主义者"觉得美国称霸世界的时机到了，但克林顿政府没有捡起这种统治世界的梦想，从而激起"旗帜保守主义者"的强烈不满。进入 21 世纪，"9・11"事件让美国的"旗帜保守主义者"再次点燃统治世界的梦想，他们企图接管世界，伊拉克战争成为他们力图接管世界的第一步，但他们没有止步于此，因为他们还盯着伊朗、叙利亚、巴基斯坦和其他国家。⑥ 梅勒说："非常高兴地认为我们能够将民主出口到我们

① Norman Mailer, *Why Are We at War?*, New York: Random House, 2003, p. 46.
② Norman Mailer, *Cannibals and Christians*, New York: The Dial Press, 1966, p. 4.
③ Norman Mailer, *Why Are We at War?*, New York: Random House, 2003, p. 50.
④ Ibid., p. 51.
⑤ Ibid., p. 53.
⑥ Ibid., pp. 59-61.

选择的国家矛盾地助长了更多国内外的法西斯主义。”① 因此，他提醒并警告美国人：“当我们认为我们最接近上帝的时候，我们有可能在帮助魔鬼。”② 梅勒告诫他的美国同胞：“我们国家的民主已经失去了一些基本成分，据我所知，谁也没有说过民主应该意味着一个国家中富人赚的钱比穷人多一千倍。如果一个城里最富的人集聚了十倍甚至五十倍的财富，就难以想象这是一个合理的好社会。”③ 因此，梅勒说，美国“不再是一个像过去那样美好的地方”④。2003 年，针对美国对伊拉克的战争，梅勒说：“布什总统以及许多保守主义者得出的结论是，他们能够拯救并且让美国不走现在的下坡路的唯一途径就是让美国成为一个具有更大军事在场的政权，让美国走向帝国。我的担心是，在这个过程中，美国人会失去他们的民主。”⑤ 2004 年，梅勒再次警告美国人：“我们不属于外国。我们不是一个足够聪明、对自己足够诚实、足够好的国家，以至于可以告诉世界其他国家怎样生活——的确，这样的国家还不存在。但是，即使我们是多么难以置信，多么独特，其他［国家的］人也不会因接受我们对邪恶的反对而盲目高兴以致粗暴地对待他们的民族自尊。我们最好还是稍微意识到这一点：基督教的好战性是对任何邪恶发动战争，但不对自己的邪恶发动战争。”⑥ 针对“9·11”后美国对恐怖主义的疯狂追击与打击，梅勒告诫美国人：“该到解决我们自己问题的时候了，正在出现的我们美国人的问题。未来年月里，我们需要直接聚焦我们自己，以便我们跟现实的错位稍微少点。因为我们是所有国家中最强大的，我们是安全的。尽管由于各种情况，我们相对安全。如果发生新的恐怖主义，我们也能吸收。我们不需要对外国进行军事侵略以保护我们。”⑦ 梅勒说：“随着我们滑向法西斯主义，对于美国，我们可以说的最悲伤的事情是……我们期待着灾难。我们等待着灾难。我们成了一个有罪的国家。我们的民族意识中有个泥潭，我们知道，我们陷入这个小矛盾：我们星期日爱着上帝，一周的其余

① Norman Mailer, *Why Are We at War?*, New York: Random House, 2003, pp. 70-71.

② Ibid., p. 72.

③ Ibid., pp. 103-104.

④ Ibid., p. 108.

⑤ Norman Mailer, *Mind of an Outlaw: Selected Essays*, ed., Phillip Sipiora, New York: Random House Trade Paperbacks, 2013, p. 540.

⑥ Ibid., pp. 565-566.

⑦ Ibid., p. 566.

时间却贪求大钱。”① 2006年，针对美国对伊拉克的战争，梅勒再次说：“为什么？真的，为什么我们在伊拉克？很可能，大多数美国人在寻找答案，不论他们为谁投票。不可否认，我是其中之一。最近两年，我可能花了相当一部分时间思考这个问题。”② 梅勒之所以花不少时间思考美国为什么对伊作战，是因为他想知道：“我的国家的性质是什么？我们有权在伊拉克吗？我们为什么在那里？”③ 梅勒说：“美国一半人反对我们向伊拉克发动战争，我们一半人以这种或那种方式问道：‘美国带给世界的好处有多少？它剥削了世界多少？’”④ 梅勒说，美国政府向美国人民出售的思想是：“这场战争[伊拉克战争]将是光荣的、自我保护的、必要的、体面的、对民主来说有成效的、奉献于任何和所有人类好处的”⑤，但梅勒认为：“武力发动这场战争的这个国家的领导人既不是理想主义者也不是天真幼稚的，他们深知他们在干什么……他们觉得，如果美国要解决它的问题，这个国家就得成为帝国……‘9·11’事件为美国提供了解决一些问题的机会。现在，美国可以开始帝国的伟大冒险了。”⑥

梅勒之所以批判美国，是因为他想拯救美国，他对美国的批判体现了他“治病救人”的“医生”精神。在《我们为什么进行战争？》中，梅勒说：“你有一个伟大的国家的时候，你的职责就是批评它以便它能变得更好。”⑦ 20世纪末，梅勒传记作者迪尔鲍恩在《梅勒传》中说：“梅勒不恨美国，但他恨的是，它正成为残酷无情的帝国。”⑧ 20世纪60年代早些时候，在《总统案卷》中，针对美国社会的极权主义倾向，梅勒说：

> 简单的极权主义与法西斯主义相联系……它的综合症状显而易见：通过领导对国家实施压迫，强迫人民遵守一种不仅没人性而且总是跟国家的直接过去的历史相对的政府权威。作为压迫者的政府与作为被压迫

---

① Norman Mailer, *Mind of an Outlaw*: *Selected Essays*, ed., Phllip Sipiora, New York: Random House Trade Paperbacks, 2013, p. 572.

② Ibid., p. 582.

③ Ibid., p. 584.

④ Ibid., p. 588.

⑤ Ibid., p. 589.

⑥ Ibid.

⑦ Norman Mailer, *Why Are We at War?*, New York: Random House, 2003, p. 15.

⑧ Mary V. Dearborn, *Mailer*: *A Biography*, Boston and New York: Houghton Mifflin Company, 1999, p. 244.

> 者的人民之间的张力仍然可见。但是，我们在美国发现的这种现代极权主义不同于经典极权主义，就像塑料炸弹不同于手榴弹一样……它是一种让我们与内疚分手道别的道德疾病，是我们想逃避对过去做出判断和对过去的不公承担责任时产生的。①

针对这种让美国人“与内疚分手道别的道德疾病”，梅勒在20世纪60年代中期表达了他的诊治决心：

> 我必须视自己为医生而不是步兵，一个半盲的医生，不是完全没有醉……却是一个高尚的医生，至少在理想方面是高尚的，因为他确信，在他面前有一种怪病，一种不为人知的病，一种混杂着神秘、恶心和恐惧的现象；如果恶心让他止步，恐惧让他害怕，仍然有神秘召唤着他。他是一位医生，必须努力探讨这种神秘……总会找到答案，总会找到线索……捕捉这些暗示的唯一途径在小说的书页中，这是探索这种神秘的唯一途径。②

从20世纪60年代开始，梅勒一直致力于探索美国患病的“神秘”之处，他的小说创作成为他探究美国患病病原的有效途径。梅勒之所以努力探究美国患病的病因，是因为他有强烈的人类命运忧患意识。梅勒不同于那些鼓吹“美国民族自豪感”的美国人，他们认为，虽然美国有“自身不如人意的地方，但不能就此认为这些不光彩的事实最终决定了我们不可能获得幸福、不可能塑造出伟大的民族性格”③。梅勒显然没有这样的民族自豪感，他对美国人的未来充满担忧。他热爱自由，享受自由，但他从不忘记他人自由。他在《我们为什么进行战争?》中说：“我一生中拥有自由，谁有我曾经有过的机会，不论好坏，那种能以我思考问题的方式思考问题的特别的自由？我具有很少人具有的幸运，成为作家，25岁就有相对独立的收入，情况也不是一直如此简单，但总的来说，我比大多数人有更多的时间思考问题。我有那些优

---

① Norman Mailer, *The Presidential Papers*, New York: G. P. Putnam's Sons, 1963, pp. 175-176.

② Norman Mailer, *Mind of an Outlaw: Selected Essays*, ed., Phllip Sipiora, New York: Random House Trade Paperbacks, 2013, pp. 212-213; see also Norman Mailer, *Cannibals and Christians*, New York: The Dial Press, 1966, p. 5.

③ ［美］理查德·罗蒂：《筑就我们的国家：20世纪美国左派思想》，黄宗英译，生活·读书·新知三联书店2014年版，第78页。

势，那些奢侈。我几乎不能恨这个国家。"① 但他强调："我在美国这儿有很大的自由，我不想看到在我之后的人失去这种自由。"②

梅勒对美国的批判源于他对人性的道德思考。梅勒明确表示，他深受克尔凯郭尔影响，因为克尔凯郭尔的理论是："我们感觉像天使的时候，我们可能在为魔鬼卖命。"③ "我们感觉最像天使的时候，我们也许事实上是邪恶的。我们认为我们最邪恶因而最终是腐化的时候，我们也许，根据上帝的惊人判断，被认为很像天使。"④ 因此，梅勒认为："我们认为我们最接近上帝的时候，我们可能在帮助魔鬼。"⑤ 早在20世纪70年代中期，梅勒就明确表达过他对人性复杂性的认识："我们不可能知道我们扮演的道德角色。我们感觉像天使，但在上帝眼中，我们却是邪恶的；我们感觉我们是邪恶的（另一方面），却比我们期待的更好，更像天使。同样，我们做着好事，甚至就像我们感觉我们是好的一样，或者的确在我们期待我们是坏的时候，我们是坏的。人与决定他道德成长的能力相异化。"⑥ 因此，梅勒认为："邪恶跟令人厌恶有很大区别……令人厌恶的人总是抬高赌注却不知道他们在干什么，很大程度上，我们大多数人都是令人厌恶的……我们一直都在抬高赌注却不知道结果可能是什么……然而，邪恶却是，明知你做的事情会带来不可弥补的伤害却继续去做。"⑦ 从这个角度来看，美国显然是邪恶的，而非仅仅令人厌恶。梅勒对人性的道德思考让他得出这样的结论："如果有天堂，如果地狱存在，人的道德命运表明他可能会去哪儿。"⑧

梅勒的道德意识、社会责任感和对美国的长期批判表明，他是"一位公共作家，不是一位私人艺术家"⑨。如果说"梅勒可能是最伟大的我们时代的文学批评家"⑩，毫无疑问，他也是最伟大的美国的批评家。从这个角度讲，

---

① Norman Mailer, *Why Are We at War?*, New York: Random House, 2003, p. 109.

② Ibid., p. 110.

③ Norman Mailer, *The Spooky Art: Some Thoughts on Writing*, New York: Random House; London: Little, Brown, 2003, p. 150.

④ Ibid., p. 151.

⑤ Norman Mailer, *Why Are We at War?*, New York: Random House, 2003, p. 72.

⑥ Norman Mailer, *Mind of an Outlaw: Selected Essays*, ed., Phllip Sipiora, New York: Random House Trade Paperbacks, 2013, p. 321.

⑦ Norman Mailer, *Why Are We at War?*, New York: Random House, 2003, p. 22.

⑧ Norman Mailer, *Cannibals and Christians*, New York: The Dial Press, 1966, p. 286.

⑨ Mary V. Dearborn, *Mailer: A Biography*, Boston and New York: Houghton Mifflin Company, 1999, p. 146.

⑩ Peter Manso, *Mailer: His Life and Times*, New York: Simon and Schuster, 1985, p. 558.

瓦尔特·安德森（Walter Anderson）对梅勒的评价自然很有道理：梅勒“拓宽了我们的文化，使得我们不再害怕成为我们自己。他使得我们提出问题，思考我们是谁以及我们在做什么，使得我们变得更好”①。显然，安德森所说的“我们”特指美国人。但是，要说梅勒的真正贡献和影响，梅勒传记作者莱农对梅勒的评价可谓一语中的。在莱农看来，梅勒不仅仅是一个作家，他更是一个公共知识分子，他的“名声依赖于他作为公共知识分子这个新角色”②。

作为公共知识分子，梅勒关心的不只是文学艺术的问题，而是人与社会的问题。事实上，通过自己的文学创作，梅勒深刻表达了他作为一个公共知识分子的人文社会关怀。梅勒的人文社会关怀使得他将目光不时投向威胁人类命运和社会发展的各种权力关系以及邪恶思想与行为。梅勒传记作者莱农认为：“梅勒最重要的话题之一是权力，以及权力如何获得、失去、重获，或者逐渐消失，还有那些权力实施者具有的冲突且复杂的心理。”③ 梅勒曾经对鲍德温说过：“我想知道权力是如何运作的，想详细知道它真正是如何运作的。”④ 可以说，梅勒的所有小说都是对美国社会中各种权力如何运作的探究。梅勒关注权力及其运作，他自然不会忘记对暴力的关注，正如他妻子诺里斯（Norris）所说，梅勒“分析暴力，研究暴力，并且在想象中玩暴力”⑤。梅勒之所以分析、研究并在想象中玩暴力，是因为暴力是邪恶的东西，是他所不容的东西，正如瓦尔特·科尔（Walter Kerr）所说：“梅勒先生是一位道德家，他关心的是对邪恶的揭露，不论［他］在什么地方发现［邪恶］，邪恶到处都有。”⑥ 在梅勒看来，极权、暴力以及邪恶将美国引向危险，让美国远离和平与正义，所以，20 世纪 70 年代初，在写给尼克松的公开信中，梅勒这样对尼克松说：“你的激情会带给这个国家和平与正义，会把我们联合

① Peter Manso, *Mailer: His Life and Times*, New York: Simon and Schuster, 1985, p. 665.

② J. Michael Lennon, *Norman Mailer: A Double Life*, New York, London, Toronto, Sydney, and New Delhi: Simon & Schuster, 2013, p. 260.

③ Ibid., p. 4.

④ James Baldwin, "The Black Boy Looks at the White Boy", in Robert F. Lucid, ed., *Norman Mailer: The Man and His Work*, Boston, Toronto: Little, Brown and Company, 1971, p. 230.

⑤ Qtd. in J. Michael Lennon, *Norman Mailer: A Double Life*, New York, London, Toronto, Sydney, and New Delhi: Simon & Schuster, 2013, p. 564.

⑥ Ibid., p. 373.

起来，会吸干我们伤口流着的脓水，让我们想象很有创造力的未来。”① 梅勒反对极权、暴力和邪恶，所以他自然反对将自己的意志强加于他人之上的任何权力行为，正如他所说：“我们不能通过意志行为获得的一个美德是，我们要以能提高他人思想的方式提高我们的思想。相反，意志行为具有产生压迫他人能力的倾向。”② 梅勒倡导“以能提高他人思想的方式提高我们的思想”，所以他憎恨“有权而无同情的人，也就是说，有权而无基本人类理解的人。”③ 这样的人，在梅勒眼中，无异于罪犯，因为“大多数罪犯也许对他人的权利感觉不敏感，但对他们自己的权利则有近乎绝对的感觉”④。梅勒倡导社会平等，倡导人类自由，在他看来，社会最重要的问题是“更多人做他们内心梦想做的事，换言之，世界上的痛苦更少，压抑更少”⑤。所以，他曾在 20 世纪 50 年代末说：“我认为与白人婚配是黑人的绝对人权。”⑥ 梅勒认为，不论种族和肤色，每个人本质上都与他人一样，正如他所说：“对自由主义者来说，认为黑人甚至反动的南方白人最终并且本质上跟他自己一样是人，同样是一种心理必需。”⑦

18 世纪北美殖民地时期著名律师安德鲁·汉密尔顿（Andrew Hamilton，1676—1741）在《曾格诽谤案辩护词》（1735）中说：“上天和我国法律给了我们这个权利——通过说出和写出真相来揭露与反抗专制权力的自由。”⑧ 可以说，梅勒充分享受了这种“通过说出和写出真相来揭露与反抗专制权力的自由”，他不仅在非虚构作品中通过说出和写出真相来揭露美国的真实面目，而且在小说中通过想象性虚构来解构美国的假面形象并建构美国的真面形象。他生在美国，长在美国，他笔下的美国是他亲身经历过的真实美国，他通过小说书写再现自己亲身经历过的真实美国，努力让美国看清自己，也使自己成为一个伟大的作家，真正体现了他之所言：“让一个作家伟大的东

---

① Norman Mailer, *Existential Errands*, Boston and Toronto: Little, Brown and Company, 1972, p. 318.

② Norman Mailer, *Mind of an Outlaw: Selected Essays*, ed., Phillip Sipiora, New York: Random House Trade Paperbacks, 2013, p. 518.

③ Norman Mailer, *Advertisements for Myself*, New York: G. P. Putnam's Sons, 1959, p. 271.

④ Norman Mailer, *The Spooky Art: Some Thoughts on Writing*, New York: Random House; London: Little, Brown, 2003, p. 121.

⑤ Norman Mailer, *Advertisements for Myself*, New York: G. P. Putnam's Sons, 1959, p. 272.

⑥ Ibid., p. 356.

⑦ Ibid., p. 357.

⑧ 钱满素主编：《自由的刻度：缔造美国文明的 40 篇经典文献》，东方出版社 2016 年版，第 41 页。

西是，他用最强烈的经历照亮他作品的字里行间。"①

梅勒辞世已经10年有余，但他的影响将永远长存。不论他的艺术风格多么多变，他的思想多么复杂，他的个性多么外露，他的兴趣多么广泛，他的公众形象多么不一，他对美国的批判却始终未变，他对美国形象的解构与建构却始终未中断，他的公共知识分子角色却始终未变，他作为重要作家在美国文学史上的地位也始终未受质疑。他的小说关注20世纪40年代以来美国重大社会、政治和文化现象与事件，通过再现自己时代美国社会、政治或文化生活中言与行之间的矛盾，解构了宣称"自由、平等、博爱"的假面美国形象，建构了奉行"霸权、歧视、不平等"的"真面"美国形象。他的非虚构作品也经常毫不隐讳地严厉批判美国社会和政治。他的小说对美国形象的解构与建构，以及他的非虚构作品对美国社会和政治的严厉批判，体现了他作为一个重要作家和严肃小说家所具有的道德意识、政治意识和社会责任感，体现了他对美国社会、政治和文化的深刻反思、对美国本质的清晰认识、对当代美国的批判和一定程度的不认同，体现了他扬善避恶、追求自由与平等、反对霸权和歧视的道德价值取向，也体现了他作为一个公共知识分子对人类命运和社会发展、世界和平与人类自由的深切关怀。他通过小说创作不断对美国形象进行解构与建构，并通过非虚构作品对美国进行毫不留情的严厉批判，努力让美国看清自己，也使得世界看清了美国，唤起人们对美国破坏人类自由、平等与和平的各种霸权思想和歧视行为进行批判与反抗。从这个意义上讲，梅勒虽然离开了这个世界，但生活在这个世界上的人们永远不会忘记他。

① Norman Mailer, *Advertisements for Myself*, New York: G. P. Putnam's Sons, 1959, p. 379; see also J. Michael Lennon and Donna Pedro Lennon, *Norman Mailer: Works and Days*, Shavertown, Pennsylvania: Sligo Press, 2000, p. 22.

参考文献

Adamowski, T. H., "Demoralizing Liberalism: Lionel Trilling, Leslie Fiedler, and Norman Mailer", *University of Toronto Quarterly*, Vol. 75, No. 3, 2006.

Adams, Laura, ed., *Will the Real Norman Mailer Please Stand Up*, Port Washington, New York: Kennikat Press, 1974.

Adams, Laura, comp., *Norman Mailer: A Comprehensive Bibliography*, Metuchen, N. J.: The Scarecrow Press, Inc., 1974.

Adams, Laura, *Existential Battles: The Growth of Norman Mailer*, Athens: Ohio University Press, 1976.

Aldridge, John W., "The Big Comeback of Norman Mailer", *Life*, March 19, 1965.

Aldridge, John W., "Norman Mailer: The Energy of New Success", in his-*Time to Murder and Create: The Contemporary Novel in Crisis*, New York: David McKay Company, Inc., 1966.

Aldridge, John W., "Victim and Analyst", *Commentary*, October 1966.

Aldridge, John W., "From Vietnam to Obscenity", *Harper's*, February 1968.

Aldridge, John W., "Documents as Narrative", *The Atlantic Monthly*, May 1995.

Alexander, Sidney, "Not Even Good Pornography", *Reporter*, October 20, 1955.

Allen, Brooke, "The Gospel of Norman", *New Criterion*, Vol. 15, No. 10, 1997, http://search.ebscohost.com/login.aspx?direct=true&db=lfh&AN=259376&site=lrc-live.

Alter, Robert, "The Real and Imaginary Worlds of Norman Mailer", *Mid-*

stream, January 1969.

Alvarez, A., "Dr. Mailer, I Presume", *Observer*, October 15, 1967.

Babcock, Barbara Allen, "Gary Gilmore's Lawyers: *The Executioner's Song* by Norman Mailer", *Stanford Law Review*, Vol. 32, No. 4, April 1980.

Bailey, Jennifer, *Norman Mailer: Quick-Change Artist*, London and Basingstoke: The Macmillan Press Ltd., 1979/2014.

Bakker, J., "Literature, Politics, and Norman Mailer", *Dutch Quarterly Review of Anglo-American Letters*, Vol. 1, No. 3-4, 1971.

Balbert, Peter, "From *Lady Chatterley's Lover* to *The Deer Park*: Lawrence, Mailer and the Dialectic of Erotic Risk", *Studies in the Novel*, Vol. 22, No. 1, Spring 1990.

Baldwin, James, "The Black Boy Looks at the White Boy", *Esquire*, May 1961.

Barnes, Annette, "Norman Mailer: A Prisoner of Sex", *Massachusetts Review*, Vol. 13, No. 1/2, Winter 1972.

Baym, Nina, et al., eds., *The Norton Anthology of American Literature*, 3rd ed., Vol. 1, Part 1, New York & London: W. W. Norton & Company, 1989.

Baym, Nina, et al., eds., *The Norton Anthology of American Literature*, 3rd ed., Vol. 1, Part 2, New York & London: W. W. Norton & Company, 1989.

Begiebing, Robert J., *Acts of Regeneration: Allegory and Archetype in the Works of Norman Mailer*, Columbia & London: University of Missouri Press, 1980.

Begiebing, Robert J., "Twelfth Round: An Interview with Norman Mailer", in J. Michael Lennon, ed., *Conversations with Norman Mailer*, Jackson and London: University Press of Mississippi, 1988.

Behar, Jack, "History and Fiction: *The Armies of the Night* by Norman Mailer; *The Confessions of Nat Turner* by William Styron", *NOVEL: A Forum on Fiction*, Vol. 3, No. 3, Spring 1970.

Berg, Louis, "When She Was Good..." *Saturday Review / World*, September 25, 1973.

Bloom, Harold, ed., *Norman Mailer*, New York and Philadelphia: Chelsea House Publishers, 1986.

Bloom, Harold, ed., *Norman Mailer*, Philadelphia: Chelsea House Publishers, 2003.

Bone, Robert A. , "Private Mailer RE-enlists", *Dissent*, Autumn 1960.

Boroff, David, " 'American Dream,' A Demonic Fantasy, Shows Norman Mailer at His Worst", *National Observer*, March 15, 1965.

Boston, Richard, "Heroes and Villains", *New Society*, September 19, 1968.

Braudy, Leo, "Advertisements for a Dwarf Alter-ego", *New Journal*, Vol. 1, No. 13, May 12, 1968.

Braudy, Leo, ed. , *Norman Mailer: A Collection of Critical Essays*, Englewood Cliffs, N. J. : Prentice-Hall, Inc. , 1972.

Breslin, James E. , "Style in Norman Mailer's *The Armies of the Night*", *The Yearbook of English Studies*, No. 8 (*American Literature*, Special Number), 1978.

Breslow, Paul, "The Hipster and the Radical", *Studies on the Left*, Vol. 1, Spring 1960.

Broer, Lawrence R. , "Mailer Unbound", *Resources for American Literary Study*, Vol. 38, 2015.

Brophy, Brigid, "The Prisoner of Sex", *New York Times Book Review*, May 23, 1971.

Brophy, Brigid, "What Katy Did to Norman", *Sunday Times Magazine* (London), September 12, 1971.

Brosman, Catharine Savage, "The Functions of War Literature", *South Central Review*, Vol. 9, No. 1, Spring 1992.

Brown, Charles H. , "Journalism versus Art", *Current*, June 1972.

Bufithis, Philip H. , *Norman Mailer*, New York: Frederick Ungar Publishing Co. , 1974/1978.

Burg, David F. , "The Hero of *The Naked and the Dead*", *Modern Fiction Studies*, Vol. 17, No. 3, Autumn 1971.

Casey, Ethan, "The Gospel According to the Son", *Magill's Literary Annual 1998*, Nov. 19, 2011, http: //search. ebscohost. com.

Castronovo, David, "Norman Mailer as Midcentury Advertisement", *New England Review*, Vol. 24, No. 4, 2004.

Chabrier, Gwendolyn, *Norman Mailer: The Self-Appointed Messiah*, Hong Kong: Orchid Press Publishing Limited, 2008/2011.

Champoll, John D. , "Norman Mailer and The Armies of the Night", *Massachusetts Studies in English*, Vol. 3, 1971.

Clark, Marsh, and StefanKanfer, "Two Myths Converge: NM Discovers MM", *Time*, July 16, 1973.

Cohen, Sandy, *Norman Mailer's Novels*, Amsterdam: Editions Rodopi, 1979.

Cook, Bruce, "Norman Mailer: The Temptation to Power", *Renaissance*, No. 14, Summer 1962.

Coren, Alan, "Portrait of the Artist as a Young Executive", *Atlas*, August 1965.

Corona, Mario, "Norman Mailer", *Studi Americani*, No. 11, 1965.

Corrington, John William, "An American Dreamer", *Chicago Review*, Vol. 18, No. 1, Summer 1965.

Cowart, David, "Norman Mailer: Like a Wrecking Ball from Outer Space", *Critique*, Vol. 51, No. 2, 2010.

Cowley, Malcolm, "Mr. Mailer Tells a Tale of Love, Art, Corruption", *New York Herald Tribune Book Review*, October 23, 1955.

Dana, Robert, "The Harbors of the Moon: *An American Dream* by Norman Mailer", *North American Review*, Vol. 250, No. 3, Fall 1965.

Davis, Douglas M., "Mr. Mailer as a Comic Hero of Pentagon March", *National Observer*, May 6, 1968.

Davis, Robert Gorham, "Norman Mailer and the Trap of Egoism", *Story*, Vol. 33, Spring 1960.

Dearborn, Mary V., *Mailer: A Biography*, Boston and New York: Houghton Mifflin Company, 1999.

Decter, Midge, "Mailer's Campaign", *Commentary*, February, 1964.

Dienstfrey, Harris, "The Fiction of Norman Mailer", in Richard Kostelanetz, ed., *On Contemporary Literature*, New York: Hearst, 1964.

Donoghue, Denise, "In the Lion's Den", *Partisan Review*, No. 34, Summer 1967.

Donoghue, Denise, "O Mailer, O America", *The Listener*, October 1, 1967.

Duguid, Scott, "The Addiction of Masculinity: Norman Mailer's *Tough Guys Don't Dance* and the Cultural Politics of Reaganism", *Journal of Modern Literature*, Vol. 30, No. 1, Autumn 2006.

Dupée, F. W., "The American Norman Mailer", *Commentary*, February 1960.

Dyer, Geoff, "Mailer's Moon Shot", *The Threepenny Review*, No. 139, Fall 2014.

Edmundson, Mark, "Romantic Self-Creations: Mailer and Gilmore in *The Executioner's Song*", *Contemporary Literature*, Vol. 31, No. 4, Winter 1990.

Ehrlich, Robert, *Norman Mailer: The Radical as Hipster*, Metuchen, N. J. & London: The Scarecrow Press, Inc., 1978.

Eimerl, Sarel, "Loaded for Bear", *Reporter*, October 19, 1967.

Eisinger, Chester E., "The American War Novel: An Affirming Flame", *Pacific Spectator*, No. 9, Summer 1955.

Epstein, Joseph, "Norman X: The Literary Man's Cassius Clay", *New Republic*, April 17, 1965.

Fiedler, Leslie A., "Antic Mailer—Portrait of a Middle-aged Artist", *New Leader*, June 25, 1960.

Fiedler, Leslie A., "The Jew as Mythic American", *Ramparts*, Fall 1963.

Finholt, Richard D., "'Otherwise How Explain?' Norman Mailer's New Cosmology", *Modern Fiction Studies*, Vol. 17, No. 3, Autumn 1971.

Finkelstein, Sidney, "Norman Mailer and Edward Albee", *American Dialog*, Vol. 1, October-November 1964.

Finn, James, "The Virtues, Failures and Triumphs of an American Writer", *Commonweal*, February 12, 1960.

Flaherty, Joe, *Managing Mailer*, New York: Coward-McCann, 1970.

Foster, Richard, "Mailer and the Fitzgerald Tradition", *NOVEL: A Forum on Fiction*, Vol. 1, No. 3, Spring 1968.

Foster, Richard, *Norman Mailer*, Minneapolis: University of Minnesota Press, 1968.

Foster, Richard, "Norman Mailer", in George T. Wright, ed., *Seven American Literary Stylists from Poe to Mailer: An Introduction*, Minneapolis: University of Minnesota Press, 1973.

Foucault, Michel, *The History of Sexuality Volume I: An Introduction*, trans. Robert Hurley, New York: Pantheon Books Ltd., 1978.

Frederick, John T., "Fiction of the Second World War", *The English Journal*, Vol. 44, No. 8, November 1955.

Frelicher, Lila, "Mailer Celebrates Monroe for Grosset and Dunlap", *Publishers' Weekly*, November 13, 1972.

Fremont-Smith, Eliot, "Mailer on the March", *New York Times*, April

26, 1968.

French, Philip, "Norman and Norma Jean", *New Statesman*, November 9, 1973.

Fuller, Edmund, "Mailer's Sexploitation of Marilyn", *Wall Street Journal*, September 24, 1973.

Garrett, Leah, "Young Lions: Jewish American War Fiction of 1948", *Jewish Social Studies*, Vol. 18, No. 2, Winter 2012.

Geismar, Maxwell, "Nightmare on Anopopei", *Saturday Review*, January 8, 1949.

Gerson, Jessica, "Norman Mailer: Sex, Creativity and God", *Mosaic*, Vol. 15, No. 2, June 1982.

Giles, William E., "Mailer's Manner: Charm in a Raging Style", *National Observer*, September 19, 1966.

Gill, Brendan, "Small Trumpet", *New Yorker*, October 25, 1955.

Gilman, Richard, "Why Mailer Wants to Be President", *New Republic*, February 8, 1964.

Gilman, Richard, "What Mailer Has Gone", *New Republic*, June 8, 1968.

Gilman, Richard, "Norman Mailer: Art as Life, Life as Art", in his *The Confusion of Realms*, New York: Random House, 1969.

Gilmore, T. B., "Fury of a Hebrew Prophet: *Cannibals and Christians* by Norman Mailer", *North American Review*, No. 251, No. 6, November 1966.

Gindin, James, "Megalotopia and the WASP Backlash: The Fiction of Mailer and Updike", *Critical Review*, Vol. 15, Winter 1971.

Girgus, Sam B., *The New Covenant: Jewish Writers and the American Idea*, Chapel Hill: University of North Carolina Press, 1984.

Glenday, Michael K., *Norman Mailer*, New York: St. Martin's Press, 1995.

Glicksberg, Charles I., "Norman Mailer: The Angry Young Novelist in America", *Wisconsin Studies in Contemporary Literature*, Vol. 1, No. 1, Winter 1960.

Glicksberg, Charles I., *The Sexual Revolutions in Modern American Literature*, The Hague: Martinus Nijhoff, 1971.

Goldman, Lawrence, "The Political Vision of Norman Mailer", *Studies on the Left*, Vol. 4, Summer 1964.

Goldstone, Herbert, "The Novels of Norman Mailer", *The English Journal*, Vol. 45, No. 3, March 1956.

Gordon, Andrew, *American Dreamer: A Psychoanalytic Study of the Fiction of Norman Mailer*, Rutherford · Madison · Teaneck: Fairleigh Dickinson University Press / London and Toronto: Associated University Press, 1980.

Grace, Matthew, "Norman Mailer at the End of the Decade", *Études Anglaises*, No. 24, January-March, 1971.

Gray, Jonathan W., *Civil Rights in the White Literary Imagination: Innocence by Association*, Jackson: University Press of Mississippi, 2013.

Green, Martin, "Mailer and Amis: The New Conservatism", *Nation*, May 5, 1969.

Greenfield, Josh, "Lines Between Journalism and Literature Thin, Perhaps, But Distinct", *Commonweal*, June 7, 1968.

Gross, John, "Young Adolf: *The Castle in the Forest* by Norman Mailer", *Commentary*, March 2007.

Gross, Theodore L., *The Heroic Ideal in American Literature*, New York: Free Press, 1971.

Guest, David, *Sentenced to Death: The American Novel and Capital Punishment*, Jackson: University Press of Mississippi, 1997.

Gutman, Stanley T., *Mankind in Barbary: The Individual and Society in the Novels of Norman Mailer*, Hanover, New Hampshire: University Press of New England, 1975.

Guttmann, Allen, "The Conversion of the Jew", *Wisconsin Studies in Contemporary Literature*, Vol. 6, No. 2, Summer 1965.

Hampshire, Stuart, "Mailer United", *New Statesman*, October 13, 1961.

Harper, Howard M., *Desperate Faith: A Study of Salinger, Mailer, Baldwin and Updike*, Chapel Hill: The University of North Carolina Press, 1967.

Hassan, Ihab, "The Novel of Outrage: A Minority Voice in Postwar American Fiction", *American Scholar*, Vol. 34, Spring 1965.

Hassan, Ihab, "Focus on Norman Mailer's *Why Are We in Vietnam?*", in David Madden, ed., *American Dreams, American Nightmares*, Carbondale: Southern Illinois University Press, 1970.

Helsa, David, "The Two Roles of Norman Mailer", in Nathan A. Scott, ed.,

Adversity and Grace, Chicago: University of Chicago Press, 1968.

Hicks, Granville, "The Vision of Life Is His Own", *Saturday Review*, November 7, 1959.

Hicks, Granville, "Norman Mailer: Foreword", in his *Literary Horizons: A Quarter Century of American Fiction*, New York: New York University Press, 1970.

Hoberek, Andrew, "Liberal Antiliberalism: Mailer, O'Connor, and the Gender Politics of Middle – class Resentment", *Women's Studies Quarterly*, Vol. 33, No. 3/4, Fall 2005.

Hoffman, Frederick J., "Norman Mailer and the Revolt of the Ego: Some Observations in Recent American Literature", *Wisconsin Studies in Contemporary Literature*, Vol. 1, No. 3, Autum 1960.

Hooper, Brad, "The Castle in the Forest", *Booklist*, November 15, 2006.

Horn, Bernard, "Ahab and Ishmael at War: The Presence of *Moby – Dick* in *The Naked and the Dead*", *American Quarterly*, Vol. 34, No. 4, Autumn 1982.

Howe, Irving, "Mass Society and Post – modern Fiction", *Partisan Review*, Vol. 26, No. 3, Summer 1959.

Howe, Irving, "A Quest for Peril", *Partisan Review*, Vol. 27, No. 1, Winter 1960.

Howley, Ashton, "Mailer Again: Heterophobia in *Tough Guys Don't Dance*", *Journal of Modern Literature*, Vol. 30, No. 1, Autumn 2006.

Hoxie, Frederick E., "*The Executioner's Song* by Norman Mailer", *The Antioch Review*, Vol. 38, No. 3, Summer 1980.

Hume, Kathryn, "Books of the Dead: Postmodern Politics in Novels by Mailer, Burroughs, Acker, and Pynchon", *Modern Philology*, Vol. 97, No. 3, February 2000.

Hux, Samuel, "Mailer's Dream of Violence", *Minnesota Review*, Vol. 8, No. 2, 1968.

Hyman, Stanley Edgar, "Norman Mailer's Yummy Rump", *New Leader*, March 15, 1965.

Jameson, Fredric, "The Great American Hunter, or, Ideological Content in the Novel", *College English*, Vol. 34, No. 2 (*Marxist Interpretations of Mailer, Woolf, Wright and Others*), November 1972.

Janeway, William, "Mailer's America", *Cambridge Review*, November 26, 1968.

John, Edward B. St., "The Castle in the Forest", *Library Journal*, December 2006.

Jones, D. A. N., "Embattled Image", *The Listener*, September 26, 1968.

Kaufmann, Donald L., *Norman Mailer: the Countdown: the First Twenty Years*, Carbondale: Southern Illinois University Press, 1969.

Kaufmann, Donald L., "Mailer's Lunar Bits and Pieces", *Modern Fiction Studies*, Vol. 17, No. 3, Autumn 1971.

Kaufmann, Donald L., "The Long Happy Life of Norman Mailer", *Modern Fiction Studies*, Vol. 17, No. 3, Autumn, 1971.

Kaufmann, Donald L., *Norman Mailer: Legacy and Literary Americana*, Saarbrücken: Scholar's Press, 2014.

Kazin, Alfred, "The Alone Generation: A Comment on the Fiction of the Fifties", *Harper's*, October 1959.

Kazin, Alfred, "How Good Is Norman Mailer?", *Reporter*, November 26, 1959.

Kazin, Alfred, "The Jew as Modern Writer", *Commentary*, April 1966.

Kazin, Alfred, "The Trouble He's Seen", *New York Times Book Review*, May 9, 1968.

Kazin, Alfred, "Capote's Kansas and Mailer's Moon", *New York Review of Books*, April 8, 1971.

Kennedy, Thomas E., "Norman Mailer, *The Spooky Art: Some Thoughts on Writing*", *Literary Review*, Vol. 46, No. 4, Summer 2003.

Kernan, Alvin B., "The Taking of the Moon: The Struggle of the Poetic and Scientific Myths in Norman Mailer's *Of a Fire on the Moon*", in Harold Bloom, ed., *Norman Mailer*, Philadelphia: Chelsea House Publishers, 2003.

Kevin, Brown, "A Foil and a Forerunner: The Portrayal of John the Baptist in Contemporary Fiction", *The Midwest Quarterly*, Vol. 50, No. 2, 2009.

Kinder, John M., "The Good War's 'Raw Chunks': Norman Mailer's *The Naked and the Dead* and James Gould Cozzens's *Guard of Honor*", *The Midwest Quarterly*, Vol. 46, No. 2, Winter 2005.

Kriegel, Leonard, "Mailer's Hitler: Round One", *The Sewanee Review*,

Vol. 115, No. 4, Fall 2007.

Krim, Seymour, "An Open Letter to Norman Mailer", *Evergreen Review*, February 1967.

Krim, Seymour, "Norman Mailer, Get Out of My Head!", *New York*, April 21, 1969.

Land, Myrick, "Mr. Norman Mailer Challenges All the Talent in the Room", in his *The Fine Art of Literary Mayhem*, New York: Holt, Rinehart & Winston, 1963.

Langbaum, Robert, "Mailer's New Style", *NOVEL: A Forum on Fiction*, Vol. 2, No. 1, Fall 1968.

Lardner, John, "Pacific Battle, Good and Big", *New Yorker*, May 15, 1948.

Lee, Benjamin, "Avant-Garde Poetry as Subcultural Practice: Mailer and DiPrima's Hipsters", *New Literary History*, Vol. 41, No. 4, Autumn 2010.

Leebron, Fred, "*The Spooky Art: Some Thoughts on Writing*, by Norman Mailer", *Provincetown Arts*, 2003.

Leeds, Barry H., *The Structured Vision of Norman Mailer*, New York: New York University Press / London: University of London Press Limited, 1969.

Leeds, Barry H., *The Enduring Vision of Norman Mailer*, Bainbridge Island, WA: Pleasure Boat Studio, 2002.

Leffelaar, H. L., "Norman Mailer in Chicago", *Litterair Paspoort*, November 1959.

Lehan, Richard, "Fiction 1967", *Contemporary Literature*, Vol. 9, No. 4, Autumn 1968.

Lehan, Richard, *A Dangerous Crossing: French Literary Existentialism and the Modern American Novel*, Carbondale and Edwardsville: Southern Illinois University Press, 1973.

Lehmann-Haupt, Christopher, "Norman Mailer as Joycean Punster and Manipulator of Language", *Commonweal*, December 8, 1967.

Leigh, Nigel, "Spirit of Place in Mailer's 'The Naked and the Dead'", *Journal of American Studies*, Vol. 21, No. 3, December 1987.

Leigh, Nigel, *Radical Fictions and the Novels of Norman Mailer*, Basingstoke and London: The Macmillan Press Ltd., 1990.

Lennon, J. Michael, " Mailer's Sarcophagus: The Artist, The Media, and The 'Wad' ", *Modern Fiction Studies*, Vol. 23, No. 2, Summer 1977.

Lennon, J. Michael, " Mailer's Cosmology ", *Modern Language Studies*, Vol. 12, No. 3, Summer 1982.

Lennon, J. Michael, "Norman Mailer: Novelist or Nonfiction Writer", *Provincetown Arts*, No. 17, 2002-2003.

Lennon, J. Michael, "Norman Mailer and Provincetown: The Wild West of the East", *Provincetown Arts*, No. 19, 2005.

Lennon, J. Michael, "Norman Mailer: Novelist, Journalist, or Historian?", *Journal of Modern Literature*, Vol. 30, No. 1, Autumn 2006.

Lennon, J. Michael, "Why Mailer Matters: Three Reasons", *Heritage Biography*, November 16, 2011; presented at the Mailer - Jones Conference, Harry Ransom Center, University of Texas-Austin, November 10, 2011.

Lennon, J. Michael, *Norman Mailer: A Double Life*, New York, London, Toronto, Sydney, and New Delhi: Simon & Schuster, 2013.

Lennon, J. Michael, and Donna Pedro Lennon, *Norman Mailer: Works and Days*, Shavertown, Pennsylvania: Sligo Press, 2000.

Lennon, J. Michael, ed., *Critical Essays on Norman Mailer*, Boston, Massachusetts: G. K. Hall & Co., 1986.

Lennon, J. Michael, ed., *Conversations with Norman Mailer*, Jackson and London: University Press of Mississippi, 1988.

Lennon, J. Michael, ed., *Norman Mailer's Letters on An American Dream* 1963-1969, 1rst ed., Shavertown, Pennsylvania: Sligo Press, 2004.

Lennon, J. Michael, ed., *The Selected Letters of Norman Mailer*, New York: Random House, 2014.

Levine, Andrea, " The (Jewish) White Negro: Norman Mailer's Racial Bodies", *MELUS*, Vol. 28, No. 2, Summer 2003.

Levitov, Francine, "The Castle in the Forest", *KLIATT*, March 2008.

Lipton, Lawrence, " Norman Mailer: Genius, Novelist, Critic, Playwright, Politico, Journalist, and General all - round Shit", *Los Angeles Free Press*, May 31, 1968.

Lodge, David, "The Novelist at the Crossroads", *Critical Quarterly*, No. 11, Summer 1969, http: //login. aspx? direct = true&db = lfh&AN = 103331MLA

199810 830019800682 &site=lrc-live.

Lodge, David, "Male, Mailer, Female", *New Black Friars*, No. 52, December 1971.

Loving, Jerome, *Jack and Norman: A State-Raised Convict and the Legacy of Norman Mailer's The Executioner's Song*, New York: Thomas Dunne Books, 2017.

Lucid, Robert F., ed., *Norman Mailer: The Man and His Work*, Boston and Toronto: Little, Brown and Company, 1971.

Lucid, Robert F., "Norman Mailer: The Artist as Fantasy Figure", *The Massachusetts Review*, Vol. 15, No. 4, Autumn 1974.

MacCannell, Dean, "Marilyn Monroe Was Not a Man: *Marilyn: A Biography* by Norman Mailer...", *Diacritics*, Vol. 17, No. 2, Summer 1987.

Macdonald, Charles B., "Novels of World War Ⅱ: The First Round", *Military Affairs*, Vol. 13, No. 1, Spring 1949.

Macdonald, Dwight, "Our Far-flung Correspondents: Massachusetts vs. Mailer", *New Yorker*, October 1960.

Mailer, Adele, *Last Party: Scenes from My Life with Norman Mailer*, London: Blake Publishing, 1997.

Mailer, Norman, *The Naked and the Dead*, New York: Henry Holt and Company, 1948.

Mailer, Norman, *Barbary Shore*, New York: Dell Publishing, 1951.

Mailer, Norman, *The Deer Park*, New York: G. P. Putnam's Sons, 1955.

Mailer, Norman, *Advertisements for Myself*, New York: G. P. Putnam's Sons, 1959.

Mailer, Norman, *The Presidential Papers*, New York: G. P. Putnam's Sons, 1963.

Mailer, Norman, *An American Dream*, New York: The Dial Press, 1965.

Mailer, Norman, *Cannibals and Christians*, New York: The Dial Press, 1966.

Mailer, Norman, *Why Are We in Vietnam?*, New York: G. P. Putnam's Sons, 1967.

Mailer, Norman, *The Armies of the Night*, New York: The New American Library, 1968.

Mailer, Norman, *Existential Errands*, Boston and Toronto: Little, Brown and Company, 1972.

Mailer, Norman, *The Executioner's Song*, Boston and Toronto: Little, Brown and Company, 1979.

Mailer, Norman, *Pieces and Pontification*, Kent: New English Library, 1982.

Mailer, Norman, *Tough Guys Don't Dance*, New York: Random House, 1984.

Mailer, Norman, *Harlot's Ghost*, New York: Random House, 1991.

Mailer, Norman, *The Gospel According to the Son*, New York: Random House, 1997.

Mailer, Norman, *The Time of Our Time*, New York: Random House, 1998.

Mailer, Norman, *Why Are We at War?*, New York: Random House, 2003.

Mailer, Norman, *The Spooky Art: Some Thoughts on Writing*, London: Little, Brown, 2003.

Mailer, Norman, *The Castle in the Forest*, London: Little, Brown, 2007.

Mailer, Norman, *On God: An Uncommon Conversation*, New York: Random House, 2007.

Mailer, Norman, *Mind of an Outlaw: Selected Essays*, ed. Phillip Sipiora, New York: Random House Trade Paperbacks, 2013.

Mallory, Carole, *Loving Mailer*, Beverly Hills: Phoenix Books, Inc., 2010.

Maloff, Saul, "Mailer's Marilyn", *Commonweal*, September 21, 1973.

Manso, Peter, *Running against the Machine: The Mailer-Breslin Campaign*, Garden City, N. Y.: Doubleday, 1969.

Manso, Peter, *Mailer: His Life and Times*, New York: Simon and Schuster, 1985.

Match, Richard, "Souls of Men Stripped by Battle and Boredom", *New York Herald Tribune Book Review*, May 9, 1948.

Maud, Ralph, "Faulkner, Mailer, and Yogi Bear", *Canadian Review of American Studies*, Vol. 2, No. 2, Fall 1971.

McCann, Sean, "The Imperiled Republic: Norman Mailer and the Poetics of Anti-Liberalism", *ELH*, Vol. 67, No. 1, Spring 2000.

McConnell, Frank D., *Four Postwar American Novelists: Bellow, Mailer, Barth and Pynchon*, Chicago and London: The University of Chicago Press, 1977.

McDonald, Brian, "Post-Holocaust Theodicy, American Imperialism, and the 'Very Jewish Jesus' of Norman Mailer's *The Gospel According to the Son*", *Jour-*

nal of Modern Literature, Vol. 30, No. 1, Autumn 2006.

McGrady, Mike, "Why Are We Interviewing Norman Mailer", in J. Michael Lennon, ed., *Conversations with Norman Mailer*, Jackson and London: University Press of Mississippi, 1988.

McKinley, Maggie, *Understanding Norman Mailer*, Columbia: University of South Carolina Press, 2017.

Mendelson, Edward, "Mythmaker: Norman Mailer", in his *Moral Agents: Eight Twentieth - Century American Writers*, New York: New York Review of Books, 2015.

Meredith, Robert, "The 45 - second Piss: A Left Critique of Norman Mailer and *The Armies of the Night*", *Modern Fiction Studies*, Vol. 17, No. 3, Autumn 1971.

Merrill, Robert, *Norman Mailer*, Boston: Twayne Publishers, 1978.

Merrill, Robert, *Norman Mailer Revisited*, New York: Twayne Publishers, 1992.

Merrill, Robert, "Mailer's *Tough Guys Don't Dance* and the Detective Traditions", *Critique*, Vol. 34, No. 4, Summer 1993.

Messenger, Christian K., "Norman Mailer: Boxing and the Art of His Narrative", *Modern Fiction Studies*, Vol. 33, No. 1, Spring 1987.

Mewshaw, Michael, "Vidal and Mailer", *South Central Review*, Vol. 19, No. 1, Spring 2002.

Miller, Jonathan, "Black - Mailer", *Partisan Review*, Vol. 31, No. 1, Winter 1964.

Miller, Joshua, "No Success like Failure: Existential Politics in Norman Mailer's *The Armies of the Night*", *Polity*, Vol. 22, No. 3, Spring 1990.

Mills, Hilary, "Creators on Creating: Norman Mailer", *Saturday Review*, Vol. 8, No. 1, January 1981.

Mills, Hilary, *Mailer: A Biography*, New York, et al.: McGraw Hill Company, 1982.

Mitchell, Juliet, "Mailer: 'So the revolution called again' ", *Modern Occasions*, Vol. 1, Fall 1971.

Moore, Burton, "Three War Novels", *Chicago Review*, Vol. 3, No. 1, March 1949.

Mott, Benjamin De, "Inside Apollo Ⅱ with Aquarius Mailer", *Saturday Review*, January 16, 1971.

Mudrick, Marvin, "Mailer and Styron: Guests of the Establishment", *The Hudson Review*, Vol. 17, No. 3, Autumn 1964.

Murphy, J. J., "Experiments in Psychodrama: Mekas, Warhol, Clarke, and Mailer", in his *Rewriting Indie Cinema: Improvisation, Psychodrama, and the Screenplay*, New York: Columbia University Press, 2019.

Muste, John M., "Nightmarish Mailer", *Progressive*, February, 1965.

Muste, John M., "Norman Mailer and John Dos Passos: The Question of Influence", *Modern Fiction Studies*, Vol. 17, No. 3, Autumn 1971.

Muste, John M., "*The Naked and the Dead*", *Cyclopedia of Literary Places*, 1998.

Nakjavani, Erik, "A Visionary Hermeneutic Appropriation: Meditations on Hemingway's Influence on Mailer", *The Mailer Review*, Vol. 4, Fall 2010.

Nan, Sister, "Norman, Prisoner of Sex", *Off Our Backs*, Vol. 1, No. 20, April 15, 1971.

Newman, Paul B., "Mailer: The Jew as Existentialist", *North American Review*, Vol. 250, No. 3, Fall 1965.

Oates, Joyce Carol, "Out of the Machine", *Atlantic*, July 1971.

Ostriker, Dane Proxpeale, "Norman Mailer and the Mystery Women or, The Rape of the C–K", *Esquire*, November 1972.

Partridge, Jeffrey F. L., "*The Gospel According to the Son* and Christian Belief", *Journal of Modern Literature*, Vol. 30, No. 1, Autumn 2006.

Payne, L. W., "*The Executioner's Song*", *Magill's Literary Annual 1980*, 1980.

Pearce, Richard, "Norman Mailer's *Why Are We in Vietnam?*: A Radical Critique of Frontier Values", *Modern Fiction Studies*, Vol. 17, No. 3, Autumn 1971.

Peter, John, "The Self-effacement of the Novelist", *The Malahat Review*, Vol. 8, October 1968.

Pfaff, William, "The Writer as Vengeful Moralist", *Commonweal*, December 2, 1955.

Podhoretz, Norman, "Norman Mailer: The Embattled Vision", *Partisan Re-*

view, Vol. 26, No. 3, Summer 1959.

Poirier, Richard, "Morbid-mindedness", *Commentary*, June 1965.

Poirier, Richard, "Ups and Downs of Mailer", *New Republic*, January 23, 1971.

Poirier, Richard, *Norman Mailer*, New York: Viking Press, 1972.

Poirier, Richard, "Mailer: Good Form and Bad", *Saturday Review*, April 22, 1972.

Poirier, Richard, "Norman Mailer's Necessary Mess", *Listener*, November 8, 1973.

Poole, Steven, "Sympathy for the Devil", *New Statesman*, February 19, 2007.

Prewencki, Cliff, "*The Castle in the Forest*", *Magill's Literary Annual 2008*, 2008.

Prigozy, Ruth, "The Liberal Novelist in the McCarthy Era", *Twentieth Century Literature*, Vol. 21, No. 3, October 1975.

Pritchard, William H., "Norman Mailer's Extravagances: *Cannibals and Christians* by Norman Mailer", *Massachusetts Review*, Vol. 8, Summer 1967.

Pritchard, William H., "Mailer's Main Events", *The Hudson Review*, Vol. 45, No. 1, Spring 1992.

Pritchett, V. S., "With Norman Mailer at the Sex Circus: Into the Cage", *Atlantic*, July 1971.

Raban, Jonathan, "Huck Mailer and the Widow Millet", *New Statesman*, September 3, 1971.

Rabinovitz, Rubin, "Myth and Animalism in *Why Are We in Vietnam?*", *Twentieth Century Literature*, Vol. 20, No. 4, October 1974.

Radford, Jean, *Norman Mailer: A Critical Study*, London and Basingstoke: The Macmillan Press Ltd., 1975.

Raines, Helon Howell, "Norman Mailer's Sergius O'Shaugnessy: Villain and Victim", *Frontiers: A Journal of Women Studies*, Vol. 2, No. 1, Spring 1977.

Raleigh, J. H., "History and Its Burdens: The Example of Norman Mailer", In Monroe Engel, ed., *Uses of Literature*, Cambridge: Harvard University Press, 1973.

Rampton, David, "Plexed Artistry: The Formal Case for Mailer's *Harlot's*

Ghost", *Journal of Modern Literature*, Vol. 30, No. 1, Autumn 2006.

Resnik, Harry S., "Hand on the Pulse of America", *Saturday Review*, May 4, 1968.

Richler, Mordecai, "Norman Mailer", *Encounter*, July 1965.

Rideout, Walter B., *The Radical Novel in the United States: 1900-1954*, Cambridge, Mass.: Harvard University Press, 1956.

Rodman, Seldon, *Tongues of Fallen Angels*, New York: New Directions, 1974.

Rodwan, John G., Jr., "The Fighting Life: Boxing and Identity in Novels by Philip Roth and Norman Mailer", *Philip Roth Studies*, Vol. 7, No. 1, Spring 2011.

Rollyson, Carl, "Biography in a New Key: *The Executioner's Song* by Norman Mailer", *Chicago Review*, Vol. 31, No. 4, Spring 1980.

Rollyson, Carl, "*Of a Fire on the Moon*", *Masterlpots II: Nonfiction Series*, 1989.

Rollyson, Carl, *The Lives of Norman Mailer: A Biography*, New York: Paragon House, 1991.

Rollyson, Carl, "*An American Dream*", in David R. Peck and Eric Howard, eds., *Identities & Issues in Literature*, New York: Salem Press Inc., 1997.

Rollyson, Carl, "*The Naked and the Dead*", in David R. Peck and Eric Howard, eds., *Identities & Issues in Literature*, New York: Salem Press Inc., 1997.

Rollyson, Carl, *Norman Mailer: The Last Romantic*, New York: iUniverse, 2008.

Rolo, Charles J., "The Sex Haunted Wasteland", *Atlantic*, November 1955.

Rosenthal, Raymond, "Mailer's Mafia: The Journalism of a Writer Who Is in Danger of Becoming His Audience", *Book Week*, September 4, 1966.

Rosenthal, Raymond, "America's No. 1 Disc Jockey", *New Leader*, September 25, 1967.

Ross, Morton L., "Thoreau and Mailer: The Mission of the Rooster", *Western Humanities Review*, Vol. 25, Winter 1971.

Rother, James, "Mailer's 'O'Shaugnessy Chronicle': A Speculative Autopsy", *Critique*, Vol. 19, No. 3, 1978.

Ryan, James Emmett, " 'Insatiable as Good Old America' : *Tough Guys Don't Dance* and Popular Criminality", *Journal of Modern Literature*, Vol. 30, No. 1, Autumn 2006.

Sadoya, Shigenobu, "Norman Mailer's Existentialism", *Studies in English Language and Literature* (Seinan Gakuin University, Japan), July 1963.

Samuels, Charles T., "The Novel, U. S. A.: Mailerrhea", *Nation*, October 23, 1967.

Schrader, George A., "Norman Mailer and the Despair of Defiance", *Yale Review*, No. 51, December 1961.

Schroth, Raymond A., "Mailer and His Gods", *Commonweal*, May 9, 1969.

Schroth, Raymond A., "Mailer on the Moon", *Commonweal*, May 7, 1971.

Schultz, Kevin, *Buckley and Mailer: The Difficult Friendship that Shaped the Sixties*, New York: W. W. Norton & Company, 2016.

Schulz, Max F., "Mailer's Divine Comedy", *Wisconsin Studies in Contemporary Literature*, Vol. 9, No. 1, Winter 1968.

Scotchie, Joe, "Thomas Wolfe and Norman Mailer: Kinsmen of the Land", *The Thomas Wolfe Review*, 2009.

Scott, Nathan A., Jr., *Three American Moralists: Mailer, Bellow, Trilling*, Notre Dame & London: University of Notre Dame Press, 1973.

Seib, Kenneth A., "Mailer's March: The Epic Structure of *The Armies of the Night*", *Essays in Literature*, Vol. 1, No. 1, Spring 1974.

Shakespeare, William, *Hamlet, Prince of Denmark*, eds. David Bevington and David Scott Kastan, New York: Bantam Dell, 2005.

Sharma, Chitra, *Journalistic Technique in American Fiction: Norman Mailer*, New Delhi: B. R. Publishing Corporation, 1995.

Sheed, Wilfrid, "Norman Mailer: Genius or Nothing", *Encounter*, June 1971.

Sheets, Diana, and Michael F. Shaughnessy, *The Doubling: Those Influential Writers That Shape Our Contemporary Perceptions of Identity and Consciousness in the New Millennium*, New York: Nova Science Publishers, Inc., 2016.

Shoemaker, Steve, "Norman Mailer's 'White Negro': Historical Myth or Mythical History?", *Twentieth Century Literature*, Vol. 37, No. 3, Autumn 1991.

Shoemaker, Steve, "Norman Mailer and Richard Wilbur", *The Paris Review*, Spring 1999.

Siegel, Paul N., "The Malign Deity of *The Naked and the Dead*", *Twentieth Century Literature*, Vol. 20, No. 4, October 1974.

Simon, John, "Mailer on the March: *The Armies of the Night* by Norman Mailer", *Hudson Review*, Vol. 21, Autumn 1968.

Snyder, Michael, "Crisis of Masculinity: Homosocial Desire and Homosexual Panic in the Critical Cold War Narratives of Mailer and Coover", *Critique*, Vol. 48, No. 3, Spring 2007.

Solotaroff, Robert, "Down Mailer's Way", *Chicago Review*, Vol. 19, June 1967.

Solotaroff, Robert, *Down Mailer's Way*, Urbana, Chicago, and London: University of Illinois Press, 1974.

Soule, Arun, *Dimensions of Violence in the Works of Norman Mailer*, Jaipur: RBSA Publishers, 2003.

Spender, Stephen, "Mailer's American Melodrama", in Robert M. Hutchins and Mortimer J. Adler, eds., *The Great Ideas Today*, Chicago: Encyclopaedia Britannica, 1965.

Stafford, John, "Mailer's Marilyn Monroe", *Vogue*, September 1973.

Stark, John, "*Barbary Shore*: The Basis of Mailer's Best Work", *Modern Fiction Studies*, Vol. 17, No. 3, Autumn 1971.

Tabbi, Joseph, "Mailer's Psychology of Machines", *PMLA*, Vol. 106, No. 2, March 1991.

Tanner, Tony, "The Great American Nightmare", *Spectator*, April 29, 1966.

Tate, Carolyn Laura, *Norman Mailer: The Fortunes of the Existentialist Hero in America*, Ottawa: National Library of Canada, 1970.

Taylor, Douglas, "Three Lean Cats in a Hall of Mirrors: James Baldwin, Norman Mailer, and Eldridge Cleaver on Race and Masculinity", *Texas Studies in Literature and Language*, Vol. 52, No. 1, Spring 2010.

Thompson, John, "Catching Up on Mailer", *New York Review of Books*, April 20, 1967.

Thompson, Toby, *Metropolitans: Mailer and Graham*, Bozeman, Montana: Bangtail Press, 2013.

Toback, James, "Norman Mailer Today", *Commentary*, October, 1967.

Trilling, Diana, "Norman Mailer", *Encounter*, November, 1962; rpt. as

"The Moral Radicalism of Norman Mailer" in her *Claremont Essays*, New York: Harcourt Brace & World, 1964.

Valiunas, Algis, "The Naked Novelist and the Dead Reputation: Re-evaluating the Stories Career of Norman Mailer", *Culture & Civilization*, September 2009.

Vidal, Gore, "The Norman Mailer Syndrome", *Nation*, January 2, 1960.

Volpe, Edmund L., "James Jones - Norman Mailer", in Harry T. Moore, ed., *Contemporary American Novelists*, Carbondale: Southern Illinois University Press, 1964.

Wain, John, "Mailer's America", *New Republic*, October 1, 1966.

Waldron, Randall H., "The Naked, the Dead, and the Machine: A New Look at Norman Mailer's First Novel", *PMLA*, Vol. 87, No. 2, March 1972.

Weales, Gerald, "The Naked and the Dud: *Marilyn: A Biography* by Norman Mailer", *The Hudson Review*, Vol. 26, No. 4, Winter 1973-1974.

Weatherby, William J., *Squaring off: Mailer versus Baldwin*, New York: Mason/Charter, 1977.

Weber, Ronald, "Murder as Subject: *The Executioner's Song* by Norman Mailer; *Serpentine* by Thomas Thompson", *The Sewanee Review*, Vol. 88, No. 4, Fall 1980.

Weinberg, Helen, "The Heroes of Norman Mailer's Novels", in his *The New Novel in America: The Kafkan Mode in Contemporary Fiction*, Ithaca: Cornell University Press, 1970.

Wenke, Joseph, *Mailer's America*, Hanover and London: University Press of New England, 1987/2014.

Werge, Thomas, "An Apocalyptic Voyage: God, Satan, and the American Tradition in Norman Mailer's *Of a Fire on the Moon*", *The Review of Politics*, Vol. 34, No. 4, October, 1972.

Whalen-Bridge, John, "The Karma of Words: Mailer since *The Executioner's Song*", *Journal of Modern Literature*, Vol. 30, No. 1, Autumn 2006.

Whalen - Bridge, John, ed., *Norman Mailer's Later Fictions: Ancient Evenings through Castle in the Forest*, New York: Palgrave Macmillan, 2010.

Whiting, Frederick, "Stronger, Smarter, and Less Queer: 'The White Negro' and Mailer's Third Man", *Women's Studies Quarterly*, Vol. 33, No. 3/4, Fall/Winter 2005.

Willingham, Calder, "The Way It Isn't Done: Notes on the Distress of Norman Mailer", *Esquire*, December 1963.

Wills, Garry, "The Art of Not Writing Novels", *National Review*, January 14, 1964.

Wilson, Andrew, "Pentagon Pictures: The Civil Divide in Norman Mailer's *The Armies of the Night*", *Journal of American Studies*, Vol. 44, No. 4, 2010.

Wilson, Andrew, *Norman Mailer: An American Dreamer*, Oxford · Bern · Berlin · Bruxelles · Frankfurt am Main · New York · Wien: Peter Lang, 2008.

Wilson, Robert Anton, "An Open Letter to Norman Mailer", *Way Out*, February 1963.

Winegarten, Renee, "Norman Mailer—Genuine or Counterfeit?", *Midstream*, September 1965.

Witt, Grace, "The Bad Man as Hipster: Norman Mailer's Use of the Frontier Metaphor", *Western American Literature*, No. 4, Fall 1969.

Wolfert, Ira, "War Novelist", *Nation*, June 26, 1948.

Wood, Margery, "Norman Mailer and Nathalie Sarraute: A Comparison of Existential Novels", *Minnesota Review*, Vol. 6, 1966.

Worthington, Marjorie, "The New Journalism as the New Fiction: Tom Wolfe, Norman Mailer, Hunter S. Thompson, Joan Didion, Mark Leyner, and Bret Easton Ellis", in his *The Story of "Me": Contemporary American Autofiction*, Lincoln & London: University of Nebraska Press, 2018.

Yamamoto, H., "The Realistic Consciousness of Norman Mailer", *American Literature Review* (Tokyo), April 1961.

Zeitlin, Michael, "*The Armies of the Night*", *Cyclopedia of Literary Characters*, rev. 3rd ed., 1998.

Zirakzadeh, Cyrus Ernesto, "Political Prophecy in Contemporary American Literature: The Left-Conservative Vision of Norman Mailer", *The Review of Politics*, Vol. 69, No. 4, Fall 2007.

[美] 理查德·罗蒂:《筑就我们的国家:20 世纪美国左派思想》,黄宗英译,生活·读书·新知三联书店 2014 年版。

[美] 马克·C. 卡恩斯、约翰·A. 加勒迪:《美国通史》(第 12 版),吴金平等译,山东画报出版社 2008 年版。

[美] 威廉·J. 本内特:《美国通史》(下),刘军等译,江西人民出版

社 2011 年版。

丁则民主编：《美国通史》第 3 卷，人民出版社 2002 年版。

谷红丽：《新历史主义和文化唯物主义批评视角下诺曼·梅勒的作品研究》，厦门大学出版社 2004 年版。

刘绪贻、李存训：《美国通史》第 5 卷，人民出版社 2002 年版。

钱满素：《自由的基因：美国自由主义的历史变迁》，东方出版社 2016 年版。

钱满素主编：《自由的刻度：缔造美国文明的 40 篇经典文献》，东方出版社 2016 年版。

任虎军：《个人主义还是平等主义？——诺曼·梅勒小说中权力与道德的文化批评》（英文版），兰州大学出版社 2007 年版。

张涛：《诺曼·梅勒研究》，中国农业出版社 2013 年版。

张友伦主编：《美国通史》第 2 卷，人民出版社 2002 年版。

后　记

2014 年 6 月 15 日，笔者申请的 2014 年度国家社会科学基金项目“诺曼·梅勒小说对美国形象的解构与建构研究”（批准号：14XWW007）获准立项。经过 5 年有余的潜心研究，项目于 2019 年 11 月 15 日顺利结题。本书基于该项目结题成果反复修改而成。从项目获准立项到顺利结题，再到结题成果修改和出版，本书的研究和出版得到相关机构、单位和个人的大力支持和帮助。成书之时，出版之际，笔者喜悦无限，更是感激不尽。

感谢国家社会科学基金和四川外国语大学为本书的研究和出版提供的资助！

感谢青岛理工大学王振国教授、兰州大学张进教授和高红霞教授、西安外国语大学张生庭教授、浙江工业大学闫建华教授和刘建刚教授、杭州师范大学陈茂林教授！他们在本书的研究过程中给予笔者很多建设性建议和意见，为笔者完成本书的研究提供了不少帮助。

感谢四川外国语大学科研处和学科建设规划办公室的领导和老师！特别感谢四川外国语大学科研处丁建琼老师！她在本书的研究过程中给予笔者很多关心，为本书的研究顺利进行提供了不少帮助，做了不少奉献性工作。

感谢中国社会科学出版社的厚爱，让本书能够及时出版！特别感谢中国社会科学出版社编辑慈明亮博士为本书出版付出的大量辛劳！他对待学术的严谨态度和对待工作的认真负责令我感动，更让我感激。他的严谨、细心，让本书多了些精致。

感谢我的家人！特别感恩我的母亲，本书研究即将完成之际，她不幸离世，让我悲痛不已！感谢我的爱人高红燕和女儿任萱，她们对我的爱和理解以及对家的无私奉献，是笔者顺利完成本书研究的坚实基础和有力保障。

本书的部分内容曾在《外语教学》《外国语文》和《西安外国语大学学报》发表，在此一并感谢！